诗情画意

看中国

先秦—南北朝

秋风萧瑟天气凉

琬如 / 编著

黑龙江科学技术出版社
HEILONGJIANG SCIENCE AND TECHNOLOGY PRESS

图书在版编目（CIP）数据

诗情画意看中国．秋风萧瑟天气凉：先秦－南北朝 /
琬如编著．－－哈尔滨：黑龙江科学技术出版社，2024.5
　　ISBN 978-7-5719-2375-4

Ⅰ．①诗…Ⅱ．①琬…Ⅲ．①古典诗歌－诗歌欣赏－
中国Ⅳ．①I207.2

中国国家版本馆 CIP 数据核字 (2024) 第 077557 号

诗情画意看中国·秋风萧瑟天气凉　先秦－南北朝

SHIQING-HUAYI KAN ZHONGGUO QIUFENG XIAOSE TIANQI LIANG XIANQIN—NAN-BEI CHAO

琬如 编著

责任编辑 / 马远洋　　　**装帧设计** / 何冬宁
文图编辑 / 肖　雪　　　**美术编辑** / 王道琴
文稿撰写 / 闫媛媛　　　**封面绘制** / 狼仔图文
图片提供 / 站酷海洛　视觉中国
出　　版 / 黑龙江科学技术出版社
　　　　　　地址：哈尔滨市南岗区公安街 70-2 号 邮编：150007
　　　　　　电话：（0451）53642106 传真：（0451）53642143
　　　　　　网址：www.lkcbs.cn
发　　行 / 全国新华书店
印　　刷 / 运河（唐山）印务有限公司
开　　本 / 787 mm ×1092 mm　1/16
印　　张 / 10
字　　数 / 150 千字
版　　次 / 2024 年 5 月第 1 版
印　　次 / 2024 年 5 月第 1 次印刷
书　　号 / ISBN 978-7-5719-2375-4
定　　价 / 228.00 元（全 6 卷）

走进诗词的世界

　　心有逸兴，眼有美景，胸涌韵律，落笔为诗。诗歌饱含着中华民族复杂而含蓄的情和意，描绘着恢宏又细腻的往事和思想，是中华民族最永恒的审美。

　　但是，如何将孩子带入诗歌的世界，并以诗歌为媒介更好地理解和传承传统文化，仍是一个值得探讨的问题。单纯以背诵、机械记忆为手段的诗歌学习方式，纵然在短时间内取得亮眼的"成绩单"，但时间一长只会让孩子对诗歌越来越疏远，甚至厌倦。

　　要真正进入诗歌的世界，先要理解诗歌的本质。抛开种种高深的解读，诗歌的直白特征就是"有画面感的凝练语言"。而这种画面是相对完整的，具有现实感，诗人在此基础上寄托情感，引发共鸣。好的诗歌，会让人有跃然眼前之感，可以让读者去想象。读李白的《静夜思》，眼前就会浮现一轮明月和一个孑然一身的诗人；杜牧的《清明》，"清明时节雨纷纷""牧童遥指杏花村"，俨然一幅温润的田园牧歌图画；《念奴娇·赤壁怀古》里，"惊涛拍岸，卷起千堆雪"，苏轼几乎把浪花直接画在纸上；即便是以用意隐晦著称的李商隐，"沧海月明珠有泪，蓝田日暖玉生烟"，也描绘出海上明珠和山中烟云两幅画面，神秘而又充满美感。所以，学一首诗歌，要先找到其描述的画面；记住了画面，就能有效地理解和记忆。

有了画面，接下来要去体会诗人想要表达的情感。中国传统诗歌讲究托物言志、借古喻今。好的诗歌往往有"画外音"。而"画外音"正是一首诗歌的精妙之处。想读出"画外音"，先要对诗人生平以及诗歌创作的历史背景和历史典故有深入的了解。如果不知晓杜甫几经磨难的生活经历和创作历程，就无法体会到《石壕吏》中强烈的悲愤和《闻官军收河南河北》中的欣喜若狂；如果不了解创作背景，陶渊明的"采菊东篱下，悠然见南山"和李煜的"流水落花春去也"也就成了纯粹写景的平平之句了。

所以，要学好诗歌，就要先建立诗的"画面感"，辅以诗人的生平、创作背景等知识，让诗歌"鲜活"起来，让孩子进入诗歌的情境去观察和体会。

本书以中国历代经典诗歌为经线，传世名画为纬线，诗画相辅，经纬相交，编织成一幅幅具有"诗情画意"的画卷。同时，辅以生动的译文和背景资料，让诗歌的记忆变得"身临其境"，让诗人的表达"感同身受"。此外，每位诗人都配有生动流畅的传记，每个朝代都配有历史背景介绍和不同阶段的诗歌纵论，还有花絮、历史放映厅、跟着诗词游中国等从历史和地理多维度视角随机穿插的小栏目，让本书成为一部小型的中国诗歌百科全书。读者置身其中，仿佛在欣赏一幅幅饱含诗情画意的中华文明图卷。

琬如

早期诗歌黄金期：先秦－南北朝

早期诗歌黄金期

　　中国古代诗歌如大河奔涌，其始源在于先秦至两汉。这一中国诗歌史上最早的黄金年代，孕育了后世诗歌绵延千年的辉煌，也塑造着此后几千年作家的文学观。这些作家的鲜明的个性、浓郁的情感、丰富的形象，都成了古代诗歌的独特审美与美学风格的艺术标杆。

　　先秦时期，人类之力微弱，凡遇大事小情都要求助上天，文学艺术也成了祭祀上天与祖先的场域。周王朝灭商后，政局安定，文学开始"下凡"，走上抒情言志、褒扬时政的务实路线，中国文学史上第一部伟大的作品应运诞生。《诗经》，这一大部分由平民创作的民间歌谣组成的合集，上承贵族阶级颂歌的典雅之风，下启诸侯争霸产生的控诉悲愤之风。这种在平民的劳作与心血中浇养出来的诗歌存留着泥土的自然气息，重复的叠字产生了朗朗上口的韵律感，回环往复的优美旋律最终被传送到天子耳中，入歌和舞，传扬开来。

　　春秋战国时期，百家争鸣，文学异彩纷呈。而楚国的屈原则在诸子之外独树一帜。作为中国古代第一位伟大诗人，他以一己之力，挥毫写出了瑰丽奇崛的《九歌》，将满腔愤懑化为《离骚》，以万

1

丈豪情发出《天问》。参差错落的句式，喷薄而出的情感，奇伟奔放的想象，激昂飞扬的精神，大刀阔斧地掀起了一场诗体大变革。与《诗经》中整齐的四言方块截然不同，长短不一的"骚体"，化就壮丽的楚辞，给中国古代文学强势注入一股浪漫伟丽之气。

秦代对文化的紧缩政策也压制了文学艺术的灵气，文学发展未有进益。一直到汉朝建立，统治者竭力想要恢复文化风气，施行"罢黜百家，独尊儒术"之法，导致此时的文学缺失了先秦时的生动活泼。以司马相如为代表的创作者也在歌功颂德和讽谏的任务中生产出了一批浮华铺张的汉赋，虽唯美却缺乏实质，逐渐走向古板僵化。

汉代诗歌为文学注入了新鲜空气。新生的乐府民歌形式充满生气与活力，乐府诗多姿多彩，后世也多有拟乐府的诗歌形式流传，最终在盛唐达到鼎盛，成为盛久不衰的诗体。其中的代表长诗《孔雀东南飞》，用爱情绝响展现出了时代的悲剧与不幸，也以坚贞不渝的爱情撼动古今，永久地诉说着人间真情之深重。五言诗也在汉代登上舞台，《古诗十九首》就是此时文人五言诗的巅峰。即便这一系列诗歌的作者都已随历史而丢失了自己的名字，但他们以诗书写人生万般情怀，以歌为有限生命寄托，造就了万古不朽的纪念。《古诗十九首》中超越个体与时空的生命体察，展现出了千古同一的哲学真理。

两汉时期的文坛召唤来了一个自由抒情的诗歌新时代。196年，汉献帝在位，但大汉帝国却大厦将倾，朝政把于曹操之手。此时军阀混战，战乱频仍，这种动乱塑造了建安文人的风骨，也为他们提供了建功立业的契机。此时的诗人们一边苦闷于人生短促，一边毫不掩饰自己高昂的政治热情，在张扬热烈的同时又清醒地思考生死，体现出一种积极与消极纠缠不分的美学风格。

不过，在斗争与杀戮之中，却另有一块清净之地，这一方寸之地最终也成为中国文人的精神家园。创造并守护这片净土的就是陶渊明。在生死无常与祸福不定的动荡乱世，陶渊明曾在做官和做自己之间兜兜转转、反反复复。然而最终，他不再如其他人一样自陷泥淖，而是在隐逸哲学上登峰造极，达到了一种天人合一、超越生死的境界，回归和保持了人的本真性灵，最终塑造了中国古代的美学风格与精神特质，陶渊明也成为无数或失意或淡然的文人的精神偶像，他所搭建起的这一精神乌托邦，时至今日仍深深抚慰着人间。

南北朝时期，漫长的近二百年间，分裂又对峙，这一时期的诗歌也一南一北，交相辉映。不同文化底蕴下的人们在各自的创作中展现了不同的情调与精神气质。南方之清丽婉约，有《西洲曲》；北方之粗犷豪放，有《木兰辞》。它们或摇曳生姿，或粗直豪壮，或柔或刚，各有韵味，给中国文学增添了多元民族的各异底色，最终造就异彩纷呈、兼容并蓄的多样文明。

历史潮流浩浩汤汤而不舍昼夜，人生不过须臾之间，如浮云朝露。589 年，隋文帝统一全国，结束分裂局面，一个新的文学黄金期也悄然孕育着。

《诗经》:"思无邪"的诗三百

《诗经》原名"诗",又名"诗三百",是我国第一部诗歌总集,收录了305篇诗歌以及6篇只有题目没有诗文的笙诗。《诗经》中的作品产生于西周初年到春秋中叶五百多年的时间内。《诗经》没有具体的作者,创作者涉及从贵族到平民的各个阶层。编撰这一诗歌总集的目的一方面是将其作为周王朝实行礼乐教化的工具,教育自己的王公子弟,并在祭祀、宫宴等重大场合中发挥作用;另一方面统治者也借此了解人民的生活,巩固自己的统治。

关于《诗经》的形成,目前有"采诗说""献诗说"等说法。人们大多认为《诗经》中的作品是公卿大夫们在民间采集,经过乐师们的整理和集体编撰后献给周王的诗歌。春秋时期,孔子曾经对《诗经》进行了删定整理,为《诗经》的保存和流传做出了重要的贡献。秦朝时,《诗经》曾经被焚毁,但经过学者的传诵,在汉代重新得到了流传,并被奉为经典。当时专门讲授《诗经》的有齐、鲁、韩、毛四家学说,其中只有"毛诗"完整地保留了下来。

《诗经》最早是有配乐可以歌唱的,它在内容上根据音乐的不同而划分为"风""雅""颂"三个部分,风诗是指具有浓厚的地方色彩的音乐曲调，雅诗和颂诗是在特定场合使用、有专门用途的乐歌。"风"分为十五国风，共 160 篇，其中有很多劳动人民口头创作的诗歌，展现的是劳动人民的劳苦生活和朴素善良的品质，因而比较真实。"雅"是指朝廷雅乐，是周王朝直接统治地区的音乐，因此被认为是周王朝最正统的音乐，分为《大雅》和《小雅》，共有 105 篇，其内容主要是歌颂太平、展现上层贵族的生活。"颂"则是宗庙祭祀的音乐，分为《周颂》《鲁颂》和《商颂》，共 40 篇，包括祭神和祭祖两种音乐，语言也比较典雅庄重。《诗经》包含了西周时期社会生活中政治、风俗、情感等各个方面的内容，如《大雅·生民》等祭祀祖先和神灵的祭歌，《豳风·七月》等展现农业生产生活的农事诗，《小雅·鹿鸣》等展现贵族宴饮享乐的宴飨诗，《魏风·硕鼠》等展现社会黑暗的怨刺诗，《小雅·采薇》等战争徭役诗，《周南·关雎》等爱情诗，《周南·桃夭》等婚姻家庭诗。

由于《诗经》最早是通过口头和歌舞等方式保留下来的，因而《诗经》的语言比较简朴；在形式上多是整齐的四言诗。它的韵律也比较规整，富有节奏感和音乐感；同时也较多地使用了叠字和重复句式，因而朗朗上口，便于人们传唱。关于《诗经》的表现手法，后来人们也总结出了赋、比、兴三种，这开创了中国古典诗歌独有的写作手法。从地位和影响来看，《诗经》不仅后来成为儒家经典，还在社会生活中发挥了重要作用，孔子就教导弟子们"不学《诗》，无以言"。也就是说，不学《诗经》，在社会交往中不会说话。《诗经》还是我国文学的光辉起点，它开创了我国诗歌抒情言志和现实主义的写作传统，它关注社会生活的现实主义精神后来为杜甫等诗人所继承，四言诗的形式也影响了曹操、陶渊明等人的创作。《诗经》发出了穿透历史的光芒，在千古之后，依旧光彩夺目。

采薇① (节选)

《诗经·小雅》

昔我往矣②，杨柳依依③。
今我来思④，雨雪霏霏⑤。
行道迟迟，载⑥渴载饥。
我心伤悲，莫⑦知我哀！

注 释

① 薇：植物名，一种野豌豆。② 昔：从前，指出征时。往：指当初去从军。③ 依依：形容柳丝轻轻随风摇曳的样子。④ 思：句末语气词，没有实在意义。⑤ 雨（yù）雪：指下雪。霏霏：雪下得很大的样子。⑥ 载：则，又。⑦ 莫：没有人。

译 文

昔日我从军出征时，杨树柳树随风飘拂。
现在我要回来了，已是大雪纷飞。
回乡之路泥泞难走，我又渴又饿。
我的心里充满了伤悲，没有人知道我有多哀伤！

这幅《采薇图》为南宋李唐所作，画中所绘为商朝末年伯夷、叔齐"不食周粟，采薇首阳"的故事。伯夷和叔齐是诸侯孤竹君的两个儿子，兄弟二人因为劝阻武王伐纣不成，决心再也不吃周朝土地生长出的粮食，于是隐居首阳山（今山西永济市境内），以野菜充饥，最后双双饿死山中。画家李唐以此事入画，勾勒了两个为信念宁死不屈的人物。画中伯夷双手抱膝，沉着冷静，叔齐虽瘦弱，却精神饱满。李唐借用这个故事，称赞了现实中拥有着不屈气节的人。

《采薇图》

作者：李唐

创作年代：南宋

馆藏：故宫博物院

历史放映厅

《采薇》选自《诗经·小雅·鹿鸣》。整首诗展现的是一位长期在外戍守边疆的士兵十分思念故乡的心情，诗歌表现了远征生活的艰苦，也反映出当时战乱频仍的社会背景，表达了人们对于和平生活的向往、对于战争的厌恶。这里节选的是诗歌最后一部分。

赏 析

诗歌最开始按照时间顺序，通过杨柳、雨雪等景物暗示自己离开和回来的时节，展现离家之久，运用了抒情与写景相结合的方式，将过去和现在的景物进行了对比。诗人还运用了"依依""霏霏"这样的叠词，不仅使得诗歌富有韵律，还赋予了杨柳和大雪以动感，展现风景和气候的变化。紧接着，诗人直抒胸臆，抒发自己在还家途中无限的伤悲，细腻地揭示出了士兵们的心理活动。整首诗情景交融，言浅意深，韵味无穷，感人至深。

※伯夷、叔齐：伯夷、叔齐都是商朝末期孤竹国君主的儿子，伯夷是长子，叔齐是幼子。孤竹君遗命立叔齐为君。孤竹君死后，叔齐让位给伯夷，伯夷不受；而叔齐认为自己继位不符合礼制，也未继位。二人一起投奔周文王。当时正逢周王伐纣，二人以伐纣不符合仁义之道，试图阻止周武王的讨伐行为。后来天下归顺，但二人拒绝高官厚禄，隐居首阳山中。《史记》记载二人"采薇而食"，也就是靠采集和食用野菜为生，最后饿死在山上。

芣苢①

《诗经·周南》

采采②芣苢，薄言③采之。采采芣苢，薄言有④之。
采采芣苢，薄言掇⑤之。采采芣苢，薄言捋⑥之。
采采芣苢，薄言袺⑦之。采采芣苢，薄言襭⑧之。

注 释

①芣苢（fú yǐ）：车前草。②采采：茂盛的样子。③薄言："薄""言"都是助词，无实义。④有：取得，获得。⑤掇（duō）：拾取，摘取。⑥捋（luō）：从茎上成把地取下。⑦袺（jié）：提起衣襟兜东西。⑧襭（xié）：把衣襟掖在腰带上兜东西。

译 文

茂盛的车前草啊，快快来采摘。茂盛的车前草啊，可以随意获取。

茂盛的车前草啊，快快来拾取。茂盛的车前草啊，用手来成把成把地取下。

茂盛的车前草啊，快用衣襟来兜。茂盛的车前草啊，快掖起衣襟来装。

历史放映厅

车前草是一种野生植物，可以食用，也有一定的药用功能。这首诗大约产生在周公时代，当时社会还比较太平，人民能够安居乐业。周代生产力还不够发达，在农业生产上经常采取集体劳动这种比较原始的方式。这首歌是一群妇女在采集车前草时相互应答的民歌，展现了劳动过程中欢乐的场面，表达了人们采集时的热情，富有浓郁的生活气息。

赏 析

这首诗是一群女子在采集车前草时随口哼唱的歌。采取了重叠复沓的手法，生动形象。诗中使用的动词不断递进，从最开始的"采"和"有"，到之后的"掇"和"捋"，再到最后的"袺"和"襭"，这种动词的变化回应了前一句的"采采芣苢"，表现了车前草越来越茂盛的场景。诗歌语言整齐匀称，每一句只变换一个动词，就描绘出了先民们采摘车前草的集体劳动场景，用节奏明快的韵律展现出人们采摘时的欢乐心情，十分有趣。

氓①

《诗经·卫风》

氓之蚩蚩②，抱布贸③丝。匪④来贸丝，来即我谋⑤。送子涉淇⑥，至于顿丘⑦。匪我愆期⑧，子无良媒。将⑨子无怒，秋以为期。

乘⑩彼垝垣⑪，以望复关⑫。不见复关，泣涕涟涟。既见复关，载⑬笑载言。尔卜尔筮⑭，体⑮无咎言⑯。以尔车来，以我贿⑰迁。

桑之未落，其叶沃若⑱。于嗟鸠兮，无食桑葚⑲！于嗟女兮，无与士耽⑳！士之耽兮，犹可说㉑也。女之耽兮，不可说也！

桑之落矣，其黄而陨㉒。自我徂㉓尔，三岁食贫㉔。淇水汤汤㉕，渐㉖车帷裳㉗。女也不爽㉘，士贰㉙其行。士也罔极㉚，二三其德㉛。

三岁为妇，靡室劳矣㉜。夙兴夜寐，靡有朝矣㉝。言既遂矣㉞，至于暴矣。兄弟不知，咥㉟其笑矣。静言思之，躬自悼㊱矣。

及㊲尔偕老，老使我怨㊳。淇则有岸，隰则有泮㊴。总角之宴㊵，言笑晏晏㊶。信誓旦旦㊷，不思其反㊸。反是不思㊹，亦已焉哉㊺！

注释

① 氓（méng）：民，这里指诗中的男主人公。② 蚩（chī）蚩：忠厚的样子。③ 贸：交易，交换。④ 匪：不是。⑤ 来即我谋：到我这里来商量（婚事）。即，就、靠近。谋，谋划、商量。⑥ 淇（qí）：淇水，在今河南境内。⑦ 顿丘：地名，在今河南浚（Xùn）县。⑧ 愆（qiān）期：拖延婚期。愆，拖延。⑨ 将（qiāng）：愿，请。⑩ 乘：登上。⑪ 垝（guǐ）垣：残破的墙。垝，毁坏。⑫ 复关：卫国地名，氓所住的地方。诗中借所居之地代指氓。一说是氓往来经过的关口。

亦代指氓。⑬载：助词，用在句首或句中，起加强语气的作用。⑭尔卜尔筮（shì）：你用龟板占卜，用蓍（shī）草占卦。卜，用火烧龟板，根据龟板上的裂纹推断吉凶祸福。筮，用蓍草的茎占卦。⑮体：占卜显示的兆象。⑯咎言：不祥之语。咎，灾祸。⑰贿：财物。这里指嫁妆。⑱沃若：润泽的样子。⑲于嗟（xū jiē）鸠兮，无食桑葚：唉，斑鸠啊，你不要贪吃桑葚（旧说斑鸠吃多了桑葚会昏醉）。于嗟，感叹词。无，同"毋"，不要。⑳无与士耽：不要同男子沉溺于爱情中。士，指未婚男子。耽，沉溺、沉醉。㉑说（tuō）：通"脱"，摆脱、脱身。㉒陨：陨落，坠下。㉓徂（cú）：往。㉔三岁食贫：多年来吃苦受贫。三岁，指多年。食贫，过贫苦的生活。㉕汤（shāng）汤：水流盛大的样子。㉖渐（jiān）：浸湿。㉗帷裳：车两旁的布幔。㉘不爽：没有过错。爽，差错、过失。㉙贰：不专一、有二心，跟"壹"相对。㉚罔极：没有定准。罔，无。极，准则。㉛二三其德：负德变心。二三，意思是反复无常，感情不专一。德，心意。㉜靡室劳矣：家里的劳苦事没有一样不做的。靡，无、没有。室劳，家务劳动。㉝靡有朝（zhāo）矣：没有一天不是如此。朝，日、天。

㉞言既遂矣：言，助词，无实义。下文"静言思之"中的"言"用法与此相同。遂，如愿。㉟咥（xì）：讥笑。㊱悼：伤感，哀伤。㊲及：和。㊳老使我怨：这样只能使我怨恨不已。老，这里指上句二人盟誓相约"偕老"一事。㊴淇则有岸，隰（xí）则有泮（pàn）：淇水有岸，池沼有边。隰，低湿的地方。一说指湿（tà）水，即漯水。泮，通"畔"，边、岸。这两句诗用淇水、池沼有岸，反衬男子心意无常，没有拘束限制。一说，这两句诗用淇水有岸、池沼有边，反衬妇人认为自己如与男子"偕老"，就会有无边的怨苦。㊵总角之宴：少年时我和你一起愉快地玩耍。总角，

※弃妇诗：弃妇诗是《诗经》中一种独特的题材。在以男性为中心的社会，广大劳动妇女没有独立的经济地位，也没有自由可言。总的来看，弃妇诗展现了诸多普通劳动妇女的悲惨命运，揭露了封建社会中男女不平等的现象，具有深刻的社会意义。这种题材在后来的汉乐府诗歌中也有发展，如《上山采蘼芜》等。

古代少年男女把头发扎成丫髻，叫"总角"，后用以指代少年时代。宴，快乐。㊶晏晏：和悦的样子。㊷旦旦：诚恳的样子。㊸反：违背。㊹反是不思：违背誓言而不再顾及。是，指代二人的誓言。㊺亦已焉哉：那就算了吧！已，止、了结。焉、哉，均为语气助词，连用以强化语气。

译 文

　　你一个看起来老实的乡里人，抱着布来交换丝。原来你不是来换丝的，而是来我家商量与我结婚的事。我送你蹚过淇水，一直送你到顿丘。不是我失信不守约不与你结婚，而是你没有找一个好的媒人来说媒。请你不要灰心生气。我们把婚约改在今年秋天吧。

　　登上那断壁残垣，遥望你所居住的复关。我望不见复关，眼泪止不住地流淌。已经看到复关的时候，是你来了，我高兴地又想对你笑又想和你说话。你说占卜预测婚姻的吉凶，没有看到什么不好的迹象。你把你的车赶来，把我的嫁妆都搬到你家。

　　当桑叶还没有掉落的时候，它茂盛肥美。我叹息着告诫鸠鸟，你可不要吃桑果啊。我又叹息着告诫女子，可不能沉溺在男女之情里啊。男子沉溺在男女相好的关系中，尚且能够脱身。但女子如果沉溺其中，就无法摆脱了！

　　桑叶落的时候，叶子就会发黄陨落在尘土之中。自我嫁到你家来，就一直过着贫苦的生活。淇水盛涨的时候，我不顾危险嫁到你家来，河水把我的车帷都给打湿了。我并没有过错，是你自己变了心。你的行为无理而违背道德，你反复无常，感情不专一。

　　做你妻子这么多年，没有一天不是如此。我不仅勤勤恳恳地做家务，还参加田间劳动。我天天起早贪黑。谁知家业已成后，你却开始虐待我。

我的兄弟不知道过错方不在我，开始讥笑起我来。我静静地思索整件事情的前因后果，只好自己感叹哀怜。

我与你相守偕老，到人老珠黄了你就开始让我怨恨你。淇水有岸，池沼有边。在我们童年时期，我们青梅竹马，无比欢乐。你许下了很多信誓旦旦的约定，没有想到你会违背誓言。既然违背誓言而不再顾及，可见你已经是恩断义绝，那我们就算了吧！

赏 析

这是一首弃妇诗，是中国古代诗歌中较早展示女子在封建社会中的悲惨命运的诗篇。这首诗以一位弃妇的口吻，讲述了她被爱情冲昏头脑、被骗受虐、遭受遗弃的悲惨经历，强烈谴责了负心丈夫的卑劣行径，深刻反映了古代妇女在恋爱婚姻中遭到伤害和奴役的现象。诗歌最后女主人公决定离开，摆脱婚姻束缚的呼声也展现了女性醒悟之后追求自由、渴望解放的进步意识。

这首诗以女主人公第一人称的口吻，展现了她经历的一场由喜而悲的婚姻，以及体悟出的道理。这首诗以朴实有力、简洁生动的语言记事行文，以叙事与抒情相结合的手法塑造人物形象，前两章主要追溯往事，后四章重在抒情。在叙事上，这首诗采用顺叙方式，通过婚前、婚后这一时间发展过程中自己以及丈夫的心理变化过程，进行前后对比，加重了这首诗的批判色彩。在诗中，女主人公以桑树做比喻，通过桑树从"其叶沃若"的繁盛景象到之后"其黄而陨"的变化，隐喻着女主人公从年轻貌美和结婚初期的幸福，到婚后年老色衰和被遗弃的命运，烘托了气氛。之后主人公用劝说鸠鸟不要吃桑葚做暗示，传达出深刻的道理，告诫女子们要谨慎选择丈夫步入婚姻，以免重蹈其覆辙。

无衣

《诗经·秦风》

岂曰无衣？与子同袍①。

王于兴师②，修我戈矛，与子同仇③。

岂曰无衣？与子同泽④。

王于兴师，修我矛戟，与子偕作⑤。

岂曰无衣？与子同裳。

王于兴师，修我甲兵⑥，与子偕行。

注 释

① 袍：长袍，类似于斗篷。行军者白天当衣服穿，晚上当被子盖。
② 王于兴师：周王出兵打仗。于，句中助词。③ 同仇：指共同对付敌人。④ 泽：同"襗（zé）"，贴身穿的衣服。⑤ 偕作：一同起来，指共同行动。作，起。⑥ 甲兵：铠甲和兵器。

译 文

怎么能说没有衣穿？我与你共用战袍。君主征兵打仗，修整我们的长戈兵器，我们同仇敌忾。

怎么能说没有衣穿？我与你共用贴身的衣服。君主征兵打仗，修整我们的矛和戟，我们一同行动。

怎么能说没有衣穿？我与你共用下裙。君主征兵打仗，修整我们的铠甲兵器，我与你一同行军出征。

历史放映厅

这首诗是秦国军中的歌谣，是一首慷慨激昂的军队进行曲。诗中的"王"并不是秦国国君，而是周天子，因为在春秋时期只有周天子才能被称为"王"。诗歌展现的是秦国人民响应周天子的号召慷慨从军，与当时的西戎、北狄等作战的情况。这首诗展现了战士相互友爱、同仇敌忾、保家卫国的情景，以及对战争的乐观与无畏的昂扬精神。

赏　析

这首诗采用士兵对话的方式，在重章叠句中展现情绪的递进。诗中反复强调"岂曰无衣""王于兴师"以及"与子同"，展现了战士们团结友爱、众志成城的战斗精神。诗歌中也反复使用了设问的手法，开门见山展现战士们共同作战、一往无前的高昂情感，反映了团结爱国与不怕牺牲的精神。整首诗整齐而富有变化，通过反复而有韵律的结构达到便于传唱的效果，战士们一边行军，一边歌唱，富有艺术感染力。

关雎

《诗经·周南》

关关雎鸠①，在河之洲。
窈窕淑女②，君子好逑③。

参差荇菜④，左右流⑤之。
窈窕淑女，寤寐⑥求之。
求之不得，寤寐思服⑦。
悠哉悠哉⑧，辗转反侧。

参差荇菜，左右采之。
窈窕淑女，琴瑟友之⑨。
参差荇菜，左右芼⑩之。
窈窕淑女，钟鼓乐之⑪。

注 释

① 关关雎鸠（jū jiū）：雎鸠鸟不停地鸣叫。雎鸠，一种水鸟，一般认为就是鱼鹰，传说它们雌雄形影不离。② 窈窕（yǎo tiǎo）：文静美好的样子。③ 好逑（hǎo qiú）：好的配偶。逑，配偶。④ 荇菜：一种可食的水草。⑤ 流：求取。⑥ 寤寐（wù mèi）：日日夜夜。寤，醒时。寐，睡时。⑦ 思服：思念。服，想。⑧ 悠哉悠哉：形容思念之情绵绵不尽。悠，忧思的样子。⑨ 琴瑟友之：弹琴鼓瑟对她表示亲近。⑩ 芼（mào）：挑选。⑪ 钟鼓乐之：敲钟击鼓使她快乐。

译文

关关啼叫和鸣的雎鸠，相伴在河中的小洲上。文静美丽而贤淑的女子，是君子们的好配偶。

参差不齐的荇菜，左边右边不停地采摘。文静美丽而贤淑的女子，使君子们日夜思念、难以忘怀。想追求但无法实现愿望，无论醒着还是在梦中都十分思念。思念之情绵绵不尽，翻来覆去难以入眠。

参差不齐的荇菜，左边右边不停地采摘。文静美丽而贤淑的女子，弹奏起琴瑟来对她表示亲近和好感。参差不齐的荇菜，左边右边去挑选。文静美丽而贤淑的女子，敲钟击鼓来取悦她。

历史放映厅

《关雎》出自《诗经·国风·周南》，周南是指当时周王朝统治的南方地区江汉一代。这首诗既是《诗经》的第一篇，又是十五国风的第一篇，也是《诗经》中最有名的爱情诗，被认为是我国爱情诗之祖。《诗经》编者把这首爱情诗放在开篇，为后世用文学表现爱情奠定了基调。"关雎"的篇名是从诗篇的前几个字中摘取的，《诗经》中的篇名一般都是这样产生的。诗中描写的是一位男子思慕一位女子，难以忘却少女的容颜和身影。他通过各种符合礼乐的方法，试图与这位女子结为连理。这首诗不仅是理解当时江汉地区风气民俗的典范，也是理解先秦时期爱情婚姻文化的关键作品。

赏 析

整首诗共分为三章，每章前两句都运用了比兴的手法。首句以情意专一、一旦选定配偶之后就不会更改的雎鸠鸟来比喻抒情，引出君子对于美好女子的恋慕。通过雎鸠鸟所在方位的视觉和叫声的听觉描写，联想到思念的女子，甚至将来的爱情。这种充分调动所见、所闻、所思全方位感官感受的写作方法，使得诗歌的感情十分浓厚。诗歌中还使用了双声、叠韵和叠字等方法，不仅模拟出了雎鸠的叫声和描写了男子的思念之深，还增强了诗的音乐美。最后，诗歌情景交融，全方位展现出男子对于女子的相思之情。语言质朴而感情率真，用朴实清新的语言展现出真切而热烈的情感。

蒹葭①

《诗经·秦风》

蒹葭苍苍②，白露为霜。
所谓伊人③，在水一方④。
溯洄从之⑤，道阻⑥且长。
溯游⑦从之，宛在水中央⑧。

蒹葭萋萋⑨，白露未晞⑩。
所谓伊人，在水之湄⑪。
溯洄从之，道阻且跻⑫。
溯游从之，宛在水中坻⑬。

蒹葭采采⑭，白露未已⑮。
所谓伊人，在水之涘⑯。
溯洄从之，道阻且右⑰。
溯游从之，宛在水中沚⑱。

注 释

①蒹葭（jiān jiā）：芦苇。②苍苍：茂盛的样子。③伊人：那人，指所爱的人。④在水一方：在水的另一边，指对岸。⑤溯洄（sù huí）从之：逆流而上去追寻。洄，逆流。从，跟随、追寻。之，代"伊人"。⑥阻：艰险。⑦溯游：顺流而下。⑧宛在水中央：好像在水的中央，意思是相距不远却无法接近。⑨萋萋：茂盛的样子。⑩晞（xī）：干。⑪湄（méi）：岸边，水与草相接的地方。⑫跻（jī）：（路）高而陡。⑬坻（chí）：水中的小块陆地。⑭采采：茂盛鲜明的样子。⑮未已：没有完，这里指还没有干。⑯涘（sì）：水边。⑰右：向右迂曲。⑱沚（zhǐ）：水中的小块陆地。

译 文

河畔的芦苇十分茂盛，深秋之中的白露凝结成霜。我所爱的人，就在江水的另一边。我逆流而上追寻她，然而道路艰险又漫长。我顺流而下去寻觅她的踪迹，仿佛她就在江水中央。

河畔的芦苇十分茂盛，清晨的露水还没有干。让我魂牵梦绕的那个人，就在河水的另一岸。我逆流而上去追寻她，然而道路艰险坎坷。我顺流而下去追寻她，仿佛她就在河水中的小洲间。

河畔的芦苇更加茂盛了，清晨的白露依旧没有干，我苦苦追寻的那个人，就在河水的那一岸。我逆流而上追寻她，然而道路艰险迂回。我顺流而下寻觅她，仿佛她就在水中的小洲上。

历史放映厅

《蒹葭》选自《诗经·国风·秦风》，大约是2500年以前在秦地流传的一首民歌。诗歌表面上看起来是一首追寻爱慕对象却不可得的爱情诗，但在诗歌中，佳人飘忽不定，给人扑朔迷离、难以接近的感觉，因而"伊人"具体指代什么是不确定的。有人认为这是一首招贤纳士的诗，也有人认为"伊人"是指人的一生中一些美好的追求目标。整首诗富有哲理，隐含着一种求而不得的迷惘之情。

赏析

这首诗歌一共有三章。其中每章的前两句都借物起兴，在三四句点明诗歌的主题，在最后的四句中描述追求佳人而不得的惆怅心情。诗歌采取了重章叠句的形式，形成了一唱三叹、回环往复的结构美。诗歌只变换几个字，就展现了时间和空间的变换：白露从"为霜"，到"未晞"，到"未已"，展现了时序的变迁，以及漫长时间中追求者的坚持不懈；而"在水一方""在水之湄""在水之涘"展现了空间的转换，也展现出了所追求对象的缥缈难测。此外，诗歌中反复吟咏河水的阻隔，是一种隐喻的手法，展现出了可望而不可即的迷惘，留下了无尽余味。

桃夭

《诗经·周南》

桃之夭夭[1]，灼灼[2]其华。之子于归[3]，宜其室家[4]。

桃之夭夭，有蕡[5]其实。之子于归，宜其家室。

桃之夭夭，其叶蓁蓁[6]。之子于归，宜其家人。

注释

[1] 夭夭：好的容貌。[2] 灼灼：桃花盛开的样子。[3] 之子于归：之子，这位姑娘。于，语气助词，无义。归，出嫁。

[4] 宜其室家：祝福你家庭幸福和睦。室家，家庭。[5] 有蕡（fén）：有，语气助词，无义。蕡，肥大的意思。[6] 蓁（zhēn）蓁：叶子茂盛的样子。

译文

绚丽茂盛的桃树啊，开着鲜艳的花朵。这位美丽的姑娘嫁过来，一定会婚姻幸福家庭和睦。

绚丽茂盛的桃树啊，结满了肥硕的果实。这位美丽的姑娘嫁过来，一定会家庭美满。

绚丽茂盛的桃树啊，它的叶子茂盛浓密。这位美丽的姑娘嫁过来，一定会使家人幸福。

瑶岛僊花

乾隆丙戌寓物

杏翁老弟

二知一桂

《桃花图》

作者：邹一桂

创作年代：清代

馆藏：故宫博物院

邹一桂是清代雍正、乾隆时期有名的翰林画家，尤其擅长花鸟。他曾精心绘制百种花卉集成《百花卷》敬献给乾隆皇帝，得到乾隆皇帝亲题百首绝句。为了画出更真实的作品，邹一桂曾亲自种植百余种花卉，观察它们的形态，真实还原于笔下。桃花是古人酷爱的一种花卉，它寄托了人们许多的情感追求。在古人的笔下，桃花可以是妖艳多姿的，可以是恣意的，可以是热烈的，也可以是伤感的。邹一桂这幅桃花，画出了"桃之夭夭，灼灼其华"之感，让桃花的热烈奔放跃然纸上。

历史放映厅

《桃夭》选自《诗经·国风·周南》，属于中国古代南方地区江汉流域的民歌，相传是在婚礼上演唱的诗歌，是对女子出嫁时的祝词。桃树易于存活，而且结果很多，因而在中国古代也有吉祥和多子多福的寓意。整首诗反映出了当时人们对家庭生活的美好向往，以及对于新嫁娘的祝福，并记载了先秦时期区域性的婚礼习俗。

赏 析

这首诗歌分别用桃花、桃子果实、桃叶来称赞新娘的美貌和品德。诗人用眼前所见的桃树上的花、果实和叶子起兴，不仅用繁盛的桃树和桃花比喻新娘的年轻貌美，还暗含着祝福新娘一家早生贵子、生活美满的祝愿。诗歌运用反复吟咏的方式，歌颂女子的贤良淑德，也形成了喜气洋洋的氛围和欢乐的情调。

式微①

《诗经·邶风》

式微式微，胡②不归？

微③君④之故，胡为乎中露⑤？

式微式微，胡不归？

微君之躬⑥，胡为乎泥中？

注 释

①式微：意思是天黑了。式，语气助词。微，昏暗。②胡：何，为什么。
③微：（如果）不是。④君：君主。⑤中露：即露中，在露水中。
⑥微君之躬：（如果）不是为了养活你们。躬，身体。

译 文

天都黑了，怎么还不回家？要不是因为君主，谁能浸湿在露水中？

天都黑了，怎么还不回家？要不是为了养活主子们，谁能浸泡在
泥水当中？

历史放映厅

这首诗反映了先秦时期服劳役的平民对唱的场景。春秋时期
的兼并战争以及权力斗争等，导致了贵族与平民阶级矛盾尖锐。
平民遭受上层贵族的压迫，要参加劳役，有家不能回，甚至无家
可归。这首诗就展现了平民对繁重劳役的不满。

赏 析

　　这首诗歌连用四个问句，以双重否定的形式，倾吐了平民不堪劳役，对有家不能回的不满，表达了主人公的愤懑和伤感。整首诗用每一章的前两句表现工作时间之长，用后两句表现劳动条件之差，展现出了服劳役的人们长年累月在艰苦的环境中不停工作的场景。整首诗情绪饱满，直抒胸臆，反讽效果十足。

子衿①

《诗经·郑风》

青青子衿，悠悠②我心。

纵我不往，子宁③不嗣④音？

青青子佩⑤，悠悠我思。

纵我不往，子宁不来？

挑兮达兮⑥，在城阙⑦兮。

一日不见，如三月兮！

注 释

①子衿（jīn）：你的衣领。子，你。衿，衣领。②悠悠：深思的样子。③宁（nìng）：岂，难道。④嗣（sì）：接续，继续。⑤佩：指佩玉的带子。⑥挑（tāo）兮达（tà）兮：独自徘徊的样子。⑦城阙（què）：城门两边的楼台。

译 文

你的衣领颜色青青，让我日夜思念。纵然我不能前去与你相会，你难道就不能继续给个消息？

你的佩玉绶带颜色青青，让我日夜记挂。即使我不能前去与你相会，你难道就不能自己前来？

我在城门两边的楼台上独自徘徊，十分焦急。一天不能与你见面，仿佛相隔三个月之久！

《子衿》是《诗经·国风·郑风》中的一篇，是中国诗歌史上表达相思之情的经典作品。诗歌表现了女子在城楼上等候和思念心上人的场景，其中青色的衣领和佩玉绶带都表明女子的心上人是有一定身份地位的。后来"青青子衿，悠悠我心"被曹操在《短歌行》一诗中直接引用，将这一女子对男子的思念比作自己对于能人贤才的渴求。

赏 析

整首诗歌首先使用借代的手法，用情郎的衣襟和佩玉绶带指代情郎本人，表现出自己对情郎的日夜思念。其次，诗歌运用了反问的手法，增强了女主人公对心上人不来与她相见的责怪和埋怨心理。诗歌最后一句使用了夸张的手法，展现出心理上的时间感觉与客观的时间长度之间的反差，从而表现出女子在思念中饱受煎熬。总的来看，整首诗进行了直白的心理描写，以女主人公的第一人称视角进行内心独白，直抒胸臆，感情十分率真。

静女

《诗经·邶风》

静女其姝①，俟②我于城隅③。

爱④而不见，搔首踟蹰⑤。

静女其娈⑥，贻我彤管⑦。

彤管有炜⑧，说怿女美⑨。

自牧归荑⑩，洵美且异⑪。

匪女之为美⑫，美人之贻。

注 释

①静女其姝（shū）：娴静的女子很漂亮。姝，美丽、漂亮。②俟（sì）：等待。③城隅：城角。一说指城上的角楼。④爱：通"薆（ài）"，隐藏。⑤搔首踟蹰（chí chú）：以手指挠头，徘徊不进。⑥娈（luán）：美好。⑦彤管：红色的管状物。一说指初生时呈红色的管状的草，即"荑（tí）"。⑧炜（wěi）：色红而光亮。⑨说（yuè）怿（yì）女（rǔ）美：喜爱你的美丽。说，通"悦"。怿，喜悦。女，通"汝"，第二人称代词。下文的"匪女之为美"的"女"同义。⑩自牧归（kuì）荑：从远郊归来赠送我初生的茅草。牧，城邑的远郊。归，通"馈"，赠送。⑪洵美且异：确实美好而且与众不同。洵，诚然、实在。⑫匪女之为美：并非你这荑草美。匪，通"非"，表示否定判断。

译 文

娴静美丽的姑娘啊，正躲在城墙角后面等我。她隐藏起来我没有看到她，急得我走来走去焦躁不已。

娴静美丽的姑娘啊，送给了我一支红色的乐管。乐管的颜色鲜红光亮，让我越看越喜欢你。

姑娘从远郊归来赠送给我刚刚发芽的茅草，茅草美好且与众不同。其实并非这个茅草有多美，而是因为这是美丽的姑娘亲手送给我的。

历史放映厅

《静女》选自《诗经·国风·邶风》，是春秋时期卫国（今河北南部和河南北部）的一首情歌。诗歌展现的是一对青年男女在城墙上相会的片段，表现了当时男女相处时的淳朴天然，反映了古代劳动人民歌颂和追求的健康和谐的爱情。

赏 析

整首诗歌以男子第一人称的口吻来展现男子与女子相会的场景。诗歌最开始通过女子的躲藏与男子寻不见心上人的焦虑，进行两人动作上的对照，表现出女子的活泼调皮和男子的憨厚老实，凸显了男女恋人约会的情趣。女子用信物表达自己的心意，使得男子的心境产生了变化，前后的对比也使得这首诗的情节一波三折，富有趣味。整首诗歌清新活泼，十分有趣。

屈原：中国浪漫主义
文学的奠基人

屈原，中国文学史上伟大的爱国诗人，他以超凡的想象力成为中国浪漫主义文学的直接源头。屈原不仅创造了光辉灿烂的楚辞文学，还营造出卓越超凡的美学气质与坚贞高洁的精神品质。在他悲剧的一生中，勤勉不懈的进取精神以及与黑暗势力斗争的批判精神、忧心国民的爱国精神造就了他伟岸的人格，使他成为中华民族的文化伟人。

贵族子弟，品质高洁

屈原（约前340—约前278），芈姓，屈氏，名平，字原，战国时期楚国人，出身于楚国没落贵族。曾在楚怀王执政时期任左徒、三闾大夫，兼管内政外交大事。屈原自小博闻强记，熟悉政治状况，擅长外交辞令，无论是同楚王商讨国事，还是接待诸侯宾客等，都能从容应对，处理得当，因而深得楚怀王信任。

屈原将上古帝王颛顼氏视作自己的先祖，为了追随自己的祖先，与自己的高贵出身相符，他极为重视自身品德修养的提升，执着于自己的政治理想，致力于探求国富民强之法。在这种爱国情怀的驱使下，他不断自我勉励，"路漫漫其修远兮，吾将上下而求索"这一震古烁今的号呼也激励着无数有志之士奋发向上，献身真理。据说，鲁迅就在自己的作品集《呐喊》首页上抄下了这句话勉励自己。此外，屈原喜欢以香草配饰象征自己的美好品德。当时的楚国内政中存在着以楚国贵族集团为代表的保守派和以屈原为代表的改革派的斗争，屈原不屑与对方阵营为伍，用众多的香草配饰指代自己品德和人格的高洁，说自己以芰荷为衣，以芙蓉为裳，身上总有芳香环绕，并用杂草讽刺对方，用杂草丛生讽刺当时国家奸党横行，这样的讽刺让保守派十分痛恨。

追求美政遭受迫害

战国时代七雄纷争，楚国处于内忧外患之中。屈原主张内政上举贤任能，外交上联合齐国共同抗击秦国。他致力于辅佐君主，兴盛宗国，实现"美政"的理想。相传，屈原受怀王之命起草律令，保守派代表上官大夫十分嫉妒，想要探听新法的内容，就逼问屈原，屈原本就看不惯这些扰乱朝政的旧贵族，不肯把草案交给上官大夫，并义正词严地拒绝说："这是政治机密，我怎可交给你？"上官大夫恼羞成怒，在怀王面前污蔑屈原恃才傲物、居功自大，楚怀王听信了谗言，开始疏远屈原。

自此之后，秦国趁机而入，派张仪出使楚国，表面是友好交流，实际是想行使阴谋诡计离间楚国与齐国的邦交关系。屈原就谏议除掉张仪，同时让楚王不要去见秦王，但昏庸懦弱的楚怀王都不采纳，中了秦国的离间计，最终孤立无援屡受欺侮，楚怀王最终也死在了秦国，即位的楚顷襄王更是采取了完全投降的政策。屈原痛心疾首，同时再次受到奸臣的谗害，最终被放逐江南。

屈原在文学上表达了自己这种深沉的忠君爱国精神，他以男女婚姻来比喻自己与楚王的关系，将自己比喻为弃妇，哀怨地展现出自己的不平与苦闷。在他的作品中，他语重心长地劝谏楚王不可荒淫误国，要向尧、舜、禹等圣人学习。又用历史上有才之士遇见明君赏识的故事讽谏君主要罢黜奸佞，选用自己。然而，即便用诗向楚王多次表白心迹，屈原也终究被辜负了。

投身江水以死守节

除了在郢都任职，屈原一生共有两次漂泊在外的经历：一次是屈原遭到楚怀王的疏远，自己离开郢都，前往汉北；另一次是之后的流放江南，历经长江、洞庭湖、沅水、湘水等地。第二次放逐时，屈原已过半生，国家濒临危亡，救国无门。据说，屈原忧愤不已，在江潭之畔放声吟咏："举世皆浊我独清，众人皆醉我独醒。"小舟上的渔夫劝诫他：圣人不应该为这些事纠结，应当学会随遇而安。世道险恶，你为什么不随波逐流，与他们一样顺势而为呢？但屈原已不想苟活，认为自己一世英名，清白之身不能蒙尘。最终他怀抱一块石头，投汨罗江而死。

据说屈原投江的这一天是五月初五，楚国人民在知晓屈原投江后十分伤心，划船赶去营救，为防止江中鱼儿蚕食屈原的身体，还自发用竹筒做成粽子扔进江里。自此之后，五月初五端午节时，赛龙舟、包粽子等风俗都表现了人们对屈原的怀念。

浪漫主义文学奠基人

在长期的流放生涯中，屈原一边忧心国事，难舍国家故土与君主，一边又在一次次的不公遭遇中攒聚着浓厚的悲痛与失望，他在诗歌中倾泻自己的哀怨与激愤。他一生写下了约 25 篇作品，包括《离骚》《九歌》《天问》等。他以感情的热烈奔放和想象的奇特大胆，成为中国古代浪漫主义文学的开山巨人，影响了后世李白、李贺等一众浪漫主义诗人。

屈原浓郁的浪漫气质主要表现在想象的奇特和情感的强烈两方面。他的作品中记载了各种上古神话传说、历史材料和崇高的历史人物，以及诸多宏伟壮丽的奇特场面。如《九歌》是祭祀用歌，相传是夏启从天上偷来的乐歌，屈原将其改编创作成祭神之歌，将主题改为人神恋爱和祭祀神灵。这些神灵形象和人神交接的故事，具有神话的缥缈风格。《离骚》后半部分的想象更是无比奇幻，在诗中，屈原在茫茫苍穹中逍遥遨游，在四海八荒之中周游四方，自由驰骋。众神都降临迎接他，飞龙为他驾车，雷公为他探路，风神为他开道，鸾鸟为他护航，天帝为他开门，神女与他相会。他赴神界盛宴，喝琼浆玉液，快意无比，这一系列的场面蔚为壮观。

此外，即便是这样完全远离现实的想象，也寄托了屈原在俗世间复杂的情感。他有时豪气万丈，激情澎湃，如在《天问》中大胆发问天地宇宙，一连抛出 172 个囊括世间万物的问题，畅快展现自己探求真理的无畏精神。有时又倾泻着自己无尽的哀伤：《离骚》作为我国古典文学中最长的一篇抒情诗，抒发了屈原遭到不公待遇的哀怨。他痛斥奸臣，哀叹身世。尤其是在诗的最后，屈原决心放手归去，即将跟随众神远去，但此时他在天上看到了自己的故乡，心里一阵悲伤，连他的马都回首望故乡，犹豫着不肯前行。心怀民生的他最终无法独善其身、潇洒自在，这种踟蹰不前正展现了他在远大理想与现实遭遇之间何去何从的彷徨。

千年之下终将不朽

作为中国历史上第一位有名有姓的诗人，屈原开启了中国古典诗歌文化的篇章，他的独立创作也开启了个体抒情的时代。具体来看，屈原的创作打破了《诗经》四言诗的形式，创造了"骚体"这种新体裁，完成了诗歌的变革，从此，诗人也被称为"骚人"。屈原的艺术造诣自是首屈一指，孤傲如李白都写诗赞叹"屈平辞赋悬日月"，宋代文坛第一全才苏轼也曾说，我终生佩服但又无法达到他才华的万分之一的，只有屈原。

更令人感动的是屈原那卓越的人格品质。首先，他那自我砥砺，坚持真理的节操唤起了中国古代文人普遍的认同感。他大声疾呼"亦余心之所善兮，虽九死其犹未悔"，这种用生命捍卫理想尊严，愿为此牺牲的大无畏精神鼓舞和感召着一代又一代的仁人志士，杜甫、陆游等都被他这种顽强不屈的理想追求与深沉悲壮的情怀折服。"屈原放逐，乃著《离骚》"的精神力量也影响了同样惨遭迫害的司马迁。其次，他那忧愤深广的爱国情怀，维护正义、直面黑暗的批判力量也为中华民族的文化精神注入了一股深沉刚烈的爱国之气。司马迁毫不吝啬地表达自己对屈原的褒扬与崇拜："其文约，其辞微，其志洁，其行廉……虽与日月争光可也。"可以称之为屈原伟岸的人格与不屈的斗争精神的最好写照。这样一个珍惜自己名誉，将生命奉献给国家与人民的圣人，是我们永远的精神偶像。

离骚（节选）

战国·屈原

帝高阳之苗裔兮，朕皇考曰伯庸①。摄提贞于孟陬兮，惟庚寅吾以降②。皇览揆余初度兮，肇锡余以嘉名③。名余曰正则兮，字余曰灵均。

纷吾既有此内美兮，又重之以修能④。扈江离与辟芷兮，纫秋兰以为佩⑤。汩⑥余若将不及兮，恐年岁之不吾与⑦。朝搴阰之木兰兮，夕揽洲之宿莽⑧。日月忽其不淹兮⑨，春与秋其代序⑩。惟草木之零落兮，恐美人⑪之迟暮。不抚壮而弃秽兮，何不改此度⑫？乘骐骥以驰骋兮，来吾道夫先路⑬！

…………

长太息⑭以掩涕⑮兮，哀民生⑯之多艰。余虽好修姱以鞿羁兮，謇朝谇而夕替⑰。既替余以蕙纕兮，又申之以揽茝⑱。亦余心之所善兮，虽九死其犹未悔。怨灵修⑲之浩荡⑳兮，终不察夫民心㉑。众女嫉余之蛾眉兮，谣诼谓余以善淫㉒。固时俗之工巧兮，偭规矩而改错㉓。背绳墨以追曲兮，竞周容以为度㉔。忳郁邑余侘傺兮㉕，吾独穷困乎此时也。宁溘㉖死以流亡㉗兮，余不忍为此态㉘也！鸷鸟之不群㉙兮，自前世而固然。何方圆之能周兮，夫孰异道而相安㉚？屈心而抑志兮，忍尤而攘诟㉛。伏㉜清白以死直兮，固前圣之所厚。

悔相道之不察兮，延伫㉝乎吾将反。回朕车以复路兮，及行迷之未远㉞。步余马于兰皋兮，驰椒丘且焉止息㉟。进不入以离尤兮，退将复修吾初服㊱。制芰荷㊲以为衣兮，集芙蓉以为裳。不吾知其亦已兮，苟余情其信芳㊳。高余冠之岌岌兮，长余佩之陆离㊴。芳与泽其杂糅兮，唯昭质其犹未亏㊵。忽反顾以游目㊶兮，将往观乎四荒。佩缤纷其繁饰兮，芳菲菲其弥章㊷。民生各有所乐兮，余独好修以为常。虽体解吾犹未变兮，岂余心之可惩㊸？

注释

① 高阳：传说中的古代帝王颛顼。苗裔：远代子孙。朕：我。皇考：对已故父亲的美称。皇，大。考，称已故的父亲。② 摄提：即"摄提格"，寅年的别称。贞：当、正当。孟陬（zōu）：孟春正月，正月为陬。庚寅：庚寅日。降：降生。③ 览揆（kuí）：观察衡量。览，观察。揆，测度、衡量。初度：出生时的情况。肇：开始。锡：赐给。嘉名：美名。④ 纷：盛多。重：加。修能：美好的容态。⑤ 扈（hù）：楚地方言，披。江离：一种香草。辟芷：生于幽僻之处的白芷。辟，同"僻"，僻静、幽静。纫：连缀、连接。⑥ 汩（yù）：水流很快的样子。这里用以比喻时间过得飞快。⑦ 不吾与：即"不与吾"，不等待我。⑧ 朝搴（qiān）、夕揽：比喻早晚勤勉修德。搴，拔取。阰（pí），土坡。木兰，一种香木。揽，采摘。宿莽，一种香草。⑨ 忽：迅速。淹：久留。⑩ 代序：时序更替。⑪ 美人：代指有才德、有作为的人。一说是屈原自指，一说指楚怀王。⑫ 抚壮：把握壮年。弃秽：抛弃污秽的东西。度：法度、准则。⑬ 道：同"导"，引导。先路：前驱。⑭ 太息：叹息。⑮ 掩涕：掩面而泣。⑯ 民生：人生。⑰ 好（hào）：爱慕、崇尚。修姱（kuā）：美好。鞿（jī）羁：喻指束缚、约束。鞿，马缰绳。羁，马络头。謇（jiǎn）：楚地方言，助词，无实义。诼（suì）：谏诤。替：废弃。⑱ 蕙：一种香草，俗名佩兰。纕（xiāng）：佩带。申：重复、加上。茞（chǎi）：一种香草，即白芷。⑲ 灵修：指楚怀王。⑳ 浩荡：荒唐。㉑ 民心：指屈原自己的心。一说指人心。㉒ 众女：

忧伤的
屈原

《屈子行吟图》

作者：傅抱石

创作年代：现代

馆藏：私人藏品

傅抱石一生画过很多幅屈原，他曾说"中国画的精神，既是民族精神的最大表白，又是和民族国家同其荣枯共其生死的"，而屈原，正是这种精神的代表。此幅《屈子行吟图》是傅抱石的代表画作之一，展现了屈原在汨罗江畔徘徊的场景，江水汹涌，屈原衣角翻飞，神情苍凉，让人观之难忘。

喻指小人。蛾眉：喻指美好的品德。谣诼（zhuó）：毁谤。㉓ 固：本来。偭（miǎn）：违背。错：通"措"，举措。㉔ 绳墨：木匠画直线用的工具，喻指准绳、准则。追曲：追随邪佞。周容：迎合讨好。㉕ 忳（tún）郁邑：强调忧闷之深切。忳、郁邑，都是"忧愁烦闷"的意思。侘傺（chà chì）：失意的样子。㉖ 溘（kè）：突然。㉗ 流亡：随流水消逝。㉘ 此态：指迎合讨好他人的丑态。㉙ 鸷鸟之不群：猛禽不与凡鸟同群。鸷鸟，凶猛的鸟，指鹰、雕等。㉚ 方圜（yuán）：方柄（榫头）和圆凿（榫眼）。圜，通"圆"。周：合。孰：何、怎么。㉛ 尤：责骂。攘：容忍。诟（gòu）：辱骂。㉜ 伏：通"服"，保持。㉝ 延伫：久立。㉞ 复路：回原路。及：趁着。行迷：走入迷途。㉟ 步：缓行。皋：水边地。丘：山冈。焉：在那里。㊱ 不入：不被容纳。离：同"罹"，遭受。初服：指出仕前的服饰，比喻原先的志向。㊲ 芰（jì）荷：菱叶与荷叶。㊳ 不吾知：即"不知吾"。苟：如果、只要。芳：美好。㊴ 岌（jí）岌：高耸的样子。陆离：修长的样子。㊵ 昭质：光明纯洁的本质。亏：减损。㊶ 游目：放眼观看。㊷ 菲菲：香气浓烈。章：通"彰"。㊸ 惩：因受创而戒止。

译文

我是颛顼帝的远代子孙，父亲名叫伯庸。正当寅年的寅月寅日，我降生了。先父观察衡量我降生时的情况，一出生就赐给我美名。给我起名叫"正则"，给我取字叫"灵均"。

我既有这么多美好的内在品质，又加之以美好的容态。肩披江离与长在幽僻处的白芷，将秋天的兰花连缀起来做成佩饰。时间好像流水我跟不上，担心岁月不等待我。早晨我采撷坡上的木兰，晚上摘取洲中的宿莽。时间飞快流逝无法久留，春夏秋冬四时变化也不断更替。看到草木从茂盛到凋零，我害怕起这样富有才华的自己也要衰老了。何不趁着年富力强去除邪恶污秽，何不改变现行的法度？乘坐着骏马驰骋，我愿意为前驱。

…………

长长叹息着掩面而泣，哀叹人生有诸多艰难。我虽然崇尚美德并且约束自己，可我早上进谏晚上即遭贬黜。既因为我用香蕙做佩带而贬黜我，又因为我采摘白芷为饰而给我加上罪名。我心灵纯洁一心向善，即使是死无数次我也不后悔。我怨愤楚怀王荒唐糊涂，始终不能明白别人的真心。众多小人嫉妒我秀美的蛾眉，诽谤我好做淫邪之事。世俗本来是善于取巧的，违背规矩而任意改变正常的措施。违背准绳而追随邪曲，竞相把迎合讨好奉作法度。忧愁烦闷而又失意，独有我在此时走投无路。我宁愿突然死掉魂飞魄散，也不愿意媚俗惺惺作态。雄鹰不愿与俗鸟们在一起，自古以来就是这样。哪有方枘和圆凿能够相合，哪有道不同却能够相互安处？受着委屈压抑着意志，忍受着责备和辱骂。保持清白而献身正道，本来就是古代圣贤所推崇的。

后悔选择道路时没有看清，我久久伫立而想返回。掉转我的车子返回原路，趁着迷路还不算远的时候。让我的马缓缓走在长着兰草的水边，驱马疾行到长着椒树的山冈暂且在那里休息。到朝廷做官不被君王接纳而又遭受指责，退下来重新整理我当初的衣服。用菱叶和荷叶做上衣，收集芙蓉做下衣。不了解我也就算了，只要我本心确实是美好的。加高我高高的帽子，加长我长长的佩带。服饰的芳香和佩玉的润泽交织在一起，我光明纯洁的品质还是没有减损。突然回头四处远望，我将驰骋游览四面八方。佩戴的饰物缤纷多彩，浓烈的芳香更加显著。人生各有各的爱好，我独爱美好并且习以为常。即使被肢解，我仍然不会改变，难道我的心会因为受到惩罚而停止爱美好、从正道？

赏 析

《离骚》以第一人称的方式，塑造了一个高大的、神话式的艺术形象。诗歌的前半部分首先自报家门，追述古代历史上的圣贤君主和昏庸君主的得失，从而引申出自己对于楚国前途命运的关切，以及想要革新朝政、与黑暗势力斗争的大无畏精神。后半部分是屈原的奇思妙想，主要表现了他神游天上、追求理想的浪漫情怀。整首诗歌气势宏伟、情感炽热、神采飞扬，将现实政治与遨游天外结合在一起，实现了现实主义与浪漫主义的碰撞。

此外，这首诗歌中的一个突出成就是运用"香草美人"的比喻，运用男女爱情来指代君臣之间的关系，表明自己对于君主的忠心以及自身人格的高洁。此外诗歌还引用了飞廉、雷师、宓妃等大量神话传说，使用了大量想象与隐喻，从而形成了诗歌宏大的结构、波澜起伏的情节以及雄奇的想象。不仅如此，诗歌还引用了大量带有楚国地方色彩的植物和风俗，使用了楚国俗语和民歌，强化了屈原的爱国精神。总的来看，整首诗歌感情奔放、语言真诚，运用了直抒胸臆的方式高喊出屈原自己对崇高人格的坚守与九死不悔的斗争精神，令人震撼。

九歌·东皇太一（节选）

战国·屈原

吉日兮辰良，穆将愉兮上皇[①]。

抚长剑兮玉珥[②]，璆锵[③]鸣兮琳琅。

瑶席兮玉瑱[④]，盍[⑤]将把兮琼芳；

蕙肴蒸兮兰藉，奠桂酒兮椒浆。

扬枹兮拊鼓[⑥]。疏缓节兮安歌，陈竽瑟兮浩倡。

灵偃蹇[⑦]兮姣服，芳菲菲兮满堂。

五音纷兮繁会，君欣欣兮乐康。

注 释

①穆：恭敬。愉：娱乐。上皇：天帝，指东皇太一。②珥（ěr）：剑鞘出口处像两耳的突出部分，又叫剑鼻。③璆（qiú）：美玉。锵（qiāng）：金属发出的声音。④瑱（zhèn）：此处指玉制成的压席物。⑤盍（hé）：通"合"，会集。⑥枹（fú）：击鼓槌。拊（fǔ）：轻轻打。⑦灵：

《九歌图卷·东皇太一》·北宋·张敦礼

指代表神的巫者。偃蹇（yǎn jiǎn）：形容优美的舞蹈姿态。

　　吉祥的日子，大好的时辰，恭恭敬敬地祭祀天帝。用手轻柔地按抚宝剑的剑鼻，琳琅满目的美玉相互碰撞发出清脆的叮当声。瑶席的四角用玉压着，芬芳的鲜花供奉在旁边。蕙草包着肉垫在兰叶上，献上美味的桂酒和椒子汤。举起鼓槌轻轻打鼓，舒缓的音乐伴随着轻柔的歌曲，吹竽鼓瑟，歌声飞扬。巫者穿着华美的衣服，舞姿优美，芬芳馥郁的香气萦绕着整个屋子。众多奏乐的声音齐鸣，天帝十分开心，保佑我们平安健康。

赏 析

　　这是楚国人祭祀中最高神——东皇太一的祭歌。据说在祭祀时，男巫会扮成东皇太一，由女巫做迎神仪式。诗歌展现的祭祀场面十分壮观，通过瑶席、花草、佳肴、美酒等祭祀的物品营造出了喜气洋洋的氛围，并通过对人们动作神态的描写展现出了人们对祭祀的重视和这一祭祀活动的欢乐。通过音乐的听觉、佳肴美酒的味觉、花香的嗅觉、各种场面的视觉，诗人将多种感官的感受描绘得十分出色，展现了当时楚地的祭祀风俗，以及人们对于万物复苏、生命繁衍的追求。

45

九歌·湘夫人（节选）

战国·屈原

帝子^①降兮北渚，目眇眇兮愁予^②。嫋嫋兮秋风，洞庭波兮木叶下。

白蘋^③兮骋望，与佳期兮夕张。鸟何萃兮蘋中^④，罾^⑤何为兮木上？

沅有茝兮醴有兰^⑥，思公子兮未敢言。荒忽兮远望，观流水兮潺湲^⑦。

注 释

① 帝子：指湘夫人。② 眇（miǎo）眇：望眼欲穿的样子。愁予：忧愁。③ 白蘋（fán）：水草名。④ 萃：聚集。蘋（pín）：多年生水草。⑤ 罾（zēng）：渔网。⑥ 沅（yuán）：水名。茝（chǎi）：香草名。醴（lǐ）：通"澧"，水名。⑦ 潺湲（chán yuán）：水缓缓流淌的样子。

译 文

美丽的湘夫人降临到了湖水的北岸，我已经望眼欲穿，忧愁不已。凉爽的秋风阵阵吹来，洞庭湖水波浪翻涌，树叶飘摇落下。

我登上长着白蘋草的高地往远处眺望，与她约定好时间准备晚宴。为什么鸟儿们都聚集在水草旁边？为什么渔网悬挂在大树上？

沅水有茝而澧水有兰草，想念你却不敢说出来。放眼远望一片苍茫，只看到清澈的流水缓缓流淌。

《九歌》共11篇，是为祭祀楚地信奉的天神所写的歌辞，分别是《东皇太一》《云中君》《湘君》《湘夫人》《大司命》《少司命》《东君》《河伯》《山鬼》《国殇》《礼魂》。《九歌图卷》共9幅，现存世少第二首《云中君》与第三首《湘君》，卷中所题为篆书，故长卷又被称为篆书款，区别于楷书、隶书款。传说此卷为北宋张敦礼所绘，但因其无传世作品，故无法验证，故也有研究者认为此长卷应是金代画家（一说元代张渥）所作。此幅图为《九歌图卷》中的《湘夫人》，整幅画作远近结合，衬托出湘夫人的失落与哀伤，非常符合屈原《九歌·湘夫人》所描写的情景。

《九歌图卷·湘夫人》

作者：张敦礼

创作年代：北宋

馆藏：美国波士顿艺术博物馆

📽 传说湘水神是一对夫妻，男的叫湘君，据说就是舜帝，女的叫湘夫人。另一首《湘君》是这一首诗的姊妹篇，二者被称为"二湘"，写的都是和对方约定但对方不赴约后产生的思慕和哀怨。这首诗以湘夫人为第一人称视角，描写湘君与湘夫人互相恋慕的心情，以及两人相约后等待多时湘君还没到，湘夫人的失落、埋怨、哀伤和思念，展现了当时人们对于美好爱情的向往和追求。

赏 析

诗歌最开始写的是约会的时间和地点，这里使用了情景交融的手法，将湖上的秋景与湘夫人的企盼之情结合在一起。其中"嫋嫋兮秋风，洞庭波兮木叶下"这一描写秋景的诗句被后世许多诗人化用，被认为是"千古言秋之祖"。之后写湘夫人等候多时但湘君依旧没来的心情。整个画面围绕着主人公登高远眺所见的场景，其中有两个对所见场景发出的疑问，展现出湘夫人等候的无聊。之后，诗歌直接抒发湘夫人深情的思念，并刻画出主人公持续很久的远眺场景。

总的来看，整首诗情景交融，语言节奏流畅、婉转流利，结尾处也留下了广阔的想象空间。

九歌·山鬼（节选）

战国·屈原

若有人兮山之阿①，被薜荔兮带女罗②。
既含睇③兮又宜笑，子慕予兮善窈窕。
乘赤豹兮从文狸，辛夷车兮结桂旗。
被石兰兮带杜衡，折芳馨兮遗所思。

注 释

①阿（ē）：山的曲折处。②被：通"披"，带。薜（bì）荔、女罗：植物名。③含睇（dì）：含情注视。

译 文

好像有个人在山的角落处，身上披戴着薜荔和女罗。

眼眸含情脉脉，笑意盈盈，小伙子们都爱慕我，喜欢我窈窕的身姿。

我驾乘着红色的豹子，带上我的花纹野猫，在辛夷车上挂满桂枝做的旗子。

我把石兰和杜衡带在身上，折取一枝鲜花送给我所想念的人。

历史放映厅

《山鬼》是战国时期楚国祭祀山神的乐歌，很多学者认为山鬼是巫山的山神。屈原将它改编成爱情诗，描绘的是山鬼失恋的心情。一般认为山鬼是屈原自身形象的化身，屈原以山鬼的艰难环屈原《九歌·山鬼》是一首祭祀山神的乐歌，画家用自己的想象，描绘出一个"乘赤豹兮从文狸"的少女，再现了屈原所要表达的意境。《山鬼》一篇，非常受画家青睐，皆因骑豹穿行的山鬼有着十分神秘的色彩，给了画家充分的想象空间。从现存画作看，山鬼形象有男有女，有的妩媚，有的狂野。此幅山鬼偏娇羞妩媚，与赤豹的威猛形成了视觉张力。

《九歌图卷·山鬼》

作者：张敦礼

创作年代：北宋

馆藏：美国波士顿艺术博物馆

境表达了自己的险恶处境，通过山鬼的等待、美丽和忠贞，暗喻自己对于理想和高尚情操的坚守。

赏 析

　　这首诗歌充满神话气息和浪漫色彩。整首诗歌运用了内心独白的方式，表现出山鬼对于心上人的一往情深。诗歌中运用了很多楚地特有的植物，具有地方色彩。在前两句中，诗人运用各种意象对山鬼的神态和外貌进行了细节描写，凸显出山鬼的美丽姿态。在后两句中，诗人转向动作描写，用主人公前去寻找心上人的急切和认真准备，展现出山鬼对于爱情的渴盼。

51

九歌·国殇（节选）

战国·屈原

出不入兮往不反①，平原忽兮路超远。
带长剑兮挟②秦弓，首身离兮心不惩③。
诚既勇兮又以武，终刚强兮不可凌。
身既死兮神以灵，子魂魄兮为鬼雄！

注 释

① 出不入兮往不反：指战士出征，决心以死报国，不打算再进国门。"出不入"与"往不反"形成互文。反，通"返"，返回。② 挟（xié）：携带。③ 不惩：不畏惧。

译 文

战士们出征，决心以死报国，没有做活着回来的打算。平原辽阔无比，路途遥远。

战士们佩着长剑，携带着秦地制造的良弓，即便是身首分离，心中也决不畏惧。

战士们的确勇敢，又有高强的武艺，心志刚强，不可欺凌。

肉体虽然死了，但是灵魂不死，他们的魂魄也成为鬼中英雄！

历史放映厅

《国殇》是悼念战场上捐躯的楚国将士而作的诗歌。屈原所在的时期，楚国经常面临七国中实力最强的秦国的威胁，两国的实

跟着诗词游中国

屈原的楚地

战国时期，楚国是疆域最大的诸侯国，其地域大致包括现在的湖北和湖南两地以及周边省份的一些地区，因此湖南在历史上被称为"湘楚"，而湖北则被称为"荆楚"。当时的楚国文化特色鲜明，一方面整个国家信奉神灵祭祀，这在屈原的《九歌》中表现得最明显；另一方面，楚文化的一个突出特点是民歌发达，催生了以屈原的《离骚》为代表的楚辞文学。在自然环境上，楚国水资源丰富，植被发达，有很多香草，屈原在诗歌中多次运用香草来表明自己的高洁品格。

力悬殊，大多是楚国抵御秦国进犯的战争。屈原通过对誓死作战的战士们的热情赞扬，表达了自己的爱国之情。

赏 析

以上选取的是这首诗歌的后半部分，主要展现的是战士们视死如归的决心，以及诗人对牺牲精神的热情讴歌。诗中展现了战士们不畏生死的信念和行军出征的场面。在对行军场面的描绘中，诗人用富有视觉冲击力的写法，展现了出征将士的雄浑气势。而对于战士们的大无畏精神，诗人进行了直抒胸臆的情感抒发，歌颂了他们的凛然正气与爱国精神。诗中最后两句后来直接被李清照化用为"生当作人杰，死亦为鬼雄"。

汉代乐府：流传千年的民谣

汉乐府是汉代朝廷的音乐管理机关"乐府"组织文人创作或搜集整理民间歌谣而成的诗歌集，主要用于宫宴或祭祀典礼中演唱。它是继《诗经》《楚辞》之后中国古代诗歌史上的新高峰。根据记载，西汉乐府民歌有138首，东汉大概有340首，它的创作者上自帝王，下至平民，大都是根据具体的事件或者情感创作的，生动形象地展现了两汉生活全貌以及人民的心声，如《妇病行》等描写了下层民众疾苦，《十五从军征》等描写了战争徭役之苦，《鸡鸣》等描写了上层的奢华淫逸等。值得注意的是，汉乐府中很少有作品记录轻松愉悦的男女爱情，多展现封建婚姻下妇女的悲惨命运，如《孔雀东南飞》等。

汉乐府的最大成就在于它的叙事艺术，能够通过捕捉生活情节和人物的话语、行动、服饰、外貌等来讲述波折起伏的奇异故事和塑造人物性格。汉乐府诗作中塑造的人物栩栩如生，语言清新自然，还有浪漫主义的奇特想象，实现了现实主义与浪漫主义的结合，其中《孔雀东南飞》就是汉代乐府叙事诗的高峰。在形式上，汉乐府有多样的句式，突破了《诗经》的四言体。它的现实主义传统影响了唐代乐府体的创作，如杜甫、白居易等都遵循了它的现实主义创作传统。

江南

江南可采莲，
莲叶何田田。
鱼戏莲叶间。
鱼戏莲叶东，
鱼戏莲叶西，
鱼戏莲叶南，
鱼戏莲叶北。

译文

又到了江南地区可以采摘莲子的时节，莲叶非常茂盛。在茂盛的莲叶下边，鱼儿在其中嬉戏玩耍。鱼儿一会儿在荷叶东边，一会儿在荷叶西边，一会儿在荷叶南边，一会儿在荷叶北边，到处游来游去。

历史放映厅

这是一首江南水乡的采莲歌，是人们在采莲时进行唱和的民歌，展现了江南地区采莲的情景，以及采莲人内心的欢乐。江南地区的夏秋之际，人们会驾乘着小船在荷塘里集体采摘莲子。这首诗歌就描绘了人们边唱边采摘的场景，表现了采摘场面的热闹和欢乐，也展现了江南水乡独有的景致。

赏析

这首诗歌开头的前三句勾画出了江南地区满江莲花的优美景致。

跟着诗词游中国

江 南

　　江南没有具体的行政上的划分，在不同时期和不同场景中，江南地区的划分标准也不同，但大体上是指长江以南的地理区域，包括湖南、湖北、江苏、安徽、浙江等。总体上看，属于江南地区的自然环境特征有：水系发达，湖泊众多，植被茂盛，一年四季多雨，夏季湿热，冬季阴冷。依托这种自然气候特征，江南地区经济发达，其文化如金陵文化、杭州文化、苏州文化、扬州文化等都形成了像水一般细腻温婉的特点，整个江南地区的文化氛围以及文学特征都比较灵秀。历史上也有很多文人雅士钟爱江南风光，由此创作了很多赞美江南地区的文学作品。

之后分别用东西南北四个方位，展现鱼儿在水中自由嬉戏玩耍的欢乐场景，用方位的变换营造出一种活泼、自然、有趣的氛围。诗歌并没有写人们采摘莲子的具体场景，但却通过对鱼儿在莲叶之间畅游的描写，暗示出人们在荷塘中像鱼儿一样驾驶着小船采摘的画面。在句式上，诗人使用重复的句式和字眼，展现出乐府民歌清新明快的特点。

好一幅江南
禽戏图呀!

《莲池禽戏图卷》（局部）

作者：王渊

创作年代：元代

馆藏：台北故宫博物院

　　这是一幅描绘荷塘景色的绘画，作者为元代画家王渊。

　　王渊是浙江钱塘（今杭州）人，曾获大家赵孟頫的指导，画风仿古。此幅《莲池禽戏图卷》全长超过3米，描绘了莲花、杨柳、鸳鸯、鹤、锦鸡等数十种动植物，构建了一幅细致的、活泼的、生动的江南夏景。此处选取了画作的一部分，画中元素丰富多彩，禽鸟姿态闲适，衬托了江南之美。

长歌行

青青园中葵①，朝露待日晞②。
阳春布德泽③，万物生光辉。
常恐秋节至，焜黄华叶衰④。
百川东到海，何时复西归？
少壮不努力，老大徒伤悲！

注 释

①葵：葵菜。②晞（xī）：晒干。③阳春布德泽：春天的太阳布下恩泽，这里指阳光普照大地。④焜（kūn）黄华叶衰：花和叶都枯黄了。

译 文

菜园中的葵菜十分青翠，早晨的露水只能存留到太阳出来天亮的时候。

春天的阳光普照大地，万物在它的恩泽之下生长，焕发出生命的光彩。

常常害怕秋天到时，植物的花叶都枯萎了。

人世间无数的河流向东流入海洋，哪里有重新往西边流的呢？

年少的时候不努力，等年老时只能白白地伤悲悔恨了。

历史放映厅

《长歌行》整首诗歌的内容是借助自然界植物的盛衰变化劝诫人们珍惜年少时光，及时努力，表达了积极向上的人生观。诗中感慨人生短暂，要抓住大好青春年华奋起直追的道理，尤其是最后一句"少壮不努力，老大徒伤悲"更是成为无数文人激励自己和后人的名言警句。

赏 析

这首诗歌描写与议论相结合，由自然界的万物变化转向人生哲理，告诫青少年们要珍惜时间，趁年少努力，使得哲理具有说服力。具体来看，诗歌的前两句运用视觉描写，展现眼前所见的阳光下万物生长、植被茂密的景象。第三句运用了联想的手法，想到秋天万物凋零的景象，展现出自然界中花草生长时间短暂、有盛有衰。第四句又使用象征和反问的手法，用河水不可能往回流的道理暗示人生不可再来，时间不可追回的哲理，并在最后发出振聋发聩的警醒，劝诫年轻人要趁年少有所作为。总的来看，整首诗歌语言平实、娓娓道来、层层递进，一步步引出人生哲理，充满力量。

十五从军征

十五从军征，八十始得归。

道逢乡里人："家中有阿^①谁？"

"遥看是君家，松柏冢累累。"

兔从狗窦^②入，雉^③从梁上飞。

中庭生旅谷^④，井上生旅葵^⑤。

舂谷^⑥持作饭，采葵持作羹。

羹饭一时^⑦熟，不知饴^⑧阿谁。

出门东向看，泪落沾我衣。

注 释

①阿：前缀，用在某些称谓或疑问代词等前面。②狗窦：给狗出入的墙洞。③雉（zhì）：野鸡。④旅谷：野生的谷子。旅，植物未经播种而生。⑤旅葵：野生的葵菜。⑥舂（chōng）谷：用杵臼捣去谷物的皮壳。⑦一时：一会儿。⑧饴：通"贻"，送给。

译 文

刚刚年满十五岁就被征去当兵打仗，到了八十岁的时候才回来。

路上遇到家乡的人，便问："我家中还有谁？"

"远远望去那就是你家，在茂密的松柏中已是一片坟地。"

走近一看，野兔从狗洞里进进出出，野鸡在屋脊上飞来飞去。

庭院里长满了野生的谷子，井台旁边长满了野生的葵菜。

捣掉野谷的谷壳来做饭，摘下野葵菜的叶子来煮汤。

汤和饭很快就熟了，我却不知道送给谁吃。

我走出大门往东望，泪流满面，泪水洒落在我衣服上。

历史放映厅

这首诗歌是东汉后期的一首民歌，最早见于《乐府诗集·横吹曲辞·梁鼓角横吹曲》。相传这首诗歌是汉魏年间战乱频发之时的作品，当时统治者经常发起战争，实行十分不合理甚至是惨无人道的兵役制度。这首诗歌叙述了一个服役几十年的老兵回家后发现家破人亡的悲剧，表现了连年的战争对于人民生活的伤害。

赏析

这首叙事诗通过一个老兵的所见所闻，展现了当时无数人民的悲惨遭遇。诗歌最开始运用两个年龄数字对比，展现出兵役的残酷和战争时间之长。之后借用对话、场景以及各种细节描写，描绘出民生凋零。诗歌运用远近结合、动静结合的方式，尤其是通过近处场景中野兔和野鸡的动作描写，以及庭院里长满野菜的静态描写，凸显出家里的破败不堪。最后两句诗，创作者着重通过动作描写和细节描写，展现出老兵孤身一人的场景，将其悲痛欲绝的形象刻画得栩栩如生，催人泪下。整首诗的语言平白晓畅，但却具有强大的艺术感染力。

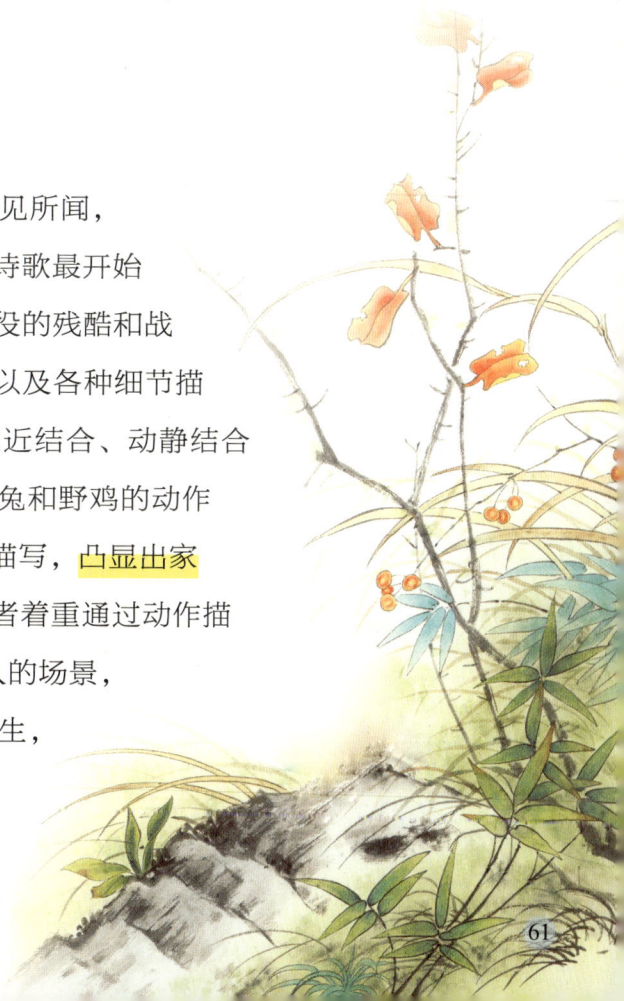

汉代五言诗：自由新诗体

东汉文人五言诗是在民间民谣和乐府民歌的影响下产生的诗歌。汉代之前已经有人创作五言诗，到西汉时，五言歌谣越来越多，汉武帝后，五言歌谣大量被乐府采用，成为乐府歌辞。东汉时出现了文人创作的五言诗，文人们学习模仿乐府民歌进行创作，五言诗的艺术技巧也日益成熟。现存的文人五言诗数量不多，班固的《咏史》是现存最早的完整五言诗，讲述了缇萦救父的故事。后来张衡、秦嘉等人的创作，以及一些作者不详的五言诗达到了很高的艺术成就，标志着东汉文人五言诗的成熟。

东汉文人的创作使得五言诗代替了四言诗的旧形式，开拓了中国诗歌更广泛、更自由的可能性，这对中国古典诗歌发展意义重大。其中《古诗十九首》就是汉代五言诗的成熟之作。

苏武与李陵诗（其一）

骨肉缘枝叶，结交亦相因①。四海皆兄弟，谁为行路人？况我连枝树，与子同一身。

昔为鸳与鸯，今为参与辰②。昔者长相近，邈若胡与秦③。惟念当离别，恩情日以新。

鹿鸣思野草，可以喻嘉宾。我有一樽酒，欲以赠远人。愿子留斟酌，叙此平生亲。

注 释

①因：亲。②参（shēn）、辰：星宿名，参星位于西方，辰星（即商星）居东方，两星不相见。③胡与秦：胡，北方少数民族居住地。秦，当时西域人对中国之称。指彼此远隔。

译 文

兄弟情缘就像树叶和树枝相依相生的关系，朋友之间相交的感情也是因为亲切。天下四海之间都是兄弟姐妹，大家都是一同前行的赶路人。何况你我如同相依相生、根连在一起的树，与你相当于同出于一个身体。

从前亲密无间的鸳鸯，现在成了相隔遥远且无法相见的参、商两颗星。曾经我们经常相见，如今天各一方。在这即将离别之际，越发觉得情谊日益密切难舍难分。

麋鹿鸣叫召唤伙伴一起吃草，就像我现在想为你饯行宴饮的心情。我有一杯酒，想要用来送给即将远行的你。希望你再多留下一会儿慢饮这杯酒，以叙我们平日里的相爱相亲。

※参商：参商是指参星与商星。由于两个星辰相隔较远，彼此出现的时间也不同，因此在中国古代文学中经常被用来表示两个人相隔两地，或老死不相往来。这一典故最早出现在《左传》中。相传高辛氏有两个儿子关系不睦，经常大动干戈，为了清静，他们的父王就把他俩分封在相隔很远的地方，让他们无法相见。而二人死后，分别化为了参星和商星。

难道说这个人就是
历史的
见证者 ？

苏武出使匈奴，却留胡十九年，受尽折磨；李陵原为汉朝大将，出征匈奴，兵败而降，汉武帝杀了他的家人，他从此只能在胡地漂泊。此幅图选取的场景即为传说中的苏武与李陵握手道别的情景。画中景物萧瑟，人物表情哀戚，表现了苏武与李陵依依惜别之情。

《苏李别意图》

作者：陈居中

创作年代：南宋

馆藏：台北故宫博物院

赏　析

这首诗歌使用了比喻、借代、拟人、对比、用典等多种修辞手法，运用了借景抒情的写作手法，并在抒情中使用直抒胸臆和间接抒情的方式。具体来看，诗人用最开始三句将自己与朋友的深厚情谊比喻为树叶和树枝相依相生，以及同根而生的大树，还运用了反问的手法，表明天下同路之人尽是兄弟姐妹，点明诗人与好友的关系更为亲近，展现出自己与朋友的深情厚谊。之后，诗人通过决不分离的鸳鸯和相隔遥远且永远不能相见的参、商两颗星的对比，喻指昔日与今后空间距离的对比，展现出好友分离之后距离的遥远，也更加凸显了情谊不会因为空间距离而变淡。最后，诗人运用"呦呦鹿鸣"这一《诗经》典故，表明自己要为朋友饯行，再次呼应自己的不舍与真诚。

总的来看，整首诗运用形象生动的比喻，展现出了自己与朋友分别的依依不舍之情。整首诗充满离别的哀伤，情真意切，感染力十足。

苏武与李陵诗（其二）

黄鹄一远别，千里顾徘徊。胡马失其群，思心常依依。

何况双飞龙，羽翼临当乖。幸有弦歌曲，可以喻中怀①。

请为游子吟，泠泠一何悲！丝竹厉清声，慷慨有余哀。

长歌②正激烈，中心怆以摧。欲展清商曲③，念子不得归。

俛④仰内伤心，泪下不可挥。愿为双黄鹄，送子俱远飞。

注 释

①喻中怀：展示心怀。②长歌：乐府歌体的一种，多为慷慨激烈的。
③清商曲：是乐府歌体中的短歌，多为微吟低徊的。④俛：通"俯"。

译 文

天鹅要展翅远去离开同伴，已离开千里但还是在回头眺望，徘徊不前。胡地的马迷路走失落了单，想要回归马群，心里常常依依不舍，依恋想念。

何况我们是两个一同飞行的飞龙，面对即将到来的离别，我们也收起了自己的羽翼。幸亏能用一首弦歌，可以抒发展现出我们的心怀。

请让我为你吟唱一首，清冷的乐声多么悲伤啊！丝竹发出了清厉的声音，乐声慷慨激昂，传递出止不住的哀伤。

长歌唱到了激烈的高潮，我的内心悲怆，心像被摧毁了一样。想要低吟浅唱一首清商曲，想念你却不能同你一起归去。

抬头低眸，内心十分悲伤，泪如雨下，擦拭不尽。想要与你一同变成一对天鹅，一起远远高飞。

赏 析

　　这是一首送行诗。诗歌前两句使用了比喻和拟人的手法，通过展现天鹅、胡马等鸟兽的离别，暗喻诗人自己与好友的分别。诗人将自己的情绪转嫁到鸟兽身上，通过动物的神态、动作和心态展现出诗人自己的离愁别绪。之后诗人进行了细腻的声音描写，根据丝竹等乐声的曲调变化，展现了自己心中的悲愁。当乐声到达"激烈"之时，诗人的情绪也到达了悲伤的最高潮，变得难以抑制。最后四句，诗人直抒胸臆，运用动作描写让悲伤进一步升华，并使用了比喻和想象的手法，将自己与好友比喻为天鹅，写出自己的依依不舍和无可奈何。整首诗十分生动形象，情真意切，令人动容。

李陵赠苏武别诗（其一）

有鸟西南飞，熠熠似苍鹰。朝发天北隅，暮闻日南陵。

欲寄一言去，托之笺彩缯①。因风附轻翼，以遗心蕴蒸②。

鸟辞路悠长，羽翼不能胜。意欲从鸟逝，驽马不可乘。

注 释

①彩缯（zēng）：绢帛。古人在绢帛上写信，这里指书信。②蕴蒸：心里积蓄的情感。

译 文

有只鸟儿往西南方向飞，它在阳光下熠熠生辉，就像一只雄鹰。早晨它从北边天空的一角起飞，晚上就在大地最南端的山上鸣叫。

想要让它给你带几句话，拜托它把绢帛书信捎给你。乘着风放在它轻盈的双翼上，来表达我心里蕴积的思念之情。

鸟儿推辞说路途遥远，它的羽翼无力捎带这封信。想要跟着鸟儿一起离去，但马儿低劣速度慢，无法乘坐。

赏 析

这是一首表达思念的诗歌，后来被收录在《古文苑》中。整首诗歌通过诗人的想法与鸟儿的对话，展现出诗人急切地想要拜托鸟儿帮忙给故人捎带书信的期望，表达了诗人对朋友的思念之情。诗歌开头将鸟儿比喻为老鹰，展现出了鸟儿翱翔的姿态，并运用夸张的手法，描写出了鸟儿飞翔的速度之快。之后诗人向鸟儿提出了帮忙带信的请求，并运用拟人的手法，让鸟儿拒绝，表现出了诗人的期待与期待落空的失落。最后，诗人运用了对比的手法，将鸟儿的速度与劣马的速度做对比，展现出诗人的无可奈何。

李陵与苏武诗三首（其二）

嘉会难再遇，三载为千秋。临河濯长缨，念子怅悠悠。
远望悲风至，对酒不能酬①。行人怀往路，何以慰我愁？
独有盈觞酒，与子结绸缪②。

注 释

① 酬：劝酒。② 绸缪（chóu móu）：指烦忧重叠缠绵，无可奈何。

译 文

美好的相会以后应该很难遇到了，相聚的这三年胜过千年万年。临行前到河边洗长缨，想到你将要远行，我心里充满悠悠的惆怅。

抬头远望，凄凉的秋风吹来，面对酒席我无法劝酒。远行的人心里想的是今后要走的路，哪里能安慰我的满腔愁绪呢？

只有用这杯斟满的酒，与你诉说我心里的惆怅。

历史放映厅

《苏武与李陵诗》以及《李陵赠苏武别诗》等写作的时间大约在东汉时期，相传是汉代最早的文人五言诗。它们与《古诗十九首》一样，都代表着汉代文人五言诗发展到了成熟阶段。南朝梁代的萧统在他所编写的《昭明文选》中将它们归入西汉苏武的名下，统称其为"苏武与李陵诗"，认为是李陵在苏武被关押时前去探望，以及在苏武南归时为他送别等相见和离别的时刻，二人分别写下了这些诗。不过，苏轼及很多学者认为这些诗是后人假借苏武的名号而作的，因而作者存疑。总的来看，"苏李诗"的主要内容是写夫妇或朋友之间的情感及离愁别绪，其中多展现文人的伤悲。

赏 析

这首诗写的是离别场景，写出了朋友之间的思念和离愁别绪。诗歌最开始就交代了事件及事件发生的地点。诗人在此分别描写了时间和空间，用三年和千万年的时间对比，展现出朋友相处的短暂与珍贵难得，又运用了河边和远行两个空间场景，展现出朋友临行前的准备。第三句诗人对自己的神态和动作进行了描写，展现此时诗人的悲伤。最后直抒胸臆，展现诗人对朋友情谊的重视，以及面对离别的满怀愁绪。总的来看，这首诗的语言真挚、感情缠绵，朋友之间的情谊令人动容。

※苏武：苏武奉皇帝之命出使匈奴，被匈奴多次威逼利诱、劝说投降，但他始终保持民族气节，誓死不降。后来匈奴单于扣押了他，并不给他粮和水，企图使他屈服，但苏武靠吃雪和毡毛坚持了下来。在此之后，苏武被流放北海牧羊十九年。后来，苏武在汉朝和匈奴达成和议后回归中原，受到了丰厚的赏赐，成为德高望重的老臣。苏武一生保持气节，忠贞不屈，广受敬重，在八十多岁逝世后，被列为麒麟阁的十一功臣之一。

《古诗十九首》：抒情诗的典范

《古诗十九首》载于《昭明文选》，是我国古代五言诗的最高成就。由于它的具体作者的姓名和时代都无法考证，因而围绕着作者和时代产生了很多猜测，但一般认为它创作于140—190年。因为作者众多，所以它的主题也十分丰富，有士子们追求功名的抒怀，也有游子们的思乡，以及思妇们独处的闺愁和苦闷。这些作品共同的特点是都表达了人生短暂而有限，不如及时行乐的感伤情绪，这展现了东汉末年社会动乱之时人们在现实生活中的苦闷与敏感。

作为中国古代早期抒情诗的典范，《古诗十九首》的抒情艺术成就非常高。它往往以描写具体的事物或叙述具体事件为开端引出一个故事，之后再抒情。作品中多采用情景交融的手法，运用明白晓畅的语言写出富有哲理和诗意的内涵，清新又醇厚，平淡却有韵味。此外诗歌中还运用了很多比兴手法，形成了言浅意深、韵味无穷的效果。值得注意的是，《古诗十九首》中苦闷和消极颓废的情绪，也是我国感伤主义文学最早和最集中的体现，因而它也开启了后世的感伤主义创作道路。

迢迢牵牛星

迢迢牵牛星，皎皎河汉女^①。

纤纤擢素手^②，札札弄机杼^③。

终日不成章^④，泣涕零^⑤如雨。

河汉清且浅，相去复几许。

盈盈^⑥一水间，脉脉^⑦不得语。

注 释

①河汉女：指织女星。河汉，银河。②擢：伸出。素：白皙。③札札：织机发出的响声。机杼：织机。杼，梭子。④章：花纹。⑤零：落下。⑥盈盈：清澈的样子。⑦脉（mò）脉：相视无言的样子。

译 文

看那遥远的牵牛星，皎洁明亮的织女星。

织女伸出纤细而白皙的手，织布机发出了札札的织布声。

一整天也没有织成一匹花布，她哭得泪如雨下。

那银河看起来又浅又清澈，两岸相隔又能有多远呢？

隔着一条清澈的银河，牛郎织女相视无言。

莫非她
乞巧拔得了
头筹？

在我国民间，牛郎织女的故事家喻户晓。他们的相聚之日便是七夕，民间把这一日当作天下情人相聚的日子，又称乞巧节、女儿节。在这一天，女孩们聚集在一起，向织女乞巧。仇英是明代杰出的画家，尤其擅长人物画，画风流丽纤巧。画中的女子形象，或婉转舒畅，或劲丽艳爽，展现了乞巧节丰富多彩的活动与女孩们活泼的身姿。

《乞巧图》（局部）

作者：仇英

创作年代：明代

馆藏：台北故宫博物院

赏析

　　这首诗歌运用典故抒情，看似是在说牛郎织女被银河分隔两端的神话传说，但实际上表达的是世间男女的离别或者因为遭受挫折而痛苦忧伤的情绪。诗歌的前两句借牵牛星和织女星的空间距离和各自的特点，展现出织女和牛郎之间距离的遥远。之后诗人通过细节描写和动作描写，并运用拟声词，展现出织女织布时的节奏感，凸显织女的勤劳。在第三句中，诗人借助神态描写和比喻的手法，展现出织女对牛郎的思念之深。最后两句，诗人将写景与抒情结合起来，从银河两岸距离之远，引申出站在两岸的牛郎织女相对无言的痛苦。总的来看，这首诗情感深厚，运用了大量的叠词，使得整首诗歌富有音韵美，令人动容。

75

庭中有奇树①

庭中有奇树，绿叶发华滋②。
攀条③折其荣，将以遗所思。
馨香盈怀袖，路远莫致④之。
此物何足贵，但感别经时⑤。

注 释

①奇树：佳美、珍贵的树。②华：花。下文的"荣"也是"花"的意思。
滋：繁盛。③攀条：攀引枝条。④致：送达。⑤经时：历时很久。

译 文

庭院中有一棵佳美的树，它的绿叶中开出了繁盛的花朵。

攀引着它的枝条折下来它的花朵，将它送给我心里思念着的人。

　　花朵的馨香充盈着我的
胸前和袖口，然而路途遥远我
没办法将它送达。

　　这一束花没有什么可珍贵的，
但它让我想起了我们分别的时间之长。

赏　析

　　这首诗以妇女的口吻，展现出了她对远行丈夫的思念及长期不能
相见的忧愁。诗歌的前两句从视觉角度对庭院中的树木及其绿叶、花
朵进行了描写，引发下一句中主人公将花朵折下来想要送给相思之人
的想法。后面四句诗人直抒胸臆，展现出路迢迢而无法将花朵送至心
上人之手的惆怅和伤感，并用反问的手法，展现出自己深切的怀念。
总的来看，整首诗风格明快、情感真挚，叙事、写景、抒情一气呵成，
读来十分畅快。

涉江采芙蓉

涉江采芙蓉，兰泽①多芳草。

采之欲遗谁？所思在远道。

还顾望旧乡，长路漫浩浩。

同心而离居，忧伤以②终老。

注 释

① 兰泽：长着兰草的低湿之地。② 以：连词，表示结果。

译 文

徒步走过江水，去采集芙蓉花，河水低洼之地有很多兰草。

我采摘芙蓉是想要送给谁呢？我所思念的人在远方。

我回头远望我的故乡，道路遥远漫长，没有尽头。

我们心意相通但分居两地，只怕一直到死去，我心里都会十分忧伤。

赏 析

这首诗表现了游子对于亲人和故乡的思念之情。整首诗歌将写景与抒情结合在一起，将花草鲜美明亮的自然景色与游子内心灰暗低落的情绪做对比，凸显游子内心的惆怅。从诗歌的最后两句我们可以推测，游子思念的人应该是自己的心上人或者妻子。整首诗歌不仅写自己的处境，还设想对方所处的遥远之处，运用空间距离的变换呈现出二人所在地相隔的遥远，形成了一种艺术的张力，产生震撼之感。

客从远方来

客从远方来，遗我一端①绮。相去万余里，故人心尚尔。

文采双鸳鸯，裁为合欢被。著以长相思②，缘以结不解③。

以胶投漆中，谁能别离此。

注 释

① 一端：半匹。② 著：在衣服被子里装绵。长相思：丝绵的代称。

③ 缘：边缘装饰。结不解：以丝缕做结，表示不能解开的意思。

译 文

客人风尘仆仆自远方而来，送给我半匹织着花纹的素绫。我们相隔千万里，这个素绫中包含着心上人对我的关切与思念。

细绫上织着一对鸳鸯花纹，我要把它剪裁成温暖的双人合欢被。在被子中装入丝绵，被子的边缘要用无法断绝解开的丝缕来装饰。

就像把胶投入漆中，谁能将我们分开？

赏 析

这首诗是一首思妇诗，其中充满着欢快的气息，展现了女主人公收到心上人从远方带来的礼物的兴奋与喜悦。整首诗看似是写思妇计划怎样剪裁被子，实际上展现的是妻子对于夫妻二人重聚后甜蜜生活的想象。而最后一句运用比喻的手法，用将胶投入漆中的难以分解来比喻夫妻之间感情的密切、如胶似漆。但整首诗也隐藏着淡淡的离别忧伤。

东城高且长

东城高且长，逶迤自相属①。回风②动地起，秋草萋已绿。
四时更变化，岁暮一何速。晨风怀苦心，蟋蟀伤局促③。
荡涤放情志，何为自结束④？

注　释

①逶迤（wēi yí）：蜿蜒曲折的样子。相属：连续不断。②回风：旋风。
③晨风、蟋蟀：均为《诗经》篇名。《晨风》是怀人之作，情绪哀苦；《蟋蟀》是感时之作，感慨时光易逝应及时行乐，但不能因行乐而放纵。
④结束：拘束。

译　文

洛阳城的城墙又高又长，曲折而又连绵不绝。秋风从地上回旋而起，秋天中的绿草已经开始变得凄凄苍苍了。

四季轮回变换，一年快要到头，时间流逝多么快呀！晨风中鸟的叫声展现了心里的苦涩，而蟋蟀的鸣叫也像是一种伤心的哀鸣。

早些洗涤掉内心的烦恼，敞开自己的情怀和志向吧，为什么要自我拘束着呢？

赏　析

这首诗歌叙议结合，通过描述四时变换之中常见的自然景象，展现出诗人内心的苦闷和失落。诗人最开始从视觉的角度描绘了一幅秋风

萧瑟之中草木开始凋零的场景，从草木盛衰和四季变化等自然规律之中
联想到人生短暂。之后诗人运用听觉描写和移情入景的手法，在鸟虫的
鸣叫中感受到了忧伤，表现诗人内心的愁苦。最后一句，==诗人运用了反==
==问的手法，悟出了要放荡情怀、及时享乐的道理==。总的来看，诗人能够
从自然界景物及其变化规律联想到人生短暂，因而要抓住光阴，进行自
我勉励，非常有哲理。

生年不满百

生年不满百，常怀千岁忧。昼短苦夜长，何不秉烛①游？
为乐当及时，何能待来兹②？愚者爱惜费，但为后世嗤。
仙人王子乔，难可与等期③。

注 释

①秉烛：秉，持。秉烛，指夜以继日。②来兹：来年。③等期：期待。

译 文

人一生的年岁不会超过一百，但心中常常怀揣着好似千年的忧虑。
白日短暂，但苦于夜晚漫长，为什么不手持着烛火在夜晚游乐呢？

人生在世要及时行乐，哪里能等来年再说呢？愚蠢的人爱计较财物，只是被后代人嗤笑。

像王子乔那样成仙之事，世上之人难以期待。

赏 析

这首诗描述了东汉末年社会动荡下，文人看不到出路，又无力摆脱苦闷生活的无奈。这些文人旷达狂放，这首诗歌包含着他们对于人生短暂的焦虑，以及要及时行乐的人生观，讽刺那些贪图富贵之人的愚昧无知。第一句通过时间上的对比，鲜明地表现出世间之人生命短暂，但思虑悠长的心理状况。二三句连用两个反问句，提出了诗人自己的看法，即秉烛夜游、及时行乐的主张。在四五句中，诗人批判了贪慕钱财及求仙之人的人生观，并与前文诗人及时行乐的人生信念进行对比。总的来看，整首诗叙议结合，语言直白，诗人直抒胸臆，对于常见的人生主题进行了文人式的思考，因而整首诗充满了深刻的哲理。

※王子乔：姓姬名晋，字子乔，是东周时期周灵王的长子。据说年少时就深受父亲的宠爱，被封为太子。后因反对父亲治水的方案，被贬为平民，居住在东海之滨，17岁就郁郁而终，成为传说中的仙人。他的成仙故事主要记载在《列仙传》中。相传王子乔擅长吹笙，在游历山水时遇到了一位名叫浮丘公的仙人，他就跟随这位仙人上了缑氏山修炼，再也没有下山。三十多年后，家人托人请他下山回家，他对来人说七月七日登上山顶便可以看到他。果然，七月七日这天，很多王公贵族登上山顶后都看到王子乔骑着白鹤在天空中翱翔，并在彩色云霞中向人们挥手致意，之后就驾鹤远游，不知所终了。

冉冉孤生竹

冉冉孤生竹，结根泰山阿。与君为新婚，菟丝附女萝①。
菟丝生有时，夫妇会有宜②。千里远结婚，悠悠隔山陂。
思君令人老，轩车来何迟！伤彼蕙兰花，含英扬光辉。
过时而不采，将随秋草萎。君亮③执高节，贱妾亦何为？

注 释

①菟丝、女萝：均为柔弱蔓生植物。②宜：适当的时间。③亮：通"谅"，想必。

译 文

柔弱而孤独的竹子啊，在泰山脚下扎根。我与你刚刚新婚，就像菟丝子和女萝一样紧紧缠绕在一起。

菟丝子生长有期限，夫妇二人也应该有适当的时间来相会。我们相隔千里结为夫妻，路途悠远有重山的阻隔。

想你想到我容颜衰老，你的车马为什么回来得这么迟！面对着蕙兰花我伤心不已，花朵正盛放，它散发着馨香与艳丽的光辉。

过了时节而不采摘，花朵就会随着秋日的野草一同枯萎。想必你会信守美好的情操，那我除了等待又能做什么呢？

赏 析

这首诗主要写新婚不久的女子对丈夫远行的哀怨。诗歌运用了很多的比喻，并按照时间的先后顺序来叙述自己的婚姻状况和心理状况。

开始两句，诗人用孤生竹来比喻独自一人在家的孤弱新婚女子，将丈夫比喻为高大伟岸的泰山，用弱小孤独的竹子在泰山脚下扎根比喻二人婚姻的状况，==并用两种植物相互缠绕来表明夫妻二人缠绵的感情==。之后的内容便是表现新婚后丈夫在外，夫妇相隔两地无法相守的情形，诗人运用比兴的手法，用蕙兰花生长有期限来比喻女主人公哀叹自己青春易逝、年华易老。此外，诗人还分别从空间上和时间上描写了女主人公对丈夫的思念，相隔千山万里是空间距离，而"思君令人老"运用夸张的手法写出了思念之时的痛苦难熬，富有艺术感染力。最后直抒胸臆，展现出"有花堪折直须折，莫待无花空折枝"这种及时相会的期待。最后一句诗人运用反问，表现出女主人公只能无奈空等的心情。

总的来看，整首诗使用比喻和比兴手法，通过对植物的描写，表现女主人公的所思所想，感情细腻缠绵，生活气息浓郁，具有鲜明的民歌特色。

西北有高楼

西北有高楼，上与浮云齐。交疏结绮窗①，阿阁②三重阶。
上有弦歌声，音响一何悲！谁能为此曲？无乃杞梁妻。
清商随风发，中曲正徘徊。一弹再三叹，慷慨有余哀。
不惜歌者苦，但伤知音稀。愿为双鸿鹄，奋翅起高飞。

注 释

① 交疏：花格子。结绮：格子相连，如同丝织品上的花纹。这句写窗子结构的精美细致。② 阿阁：四面有檐的阁楼。

译 文

西北方有一座高耸的城楼，仿佛与天上的浮云一样高。高楼上的木窗雕刻着精美的花纹，阁楼四面都有飞檐，阶梯共有三重。

高楼上有弦歌的声音，这音乐声是多么悲伤啊！谁能弹奏出来这样的曲子呢？除了杞梁的妻子，没有别人了吧。

随风飘荡的乐声清切而悲伤，这首歌曲弹奏到中曲时，旋律便渐渐舒缓回旋了。弹奏歌曲的人再三叹息，

※ 杞梁妻：据《列女传·齐杞梁妻》记载，齐国有一个大夫名叫杞梁，他在出征莒国时战死在莒国城下，他的妻子在他的尸体旁痛哭不已，连着哭了十天十夜，把莒国的城墙都给哭倒了。据说《杞梁妻叹》这一首古琴曲就是杞梁的妻子创作的曲子。

她的叹息声慷慨不已，留下了无尽的哀伤。

我叹息的不是弹奏歌曲的人所诉说的痛苦，只是为知音寥落稀少而伤感。愿变作一对鸿鹄，一起展开双翅，结伴高飞。

历史放映厅

这首诗的主要内容是诗人经过华贵的高楼府邸，听到高楼中歌女悲苦的弦歌时产生了同情，以及对知音难觅的慨叹。东汉末年，社会动荡不安，阶级矛盾尖锐，政治也十分腐化，士子文人等难觅出路。诗人借助一个素不相识，甚至未曾谋面的歌者，在她凄苦的歌声中察觉到了自己与她的同病相怜，从而表达出了自己不被理解、怀才不遇的悲伤之情。

赏析

这首诗融情于景，视听结合。开头两句运用视觉描写，详细勾勒出了高楼的华美与壮观，之后转向听觉描写，尤其是五六句对于音乐的描写十分细腻，将音乐写得缥缈空灵。在结尾部分，诗人直抒胸臆，并发挥自己的想象，使用比喻的手法，用一对鸿鹄高飞表达出自己对于知音的渴求，产生了飞扬的气势。整首诗中，诗人还运用了典故。诗中不仅运用了杞梁妻的典故，展现出弹奏者技艺的高超以及其中无限的惆怅悲切，还隐藏着俞伯牙与钟子期一个善于弹琴一个善于听琴的典故，点明自己与高楼上歌者的心意相通，表现自己对于歌者的共情。最后，诗人将自己的思想与情感结合在一起，用鸿鹄振翅高飞来收束全文。总的来看，整首诗语言生动形象，风格朴素浑厚，具有无尽的韵味。

建安文学：乱世悲歌

建安文学是指汉献帝建安年间（196—220）以曹操父子为中心聚集起来的文学家的创作，实际上包括建安年间和曹魏前期的文学。

这一时期，曹操作为北方政权的实际掌控者，大力发展文学。他喜欢招揽文人墨客，围绕在他身边形成了一个比较大的文学集团，其中的文人有孔融、王粲、刘桢等，这组代表人物被称为"建安七子"。他们大多认同曹操的政策，具有积极进取的政治理想、留名后世的热情以及鲜明的个性。

但在建安时期，社会动荡不安、战争频仍，人民惨遭流离之苦，再加上瘟疫横行，因而人们的寿命都比较短。在这种社会背景下，诗人们体验到了人生疾苦，因此在心态上同时具有一统天下的壮志和对于人生社会的哀怨。在创作上，他们直接继承了汉乐府民歌的现实主义传统，但他们不喜欢单纯继承传统或模仿古人，而是各自另辟蹊径，发挥自己的文学才华，竞相创作，在作品中展现独特的个人风貌。他们风格中的这种慷慨激昂、悲壮深沉的色彩被后人称为"建安风骨"。

建安文学中成就最高的是曹操父子三人。曹操本人多才多艺，作为文坛领袖，他擅长写四言诗，此外还创作有五言诗、杂言诗。曹操现存的二十多首诗都是乐府诗，他继承了汉乐府现实主义的精神，在诗歌中表现战乱时代的社会现实，被称为"汉末实录"。他用汉代乐府诗的旧题写新的时事，这一做法开启了后代文人不断对汉乐府诗歌进行翻新创作的道路。

除此之外，曹操擅长在诗歌中抒情，多表现自己的政治抱负和求贤若渴的心情。他的作品笔力雄健、诗风古朴、充满正气，但其中又有一股苍凉之气，代表作品有《短歌行》《步出夏门行》等。魏文帝曹丕现存的四十多首诗主要是宴游诗、抒情言志诗和思妇征人诗，因而诗风比较缠绵悱恻、婉约娟秀，代表作是《燕歌行》。曹植是第一位大力写作五言诗的文人，现存诗歌有九十多首，其中六十多首是五言诗。他的一生是悲剧的一生，因而他诗作的内容多是对自己遭遇迫害的愤懑。在写作技法上，曹植擅长用弃妇寄托自己的身世情怀，抒发自己的志向。他的诗歌文采和风骨兼备，主要代表作有《七步诗》《七哀诗》等。

除曹操父子之外，"建安七子"中王粲、刘桢的成就最高。王粲被称为"七子之冠冕"，他本人情感丰富，诗歌又多写羁旅之情和壮志未酬的苦闷，因而诗风感情深沉、慷慨悲壮。刘桢的诗歌则主要是赠答诗和游乐诗，最著名的是《赠从弟》三首。他更多表现个人的愤慨与不平之气，因而诗风比较磊落，以气势取胜。

由于建安时期社会动乱，当时诗歌的主题主要是在哀叹人生苦短的同时追求建功立业，具有较为浓厚的悲剧色彩。这些文人在时代悲剧和个人悲剧中正视苦难，勉励人们珍惜时光，展现出了鲜明的时代特征和积极入世的心态。其中曹操、曹丕、曹植三人的创作完成了汉乐府民歌到文人五言诗的转变。建安诗人们塑造了建安诗歌独具魅力的美学特征，也为之后五言诗的发展奠定了基础。

观沧海

东汉·曹操

东临碣石^①，以观沧海。

水何澹澹^②，山岛竦峙^③。

树木丛生，百草丰茂。

秋风萧瑟，洪波涌起。

日月之行，若出其中；

星汉灿烂，若出其里。

幸甚至哉^④，歌以咏志。

注 释

①碣（jié）石：山名，在今河北昌黎西北。东汉建安十二年（207）秋天，曹操征乌桓时曾路经这里。②澹（dàn）澹：水波荡漾的样子。③竦峙（sǒng zhì）：耸立。竦、峙，都是耸立的意思。④幸甚至哉：幸运得很，好极了。幸，幸运。至，达到极点。最后两句诗在《步出夏门行》各章末尾都有，应为诗歌合乐时所加的套语，与正文内容没有直接关系。

译 文

向东登上碣石山，以在山顶上远观大海。

海水微波荡漾，山岛耸立在大海之上。

山上树木繁盛丛生，无数的草木生长得丰盛茂密。

秋风萧瑟不已，吹得海水掀起澎湃的巨浪。

碣石山

　　碣石山位于河北省秦皇岛市的昌黎县，濒临大海，是渤海周边的最高峰。碣石山奇险峻峭，主峰的顶部凸起，远看像一个碣石柱子一样直插云霄，因此被称为"碣石"。最早碣石山顶有可以远望观海的高台，古代有很多帝王都曾经在碣石山上祭天，相传秦始皇东巡的时候也曾经在此地入海求仙问道。曹操的这一首诗就写了登临碣石山观海的胜景。现在碣石山上有古寺水岩寺，也存留下来了"碣石"二字的石刻。据说在古代，碣石山上有"碣石观海""天柱凌云"等碣石十景，现在因为地理变迁，已不能直接看见海。

　　太阳与月亮在空中运行，好像从大海中升起；
　　夜晚繁星闪烁，好像出自大海。
　　我十分幸运，所以用诗来表达自己的志向。

历史放映厅

　　这首诗是《步出夏门行》的第一章，收录在《乐府诗集·相和歌辞》中，这一组诗共包括五个部分，其他还有《龟虽寿》等四篇。这首诗的写作背景是：汉末时，群雄纷争，辽西地区的乌桓实力强劲，河北地区边患严重。汉献帝建安十年（205），曹操摧毁了袁绍在河北地区的统治根基。袁绍去世，他的儿子逃到乌桓并勾结乌桓人夹逼曹操。建安十二年（207），为了彻底扫除袁绍这一残余势力，曹操征战乌桓并打了胜仗，在率军回师时经过碣石山，他登高望远，观望到了大海与壮阔的秋景，在诗中表达了自己想要建功立业的雄心壮志，展现出了极高的人格魅力。

赏 析

这首诗运用了远近景结合的手法，描写了登山所见的视觉感受。首先写远景，勾勒出海洋和山川，其次写近景，细腻描画山上的草树，对壮阔的自然景观进行形象的描画，展现出了一幅壮观的山海图。此外，诗人还运用情景交融的手法，在后半部分运用丰富的联想与浪漫的想象，描写大海的宽广，甚至孕育了日月星辰，表现出大海包容万物的特点，借此展现出自己气吞山河的心胸与一统天下的雄心壮志以及英雄气概。总的来看，这首诗境界壮阔无比，风格慷慨豪迈，被认为是文学史上第一首完整的山水诗，同时诗人也在诗中表现了自己非凡的气度。

短歌行

东汉·曹操

对酒当歌①，人生几何②！

譬如朝露，去日苦多。

慨当以慷③，忧思难忘。

何以解忧？唯有杜康。

青青子衿，悠悠我心④。

但为君故，沉吟⑤至今。

呦呦鹿鸣，食野之苹。

我有嘉宾，鼓瑟吹笙⑥。

明明如月，何时可掇⑦？

忧从中来，不可断绝。

越陌度阡⑧，枉用相存⑨。

契阔谈䜩⑩，心念旧恩。

月明星稀，乌鹊南飞。

绕树三匝⑪，何枝可依？

山不厌高，海不厌深⑫。

周公吐哺⑬，天下归心。

注　释

① 对酒当歌：面对着酒与歌，即饮酒听歌。当，也是"对"的意思。

② 几何：多少。③ 慨当以慷：即"慷慨"。这里指宴会上的歌声激越不平。当以，没有实义。④ 青青子衿，悠悠我心：语出《诗经·郑风·子衿》，原写姑娘思念情人，这里用来比喻渴望得到贤才。子，

对对方的尊称。青衿，原指周代读书人青色交领的服装，此处指代读书人或有学识的人。衿，衣服的交领。悠悠，长远的样子，形容思虑连绵不断。⑤沉吟：沉思吟味。这里指思念和倾慕贤人。⑥呦呦鹿鸣，食野之苹。我有嘉宾，鼓瑟吹笙：语出《诗经·小雅·鹿鸣》。苹，艾蒿。《鹿鸣》是宴客的诗，这里用来表达招纳贤才的热情。⑦掇：拾取，摘取。一说通"辍"，停止。⑧越陌度阡：穿过纵横交错的小路。陌，东西向的田间小路。阡，南北向的田间小路。⑨枉用相存：屈驾来访。枉，这里是枉驾的意思。用，以。存，问候、探望。⑩契阔谈䜩（yàn）：久别重逢，欢饮畅谈。契阔，聚散，这里指久别重逢。䜩，通"宴"。⑪三匝（zā）：三周。匝，周、圈。⑫山不厌高，海不厌深：这里是仿用《管子·形势解》中的话："海不辞水，故能成其大；山不辞土石，故能成其高；明主不厌人，故能成其众。"意思是希望尽可能多地接纳人才。厌，满足。⑬周公吐哺（bǔ）：《史记·鲁周公世家》记载，周公广纳贤才，正吃饭时，听到门外有士子求见，来不及咽下嘴里的食物，把食物一吐就赶紧去接见。这里借用这个典故，表示自己像周公一样热切殷勤地接待贤才。吐哺，吐出嘴里的食物。

※杜康：杜康传说是我国历史上最早造酒的人，被后代尊称为"酒神""酒圣"等。据说，杜康是黄帝时期专门负责管理粮食的人，由于粮食过多，无法储存，便腐烂了。后来机缘巧合，杜康发现了腐烂的粮食中不断地往外流淌液体，由此发现了酿酒的方法。

译 文

一边饮酒，一边听歌，人生岁月

能有多少啊！就好像早晨的露水，逝去的时间总是那么多。宴会上的歌声慷慨激昂，但心里的忧愁却难以忘却。用什么来排解心中的忧愁呢？只有豪饮美酒。

　　有才华学识的读书人啊，你们令我产生了绵绵不断的思慕。只是因为你们的缘故，让我沉思歌咏到现在。鹿群呦呦欢叫，招呼着同伴快来享用原野上美味的艾蒿。我也要招揽海内外的贤才，我将奏瑟吹笙来招待各位才子。

　　皓月明朗，当空悬挂，什么时候可以摘取到呢？我心中产生了无限的忧思，连绵不尽不可断绝。穿过纵横交错的小路，各位宾客屈尊来看望我。久别重逢，欢饮畅谈，互相思念重温着往日的恩情。

　　月光明亮，星光稀疏，有乌鹊在夜空中向南飞去。绕着树飞了三圈，也没有找到可以停靠栖身的树枝。高山不会拒绝石子让自己更高，海水也不会拒绝河水让自己更加壮阔。我愿意像周公一样礼贤下士，愿天下的能人贤士都能真心归顺于我。

历史放映厅

建安十三年（208），曹操平定北方后，率军百万南下征战，在长江一带出兵，与孙权争夺江东之地，想要一举荡平孙刘两股势力。这年冬天十一月十五的夜里，曹操为了稳定军心、鼓舞士气，便在军营中设下酒宴款待军中将士。在酒兴正浓之时，曹操感慨万千，便横槊赋诗，吟唱出了这首诗歌，表达出自己求贤若渴的心情和尽快统一天下的雄心壮志。诗歌在年华逝去的悲叹中又洋溢着一股积极进取的精神，展现出了曹操的雄才伟略。

赏 析

诗歌最开始从眼前的歌舞场面写起，引出自己对于人生短促和年华易逝的感慨，之后转向描写要及时建功立业、招揽能人贤士的愿望。开篇时，诗人的感情是充满忧虑的，表达出了深沉的政治忧患意识和还未能平定中原的焦虑，他只能借酒浇愁。之后，诗人借用青青子衿代指读书人，使用《诗经》中的典故，化用了《诗经》的句式，表明自己求贤若渴的心情，并给出自己必将款待重用才子们的承诺。诗人又借用此时夜空中高悬的明月与星辰，看到才子们远涉千山万水前来辅佐自己，表现自己与他们相处的和谐。最后，诗人运用眼见的乌鹊南飞，联想到周公以礼相待能人贤士们的典故，直抒胸臆，展现出自己的政治雄心。

总的来看，整首诗歌运用《诗经》的四字句模式，并化用了很多《诗经》中的句子和前人典故，不仅节奏明快，产生了朗朗上口的音乐感，还充满了慷慨激昂的感情。诗人在诗歌中融情于景，运用眼前所见，表达自己的政治期待。整首诗格调高昂，具有激励人与鼓舞人的情感力量。

龟虽寿①

东汉·曹操

神龟虽寿，犹有竟时；
腾蛇②乘雾，终为土灰。
老骥伏枥③，志在千里；
烈士④暮年，壮心不已。
盈缩⑤之期，不但在天；
养怡⑥之福，可得永年⑦。
幸甚至哉，歌以咏志。

注 释

①这首诗是《步出夏门行》四章中的最后一章。②腾蛇：传说中一种能腾云驾雾的神蛇。③骥：骏马，好马。枥（lì）：马槽。④烈士：有气节有壮志的人。⑤盈缩：这里指人寿命的长短。⑥养怡：指调养身心，保持心情愉快。怡，愉快。⑦永年：长寿。

译 文

神龟的寿命虽然很长，但也依旧有生命结束的时候。神话中的神蛇能够腾云驾雾，但也终究会化为尘土。

骏马年老

后在马槽边躺卧着，但心里仍然怀有驰骋疆场的志向。有气节有壮志的人即使到了老年，也依旧有进取之心。

人的寿命长短，不仅仅是上天注定。调养身心，保持心情愉快，就可以长寿。

我真是幸运啊，就用这首诗歌来表达我自己的感受吧。

历史放映厅

写作这首诗时，曹操征战乌桓胜利，消灭了袁绍的残余势力，他此时凯旋，已经是 53 岁的老人，正是垂暮之年。借用此诗，他感慨自己年纪虽大，但依旧积极进取，壮志不减，展现出了豪迈的胸襟。

赏 析

这首诗使用了很多典故。诗人首先借用神龟的长寿和神话传说中神蛇的高超本领，表现出即使是长寿之物也有死亡的时候，自然规律不能违背，借此思考生与死的问题，展现自己的人生观与生死观。接下来使用比喻和对比的手法，一方面用老马自喻，抒发自己老当益壮、锐意进取的豪情，另一方面将老马与神龟、腾蛇做对比，表现自己虽相对于神话之物生命短暂，但仍拥有壮志雄心。

总的来看，整首诗充满了曹操对生活的真切感悟，且在句式上前后对仗，其中神龟和腾蛇、老骥和烈士、盈缩之期和养怡之福等相互对仗，形成了抑扬顿挫的节奏感。诗歌音节铿锵有力，气势恢宏，情感抒发得淋漓尽致，真切感人。

苦寒行

东汉·曹操

北上太行山，艰哉何巍巍！羊肠坂诘屈①，车轮为之摧。
树木何萧瑟，北风声正悲。熊罴对我蹲，虎豹夹路啼。
溪谷少人民，雪落何霏霏！延颈长叹息，远行多所怀。
我心何怫郁②，思欲一东归③。水深桥梁绝，中路正徘徊。
迷惑失故路，薄暮无宿栖。行行日已远，人马同时饥。
担囊行取薪，斧冰持作糜。悲彼东山④诗，悠悠使我哀。

注 释

①诘（jí）屈：迂曲。②怫（fú）郁：忧伤不乐。③思欲一东归：
指怀念故乡谯县（今安徽亳州）。④东山：《诗经》中的篇名，写
远征的军人思念家乡。

译文

向北登上太行山，太行山十分险峻，山路极其艰险。山路小道像羊肠一样曲折迂回，马车的轮子都被这样的路损坏了。

山上的树木多么萧条啊，此时北风呼呼的声音也十分凄惨。熊罴面对着我肆无忌惮地蹲在路上，老虎豹子也在道路两旁嚎叫着。

山间溪谷中很少有行人居民，大雪纷纷，落满山坡。我伸长脖颈远望，发出长长的叹息，出征远行，心里的挂念还有很多。

我的心中如此忧伤，想要向东回归故乡。水流湍急，桥梁好似要断落，大军徘徊犹豫不能前行。

迷途艰险，找不到来时的路，黄昏时分，人马都无处栖身安眠。日日行军，路途逐渐遥远，人马都已饥肠辘辘。

跟着诗词游中国

羊肠坂

羊肠坂是古代的坂道名，现在位于山西省壶关县东南部，由于这一段路坂道盘旋弯曲，就像羊肠一样曲折回旋，因此得名。羊肠坂位于古代京洛要道上，路途险要，易守难攻，在古代是军事战略要地。《苦寒行》中，曹操用它来指代行军途中从沁阳经天井关到晋城的道路。现今羊肠坂已经是省级文物保护单位，周边有很多的历史遗迹，如古代的军事设施、题刻、古建筑等。

我们背着行囊，前去砍柴，用斧头凿冰取水做稀饭。我悲痛地想起《东山》这一首诗，无限忧伤让我哀伤不已。

历史放映厅

《苦寒行》为乐府《清调曲》名，为曹操首创。建安九年（204），袁绍的外甥，即并州（今山西太原西南）刺史高干在投降曹操后，曹操依旧让他担任并州刺史。建安十年（205），曹操即将北征乌桓，高干乘机叛变，率兵夺取了壶关口（今山西长治东南）。建安十一年（206）的正月，曹操率兵从邺城（今河北临漳）讨伐高干，途中他们翻越了太行山，当时的太行山大雪纷飞，天寒地冻，这首诗大概就写于这一时期。这年三月，高干战败身亡。

赏 析

这首诗歌在写景时运用视听结合的手法，写出诗人眼前所见的树木的萧瑟和听到的北风的怒吼，展现出了这一季节的凄凉景象。诗人还将自然景物与人文景象结合在一起，不仅写太行山的高耸和山路的崎岖、猛兽的出没、大雪的纷飞等自然景观，还写出将士们和车马的状况，运用多种感官感受的细节描写、动作描写等勾勒出了一幅山地中的风雪行军图。

而在写景之外，诗人还一直穿插着抒情。不仅写行军环境的困苦，还写自己对于家乡的思念，想要早日凯旋归家的急迫心情，其中还包含着曹操积极进取的精神和想要建功立业、实现统一的政治愿望。

秋风萧瑟天气凉 先秦—南北朝

梁甫①行

三国·曹植

八方各异气②，千里殊③风雨。

剧④哉边海民，寄身于草野。

妻子象禽兽，行止依林阻⑤。

柴门何萧条，狐兔翔我宇⑥。

注 释

① 梁甫：泰山下的一座小山。② 异气：气候不同。③ 殊：不同。④ 剧：艰难。⑤ 林阻：山林险阻之地。⑥ 翔：自在地行走。宇：房屋。

译 文

八月各地的气候并不相同，千里之内的风雨变化都不一样。

海边的贫民过着十分艰险的生活，他们栖身在草丛荒野中。

妻子孩子过着如禽兽一般的生活，盘桓游荡在山林中的险阻之地。

他们的家多么简陋萧条啊，就连狐狸和兔子都能自由穿行在房屋之中。

历史放映厅

《梁甫行》又名《泰山梁甫行》，属乐府《相和歌辞·楚调曲》。梁甫是泰山下的一座小山，相传是人死后灵魂的归所。这首诗的内容是描写齐鲁东部滨海地区人民的困苦生活，作者目睹海边贫苦人民的生活，对于下层民众的生活有切身的观察和体验，展现了他心怀下层民众的思想。

赏 析

这首诗首先对景物进行了细致的描写，诗歌最开始展现了滨海多变的自然气候、农村残破荒凉的景象。接下来诗人运用了细节描写和人物形象描写，表现出了百姓非人一般的悲惨生活，其中"象禽兽"一词运用比喻的手法，令人触目惊心。最后一句描绘了人们与野兽同居的情景，十分生动形象地展现出了人们流离失所、家园荒芜的悲惨图景，深化了整首诗的主题。

整首诗语言质朴，在客观描绘海边百姓生活的同时，贯穿着作者的抒情，表现了诗人对下层民众的深切同情，整首诗风格凄楚、韵味无穷。

七步诗

三国·曹植

煮豆燃豆萁^①，漉豉^②以为汁。

萁在釜下燃，豆在釜中泣。

本是同根生，相煎何太急？

注 释

① 豆萁：豆茎。② 漉豉（lù chǐ）：过滤豆子的残渣。

译 文

燃烧豆茎来煮豆子，过滤豆子的残渣来做豆汁。

豆茎在锅底下燃烧，豆子在锅中哭泣。

豆子和豆茎本来是从同一条根上生长出来的，但豆茎却煎熬豆子，为什么这样急迫地迫害自己的手足兄弟呢？

历史放映厅

曹丕和曹植都是曹操的儿子。曹植自小聪明用功，颇有文采，因此很受曹操的喜爱，而曹丕一直对其怀有嫉恨之心。曹丕做皇帝之后，觉得曹植对自己的皇位始终是个威胁，便想方设法陷害曹植，想要除掉他。某天曹植拜见曹丕时，曹丕以怀疑曹植的诗歌文章是别人代作为借口，要求曹植以兄弟为主题，在七步之内作成一首诗以证明他的清白。曹植在极度悲愤之中写下了这首诗，他走一步念一句，还没走完七步，便完成了这首诗。

赏 析

整首诗以萁豆相煎做比喻，控诉亲兄弟曹丕对自己及其他手足的残忍迫害。诗人首先描写了燃萁煮豆这一日常现象，巧妙地运用拟人和比喻的手法，展现出豆子在釜中煮烂的场景，表达出自己这个受害者的悲伤与痛苦，形象地表现了兄弟自相残害的残忍。而最后一句作者直抒胸臆，发出自己饱含血泪的质问和不满，在讥讽之中包含着规劝之意。

总的来看，整首诗心思巧妙，运用比喻的手法，浅显的语言、委婉的口吻，传达出了明白晓畅的道理，展现了统治阶级内部斗争的残酷。

刘桢：美于当世，楷模身后

刘桢（？—217），字公干，东平宁阳（今山东宁阳）人，东汉末年著名诗人，曾经被曹操征召，但因为不对曹丕的夫人甄氏行礼，以不敬之罪被判处劳罚，自此之后终生不被重用，后因染上瘟疫去世。刘桢是尚书令刘梁的孙子，也是"建安七子"之一。他年少时就博学多才，善于答辩，在文学创作上擅长写五言诗，在当时享有很大的诗名，并与曹植齐名，被称为"曹刘"。他为人豪放不羁，诗风也是如此。他的诗歌语言质朴，但以气势取胜，壮气十足。如今刘桢留存下来的诗歌比较少，只有二十多首，主要内容包括赠答诗和游乐诗。赠答诗中最著名的是诗三首《赠从弟》，分别用三种事物表现坚贞高洁的品性。游乐诗描写山水游乐、斗鸡娱乐等内容，代表作有《公宴诗》等。

赠从弟（其一）

东汉·刘桢

泛泛东流水，磷磷水中石。蘋藻生其涯，华叶纷扰溺①。
采之荐②宗庙，可以羞③嘉客。岂无园中葵？懿④此出深泽。

注 释

①扰溺：漂浮不定的样子。②荐：进献。③羞：进献。④懿：美好。

译 文

河水泛泛东流，水中有嶙峋的石头。蘋藻在其中生根成长，它的叶子嫩绿，随着水流漂浮不定。

采摘蘋藻用来进献给宗庙供奉，也可以用来进献给宾客们食用。难道是菜园里没有葵菜吗？这是因为出自幽深河水中的蘋藻更加美好、可贵。

历史放映厅

《赠从弟》是组诗，共有三首，收录在《昭明文选》中。三首诗都表达了刘桢对从弟的赞赏。他的从弟在当时是郁郁不得志的文人，刘桢分别选取了蘋藻、松柏和凤凰三种物象来对从弟进行勉励。总的来看，这一组诗受到了《诗经》和《古诗十九首》的影响，使用比兴的手法，以物的品性来借代人。这一首也是组诗的第一首。

赏 析

整首诗以物写人，看似写的是蘋藻的生长环境，实际上是使用了比喻的手法，指代的是自己的从弟，形容他像蘋藻一样，在清澈的环境中长成了高洁的样子。之后诗人借蘋藻的其他用处，即可以用来进行宗庙祭祀，成为宴请嘉宾的美食，来表明从弟有才，可堪大用。诗歌最后将蘋藻与常作供品的葵菜进行对比，凸显了蘋藻的美好和高洁。此外，这首诗在开头使用了一些叠词，这也使得整首诗具有韵律美感。

赠从弟（其二）

东汉 · 刘桢

亭亭山上松，瑟瑟谷中风。
风声一何盛，松枝一何劲！
冰霜正惨凄，终岁常端正。
岂不罹凝寒？松柏有本性。

译 文

山上的松树亭亭而立，在瑟瑟的山风和山谷中傲然挺立。

风声是多么强盛啊，松枝又是多么坚韧啊！

此时正是凛冽的冰霜天气，松柏却能始终端正伫立着。

难道是它们没有遭受严寒天气吗？不是的，是因为松柏自有其本性。

赏 析

这首诗是组诗的第二首。据说这是第一首将松柏与人的品性进行类比的文学作品。整首诗运用了比喻和象征的手法，用松柏来比喻从弟，赞扬其高洁的操守。整首诗对于松柏在严酷的自然环境中的形象进行了十分细致的描述，并用"端正""本性"等词语凸显了松柏不畏冰霜雨雪的特征，以此托物言志，来象征从弟独立的人格和高洁坚贞的品性，并以此勉励从弟不要因为受到无理的压迫就改变自己的品节，间接表现出了诗人的人生观与价值观。

赠五官中郎将四首（其一）

东汉·刘桢

昔我从元后①，整驾至南乡。过彼丰沛都，与君共翱翔。
四节相推斥②，季冬风且凉。众宾会广坐，明镫熺③炎光。
清歌制妙声，万舞在中堂。金罍含甘醴，羽觞行无方④。
长夜忘归来，聊且为大康⑤。四牡⑥向路驰，叹悦诚未央。

注 释

①元后：天子，这里指曹操。②四节：四季。推斥：推移。③熺（xī）：
放射。④金罍（léi）、羽觞（shāng）：均为酒器。醴（lǐ）：甜酒。
⑤大康：安泰丰乐。⑥四牡：四匹马拉的马车。

译 文

自从我跟随天子之后，就整顿车
马出征荆州，南征刘表。当时经过了天
子故乡沛国谯县，与你一起自在地遨游。

四季变换推移，晚冬时节的风很寒冷。
当时众多的宾客在大厅里坐着，明亮
的马镫放射着光芒。

歌声曼妙清新，舞者在中堂跳着各
种舞蹈。金罍中盛放着甘甜的美酒，用羽
觞没有规律地相互敬酒。

通宵达旦忘记了回家，只是为了庆祝天下的

跟着诗词游中国

丰沛

丰沛是汉高祖刘邦的家乡。根据《史记》的记载，汉高祖的籍贯是"沛丰邑"，这里根据历史的区域建制，涉及沛县和丰县两个地区。两个地区都宣称自己是刘邦的故里。虽然具体地区无法确定，但可以肯定的是丰县和沛县都属于现在的江苏省徐州市。在刘桢的这首诗中，他用"丰沛"来指代帝王也就是曹操的故乡沛国谯县。

安泰丰乐。四匹马拉着的马车在道路上奔驰，我们赞叹不已，长乐没有尽头。

历史放映厅

这首诗收录在《昭明文选》，是由四首诗组成的组诗中的第一首。建安十六年（211），曹丕被封为五官中郎将，这首诗是刘桢写给曹丕的赠诗，大约写于建安二十一年（216）。刘桢作为"建安七子"之一，与曹操和曹丕等人关系密切。他在此处写官职名是为了表明对曹丕的尊重。此时刘桢已经患病一百多天，在漳河之滨养病。他正担心自己这一次一病不起，而曹丕也在准备出征西行之前，不辞辛劳，特地来看望刘桢。刘桢出于感动，又出于不能再见到故友曹丕的担忧，便在曹丕辞别自己回邺下之时写下了这首诗。在这首诗中，刘桢追忆了建安十四年（209）赤壁之战后，自己追随曹操一同出征荆州、与曹丕欢畅宴饮的日子。

赏析

　　这首诗将叙事与描写结合在一起，既真实地记录了诗人自己跟随曹操出征，以及与曹丕一起参加曹操宴赏群臣之会的史实，又运用自己私人的感受精细地刻画出了这一场宴会的欢闹场面。开始，诗人运用视听结合的手法，从视觉、听觉、味觉等各方面，以及感受到的灯火通明、轻歌曼舞、甘甜美酒等种种细节写出了这场极乐之宴的热闹场面。之后，诗人着重描写了自己在这场宴会上欢乐愉悦的心情，展现出了诗人自由潇洒的状态，也暗含着诗人久病不愈之时对于往事的怀念。

陶渊明：隐逸诗人之鼻祖

陶渊明

出身寒门，本性自然

陶渊明（365—427），名潜，字元亮，号五柳先生，浔阳柴桑（今江西九江附近）人。曾祖父曾因军功官至大司马，祖父与父亲则任职太守、县令等较底层的官职。到陶渊明时，家世更为没落，这主要是因为魏晋实行门阀制度，当时的高官要职都被门阀士族垄断，庶族寒门备受压制，陶家无法与门阀士族相比，在当时被讥讽为"小人""溪狗"，因而陶家子弟的处境十分尴尬。陶渊明少时生活在柴桑的农村，自小喜爱自然，"少无适俗韵，性本爱丘山"就是他对这一时期平淡生活的怀念。

怀恋田园，仕隐抉择

陶渊明为官时的政治环境十分复杂，易代之际统治阶级内部极端腐败，滋生出了尖锐的矛盾，各方势力热衷于争权夺利，不顾民生。陶渊明因家族官职和儒家教育的影响而心怀济世救民的志向，出于家贫的现状与建功立业的理想，他在 29 岁时出仕为官。在后来十多年的时间里，他多次任职祭酒、参军等职，但这种微末官职无力施展抱负，还要在官场上周旋，耗费心力。他觉得与官场中人打交道非常不适，认为污浊官场与自己崇尚自然的本性相违背。他终日怀恋田园生活，想要返回自己的茅庐，因而始终处于"仕"与"隐"两种极端心境的拉扯之中，多次自请归隐山林。后来陶渊明的彷徨心态逐渐明朗，归隐之心愈加强烈。

但陶渊明并非彻底地消极避世，他的作品中还偶尔流露出壮志未酬的悲愤与对腐朽现实的不满。但现实的腐朽与危机他无力根治，也只能独善其身了。

🍃 辞彭泽令，归去来兮

义熙元年（405），陶渊明任彭泽县令，在任八十多天，便卸职归田了，这一事件成为他的人生转折点。据记载，他辞官归隐的直接原因是：当时恰巧郡里的督邮来到彭泽，县吏直接提醒陶渊明说迎接督邮就应该穿戴隆重，束带迎接，陶渊明不满这种卑躬屈膝的行径，长叹道："我不能因为五斗米就向乡里的小人折腰！"（"吾不能为五斗米折腰，拳拳事乡里小人邪。"）第二天他就结束了官宦生涯，义无反顾地走回了田园。辞官时，他大笔一挥写下了《归去来兮辞》，直言自己要与官场彻底决裂。在这篇宣言中，陶渊明想象了归途所见及归家后与家人的团聚、来年春天的耕种景象，展现出对自由与解放的向往。文辞高妙，无与伦比，欧阳修甚至感叹道："晋无文章，惟陶渊明《归去来兮辞》一篇而已。"

自此，陶渊明转向了人生的另一时期，一改之前在官僚和隐士两种社会角色之间犹豫不决的矛盾心态。当时各方势力争权，引发了战乱、篡权等重重危机，陶渊明厌倦了政治，为了躲避灾祸，决心再不出仕，后来面对他人多次提供的出仕机会，他也坚决拒绝了。

去世前，陶渊明写了一篇《自祭文》。在这篇绝笔中，他回顾一生，毫不悔恨，看淡了一切，悲哀长叹道："人生实在是太难了，死亡与之相比又算什么呢？"（"人生实难，死如之何？"）他不畏惧死亡，用不

喜不惧的态度坦然面对生老病死。死后，好友们给了他"靖节先生"的
谥号。

亲自劳动的田园诗派诗人

陶渊明的难得之处还在于亲自参加劳动，突破了时代伦理的束缚。
封建社会鄙视劳动，魏晋时期更以务农为耻。陶渊明却以耕作自给自足，
重视劳动的价值。他与人们一同劳作，以平等之心与农民交往，与百姓
产生了亲切的共情。当时的世道战乱频繁，农民普遍经受着饥寒之苦，
这促使陶渊明进行更深刻的反思与批判，构想出了一个没有压迫、剥削、
战乱的完美桃花源理想。在《桃花源记》中，陶渊明不写神仙，不写奢
华场面，而只是构造了一幅宁静的农耕景象，展现出一群避难的普通人
保留了人性的本真与淳朴，通过自己的劳动过上了一种和平幸福的生活。
这种重视劳动的思想十分具有进步意义。

在文学上，陶渊明重视劳作的思想促使他开辟了田园诗这种新的题
材。作为古代文学史上的田园诗第一人，他关注农民、农村与农耕，以
真实的田园生活为素材，真切地写出田园风景的优美、田园生活的简朴
以及农民生活的酸甜苦辣。基于自身由官宦到农夫的身份转变中的特殊
感受，他拓宽了文人士大夫的生活体验，在诗中展现出了自己悠然自得
的心境，勾勒出一个从事农耕、日出而作、日落而息、披着月色、肩扛
锄头从杂草丛生的田间小路上回家的隐士农夫形象。

安贫乐道，情趣众多

安贫乐道是陶渊明的处世准则。他注重个人节操，推崇颜回等贫士，
固穷守志，洁身自好，因而他信奉返璞归真，追求天真自然的、不被束

缚和压抑的天性。"久在樊笼里，复得返自然"就展现了他回归自然的喜悦之情。这种回归真我、剥除虚伪的人生观贯穿在他的作品中，他以《五柳先生传》《归去来兮辞》《归园田居》等呈现自己真切的生活体验与诗意盎然的人生。《五柳先生传》这一自传中就记载了陶渊明诸多的生活情趣，展现了一个怡然自得的隐士形象。

据传，陶渊明喜好音律，因为贫穷，家里的素琴弦断了都无钱更换，但他每次饮酒到舒畅之际，就抚弄自己这张无弦琴，抒发内心，对朋友说只要知晓弹琴的趣味，有没有弦声又有什么区别呢？无弦琴这一典故后来也被用来表明自身格调高雅，不流于世俗。

此外，陶渊明爱酒且能从饮酒中体悟人生的深意。他追求饮酒之后物我两忘的境界，这并非借酒浇愁，而是追求小酌后的率真洒脱。据说他饮酒到达兴致之时取下头巾滤酒，滤完后照旧戴在头上，完全不拘小节。相传，江州刺史王弘钦慕陶渊明的才华，初次拜访时陶渊明称病不见，王弘便命人打听陶渊明的行程，听说他准备前往庐山，就让陶渊明的老朋友在半道上携酒等候，陶渊明看到酒后便欣然饮用，竟然完全忘记了要去庐山。酒酣之时王弘出来与他相见，二人相谈甚欢。后来王弘想见陶渊明便总是在山水之间携酒等候他，并在陶渊明贫困潦倒之时多次资助他。这也可见五柳先生是何种的清高洒脱。

百世田园之祖，千古隐逸之宗

陶渊明是魏晋风流的杰出代表，拥有着高尚的人格美和艺术化的人生。在个性上，他品性高洁，不与世俗同流合污，还能大胆追求自由，敢于脱离官场，回归恬静的田园，为后世无数文人士大夫构建了理想的精神家园；在文学上，他是第一位用诗歌写农耕体验的诗人，他亲身下田参加农耕，写真正的劳动生活，专注在普普通通的日常生活和田园风光中挖掘无尽诗意，赋予了田园与日常生活以美的内涵，将现实生活提升到艺术的境界，实现了日常生活的诗化，可谓真正的风流名士。

🌿 中国士大夫精神的典范与归宿

陶渊明的才华颇受后人倾慕。与当时的文坛主流风格不同，他不写宏大社会或抽象哲理，不说教，不故弄玄虚，不用华丽辞藻，只是用率真的语句传达出无尽的韵味，赋予朴素自然的家常事无尽的人生感悟。这就重新给诗歌灌注了生机，恢复了诗歌原始的生命力和现实生活的生动性。在后世，他是无数文学家的偶像，李白在诗中就写："何时我才能到彭泽去，在五柳先生面前狂歌吟诗啊？"（"何时到彭泽，狂歌五柳前？"）陆游也说："我爱慕着陶渊明，可恨我学不了他诗歌的一丝一毫。"（"我诗慕渊明，恨不造其微。"）

他的高尚志趣更是引起了无数文人的共鸣。他高洁的品性与不与世俗同流合污的高贵品质给予厌倦官场之人以精神慰藉，白居易、苏轼等仕途失意人都从他身上找到了超脱世俗的情怀，他不为五斗米折腰的志气也唤起了李白不肯摧眉折腰事权贵的霸气。他清高耿介，不受礼教和儒家经典的束缚，信奉道化自然的规律，追求隐居又十分务实，脚踏实地地在劳作中收获欢愉，将哲学思考与劳动时间结合在一起，在现实生活中建造自己的一方净土，这使得他成为真正的日常生活艺术家，因而他不愧为魏晋风度的最佳代言人。

饮酒（其五）

东汉·陶渊明

结庐在人境①，而无车马喧。

问君何能尔②？心远地自偏。

采菊东篱下，悠然③见南山。

山气日夕④佳，飞鸟相与还。

此中有真意，欲辨已忘言。

注　释

① 结庐：建造房舍。结，建造、构筑。庐，简陋的房屋。人境：喧嚣扰攘的尘世。② 尔：如此，这样。③ 悠然：闲适淡泊的样子。④ 日夕：傍晚。

译　文

在人来人往的尘世中建造屋子居住，但是却没有车马来往的喧嚣。

问我怎么能做到这样？只要你的心足够淡远，那么就会觉得你所居住的地方也很僻静。

在东篱之下采摘菊花，闲适淡泊间就看见了南部的山丘。

傍晚时分山上的雾气景致十分不错，飞鸟结伴归来。

这种景象之中包含着玄妙的真理，我想要分辨清楚，却忘了如何用言语表达。

　　陶渊明的《饮酒》是组诗，共有二十首，这一组诗不是一时之作，而是写于陶渊明四十岁前后的一段时期。陶渊明最后一次做官是在义熙元年（405），此时他刚做了八十多天的彭泽县令。由于他不愿意恭恭敬敬、穿戴整洁地去迎接朝廷派下来的官员，向他们献殷勤，便毅然决然地辞官回家了，这就是著名的"不为五斗米折腰"事件。这一次，陶渊明结束了身不由己的官场生涯，决定终老田园。他的这一组诗或写官场和世俗的丑恶，或写田园生活的怡然陶醉，成就很高。组诗中的这一首就写于他归隐后不久。由于这组诗都写于饮酒之后，陶渊明便将其起名为《饮酒》。

赏　析

　　这首诗将议论、写景与抒情有机地结合起来，融情于景，写出了主人公归隐田园之后悠然自得的心境与高洁的人格。诗歌的前四句进行了议论，诗人自问自答，对于自己的生活状态给出解答。之后，诗人转向写景，刻画出了一幅悠然自得的傍晚风景图，从而对于自己在前文中所说的生活情趣进行了具体的描写。这里诗人也用了很多的动作描写，通过一些动词让整幅画面充满了动感，仿佛诗作中流动着生机。最后，诗人重新转向抒情，他用质朴精练的语言，使得玄妙的哲理与诗人心境和自然之景结合在一起，言有尽而意无穷。诗歌前半部分主要是写诗人摆脱尘世纠纷的感受，表现了自己自然的天性、对于官场的厌弃，以及坚决不肯同流合污的气节；诗歌的后半部分写了南山之下的美景，以及诗人自身在田园生活中获得的乐趣，展现了诗人对于田园生活的热爱。整首诗平淡自然，韵味无穷，令人陶醉。

归园田居（其一）

东汉·陶渊明

少无适俗韵①，性本爱丘山。

误落尘网②中，一去三十年。

羁鸟③恋旧林，池鱼思故渊。

开荒南野际，守拙④归园田。

方宅十余亩，草屋八九间。

榆柳荫后檐，桃李罗堂前。

暧暧⑤远人村，依依墟里⑥烟。

狗吠深巷中，鸡鸣桑树颠。

户庭无尘杂⑦，虚室有余闲⑧。

久在樊笼⑨里，复得返自然。

注 释

① 适俗：适应世俗。韵：气质，情致。② 尘网：指世俗的种种束缚。③ 羁鸟：被关在笼中的鸟。羁，约束。④ 守拙：持守愚拙的本性，即不学巧伪，不争名利。⑤ 暧（ài）暧：迷蒙隐约的样子。⑥ 墟里：指村落。⑦ 户庭：门户庭院。尘杂：指世俗的繁杂琐事。⑧ 虚室：静室。余闲：余暇，空闲。⑨ 樊笼：关鸟兽的笼子。这里指束缚本性的俗世。

译 文

年少的时候就不具备适应世俗的气质，性格本来就喜欢山水。

不小心错入世俗羁绊之中，这一来一去就过去了三十年。

被关在笼子中的鸟想念以前栖居的树林，被养在水池中的鱼想念以前的大河。

在南边的田野边上开垦荒地，回归田园，持守我那愚拙的本性，不再争名夺利。

屋子占地有十多亩，茅草屋也有十几间。

榆树和柳树的树荫遮盖了屋子后面的屋檐，桃树和李树也散布在堂屋前面。

远处的村庄迷蒙隐约，村落中有一缕缕烟雾升起。

狗在又深又长的巷子中叫唤，鸡在桑树顶鸣叫。

在门户庭院之中没有世俗的繁杂琐事，屋子空静，其中也有很多空闲。

我很长时间被束缚在尘世的牢笼中，现在终于重新回归到自然中。

历史放映厅

陶渊明写的《归园田居》组诗共包括五首，这是其中的第一首，大致写于晋安帝义熙二年（406），也是陶渊明自彭泽辞官归隐后的第二年。诗人从太元十八年（393）开始做官，到义熙元年（405）归隐，恰好是十三年，有人考证诗中"三十年"为笔误。这首诗的主要内容是写他所居住的农村幽静美好的自然风光，以及淳朴清静的田园生活，表现了作者归隐之后恬淡自在的精神境界和不与世俗同流合污的高尚情操。

赏析

诗歌的前六句叙述自己归隐田园的原因，运用比喻和拟人的手法，借用羁鸟和池鱼对自然生活的怀念来表现自己被尘世牵绊的状况，从而表明自己的心性。之后的一部分，诗人主要描写了自己回归田园以后恬淡自然的生活，以及农村美好的景象。其中"守拙"一词运用了反讽的手法，看似是说自己愚笨，但实际上是展现自己不想再汲汲于功名、不肯再与官场中人钩心斗角的情操。然后诗人对于自己的房屋格局、大小、植被状况等进行了细致的交代，展现了诗人自身质朴的情趣。接着，诗人运用叠词，使用远景描写，对于远处的村落进行了刻画，并运用视听结合的方式，将犬吠、鸡鸣的声音纳入村落景观中，产生了动静结合的效果，使得整个村落具有了生机与活力。而"户庭无尘杂，虚室有余闲"一句运用了象征的手法，看似是写房屋的干净和空旷，实际上是写诗人自身淡泊于名利。最后，诗人直抒胸臆，表达自己辞官归隐后的喜悦心情。总的来看，整首诗自然恬淡，充满着悠闲的生活气息，语言质朴而有韵味，与诗人自身的性情相得益彰，其塑造的理想家园也令人神往。

其谁参之
元亮以喧嚣之境寓至静之机此中三昧匪石老

林际点金斜日照
跃锦月初升静中万
籁此俱寂妙悟惟能
入定僧

难道这就是
陶渊明？

陶渊明为中国田园诗第
一人，传世作品众多，也是后人绘
画创作的素材。清代画家石涛，偏爱陶渊
明诗作，为其诗作《诗意图册》十二帧，清代书
法家、诗人王文治为图册题记。此图为图册第四
帧，描写了"狗吠深巷中，鸡鸣桑树颠"的乡野
生活。王文治题："林际点金斜日照，溪边跃锦
月初升。静中万籁此俱寂，妙悟惟能入定僧。元
亮以喧嚣之境，寓至静之机，此中三昧，匪石老
其谁参之？"点出石涛画作的悠然意境。

《陶渊明诗意图册（其四）》
作者：石涛
创作年代：清代
馆藏：故宫博物院

杂诗十二首（其二）

东汉 · 陶渊明

白日沦西河①，素月出东岭。

遥遥万里辉，荡荡空中景。

风来入房户，夜中枕席冷。

气变悟时易，不眠知夕永。

欲言无予和，挥杯劝孤影。

日月掷人去，有志不获骋②。

念此怀悲悽，终晓不能静。

注 释

① 西河：与下文"东岭"相对。② 骋：伸展。

译 文

太阳西沉，落入西河下，素净的月亮从东岭升起。

月光遥遥万里，将浩荡的夜空照耀得十分明亮。

夜里风起从窗户进入房间，夜晚枕头下的席子都变凉了。

这样的气候变化让人意识到季节已经更换了，睡不着才知道夜晚有多漫长。

想要倾吐心中的衷肠，但是没有人与自己谈论，只好举起酒杯对着自己的影子喝酒。

时间飞快，抛下人而去，自己有凌云壮志却得不到施展。

想到这些事不禁满怀悲戚，彻夜不能平静下来。

陶渊明的《杂诗》组诗，共包括十二首。这组诗歌并非同一时间写成的，比较受认可的说法是其中前八首写于义熙十年（414），后四首写于隆安五年（401），都是陶渊明晚期的作品。这十二首诗共同的主题是感慨人生短促，时光易逝，壮志难酬，其中有的诗歌展现出了及时行乐的情绪。这一首是组诗中的第二首。

赏 析

总体来看，整首诗是诗人因为四季变换而产生的对于光阴易逝、壮志难酬的悲叹。诗人在这首诗中将抒情与写景结合起来，诗歌的前四句对于夜景进行了细腻的刻画，他以"沦"和"出"两个动词，展现出了日月运行和四季推移的自然现象，并在其后使用叠词，突出了大自然的气势，产生了壮阔的气氛。中间四句，诗人的眼光由远及近，视角从阔大的宇宙转向眼前小小的室内，将自己的亲身体验与气候的变迁这一自然现象结合起来，产生秋日感伤。最后几句，诗人直抒胸臆，运用拟人的手法展现出时间抛下人而去的现实，凸显了时间流逝之快与时间的无穷，并表现自己在秋日深夜中的孤独与寂寥，深化了诗歌的主旨，产生了无穷的韵味。

读山海经（其十）

东汉·陶渊明

精卫衔微木，将以填沧海。
刑天舞干戚[①]，猛志故常在。
同物既无虑，化去不复悔。
徒设在昔心，良辰讵可待！

注 释

① 干（gān）戚：盾和板斧。

译 文

精卫鸟嘴里衔着一根细小的树枝，想要用它来填平苍茫的大海。

刑天挥舞着手里的盾和板斧，他那刚毅威猛的精神一直存在。

死去了也不过是从一物变成了另外一物，应该无忧无虑；即使已经被杀，化为他物，可以不再悔恨过往。

空有昔日的雄心壮志，怎么能空等着实现壮志的时候呢！

历史放映厅

《山海经》是我国上古神话故

125

事集，其中内容大多讲述的是古代海内外山川鬼怪神灵和神话传说。《读山海经》是陶渊明的组诗作品，是陶渊明在辞官归隐山林后，读书自娱自乐时记录的阅读感悟。这一系列作品包含对上古神话中的西王母、夸父逐日、神鸟等故事的阅读感悟和评价，展现了陶渊明读书的境界和人格特质。这一首是组诗的第十首，展现了诗人的豪情壮志。

※刑天：刑天是上古神话中的人物之一，他的故事记载在《山海经·海外西经》中。相传，刑天是炎帝的大臣，武功高强，英勇善战，是一员猛将。刑天曾经劝说炎帝与黄帝战斗，炎帝没有采纳。于是刑天便自己和黄帝开战，失败后被砍去了头颅，身体埋在了常羊山。但是即便已经被杀死，刑天也不屈服，他把两乳作为眼睛，把肚脐当作嘴，手中仍然挥舞着自己的盾和板斧，准备继续与黄帝战斗。

赏 析

这首诗采用了叙述与议论相结合的手法，诗人主要运用了神话典故来发表议论。分别选取了精卫填海和刑天威武不屈的神话传说，赞美了他们的坚毅和雄心壮志。第一句的"衔"和"填"两个动词展现了精卫的坚持，而精卫和沧海也存在对比，凸显了两者力量的悬殊，从而突出诗人对精卫的赞赏；下一句对刑天的刻画与议论也采用了同样的对比方式。最后两句，诗人直接发表议论，表现出要实现理想，就要立马行动，不能空空等待，耗费光阴，这使得整首诗的哲理意味很浓，也体现了陶渊明自己的精神追求。

南北朝民歌：新一代抒情诗

南北朝民歌是南北朝时期具有地方色彩的民歌，它们以五、七言开辟了抒情诗的新形式。南朝民歌主要产生于建业及荆州一带，北朝民歌则以黄河流域鲜卑族的生活为主要内容。由于政治经济、自然环境和文化的不同，南朝民歌和北朝民歌呈现出了不同的情调与风格。

南朝民歌大部分保存在《乐府诗集·清商曲辞》中，主要包括吴歌326首与西曲142首。南朝民歌总体上篇幅短小，语言清新活泼，风格细腻缠绵，基本上都是情歌，表现了人民对真挚爱情的追求，展现出江南优美的自然环境、长江流域商业的繁荣和浓郁的生活气息。最高成就是抒情长诗《西洲曲》。

北朝民歌共有70首左右，主要保存在《乐府诗集·横吹曲辞》中。横吹曲本来是在马上演奏的军乐，北朝民歌大多是北方民族的歌谣。北朝民歌广泛反映了北方社会生活、景色和风俗，富有草原风光，展现了社会动乱中人民流离的生活，风格粗犷豪放。代表作是叙事长诗《木兰诗》，其中塑造了木兰这个巾帼英雄。

敕勒歌

敕勒川，阴山下。天似穹庐，笼盖四野。
天苍苍，野茫茫。风吹草低见①牛羊。

注 释

① 见（xiàn）：通"现"，显现。

译 文

广阔的敕勒大草原，就在那美丽的阴山脚下。辽阔的天空就像一个硕大的蒙古包穹顶，笼罩着整个原野。

天空蔚蓝无际，田野茫茫无边。风吹拂过后，绿草都低下了头，这一片绿浪中的牛羊也显现了出来。

历史放映厅

敕勒是一个较为古老的民族，他们是匈奴的后裔，也被称为"赤勒""高车"等，属于原始的游牧民族。在北齐时期，他们居住在现在的山西省北部一带。这首《敕勒歌》就是北齐民歌，是他们歌唱自己美丽而丰饶的家乡的歌谣。这一民歌本来是鲜卑语，后来被翻译成了汉语，有着较为浓厚的民族色彩，风格比较豪放。

跟着诗词游中国

阴 山

　　阴山是位于我国内蒙古自治区中部的连绵山脉，整体呈东西走向，其中包括狼山、乌拉山等多座山系，最低海拔有1000米，最高有2400米。阴山山脉是我国重要的地理分界线。在地区划分上，它处于内蒙古自治区和河北省中间，受季风影响，南北两侧温差较大，整个山脉的南北两坡呈现出了不同的地理气候特点，是季风区与非季风区的分界线。阴山的自然资源丰富，在历史上是重要的牧区，也是中原地区汉族和北方游牧民族之间进行交往的重要地区。著名的《敕勒歌》就描写了阴山脚下的草原景象。现在的阴山上有很多古刹，其中保存了很多古老的壁画。

赏 析

　　诗歌开头用奔放的语调歌咏了北方草原壮丽的风光，展现了敕勒族生活地域的自然特点。诗歌采用动静结合的方式和比喻的手法，描绘出了天空的恢宏与原野的壮阔这一静态的画面，塑造了一幅辽远宁静的美景。风吹来之后，整个画面又充满了动感，展现出了草原上牛羊成群、其乐融融的景象，表现了敕勒民族热爱家乡、热爱生活的豪情。

　　总的来看，整首诗语言简洁，句式长短不一，比较自由，风格豪健奔放，不仅生动地展现了塞北草原广阔无边的风光，还展现了北方游牧民族骁勇的豪迈情怀。

木兰诗^①

唧唧^②复唧唧，木兰当户织^③。不闻机杼声^④，唯^⑤闻女叹息。

问女何所思^⑥，问女何所忆^⑦。女亦无所思，女亦无所忆。昨夜见军帖^⑧，可汗大点兵^⑨，军书十二卷^⑩，卷卷有爷^⑪名。阿爷无大儿，木兰无长兄，愿为市鞍马^⑫，从此替爷征。

东市买骏马，西市买鞍鞯^⑬，南市买辔头^⑭，北市买长鞭。旦^⑮辞爷娘去，暮宿黄河边，不闻爷娘唤女声，但闻黄河流水鸣溅溅^⑯。旦辞黄河去，暮至黑山^⑰头，不闻爷娘唤女声，但闻燕山胡骑^⑱鸣啾啾^⑲。

万里赴戎机^⑳，关山度若飞^㉑。朔气传金柝^㉒，寒光照铁衣^㉓。将军百战死，壮士十年归。

归来见天子^㉔，天子坐明堂^㉕。策勋十二转^㉖，赏赐百千强^㉗。可汗问所欲^㉘，木兰不用尚书郎^㉙，愿驰千里足^㉚，送儿还故乡。

爷娘闻女来，出郭^㉛相扶将^㉜；阿姊闻妹来，当户理红妆^㉝；小弟闻姊来，磨刀霍霍^㉞向猪羊。开我东阁门，坐我西阁床。脱我战时袍，著^㉟我旧时裳。当窗理云鬓^㊱，对镜帖^㊲花黄^㊳。出门看火伴^㊴，火伴皆惊忙：同行十二年，不知木兰是女郎。

雄兔脚扑朔，雌兔眼迷离^㊵；双兔傍地走，安能辨我是雄雌^㊶？

注 释

① 这是南北朝时北方的一首乐府民歌。② 唧唧：叹息声。③ 当户织：对着门织布。④ 机杼（zhù）声：织布机发出的声音。杼，织布的梭子。⑤ 唯：只。⑥ 何所思：想的是什么。⑦ 忆：思念。⑧ 军帖（tiě）：军中的文告。⑨ 可汗（kè hán）大点兵：可汗大规模地征兵。可汗，我国古代西北地区民族对最高统治者的称呼。⑩ 军书十二卷：征兵

的名册很多卷。军书，军中的文书，这里指征兵的名册。十二，表示多数，不是确指。⑪爷：和下文的"阿爷"一样，都指父亲。⑫愿为市鞍（ān）马：愿意为（此）去买鞍马。为，介词，为了，其后宾语省略。市，买。鞍马，泛指马和马具。⑬鞯（jiān）：马鞍下的垫子。⑭辔（pèi）头：驾驭牲口用的嚼子和缰绳。⑮旦：早晨。⑯溅（jiān）溅：水流声。⑰黑山：和下文的"燕（yān）山"，都是当时北方的山名。⑱胡骑：胡人的战马。胡，古代对西北部民族的称呼。⑲啾（jiū）啾：马叫的声音。⑳万里赴戎机：远行万里，投身战事。戎机，战事。㉑关山度若飞：像飞一样地越过一道道关塞山岭。度，越过。㉒朔（shuò）气传金柝（tuò）：北方的寒气传送着打更的声音。朔，北方。金柝，古时军中白天用来烧饭、夜里用来打更的器具。㉓铁衣：铠（kǎi）甲，古代军人穿的护身服装。㉔天子：指上文的"可汗"。㉕明堂：古代帝王举行大典的朝堂。㉖策勋十二转（zhuǎn）：记很大的功。策勋，记功。转，勋位每升一级叫一转。㉗赏赐百千强：赏赐很多的财物。强，有余。㉘问所欲：问（木兰）想要什么。㉙尚书郎：尚书省的官。尚书省是古代朝廷中管理国家政事的机关。㉚愿驰千里足：希望骑上千里马。驰，赶马快跑。㉛郭：外城。㉜扶将：扶持。㉝红妆（zhuāng）：指女子的艳丽装束。㉞霍霍：磨刀的声音。㉟著（zhuó）：穿。㊱云鬓（bìn）：像云那样的鬓发，形容好看的头发。㊲帖：通"贴"。㊳花黄：古代妇女的一种面部装饰物。㊴火伴：军中的同伴。当时规定若干士兵同一个灶吃饭，所以称"火伴"。㊵雄兔脚扑朔，雌兔眼迷离：据说，提着兔子的耳朵悬在半空时，雄兔两只前脚时时动弹，雌兔两只眼睛时常眯着，所以容易辨认。扑朔，动弹。迷离，眯着眼。㊶双兔傍地走，安能辨我是雄雌：雄雌两兔贴近地面跑，怎能辨别哪只是雄兔，哪只是雌兔呢？傍，靠近、临近。走，跑。

译 文

叹息一声连着一声，木兰正在对着房门织布。听不到织布机发出的声音，只听到木兰在叹息。

问木兰在想什么事，在思念什么，木兰说没有在想什么，也没有在思念什么。只是昨夜看到了征召士兵的军中文书，可汗开始大规模地征兵了，征兵的名册有很多卷，每一卷中都有我父亲的名字。父亲没有儿子，我没有兄长，我想要前去买鞍马，从此替父亲出征。

去东西南北各个地方的集市上买来骏马及马鞍、缰绳、鞭子等器具。早晨起来我辞别了父亲母亲，晚上就在黄河边上宿营，听不见父母呼唤女儿的声音，只能听到黄河水汹涌澎湃的奔流声。早上离开黄河赶路，晚上就到了燕山脚下，听不见父母呼唤女儿的声音，只听见燕山的胡人战马啾啾的鸣叫声。

行军万里投身战争，像飞一样地越过一道道关塞山岭。北方的寒气传送着打更的声音，清冷的月光照耀着战士们的铠甲战衣。将士们身经百战无数次出生入死，征战十年之后才回来。

回来之后朝见天子，天子坐在朝堂上，给木兰记了很大的功，也赏赐了很多的金银财宝。可汗问木兰还想要什么，木兰说她不需要做尚书省的官，只是想骑上一匹千里马，回到家乡。

父母听说女儿回来了，相互扶持着出了城门；姐姐听说妹妹回来了，对着门窗开始梳洗打扮；弟弟听说姐姐回来了，霍霍地磨着刀准备杀猪宰羊。回家后打开我闺房东面的门，坐在我房间西面的床上，脱掉我打仗时的袍子，穿上我以前在家穿的衣服。对着窗子整理出好看的发髻，对着梳妆镜贴好花黄。出门后见我军中的同伴，同伴们都十分吃惊：在军中共同生活十二年，竟然不知道木兰是女孩子。

当提着兔子的耳朵悬在半空时，公兔子的两只前脚时常会动弹，母兔子两只眼睛经常眯着，所以容易分辨；但如果让公兔子和母兔子一同贴近地面跑，又怎么能分辨哪个是公兔子，哪个是母兔子呢？

历史放映厅

《木兰诗》是一首长篇叙事诗，又被称为"木兰辞"，是北朝时期北魏的民歌，也是北朝民歌中最杰出的一首。这首诗收录在《乐府诗集·横吹曲辞》的《鼓角横吹曲》中，大概产生于北魏时的战争年代。北朝民族的人骁勇善战，无论男女老少，都在马背上长大，比较熟悉骑射。诗篇讲述的是木兰女扮男装代父从军的传奇故事，诗中将历史传说与诗歌艺术结合起来，塑造了一个勤劳勇敢、机智善战，在孝敬父母的同时又忠于国家、勇于担当但又不追求荣华富贵的巾帼英雄形象，寄托着我国古代劳动妇女的美好品质，以及中华民族对于和平生活的向往。这首诗也是中国古代文学中第一次出现这样聪明勇敢、闪耀着崇高光芒的妇女形象，这在封建社会历史中具有十分重要的文化价值。

赏 析

这首诗将抒情与叙事进行了有机结合，在史实的基础上进行恰当的艺术发挥。诗歌细致地描绘了人物内心的活动，运用朴素自然的语言、对仗工整的句式，将故事写得生动有趣。一方面，创作者将木兰的个性突出刻画了出来，不仅展现了木兰的高尚情操，还将她作为一个女子的细腻情怀展现出来，使得木兰富有现实主义气息的同时，也闪耀着理想主义的光芒。另一方面，诗人运用了多重艺术手法，以叠字引出全文，以人物问答的形式来开启整个事件，运用铺陈、排比、对偶、互文等手法描述事件。具体来看，整首诗歌共分为四个部分，分别写了木兰准备参军、参军出征途中、前线生活、胜利归来等场景，叙事的时间跨度有十年之久。诗人在按照时间顺序对事件进行描述的同时进行了详略得当的描写，诗歌开篇对于木兰的心理活动、所思所想进行了生动细致的刻画，并对准备出征行装和归家后的动作进行了详写，但对十年战争生活进行了略写，因而诗歌对木兰的刻画充满了生活气息，使得木兰成为一个有血有肉的、活生生的女性形象。因此，整首诗歌生动活泼、清新刚健，具有强烈的艺术感染力。

《梁木兰》

作者：赫达资

创作年代：清代

馆藏：台北故宫博物院

这幅画为《画丽珠萃秀册》中的一幅。《画丽珠萃秀册》共12幅，分别绘制了西施、秦罗敷、秦弄玉、汉李夫人、卓文君、蔡文姬、梁木兰等12位女性人物。画中木兰腰佩宝剑，手持长戟，既有女性的柔美，又有战士的刚毅。

陇头歌辞

其一

陇头①流水，流离山下。念吾一身，飘然旷野。

其二

朝发欣城②，暮宿陇头。寒不能语，舌卷入喉。

其三

陇头流水，鸣声幽咽。遥望秦川③，心肝断绝。

注 释

① 陇头：陇山山顶，位于今陕西陇县西北。② 欣城：地名，具体所指不详。③ 秦川：指关中，陇山到函谷关一带。

译 文

陇山上流下来的水，淋漓着四下而来。看到这一场景，想到我独自一个人在这无边旷野上漂泊无依。

早上从欣城出发，夜晚留宿在陇山上。夜里十分寒冷，都无法开口说话，舌头似乎都被风卷着进入了喉咙。

陇山上流下来的水，流水声像是在呜咽，远远地看着关中的家乡，我伤心不已，肝肠寸断。

历史放映厅

陇头歌本出自魏晋乐府，这三首见于《乐府诗集》的《鼓角横吹曲》中。作者不详。诗中描绘的是独自漂泊异乡的游子历经

跟着诗词游中国

函谷关

函谷关在今河南省灵宝市内，位于秦岭和黄河之间，是历史上较早的关隘要塞，这一关隘处于山谷之中，因此被称为"函谷关"，有"天下第一关"之称。函谷关最早建于西周，在历史上是重要的军事战场和文化重地。相传，老子曾骑着青牛路过此地，并给当时镇守函谷关的官员留下了五千字的《道德经》。因此，作为老子著述《道德经》的地方，函谷关也成了道教文化的重要发祥地。

艰险的忧伤和对故乡的思念。陇头就是陇山山顶，据说在古代是士卒们出兵的必经之地，这三首诗是当时要经过陇山前往边疆的征夫们吟唱的歌谣。

赏 析

第一首诗歌运用比兴和视觉描写的手法，在看到江河从山上流淌下来后向东前行，想起自己在苍茫大地上茕茕独立，心里一片悲伤。第二首则用夸张手法记录旅程，在诗歌中按照时间顺序，写自己一路风尘仆仆抵达陇山，但却因为寒风而无法说话。第三首运用了视听结合、抒情与写景相结合的手法，表达了作者对家乡的无限怀念，以及肝肠寸断的悲伤。这三首诗细腻地刻画了自然风貌，运用自然的语言展现了内心最真挚的感受，富有艺术张力。

西洲曲

忆梅下西洲，折梅寄江北。单衫杏子红，双鬓鸦雏色①。
西洲在何处？两桨桥头渡。日暮伯劳②飞，风吹乌臼树。
树下即门前，门中露翠钿③。开门郎不至，出门采红莲。
采莲南塘秋，莲花过人头。低头弄莲子，莲子青如水。
置莲怀袖中，莲心彻底红。忆郎郎不至，仰首望飞鸿。
鸿飞满西洲，望郎上青楼④。楼高望不见，尽日栏杆头。
栏杆十二曲，垂手明如玉。卷帘天自高，海水摇空绿。
海水梦悠悠，君愁我亦愁。南风知我意，吹梦到西洲。

注 释

① 鸦雏色：指头发乌黑发亮。② 伯劳：鸣禽，仲夏时节开始鸣叫。
③ 翠钿（diàn）：用翠玉做成或装饰的发饰。④ 青楼：涂饰青漆的楼，
指显贵之家。

译 文

想起之前在梅花开放的树下你我相会，就前往西洲想折一枝梅花
送给正在江北地区的你。穿着的单衫像熟透的杏子一样红，头发乌黑
发亮。

西洲在哪里呢？从桥头划船过去，再划几下就到了。傍晚时分伯
劳飞翔，晚风吹动了乌桕树。

乌桕树下就是屋子的房门，门缝中露出来了戴着翠玉首饰的女子。
女子打开门后看到并不是郎君回来，便出门前去采摘红色莲花。

在秋日的南塘中采摘莲花，莲花很高，没过了人头。低头摆弄莲子，女子对于男子的心也这样，如水一般纯洁清澈。

把莲花放在怀袖中，女子对于男子的心如红莲一般深红，十分热烈。思念男子，男子一直没回来，女子抬头望着飞翔的大雁，想让它带一封书信。

大雁在西洲上空飞来飞去，女子走上高高的楼台遥望男子。楼台虽高，却望不见男子，就一整天都在栏杆边上眺望。

栏杆弯弯绕绕有很多的拐角，女子垂下的手臂明润如玉，女子卷帘眺望，只能看见高高的天空和不断荡漾着碧水清波的海水。

梦境像海水一样悠远，郎君你发愁我也发愁啊。南风如果能知晓我的心意，就请将我的梦吹到西洲去，向郎君诉说我的思念。

历史放映厅

《西洲曲》是南朝民歌的代表作，最早见于南朝陈徐陵所编写的《玉台新咏》中，后来收录在郭茂倩的《乐府诗集》卷七二，是南朝乐府民歌中篇幅最长的抒情诗。诗中表现了女子对男子的相思之情，其中关于景色的描写具有明显的南方水乡的特色，展现出了长江中下游地区人民的生活状况，以及人们对美好爱情的向往。这首诗后来被人们称作"言情之绝唱"。

赏 析

这首诗歌将写景与叙述结合在一起，语言明白晓畅、纯净自然、生活气息浓厚、韵味无穷。诗歌首句运用了比兴的手法，用梅花引申出女子的回忆，展现出女子的思念，随后选取了几个场景，运用生动的比喻和多种色彩，从视觉上展现女子的衣衫和头发的特点。之后诗歌进行了详细的细节描写与动作描写，展现出女子的绵绵思念，以及通过采摘莲子、凭栏远望等来排遣内心的苦闷。

值得注意的是，诗歌运用了双关、比喻、叠字、顶真等手法。无论是"莲子青如水"还是"莲心彻底红"等，都用与"怜"谐音的"莲"这个双关语展现了女子的多情，刻画出了女子的心情，也使得诗歌含蓄委婉，充满韵味。在女子开门迎接情郎的一幕中，诗歌中叠用了四个"门"字，起到了突出强调女子的急切和期待的作用。之后在采摘莲花时，诗歌又连用了七个"莲"字，展现了女子的恋爱心思。而全诗的开头与结尾也都用"西洲"二字进行重复，形成了一个完整回环的结构顶真句，使得句子朗朗上口、灵活生动。结尾部分尤其深沉蕴藉，意味悠长。

※莲子：莲子，也就是荷花的种子。莲子也是一味重要的中药，具有安神补脾等功效。在文学领域，莲子是一个一语双关的名词，它的谐音双关语是"怜子"，"怜"即"爱"，"子"即第二人称指称，因此在我国传统文化中莲子便成了爱情的象征。在南朝民歌中，莲子经常被作为爱情的意象使用。又因为"子"多是女子对男子的称呼，因此诗歌中的"莲子"多用来表达女子对情郎的爱恋。

鲍照：七言诗鼻祖

鲍照（约414—466），字明远，东海（今山东郯城北）人，是南北朝时期最杰出的诗人之一，与谢灵运和颜延之并称为"元嘉三大家"，后来死于乱军之中。鲍照出身寒微但不认命，富有抱负与才华，因为献诗得到赏识进入官场，但一直做的是地位不高的小官，经常生活困窘。鲍照在诗、赋、骈文等各个方面都具有很高的成就，尤其擅长写乐府诗。现存诗歌有200多首，乐府诗占80多首。他的诗歌一方面表现自己建功立业的愿望，表达自己出身寒门而无法建功立业的不平和不满，另一方面又讽刺权贵、同情人民，通过描写边塞战争和征夫士兵的生活展现统治者的横征暴敛和下层人民的苦难。他的诗歌充满了抗争精神，风格上慷慨激昂，其中最具有反抗精神的是《拟行路难》十八首。他还有一些描写游子、弃妇和思妇的诗，这一类诗风格哀怨感人。他的山水诗以五言古诗为主，幽美秀丽又奇特。诗歌总体上豪放凌厉，具有"险"和"奇"的特点。总体而言，鲍照学习和模拟乐府，自创了一种风格，发展了七言诗，创造了以七言诗为主的歌行体，这对后来的李白、岑参、杜甫等诗人的影响很大。

玩月城西门廨[1]中

南朝宋·鲍照

始出西南楼，纤纤如玉钩。

末映东北墀[2]，娟娟似蛾眉[3]。

蛾眉蔽珠栊[4]，玉钩隔琐[5]窗。

三五二八时[6]，千里与君同。

夜移衡汉[7]落，徘徊帷户中。

归华先委露[8]，别叶[9]早辞风。

客游厌苦辛，仕子倦飘尘。

休澣自公[10]日，宴慰及私辰[11]。

蜀琴抽白雪，郢曲发阳春[12]。

肴干酒未阕[13]，金壶启夕沦[14]。

回轩驻轻盖[15]，留酌待情人。

注 释

① 廨（xiè）：官署。② 墀（chí）：指台阶。③ 娟娟：美好的样子。蛾眉：古时称美女弯曲的眉毛。④ 珠栊（lóng）：以珍珠装饰的窗户。⑤ 琐：连琐花纹。⑥ 三五：夏历十五日。二八：夏历十六日。⑦ 衡：玉衡，北斗的中星。汉：银河，又称天汉、天河、汉和。⑧ 归华：落花。花生于土中，又落入土中，所以叫归。委露：被露打坏。委，弃。⑨ 别叶：离枝的树叶。⑩ 休澣（huàn）：洗沐，亦称休沐，指古代官吏的定期休假日。澣，通"浣"，洗濯。自公：从公务中退出。⑪ 宴慰：安居。宴和慰都是安的意思。私辰：指个人的休假日。

⑫蜀琴：蜀地的琴。汉代蜀人司马相如善弹琴，故称。白雪、阳春：古曲名，一种高妙的歌曲。郢（yǐng）曲：楚地的歌曲。郢，春秋时楚的都城。宋玉《对楚王问》中说，郢地有一个善歌的人唱《阳春》《白雪》，国中能和者只有数十人。⑬阕：停止。⑭金壶：即铜壶，又叫漏，古时的一种计时器。启：踞，蹲。夕沦：夜漏已尽。沦，尽也。⑮回轩：回车。驻：停留。轻盖：一种有篷的轻车。

译 文

月初的月牙儿从西南楼升上来，纤细得像玉钩一般。月末的残月在黎明时映在东北方的台阶上，娟秀得如蛾眉一样。蛾眉月遮蔽在珍珠缀饰的帘栊后，玉钩月隔离在了连琐窗外。

到了十五、十六的月亮正圆满时，我们虽相隔千里，却共同观赏着同一轮明月。夜深了，北斗星和银河都已经沉没，月光也慢慢移动到屋子中。落花因露水衰败，落入土中，树叶也在风中早早地从树枝上掉落。

在外宦游的异乡人已经厌倦了漂泊的辛苦，做官的人也已经厌倦了四处飘荡。在休沐日，从公务中脱身而出的那些日子中，安静地休息。弹琴歌唱，演奏着《阳春》《白雪》的曲调。

菜肴已经吃完了，但酒还没有喝完。夜已经深了，计时的夜漏已尽。临行前又回车驻足，想留下继续和朋友喝酒。

历史放映厅

这首诗大约写于鲍照在秣陵（现在的江苏南京江宁区）做县令时，整首诗记录了他在这一地方任职时，于放假休息的一个秋

日夜晚，在城西门的官署中与好友一同赏月饮酒的雅事。整首诗歌展现了鲍照在他乡做官任职的孤独寂寞。

赏 析

　　这首诗歌将写景与抒情结合了起来。前半部分注重写景，后半部分注重抒情。诗歌的前半部分按照时间顺序，运用了很多比喻手法，细腻地展现了明月的各种形态。诗人围绕不同时期的月亮，展现了新月与十五满月的不同。此外，诗人还根据方位的不同，展现了月亮的移动，使得整首诗歌具有流动感。之后，诗人写自己在他乡做官的厌倦，引申出了自己内心的孤寂。最后两句直抒胸臆，展现出自己不舍良夕，想与好友继续饮酒的愿望。

拟行路难（其四）

南朝宋·鲍照

泻水置平地，各自东西南北流。
人生亦有命，安能行叹复坐愁！
酌酒以自宽①，举杯断绝歌《路难》②。
心非木石岂无感③？吞声④踯躅不敢言。

注 释

① 自宽：自我宽慰。②《路难》：指《行路难》，乐府《杂曲歌辞》名，多写世路艰难和离情别意。③ 无感：不为哀乐所动，没有感触。④ 吞声：不敢出声。

译 文

把水倒在平地上，它会四处流淌，没有方向。

人生也是自有命数，怎么能坐立不安，叹息发愁呢！

肆意饮酒来宽慰自己，举起酒杯，阻断自己再唱《行路难》。

我的心又不是木头和石头做的，怎么可能没有感触？我徘徊不已，强忍着不敢出声言语。

历史放映厅

《行路难》本来是乐府诗的曲名，属于汉代歌谣，内容都是咏叹人世的艰苦。鲍照的《拟行路难》一共有十八首，这一组诗不是同一时间写成的。其内容广泛，大多是慨叹人世间的种种忧患，抒发自己的不平之气。其中的感情悲愤，风格慷慨。在句法上富于变化，是鲍照的杰作。这一首是这一组诗中的第四首，展现的是诗人怀才不遇的苦闷和不被重用的压抑心情，集中展现了诗人的不满。

赏 析

诗歌将叙述与议论结合在一起，开篇引入了一个自然物理现象，用其引申出自己思悟出的人生哲理，这里运用了类比的手法，以水的流向观照人的命运，展现出了水无定向，人生亦身不由己。接着，诗人转向内心的描写，展现出自己的人生观。之后诗人运用动作描写，展现出自己想要自我宽慰、寻求解脱的姿态，含蓄地表达出了诗人内心的悲愤不平、无以发泄。最后，诗人引入了一个问句，直抒胸臆，将自己的心与木头石头做对比，表现出自己的感触很多，想要尽情宣泄但最后还是无法吐露情怀，只能忍气吞声的心境，这更加凸显了诗人无可奈何的哀怨。

代春日行

南朝宋·鲍照

献岁发①，吾将行。

春山茂，春日明。

园中鸟，多嘉声②。

梅始发，柳始青。

泛舟舻，齐棹惊③。

奏采菱，歌鹿鸣④。

风微起，波微生。

弦亦发，酒亦倾。

入莲池，折桂枝。

芳袖动，芬叶披。

两相思，两不知。

注释

①献岁：一年之始。发：春天来到。②嘉声：美好的鸣叫声。③齐棹（zhào）惊：一起举桨划船，惊动水波和小鸟。④采菱、鹿鸣：指南方乐曲《采菱歌》和《诗经》中的《鹿鸣》。

译文

一年之中的新春来了，我准备去郊外游乐。春天的山林茂盛，春日太阳也十分明亮。花园中的鸟儿，鸣叫声十分动听。梅花刚刚绽放，杨柳刚刚冒出青色。

我们泛舟江上，一起举桨划船，惊动了水波和鸟儿们。我们奏起《采菱歌》，唱着《鹿鸣》，江上微风吹起，吹得水波也微微泛起。

琴弦已开始拨弄，酒杯也已经斟满。我们曾进入莲花池中，也曾折下桂花枝叶。挥动着艳丽漂亮的衣袖，拨开散发着阵阵芳香的莲叶。两个人都对彼此有相思之情，但都互不知晓。

历史放映厅

《春日行》原来属于古乐府中的《杂曲歌辞》，鲍照的这一首是模拟乐府诗的题材。诗歌描写的是在春光明媚的时节，年轻男女在郊外游玩的欢乐场景，以及在游玩过程中彼此产生了爱慕之情。这展现了当时社会的历史文化特色，也寄托着当时人们对美好生活与美好爱情的呼唤。

赏析

整首诗歌将叙事、写景、抒情有机结合在一起，在空间变换中描写郊游之乐。诗人在前半部分写在岸上的游玩，后半部分写在水上的游玩，涉及岸上和水上两个空间和两种郊游方式。诗人在开头两句交代了时间和事件，连用六个短句描写春光的明媚和生机勃勃的景象，这里不仅将远近景结合，还用动静、视听结合等手法，展现出了春色的美好。之后，诗人将眼光从自然环境转向男女的行为活动，描写了他们一起嬉戏的场景，运用了很多动词，展现了他们一起弹琴唱歌、饮酒作乐、划船采摘等活动，并用采莲折桂这样不属于春日的夏秋活动来形容春行的极乐，这使得整首诗歌充满了动感。尤其是最后描写青年男女彼此思慕之心，产生了扑朔迷离的朦胧美。整首诗描绘出了一个充满诗情画意的春日出游图。

代白头吟

南朝宋·鲍照

直如朱丝绳^①，清如玉壶冰。何惭宿昔意？猜恨坐相仍^②。
人情贱恩旧，世议逐衰兴。毫发一为瑕，丘山不可胜^③。
食苗实硕鼠，玷白信苍蝇^④。凫鹄远成美，薪刍前见凌^⑤。
申黜褒女进，班去赵姬升^⑥。周王日沦惑，汉帝益嗟称。
心赏犹难恃，貌恭岂易凭。古来共如此，非君独抚膺^⑦。

注　释

①直如朱丝绳：比喻人的正直如同琴弦。朱丝绳，红色琴弦。②"何惭"二句：哪里会感到有愧于往日的友谊，如今猜忌一阵比一阵强烈。坐，因为。仍，一个接一个。③"毫发"二句：因为毫发一样的小事产生的隔膜，如同山丘一样严重。④"食苗"二句：上文提及的猜忌是因为"硕鼠""苍蝇"一类的小人。⑤"凫鹄"二句：这两句用典，意为表达不受君主重视。⑥"申黜"二句：这两句用典。周幽王初娶申女为后，得到褒姒后便废申后。汉成帝即位初，班婕妤入宫，后赵飞燕得宠，班婕妤失宠。意为表达被君主冷落。⑦抚膺（yīng）：手抚胸膛。

译　文

　　人正直得就像绷直的红色琴弦，人心就像玉壶当中的冰一样清澈洁净。哪里会感到有愧于往日的友谊，如今猜忌一阵比一阵强烈。
　　人与人之间的情分往往会轻视故交和恩情，世情就是如此，随着你自身地位的兴衰而又产生亲疏变化。因为毫发一样的小事产生的隔膜，如同山丘一样严重。

老鼠偷吃粮食，苍蝇玷污了白玉，挑拨离间、陷害猜忌的就是这种小人。野鸭和天鹅因为从远方来，即使毁坏庄稼也会被人赞叹的，最先放下的柴火却被后来放上去的压制。

周幽王初娶申女为后，得到褒姒后便废申后，让褒姒为后。汉成帝即位初，班婕妤入宫，后赵飞燕得宠，班婕妤就失宠了。周幽王日益沉沦迷惑，汉成帝也越来越喜欢恭维他的佞臣。

得到真心的赏识尚且靠不住，仅仅是表面上的恭敬能靠得住吗？古往今来总是如此，不只是你自己抚胸长叹啊。

※薪刍：薪刍，也即柴草，是一个历史典故。相传，西汉时期，汲黯对于汉武帝重用新晋的士子而冷落了自己感到非常不满，便说汉武帝征用人才就跟堆积柴草一样，造成了后来者居上的结果。鲍照在这里使用这一典故也是借用这一事实传达出君主喜新厌旧的特点。

赏　析

整首诗歌具有很深的哲理，诗人借助史实和自己在现实中的切实感受，将人心比喻为绷直的琴弦和玉壶中的冰，凸显自己的正直和洁净。之后将这种正直的人与老鼠、苍蝇等小人的所作所为形成对比，进行黑白和正邪两方面的对照。此外，诗人还运用了很多历史典故，借统治者不重视忠臣，反而被散播谗言的奸臣迷惑的史事，来讽刺当今的统治者被迷惑的现状，达到了借古讽今的效果。在最后一部分，诗人从咏史转向议论，抒发出自己的感慨，鲜明地表达了自己对当时社会黑白不分、小人当道的状况的不满。

代朗月行

南朝宋·鲍照

朗月出东山，照我绮窗前。

窗中多佳人，被服妖且妍。

靓妆坐帷里，当户弄清弦。

鬓夺卫女迅，体绝飞燕先^①。

为君歌一曲，当作朗月篇。

酒至颜自解，声和心亦宣。

千金何足重，所存意气间。

注 释

① "鬓夺"二句：头发之美，超过了汉武帝的卫皇后；体形的美妙，超过了赵飞燕。卫女，指卫子夫，因头发美著称；飞燕，指汉成帝的宠妃赵飞燕，以身轻著称。

译 文

明朗的月亮从东边的山上升起，月光照耀着我的小轩窗。

房间门窗内有很多美妙的女子，她们身上穿着鲜艳美丽的衣服。

化着靓丽的妆容，坐在床帷之中，面对着门窗，拨弄着琴弦，发出了清丽的声音。

头发之美，超过了汉武帝的卫皇后；体形的美妙，超过了赵飞燕。

为你唱一首歌，就当作一首《朗月》歌。

美酒喝到尽兴之处，容颜自会舒展，声音和缓了，心事也可以明言。

千万黄金有什么重要的呢？更重要的东西存在于人与人之间的相交与少年意气。

这首诗见于《乐府诗集》卷六五，又名《朗月行》，收录在《鲍参军集》中。这首诗歌调比较舒缓放松，展现了诗人与一群女子放松饮酒作乐的欢乐心情，展现了当时的文人排解烦闷的图景。

赏析

这首诗歌运用了写景、叙述、抒情相结合的手法，格调比较轻松。诗歌采用视听结合的方式，不仅在视觉上描写了明亮的月光、女子的衣服妆容，还写了女子们拨弄琴弦发出的琴音和歌声，使得整个画面比较轻快。此外，诗人还运用了历史典故和夸张的手法，用历史上的美人来凸显眼前女子们曼妙的身材。最后几句，诗歌转向了抒情，展现了自己与这些女子饮酒玩乐的愉悦和听她们唱歌的放松，也表达出了诗人渴望得到知己的心情。整首诗气氛融洽、氛围轻松，读来令人愉悦。

诗情画意

看中国

上卷 唐

海上明月共潮生

看中国 诗情画意

琬如 / 编著

黑龙江科学技术出版社
HEILONGJIANG SCIENCE AND TECHNOLOGY PRESS

图书在版编目（CIP）数据

诗情画意看中国.海上明月共潮生:唐.上卷/琬如编著.－－哈尔滨:黑龙江科学技术出版社,2024.5
ISBN 978-7-5719-2375-4

Ⅰ.①诗… Ⅱ.①琬… Ⅲ.①古典诗歌－诗歌欣赏－中国 Ⅳ.① I207.2

中国国家版本馆 CIP 数据核字 (2024) 第 077558 号

诗情画意看中国·海上明月共潮生 上卷 唐

SHIQING-HUAYI KAN ZHONGGUO HAISHANG MINGYUE GONG CHAO SHENG TANG SHANGJUAN

琬如 编著

责任编辑 / 马远洋　　　**装帧设计** / 何冬宁
文图编辑 / 王玉敏　　　**美术编辑** / 何冬宁
文稿撰写 / 冰　梅　　　**封面绘制** / 狼仔图文
图片提供 / 站酷海洛　　视觉中国
出　版 / 黑龙江科学技术出版社
　　　　　地址：哈尔滨市南岗区公安街 70-2 号 邮编：150007
　　　　　电话：（0451）53642106 传真：（0451）53642143
　　　　　网址：www.lkcbs.cn
发　行 / 全国新华书店
印　刷 / 运河（唐山）印务有限公司
开　本 / 787 mm × 1092 mm　1/16
印　张 / 10
字　数 / 150 千字
版　次 / 2024 年 5 月第 1 版
印　次 / 2024 年 5 月第 1 次印刷
书　号 / ISBN 978-7-5719-2375-4
定　价 / 228.00 元（全 6 卷）

走进诗词的世界

　　心有逸兴，眼有美景，胸涌韵律，落笔为诗。诗歌饱含着中华民族复杂而含蓄的情和意，描绘着恢宏又细腻的往事和思想，是中华民族最永恒的审美。

　　但是，如何将孩子带入诗歌的世界，并以诗歌为媒介更好地理解和传承传统文化，仍是一个值得探讨的问题。单纯以背诵、机械记忆为手段的诗歌学习方式，纵然在短时间内取得亮眼的"成绩单"，但时间一长只会让孩子对诗歌越来越疏远，甚至厌倦。

　　要真正进入诗歌的世界，先要理解诗歌的本质。抛开种种高深的解读，诗歌的直白特征就是"有画面感的凝练语言"。而这种画面是相对完整的，具有现实感，诗人在此基础上寄托情感，引发共鸣。好的诗歌，会让人有跃然眼前之感，可以让读者去想象。读李白的《静夜思》，眼前就会浮现一轮明月和一个孑然一身的诗人；杜牧的《清明》，"清明时节雨纷纷""牧童遥指杏花村"，俨然一幅温润的田园牧歌图画；《念奴娇·赤壁怀古》里，"惊涛拍岸，卷起千堆雪"，苏轼几乎把浪花直接画在纸上；即便是以用意隐晦著称的李商隐，"沧海月明珠有泪，蓝田日暖玉生烟"，也描绘出海上明珠和山中烟云两幅画面，神秘而又充满美感。所以，学一首诗歌，要先找到其描述的画面；记住了画面，就能有效地理解和记忆。

有了画面，接下来要去体会诗人想要表达的情感。中国传统诗歌讲究托物言志、借古喻今。好的诗歌往往有"画外音"。而"画外音"正是一首诗歌的精妙之处。想读出"画外音"，先要对诗人生平以及诗歌创作的历史背景和历史典故有深入的了解。如果不知晓杜甫几经磨难的生活经历和创作历程，就无法体会到《石壕吏》中强烈的悲愤和《闻官军收河南河北》中的欣喜若狂；如果不了解创作背景，陶渊明的"采菊东篱下，悠然见南山"和李煜的"流水落花春去也"也就成了纯粹写景的平平之句了。

所以，要学好诗歌，就要先建立诗的"画面感"，辅以诗人的生平、创作背景等知识，让诗歌"鲜活"起来，让孩子进入诗歌的情境去观察和体会。

本书以中国历代经典诗歌为经线，传世名画为纬线，诗画相辅，经纬相交，编织成一幅幅具有"诗情画意"的画卷。同时，辅以生动的译文和背景资料，让诗歌的记忆变得"身临其境"，让诗人的表达"感同身受"。此外，每位诗人都配有生动流畅的传记，每个朝代都配有历史背景介绍和不同阶段的诗歌纵论，还有花絮、历史放映厅、跟着诗词游中国等从历史和地理多维度视角随机穿插的小栏目，让本书成为一部小型的中国诗歌百科全书。读者置身其中，仿佛在欣赏一幅幅饱含诗情画意的中华文明图卷。

琬如

诗比烟花绚烂：从初唐到盛唐

诗比烟花绚烂

唐代，是中国历史上一个极其特别的朝代。从618年李渊建唐伊始，到唐玄宗开元年间，短短一百多年，中国迅速从民生凋敝、残破不堪的乱世发展成一个经济繁荣发达、百姓生活富足的盛世。经济的发展、政治的清明为文化的繁荣提供了基础，再加上开放包容的社会风气，唐代创造出了灿烂辉煌的文化艺术。而唐诗，则是唐文化中一束耀眼的光，它照亮的不只是三百年的李唐王朝，更是中华民族的千秋万代。

唐代完善了始自隋代的科举制度，打破了门阀士族对朝廷官职的垄断。唐代科举开始考的是策论，后来增加了诗赋，这极大地激发了广大士子创作诗歌的热情。文人雅士喜欢以诗会友、应答唱酬，贵族名流热衷举办诗会宴集、追求风雅，诗歌创作蔚然成风。

唐代初期，诗歌创作仍然受南朝后期宫体诗的影响，诗歌题材狭窄，诗风浮艳柔靡，过于追求形式和辞藻，直到被誉为"初唐四杰"的王勃、杨炯、卢照邻、骆宾王出现，齐梁以来的绮丽风气才得以扭转。王勃明确反对当时流行的"上官体"，想要改变这种宫廷诗风，得到卢照邻等人的支持。"四杰"以诗歌为载体，尽情抒发自己的

1

见闻情感。他们歌咏山川风物的气度，吟唱行旅送别的哀思，畅写边关塞外的豪情。他们的创作大大拓展了诗歌的题材和意境，使得诗歌从宫廷走向民间，从亭台楼阁走向江山塞外。

在这一时期，诗人们在创作实践中对诗歌的形式不断完善，确立了近体诗这种诗歌体裁。近体诗包括律诗和绝句。律诗在字句、押韵、平仄、对仗各方面都有严格限定，常见类型有五言律诗和七言律诗。律诗通常每首八句，超过八句的为排律。绝句由四句诗组成，分为律绝和古绝。律绝有严格的格律要求，古绝则要灵活得多，虽然也押韵，但在平仄、对仗方面较为自由。近体诗因为写作限制较多，所以更讲究意象，几个语词并列组合，就营造出一番独特的意境，这种诗歌形式对中国人的审美趣味产生了深远的影响。

初唐后期，出现了两位重要的诗人，陈子昂和张若虚。这两人承前启后，对唐诗的发展产生了重要影响。继"初唐四杰"之后，陈子昂以更坚决的态度反对齐梁诗风，他的诗歌风骨峥嵘、苍劲有力。"前不见古人，后不见来者。念天地之悠悠，独怆然而涕下"，二十二字的《登幽州台歌》，写尽自己怀才不遇的孤独与苍凉，千古慨叹感人肺腑。张若虚以一首《春江花月夜》，"孤篇横绝，竟为大家"，闻一多推崇这首诗为"诗中的诗，顶峰上的顶峰"。

唐玄宗开元年间，经济空前繁荣，国力空前强盛，唐朝达到了全盛时期。与这空前的盛世相对应，唐诗也发展到了巅峰，一众惊才绝艳的大诗人横空出世，写出了无数锦绣华章，唐代诗坛流光溢彩、耀眼夺目。

　　王维和孟浩然是山水田园诗的代表。王维在辋川建筑园林别墅，半官半隐，经常在山中流连。辋川别墅有二十处胜景，王维与朋友逐处作诗，编成《辋川集》。王维诗、书、画、音乐皆精通，他能将诗情和画意巧妙地融为一体，正所谓"诗中有画，画中有诗"。"大漠孤烟直，长河落日圆""渡头馀落日，墟里上孤烟"，用词极素朴淡雅，韵味却极深远厚重。王维虔诚礼佛，所以他的诗也经常带有一种空灵的禅意，"涧户寂无人，纷纷开且落""行到水穷处，坐看云起时"，王维以禅心观世界，看到的是空寂和自在。

　　孟浩然与王维是忘年之交。孟浩然年轻时曾在山中隐居，后来因为"不才明主弃"这句诗惹怒了唐玄宗，自绝于官场，于是寄情山水田园，自得其乐。孟浩然诗风清淡自然，他善于发掘自然和生活之美，即景会心，写出一时真切的感受，给开元年间的诗坛带来了新鲜的气息。《过故人庄》写田园生活的乐趣，通篇似闲谈家常一般，"绿树村边合，青山郭外斜""开轩面场圃，把酒话桑麻"，笔笔轻松随意，却将美丽的山村风光及恬静的田园生活描绘得清新隽永，平淡中有厚味。

　　边塞诗是唐代诗歌的另一重要流派。强大的边防和高度的时代自信，使很多文人投笔从戎，赴边求功，他们创作了大量雄浑豪迈的边塞诗。唐初杨炯就曾有"宁为百夫长，胜作一书生"的感叹。至玄宗当政时期，边塞诗更是百花齐放、异彩纷呈。王之涣的"黄河远上白云间，一片孤城万仞山"起笔壮阔，后两句"羌笛何须怨杨柳，春风不度玉门关"深沉哀婉，透出苍凉慷慨之气。王翰的《凉州词》则在谈笑间看淡死生，"醉卧沙场君莫笑，古来征战几人回"，风骨奇绝，彰显了保家卫国的男儿本色。被赞为"七绝圣手"的王昌龄也有出类拔萃的边塞诗，"但使龙城飞将在，不教胡马度阴山""黄沙百战穿金甲，不破楼兰终不还"，笔力雄健、豪气冲天，将边关将士誓死杀敌的英雄气概表现得淋漓尽致。

在群星闪耀的唐代诗坛，最能代表盛唐时期恢宏气象的，当数伟大的浪漫主义诗人李白。李白为人狂放不羁，天生一股豪气，才华横溢。李白的诗雄奇豪放，充满瑰丽神奇的想象。他善用夸张手法，写瀑布是"飞流直下三千尺，疑是银河落九天"，写高楼是"危楼高百尺，手可摘星辰"，写雪花是"燕山雪花大如席，片片吹落轩辕台"，写白发是"白发三千丈，缘愁似个长"……这极致的夸张既是李白豪放的性格使然，也体现了一种极致的浪漫。李白的诗天然有一股率真之气，嬉笑怒骂皆出于心底。他以大鹏自比，"大鹏一日同风起，扶摇直上九万里"；他接到玄宗征召后毫不掩饰自己的得意，"仰天大笑出门去，我辈岂是蓬蒿人"；面对黑暗的现实和腐朽的朝廷，他愤激地抗争，"安能摧眉折腰事权贵，使我不得开心颜"；理想破灭后，他率性地发牢骚，"人生在世不称意，明朝散发弄扁舟"……

李白的诗歌成就是多方面的，无论乐府还是歌行，都被他以奔放的情感和绝妙的表达技巧推进到了新的高度。《蜀道难》将历史传说和神话故事熔为一炉，铺张扬厉，一唱三叹，雄奇的意象层出不穷，绝妙的笔法出神入化，令人叹为观止。《将进酒》在佯狂放诞的情态下奔涌着愤激的情感洪流，是诗人苦闷情绪的一次酣畅淋漓地抒发，也是李白最有名的代表作之一。李白的绝句也写得绝妙，他的绝句多写山水和送别，构思精巧，想象新奇，于清新自然中多有神来之笔。李白一生写了一千多首诗，流传至今的有九百多首，"谪仙人"这一称号可谓名副其实。

诗歌是唐代的文化符号，也为这个时代做出美丽的注脚。从初唐到盛唐，诗歌领域如万木逢春一般，绽放出了最美的华彩，这一时期的诗，比烟花还要绚烂。

虞世南：一身兼"五绝"的全才

虞世南（558—638），字伯施，越州余姚（今浙江慈溪）人，南北朝至隋唐时期书法家、文学家、诗人、政治家。

虞世南出身显赫，他的父亲虞荔，是南陈太子中庶子，有很高的名望。虞世南的叔父虞寄，在南陈官至中书侍郎，因没有子嗣，虞世南便被过继给虞寄为子，因此他取字伯施。虞世南少年聪慧，又非常好学。他与哥哥一起拜在当时的著名文学家顾野王门下读书，勤奋苦读十多年，学得满腹经纶，还擅长写文章。他还曾经师从王羲之的七世孙智永和尚学习书法，深得王羲之书法艺术的真传。虞世南与欧阳询、褚遂良、薛稷合称"初唐书法四大家"。

虞世南在陈朝时就开始当官。陈灭亡后，虞世南在隋朝先后担任秘书郎、起居舍人。隋灭，虞世南被夏王窦建德俘获，窦建德任命他为黄门侍郎。秦王李世民消灭了窦建德，虞世南归顺秦王，与房玄龄一起负责起草文书。李世民登基后，虞世南担任著作郎，后转任秘书少监、秘书监，还获封永兴县公。

从南陈到隋唐，虞世南历经三朝，身逢乱世却始终不倒，除了因为他有满腹才华及高超的政治智慧，更因为他有优良的品行。虞世南醉心研究学问，并不喜欢追名逐利，他为人清廉正直，直言敢谏。虞世南病逝后，唐太宗称赞虞世南身兼"忠谠、友悌、博文、词藻、书翰"五绝，有超世之才。唐太宗命虞世南陪葬昭陵，后来还在凌烟阁为他画像，使他成为"凌烟阁二十四功臣"之一。

蝉

唐·虞世南

垂绥①饮清露②，流响③出疏桐。
居高声自远，非是藉④秋风。

注 释

①垂绥（ruí）：古人结在颔下的帽带下垂部分，这里指蝉的触须。
②清露：纯净的露水。古人以为蝉是喝露水生存的，其实蝉是刺吸植物的汁液。③流响：指连续不断的蝉鸣声。④藉：凭借。

译 文

蝉垂下像帽缨一样的触须啜饮清清的露水，连续不断的蝉鸣声从稀疏的梧桐树上传出。

蝉因为身在高处所以鸣叫声传出很远，并不是凭借秋风的传送。

赏 析

这是一首咏物诗，古人咏物多有比兴寄托，这首诗作者就是借蝉的清雅高致来自比，剖白自己的高洁品性。

诗歌第一句描摹蝉的外形和食性，用"垂绥"比喻蝉的触须，惟妙惟肖，使蝉餐风饮露的状貌跃然纸上。而"垂绥"又让人联想到"冠缨"，暗示了自己清贵的官宦身份。第二句刻画蝉的鸣声，"出"字为无色无形的声音赋予了动感，使蝉鸣更加形象化。梧桐本有美好的寓意，

我高洁，我骄傲了吗？

古人认为蝉餐风饮露，是高洁的象征，所以不管是诗歌还是绘画，都经常把蝉作为歌咏、表现的对象。这幅《秋柳鸣蝉》是设色扇面画，作者用色古朴典雅，用棕黄和墨色表现秋天柳树黄绿相间的叶子，真实而传神。柳枝和柳叶都向左飘飞，将秋风吹拂下的柳树描摹得极富动感。蝉位于画面的左上角，作者用浓墨勾勒蝉的身体和腿，用极淡的墨表现薄薄的、透明的蝉翼。这虽是一幅写意画，但蝉的足和嘴都清晰可见，使得这只秋蝉惟妙惟肖、形神毕现。

《秋柳鸣蝉》

作者：吴熙载

创作年代：清代

自古就有凤栖梧桐的美丽传说。"疏"字表示疏朗清隽，既体现了梧桐的挺拔高标，又与下文中的"秋风"暗合。

诗歌三、四句是诗人针对蝉声发出的议论，也是全诗的点睛之笔。诗人认为蝉声清亮高亢是因为它栖身高树，并非凭借秋风才传送到了远处。这两句诗明写蝉声，暗喻人情，是说品性洁白无瑕、道德高尚的人自能声名远播，根本不需要凭借权势、地位这些外在的力量。这两句诗带有明显的自况意味，由此可见诗人对于自身品行的自信和坚守。

全诗抓住了蝉的显著特点，句句说蝉，而又处处喻己，因为找到了蝉与自身的完美契合点，所以写得物我合一，构思极妙。

王绩：唐初的"酒仙"诗人

李白是唐代最著名的"诗仙""酒仙"，杜甫称赞他"李白斗酒诗百篇"。其实，唐初也有一位"酒仙"诗人，他对酒的喜爱比李白有过之而无不及，他就是王绩。

王绩（约589—644），字无功，号东皋子，绛州龙门（今山西河津）人。王绩出生在世代官宦的家庭，他的哥哥王通是隋代著名的思想家、教育家。

王绩平生最好美酒，而且酒量极大，五斗不醉，他还写了一篇自传《五斗先生传》。李渊建唐后，朝廷征召前朝官员，王绩应召担任门下省待诏。弟弟王静问他做这个官快乐吗？王绩说有每天三升好酒的待遇当然快乐。上司听说后，给他增加了福利，每天的好酒由三升增加到一斗（十升），当时的人们戏称王绩为"斗酒学士"。

贞观初年，王绩听说太乐署的焦革特别擅长酿酒，就请求去太乐署担任太乐丞。吏部认为这个官品级太低不适合他，但王绩态度很坚决，最后吏部按照他的愿望任命他为太乐丞。自此，王绩经常能够喝到焦革酿造的美酒。焦革去世后，王绩就辞官回乡了。

王绩的诗不同于齐梁以来的绮丽风气，言辞浅近而意旨深远，诗风质朴又不入流俗，直追魏晋风骨，是五言律诗的奠基人，对唐诗的发展产生了重要影响。

野望

唐·王绩

东皋^①薄暮^②望，徙倚^③欲何依。
树树皆秋色，山山唯落晖。
牧人驱犊^④返，猎马带禽^⑤归。
相顾无相识，长歌怀采薇^⑥。

注 释

①东皋（gāo）：地名，今属山西万荣。作者弃官后隐居于此。皋，水边地。②薄暮：傍晚。薄，接近。③徙倚：徘徊。④犊：小牛。这里指牛群。⑤禽：泛指猎获的鸟兽。⑥采薇：采食野菜。《史记·伯夷列传》记载，商末孤竹君之子伯夷、叔齐在商亡之后，"不食周粟，隐于首阳山，采薇而食之"。后遂以"采薇"比喻隐居不仕。

译 文

傍晚，我伫立于东皋向远处眺望，徘徊不定不知要归依何方。
每一棵树都染上了秋天的色彩，每一座山都铺满了落日的余晖。
放牧的农人驱赶着牛群回家，猎人骑着马带着猎物归来。
大家互相对视却没有认识的人，我只能高歌一曲怀念古代采食野菜的隐士。

赏 析

这是一首格律谨严、刘仗工整的五言律诗。将这首诗放在整个唐代来看或许会觉得平平无奇，但若把这首诗放在隋末唐初，对照齐梁以来绮丽浮艳的诗风来看，它就是一篇了不起的典范之作。

诗歌第一句破题，"薄暮"点明时间，"东皋"说明地点，"望"照应题目，因为诗人当时隐居山野，所以是"野望"。第二句则隐隐流露出诗人孤独、惆怅的心情。"欲何依"化用曹操《短歌行》中的"绕树三匝，何枝可依"，表达了作者迷茫、落寞的情绪。

第三句和第四句描绘山野秋景，只见树木的叶子或金黄或火红，落叶萧萧，秋色正浓，红日将坠，晚霞染红了重重山峰。这秋景壮美辽阔，但充满萧瑟，令人油然而生伤感之情。叠字的连用既能让描写更富有诗意，还能让音律更和谐美妙。

颈联由远景转入近景，描写的是人物活动。农人驱赶着牛群，猎人带着猎物，悠然地向家里赶去。这本是一幅闲适的田园暮归图，但诗人当时感到的并不是轻松和愉悦，而是"相顾无相识"的陌生与孤独，诗人只好将满腹苦闷和惆怅化作高歌，到古代隐士那里去寻求知音了。尾联以直抒胸臆结束诗歌，也将情感引向了高潮。

全诗将诗人的孤寂彷徨之情与晚秋暮色图景巧妙融为一体，语言自然流畅、清新质朴，言浅意深，引人遐思。

秋夜喜遇王处士①

唐·王绩

北场芸②藿③罢，东皋④刈⑤黍⑥归。
相逢秋月满，更值夜萤飞。

注 释

①处士：对有德才而不愿做官隐居民间的人的敬称。②芸：通"耘"，指耕耘。③藿（huò）：豆叶，这里指豆子。④东皋：房舍东边的田地。⑤刈（yì）：割。⑥黍：黄米。

译 文

我在北边的场圃锄完了豆子，又在东边的田地里割完黄米。

回来的路上巧遇王处士，此时秋月当空，正是圆满，我们的身旁更有萤火虫在一闪一闪地飞。

赏 析

这是一首清新隽永的小诗，集中体现了王绩率真自然、不事雕琢的诗风，令人读来如清风扑面，顿觉神清气爽。

诗歌前两句描写诗人从事的农事活动。此处"北场"和"东皋"都不是实际的地名，而是泛指房屋北面的场圃和东边的田地，此用法是为了对仗工整。而且"东皋"化用了陶渊明"登东皋以舒啸"，表达了诗人对躬耕隐居生活的喜爱和满足。

后两句扣题，描写与老朋友王处士的会面。两人相遇时天色已晚，一轮圆月当空，月色溶溶，清辉脉脉，如此美好的夜晚遇见好友，当然不失为一大乐事。此时，在秋风送爽的夜空中，点点萤火闪烁，更为好友相逢增添了诗情画意。除诗题外，全诗并没有一个"喜"字，但"秋月满""夜萤飞"等美好意象让诗人的喜悦之情洋溢在字里行间，我们仿佛能看到两位好友开心的微笑和默契的交流，能分享到诗人田间遇知音的愉悦。

骆宾王：一篇檄文震惊天下

骆宾王（约638—684），字观光，婺州义乌（今属浙江）人，唐代诗人、文学家，与王勃、杨炯、卢照邻合称"初唐四杰"。

骆宾王是个文学天才，7岁就写出了《咏鹅》这首诗，被誉为神童。但长大后，才华满腹的骆宾王却在科举考试中落榜。当时唐朝的科举考试不糊名，所以学子们在考试前都会忙着拜谒权贵，如果能得到他们的推荐，考试就容易通过。骆宾王出身寒微，没有人脉，再加上生性耿直，不屑于干谒，所以考试名落孙山。

骆宾王受道王李元庆赏识，在道王府做幕僚，由此走上仕途。骆宾王曾经被贬从军，戍守边疆，其间作了不少边塞诗。其中《从军行》对仗工巧，格调雄健，"不求生入塞，唯当死报君"为一时名句。

684年，武则天先后废黜唐中宗李显和唐睿宗李旦，临朝称制。徐敬业以勤王救国、支持中宗复位为名起兵。骆宾王撰写檄文《为徐敬业讨武曌檄》，历数武则天的罪恶，铿锵有力、气吞山河，武则天看了这篇檄文后都赞叹不已，感慨这样的人才不能为自己所用，是宰相的失职。

徐敬业兵败后，骆宾王不知所终。有认说他死在乱军之中，有人说他有幸逃脱，出家为僧，杭州灵隐寺还流传着骆宾王为宋之问改诗的传说。

咏鹅

唐·骆宾王

鹅，鹅，鹅，曲项①向天歌②。
白毛浮绿水，红掌拨清波。

注 释

①项：脖子。②歌：长鸣。

译 文

鹅，鹅，鹅，一群大白鹅弯曲着脖子对着天空鸣叫。

白鹅洁白的羽毛漂浮在碧绿的流水之上，红红的脚掌划动着清澈的水波。

赏 析

这首诗相传是骆宾王 7 岁时的作品，全诗没有什么深刻的思想和深沉的情感，但却写得清新明快，充满了诗情画意。

第一句"鹅，鹅，鹅"三个字，既是对鹅鸣声的模仿，又点明了这首诗歌咏的对象。第二句惟妙惟肖地描摹了鹅对天鸣叫的动态，"曲"字准确地抓住了鹅的特点，将它那弯曲的长脖子刻画得非常传神，"歌"说明鹅叫声高亢洪亮，充满了生命力。

第三句和第四句以诗笔描绘了一幅色彩明丽的画。鹅在水中自由自在地游来游去，洁白的羽毛、碧绿的流水、红红的脚掌，三种颜色交相辉映，体现了诗人细致入微的观察力。

全诗简洁明快，犹如口语，却写得有声有色，高傲、欢快、生机勃勃的白鹅跃然纸上，令人赞叹。

《鹅图》
作者：鲁宗贵
创作年代：南宋

这是一幅绢本设色画。图中的主体是一只大白鹅驮着两只黑色雏鹅在水中安闲自在地游戏。作者构图颇有新意，无任何背景做陪衬，河水以极浅的墨一抹而过，甚至看不分明，但我们能从向后摆动翻转的脚掌上看出鹅在水中悠游。

布局上取近景，以特写镜头将母子三只鹅放在了画面的正中。大鹅背上的两只雏鹅，右侧那只低头引颈好奇地看向水面，左侧那只昂首向天鸣叫。母鹅则扭头回望左侧的雏鹅，似在跟雏鹅说话，母子之间深情款款，令人动容。

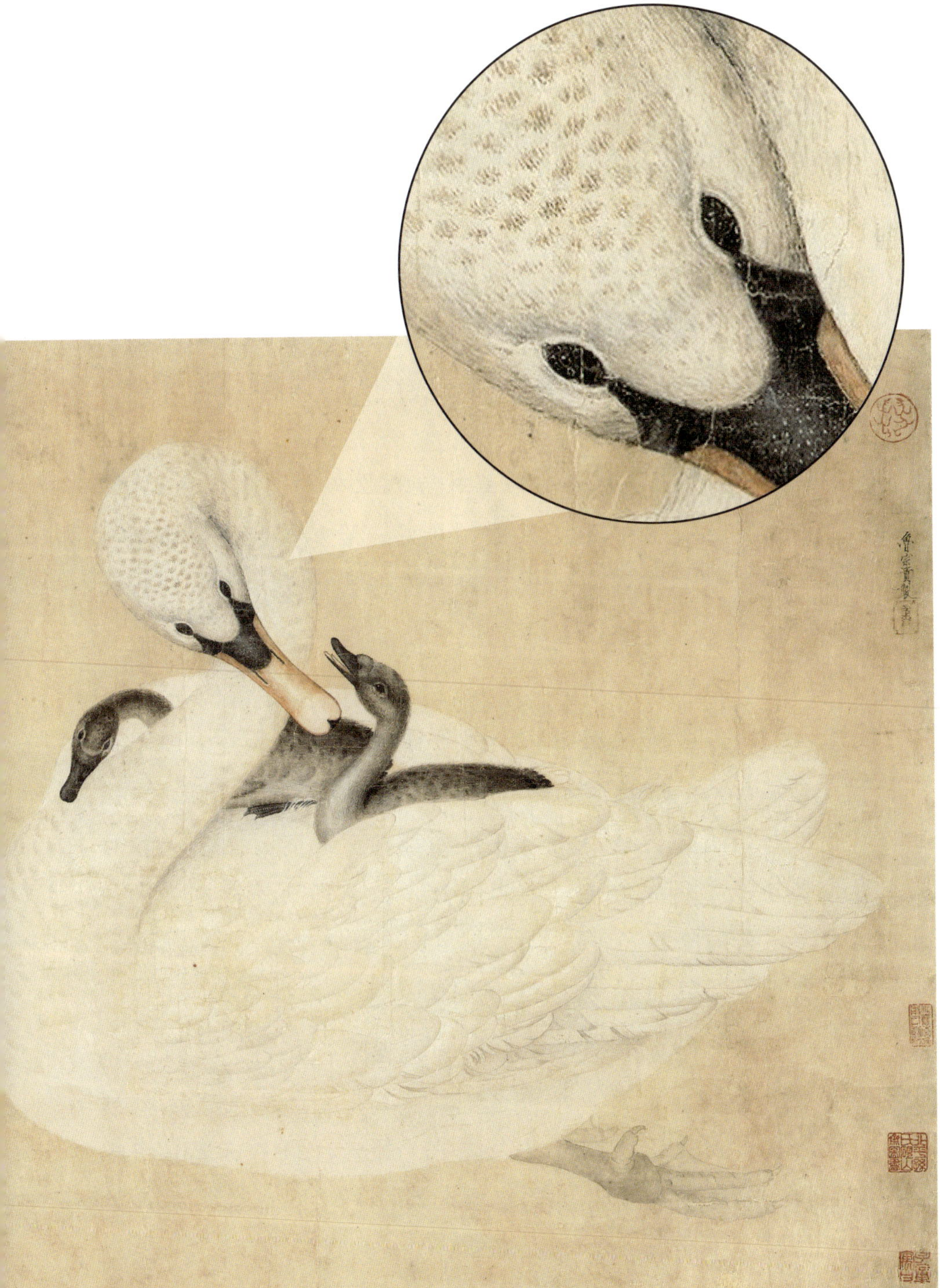

李峤：文坛巨匠，咏物狂魔

李峤（约645—约714），字巨山，赵州赞皇（今属河北）人，唐代文学家、诗人。李峤以文章写得好而驰名，是武则天、唐中宗时期的文坛巨匠，与苏味道、杜审言、崔融并称"文章四友"。

692年，狄仁杰、李嗣真、裴宣礼等大臣被酷吏来俊臣陷害，下狱论罪，武则天让李峤与张德裕、刘宪一同复核此案。李峤仗义执言，上疏为狄仁杰等人鸣冤，因而忤逆武则天，被贬为润州司马。此时的李峤，还是一位正直的官员，但随着他在官场浸淫日久，他的初心慢慢改变了。

武则天时期，李峤两次拜相。为了保住官位，李峤依附于武则天的男宠张易之、张昌宗兄弟。唐中宗复位后，张氏兄弟被杀，李峤短暂被贬，不久再被启用，并再度拜相。此时，韦后大权独揽，野心勃勃，梦想成为第二个武则天，但她却缺乏武则天的治国才能，只一味排除异己、玩弄权术。李峤唯唯诺诺，一味自保，甚至依附韦后，为其出谋划策。

李峤一生除了谋官求禄，还特别痴迷于咏物作诗。这位"咏物狂魔"作杂咏诗百余首，所咏之物分12大类，从雨雪风云到动物、植物、矿物，还包括绫罗、被子、屏风、扇子、笔墨纸砚等各种器物。李峤的咏物诗讲究用典和对仗，言辞雕琢，但也不乏清新隽永的好作品。

风

唐·李峤

解落^①三秋^②叶，能开二月^③花。
过江千尺浪，入竹万竿斜^④。

注 释

①解落：吹落，散落。②三秋：秋季。一说指农历九月。
③二月：农历二月，指春季。④斜：倾斜。

译 文

风，能吹落秋天的树叶，能催开春天的鲜花。

风吹过江面，能掀起高高的巨浪；风吹入竹林，能吹得万竿翠竹倾斜。

赏 析

这是一首清新自然的咏物小品，短短二十个字，初读平易浅近，细思却回味无穷。

风本是无色无味无形之物，所以诗人咏风并不着眼于风本身，而是侧面曲笔去写，表现风的作用、风的力量。前两句采用拟人手法写出了风给自然界带来的变化，富有浓郁的感情色彩。秋天的风是肃杀凄凉的，春

天的风是生机勃勃的，以落叶的飘飞和春花的绽放来表现风的生命力和美感，切入角度极妙。

后两句诗描写的是风的力量。风看不见摸不着，但<mark>无形的风却具有可怕的力量</mark>。它吹过大江，掀起滔天巨浪，风急浪高，直冲云霄，这样的风谁又敢小瞧呢？它吹入竹林，能让万竿青竹纷纷倾倒，这样的风又是多么强悍和凌厉啊！

在诗人笔下，风不再是一股无形之气，而是具有了性格，具有了感情。它时而温暖宜人、深情款款，时而凉薄无情、狰狞可怖，风的柔情让人感动，风的强劲让人害怕，这样的风正是自然界中真实而具体的存在。同时，<mark>风的变幻莫测又能让人联想到世风、人风</mark>，让人们在吟咏之余引发深深的思考。

这幅画以风中之竹为表现对象，画中的竹茎明显向右弯斜，表现竹子在狂风中的动态，动感十足。作者没有展现竹子的全貌，而是截取局部进行特写，构图别致。图中之竹有神韵，亦有细节，浓墨的竹叶为正面，淡墨的竹叶为背面，大片留白具有文人趣味。另外，作者自题书法端庄秀美、笔力劲拔，与画中的竹子形象共同构成了一个和谐的整体。

作者唐寅是明代著名的书画大家，也是一个饱尝世态炎凉的悲剧人物。他29岁时因为科场舞弊案被无辜牵连，蒙冤入狱，从此丧失进取心，游荡江湖，流连于诗书画之间。他作这幅《风竹图》可能有自比之意，以在狂风中摇曳的竹子象征自己被命运无情地摧残。

《风竹图》
作者：唐寅
创作年代：明代
馆藏：故宫博物院

"我的老腰哟，这风也太猛了吧！"

满窗萧洒五更风，堆是无端撼
亭中梦见故人忙，起望白烟
寒竹枝西东，南塘部篆溪迢
余学圃堂因言及　南沙知己
故写此为宁　唐寅

张若虚：死后千年重新翻红

张若虚（生卒年不详），扬州（今属江苏）人，唐代诗人。张若虚曾任兖州兵曹，掌管兵事。张若虚因为文辞俊秀而名动长安，与贺知章、张旭、包融号称"吴中四士"。

令人奇怪的是，因文辞而驰名的张若虚在人才济济的唐代诗坛中却是查无此人的状态。官方史料《旧唐书》与《新唐书》都没有张若虚的传记，补充记录唐代诗人趣闻逸事的《唐才子传》中也没有他，而且唐时形成的诗集、钞本也都没有收入他的诗。一直到宋代郭茂倩编《乐府诗集》，才收录了他的《春江花月夜》。

明代人选编唐诗集，基本会把张若虚的《春江花月夜》选入，但诗评诗话却很少提到这首诗。一直到清代晚期，王闿运称赞这首诗说："张若虚《春江花月夜》用《西洲》格调，孤篇横绝，竟为大家。"自此，在历史上籍籍无名的张若虚引起了人们的关注，《春江花月夜》也开始大放异彩。20世纪40年代，闻一多先生把《春江花月夜》赞为"诗中的诗，顶峰中的顶峰"，奠定了这首诗"孤篇压全唐"的地位，张若虚也成功"翻红"，成为唐代诗坛巨星。

春江花月夜

唐·张若虚

春江潮水连海平，海上明月共潮生。

滟滟①随波千万里，何处春江无月明②。

江流宛转绕芳甸③，月照花林皆似霰④。

空里流霜⑤不觉飞，汀上白沙看不见。

江天一色无纤尘，皎皎空中孤月轮。

江畔何人初见月？江月何年初照人？

人生代代无穷已，江月年年望相似。

不知江月待何人，但见长江送流水。

白云一片去悠悠，青枫浦⑥上不胜愁。

谁家今夜扁舟子⑦？何处相思明月楼⑧？

可怜楼上月裴回⑨，应照离人⑩妆镜台。

玉户⑪帘中卷不去，捣衣砧上拂还来。

此时相望不相闻，愿逐月华⑫流照⑬君。

鸿雁长飞光不度，鱼龙⑭潜跃水成文。

昨夜闲潭梦落花，可怜春半不还家。

江水流春去欲尽，江潭落月复西斜。

斜月沉沉藏海雾，碣石潇湘⑮无限路。

不知乘月几人归，落月摇情满江树。

注 释

①滟（yàn）滟：形容波光荡漾。②月明：月光。③芳甸：花草茂盛的原野。④霰（xiàn）：白色不透明的小冰粒。⑤流霜：飞霜，比

喻从空中洒落的月光。⑥青枫浦：即双枫浦，在湖南浏阳南。⑦扁舟子：指飘荡江湖的游子。⑧明月楼：明月映照下的楼阁。这里指楼上的思妇。⑨裴回：同"徘徊"。⑩离人：指守候在家的思妇。⑪玉户：用玉装饰的门，也用作门的美称。⑫月华：月光。⑬流照：照射。⑭鱼龙：鱼。⑮潇湘：潇水和湘江，均流入洞庭湖。

译 文

　　春天江潮浩荡，与大海齐平，连成了一片。海上，随着潮水涌上岸边，一轮明月也冉冉升起在半空。江水波光荡漾万里之远，月光洒满了江面。江水蜿蜒，环绕着花草茂盛的原野。月光照耀着树林，星星点点的繁华像细密的雪珠在闪烁。月色如霜，但感觉不到飞霜时的寒气扑面；小洲边洁白的沙滩融在月色中看不分明。

　　江面与天空融为一体，清澈澄明，纤尘不染，皎洁的月亮孤独地悬挂在空中。在这江边，最初见到这一轮明月的是什么人呢？这轮月亮又是从什么时候开始将清辉洒向人间？人事变迁，世代更迭，而江上的明月看上去却年年都差不多。不知道月亮每天升起又落下是在等待什么人，只看到长江水奔流到海，永不停歇。

　　游子像空中的白云一般飘然远去，只剩下思妇站在分别的青枫浦

上不胜离愁。今夜江上飘荡的小船里乘坐着哪家的游子？什么地方的思妇在楼上望月寄托相思？

月光透过窗户照进高楼，在房间内徘徊，照亮了思妇的梳妆台。思妇卷起门上的珠帘，却卷不走月光；将捣衣砧拂了又拂，月光依然还在。思妇与游子共对一轮明月，却不通音信；思妇多么希望自己能随月光一起照耀到游子身上。大雁远飞却飞不出无边月光，鱼儿出没使水面泛起波纹。

昨天夜里梦到花落在水潭中，可惜春天已经过去了一半游子还没有回家。江水奔流，时光流逝，春天快要过完，江潭上那正在沉落的月亮已经向西偏斜。西斜的月亮逐渐下落，被水面的雾气遮挡，碣石山与潇水、湘江之间路途遥远无限。不知道有几人能趁着月色回家，西落的月亮牵动着游子的离愁，将月光洒满了江边的林木。

赏 析

《春江花月夜》是乐府旧题，这首歌行长诗将春、江、花、月、夜这五种美好的事物集合在一起，营造出了一个迷离倘恍、如梦似幻的境界，令人沉迷其中、流连忘返。

全诗可分为五层，前八句是第一层，描述的是明月升于海上，月光皎洁，照亮了江面，也照耀着江边的花、树以及洁白的沙滩。其中，前四句境界开阔，春江连海，汪洋无际，水面波光粼粼，明月的清辉朗照江海，一笔写尽万里风光。后四句绮丽柔美，巧妙运用比喻手法，把月光下的点点繁花比作晶莹闪烁的雪珠，把溶溶月光比作洁白轻盈的飞霜，把读者带到了一个奇妙的艺术境界中。

接下来的"江天"八句是第二层，集中描写天上的明月。江天一色，上下一空，孤悬空中的一轮圆月显得格外明亮。诗人伫立江边，望着月亮陷入遐想，不禁对月追问："江畔何人初见月？江月何年初照人？"这两问可谓虑深思远，人类何时诞生？月亮何年形成？这种对于人类和宇宙的终极追问一下子把诗歌从美学境界提升到了哲学层面，其中蕴含的无限韵味和遐思令人回味无穷，这也是这首诗近些年被人们格外推崇的一个原因。"人生代代无穷已，江月年年望相似"，以人事更迭而明月依旧这两者进行对比，抒发人生短暂的无限感慨。"不知江月待何人，但见长江送流水"，这两句之中暗含了拟人手法，月亮似乎也有了感情，它升起落下似乎是为了等一个人，千万年的岁月如流水一般匆匆而逝，月亮等的人却始终没有出现。这两句诗带有明显的感情色彩，自然引出了下文游子和思妇的相思离愁。

"白云"四句为第三层。前两句描写游子与思妇的分别，以白云比喻漂泊不定的游子，以思妇久久伫立在青枫浦的身影来表现她心中的无尽哀愁。后两句中"谁家""何处"互文见义，表现游子与思妇的两地相思。这种相思不局限于一地一家，是一种普遍的人类情感，明月朗照下，不知道有多少游子和多少思妇在望月怀人。

"可怜"八句为第四层，描写的是思妇的相思。月光入户，徘徊不前，令深夜难眠的思妇更增伤感，她想摆脱这浸透了深深思念的月光，可月光却"卷不去""拂还来"，仿佛她内心深处的相思如影随形，才下眉头，却上心头。思妇想到与远方的游子共照一轮圆月却分隔两地，音信难通，恨不得追随月亮化作月光照耀在游子身上，与爱人相依相伴。"鸿雁长飞光不度，鱼龙潜跃水成文"，是思妇于月色中看到的两个动态场景，鸿雁再飞也飞不出月光，鱼儿不管怎么跳跃也只能激起圈圈波纹，巧妙化用典故，表现了鸿雁无法传书、鱼儿不送尺素的无奈。

"昨夜"八句为第五层，描写的是游子的离愁。春天已经过去了一半，明月也即将沉落，可游子仍然归家无期。此时的月亮已经西沉，被水上的雾气笼罩而若隐若现，游子望着家乡的方向，归途就像从碣石山到潇湘二水之间那样遥远。"不知乘月几人归，落月摇情满江树"，结尾两句诗又回到无边月色上来，用清辉洒满江边林木收束全诗。

　　整首诗将景、情、理巧妙地融合在一起，在澄澈空明的意境中幻化出了无数绝美的意象，交织层叠，千变万化，令人目不暇接。诗歌的韵律之悠扬婉转、想象之瑰丽奇特、造句之空灵清雅，无不令人叹为观止，这首诗能独步千古、"孤篇盖全唐"也就不奇怪了。

王勃：神童的悲剧，早天的天才

王勃（649 或 650—676），字子安，绛州龙门（今山西万荣）人。唐代文学家，"初唐四杰"之首。

王勃幼时聪敏异常，6 岁就能写诗作文，被赞为"神童"。9 岁时，王勃读隋唐经学家、历史学家颜师古所著的《汉书注》，觉得里面错误颇多，就撰写了十卷《指瑕》，为其纠错。16 岁时，王勃通过考试走上仕途，是当时朝中最年轻的官员。

沛王与英王斗鸡，担任沛王府修撰的王勃为了助兴，挥笔写了一篇《檄英王鸡》。唐高宗看到后非常生气，觉得王勃写这篇文章居心叵测，挑拨离间两位皇子的感情，将王勃赶出了长安。

赋闲几年后，王勃在朋友帮助下出任虢州参军。在此期间，有个犯了罪的官奴曹达请求王勃收留他，王勃一时心软，将他藏在府中。可随着外面抓捕这个官奴的风声越来越紧，王勃又非常害怕，私自杀了曹达。这下王勃犯了死罪，后来幸亏遇到大赦，才保住性命。但父亲王福畤却受到牵连，被贬到交趾（位于今越南北部）做县令。

675 年秋天，王勃去交趾探望父亲，路过南昌时，参加洪州都督阎伯屿举办的滕王阁宴会，留下了《滕王阁序》这篇千古奇文。

第二年，王勃从交趾返回家乡时渡海溺水，惊悸而死。王勃的生命虽然短暂，但他的光芒却如烟花一般璀璨，他的诗文承前启后，照亮了繁华的盛唐。

送杜少府①之任蜀州②

唐·王勃

城阙③辅三秦④，风烟望五津⑤。
与君离别意，同是宦游人。
海内存知己，天涯若比邻。
无为在歧路⑥，儿女⑦共沾巾⑧。

注 释

①少府：县尉的别称。②蜀州：今四川崇州。③城阙：指长安。④三秦：指关中地区。项羽灭秦后，把秦故地分封给秦王朝的三名降将，故称"三秦"。⑤五津：指岷江上的五个渡口，即白华津、万里津、江首津、涉头津、江南津，这里代指蜀州。⑥歧路：岔路口。⑦儿女：恋爱中的青年男女。⑧沾巾：泪沾手巾，形容落泪之多。

译 文

三秦之地辅卫着长安，举目远眺，遥远的蜀州笼罩在一片烟雾迷蒙之中。

和你分别时心中情意无限，因为我们同样是在宦海中沉浮的人。

四海之内有知心的朋友，只要心意相通，即使远隔天涯也像比邻而居一样。

我们不必在分别的路口，像那些儿女情长的青年男女一样，泪沾手巾。

中国古代的送别诗词浩如烟海，但这首诗因为洒脱、旷达的情感而独树一帜，成为送别诗中的名作。

首联中第一句点出送别之地在三秦辅卫的长安，第二句说明朋友杜少府要去往蜀州。这一联对仗极工整，境界又极阔大，短短十个字就把从长安到蜀州之间的万里山水囊括净尽。长安的巍巍城楼，关中的千里沃野，蜀州的烟水迷蒙，在诗人笔下铺开了一幅辽远壮美的画卷。

颔联为避免刻板，采用散句形式，使文意有了跌宕之姿。这一联包含了两种含义：其一，诗人与朋友同是远离家乡，在外宦游之人，所以心意相通，感情更加深厚，离别时的心情自然是难分难舍、依依惜别；其二，两人都是客居外地，此次杜少府从长安到蜀州，只不过换个地方为官，不必过于挂怀，为下联意思的转折做铺垫。

颈联是千古传诵的名句，语意陡转，似奇峰突起，在送别诗中可谓别出心裁。一般友人分别时都难免伤感悲戚，不忍相别，恨不能日日相聚。但王勃反其道而行，强调山川隔不断情谊，只要心有默契，四海之内皆朋友，远在天涯也仿佛近在比邻。这样看来，诗人与朋友分处秦、蜀两地又算得了什么呢？这两句诗强调友情不受时间的限制和空间的阻隔，是无处不在的，是永恒不变的，气势豪迈，乐观豁达，成为人们引用不衰的经典。

尾联是对朋友的劝勉，也是自己情怀的进一步吐露，希望自己与朋友不要像那些恋爱中的小儿女一般，洒泪而别。"歧路"即岔路，指分别的路口，照应了诗题中的"送"字。全诗圆融通达，首尾相连，浑然一体。

滕王阁①诗

唐·王勃

滕王高阁临江②渚③，佩玉鸣鸾④罢歌舞。
画栋⑤朝飞南浦⑥云，珠帘暮卷西山⑦雨。
闲云潭影日悠悠，物换星移几度秋。
阁中帝子⑧今何在？槛⑨外长江空自流。

注 释

①滕王阁：故址在今江西南昌赣江之滨，是"江南三大名楼"之一。
②江：指赣江，长江一大支流。③渚（zhǔ）：江中小洲。④佩玉鸣
鸾（luán）：指身上佩戴的玉饰、响铃。⑤画栋：有彩绘的栋梁楼阁。
⑥南浦：地名，在南昌市西南。⑦西山：山名，位于今南昌新建区西部。
⑧帝子：指滕王李元婴，任洪州都督时建滕王阁。⑨槛（jiàn）：栏杆。

译 文

　　高高的滕王阁巍然耸立在江心的沙洲上，当年佩玉、鸾铃鸣响的
华丽歌舞已经停止。

　　早上，南浦的流云掠过滕王阁的雕梁画栋；傍晚，西山的烟雨打
湿了滕王阁的珠帘。

　　云的影子悠闲地在水潭中掠过，四季景物不断变换，转眼就是几
个春秋。

　　昔日在滕王阁上游玩赏乐的皇子如今在哪里呢？只有栏杆外的江
水还在滔滔不绝地奔流。

历史放映厅

675 年，王勃路过南昌时拜见洪州都督阎伯屿，阎都督早就听说过王勃的名气，就邀请他参加滕王阁诗会。阎都督这次宴客，是为了向大家夸耀女婿孟学士的才华。他提前让女婿准备了一篇序文，单等宴会上写出来给大家看，就当即席而作。

宴会当日，阎都督假意请大家动笔为诗会作序，其他人都很识趣地推辞不肯写，只有年轻气盛的王勃不明就里，泼墨挥毫，开始笔走龙蛇。阎都督一气之下离席而去，避入里间，只让下人传话，告诉他王勃写了什么。听说王勃开篇写道"豫章故郡，洪都新府"，阎都督不屑地说："不过是老生常谈。"又听说王勃接下来写了"星分翼轸，地接衡庐"，阎都督沉吟不语。等听到"落霞与孤鹜齐飞，秋水共长天一色"这句时，阎都督不禁拍案而起，叹服道："此真天才，当垂不朽！"

在这次宴会上，王勃诗并序一气呵成，成为千古绝唱。

赏析

这首诗是王勃在滕王阁诗会上即兴创作，附在《滕王阁序》这篇名文后，序与诗相得益彰，华彩灼灼，耀人眼目。

诗歌第一句起笔突兀，如异峰突起，境界全开。"滕王高阁临江渚"，"高"字强调滕王阁巍然耸立；"临"字说明滕王阁下临赣江，可以站在楼上俯视近处的滚滚江水，也可以眺望远处的碧水长天、流岚雾霭。下文中"南浦""西山""闲云""潭影""长江"都是滕王阁中所见，皆来自这个"临"字，首句统摄了全篇。第一句气势昂扬，第二句却笔

滕王阁

滕王阁，位于江西省南昌市东湖区，地处赣江东岸，始建于653年，现存建筑为1983年重建。滕王阁与湖北黄鹤楼、湖南岳阳楼并称为"江南三大名楼"。

滕王阁主体建筑高57.5米，下部为象征古城墙的12米高台座，分为两级；台座以上的主阁内部共有7层，分为3个明层、3个暗层及阁楼，为仿宋建筑。

滕王阁之美，美在其历史文化，王勃的《滕王阁序》为经典奇文。登临阁楼，极目远眺，欣赏"落霞与孤鹜齐飞，秋水共长天一色"的奇景，心胸必为之一阔，人生的诸多烦恼也会消散在阵阵舒爽的江风中。

滕王阁之美，还美在夜景。身处夜间的滕王阁，雕梁画栋，熠熠生辉，仿若梦回大唐。俯瞰赣江两岸，灯火璀璨，又是一片现代化的城市风光。游客还可以乘滕王阁游轮夜游赣江，一边吹着江风一边赏月，看看东岸古朴雄伟的滕王阁，再看看西岸时尚亮丽的红谷滩，两岸异彩，一脉相承。

法陡转，写得萧瑟沧桑。"佩玉鸣鸾罢歌舞"，当年美妙的歌舞、华丽的宴会，当年的衣香鬓影、觥筹交错全都不复存在，只余一座滕王阁落寞地矗立在赣江之畔。

三、四句对仗工巧，进一步铺陈滕王阁的寂寞清冷。身着华衣彩

《滕王阁图》

作者：唐棣

创作年代：元代

馆藏：纽约大都会艺术博物馆

　　这是元代画家唐棣于1352年创作的一幅纸本水墨山水画。滕王阁作为画作的主体，但见轩廊壮丽、楼阁巍峨，将其临江而建、下临无地的气势表现得淋漓尽致。滕王阁的飞檐高高翘起，上面的脊兽清晰可辨，飞檐和廊柱上雕刻着细腻华丽的花纹，增添了滕王阁雍容华贵的气息。阁内隐约可见文人墨客在饮酒赋诗，给画面增加了文雅的意趣。

　　滕王阁旁边的大片留白是浩渺的赣江，一望无际的江水将滕王阁衬托得更加轩昂豪迈、高耸入云。

服的皇子和幕僚早已不再，只有南浦的风云和西山的烟雨与这雕梁画栋、珠帘漫卷的华美楼阁相伴，尽显一派苍凉之色。

诗歌后半部分转为抒情。流云在潭中的倒影每日悠然飘过，不知不觉之间风物更换了季节，星座转移了方位，在四季更替轮回之间，世间人事变迁，皇子早已逝去，只有栏杆外的江水还在无尽地奔流。繁华易逝，人生苦短，生命无常！

诗人的抒情并不是直抒胸臆，而是将情感与滕王阁及其周围的景物巧妙地融为一体，全诗没有一个伤感的字眼，却写得伤感至极。末句中的"空""自"两个字令人陡生一种繁华富贵成空、人生恍然一梦之感。

贺知章：诗酒狂客，人生赢家

贺知章（659—约744），字季真，自号四明狂客，越州永兴（今浙江杭州萧山区）人，唐代诗人、书法家，也被称为"诗狂"。

贺知章少年时就聪明异常、诗文俱佳，长大后更是一举考中了状元。踏入仕途后，贺知章一路高升，成了太子的老师，属于正三品。对比很多怀才不遇、屡被贬谪的诗人，贺知章可谓人生赢家。

贺知章仕途顺遂是因为他圆滑世故、心机深沉吗？完全不是。贺知章是一个性格率真、还有几分疏狂的人，这一点从他晚年自号上就能看出来。

贺知章还极其好酒，他与李白初次相见，被李白的诗折服，夸李白是"谪仙人"。贺知章拉着李白把酒言欢，吃好喝好才发现忘了带钱，他解下身上佩戴的金龟（唐代官员的佩饰物）充当酒钱，留下了"金龟换酒"的美谈。还有一次，贺知章酒醉后骑马，摇摇晃晃，醉眼蒙眬，一不小心跌到了一口井里。所幸井底没多少水，并没有什么危险，烂醉如泥的贺知章竟然在井下睡着了。为此，杜甫写诗调侃他："知章骑马似乘船，眼花落井水底眠。"

贺知章少年时就以诗文闻名，中年考中状元，晚年成为狂客，一生诗、酒、书相伴，仕途也极其顺利，直到86岁才告老还乡。回到家乡后不久，贺知章就去世了，诗酒狂客从此离开了人间。

咏柳

唐·贺知章

碧玉妆①成一树高，万条垂下绿丝绦②。
不知细叶谁裁③出，二月春风似剪刀。

注 释

①妆：装饰，打扮。②绿丝绦（tāo）：绿色的丝带。这里指像丝带一样的柳条。③裁：剪裁。

译 文

高高的柳树像是用碧玉装扮而成，柔美的柳条像绿色的丝带一般依依垂下。

不知道细细的柳叶是谁剪裁出来的，这二月的春风就像一把灵巧的剪刀。

赏 析

这是一首明丽欢快的七言绝句，造语精巧，别出心裁，全诗洋溢着春天朝气蓬勃的清新气息。

春风送暖，万象更新，高高的垂柳绽出了满树新绿，那嫩嫩的柳叶绿得莹润可爱，绿得逼人的眼，就像堆了一树的碧色美玉一般。用贵重的碧玉来比喻柳树，足见诗人对春天柳树的喜爱。经过了一个灰蒙蒙的冬天，乍见一树新绿，诗人的心情是多么惊喜啊！接下来，诗人又用绿丝带来比喻柳条，用丝带的飘逸形容柳条的柔美，传神地写出了柳条在春风中摇摇摆摆的动感。

两句诗，两个新巧的比喻，但诗人犹嫌不足，进一步发挥想象，通过巧妙设问，==将二月的春风比作巧手裁缝手中神奇的剪刀==，咔嚓咔嚓地剪裁出满树细细的柳叶，给柳树披上绿装，给人们带来春的消息和春的欣喜。诗人天马行空的想象力和巧妙设喻的造句能力令人叹为观止。

全诗从柳树写到柳条，再写到柳叶，从整体到部分，层次分明。通篇运用比喻、拟人、设问等修辞方法，通俗晓畅而不失华秾丽，字字精巧，句句出奇，是==咏物诗的杰出代表==，是流传千年的经典之作。

回乡偶书①

唐·贺知章

少小离家老大②回，乡音无改鬓毛衰③。
儿童相见不相识，笑问客从何处来。

注 释

①偶书：偶然之间写的诗，说明是作者心有所感，随意写下的。②老大：年纪大了。③衰：减少，疏落。

译 文

我年少时离开家乡，年纪很大了才回来。家乡的口音没有丝毫改变，鬓角边的毛发已变得稀少。

孩子们见到我都不认识，笑嘻嘻地询问客人是从哪里来的。

赏 析

天宝三载（744），86岁的贺知章辞去朝廷官职，告老还乡。这首诗就是他初回家乡时心有所感的偶然之作。

贺知章三十多岁考中状元，自此踏上仕途，一直在朝中为官，如今已有五十年。五十载岁月悠悠，诗人久居客地，对乡音乡情自是极为怀念。如今耄耋之年踏上故土，看着周围熟悉又陌生的环境，回想起离开家乡时风华正茂、年富力强的自己，内心怎能不感慨万千呢？"少小离家老大回，乡音无改鬓毛衰"，抒发的就是这种久客伤老的感叹。诗人惯用修辞手法，在这两句诗中出现了两个明显的对比：一是"少小"与"老大"这种年龄上的对比，突出的是诗人离家日久；二是"乡音无改"与"鬓毛衰"对比，突出的是自己的变化，岁月催人老，故土仍在，人事却已经不复昨日。这种物是人非的伤感和沧桑，全都包含在这短短的十四个字之中了。

正当诗人内心五味杂陈之际，几个小孩子笑闹着跑了过来，看到这个陌生的老人，以为他来此做客，不禁好奇地询问他来自何方。在这两句诗中，朝气蓬勃的儿童与垂垂老矣的诗人再次形成了对比，用儿童的天真烂漫反衬诗人的老迈衰朽，用自己的反主为客突出离家太久，极富生活情趣的生动场景里面蕴含的还是诗人对岁月无情、久居客地的万般感慨。这种背面敷粉的写法冲淡了笼罩全诗的暮气与愁苦，让诗歌变得鲜活、生动，别有意趣。

全诗通篇采用对比手法，通过饶有趣味的生活画面抒发自己的感慨，情感真实自然，造语全无雕饰，正所谓"文章本天成，妙手偶得之"。

陈子昂：从纨绔子弟到文坛俊杰

陈子昂（659—700），字伯玉，梓州射洪（今属四川）人。唐代文学家，初唐诗文革新人物之一。

陈子昂出生于一个豪富的地主家庭，从小喜欢剑术，整天挎着宝剑跟一帮纨绔少年到处游荡，耀武扬威。有一次，陈子昂跟人打架时用剑伤人，父亲开始对他严加管教，于是陈子昂谢绝旧友，闭门苦读。

20岁以后，陈子昂到长安参加科举考试，接连两次落榜。陈子昂家中虽然有钱，但缺乏人脉，无法获得名流权贵的推荐，只能另辟蹊径。据传，当时长安闹市中有人在高价售卖一把胡琴，因为要价太高，迟迟卖不出去。陈子昂一掷千金买下这把琴，并且表示，第二天自己要在闹市茶楼当众抚琴，让人们见识一下这把琴到底好在哪里。第二天，陈子昂抱琴登场，可他并没有演奏，而是猛地一下把琴摔破，感叹自己空有满腹才华却被埋没，还不如一把要价虚高的胡琴，边说边把提前准备好的诗文分发给大家。陈子昂因此一举成名，后来果然如愿考中了进士。

走上仕途后，陈子昂曾担任右拾遗，负责给女皇武则天提出意见和建议。因为性格太过刚直，不懂审时度势，陈子昂逐渐被边缘化。陈子昂曾两次随军出征，但都没得到重用。

对官场彻底失望的陈子昂辞职回乡奉养老父亲。父亲死后，陈子昂被射洪县令诬陷，冤死狱中。

度荆门①望楚

唐·陈子昂

遥遥去巫峡②，望望③下章台④。
巴国⑤山川尽，荆门烟雾开。
城分苍野外，树断白云隈⑥。
今日狂歌客⑦，谁知入楚⑧来。

注 释

①荆门：即荆门山，在今湖北宜都西北长江南岸，与北岸虎牙山对峙，形势险要，战国时是楚国的战略门户。②巫峡：长江三峡之一。西起四川省巫山县大宁河，东至湖北省巴东县官渡口。③望望：远望，展望。④章台：即章华台。春秋时楚国离宫。⑤巴国：古国名，势力范围在今四川一带。⑥白云隈（wēi）：天尽头。隈，山水尽头或曲深处。⑦狂歌客：指春秋时期楚国人陆通，字接舆，佯狂避世不仕。这里代指诗人自己。⑧楚：楚地，今湖北一带。

※孔子来到楚国，隐士陆通唱着"凤兮"之歌讽劝孔子不要热衷政治，孔子下车想与他交谈，但陆通视而不见，直接走开了。陆通被称为楚狂接舆，后人写诗作文时常用这个典故，也把他作为狂士的通称。

译 文

远远地离开了巫峡，我一路眺望四周的风景，走下章华台。

巴国的山水尽头，荆门山在烟雾迷蒙中舒展身姿。

城池分布在苍茫的原野，树林在天尽头被白云断开。

今天我这狂傲高歌的远行客，谁知道已来到了楚地。

赏 析

这首诗是陈子昂年轻时的作品，是他从水路出川入楚时所作。

首联描述诗人的行船已将巫峡远远地甩在了身后，"遥遥"生动地写出了船行水动、距离故乡山水越来越远的状貌，也隐含了诗人对故乡的丝丝留恋。"望望"指一望再望，楚地山水不同于四川的崇山峻岭、急流险滩，地势逐渐平缓，慢慢变成千里平畴，令诗人大感新奇。"下"写出了长江水势由高到低、由急到缓的改变。"章台"是楚国离宫，表明诗人已入楚境。

颔联是说巴楚相连，巴国山水尽头即是楚国的门户荆门山。诗人乘船从四川一路行来，水汽蒸腾，云雾缭绕在两岸的山峦之上，壮美中又透露出一丝婉约。"开"字用得极妙，传神地写出了荆门山与虎牙山隔江相对、状如门户大开的神奇状貌，大自然的鬼斧神工令人赞叹。

颈联描写的是楚地的千里平畴。进入楚地后，诗人极目纵览，但见辽阔的原野上分布着座座城池，苍翠的树林延伸到天边，似被白云斩断。楚地的天宽地阔、一马平川，令诗人的心胸为之一开，精神为之一振。

　　尾联紧承上联，化用了楚狂接舆的典故，以狂客自比，直抒胸臆，既显示了诗人看到这楚地江天后的兴奋之情，又流露出诗人少年气盛、壮志凌云的狂傲之气。

　　这首诗笔法细腻、昂扬有力，前六句写景，壮丽开阔；后两句写人，豪放倜傥。景与情巧妙地融为一体，是初唐描写荆门山水的杰出之作。

登幽州台①歌

唐·陈子昂

前不见古人，后不见来者。
念天地之悠悠②，独怆然③而涕④下！

注 释

①幽州台：即蓟北楼，故址在今北京西南，是战国时燕昭王为招纳天下贤士而建。②悠悠：形容时间的久远和空间的广大。③怆（chuàng）然：悲伤的样子。④涕：眼泪。

※燕昭王元年（前311），燕昭王为报齐灭燕之仇，拜访贤者郭隗，尊郭隗为师。郭隗以古人千金买骨为例，鼓励燕昭王建筑"黄金台"（即诗中的幽州台），广纳社会贤才。此举引起天下震动。乐毅、邹衍、剧辛等人都来归附燕国，燕国很快变得强大起来。

译 文

回首过去，看不见古代礼贤下士的贤明君主；展望未来，再有惜才爱才的君王也难以遇到。

想到天地苍茫无际、时间悠悠没有尽头，我忍不住悲从中来，泪流满面。

历史放映厅

696 年，契丹作乱，武则天派建安王武攸宜率大军征讨，陈子昂为随军参谋。武攸宜为人轻率少谋，很快败北。陈子昂向武攸宜献计，未被采纳。不久，忧心军务的陈子昂再次进言，武攸宜不仅不听，还把他降为军曹。陈子昂在朝中时就因为犯颜直谏被武则天冷落，被权贵排挤，在军中又不得重用。失意苦闷、报国无门的陈子昂登上燕昭王招贤纳士的幽州台，不禁感慨丛生、悲怆难禁，挥笔写下了这首《登幽州台歌》。

赏 析

这是一篇吊古的经典名作。诗人在失意时登上幽州台，想起当年燕昭王礼贤下士，乐毅、邹衍、剧辛等人纷纷来归的盛况，高台仍在，物是人非，一众明君贤臣早已消失在历史的烟尘中，再也不复相见。未来即使再出现燕昭王那样圣明的君王，自己几十年的人生也难以遇到，抚今追昔，只能发出无奈的浩叹——"前不见古人，后不见来者"。在这两句诗中，诗人以无尽的历史长河为参照，审视自己短短几十年的人生，感慨知音难寻、名主难遇。这种满腹才华不得施展的失意和苦闷，在当时和后世都引起了广泛的共鸣。

接下来，诗人放眼四望，北方的原野苍茫辽阔，在无穷无尽的时空中，个人是如此的渺小和无奈，自己的一腔报国热血和满腹锦绣才华有谁能了解？自己此时无法排遣、无处发泄的苦闷和悲哀又有谁能体谅呢？这种旷世的孤独让诗人情难自已，满怀酸楚唯有化为热泪滚滚而下。诗人情感的闸门已经打开，情感的洪流奔腾呼啸，但诗人并没有接着铺陈渲染，让内心的伤感和凄恻一泻而下，而是戛然而止，停笔于此，让这无尽的孤独和无穷的苦闷久久地横亘在读者心头。

这是一首慷慨苍凉的短诗，更是爱国士子怀才不遇、报国无门的无奈喟叹，短短二十二个字却包罗过去未来，写尽人生无奈，成为独步诗坛的千古绝唱。

王翰：能歌善舞的边塞诗人

王翰（生卒年不详），字子羽，并州晋阳（今山西太原）人，唐代边塞诗人。王翰出身于当时的名门望族太原王氏，从小就接受了良好的教育。他天资过人，才智超群，举止豪放，不拘小节，不仅诗文写得好，还多才多艺，能歌善舞。

王翰二十多岁就考中了进士，当时张嘉贞任并州刺史，十分欣赏王翰的才能，对他礼遇有加。王翰为表示感谢，自己作词谱曲，在酒宴上且歌且舞，气度不凡。张说接任并州刺史后，也特别喜欢王翰，后来张说入朝拜相，便不断提拔王翰。王翰任驾部员外郎时，负责为边塞士兵运送粮草，因此对边塞的情况很熟悉，写出了不少脍炙人口的边塞诗，那首独步诗坛的名作《凉州词》就是这一时期的作品。

张说罢相后，王翰也受到牵连被贬官。但王翰根本不把被贬放在心上，他家资富饶，经常呼朋引伴地与朋友饮酒欢宴，纵情享乐。王翰因为狂放不羁被一贬再贬，后来被贬为道州司马，可惜还没到任就在半路去世了。

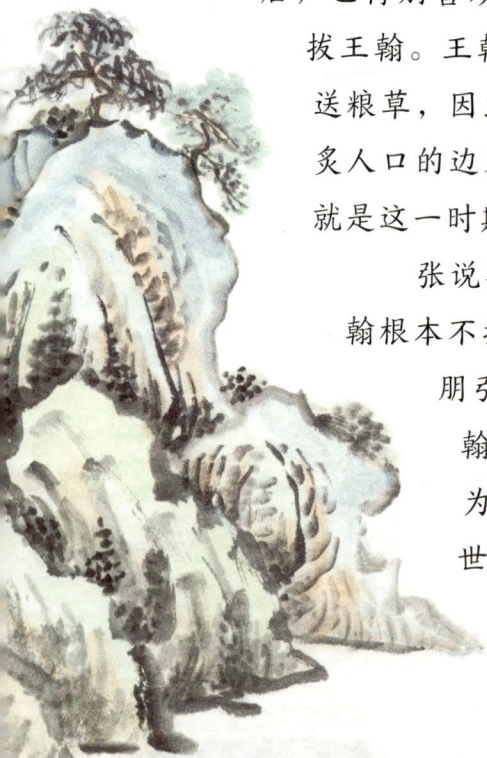

凉州词

唐·王翰

葡萄美酒夜光杯①，欲②饮琵琶马上催。
醉卧沙场③君莫笑，古来征战几人回？

注 释

①夜光杯：玉制酒杯，夜晚会发光，这里指精美的酒杯。②欲：将要。
③沙场：战场。

译 文

香醇的葡萄酒盛在精美的酒杯中，将士们举杯欲饮时，马上突然传来了激越的琵琶声，似乎在催促人们开怀畅饮。

我要是喝多了醉倒在沙场上，请你不要笑话，自古以来出征打仗的人，有几个能平安回到家乡？

赏 析

这首七言绝句描写的是边塞前线的一场欢宴，将士们在宴会上开怀畅饮、不醉不归，字里行间洋溢着行伍之人的粗犷洒脱及视死如归

※西汉东方朔撰写的志怪小说集《海内十洲记》记载，西周穆王时期，西胡曾进献给穆王一只夜光常满杯。杯用优质白玉制成，夜晚能发出莹莹的光芒。夜里把杯放在庭院中，将杯口朝天，天明时杯中就盛满了香甜的汁水。诗中的"夜光杯"就是化用了这个典故。

==的铁血豪情==。

　　前两句，诗人极力渲染酒宴的丰盛。第一句连用两个充满西域风情的意象，葡萄美酒鲜红欲滴，精美的酒杯莹莹闪烁，两个美好的意象一下子把人们带到了热闹的酒宴现场。但见菜式琳琅满目、应有尽有，杯中盛满了葡萄酒，酒香四溢。这是一场多么盛大的宴会啊，虽然是在艰苦的边塞，也令人心向往之。

　　第二句，诗人进一步烘托宴会的气氛。将士们举杯欲饮，忽然铮铮之声大作，原来是乐工在马上奏响了琵琶。节奏欢快的琵琶声更添了酒兴，人们纷纷举杯，==宴会上觥筹交错、笑语喧哗，人们的碰杯声、猜拳行令声、琵琶的演奏声交织在一起，宴会的热闹气氛达到了高潮==。值得一提的是，也有人将这一句中"马上催"的"催"字解为催促将士们出征，但联系上下文看，"催"字解为催促将士们饮酒更加通达，也更符合逻辑。

　　第三、四句，诗人聚焦于在宴会上纵情欢乐的人，通过"醉卧沙场君莫笑，古来征战几人回"这句谐谑的劝酒词，来表现将士们尽情酣醉的豪壮风度以及视死如归的英雄气概。也有人认为这首诗是以乐景写哀情，后两句"故作豪饮之词，然悲感已极"。清代诗人施补华评这两句诗"作悲伤语读便浅，作谐谑语读便妙，在学人领悟"，应该说是非常恰当的。因为王翰生活的年代正值开元盛世，那是唐朝的全盛时期，社会全面繁荣，文化极度包容，万国来朝，气韵恢宏。==人们的精神风貌也是意气风发、斗志昂扬，"宁为百夫长，胜作一书生"==，哪有丝毫萧瑟颓败的丧气！这种精神风貌投射在诗人笔下，

武威——丝绸之路上的明珠

武威，甘肃省辖地级市，古称凉州、姑臧、雍州，位于河西走廊的东端，是丝绸之路上的一颗明珠，也是国家历史文化名城。武威的崛起由其战略地位决定，它处于黄土、青藏、蒙新三大高原交汇地带，是"通一线于广漠，控五郡之咽喉"的军事要地和商埠重镇，历来是兵家必争之地。历史长河中，武威意味着金戈铁马的战场、大漠驼铃的边塞以及雄浑苍凉的《凉州词》。如今的武威，是西北茫茫戈壁上的一块绿洲，是一个充满西北风情的城市。武威雷台汉墓，就是中国旅游标志马踏飞燕（现已改名为铜奔马）的出土地，游客可以实地探访东汉墓室，这里同时也是一个小型的博物馆，陈列着一百多件文物。旁边的雷台观，是建于清代的道观，里面祭祀着雷神，古时人们在这里求雨。

此外，武威还有文庙、天梯山石窟、沙漠公园、摘星小镇等别具特色的旅游景点，吸引着全国各地的游客来这里领会奇异的风光和多元的文化。

也必然是洒脱豪放、不惧死生，与这次豪华筵席的热烈欢快气氛是一致的。

通观全诗，这是一次恣意欢乐的豪华盛筵，更是一篇壮烈豪迈的战斗宣言，诗人用饱蘸激情的诗笔，记录下这欢快的一幕，也留下了一曲穿越千年的绝唱。

王之涣：唐代边塞诗一哥

王之涣（688—742），字季凌（一作季凌，一作季陵），祖籍并州晋阳（今山西太原），唐代诗人。王之涣以门荫入仕，做了一个小官，后来受人诬谤，一气之下辞官不做。之后他闲居在家十五年，专心钻研诗文，写出了《登鹳雀楼》《凉州词》等惊艳的作品，成为与高适、王昌龄、岑参等齐名的边塞诗人。

王之涣与高适、王昌龄三人是好朋友。传说有一次三人在酒楼饮酒，恰逢一群人在酒楼聚会，还带来四位歌伎献歌助兴。三人不喜欢吵闹，就避入里间。酒酣耳热之际，王昌龄提议，他们三人都有诗名，但难分高下，不如一会儿听歌伎唱曲，谁的诗被演唱得最多，谁就胜出。

歌伎开始奏乐演唱，第一位歌伎演唱的是王昌龄的《芙蓉楼送辛渐》，王昌龄得意地在墙上画了一个记号。第二位歌伎唱的是高适的《哭单父梁九少府》，高适也在墙上画了一个记号。第三位歌伎演唱了王昌龄《长信秋词五首》中的第三首，王昌龄又开心地画上一笔。王之涣说："这几位歌伎不懂高雅之音，你们看那位身穿紫衣、艳冠群芳的姑娘，她气质最好，可见地位最高，一会儿她若开口，必唱我的诗。如果不是，我甘拜下风；如果是的话，你们俩可要认输啊。"王昌龄和高适点头同意。不一会儿，紫衣歌伎轻抚瑶琴、慢启芳唇，果然唱的是王之涣的《凉州词》，三人顿时拊掌大笑。

登鹳雀楼①

唐·王之涣

白日依山尽，黄河入海流。
欲穷②千里目，更③上一层楼。

注 释

①鹳雀楼：楼的旧址在山西蒲州（今山西永济），前对中条山，下临黄河，传说常有鹳雀在此停留，故名鹳雀楼。②穷：尽。③更：再。

译 文

站在鹳雀楼上，只见夕阳依傍在山峦间缓缓沉落，黄河翻滚奔腾，向东流入大海。

若想要看尽千里之外的风光，就要登上更高的一层楼。

赏 析

这是一首兼具写景与说理的五言绝句，语言平易素朴，却包含了万千气象与深刻哲理，是唐代绝句中的经典名篇。

鹳雀楼

　　鹳雀楼位于秦、晋、豫三省交会的"黄河金三角"区域——山西省永济市。此楼始建于北周时期，本是一座军事戍楼，因其气势宏伟、视野开阔，登上顶楼有腾空欲飞之感，故名"云栖楼"。又因楼濒临黄河，有一种食鱼鹳雀经常栖息于高楼之上，所以人们又称其为"鹳雀楼"。鹳雀楼楼体壮观、结构奇巧，而且地理位置独特，登楼览胜，风光壮丽，气势磅礴。唐宋时期文人学士登楼赏景，留下许多不朽诗篇，其中以王之涣的诗作最为著名。诗因楼作，楼因诗名，鹳雀楼因此与黄鹤楼、岳阳楼、滕王阁齐名，并称"四大名楼"。古时的鹳雀楼1222年被大火焚毁，现在的鹳雀楼为1997年重建。鹳雀楼为高台式十字歇山顶楼阁，外观三层四檐，内部为九层使用空间，有电梯可以直达顶楼。鹳雀楼是国内唯一采用唐代彩画艺术恢复的唐式建筑，曾获鲁班奖和中国土木工程詹天佑奖。鹳雀楼景区除楼体外，还包括鹳影湖、唐韵广场、蒲州风情园、黄河风情园、苍山自然景观园等自然与人文景观。

　　诗歌第一句写山景，诗人极目远眺，但见夕阳西沉，挂在远处的山腰，仿佛相依相偎一般。墨色青山伴着白日，构成了一幅淡雅的水墨剪影。第二句写水势，站在鹳雀楼上向下看，但见近处浊浪滔滔、奔腾咆哮，远处大河东流，就像一条金色的飘带，在连绵起伏的山峦间时隐时现。鹳雀楼地处山西，距离大海万里之遥，诗人当然不可能看到黄河真正汇入大海，这里的"入海流"是诗人目送黄河远到天边后的进一步想象。两句诗，短短十个字，将天上、地下、东西、远近的万里山水全部收入其中，在宽广无垠的画面中营造出了极其辽阔的境界。

　　大概诗人当时并没有处在鹳雀楼的顶层，他想看到更远处的风光，便接着向上攀登，这自然引出了诗歌的三、四句"欲穷千里目，更上一层楼"。两句诗饱含哲理，将诗歌引向了更高的层次。这两句诗内涵丰富，可以有多重理解：浅层来看，登高才能望远，若想看得更远，自然需要登上更高处；往深层看，学习、事业、人生莫不是如此，要想有更多的收获、更大的格局，自然需要努力攀登，到达更高的境界。这两句诗紧承上文、衔接自然，使得整首诗文意畅达，景、情、理自然地融为一体。

凉州词①

唐·王之涣

黄河远上白云间，一片孤城万仞②山。
羌笛③何须怨杨柳④，春风不度⑤玉门关⑥。

注　释

①凉州词：又名《出塞》，是为当时流行的一首乐曲《凉州》配的唱词。②仞：古代长度单位。③羌笛：羌族乐器，

属横吹式管乐。④杨柳：指《折杨柳》曲。古诗文中常用杨柳代指离别。⑤度：吹到，吹过。⑥玉门关：古关名，故址在今甘肃敦煌西北，由汉武帝设置，是古代通往西域的要道。

译 文

远望黄河，波涛滚滚好像流入了白云之间，身边这座孤城矗立在万仞高山之中。

羌笛何必吹奏哀怨的《折杨柳》呢？春风吹不到这遥远的玉门关来。

赏 析

王之涣的《凉州词》是一首杰出的边塞诗，全诗意象丰富、格调苍凉，雄浑壮阔中透出婉约和哀怨，有人把这首诗誉为唐代七绝的"压卷之作"。

诗歌前两句以特殊的视角，来展现边地的辽阔和荒凉。诗人当时应该是站在玉门关的关城上（唐代的玉门关已由今甘肃敦煌西北迁至甘肃敦煌东），向西眺望黄河的源头，但见黄河近处汹涌澎湃，远处则渐高渐远，如一条黄色的丝带飘到了云端。这句与上一篇中的"黄河入海流"观察角度正好相反，一是从下游向上游仰视，一是从上游向下游俯瞰，两种角度的黄河呈现出了迥然不同的美感，一飘逸灵动，一雄壮豪迈。

第二句描写城与山。诗人所在的关城静静地仁立在重山中，显得格外孤独落寞。"孤"字具有强烈的感情色彩，为全诗蒙上了悲情的基调，"万仞山"以夸张的手法极言山之高峻，孤城险峰暗示着戍守兵士处境孤危，传递出争战之地的肃杀之气，为下面进一步刻画征人的心理和情感做了铺垫。

第三句诗人宕开一笔，用婉转的笛声暂时冲淡了边境的杀气和冷凝，但这美妙的韵律中传达的不是欢快，而是相思和离愁。"怨"字用得极妙，羌笛如何能怨？怨的是吹笛与听笛的人罢了，这样的拟人手法，既让造语更加流畅，也让感情更加深沉含蓄。而且，"怨"与"何须"连用，诗人用一句反问，自然引出了第四句"春风不度玉门关"。边塞是苦寒之地，没有杨柳依依的美丽春光，征人们想折柳寄情都不能，既然这样，羌笛又何必吹奏《折杨柳》，白白地惹人相思呢？这两句表面是嗔怪羌笛，实则是诗人对戍边征人们无奈的宽慰，寄寓了诗人对征人的深深同情。

整首诗气韵流动、一气呵成，于壮美的意象中蕴藏着无限的乡思离情，在唐代就成了广为传唱的名篇，千年之后，人们依然为之击节赞叹。

王湾：因两句诗名扬天下

王湾，生卒年不详，号为德，唐代诗人，洛阳（今属河南）人。

王湾因为博学被选中从事图书编校工作，他与刘仲丘合治集部图书，历时5年完成《群书四部录》200卷。他还编辑、整理了大量南朝齐、梁以后的诗文集。因为图书编校工作做出了成绩，王湾被任命为洛阳尉。

作为一个北方人，当王湾因事来往于吴楚之间，立刻就被南方秀丽的山水所吸引。他坐船经过北固山时，诗兴大发，写下《次北固山下》这首诗。其中"海日生残夜，江春入旧年"这两句诗犹如神来之笔，让本来默默无闻的王湾一下子名声大噪，连当时的宰相张说都对这两句诗大加赞赏。张丞相还特意把这两句诗悬挂在自己的政事堂上，让文人学子们借鉴学习。至此，一介小官王湾在人才济济的盛唐诗坛占据了一席之地，他的《次北固山下》也流传千古。

次①北固山②下

唐·王湾

客路③青山外，行舟绿水前。

潮平两岸阔，风正一帆悬。

海日生残夜，江春入旧年。

乡书何处达？归雁洛阳边。

注 释

①次：停宿。②北固山：在今江苏镇江北。③客路：旅人前行的路。

译 文

郁郁葱葱的青山外是旅客前行的道路，客船在碧绿的江水中行驶。

江上潮水涨满，两岸与江水齐平，整个江面十分开阔。顺风行船，船帆高高地悬挂在半空中。

夜还未消尽，海上一轮红日缓缓升起。江上春早，旧年还没有过去，春天却已经到来。

我的家书该送往哪里呢？希望北归的大雁帮忙带到洛阳吧。

赏 析

这首诗是王湾乘船停泊在北固山下时所写，是一首绝妙的五言律诗。

诗歌以两句工整的对偶句发端，将读者带到了江南的青山绿水间。

但见苍翠的青山外长江绵延万里、碧波荡漾，船儿轻快地行驶在江面上，到处呈现出一派秀丽、一派生机，令诗人文思涌动、豪气顿生。

颔联和颈联更是妙绝千古的名句，对仗工丽，造语清奇，把江景描写得恢宏壮阔、气象万千。颔联中上句的"平"与"阔"两字运用得既准确又传神，春潮涌涨，江水浩荡，放眼望去，水连岸，岸接天，江面辽阔无边，可以说"阔"正是"平"所导致的。下句中的"正"和"悬"也有同样的表达效果。风正，指的是顺风、和风，在这样的风力下，船帆才能端端正正地悬挂，所以"帆悬"也是"风正"导致的结果。诗人不仅传神地描绘出了风平浪静、大江东流的气势，还于文字中蕴含着巧思，可见诗中的每一个字都是经过仔细推敲的。

颔联极言长江的壮美，颈联则展现长江的妩媚。一轮红日冲破了残夜，在浩渺的海面上冉冉升起。此时，碧水托着红日，再加上江边春花初绽、绿柳拂烟，处处呈现出一派春意，好一幅色彩斑斓、美不胜收

的江上日出图！这一联中"生"和"入"两字也用得极妙。"生"字展现了太阳缓缓上升的动态，寓意光明逐渐取代了黑暗，新的一天开始了；"入"初读似有点生硬、突兀，细品则能感受到春风对于残冬摧枯拉朽的影响力。江南的春就好像被猛地揳入了冬天一样，突然就来了，时光转入了新的季节、新的周期。

尾联由写景转入抒情，诗人或许想跟家人分享这美妙的江南春景，或许为了诉说离家日久的思念和牵挂，所以修书一封，托北归的大雁带到洛阳。此联化用了雁足传书这个典故，这既是律诗的创作要求，同时也浪漫地表达了诗人的思乡之情。

这首诗虽然以第三联名传一时，但其实整首诗都是流畅自然、雅正优美的。词句对仗工致、言简义丰，壮美中不乏妍丽，欢欣中蕴含清愁，时隔千年仍然令人赞叹不已。

孟浩然：一句诗断送仕途

孟浩然（689—740），原名不详，字浩然，襄州襄阳（今湖北襄阳）人，唐代著名的山水田园派诗人，世称"孟襄阳""孟山人"。

孟浩然出生于一个家境殷实的书香家庭。年轻的时候，孟浩然也曾经到长安拜访权贵，希望能得到对方提携而当官，但未能成功。一直到40岁，孟浩然才第一次到长安参加科举考试，未能考中。虽然考场失利，但孟浩然因为诗写得好而声名鹊起，受到公卿权贵的追捧。孟浩然结识王维后，两人惺惺相惜，交情特别好。

传说王维曾经私自邀请孟浩然到内署，两个人正在畅聊，唐玄宗突然到来，孟浩然吓得钻到床下不敢出来。王维不敢隐瞒，据实向玄宗奏报，玄宗就命孟浩然出来念几首诗听听。孟浩然面对玄宗非常紧张，没仔细考虑就开始吟诵自己的诗作。当玄宗听到"不才明主弃"这句诗时，不禁变了脸色，"明主"显然是指皇帝，而玄宗这是第一次见到孟浩然，怎么能说自己对他弃之不用呢？玄宗一气之下将孟浩然赶回了襄阳。

孟浩然又过上了隐居田园、寄情山水的悠闲日子。虽一生未能入仕，但他的山水田园诗有独特的造诣，与山水田园诗同样写得绝妙的王维并称"王孟"。

春晓①

唐·孟浩然

春眠不觉晓②，处处闻③啼鸟。
夜来风雨声，花落知多少。

注 释

①晓：天刚亮的时候。②不觉晓：不知不觉天就亮了。③闻：听到。

译 文

春夜酣眠，不知不觉天就亮了，到处能听到悦耳的鸟鸣。

回想昨天夜里听到的阵阵风雨声，不知道美丽的春花被吹落了多少。

赏 析

这是一首非常别致的小诗，初读平易自然，就如人们日常对话一般平平无奇，但细品却别有一番滋味。首先，诗歌透出一股悠闲自在的意趣。诗人睡到自然醒，听着窗外热闹的鸟鸣，担心院子里的花儿被昨夜的风雨吹落了不少。诗人不必躬耕田亩，也不用担心公务，此时的诗人已经进入了一种逍遥自在的美学境界，他关注的只是姹紫嫣红的春花和活泼可爱的飞鸟，因此整首诗也就具有了一种超然物外的灵动韵致。

其次，诗歌只截取了诗人刚睡醒时的一个瞬间，通过诗人的所闻所感、所思所想，令读者窥见了一个生机盎然的春天。只见明媚的春光中，各种花儿争先恐后地绽放，鲜妍美丽的色彩令人眼花缭乱。鸟儿们在枝头欢快地跳跃、啁啾。当然，在这美好的春天里也会有不和谐的音符，昨夜的一场风雨对娇嫩的春花就是无情的摧残，但风雨过后仍是美好的晴日，风雨和波折并不能阻止春天的脚步，更不能阻挡人们对春天的热爱。全诗只有短短的二十个字，却兼具含蓄之美和波折之美，可谓别有洞天，令人回味无穷。

过①故人庄

唐·孟浩然

故人具②鸡黍③，邀我至田家。
绿树村边合④，青山郭⑤外斜。
开轩⑥面场⑦圃⑧，把酒⑨话桑麻。
待到重阳日，还来就菊花⑩。

注 释

①过：拜访。②具：置办、准备。③黍（shǔ）：黄米，这里指黄米饭。④合：环绕。⑤郭：外城。古代城池分为两重，内为城，外为郭。

⑥轩：窗户。⑦场：打谷场、稻场。⑧圃：菜园。⑨把酒：饮酒。把，握、持。⑩就菊花：指赏菊。就，靠近。

译文

朋友准备了丰盛的饭菜，邀请我到他的田庄做客。

一排排绿树环抱着村庄，远处城郭外青山横斜。

我们俩推开窗户面对着打谷场和菜园，一边饮酒一边谈论采桑、种麻等农务。

约好等到九月九日重阳节，我再到他这里来观赏菊花。

赏析

这首诗是孟浩然隐居鹿门山时期的作品。孟浩然科举失利后曾到离家不远的鹿门山隐居，诗歌以白描的手法表现其隐居期间醉心田园的生活乐趣。

首联两句开门见山，描写诗人应邀到朋友家做客。"黍"在古代属于上等粮食，"鸡""黍"代指美味的饭菜。农家酒饭虽简单素朴，但主人的满腔热情却跃然纸上。颔联描写田舍周围的景观，乡村没有绮丽的风光，只有翠绿的树林和远处隐隐的青山，一切都是那么清新自然。

颈联两句转入对人物活动的描写，两位好友轻松

随意地对酌畅谈，从开启的窗户望出去，是平整的打谷场和碧绿的菜园，清新的泥土气息扑面而来。两人谈论的也不是高深的义理诗文，而是普通的农事农活。谈到兴起，两人约定，重阳节还到这里来观赏菊花。诗人对农庄的喜爱，两位好友间的真挚情谊，没有任何渲染，只一句平淡舒缓的"还来就菊花"就淋漓尽致地表现了出来。

整首诗叙述自然流畅，用语朴实无华，与诗人笔下简朴的农家生活相得益彰。在这朴素的诗篇和朴实的生活中，充满了恬淡闲适的意趣和朋友间心意相通的默契，诗人可谓觅得了人间的真情真趣，才写出了这么动人的诗篇。

宿建德江①

唐·孟浩然

移舟泊烟渚②，日暮客愁新。
野旷天低树，江清月近人。

注 释

①建德江：指新安江流经建德（今属浙江）的一段。②渚（zhǔ）：水中间的小块陆地。

译 文

船儿停泊在烟雾笼罩的沙洲旁，红日西沉，天色将晚，令人增添了新的愁绪。

原野平旷，一览无遗，远处的天空看上去比近处的树还要低；江水清澈，水中倒映的月影显得跟人格外亲近。

赏 析

这首诗大约写于730年。孟浩然科举落第，求官无果，转而寄情山水，他离开家乡赴洛阳，而后漫游吴越，这首诗是他漫游吴越时期的作品。

诗歌第一句点题，日暮时分，江面水汽氤氲、烟雾迷蒙，诗人的行船停靠在岸边。看着天空西沉的落日，诗人内心涌上了一股新愁，这愁绪中有羁旅之人对家乡和亲人的思念，但更多的是仕途的失意、理想的破灭以及人生不知该去往何处的迷茫。

内心五味杂陈的诗人伫立船头，眺望着茫茫旷野，远处的天际线比近处的树还要低，更显得四野空空荡荡。此时，谁能理解自己复杂的心情呢？恐怕只有那倒映在清澈江水中的明月才能抚慰一下诗人烦乱的心绪吧。所以"江清月近人"既是指地理空间上的真实距离，也是指诗人在心理上所获得的一丝亲近感，纵使人生失意又孤独，也还有一轮明月默默相伴。

诗中没有明丽耀眼的景物，只有一派广袤宁静的氛围，诗人的一缕轻愁似淡墨般在澄澈的秋色中逐渐晕染开，含而不露，自然天成，是唐代五言绝句中的精品。

望洞庭湖赠张丞相①

唐·孟浩然

八月湖水平，涵虚②混太清③。
气蒸云梦泽④，波撼岳阳城。
欲济⑤无舟楫，端居⑥耻圣明。
坐观垂钓者，徒有羡鱼情。

注 释

①张丞相：指张九龄，唐玄宗时为相。②涵虚：指水映天空。涵，包含。虚，天空。③混太清：与天空浑然一体。太清，天空。④云梦泽：古代大湖，在洞庭湖北面。⑤济：渡。⑥端居：闲居，平常家居。

译 文

八月的洞庭湖水涨得与岸平齐，碧蓝的天空倒映在水中，湖水与天空浑然一体。

烟波浩渺的水面上水汽蒸腾，白茫茫一片无边无际；湖水翻波涌浪，波涛撼动了岳阳城。

我想渡湖到达彼岸，却苦于没有舟船；整日闲居在家，有负这太平盛世而感到羞愧。

坐着看那湖边的垂钓者，我只能白白地产生羡慕之情了。

历史放映厅

这是孟浩然写给丞相张九龄的一首干谒诗。所谓干谒诗，就是古代文人向名流权贵推销自己的一种诗歌，类似于现在的自荐信。孟浩然这首干谒诗以洞庭湖起兴，写得意境开阔、气势雄浑，而对于自己希望得到张丞相举荐提携的目的又表达得委婉含蓄，所以成为一篇脍炙人口的佳作。

赏 析

经过夏天雨季的积蓄，八月的洞庭湖水位既高、水流又澄澈明净，所以诗人开篇即描写了一幅湖水盛涨、水天一色的壮丽图景。湖水与岸相平，碧蓝的天空倒映在碧绿的湖水中，分不清哪里是水、哪里是天。洞庭湖号称八百里，本就广阔无边，再加上秋汛凶猛、水势浩大，更增添汪洋浩瀚的气势。这无边的碧水似乎把天都包含了进去，"涵"极言其大，"混"极言其清。诗人站在岸边，看风云激荡、水汽蒸腾，感觉上古大湖云梦泽如在目前；湖水波涛汹涌，风推波浪不住地拍打堤岸，稳固的岳阳城仿佛都被撼动。"蒸"和"撼"两字既传神地写出了洞庭湖水流激荡的动态，又表现了洞庭湖摄人心魄的气势。

雄浑的景物描写之后，诗人开始抒情，而这正是诗人写这首诗的目的。"欲济无舟楫，端居耻圣明"指自己用世无路、报国无门，愧对这太平盛世，想要做一番事业却无人接引举荐。尾联化用"临渊羡鱼，不如退而结网"并翻出新意，用"垂钓者"暗指当朝执政之人，表达了自己想追随张丞相左右而不得，只有徒劳羡慕的无奈心情。

后两联紧承前两联对洞庭湖浩荡水势的描写，既巧妙地与前文的意思融为一体，又委婉地表达了自己的心意，整首诗境界开阔、文采飞扬，不愧为人们争相传诵的佳作。

波光萬頃俯长空
桂子飘香遠近風
一枕憑夷眠不醒
廣寒移至水晶宫

文震孟

《洞庭秋月图》

作者：陈焕

创作年代：明代

馆藏：美国弗利尔美术馆

明代晚期，画家盛茂烨、陈焕、沈明臣、李士达、沈宣以及书家范允临、文震孟等人共同创作了一组《潇湘八景图册》，洞庭秋月为其中一景。该图册为八对开册页，每页尺寸为24.0厘米×25.2厘米，是纸本水墨设色山水画。

画家用波光粼粼的水面来表现月光朗照的洞庭秋夜，布满波纹的湖面占据了画面的绝大部分，只在左下角绘出了高踞城墙一角的岳阳楼，楼周围满是绿树掩映。右下大概为湖边码头，岸上树木葱茏，树梢上部还可见船只的高高桅杆。画面右上角是几笔墨色晕染的远山，与左下方的岳阳城遥相呼应。

画面左边是一首题画诗——"波光万顷浸长空，桂子飘香远近风。一夜冯夷眠不稳，广寒移在水晶宫"，据传为史谨所作，由明代著名书法家、文徵明曾孙文震孟所书。整幅作品融诗情、画意、书韵于一体，令人惊叹。

陪姚使君①题惠上人②房

唐·孟浩然

带雪梅初暖，含烟柳尚青。
来窥童子③偈④，得听法王经⑤。
会理知无我⑥，观空⑦厌有形。
迷心⑧应觉悟，客思未遑⑨宁。

注 释

①姚使君：一位姓姚的州郡长官。使君是对州郡长官的尊称。②上人：对僧人的尊称。③童子：指菩萨。④偈（jì）：佛教用语，是一种略似于诗的有韵文辞，通常以四句为一偈。⑤法王经：即佛经。法王是对佛的敬称。⑥无我：佛教术语，没有私见的意思。即所有的存在现象，都没有一个恒常不变、自我主宰的实体。⑦观空：佛教术语，观察诸法皆空的意思。指事物皆依主观观想而变化，无独立的客体，故不真实。⑧迷心：迷惑之心。⑨遑：闲暇。

译 文

天气刚刚转暖，梅花上还残存积雪，柳条开始返青。

我陪同姚使君来看佛教偈颂，听高僧诵经。

领会了佛理才懂得无我的真义，观察诸法皆空便对有形的躯体产生了厌离之心。

迷惑的心神应该尽早觉悟，我纷乱的思绪却还没有平息下来。

赏 析

这首诗写作时间不详，是孟浩然陪一位姓姚的州郡长官一起拜访一位叫作惠的禅师后所作。孟浩然一生未出仕，或隐居田园，或游山玩水，他参禅悟道，交游的僧人不少。

诗歌首联写景，诗人用生花妙笔<mark>描述了一幅淡雅的早春雪景图</mark>。天气刚刚转暖，冰雪还没有完全消融，梅花上还残存一点积雪。梅红雪白，别有一番风致。烟柳微微返青，还没有萌芽，柳条在早春的寒风中摇摆，<mark>这清淡素雅的景色与佛门的清静无为极为契合</mark>。颔联"来窥童子偈，得听法王经"点明诗歌的题旨。看偈听经后，诗人心有触动，对佛理的理解更深入了一层，体悟到了佛家所说的无我之境；观察诸法皆空，诗人对有形的躯体、个人的欲望不再那么执着。但佛法深奥，诗人自觉还没有觉悟，烦乱的心绪也难以彻底平静。尾联两句既流露出诗人参禅不深的尴尬，同时又表达了诗人对清净佛门的无限向往。

整首诗文辞畅达、对仗工整，在浅近的文字中包含了深刻的佛理，启人深思。

王昌龄：七绝圣手，社交达人

王昌龄（？—756），字少伯，京兆长安（今陕西西安）人。唐代著名的边塞诗人，由于他的七言绝句写得绝妙，被后人誉为"七绝圣手"。

王昌龄二十多岁时，唐玄宗改府兵制为募兵制，当兵能领薪水，还能在战场上建功立业、加官晋爵，当时的文人圈掀起一股弃笔从戎的热潮。王昌龄也顺应潮流西出长安，踏上出塞之路。他在边塞体验了戎马倥偬的军旅生活，写下了多首著名的边塞诗。

738年，王昌龄被贬岭南。第二年，他遇赦北归，游历襄阳，拜访孟浩然。当时孟浩然身患疽病，即将痊愈。两人相谈甚欢，孟浩然高兴之余吃了些海鲜，竟导致疽病复发而亡。不久，王昌龄又结识李白，两人一见如故，后来王昌龄被贬龙标尉时李白还写诗相赠。除了孟浩然和李白，王昌龄的朋友圈还包括王之涣、王维、高适、岑参等人，每一个都名满天下，王昌龄可谓名副其实的社交达人。

安史之乱爆发后，王昌龄从龙标返回家乡，没想到路经亳州时，被亳州刺史闾丘晓杀害，一代天才诗人以这种方式谢幕，令人叹息不已。

出塞

唐·王昌龄

秦时明月汉时关，万里长征人未还。
但使①龙城飞将②在，不教③胡马④度阴山⑤。

注 释

①但使：只要。②龙城飞将：汉朝名将李广。这里泛指英勇善战的
将领。③教：令，使。④胡马：指侵扰中原的北方游牧民族骑兵。
⑤阴山：位于今内蒙古中部及河北北部。

译 文

秦汉时的明月清辉和险要的关隘仍在，边境战争不断，征人万里
戍边，不能返回家乡。

如果汉朝的名将李广还在，定然不让胡人南下牧马越过阴山。

赏 析

这首诗的开头一句即为流传千古的名句。古人写边塞诗，很多都
会涉及"月"和"关"，但这句诗用互文的手法，
将眼前的明月和关城放在深远的历史背景中描
述，头顶这一轮圆月照耀过秦人筑关备战，也
照耀过汉时将士们在关内外与匈奴战斗，
营造出了一派雄浑苍茫的意境。第二
句"万里长征人未还"由写景状物转

为描写征人，西北边境历来是征战之地，征人戍边"古来征战几人回"，这既是唐代边塞士兵的真实处境，也是千百年来戍卒共同的悲剧命运。诗人的慨叹在历史的时空中回响，显得格外深沉和苍凉。

第三、四句由对戍卒的同情转为对名将的期待和呼唤。既然边境战争不可避免，那优秀的统帅就显得尤为重要，像飞将军李广那样的名将能带领士兵杀敌立功，震慑四方，让边境安宁，让征人平安返乡。诗人的希冀和期盼并不是凄惨的诉说，而是意气风发、斗志昂扬，似铿锵有力的战斗宣言，充满了对敌人的蔑视以及守土卫国的坚定信心，这正是盛唐时期人们积极乐观的精神风貌在诗中的映射。

诗人立足于西北边境，笔触在空间维度绵延万里，在时间维度跨越千年，整首诗意境深远、气势雄浑、笔调高昂，是唐代绝句中的名篇。

※诗中的"龙城"具体指哪里，目前有两种说法。一说指匈奴祭天之处，在今蒙古国鄂尔浑河西侧的和硕柴达木湖附近；一说指卢龙城，在今河北省喜峰口附近一带。

从军行①

唐·王昌龄

青海②长云暗雪山③，孤城遥望玉门关。
黄沙百战穿④金甲，不破楼兰⑤终不还。

注 释

①从军行：乐府曲名，内容多写边塞情况和战士的生活。②青海：指青海湖。③雪山：指祁连山。④穿：磨穿。⑤楼兰：西域古国名，这里泛指西域地区的各部族政权。

译 文

青海湖上空的云层绵延千里，遮暗了祁连山；站在孤独的戍城上，能看到远方的玉门关。

塞外风卷黄沙，战争不断，将士们穿的盔甲已被磨穿，不打败敌人他们决不回还。

赏 析

这首诗是唐代边塞诗中的名篇，诗歌笔调雄浑、境界阔大，于苍凉的氛围中写出了边关将士们昂扬的斗志和必胜的决心。

诗人描写的不是某一场战争，而是着眼于整个西北边境的战况。唐代西北方的强敌，一是吐蕃，二是突厥。吐蕃盘踞在今西藏和青海一带，突厥则是西北方的游牧民族所建立的政权，玉门关外即是突厥的势力范围。诗人从青海湖上空绵延千里的流云起笔，笔锋越过连绵不断的雪山，触及屹立在西北边境的孤城，再到遥远的玉门关外，以两句诗十四个字绘就了一幅辽阔的边关战争图卷。

三、四句由描摹景物转为写人，刻画征战在边境的将士。他们在漫漫黄沙中与敌人一次次地交战，盔甲都已经磨穿，战事之频繁、环境之荒凉、战斗之艰苦跃然纸上，令人油然而生一股悲凉之感。但诗人并没有哀叹将士们远离家乡和亲人、朝不保夕的悲惨境遇，而是笔锋一转，歌颂他们愈战愈勇、永不言败的豪情壮志。大漠风沙没有消磨他们的意志，凶残的敌人也没能削弱他们的胆气，哪怕马革裹尸，他们也决不退缩，不打败敌人他们誓死不还。戍边将士们的坚韧、坚定及保家卫国的崇高责任感在"不破楼兰终不还"这铿锵有力的誓言中抒发得淋漓尽致，诗人对将士们的悲悯和敬佩也力透纸背，整首诗达到了景与情的高度统一。

芙蓉楼①送辛渐②

唐·王昌龄

寒雨连江夜入吴③，平明④送客⑤楚山⑥孤。
洛阳亲友如相问，一片冰心⑦在玉壶⑧。

注 释

①芙蓉楼：故址在今江苏镇江北，下临长江。②辛渐：诗人的朋友。③吴：镇江在古代属于吴地。④平明：天刚亮。⑤客：指辛渐。⑥楚山：泛指长江中下游北岸的山。长江中下游北岸在古代属于楚地范围。⑦冰心：像冰一样晶莹、纯洁的心。⑧玉壶：玉做的壶，比喻人品高洁。

译文

寒冷的雨在夜间降临吴地，雨丝与江面连成一片。天刚亮，我送走了朋友，独自伫立江边，面对江北孤峙的楚山。

洛阳的亲友们如果问起我，请告诉他们，我的心依然像玉壶里的冰那样晶莹纯洁、一尘不染。

※南朝宋时的诗人鲍照在《代白头吟》中有一句"清如玉壶冰"，比喻自己清白高洁的品格。唐玄宗时的宰相姚崇也曾写《冰壶诫》一文，告诫为官者应该廉洁奉公、洁身自好。王昌龄在这首诗中用"冰心""玉壶"比喻自己清白贞洁的操守。

历史放映厅

这首诗大约写于开元二十九年（741）以后，王昌龄在江宁（今南京）任县丞时。王昌龄才华横溢，但为人不拘小节，经常被人诋毁攻击，所以仕途不顺，屡次被贬谪。738年，王昌龄因为小事获罪，被贬到岭南。第二年，王昌龄北归赴任江宁丞。辛渐是王昌龄的朋友，此次计划由润州（今镇江）渡江，取道扬州，北上洛阳。王昌龄陪辛渐从江宁到润州，前一晚在芙蓉楼为辛渐饯行，第二天一早在江边送别辛渐，并写下《芙蓉楼送辛渐二首》，上面选的是第一首。

赏析

这首送别诗构思新颖别致，既叙离别之情，又表达了自己高洁的品格和清白的操守，是王昌龄七绝中的精品。

诗歌第一句写景，秋冬时节的冷雨像一张无穷无尽的网，将无垠的天空与辽阔的江面连为一体，也将诗人与朋友的离愁别绪织入其中。第二句抒情，诗人在江边送朋友登船，眼见斯人远去，唯余对岸的连绵远山，感觉耸峙的楚山也跟自己一样孤独。这一联中既有满目烟雨、山长水阔，又有渡头送客、依依惜别的一幕，诗人浓墨渲染的画卷意境辽阔、情思绵长，将离愁别绪浓浓地萦绕在笔端纸上。

第三、四句诗人并没有接着抒发这浓得化不开的离愁，而是笔锋一转，托朋友向远在洛阳的亲友转达，自己虽遭小人小题大做、非议毁谤，但清白的初心并没有染尘，贞洁的操守更不会有亏。这既是对挂念自己的亲友们的抚慰，又坚定而豁达地表达了自己的决心和志向，让诗歌在畅叙离情之外别开生面，更多了一层高远的题旨和意趣。

采莲曲

唐·王昌龄

荷叶罗裙①一色裁②，芙蓉③向脸两边开。
乱入④池中看不见，闻歌始觉⑤有人来。

注 释

①罗裙：丝织品制成的裙子。②一色裁：像是用同一颜色的衣料剪裁的。③芙蓉：指荷花。④乱入：杂入、混入。⑤始觉：才知道。

译 文

采莲少女的绿罗裙与碧绿的荷叶融为一体，好像用同色布料裁剪而成；美丽的荷花对着少女粉嫩的脸庞灿然绽放。

采莲少女们没入池塘里茂盛的荷叶、荷花中，看不见她们的身影，听到清脆的歌声才知道有人前来。

赏 析

这首诗作于王昌龄被贬龙标尉时。龙标虽然地处偏僻，但山清水秀、风光怡人，一到夏天，池塘里的荷花争奇斗艳、美不胜收。到了采莲时节，少女们驾小船穿梭于茂密的荷叶与荷花之中，人与花共美，令人赏心悦目，本诗描写的就是少女采莲的盛况。

诗歌前两句从颜色入手，用拟人手法描摹少女的绿长裙与田田荷叶同色，少女的粉嫩脸庞与荷花争艳，构思精巧，令人耳目一新。后两句着重描写动态和声音，少女们没入荷塘，身影被出水很高的荷叶和荷花遮蔽，但欢快清脆的歌声很快就暴露了她们的踪迹。少女们的娇俏可爱跃然纸上，整个画面洋溢着浓郁的生活气息和活泼生动的意趣。这闻歌却不见人影的荷塘，在热闹欢畅之余又带了一丝淡淡的遗憾，让诗情和画境更含蓄蕴藉，令人回味无穷。

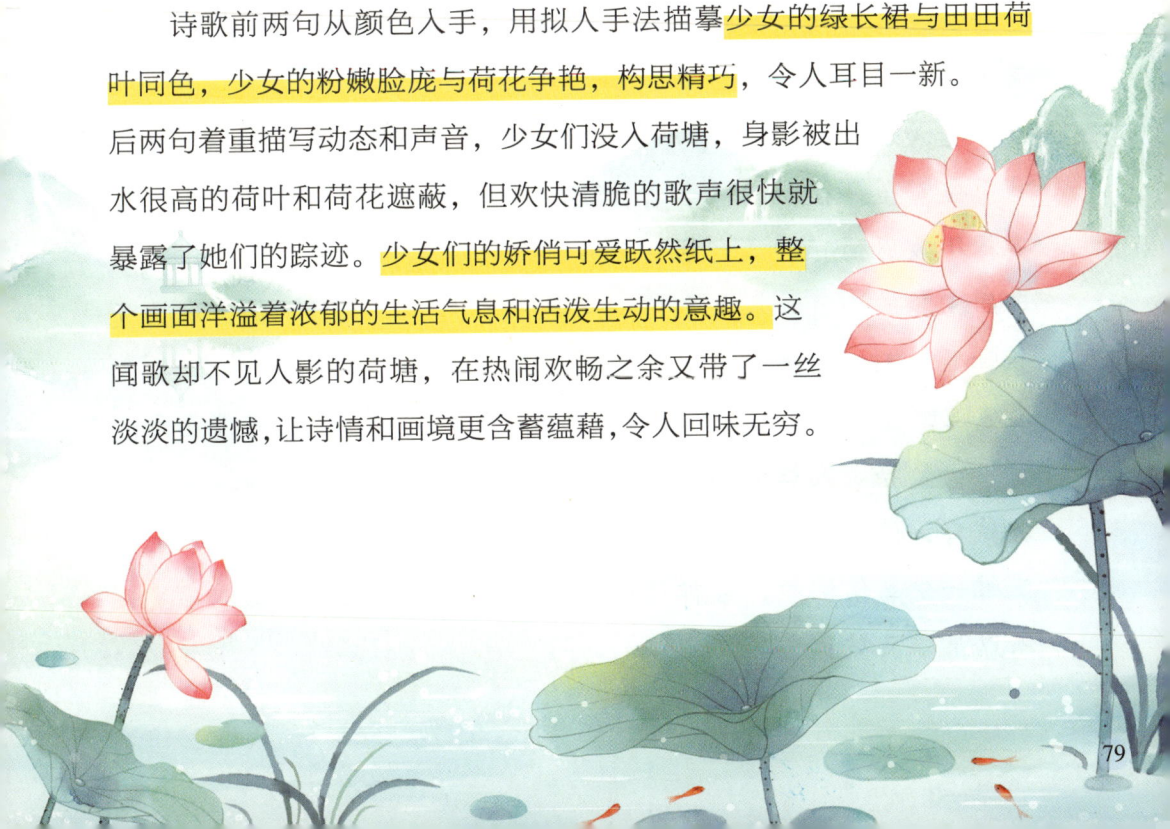

王维：出身世家的文艺全才

王维（701？—761），字摩诘，号摩诘居士，河东蒲州（治今山西永济西南蒲州镇）人，祖籍山西祁县，唐代著名书画家、诗人。王维官至尚书右丞，所以世称"王右丞"。

王维出身世族大家太原王氏，其母来自另一豪门望族博陵崔氏，因此王维从小受到了良好的教育，诗文、书画、音乐兼修。开元九年（721），王维考中了进士，被授官太乐丞，负责音乐、舞蹈等教习工作，以供朝廷祭祀宴享之用。然而几个月之后，他就因属下犯错被牵累贬官，出任济州司仓参军。

安禄山攻陷长安后，王维被叛军所俘，被迫出任伪官。有一天，安禄山在凝碧池设宴，命梨园乐工奏乐。王维心中悲戚，吟成一首《凝碧诗》："万户伤心生野烟，百官何日再朝天？秋槐叶落空宫里，凝碧池头奏管弦。"叛乱被平定后，朝廷给出任过安禄山政府伪官的人定罪，多亏这首《凝碧诗》表达了王维忠于李唐王朝的心意，再加上他的弟弟王缙申请削免自己的官职为兄长赎罪，王维才被赦免。

王维在辋川山谷有一座别墅，他经常在此逗留，寄情山水，写了大量脍炙人口的山水田园诗。王维的诗描摹传神、鲜明如画，苏轼曾评价他"味摩诘之诗，诗中有画；观摩诘之画，画中有诗"。王维一生笃信佛教，参禅悟理，他的诗有一种空灵出尘的意境，所以王维又被称为"诗佛"。

画

唐·王维

远看山有色①，近听水无声。
春去花还在，人来鸟不惊②。

注 释

①色：颜色，也指景色。②惊：惊飞。

译 文

在远处就可以看到山峦青翠的颜色，走近了却听不到流水的声音。

春天已经过去，花儿还在灿烂地绽放；人走上前来，枝头的鸟却没有受惊飞起来。

赏 析

这是一首题画诗，题写在王维的一幅画上。全诗语言清新朴素，初读觉得浅近平易，细品却韵味无穷。

诗人巧用反义词，"远、近""有、无""去、来"，写出了几个有违常理的怪现象，初读让人觉得讶异，但若将诗与画作联系起来看，又不得不佩服作者的巧思。诗人通过短短二十个字，将一幅静止的画变成了一片美丽的风景：青青山峰，淙淙流水，花儿争艳，鸟儿啼鸣。这一派鲜活的景象，将读者引入无限的遐想之中。

九月九日忆山东①兄弟

唐·王维

独在异乡为异客，每逢佳节倍思亲。
遥知兄弟登高处，遍插茱萸②少一人。

注 释

①山东：此处指华山以东。②茱萸（zhū yú）：一种香气浓郁的植物，古人在重阳节有插戴茱萸的习俗。

译 文

我独自一人在他乡做客，遇到重阳佳节加倍思念亲人。

遥想兄弟们今日登高望远，他们头上插戴着茱萸，唯独少了我一个人。

赏 析

这首诗是王维17岁时所作，当时他为谋取功名离开家乡到长安和洛阳客游。

诗歌首句起笔不俗，用一个"独"字点明了孤身在外的处境，同时也展现了自己孤独的心境。接下用两个"异"字强调了漂泊异乡的羁旅身份，进一步增强了孤寂凄凉之感。

游子的乡思一旦遇上节日，必然会加倍浓烈，"独在异乡为异客，每逢佳节倍思亲"引起了无数漂泊者的共鸣，成为脍炙人口的名句。

诗歌的后两句通过遥想兄弟们在家乡的庆祝活动，进一步抒发诗人对亲人、对家乡的思念。登高望远、佩戴茱萸、喝菊花酒都是古人过重阳节的习俗，茱萸香气浓郁，人们佩戴在身是为了祈福消灾。兄弟们插戴茱萸登上了高处，发现少了一个人，以兄弟们的遗憾反衬自己的孤单、想念，将感情表达得更加含蓄蕴藉、深沉动人。

鸟鸣涧

唐·王维

人闲①桂花②落，夜静春山空。
月出惊山鸟，时鸣春涧中。

注 释

①人闲：没有人事活动相扰，这里指人声寂静。②桂花：桂有春桂、秋桂、四季桂等不同品种，此处指春天开花的春桂。

译 文

四处寂无人声，春桂的花悄然落下；春夜静谧，山中一片空寂。
月亮升上天空，惊动了山鸟，它们在春天的溪涧中不时啼鸣。

历史放映厅

王维当官几个月就获罪，从太乐丞被贬为济州司仓参军。四年后，玄宗大赦天下，王维遇赦后辞官归隐。接下来，有钱有闲的王维游历蜀川和江南等地。在今浙江绍兴游历时，王维去友人皇甫岳所居的云溪别墅做客，写了一组诗歌《皇甫岳云溪杂题五首》，《鸟鸣涧》是其中的第一首。

赏 析

王维的山水诗喜欢创造静谧的氛围，这首诗写出了一种极致的静，同时也写出了一种极致的美。

前两句诗以花落赋山中之静。山中春夜，阒无一人，只有春桂的花瓣悄然飘落，落花无声，这个特写镜头更加衬托出了山谷的静谧。后两句，镜头轻转，诗人的笔触对准了栖息在树上的鸟。山夜寂寂，连鸟儿都已入睡，但或许是因为月光太过明亮，随着月亮慢慢升起，鸟儿被惊动，它们时不时地呢喃一两声，混着溪涧的叮咚水声，传出去很远。这两句以鸟声和水声进一步反衬山中春夜的沉寂，与"蝉噪林逾静，鸟鸣山更幽"有异曲同工之妙。

整首小诗就像一曲舒缓迷人的小夜曲，让读者伴着花香、月光及鸟儿的呢喃，沉醉在美好的春夜中。

送元二使安西①

唐·王维

渭城②朝雨浥③轻尘，客舍④青青柳色新。

劝君更尽一杯酒，西出阳关⑤无故人。

注 释

①安西：指唐代在西域设立的安西都护府。②渭城：秦时咸阳城，汉代改称渭城，在今陕西咸阳东北，位于渭水北岸。③浥（yì）：湿润，沾湿。④客舍：旅店。⑤阳关：古关名，故址在今甘肃敦煌西南。

译 文

早晨渭城下了一点小雨，沾湿了空气中飘浮的灰尘；雨后的旅店屋顶愈加苍黑，周围的柳树翠绿一新。

请朋友再干一杯美酒，出了阳关就再难遇到故旧亲人。

历史放映厅

中国民族音乐中的精品、十大古琴曲之一的《阳关三叠》最初就是根据王维的《送元二使安西》谱写而成的。因为诗中有"渭城""阳关"等地名，所以，又名《渭城曲》《阳关曲》。唐代不少诗人曾在诗句中提过这支曲子。刘禹锡曾写过"旧人唯有何戡在，更与殷勤唱渭城"；白居易有诗句"最忆阳关唱，珍珠一串歌"；李商隐也写过"红绽樱桃含白雪，断肠声里唱阳关"。

由此可见这支曲子在唐代流行的盛况。可惜的是，大约到了宋代，《阳关三叠》的曲谱便失传了。现在人们听到的《阳关三叠》是由琴歌改编而成的。

赏 析

这是一首送别诗，是王维为朋友元二饯别时所作。

诗人精心剪裁了饯行时的一个画面，表达了对好友的依依惜别之情。前两句描写当时的环境。"渭城朝雨"点明了送别的时间和地点，唐代从长安往西去的，多在渭城送别。早晨的一阵小雨，打湿了渭城街道上的微尘，打湿了客舍，打湿了垂柳，一切都变得温润、清新起来。渭城雨后的清丽景色与朋友将要到达的偏远荒凉的边疆形成了对比，蕴含着诗人对朋友此去的殷殷牵挂。柳与"留"谐音，寄寓了诗人对朋友依依不舍的深情。

后两句是一句劝酒词。两位好友相对而坐，纵有千言万语、满腹别情，此时也不知该从何说起，诗人只得端起酒杯，劝好友再饮上一杯。杯中不只是美酒，更浸透了诗人对朋友的浓浓情谊。安西都护府的治所在今天山南北一带，距离渭城千里之遥，出阳关后不仅再难见到故旧亲人，连风物民俗都与关内大不一样。朋友此去路途遥远，艰苦荒凉，"西出阳关无故人"既流露出无尽的伤感，又体现了诗人对朋友一路前行的关心和嘱托。整首诗歌就好比一杯甘醇的美酒，余韵绵绵，意味深远。

使至塞上①

唐·王维

单车②欲问边③，属国④过居延⑤。

征蓬⑥出汉塞，归雁入胡天。

大漠孤烟⑦直，长河⑧落日圆。

萧关⑨逢候骑⑩，都护⑪在燕然⑫。

注 释

①塞上：边境地区，也泛指北方长城内外。②单车：一辆车，表明此次出使随从不多。③问边：慰问边关守军。④属国：典属国的简称。汉代负责少数民族事务的官员为典属国，诗人在这里借指自己出使边塞的使者身份。⑤居延：地名，在今甘肃张掖北。这里泛指辽远的边塞地区。⑥征蓬：飘飞的蓬草，古诗中常用来比喻远行之人。⑦孤烟：指烽烟。据说古代边关烽火多燃狼粪，因其烟轻直且不易为风吹散。⑧长河：指黄河。⑨萧关：古关名，故址在今宁夏固原东南。⑩候骑：骑马的侦察兵。⑪都护：官名，汉代始置，唐代边疆设有大都护府，其长官称大都护。这里指前线统帅。⑫燕然：山名。后汉窦宪击匈奴，破北单于，曾至燕然山，勒石记功而还。这里用作前线的代称。

译 文

我轻车简从去慰问守边将士，走在辽远荒凉的边地。

蓬草随风飘出了汉的边塞，北归的大雁飞上了胡地的高空。

87

烽火台燃起一柱孤烟，扶摇而上直冲云霄，远处黄河奔流，空中悬着一轮圆圆的落日。

我走到萧关时遇到骑马的侦察兵，说他们的统帅还在前线巡视未归。

历史放映厅

开元二十四年（736），唐玄宗为李林甫的谗言所惑，罢免了张九龄知政事一职，第二年又将张九龄贬为荆州长史。

同年，河西节度副大使崔希逸大破吐蕃军。唐玄宗命王维以监察御史的身份出使凉州，慰问边军，察访军情，《使至塞上》即是王维出使时所作。王维本是张九龄推荐提拔的，这次出使实际是将王维排挤出了朝廷。王维到达凉州后，由于崔希逸的赏识与挽留，王维遂入崔希逸幕府，任节度判官。一年多后，崔希逸调任河南，王维也离开凉州，回到长安继任监察御史。

赏析

这是一首纪行诗，诗人身负朝廷使命出使边塞，诗歌记叙了其途中的所见所感。

前两句叙事，讲述自己轻车简从从长安出发前往边关。王维此去的目的地是凉州，居延在凉州的西北，所以诗中的居延并非实指，而是泛指边境。诗人从繁华富庶、人烟稠密的京城进入地广人稀的边地，置身于广阔的天地间，油然而生一种萧瑟苍凉之感，感觉自己就像随风飘转的蓬草和振翅北飞的大雁一般，内心漂泊无依。这既是当时当地的景物带给诗人的触动，也是朝中复杂的政治形势的曲折映射。贤相张九龄被罢免，奸相李林甫弄权，王维内心深感不安，在瞬息万变的政治浮沉中他又何尝不是一棵无根的蓬草和一只孤飞的大雁呢？

但诗人在这种伤感的情绪中并没有沉浸太久，就被雄浑壮丽的边塞风光所吸引，吟出了"大漠孤烟直，长河落日圆"这一千古名句。沙漠辽阔无边，足以当一个"大"字。黄沙漫漫，视线一览无遗，烽火台的一柱浓烟显得格外醒目，"孤"字写烽烟的单调、突兀，"直"字突出其状貌。放眼远眺，黄河纵横蜿蜒，仿佛延伸到了天边，自然是"长"。黄河上面那一轮落日，仿佛被火烧透了一般温暖又梦幻，沙漠中少有云气，夕阳无任何遮挡，显得格外浑圆可爱。可见"大""直""长""圆"这几个字是诗人经过反复锤炼的，对仗极工整，描摹又极贴切，历来为人们赞叹。曹雪芹在《红楼梦》中借香菱之口评道："'大漠孤烟直，长河落日圆'。想来烟如何直？日自然是圆的，这'直'字似无理，'圆'字似太俗。合上书一想，倒像是见了这景的。要说再找两个字换这两个，竟再找不出两个字来。"王国维也曾赞这句诗是"千古壮观"的名句。

尾联化用虞世南《拟饮马长城窟》中两句"前逢锦车使，都护在楼兰"。诗人在萧关遇到侦察兵，与边关将士取得了联系，千里行程接近尾声，全诗也随之自然结束。

在这首诗中，王维既描述了出使边塞的艰苦行程，又描绘了塞外别具特色的风光，诗人内心的孤寂、抑郁被雄奇壮丽的风光治愈，转化为慷慨悲壮、豁然开朗的情怀。诗歌无论是取景构图还是遣词造句，都十分生动、准确、工整，体现了诗人的艺术天才。

辋川别业①

唐·王维

不到东山②向一年，归来才及种春田。
雨中草色绿堪③染，水上桃花红欲然④。
优娄⑤比丘⑥经论学，伛偻⑦丈人⑧乡里贤。
披衣倒屣⑨且相见，相欢语笑衡门⑩前。

注 释

①别业：别墅。②东山：指辋川别业所在的蓝田山。③堪：可以，能够。④然：同"燃"。⑤优娄：释迦牟尼的弟子。⑥比丘：佛教用语，亦作"比邱"，指已受具足戒的男性，俗称和尚。⑦伛偻（yǔ lǚ）：指脊梁弯曲，驼背。⑧丈人：古时对老人的尊称。⑨倒屣（xǐ）：急于出迎，把鞋倒穿。后用来形容热情迎客。屣，鞋。⑩衡门：横木为门，指简陋的房屋。

译 文

我差不多一年没到东山来，这次回来正好赶上耕种春田。

细雨之中，春草翠色逼人，绿得仿佛颜料一般；河流沿岸桃花灼灼，红得好像要燃烧起来。

这里有谈经论道的高僧，也有贤能的老人。

他们知道我回来，披着衣服、倒穿着鞋子就迎了出来，我们在简陋的屋门前欢声谈笑。

历史放映厅

　　唐玄宗天宝年间，王维购入宋之问位于辋川山谷（今陕西蓝田西南）的辋川山庄，并在其基础上营建园林别墅，作为他母亲奉佛修行的隐居之地。辋川别墅是一座因地而建的天然园林，有胜景二十处，王维和他的好友裴迪逐处作诗，编为《辋川集》，《辋川别业》是其中的一首。

　　这首诗写于李林甫当政时期，李林甫嫉贤妒能、排除异己，王维是李林甫排挤和打压的对象。仕途险恶，王维一度想弃官回家，后来在张九龄的劝说下打消了这个念头。但面对李林甫把持的朝堂，王维并不能完全施展自己的才能，他选择半官半隐，从辋川的山野田园中获得精神的慰藉和力量。

赏 析

　　这首七言律诗描写的是王维隐居辋川时的田园生活，全诗洋溢着一种自由欢快的气息，仿佛久在樊笼中的鸟儿回归了自然。

　　首联说诗人将近一年没有回辋川别墅了，久别后的回归自然兴高采烈，就连辛苦的春耕春种也变得兴味盎然。颔联描写山谷中的自然美景，是脍炙人口的传世名句。细雨洗刷下，山间风景溢彩流丹、鲜妍动人。雨中的草色变成浓碧，仿佛上好的染料，能将周围的一切染上翠绿的色彩。与草色相对的，是河边那一树树盛开的桃花。被雨水打湿后的桃花愈加深红可爱，好像要燃烧起来。"绿堪染""红欲然"，是诗人大胆设色的夸张手法，同时还将静态景物写出了强烈的动感，仿佛绘就了一幅浓墨重彩的画卷，把雨后春山描写得明丽妩媚、摇曳多姿。

颈联和尾联写山中的人情之美。这里有博学的高僧，也有德高望重的乡贤，大家坦诚相见、热情好客，披衣倒屣相迎，毫无顾忌地欢笑畅谈，<mark>这一切与"人情翻覆似波澜"</mark>的官场形成了鲜明的对比。山中既有自然的美景，又有温暖的人情，所以阔别将近一年的辋川别墅在诗人眼里显得尤其绚丽多彩、明净可爱。

《辋川图》

作者：王原祁

创作年代：清代

馆藏：美国纽约大都会艺术博物馆

王维曾创作壁画《辋川图》，原图早已不存，但有多种摹本流传。后世画家也以此为题进行创作，寄托怡情山水、归隐林泉的理想。王原祁这幅《辋川图》就属于这类创作中的精品。

图为纸本设色山水，横545.1厘米，纵35.7厘米。这长达五米多的长卷，总体布局为两头密集、中间疏朗，山环水绕，连绵相属，山庄庭院、长松修竹、小桥渔船点缀其间，令人目不暇接。人物活动为画卷增加了生动的气息：山路上，偶有樵夫和农夫走过；水面上漂荡着几只小船，垂钓者怡然自得；庭院里有人在洒扫，有人要下地劳作；屋舍内有红衣主人在休憩，仆人在旁边侍候。最有趣的要数一片鹿园，园内有的鹿在低头吃草，有的伸长了脖子远眺，有的回首凝望，个个活泼灵动、生趣盎然。

整幅画卷山川秀美、疏密有致，表现了山间生活的悠闲适意，令人神往。

鹿园在这里。

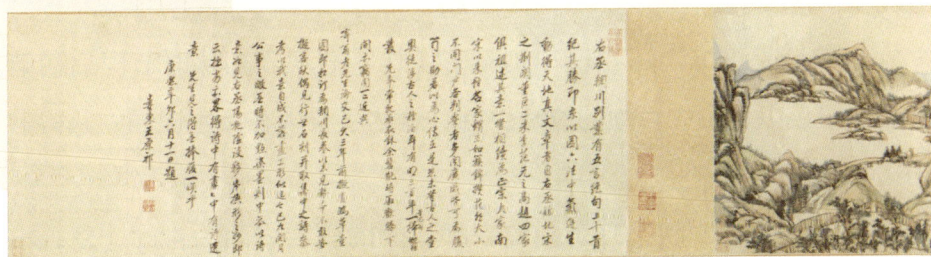

山居秋暝①

唐·王维

空山新雨后，天气晚来秋。

明月松间照，清泉石上流。

竹喧归浣女②，莲动下渔舟。

随意春芳歇③，王孙④自可留。

注 释

①暝（míng）：日落时分，天色将晚。②浣女：洗衣服的女子。③歇：尽。④王孙：原指贵族子弟，此处指诗人自己。

译 文

空寂的山谷刚刚下过一场雨，傍晚的天气颇有秋意。

月亮冉冉升起，映照着幽静的松林，清澈的泉水在山石上淙淙流过。

竹林那边传来一阵喧闹，那是洗衣服的女子们回来了；莲花晃动，原来是一叶小舟顺流而下。

虽然春天的花草早已消失，但眼前的秋景足以让我流连久居。

赏 析

这首诗是王维隐居在辋川别墅时所作，展现了初秋时节雨后初晴的清丽景色以及山中百姓的淳朴生活，表达了诗人在山水田园中获得的闲适和满足感。

诗歌首联和颔联铺开了一幅寂静清幽的画卷。雨后青山一碧，一切焕然一新，空气中弥漫着清新的气息。明月皎皎升起，乳白色的月光照亮了幽暗的松林。泉水清冽，如一匹洁白无瑕的素练，从山石上一泻而下。山间的傍晚明净怡人，令人向往！

前两联描写自然之美，从第三联开始，诗人转入描写山民的生活，展现人情之美、社会之美。晚归的浣女笑闹着，在竹林外掀起了一阵喧哗；荷花摇动，荷叶纷披，一条小船顺流而下，打破了水面的平静。这和谐美好的生活图景处处透出闲适和自由，蕴含着诗人对官场的厌恶，对田园生活的向往。最后一联，诗人直抒胸臆，进一步表达自己醉心田园、享受清净的愿望，即使没有春花的姹紫嫣红，这明朗澄净的秋色、这无忧无虑的农家生活，不是更能吸引人留居于此吗？

整首诗动静结合，有声有色，有画境，有禅意，是王维山水诗中的名篇。

鹿柴①

唐·王维

空山不见人，但闻人语响。
返景②入深林，复照青苔上。

注 释

①柴（zhài）：通"寨"，用树木围成的栅栏。②景：日光。

译 文

空山中看不见人影，只能听到人说话的声音。

落日的余晖斜射进幽深的树林，照在青苔之上。

赏 析

  鹿柴是王维辋川别墅的胜景之一。诗人描写山景，舍弃了惯常的飞瀑流泉、林木怪石，而只着眼于"意"，描写的是山中的幽静和自在。寂寂空山中不见人影，但能听到人语，"闻"和"响"都是以动写静的手法，以若有若无的人声反衬山中的幽寂。待人语响过，山谷复归空寂，诗人沉浸在这种无人打扰的自由中，久久不愿离去。直到夕阳西下，金色的阳光斜斜地穿枝度叶，照在树林深处的青苔之上。这后两句同样使用反衬的手法，斜晖带来的一小片光影，与周围大片的幽暗形成强烈的对比，反而使深林的幽暗更加突出。

  王维不只是诗人，还是了不起的书画家和音乐家，正是基于对声音和颜色的高度敏感，诗人才能抓住空山人语响和斜照入深林的瞬间，营造出了一个空寂幽深的境界。

竹里馆①

唐·王维

独坐幽篁②里，弹琴复长啸。

深林③人不知，明月来相照。

注　释

①竹里馆：是辋川别墅二十景之一，应当是建在竹林里的屋舍。

②篁（huáng）：竹林。③深林：这里指"幽篁"。

译　文

我独自坐在幽深的竹林里，时而弹弹琴，时而长啸几声。

没有人知道我坐在这里，只有天上的明月洒下一缕柔光，照在我的身上。

赏　析

这首诗是王维晚年隐居在辋川别墅时所作。诗中并没有什么华美的景致，只有一片幽深、静谧的竹林和一弯明月；诗中也没有什么深沉复杂的感情，主人公不过在竹林里弹弹琴，时而长啸几声、高歌一曲。但整首诗所具有的那种孤独自在的状态以及空明澄净的境界又是非常美、非常吸引人的。这正是王维诗歌的动人之处。

作为一代才子，王维少年得志，名闻遐迩。但终其一生，他多遇坎坷，极不顺利，安史之乱中被迫出任伪官，还险遭杀头之祸。为此，王维也曾经苦闷过，他半官半隐，在山水田园中寻找慰藉，来抵御官场的倾轧争斗带给他的消耗。晚年时，王维终于看淡了这一切，他在佛理中安放自己的灵魂，在山水中找到了自由。此时，有没有人理解他已经不重要了，哪怕他的世界中只剩下自己，他也能在弹琴和歌唱中怡然自得；即便没有任何人在意他，也有一弯明月似解人意，来相映照。正是有了这样一种淡泊安然的心态，才有了这样一首妙趣天成的佳作。

李白：绣口一吐，就半个盛唐

世上再没有哪位诗人，能像李白一样赢得这么多的赞誉：诗仙、酒仙、谪仙、狂客。世上也没有哪位诗人，能像李白这么狂傲，"天子呼来不上船，自称臣是酒中仙"。他有济世救民的雄心壮志，期望能鹏飞万里、一展宏图，但他的理想始终未能实现。他纵情诗酒，攀上了别人难以企及的诗歌巅峰，成为中国最伟大的浪漫主义诗人。他寄情山水，足迹遍布大半个中国，用诗笔绘就壮丽山河。他的一生是失意的一生、放浪的一生，更是自由的一生、绚烂的一生。

文武兼修，少年成名

李白（701—762），字太白，号青莲居士，据《新唐书》记载，李白为兴圣皇帝（十六国时期西凉开国国君）九世孙，其先祖因罪流放碎叶（唐时属安西都护府，在今吉尔吉斯斯坦北部），李白即出生于此。李白幼年时随父迁居绵州昌隆（今四川江油）青莲乡。

李白从幼年时即发奋读书，他在《上安州裴长史书》中自述："五岁诵六甲，十岁观百家。""六甲"相当于唐代的小学识字课本，可见李白开蒙很早。随着年龄增长，李白遍观诸子百家，知识渊博，胸有韬略。

李白具有极高的文学天赋，相传10岁即作《咏萤火》："雨打灯难灭，风吹色更明。若飞天上去，定作月边星。"全诗清朗活泼、晓畅自然，兼有比喻、夸张、想象之美。李白十五六岁时已赋诗多首，受到一些社会名流的推崇奖掖。

长于诗词文赋的李白并不是文弱书生，他好剑术，喜任侠，武功了得，是当时有名的剑客。他一腔热血豪情，能为朋友两肋插刀，"托身白刃里，杀人红尘中"。他轻财尚义，看到落魄文人即慷慨解囊，曾经一年花去三十万钱。

25岁时，意气风发的李白仗剑出蜀，辞亲远游，想凭借自己的才华到外面的广阔天地有一番作为，建立一番功业。

🌀 坎坷求官路

大概因为家庭出身原因，李白不能通过科举入仕，所以出蜀后的李白一边游山玩水，一边拜谒名流权贵，希望能获得他们的举荐出仕为官。可是李白生性狂傲不羁，纵有绝世才华也难遇伯乐，所以一直不得志。游历至安州安陆（今湖北安陆）时，李白与高宗朝宰相许圉师的孙女结婚，定居于此。

开元二十三年（735）前后，李白游历到东都洛阳，见到富丽堂皇的明堂后，洋洋洒洒写就一篇《明堂赋》，敬献玄宗。赋中，李白盛赞明堂之恢宏壮丽，写尽了开元盛世的繁华气象及自己的政治理想，"四门启兮万国来，考休征兮进贤才。俨若皇居而作固，穷千祀兮悠哉"。不久，玄宗狩猎，李白又献上《大猎赋》一篇。两篇辞藻华丽的大赋并没有换来玄宗的青目，李白仍然仕进无门。

虽然屡屡受挫，但李白抱定辅国安民的政治理想，不改初心。再一次旅居长安时，李白遇见了贺知章，执诗文上前拜见。贺知章读了李白的《蜀道难》和《乌栖曲》，大为惊叹，称李白为"谪仙人"。在贺知章等人的举荐之下，玄宗于天宝元年征召李白入宫。李白接到诏书后欣喜若狂，"仰天大笑出门去，我辈岂是蓬蒿人"，年已不惑的李白觉得自己终于等来了机会。

进宫之后，李白供奉翰林，日常的主要工作就是在玄宗和杨贵妃宴饮或游乐时写些应景的诗词。一次，玄宗与杨贵妃在沉香亭赏牡丹，命李白作新乐章，李白一口气写了三章《清平调》，用"云想衣裳花想容，春风拂槛露华浓""一枝红艳露凝香，云雨巫山枉断肠"等婉约华美的诗句描摹杨贵妃的美丽及其所受到的恩宠。

李白不久就发现，这种陪侍御前为君王写诗词的工作与自己济世救民的理想相去甚远。苦闷之下，李白经常呼朋引伴地去市井酒肆买醉，还曾在大醉后让玄宗面前的红人高力士为他脱靴。李白狂放不羁的个性引起了朝中权贵的不满。一年多后，因为权贵的谗毁，玄宗赐给李白金银让他离开了朝堂。

李白短暂的为官生涯就这样匆匆结束了，他不知道自己该去向哪里、以后的路该怎么走。离开长安前，在好友为他饯行的酒宴上，李白发出了"行路难，行路难！多歧路，今安在"的慨叹。此时的李白，并不是眼前无路，而是心中无路，他不知道自己的未来将去向何方，自己的理想会不会实现。

晚年劫难，幸而遇赦

李白离开长安后，顺黄河东游，来到大梁和宋州，并在宋州与杜甫和高适相遇，三人一见如故，一起访幽怀古，饮酒赋诗。作为中国诗歌史上另一颗闪亮的星，杜甫比李白小十来岁，他对李白佩服得五体投地，赞李白"笔落惊风雨，诗成泣鬼神"。

三人凭吊梁园遗址（今属河南商丘），各自赋诗一首，李白乘着酒兴，挥毫泼墨，在雪白的墙壁上写下一首长诗——《梁园吟》。这首诗惊艳绝伦，不仅倾倒了杜、高两位迷弟，还迷住了一位端庄秀雅的小姐。小姐在三人离开后看到此诗，痴迷良久。当时，有人欲清理墙壁，将诗擦除，小姐赶忙出言阻止，并出一千两银子买下了这堵墙。她说："我这一千两银子买的不是墙，而是墙上的那首诗。"这位小姐出身显贵，祖父宗楚客是武则天及中宗时的宰相。此时，李白的原配许夫人已病逝多年，宗小姐"千金买壁"的事情流传开后，李白庆幸遇到了知音，遂与宗小姐结成百年之好。婚后，李白继续诗酒为伴，游山玩水，"五岳寻仙不辞远，一生好入名山游"。

唐玄宗天宝十四载（755），安禄山在范阳起兵发动叛乱，玄宗仓皇出逃，入蜀避难。太子李亨在

灵武自行登基，遥尊玄宗为太上皇。玄宗为牵制肃宗李亨的势力，任命永王李璘为江陵大都督，镇守南方。此时，李白携家人南下躲避战乱，急于建功立业的李白应召成为永王幕僚。

永王擅自带领大军向富庶的江淮地区进发，肃宗派人围剿，诛杀永王，李白受株连被捕入狱。后来经亲友多方营救，才被免去死罪，流放夜郎。李白在去往夜郎的路上遇肃宗大赦天下，恢复了自由。"朝辞白帝彩云间，千里江陵一日还"，李白遇赦后惊喜交加，归心似箭。

此后，李白在宣城、金陵等地游历，后因生活窘迫去当涂投奔族叔李阳冰。次年，李白与世长辞，有人说他是病死的，有人说他是醉后揽月落水溺死的，这位喜欢以大鹏自比的诗人，在尘世挣扎腾越几十年后寂寥陨落。

如果说唐诗是中国诗歌的巅峰，那李白无疑就是站在峰顶的人。他个性豪迈，才华出众，一生诗酒为伴，为后世留下了一千多首诗歌。他的诗歌中既有盛唐的繁华气象，又有名山大川的雄奇壮美，所以诗人余光中在《寻李白》中写道："酒入豪肠，七分酿成了月光，余下的三分啸成剑气，绣口一吐，就半个盛唐。"

峨眉山月歌

唐·李白

峨眉山月半轮秋，影入平羌①江水流。
夜发清溪②向三峡，思君③不见下渝州④。

注 释

①平羌（qiāng）：即青衣江，大渡河的支流，位于峨眉山东北。
②清溪：即青溪驿，在今四川犍为峨眉山附近。③君：一说指作者的朋友，一说指"峨眉山月"。④渝州：今重庆一带。

译 文

半轮秋月升起在峨眉山巅，月影投入山下奔流浩荡的青衣江中。

我夜间乘船从清溪出发，奔向三峡；思念您却不得相见，只得继续向渝州行进。

赏 析

这首诗是李白年轻时出蜀途中所作，全诗气韵流动、意境清明，在时空月影的转换中融入了绵绵情思。

明月半圆，是谓"半轮"，时已入秋，明月更加皎洁，月影投入山下的江水中，船行水动，月影仿佛也随江水一起流动。故乡月伴着游子离乡，牵动了李白的乡情。此时李白怀四方之志，心中满是豪情，但随着船驶离青溪驿，看着故乡的山水渐渐向身后退去，其心中也难免升起恋恋不舍之情。第四句集中表达了李白对故乡的惜别之情。"君"

字为谁，诗人并没有明说，暂且理解为诗人的一位故人吧。离乡未远而思念已起，对故园和故人的留恋盘桓在李白心头，用一"思"字将这种依依惜别之情淋漓尽致地表达了出来。

全诗意象丰富，山形、月影、江水、行船，给人们带来多重艺术享受，而且诗人的笔锋在时空中自由驰骋，短短二十八个字中竟嵌入了五个地名，这在唐人绝句中是绝无仅有的，可我们读来不仅不觉得重复，反觉清新自然、妙不可言。"峨眉山月""平羌江水"虚实结合，将地名巧妙嵌入优美的意象中；"发清溪""向三峡""下渝州"均是实指，读来韵律起伏、流畅生动，恰似"清水出芙蓉，天然去雕饰"。

跟着诗词游中国

峨眉山

峨眉山位于四川省西南部，四川盆地的西南边缘，山势陡峭，风景秀丽，素有"峨眉天下秀"之称。

万佛顶为峨眉山最高峰，取自"普贤住处，万佛围绕"之意。景区一年四季景色各异：春看杜鹃，夏闻鸟鸣，秋观红叶，冬赏玉树。金顶为峨眉山第二高峰，顶部平旷，高入云霄。人们登上山顶，顿觉万象排空、气势磅礴，头上蓝天悠悠，身边白云朵朵，脚下则是千里沃野，岷江、大渡河、青衣江似带萦绕。极目远眺，千山万岭，连绵起伏，贡嘎山横亘天际。日出、云海、佛光、圣灯为峨眉金顶的四大奇观，可惜游人很难将这四大奇观一次尽览。

峨眉山自古是中国的佛教名山，有"佛国天堂"的美誉。山上有十方普贤圣像、报国寺、伏虎寺、畅音阁、洗象池等胜景。

渡荆门①送别

唐·李白

渡远荆门外，来从②楚国③游。
山随平野尽，江入大荒④流。
月下飞天镜，云生结海楼⑤。
仍怜⑥故乡水，万里送行舟。

注 释

①荆门：即荆门山。②从：往。③楚国：楚地，今湖北一带。④大荒：辽远无际的原野。⑤海楼：海市蜃楼。这里形容江上云霞多变形成的美丽景象。⑥怜：喜爱。

译 文

我乘船渡江来到遥远的荆门山外，准备去往楚地游历。

山峦随着平缓的地势渐渐消失，江水在辽远无际的原野中奔流。

月亮倒映在江水中，犹如天上飞来的明镜；云雾在空中构成了美丽的海市蜃楼。

我喜爱这来自故乡的江水，不远万里送我乘坐的小舟东行。

赏 析

这首诗为青年李白出蜀途中所作。荆门山是楚蜀之间的咽喉要地，李白乘船经巴渝、过三峡，来到荆门山。过了荆门山就是湖北、湖南一带，这里是楚国故地，所以李白说"渡远荆门外，来从楚国游"。诗歌首联两句叙事，简练概括了诗人的行程。

从颔联起，诗人笔锋陡转，以无尽惊喜和满怀豪情描绘出了楚地不同于蜀地的山水画卷。一个"尽"字将静态的山峦写出了动感，既是对诗人乘船一路走来所观所感的艺术再现，又能让读者感到山势仿佛随着地势在缓缓流动，无比凝练又无比传神地写出了从蜀地至楚地的地形变化。"江入大荒流"写水势，长江奔泻万里，从崇山峻岭来到千里沃野，着一"入"字而境界全出，表现出了诗人乍见平野时心胸为之一阔的惊叹和喜悦。这一联只有十个字，却一笔写尽了万里山水，起伏的山岭，平旷的原野，奔流的长江，辽阔的荒原。每一种景象都是那样阔大，让人穷尽目光，思接千里。

颈联从远景转向近景，描写水中之月和天上之云。楚地地势平缓，水流由湍急而转为平静，月亮倒映在水中就像一面圆圆的明镜，这种景象在山高水急的蜀中是绝难看到的，这句写夜景。江岸辽阔，云雾流丹，远看如琼楼玉宇，也令看惯了高峰入云、习惯了山势迫人的李白感到新鲜不已，此句则是白昼所看到的景象。

李白 25 岁出蜀，正是朝气蓬勃、志在四方的年龄，楚地就是他的诗和远方，楚地与蜀地截然不同的山水带给李白的震撼是无以复加的。但在这激动和惊喜之外，李白也对故乡有一丝留恋和不舍，尾联正是这种复杂感情的自然展现。"仍怜故乡水，万里送行舟"，虽然故乡早已远在身后再也看不见，但眼前的江水一路伴着诗人远行，这一缕乡情绵延何止万里呢。诗人不写自己留恋故乡，转而写故乡水舍不得离开自己，这一巧妙的转换将思乡之情写得深情婉转，令人回味无穷。

这首诗既有壮美绮丽的风光，又有绵远悠长的感情，字字锤炼，笔笔贴切，意境高远，风格雄健，具有高度的艺术表现力。

夜宿①山寺

唐·李白

危楼②高百尺③，手可摘星辰。
不敢高声语④，恐惊天上人。

注 释

①宿：住宿，过夜。②危楼：高楼。③百尺：虚数，不是确指，形容楼高。④语：说话。

译 文

我寄宿在山顶的寺庙中，山楼高峻挺拔，一伸手似乎就能摘下天上的星星。

在这里不敢大声说话，唯恐惊动了天上的神仙。

赏 析

关于这首诗的写作年代一直存有争议。一种看法认为这是李白中年游历时所作，诗中的"楼"指的是今湖北省黄梅县蔡山的江心寺，也名《题峰顶寺》；另一种看法认为这是李白少年时随父至绵州越王楼赴中秋夜宴时所作，名为《上楼诗》。无论这首诗作于何时何地，都不影响人们对于它的喜爱和赞赏。

夜色沉静，万籁俱寂，诗人身处山寺高楼之上，天上星光与地上的灯光渔火交相辉映，诗人与天地万物融为一体，不禁由衷地感叹山楼之高。诗歌极尽夸张之能事，"高百尺"正面描写山楼之高峻峭拔，"摘星辰"侧面表现山楼之耸峙入云，将山寺屹立山巅、居高临下的气势淋漓尽致地表现了出来。接下来，李白进一步发挥想象，用"不敢高声语，恐惊天上人"这句充满了浪漫色彩的神来之笔，将诗歌的意境扩展到了星汉灿烂的浩瀚夜空之中。"不敢"与"恐惊"相对，此时李白害怕打扰的恐怕不是天上的神仙，而是自己那份沉醉于寂寂深夜中的恬淡心境吧。

全诗词句清新自然，无一生僻字，却字字惊人，于情趣盎然中令读者体悟到了返璞归真之妙，可谓"平中见奇"的典范。

望天门山①

唐·李白

天门中断楚江②开，碧水东流至此回。
两岸青山相对出，孤帆一片日边来。

注 释

①天门山：今安徽东梁山与西梁山的合称。东梁山在今芜湖市，西梁山在今马鞍山市，两山隔江相对，像天然的门户。②楚江：长江中下游部分河段在古代流经楚地，所以叫楚江。

跟着诗词游中国

天门山

　　千百年来，天门山以其独有的山形水势和丰厚的历史文化底蕴吸引着历代名流、墨客来游览题咏，其中最富气势的自然是李白的《望天门山》。天门山山势陡峭，如刀削斧砍，突兀江中，隔江对峙。二山中又以东梁山更为险峻，巍巍然砥柱中流，令一泻千里的长江折转北去。站在山上极目远眺，只见遥远的水天相接之处，各种船只从"天门"中穿梭往来，让人不得不惊叹大自然的鬼斧神工。游览天门之后，还可顺江而下游览诗仙李白江中揽月、骑鲸升天的采石矶和青山太白墓。

译 文

　　天门山隔江相望，似从中间断开，长江水在两山之间奔腾盘旋，折而向北。

　　江两岸青山对峙，一只小船仿佛从天边的红日处飘飘摇摇地驶到近前。

赏 析

　　这首七言绝句以"望"字引领全篇，集中描写天门山的奇险与长江水的壮美，体现了李白豪迈雄阔的个性特征。

　　诗人绘就的这一幅山水长卷从远处起笔，天门山夹江对峙，仿佛一个天然的门户，滚滚江水从中呼啸奔腾而过。因为山的阻挡，水面突然变窄，所以江水就像一头被激怒的雄狮，打着漩涡，掀起了汹涌的波涛，折向北面流去。一个"开"字仿佛高山被江水劈开，气势万钧，极具动态和力量感。下句中对仗的"回"字也是一个非常妙的动词。"回"在此处有两种解释，一为"江水受阻而打着漩涡，掀起巨浪"，一为"东流的江水折而向北"。

诗作的后两句由远景转为近景，手法也从挥洒的写意一变而为工笔细描。只见诗人伫立船头，看到两岸青山壁峙，扑面而来，一个"出"字化静为动，让矗立不动的山峰具有了灵动飞跃的气势，甚至连读者也似乎感受到了青山迎面的压迫感，因此这个"出"字历来为诗评家所称道。最后一句，诗人又将手中的笔挥洒开去，将读者的视线从眼前的一叶小舟引向了天边的红日，诗人最初看到天门之险时的激动之情也在这无尽的天地间逐渐平复，将自我融入眼前这片壮丽的山水中，达到了物我合一的境地。

通观全诗，山色青黛，碧水东流，水中孤帆一片，天边红日含情，色彩斑斓，动静相宜，可谓短短二十八个字，尽得风流！

望庐山瀑布

唐 · 李白

日照香炉①生紫烟，遥看瀑布挂前川。
飞流直下三千尺②，疑是银河落九天。

注 释

①香炉：指庐山香炉峰。②三千尺：形容山高，这是夸张的说法。

跟着诗词游中国

庐山瀑布

庐山又名匡庐，是中国自古以来的名山。庐山位于江西庐山市境内，耸峙于长江中下游平原与鄱阳湖畔。庐山以雄、奇、险、秀闻名于世，素有"匡庐奇秀甲天下"之誉。

庐山高峰耸峙，飞瀑流泉随处可见，李白诗中描写的瀑布位于庐山南麓的秀峰景区，也叫开先瀑布。开先瀑布分为两股，东瀑在两峰之间奔流而下，由于崖口狭窄，瀑水散成数绺，形如马尾，故称马尾瀑。西瀑从山顶下注，绕出双剑峰，悬挂数十丈高，夏季丰水季节飞珠溅玉，气势雄伟。两瀑汇合于青玉峡，下注龙潭。值得一提的是，开先瀑布不在庐山风景区之内，这是游览庐山的游客需要注意的。

陈书，字南楼，号上元弟子，秀水（今浙江嘉兴）人，明末至清代的著名女画家。在这幅图中，只见一位文士独坐在山脚下一座茅亭中，正仰头远观飞瀑流岚。他的对面，是壁立千仞、连接天际的山崖，一道瀑布仿佛从天上泻下，高挂在悬崖间。山腰处密密层层的云雾涌动，遮没了山崖，也将长长的瀑布截为了几段。茅亭旁边的近景，除了皴染出的山石和流水，还有两株挺拔的古松和几丛高耸的修竹。

画作构图疏密相间，色调淡雅明亮，既表现出了飞瀑俊逸豪迈的气势，又不乏清丽秀美，流露出了闺阁画家的独特风韵。

《看云对瀑图》

作者：陈书

创作年代：清代

馆藏：台北故宫博物院

译 文

阳光映照下的香炉峰升腾起紫色的烟霞，远远望去，瀑布像一匹巨大的白练高挂于山峰之间。

那飞流奔腾几千尺一泻而下的气势，让人怀疑是银河从天上落入了人间。

赏 析

李白一生好入名山游，这首七绝即李白游历庐山时所作，集中体现了李白的诗歌想象雄奇、豪放不拘的特点。

山水不分家，灵动的水有了山的依傍，更显厚重；沉稳的山有了水的环绕，更添活泼。所以李白描写瀑布，先由瀑布旁边的香炉峰起笔。

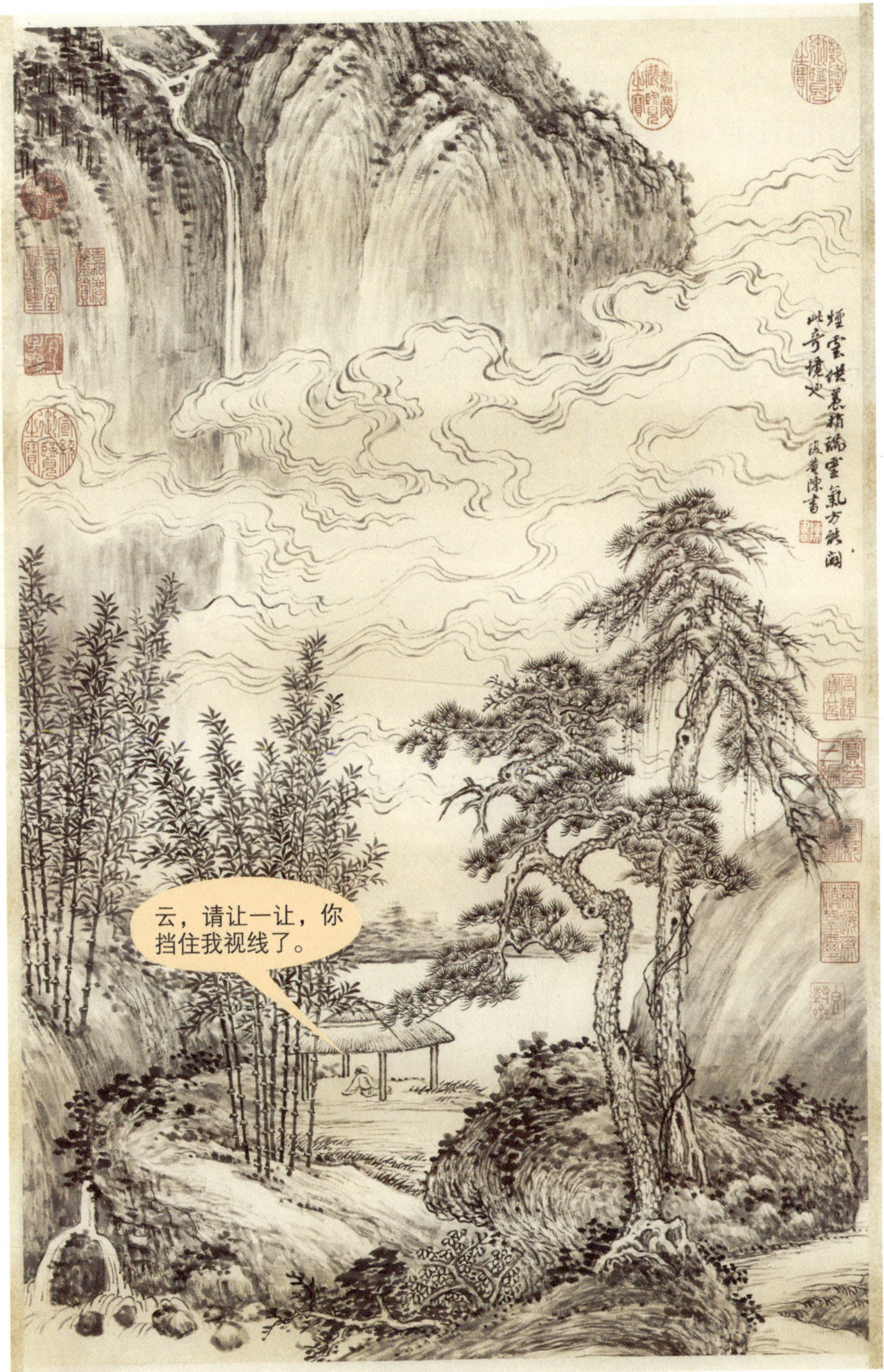
煙雲供養稍添雲氣方識閑
此奇境也
云，请让一让，你挡住我视线了。

远看香炉峰云雾缭绕，若隐若现，被金色的阳光一照，雾霭流云幻化成淡紫色，<mark>一个"生"字生动形象地写出了香炉峰云蒸霞蔚的壮丽景观。</mark>有了山的衬托，飞悬的瀑布就像一匹白练悬挂在山间，"挂"字化动为静，体现了大自然的神奇造化。接下来，李白用"飞"字写瀑布之动态，犹如天外飞来；用"直下"写山崖之高峻、奇险，写水流之湍急、奔腾；用"三千尺"极言瀑布之高、之长，如此大胆的夸张正是李白惯用的手法。至此，李白犹嫌不足，又发挥奇崛的想象，将瀑布比喻为银河从九天泻下，<mark>"落"字传神地写出了瀑布一泻千里的气势。</mark>

整首诗粗读文辞浅显，但细品每一字都蕴藏深意、不可替代，尤其最后一句，壮阔中蕴空灵，令人叹为观止。

送友人

唐·李白

青山横北郭，白水绕东城。
此地一为别，孤蓬①万里征②。
浮云游子意，落日故人情。
挥手自兹③去，萧萧④班马⑤鸣。

注 释

①蓬：蓬草，枯后断根，常随风飞旋。②征：远行。③兹：此。④萧萧：马嘶叫声。⑤班马：离群的马。

译 文

青色的山峦横在城墙的北面，波光粼粼的流水环绕在城东。

我们从此地分别，你就像一棵孤单的蓬草，随风飘荡万里。

天上飘来飘去的流云多像游子在外漂泊不定，迟迟不肯落下的夕阳就如送别游子的朋友那般深情。

你挥挥手从这里离开，离群的马儿也好像不忍分别而嘶鸣不已。

赏 析

这是一首新颖别致、意味深长的送别诗，诗歌创作的时间、地点均不详。

诗人送别友人来到城外，但见远处是青翠的山峰，近处是悠悠的流水，想到朋友这一走就是远行千里，像无根的蓬草般随风飘转，诗人不禁悲从中来，恋恋不舍之情尤甚。举目四望，但见片片白云飘浮在头顶，红彤彤的夕阳挂在西边的天空，这些美好的景象在诗人眼里都蒙上了一层悲情色彩，片片白云像漂泊远去的朋友，恋恋不舍的落日多像此时的诗人自己！但分手的时刻终于到来，朋友挥手踏上行程，胯下的马儿声声嘶鸣，好像也舍不得离去。全诗流畅生动，情真意切，颈联"浮云游子意，落日故人情"对仗尤其工整，也是紧扣诗题的点睛之笔。

这首诗虽为送别，但诗人写得哀而不伤，色调明快，摇曳多姿。青山、白水、浮云、落日、班马，构成了一幅色彩斑斓、有声有色的画卷。绮丽的画面与朋友之间的深情相互映衬，兼具了画面之美与人情之美，成为李白诗作中的名篇。

静夜思

唐·李白

床前明月光，疑①是地上霜。
举头②望明月，低头思故乡。

注 释

①疑：好像。②举头：抬头。

译 文

秋夜深静，床前洒满银色的月光，就像铺了一层洁白晶莹的寒霜。
我抬头望向空中的明月，又忍不住低下头来思念远方的家乡。

月亮在哪里？

床头看月光，疑是地上霜，举头望明月，低头思故乡。李白静夜思用闽会稽笔出

《唐人诗意图·静夜思》

作者：石涛

创作年代：清代

馆藏：台北故宫博物院

　　石涛是明靖江王朱亨嘉之子，明亡后出家为僧，法名原济，字石涛，后半世云游，以卖画为业。

　　这幅作品构图别出心裁，实境仅占了画幅中的一角，高耸的山崖延伸至画外，山崖下是两间草屋，草屋内诗人独坐于床。草屋前有一块高高的山石，周围杂树丛生。李白的《静夜思》主要写月，石涛在画幅中偏不出现月，只以大片虚化的留白背景来表现皎洁的月光，描摹出夜的静谧和深邃。留白中有一道山梁的暗影，破除了大片留白的单调。皓月当空却不在画中，举头望月而不见月，当人们在欣赏这幅画时，无不在"寻月"，无不在思考、玩味，这正是画家的匠心独运之处。

　　画的左上角题有李白的《静夜思》，文字与蘅塘退士所收版本文字略有出入："床头看月光，疑是地上霜。举头望明月，低头思故乡。"

※诗中的"床"字迄今有五种解释。一是指本意,人们坐卧的床榻。二是指井台或井床。三是指井栏。四是通假字,通"窗"。五是指胡床,古时一种可以折叠的轻便坐具。

赏 析

萧瑟秋夜,一轮明月孤悬高天,特别容易引发旅居在外的游子的思乡之情。李白这首诗就是在这种情境之下写就的。月影娟娟,月色溶溶,轻轻拨动着游子易感的心弦。床前月色澄明,似寒霜铺地,秋夜的寒气让孤独的游子感觉愈加清冷寂寥,想到家乡熟悉的乡音、挚爱的家人、温暖的亲情,诸般滋味涌上心头,怎不让人愁肠百结?但一贯用笔大开大合的李白这首诗写得却极克制,只一"思"字点明主旨,无铺陈渲染,却意味深长,言尽而意无穷。

这首五言绝句用词清新朴素,读来平易如话,它的意思浅近单纯,内涵却丰富蕴藉,千百年来牵动过无数客居异地的旅人之心。游子们于惆怅叹息中脱口吟出这四句诗,不得不惊叹诗句的浑然天成和用笔工致。所以后代诗评家胡应麟说:"太白诸绝句,信口而成,所谓无意于工而无不工者。"

黄鹤楼①送孟浩然之②广陵③

唐·李白

故人西辞黄鹤楼，烟花三月下扬州。
孤帆远影碧空尽，唯见长江天际④流。

注 释

①黄鹤楼：在今湖北武汉蛇山的黄鹄矶头，濒临万里长江，为中国古代四大名楼之一。原楼已毁，现存楼为1985年重建。②之：到，往。③广陵：即扬州。④天际：天边，天的尽头。

译 文

好友在黄鹤楼与我告别，在这烟雾迷离、繁花满城的阳春三月去往扬州。

他乘坐的小船渐行渐远，一叶孤帆消失在碧空尽头，只有那滚滚江水仍滔滔不绝地向天际奔流。

赏 析

这是一首浪漫深情的送别诗，诗人与好友分别，既没有"儿女共沾巾"的伤感，也没有"西出阳关无故人"的感叹，两人的告别既风雅又潇洒。

李白结识孟浩然是在出蜀后不久，彼时李白还没有经历过生活的重锤，他对未来充满了玫瑰色的幻想。年轻气盛的李白不会为好友离别而伤感，在他看来，分别是为了更好的相聚。这场离别像三月里一场温

大名鼎鼎的**黄鹤楼**只有三层高!

《黄鹤楼图》

作者：关槐

创作年代：清代

馆藏：台北故宫博物院

柔的春雨，没有伤感，只有诗意。

　　"故人西辞黄鹤楼"点明两人告别的地点，李白与孟浩然携手登临黄鹤楼，在繁花似锦、绿柳如烟的绮丽风光中依依话别。"烟花三月下扬州"点明好友要去的地方。扬州是繁华富庶的大都会，去往那里应该会有更好的际遇、更好的生活，想到这些，李白就从心底为好友感到高兴，或许，喜好游历的李白也对扬州充满了向往。

　　"孤帆远影碧空尽，唯见长江天际流"表现了两位知己好友之间依依惜别的深情。李白将好友送上船后，目送着小船渐行渐远，直到那一片孤帆消失不见。此时，李白才感觉到一丝离别的惆怅，眼前再没有好友的音容笑貌，他的目光、他的思绪随着滔滔江水一直到了遥远的天际。两人的告别结束了，诗歌自然也结束了，读者却沉浸在诗人描绘的明媚春光中，沉浸在滔滔东逝的江水中，回味无穷。

　　关槐是乾隆时期的宫廷画家，他的画墨色秀润、画境恬静，这幅《黄鹤楼图》体现出了他的创作风格。

　　此图横70.1厘米，纵162.5厘米。作者采用远景式构图，背景宏阔，将滚滚长江纳入了图中。黄鹤楼位于画幅左上方，西临江岸，周围有一圈不规则的墙垣环绕，前设拱门，后有殿堂亭轩，自成一院。楼高三层，攒尖式屋顶，四面各出三间抱厦，每间抱厦上又突出一个较小的歇山屋顶，整个建筑壮丽又华美。

　　黄鹤楼前，是江平岸阔的长江，江水波光粼粼，上面有几艘小船在航行。黄鹤楼后面是起伏的山势，皴染的山峦上遍布密密麻麻的绿树。江的东岸与西岸一样，也是山石嶙峋，树木郁郁葱葱，房屋院落层层叠叠。整幅图疏密有致、清丽典雅，既突出了黄鹤楼的巍然气势，又表现了江山的秀美。

春夜洛城①闻笛

唐·李白

谁家玉笛②暗飞声，散入春风满洛城。
此夜曲中闻折柳③，何人不起故园④情。

注 释

①洛城：洛阳。②玉笛：笛子的美称。③折柳：指《折杨柳》，汉代乐府曲名，内容多叙离别之情。④故园：故乡，家乡。

译 文

不知谁家的笛子在夜间悄悄奏响，悠扬的笛声随着春风传遍洛阳。

在外的游子听到低沉幽怨的《折杨柳》曲调，谁不会想起自己的家乡呢？

赏 析

这首诗是李白客居洛阳时所作，抒发了诗人浓浓的思乡之情。

诗歌第一句交代写诗的缘起。诗人正在春夜徘徊，突然听到一阵悠扬的笛声，"暗"字非常传神，说明诗人不知道笛声来自何处，当然吹笛之人也不知道此时正有人倾听并感动于自己的吹奏，短短的七个字即描绘出一幅饶有趣味的画面。第二句是李白惯用的夸张手法，实际上，再响亮的笛声也不可能传遍全城，李白用夸张手法只是为了突出笛声的清越苍凉、动人心魄。"散"字用得极妙，将笛声的婉转悠扬以及强烈的感染力表现得丝丝入扣。"满"字紧承"散"字，二者相得益彰。

静谧的春夜，清扬的笛声，自然引得诗人驻足倾听。当听到《折杨柳》这首曲子时，远离家乡的诗人油然而生一股思乡之情。第三句由笛声自然转入对诗人的描写，流畅自然，不露痕迹。"折柳"二字是曲名，同时也古人送别时的习俗，"柳"与"留"谐音，故折柳表示别情。《折杨柳》曲为点睛之笔，照应了诗题中的"闻"字，又引出了思乡的主题，第四句"何人不起故园情"顺势而出、水到渠成。在最后这句诗中，诗人笔锋宕开，推己及人，将思乡这种普遍的情感写得更加蕴藉深沉，也使这春夜的悠扬笛音久久萦绕于读者心头。

行路难

唐·李白

金樽①清酒斗十千②，玉盘珍羞③直④万钱。
停杯投箸不能食，拔剑四顾心茫然。
欲渡黄河冰塞川，将登太行雪满山。
闲来垂钓碧溪上，忽复乘舟梦日边。
行路难，行路难，多歧路，今安在？
长风破浪会⑤有时，直挂云帆⑥济⑦沧海。

注 释

①金樽：对酒杯的美称。樽，盛酒的器具。②斗十千：一斗值十千钱（即万钱），形容酒美价贵。③羞：同"馐"，美味的食物。④直：同"值"，价值。⑤会：终将。⑥云帆：高高的帆。⑦济：渡。

译 文

精美的酒杯中盛着价格昂贵的清醇美酒；精致的盘子中装满价值万钱的佳肴。

面对美酒佳肴，我却停下酒杯，放下筷子，实在难以下咽。我拔出宝剑，环顾四周，心内茫然。

我想乘船渡过黄河，黄河已结满了冰；我想登上太行山，又被大雪阻隔。

姜尚闲居在家时，曾在清碧的磻溪上垂钓；伊尹受商汤任用前，曾梦到乘船经过太阳的旁边。

人生之路太艰难啊，太艰难，岔路那么多，现在要走的路在哪里呢？

相信我终有一天会乘风破浪，挂起高高的帆，渡过波涛横流的大海。

历史放映厅

李白不仅诗文出类拔萃，他还喜纵横之术，好击剑，希望能辅佐明君治理天下，建立不世功业。李白经常以伊尹、姜尚、张良、诸葛亮自比，一方面说明他有匡扶天下的大志，另一方面也说明他期待君臣之间能形成推心置腹的关系，君能礼遇、尊敬贤臣，臣能竭忠尽智为君谋划。但晚年的唐玄宗昏庸腐化，他召李白进宫只是为了让李白写些歌功颂德、粉饰太平的诗歌，供他享乐。

李白进宫不久就感到厌倦，经常喝得大醉，一年多后被赐金还山，远离了朝堂。但李白的志向不改，他一边游历名山、访仙求道，一边积极寻找重新入仕、得到重用的机会。

正因为这种急于建功立业的心情，所以在得永王征召后，李白来不及冷静分析当时复杂的政治形势，就迫不及待地加入了永王阵营。永王夺权失败，李白获罪，后来虽有幸遇赦，但已仕进无门，只得惨淡地度过了余生。

赏 析

从诗的内容看，这首诗应该是天宝三载（744）李白被"赐金放还"、离开长安时所作。

诗从酒宴写起，"金樽清酒""玉盘珍羞"，这无疑是一次高规格的盛筵，本应该"会须一饮三百杯"，宾主尽欢。但豪爽嗜酒的李白这次却不同以往，"停杯投箸不能食"，美味佳肴味同嚼蜡，珍贵美酒也难以下咽，"拔剑四顾心茫然"，他的内心充满苦闷和彷徨。

他不知道自己的人生该去向何方，更不知道济世救民的政治理想能不能实现，玄宗下诏召他入宫时的狂喜和雄心已被排挤出朝廷的屈辱和愤懑所取代。晚年的玄宗一味享乐，并不渴求和礼遇治国的贤才，围绕在他身边的不是傲慢无能的权贵就是谄媚奸邪的小人，李白这种天生傲骨、意欲"平交王侯"的人注定得不到重用。黑暗的现实让李白看不到前进的方向，"欲渡黄河冰塞川，将登太行雪满山"正是他内心彷徨无措的反映。

但旷达豪迈的李白不甘心就此沉沦、消极避世，他从古人的经历中寻找希望，以慰己心。姜尚六十多岁时还闲居在家，后来在磻溪上垂钓，得遇文王，最终帮助武王灭商建周，成就大业。帮助商汤灭夏的伊尹，在遇到商汤之前曾梦见自己乘船绕日而行。人生际遇变幻莫测，想到这两位大器晚成的历史人物，李白对未来重新燃起了希望，但通向成功的路到底在哪里呢？焦急的李白发出了不甘的呐喊："行路难，行路难，多歧路，今安在？"四个三字短句连用，短促跳跃、韵律铿锵，将诗人郁结于心的苦闷和抑郁一泻而出，声震寰宇。

※宗悫：字元幹，南朝宋的名将，一生征战，战功无数。宗悫出身儒学世家，年少时却不喜诗书，唯独好武，且逞勇斗狠。叔父宗炳问他有什么志向，宗悫说："愿乘长风破万里浪。"这就是李白诗中"乘风破浪"的由来。

虽然苦闷、愤郁到了极致，但倔强的李白仍然对未来抱有信心，他相信自己终有一天能够像南朝宋的宗悫一样"乘长风破万里浪"，在人生的大海中张帆远航，到达理想的彼岸。

全诗以"行路难"喻世道险阻、报国无门，感情激荡，回旋往复，在失望与希望之间反复跳跃。最后两句，诗人终于挣脱了内心的苦闷和彷徨，发出了激昂乐观的誓言，淋漓尽致地体现了李白雄奇傲岸的个性以及内心强大的精神力量，也鼓舞着后世无数读者克服艰难险阻，向理想的征程奋勇前进！

梦游天姥①吟留别

唐·李白

海客谈瀛洲②，烟涛微茫信③难求；

越人④语天姥，云霞明灭或可睹。

天姥连天向天横⑤，势拔五岳掩赤城⑥。

天台四万八千丈，对此欲倒东南倾⑦。

注 释

①天姥（mǔ）：天姥山，在今浙江新昌东。传说登山的人能听到仙人天姥唱歌的声音，山因此得名。②瀛洲：古代传说中的东海三座仙山之一，另两座叫蓬莱、方丈。③信：确实，实在。④越人：指今浙江一带的人。⑤横：遮蔽。⑥赤城：和下文的"天台（tāi）"都是山名，在今浙江天台北部。⑦倾：偏斜，倒下。

我欲因①之梦吴越，一夜飞度镜湖②月。

湖月照我影，送我至剡溪③。

谢公④宿处今尚在，渌水荡漾清⑤猿啼。

脚著谢公屐⑥，身登青云梯。

半壁见海日，空中闻天鸡⑦。

千岩万转路不定，迷花倚石忽已暝⑧。

熊咆龙吟殷⑨岩泉，栗⑩深林兮惊层巅。

云青青兮欲雨，水澹澹兮生烟。

列缺⑪霹雳，丘峦崩摧。

洞天^⑫石扉，訇然^⑬中开。

青冥浩荡不见底，日月照耀金银台^⑭。

霓为衣兮风为马，云之君^⑮兮纷纷而来下。

虎鼓瑟兮鸾^⑯回车，仙之人兮列如麻。

忽魂悸以魄动，恍惊起而长嗟。

惟觉^⑰时之枕席，失向来之烟霞。

注 释

①因：依据。②镜湖：即鉴湖，在今浙江绍兴。③剡（shàn）溪：水名，在今浙江嵊（shèng）州南。④谢公：指南朝宋诗人谢灵运。谢灵运喜欢游山访胜，他游天姥山时，曾在剡溪住宿。⑤清：凄清。⑥谢公屐：据《宋书·谢灵运传》记载，谢灵运游山，必到幽深高峻的地方，他备有一种特制的木屐，前后齿可装卸，上山时去掉前齿，下山时去掉后齿，以保持身体平衡。⑦天鸡：古代传说，东南有桃都山，山上有大树叫"桃都"，树上栖有天鸡。每当太阳初升照到树上，天鸡就会鸣叫，天下的鸡也都跟着叫起来。⑧暝：昏暗。⑨殷（yǐn）：震动。⑩栗：战栗。与下文的"惊"均为使动用法。⑪列缺：闪电。列，同"裂"。⑫洞天：仙人居住的洞府。⑬訇（hōng）然：形容声音很大。⑭金银台：金银筑成的楼台，指神仙居住的地方。⑮云之君：泛指驾乘云彩的仙人。⑯鸾：传说中的神鸟。⑰觉（jiào）：睡醒。

世间行乐亦如此，古来万事东流水。

别君去兮何时还？且放白鹿青崖间，须行即骑访名山。

安能摧眉①折腰事权贵，使我不得开心颜？

注　释

①摧眉：低眉，低头。

译　文

　　航海的人们谈起仙山瀛洲，波涛微茫实在难以寻求；越地的人说起天姥山，在忽明忽暗的云霞间隐约可见。天姥山高耸入云，遮蔽了天空，山势高过了五岳、遮掩了赤城，连极其高峻的天台山都拜倒在了它的东南方。

　　我依据这些传言，于梦中到了吴越一带，夜间飞渡月光照耀下的镜湖。湖上的月光映照着我的身影，一直随我到了剡溪。谢灵运曾经的住所如今仍然存在，清澈的水波荡漾，凄清的猿啼不止。我穿上谢灵运发明的木屐，登上直上云霄的山路。在半山腰我看到太阳从海上升起，听到空中传来天鸡报晓的啼鸣。山岩重叠，石径曲折，盘旋不定；我在山花间迷乱了双眼，倚着山石休息，天色忽然暗了下来。熊在咆哮，龙在长吟，声音震荡着岩石和泉水，使得片片茂密的树林战栗、层层高耸的山峰震惊。天上的乌云黑沉沉的，似乎要下雨了，水波荡漾，腾起的水雾如烟。道道闪电伴随着轰隆隆的雷声，山峰好像快要崩塌了。仙人的洞府轰的一声打开了大门。洞中青天浩荡，无边无际，看不到尽头，日月的光辉照耀着金银筑成的宫殿。仙人们以霓虹为衣，以风为马，纷纷从天上落下。猛虎弹奏着琴瑟，鸾鸟拉车回旋，仙人们密密麻麻地排列着。忽然，我魂魄惊悸，猛地从梦中醒来，发出长长的叹息。醒后只看见身边的枕席，先前梦中的烟雾云霞都已消失不见。

　　人世间的欢乐也像梦中的幻境一般短暂，古往今来万事万物就像东去的流水一般一去不返。我与诸位告别，什么时候能够回还？暂且把白鹿放养在青青的山崖间，等到要走的时候就骑上它去探访名山。怎么能低眉弯腰、卑躬屈膝地侍奉权贵，使我不能有开心欢畅的笑颜？

赏　析

　　这首诗写于李白出长安后数年。此时李白居住在东鲁，但痴迷名山、好访仙求道的李白不肯安于家中，他向往浙东山水，想去天姥山一游，这首诗即写于他从东鲁出发之前，是他写给朋友们的告别诗，另有一诗题为《别东鲁诸公》。

　　这是一首记梦诗，也是一首游仙诗，李白以无尽的想象构筑了一个迷离恍惚、缤纷陆离的世界，让读者沉醉其中，眼花缭乱，不能自拔。

　　诗歌开头以仙山瀛洲来衬托天姥山，一个是"烟涛微茫信难求"，一个是"云霞明灭或可睹"，一虚一实，相互映衬，将天姥山与瀛洲并列，为下文梦中登天姥遇仙埋下了伏笔。接着，李白不遗余力地铺陈天姥山的高耸入云、直插天外：

"天姥连天向天横，势拔五岳掩赤城。天台四万八千丈，对此欲倒东南倾。"天姥山景色奇绝、险峰耸峙，是浙东名山，但比起闻名天下的五岳，应该还是稍逊一筹。可在李白眼里，天姥山势压五岳，旁边的赤城山和天台山也都拜倒在它的脚下。这里面既有夸大的成分，也有想象的成分，这是一首记梦诗，本就是超现实的，诗人这样写更能突出天姥山的神秘色彩，为下文张目。

※吟：古典诗歌的一种体裁，形式上自由活泼，不拘一格。"梦游天姥吟留别"，指把梦中游历天姥山的情景写成诗，留给朋友们作别。

如此浪漫传奇的天姥山使得诗人身未动、心已远，梦魂先至，"我欲因之梦吴越，一夜飞度镜湖月"。夜晚的镜湖水波潋滟、月色清明，诗人御风而行，在溶溶月色下飞度镜湖，"湖月照我影，送我至剡溪"，这个飘逸灵动的画面是诗人灵感的闪现，堪称神来之笔。

梦中来到天姥山后，诗人穿上谢灵运发明的木屐，登上陡峭壁立、如直上青云的天梯一般的山路，开始向山顶进发。攀登至半山腰，诗人看到了远处苍茫无际的大海，一轮红日冉冉升起，还听到了空中传来的天鸡的啼鸣。但接下来，诗人笔锋急转，在诗人于盘旋曲折的山路上踯躅、迷恋奇花怪石之际，天气突变，阳光隐去，乌云密布，深山之中更显幽暗，熊咆龙吟，响彻山谷，深林和群峰都为之惊颤。诗人耳闻令人胆寒的野兽咆哮，触目皆是阴郁的烟、水、云，山雨欲来，山中的一切仿佛都惶惶不安。"列缺霹雳，丘峦崩摧。洞天石扉，訇然中开"，一阵电闪雷鸣，将山峦劈开，一个奇异的神仙世界豁然展现在面前。接下来，诗人的想象力任意驱驰，将读者带到了一个光怪陆离、变幻莫测的奇妙世界，==这里有一望无际的碧蓝天空，有璀璨夺目、金光闪闪的楼台，百兽之王弹琴鼓瑟，神鸟轻盈地驾驭着仙车，仙人纷纷来此聚会==，这是多么令人目眩神迷的场面！梦境写到这里达到了极致，全诗也到达了高潮。

可惜美好的事物总是短暂的，诗人终归要回到现实世界。"忽魂悸以魄动，恍惊起而长嗟。惟觉时之枕席，失向来之烟霞。"神奇浪漫的梦境和五彩斑斓的神仙世界都消失不见了，只有单调的枕席陪伴着诗人。现实中的诸多不如意涌上心头，令诗人心生感慨，既然欢乐如此短暂，人生转瞬即逝，那么不如寄情山水、访仙求道去吧。诗人的感叹颇有消极避世的意味，联系李白的平生际遇，种种挫折打击让李白生出这种想法实属正常。但李白不是消极软弱的人，面对黑暗的现实和腐朽的朝廷，他选择蔑视和抗争："安能摧眉折腰事权贵，使我不得开心颜？"这振聋发聩的呐喊既是李白内心愤郁不平的大胆宣泄，又是对现实的有力鞭挞，这两句可谓本诗的点睛之笔，正是因为对现实的极度失望，所以才有了诗人梦中瑰丽奇绝的天姥山水和令人神往的神仙世界。

这是一首充满浪漫主义色彩的奇诗，也是李白的代表作之一。诗歌蕴含着诗人对天姥山水的无限热爱以及对现实的强烈不满，==诗人以天马行空的想象驭笔，以热烈澎湃的思想感情加持，笔意纵横驰骋、内容曲折多变，于一次次的波澜起伏、急转直下中创造出了一个超凡脱俗、仙气飘飘的梦中胜境==，给读者带来了极致的艺术享受。

将①进酒②

唐·李白

　　君不见黄河之水天上来，奔流到海不复回。君不见高堂明镜悲白发，朝如青丝暮成雪。人生得意须尽欢，莫使金樽③空对月。天生我材必有用，千金散尽还复来。烹羊宰牛且为乐，会须④一饮三百杯。

　　岑夫子，丹丘生，将进酒，杯莫停。与君歌一曲，请君为我倾耳听。钟鼓馔玉⑤不足贵，但愿长醉不愿醒。古来圣贤皆寂寞⑥，惟有饮者留其名。陈王⑦昔时宴平乐⑧，斗酒十千⑨恣欢谑⑩。主人⑪何为言少钱，径须⑫沽取对君酌。五花马⑬、千金裘⑭，呼儿⑮将出换美酒，与尔同销⑯万古愁。

注 释

①将（qiāng）：请。②进酒：饮酒。③金樽：酒杯的美称。④会须：应当。⑤馔玉：像玉一样珍美的食品。⑥寂寞：指不为世所用，默默无闻。⑦陈王：指曹植，他曾被封为陈王。⑧平乐：宫观名，故址在今河南洛阳附近。⑨斗酒十千：一斗酒值十千钱，指酒美而贵。⑩恣欢谑：尽情地欢乐戏谑。⑪主人：指元丹丘。⑫径须：直须，应当。⑬五花马：一种名贵的马，毛色作五花（一说把马鬃修剪成五个花瓣）。⑭千金裘：珍贵的皮衣。⑮儿：指侍僮。⑯销：排遣。

你难道没有看见，那黄河之水犹如从天上一泻而下，奔流到大海再也不会回流。你难道没有看见，在正房大厅的明镜里，有人正悲叹满头华发，早晨还青丝如墨，傍晚就白发如雪。人生得意时要尽情欢乐，不要让那精美的酒杯空对明月。上天赋予我的才华必有用武之地，千两黄金花完了还能再次获得。我们宰杀、烹煮牛羊姑且享受欢乐，一次宴会应当畅意地饮上三百杯酒。

岑老夫子，丹丘先生，喝酒喝酒，不要停杯。我要为你们高歌一曲，请你们侧耳倾听。钟鸣鼎食及珍馐美味的富贵生活算不上珍贵，我只愿长久沉浸在醉乡不愿醒来。古往今来的圣人贤能都是饱尝寂寞备受冷落的，只有好酒的人才有美名流传下来。陈王曹植昔日在平乐观举行宴会，喝着名贵的美酒尽情欢笑戏谑。主人何必说钱不多呢？快去买酒咱们一起痛饮。把那名贵的马、珍贵的皮衣交给侍僮，让他们拿去换好酒回来，让我们一起在酒中排遣这千年万载的无尽忧愁。

历史放映厅

这首诗大约作于天宝十一载（752），当时李白与友人岑勋，去另一友人元丹丘家做客。诗中的"岑夫子"指岑勋，"丹丘生"指元丹丘。

元丹丘是李白年轻时在蜀中认识的道友，两人交游日久，李白曾经给他写过不少诗。李白于天宝三载（744）被排挤出朝廷后，极度苦闷，到处云游遣怀。其间，李白多次与岑勋应邀到嵩山元丹丘的颍阳山居做客。三人登高望远，畅论古今、谈诗论道，借酒高歌。李白离开官场已经八年，但心中的激愤之情未消，借着一次宴饮大醉，李白将胸中闷气淋漓尽致地抒发了出来，成就了这篇豪壮洒脱的《将进酒》。

赏 析

《将进酒》本是汉乐府曲目，题目的意思是"劝酒歌"。李白这首诗为宴会上即兴之作，本意是为劝酒，但其中蕴含了复杂深沉的情感，全诗激情澎湃、起伏跌宕，有一泻千里的气势。

诗歌起笔即大开大合，充满了诗仙的豪迈气概。诗人先以"黄河之水"与"高堂明镜"起兴，用李白素喜的夸张手法，感叹时光易逝，人生苦短。黄河奔流万里，落差极大，似从天而降一般，"天上来"于夸张之中蕴含了非凡的气势。"奔流到海不复回"，以河水一去不返比喻时光流逝，青春一旦逝去就再难复现。第二句对着高堂明镜悲叹白发丛生，也是叹人生短促、倏忽而逝。"朝如青丝暮成雪"，是反向夸张，生命过程虽然短暂，但也不可能朝暮之间就从青年走到暮年，这句诗的感情基调从豪壮转向了悲凉。

但李白的个性是豪迈洒脱的，在他看来，短暂的人生更应该及时行乐，"人生得意须尽欢，莫使金樽空对月"。李白的人生何时得意？大概也就是刚接到玄宗征召不久吧，"仰天大笑出门去，我辈岂是蓬蒿人"。无奈这得意的时刻太过短暂，他的人生中更多的还是失意。可贵的是，诗人并没有在失意中沉沦，而是对未来抱有坚定的信念，"天生我材必有用，千金散尽还复来"。李白的诗才在当时无人可比，这是他极度自信的根源。而且，李白天性豪爽，交游广泛，视金钱如粪土，曾经游历扬州，不断接济潦倒失意的读书人，一年之间花了三十万钱。正是因为这种豪爽的个性，所以李白接下来反客为主，"烹羊宰牛且为乐，会须一饮三百杯"，"三百杯"虽是夸张，但也充分体现了李白酒仙的特质。

　　第二段以四个三字短句连用，节奏明快，短促有力。此时，李白已经醉了，在两位好友面前，在几分醉意之中，礼节已经不重要，李白以主人的口吻频频劝两位好友喝酒，为了助兴，他还要高歌一曲。诗人不拘小节、浪漫不羁的个性跃然纸上。接下来的几句是诗中歌，这种歌中套歌的形式是诗人兴之所至的自然抒怀，也是伟大的创造。

　　在醉意朦胧之中，"钟鼓馔玉"的富贵生活完全没有杯中酒重要，诗人情愿长醉于酒中，永远不要醒来。就算成为圣贤又能怎样？还不是一样备受世人冷落，倒不如那些肆情欢乐的"饮者"留下的名声响亮。这是诗人的激愤之言，是他对不能让自己施展才华抱负的黑暗现实的控诉与反抗。此处的"饮者"指嗜酒的名士，比如魏晋时期的竹林七贤，比如下文提到的曹植。曹植才高八斗，与李白才华相类，但曹植一生都遭到曹丕及曹叡的猜忌和打压，这与李白在朝中受到权贵排挤也有相似之处。

　　既然"圣贤"不如"饮者"能留下令名，那还是喝酒行乐吧，大醉的李白此时放浪形骸，要把名贵的宝马和皮衣都当了买酒喝，希望能借美酒排遣无尽的愁绪。结尾归结在一"愁"字，可见诗人醉后仍然不忘内心的苦闷，这首狂放豪壮的祝酒诗由此变得深沉蕴藉、耐人寻味。

诗人借酒消愁，感叹人生易老、怀才不遇，对苦闷压抑的心情来了一次酣畅淋漓地抒发，气势非凡，造句奇绝，"人生得意须尽欢""天生我材必有用"可谓神来之笔。诗歌在雄浑豪迈的意境中寄寓了深沉厚重的情感，转折多变，起落腾挪，具有无与伦比的艺术魅力，是李白诗作中的名篇。

闻王昌龄左迁①龙标②遥有此寄

唐·李白

杨花③落尽子规④啼，闻道龙标⑤过五溪⑥。
我寄愁心与明月，随君直到夜郎⑦西。

注 释

①左迁：降职，贬官。②龙标：唐代县名，在今湖南洪江西。③杨花：柳絮。④子规：即布谷鸟，又称杜鹃。⑤龙标：此处指王昌龄。古代常用官职或任官之地的州县名来称呼一个人。⑥五溪：今湖南西部、贵州东部五条溪流的合称。⑦夜郎：唐代夜郎有三处，两个在今贵州桐梓，本诗所说的"夜郎"在今湖南怀化境内。

译 文

柳絮落尽、杜鹃啼鸣，我听说您被贬为龙标尉，正要经过五溪。

我将为您难过的一片忧愁之心寄予明月，让它伴随您一直到夜郎以西。

赏 析

这是一首清新浪漫又饱含深情的诗作，表达了李白为朋友被贬的难过、忧愁之情，体现了两人之间的深厚友谊。

诗作首句写景，这景都是作者精心选择的，柳絮落尽说明姹紫嫣红、明媚绮丽的春天已经过去了，想想时光难留、繁花不再，怎不让人感伤？再加上子规声声啼鸣，更让人心生伤悲。据《史记·蜀王本纪》记载，望帝禅位后思归，死后魂灵化为杜鹃鸟哀声啼鸣，常常啼出一片片殷红的鲜血。"子规啼血"的典故更为诗作蒙上了一层凄切的氛围。

第二句由写景转为写人，记叙好友被贬官后的行程。诗题中的"遥"字说明当时李白与王昌龄距离遥远，所以王昌龄的行程李白或者是听人说起或者是书信传音，从侧面表现了李白对好友的关心。

第三、四句为千古名句，是情景交融的典范。诗人借眼前之月怀远方之友，将为好友担心、难过的一片忧愁之心托付给明月，让娟娟月华陪伴、安慰失意的朋友。这两句诗将月亮人格化，让它与人的心意相通，成为沟通两个好友的媒介，明月分照两地，千里共流光。两位好友之间的绵绵情意在广阔的时空和澄明的意境中缓缓流淌，感染了无数人，哪怕千百年之后，这一片承载着忧愁与思念的月色，仍柔柔地洒在每一个读这首诗的人心上。

独坐敬亭山①

唐·李白

众鸟高飞尽，孤云独去闲。
相看两不厌②，只有敬亭山。

注 释

①敬亭山：在今安徽宣城。②厌：满足。

译 文

一群鸟从高空飞过，渐渐无影无踪；一片云悠闲地从眼前飘走。

我独自坐在这里，与敬亭山相对，我看着山，山也看着我，互相看不够。

赏 析

李白独爱宣城，一生中曾七次游宣城。这首五绝据后人考证大约创作于唐玄宗天宝十二载（753），是李白秋游宣城时所作。这首诗初读极平易、极普通，但细品却又极有深意，李白将心中无尽的孤独寂寞以及诸般难言的酸甜苦辣投注笔端，成就了这篇言浅意深的绝作。全诗只有短短二十个字，却能让人反复品味，读之、思之、赞之、叹之，感慨满怀。

敬亭山

　　敬亭山，位于安徽省宣城市西北郊，水阳江畔，是中国历史文化名山。敬亭山原名昭亭山，晋初为避晋文帝讳，易名敬亭山。敬亭山属黄山支脉，东西绵亘十余里，大小山峰几十座，拥有一峰、净峰、翠云峰三大主峰。

　　敬亭山东大门处矗立着一座三米多高的李白雕像。只见李白秉剑挺立，举头凝思，仙风道骨，风度不凡。山上有广教寺、玉真公主墓、石涛纪念馆、太白独坐楼、天际阁等景点。

　　敬亭山遍植杜鹃，每年4月18日会举办"登山节"，届时宣城人举家出游，欣赏漫山遍野的杜鹃花。李白还曾作《宣城见杜鹃花》："蜀国曾闻子规鸟，宣城还见杜鹃花。一叫一回肠一断，三春三月忆三巴。"委婉凄切，表达了浓浓的思乡之情。

　　读这首诗，首先要品出其中的静气。喧闹的群鸟飞走了，连悄无声息的白云也远去了，鸟和云的动态越发衬托出诗人周边沉寂无声的氛围。以动写静而静愈静，这种静是作者内心孤独、酸楚、寂寞的投射。

　　李白文武兼修，才华满腹，热血满腔，有济世救民、建功立业的大抱负。他从年轻时就到处拜谒权贵，希求得到提携举荐而走上仕途，建功立业。现实却是如此的残酷，虽然他妙笔生花、名满天下，但他梦想的官职却一直没能得到。天宝初年短暂进宫，一两年后又被迫离开长安，其中的世态炎凉、抑郁难平李白深有体会，却又难向人言说。离开长安后的李白到处游历，岁月蹉跎，年华渐老，理想仍然远在云端。此时，能抚慰李白那颗苦涩的心的也就只有这静默无言的敬亭山了。在李白眼里，敬亭山不再是冰冷坚硬的山峰，而是化身为一位宽厚的长者、一位善解人意的朋友，能接纳李白所有的孤独、失落、愤懑、不平。诗人与山峰相对无言，忘记了山间美景，也忘记了时间流逝，这是"独坐"背后蕴藏的深意，同时也是品读这首诗时所不能忽略的强烈感情。

后两句将敬亭山拟人化的写法既为诗歌增添了活泼亲切的意趣，又表达了作者内心对敬亭山的钟爱。辛弃疾曾化用此句，在一阕《贺新郎》中写道"我见青山多妩媚，料青山见我应如是"，也非常妙。

古朗月行

唐·李白

小时不识月，呼作白玉盘。
又疑瑶台①镜，飞在青云端。
仙人垂两足②，桂树何团团③。
白兔捣药成，问言与谁餐？
蟾蜍④蚀圆影⑤，大明夜已残。
羿⑥昔落九乌⑦，天人⑧清且安。
阴精⑨此沦惑⑩，去去⑪不足观。
忧来其如何？凄怆⑫摧心肝。

注 释

①瑶台：传说中神仙居住的地方。②仙人垂两足：指月亮里有仙人和桂树。月亮初升的时候，人们首先会看见仙人的两只脚，月亮渐渐圆起来，就能看见仙人和桂树的全形。③团团：圆圆的样子。④蟾蜍：传说月中有三条腿的蟾蜍，因此古诗文常以"蟾蜍"指代月亮。但本诗中蟾蜍则另有所指。⑤圆影：指月亮。⑥羿：中国古代神话中射落九个太阳的英雄。⑦乌：指太阳。《五经通义》云："日中有三足乌。"所以日又叫阳乌。⑧天人：天上人间。⑨阴精：指月亮。⑩沦惑：沉沦迷惑。⑪去去：远去，越去越远。⑫凄怆：悲愁伤感。

译 文

小时候不认识月亮，把它称作白玉盘。又怀疑是神仙的明镜，飞到了青云上边。明月初升，人们先看到月亮上仙人垂着两只脚，然后才看到圆圆月影上的桂树。白兔捣好不老仙药，借问一声要给谁吃呢？

蟾蜍突然跳出来吞月，圆圆的月亮开始残缺不全，皎洁的月光也变得昏暗。后羿曾经射落了九个太阳，天上人间都变得清明安定。此时月亮沉沦晦暗、迷惑不清，已不值得一看，还是远远地离开吧。可心中的忧虑怎么能够消除？悲愁伤感让人肝肠寸断。

历史放映厅

这首诗歌的创作时间不详，后人根据古代以日喻君、以月喻臣推测这首诗大概作于安史之乱前夕，是李白因看到边将怀不轨之心、忧虑时局而作。

安史之乱是唐王朝由盛转衰的转折点。安史之乱的爆发有深刻的政治、经济原因，是多种矛盾激化的结果。

唐王朝经历唐太宗、武则天的统治，以及唐玄宗前期的开元盛世，国力强盛，经济极度繁荣。此时的土地兼并现象日益严重，不少百姓失去了土地，成为流民。流民、贫民的大量聚集，带来了十分严重的社会问题。这是安史之乱爆发的深层原因。

中央为加强对边疆的控制，巩固边防和统理异族，在边地设十个兵镇，由九个节度使和一个经略使管理。节度使不单管理军事，还兼管辖区内的行政事务和财政税收，大权独揽的节度使拥兵自重，渐渐对中央构成了威胁。

唐玄宗晚年昏庸，一味与杨贵妃歌舞享乐，任用奸臣李林甫和杨国忠为相，任凭他们排除异己、败坏朝纲，将朝堂搅得乌烟瘴气。杨国忠在任时，与兼任平卢、范阳、河东三镇节度使的安禄山争权夺利，矛盾激化，安禄山遂打着清君侧的名义发动了叛乱，给唐王朝带来了毁灭性的打击，也给广大百姓带来了深重的灾难。

赏 析

《朗月行》本是一首乐府诗歌，李白采用这个题目，却没有因袭旧的内容，而是翻出了新意。

诗人开篇先写幼年时对月亮的认知，将皎皎月轮比作"白玉盘"，又比作"瑶台镜"，两个比喻新颖贴切，将读者的思绪由浩瀚夜空引向了虚无缥缈的仙境。"呼""疑"两个动词洋溢着孩童的天真烂漫，"飞"字充满了动感，开头的四句诗透露出一股纯净的赤子之心，这在诗歌创作中是极其难得的。接下来四句，诗人借用神话传说，将月亮缓缓升起、逐渐大放光华的过程描摹得浪漫又唯美。前八句诗，从不同角度描写月亮，丝毫没有重复之感，反令人耳目为之一新。

如此皎洁的月亮，如此美好的夜晚，赏月之人一定会心情愉悦吧。但诗人接下来笔锋陡转，描写的却是一番截然不同的景象："蟾蜍蚀圆影，大明夜已残。"璀璨的明月被蟾蜍吞噬，变得残缺不全，谁能拯救这一片残夜呢？诗人想起传说中的后羿射日，多希望此时能有一个后羿那样的英雄，把月亮从蟾蜍口中解救出来。但传说毕竟是传说，现实中的蟾蜍食月人们也无能为力，所以诗人看着此时晦暗不明的月

144

亮，才无限惋惜地发出感叹："阴精此沦惑，去去不足观。"理智虽
然认为如此，感情上还是接受不了，心中充满忧伤，令诗人肝肠寸断。

　　诗人通过瑰丽的想象，再结合美丽的神话传说，将月圆月缺描写
得浪漫而神奇。在极富艺术性的表现之外，又通过"蟾蜍蚀圆影，大
明夜已残"隐晦地表达自己对时局的担忧，整首诗既浪漫神奇又含蓄
蕴藉，值得人们代代传诵。

赠汪伦①

唐·李白

　　李白乘舟将欲②行，忽闻岸上踏歌③声。
　　桃花潭④水深千尺，不及汪伦送我情。

注 释

①汪伦：李白的朋友。②欲：想要。③踏歌：唐代时流行于民间的
一种歌舞形式，通常手拉手、两足踏地打节拍，边走边唱。④桃花潭：
位于今安徽泾县西南。

译 文

　　李白乘船将要解缆远行，忽然听到岸上传来踏歌之声。
　　即使桃花潭水深及千尺，也比不上汪伦为我送行的情意。

历史放映厅

关于李白与汪伦的交往，还有一个有趣的故事。据袁枚《随园诗话补遗》记载，汪伦仰慕李白的才华，热情地邀请李白来自己家游玩小住，他给李白写信说："先生好游乎？此地有十里桃花，先生好饮乎？此地有万家酒店。"李白欣然前往，到了之后问汪伦桃花和酒家在何处，汪伦说此地有一潭水名桃花，至于万家酒店，是说店主人姓万，并非指一万家酒店。李白听后哈哈大笑，遂与热情好客、潇洒不羁的汪伦结为好友，并在两人分别时，写下了《赠汪伦》一诗。

赏 析

这首诗约作于唐玄宗天宝十四载（755），李白应汪伦之邀，自秋浦去泾县游玩。

诗歌前两句叙事，李白正要乘船离开，岸边突然一阵喧哗，汪伦带着一群人载歌载舞前来送行。"忽"字说明汪伦送行在李白意料之外，或许前一天汪伦已经为李白饯行，所以李白想不到汪伦今天还会来。瞬间的惊诧后，李白为汪伦的深情厚谊所感动，即兴赋诗，出口

成章，借桃花潭之水，极言汪伦对自己的情谊之深。

　　古人写诗，一般忌讳在诗中直呼姓名，认为这样缺乏韵味。但这首诗李白以自呼其名开始，又以对方之名作结，反而显得自然率真、感情奔放。诗歌创作历来注重含蓄委婉，这首诗则明白如话、接近口语，看似直白浅露，实则将真情真意融入了天真自然、全无矫饰的词句中，正所谓"清水出芙蓉，天然去雕饰"。

早发白帝城①

唐·李白

朝辞②白帝彩云间，千里③江陵④一日还。
两岸猿声啼不住，轻舟已过万重山。

注 释

①白帝城：白帝城故址在今重庆奉节白帝山上，地势高峻，从山下仰望，城池如在彩云之间。②辞：告别。③千里：是一种夸张的说法，形容路途遥远。④江陵：今湖北荆州。

译 文

　　清晨，我辞别了高入云霄的白帝城。江陵虽远，但乘船顺流而下一天就能回还。

在两岸此起彼伏的猿猴啼鸣声中，轻快的小船已驶过重重青山。

赏析

唐肃宗乾元二年（759）春天，李白因永王李璘案被流放夜郎。行至白帝城的时候，忽然遇到大赦，他惊喜不已，随即乘舟东下还归江陵。这首诗是李白回江陵途中所作，所以诗题一作《下江陵》。

第一句起笔不凡，着一"彩"字写出了清晨朝霞变化万端的瑰丽景象，晃人眼目。而且，白帝城高耸入云，也为下文"千里江陵一日还""轻舟已过万重山"做好了铺垫，船顺流而下，由高处驶向低处，如果遇上顺风，自然是轻快迅疾，一日千里。

前两句极言船行之快，若照直写下去，则容易直而无味，所以诗人第三句宕开一笔，描写长江两岸此起彼伏、绵远悠长的猿声，既增添了声色意趣，又暂缓了诗歌的韵律和节奏，为最后一句蓄势。第四句节奏又猛然加快，小舟如箭一般地越过了连绵不断的群山，就如诗人那颗充满激动和喜悦、轻松得快要起飞的心。

整首诗就像一首悠扬起伏的乐曲，在轻快迅疾的节奏中间有一段舒缓的乐章，既成就了语言艺术的极度美感，又表达了诗人意外遇赦后大喜过望、归心似箭的激动心情。而且，诗以"间""还""山"入韵，读来朗朗上口，声韵和谐。

关山月

唐·李白

明月出天山^①，苍茫云海间。
长风几万里，吹度玉门关。
汉下^②白登^③道，胡^④窥^⑤青海湾^⑥。
由来^⑦征战地，不见有人还。
戍客^⑧望边色^⑨，思归多苦颜。
高楼^⑩当此夜，叹息未应闲。

注 释

①天山：即祁连山，在今甘肃、新疆之间，绵延数千里。因汉时匈奴称"天"为"祁连"，所以祁连山也叫作天山。②下：指出兵。③白登：今山西大同东有白登山。汉高祖刘邦领兵征匈奴，曾被匈奴在白登山围困了七天。④胡：指吐蕃。⑤窥：窥伺，侵扰。⑥青海湾：即今青海省青海湖。⑦由来：自始以来，历来。⑧戍客：征人，驻守边疆的士兵。⑨边色：一作"边邑"。⑩高楼：古诗中多以高楼指闺阁，这里代指戍边兵士的妻子。

译 文

一轮明月从天山慢慢升起，穿行在苍茫辽阔的云海之间。
长风浩荡，掠过万里边塞，吹过了玉门关。
当年汉军出兵白登道与匈奴作战，吐蕃觊觎青海土地，经常作乱。
这些历年来的征战之地，出征的士卒很少能够生还。

戍边的兵士望着边塞的景色，盼着能够早日回家，满脸悲伤愁容。此刻他们家中的妻子也正在思念他们，不停地发出叹息。

赏 析

"关山月"是乐府旧题，内容多抒离别哀伤之情。李白这首《关山月》，于雄浑阔大的景象中抒发了征人的思念和哀伤，揭露了战争给人们带来的伤害。

诗歌前四句描写的是征人眼中的边塞风光。当时戍边的兵士守卫在天山以西，所以在他们看来，月亮是从天山升起。山顶云雾弥漫，月亮好不容易挣脱束缚，静静地挂在山巅。"苍茫云海间"形容云雾之多、之浓，如大海一般辽阔无边，山的巍峨、海的壮阔尽收于诗人笔下。王国维在《人间词话》中曾说："太白词纯以气象胜。"其实，不只是词，李白的诗也是以雄浑豪迈的气象见长，"明月出天山，苍茫云海间。长风几万里，吹度玉门关"，四句诗写尽了边塞的万里风光。

"汉下白登道，胡窥青海湾"，唐人多言汉事，诗人用汉高祖刘邦被匈奴围困白登山喻指唐军与突厥的战争，青海湾一带又有吐蕃作乱；"由来征战地，不见有人还"，连年不断的战争，使得出征的士兵几乎没有能平安回乡的。这四句诗由前四句的边塞风光写到了边塞战争，为下文具体描写戍客做好了铺垫，起到了承上启下的作用。

"戍客望边色，思归多苦颜。高楼当此夜，叹息未应闲。"满脸愁苦的边地戍客，声声叹息的闺阁思妇，再加上苍凉的边地风光、清冷的月色，共同构成了一幅凄怆的画面，默默控诉着战争给百姓带来的巨大牺牲和痛苦。

李白此诗，<mark>既有雄浑辽阔的边塞图景，又有凄婉深沉的思乡之情</mark>，所以明代胡应麟评价它<mark>"浑雄之中，多少闲雅"</mark>，是非常贴切的。

美丽的祁连山

祁连山不是单独的一座山，而是多条西北至东南走向的平行山脉，千山万岭，巍峨相连，跨越中国青海东北与甘肃西部。祁连山脉东西长近1000千米，海拔平均4000~6000米，森林、草原、冰川、雪峰，多种地貌错落分布，风光神奇而壮美。

祁连山脉包括众多风景名胜，阿咪东索雪山、卓尔山、八宝河、冰沟林海、黑河大峡谷等，其中最秀美壮丽的莫过于祁连山大草原。每年七八月间，与草原相接的祁连山依旧银装素裹，而草原上却碧草如茵，马、牛、羊点缀其间。历史上，这里曾经是匈奴、吐蕃、回鹘等民族以及蒙古王阔端的牧场，如今仍然是一派天苍苍、野茫茫的壮阔景象。每当夏季，草原上会开满金色的哈日嘎纳花，整个草原一片金黄，美不胜收。

诗情画意

看中国

中卷 唐

无边落木萧萧下

看中国

诗情画意

琬如 编著

黑龙江科学技术出版社
HEILONGJIANG SCIENCE AND TECHNOLOGY PRESS

图书在版编目（CIP）数据

诗情画意看中国．无边落木萧萧下：唐．中卷 / 琬如编著．—— 哈尔滨：黑龙江科学技术出版社，2024.5
ISBN 978-7-5719-2375-4

Ⅰ．①诗⋯ Ⅱ．①琬⋯ Ⅲ．①古典诗歌 – 诗歌欣赏 – 中国 Ⅳ．① I207.2

中国国家版本馆 CIP 数据核字 (2024) 第 077559 号

诗情画意看中国·无边落木萧萧下

SHIQING-HUAYI KAN ZHONGGUO WUBIAN LUOMU XIAOXIAO XIA TANG ZHONGJUAN 唐 中卷

琬如 编著

责任编辑 / 孙 雯		装帧设计 / 何冬宁	
文图编辑 / 王玉敏		美术编辑 / 何冬宁	
文稿撰写 / 北 风		封面绘制 / 狼仔图文	
图片提供 / 站酷海洛　视觉中国			

出　　版 / 黑龙江科学技术出版社

地址：哈尔滨市南岗区公安街 70-2 号 邮编：150007

电话：（0451）53642106 传真：（0451）53642143

网址：www.lkcbs.cn

发　　行 / 全国新华书店

印　　刷 / 运河（唐山）印务有限公司

开　　本 / 787 mm × 1092 mm　1/16

印　　张 / 10

字　　数 / 150 千字

版　　次 / 2024 年 5 月第 1 版

印　　次 / 2024 年 5 月第 1 次印刷

书　　号 / ISBN 978-7-5719-2375-4

定　　价 / 228.00 元（全 6 卷）

走进诗词的世界

　　心有逸兴，眼有美景，胸涌韵律，落笔为诗。诗歌饱含着中华民族复杂而含蓄的情和意，描绘着恢宏又细腻的往事和思想，是中华民族最永恒的审美。

　　但是，如何将孩子带入诗歌的世界，并以诗歌为媒介更好地理解和传承传统文化，仍是一个值得探讨的问题。单纯以背诵、机械记忆为手段的诗歌学习方式，纵然在短时间内取得亮眼的"成绩单"，但时间一长只会让孩子对诗歌越来越疏远，甚至厌倦。

　　要真正进入诗歌的世界，先要理解诗歌的本质。抛开种种高深的解读，诗歌的直白特征就是"有画面感的凝练语言"。而这种画面是相对完整的，具有现实感，诗人在此基础上寄托情感，引发共鸣。好的诗歌，会让人有跃然眼前之感，可以让读者去想象。读李白的《静夜思》，眼前就会浮现一轮明月和一个孑然一身的诗人；杜牧的《清明》，"清明时节雨纷纷""牧童遥指杏花村"，俨然一幅温润的田园牧歌图画；《念奴娇·赤壁怀古》里，"惊涛拍岸，卷起千堆雪"，苏轼几乎把浪花直接画在纸上；即便是以用意隐晦著称的李商隐，"沧海月明珠有泪，蓝田日暖玉生烟"，也描绘出海上明珠和山中烟云两幅画面，神秘而又充满美感。所以，学一首诗歌，要先找到其描述的画面；记住了画面，就能有效地理解和记忆。

有了画面，接下来要去体会诗人想要表达的情感。中国传统诗歌讲究托物言志、借古喻今。好的诗歌往往有"画外音"。而"画外音"正是一首诗歌的精妙之处。想读出"画外音"，先要对诗人生平以及诗歌创作的历史背景和历史典故有深入的了解。如果不知晓杜甫几经磨难的生活经历和创作历程，就无法体会到《石壕吏》中强烈的悲愤和《闻官军收河南河北》中的欣喜若狂；如果不了解创作背景，陶渊明的"采菊东篱下，悠然见南山"和李煜的"流水落花春去也"也就成了纯粹写景的平平之句了。

　　所以，要学好诗歌，就要先建立诗的"画面感"，辅以诗人的生平、创作背景等知识，让诗歌"鲜活"起来，让孩子进入诗歌的情境去观察和体会。

　　本书以中国历代经典诗歌为经线，传世名画为纬线，诗画相辅，经纬相交，编织成一幅幅具有"诗情画意"的画卷。同时，辅以生动的译文和背景资料，让诗歌的记忆变得"身临其境"，让诗人的表达"感同身受"。此外，每位诗人都配有生动流畅的传记，每个朝代都配有历史背景介绍和不同阶段的诗歌纵论，还有花絮、历史放映厅、跟着诗词游中国等从历史和地理多维度视角随机穿插的小栏目，让本书成为一部小型的中国诗歌百科全书。读者置身其中，仿佛在欣赏一幅幅饱含诗情画意的中华文明图卷。

琬如

阳春白雪落人间：从盛唐到中唐

阳春白雪落人间

唐王朝是一个令人仰慕又叹息的朝代，它只用短短一百多年就走上了巅峰，创造出了空前繁荣发达的盛世。但仿佛一夜之间，它就从高峰跌落谷底，造成这个遽然转折的，是安禄山和史思明发动的一场叛乱。

祸根并不是一天形成的，大唐的危机累积日久。敏锐的诗人对此早已有了察觉。以边塞诗闻名的高适于开元二十六年（738）写下《燕歌行并序》，"战士军前半死生，美人帐下犹歌舞"，表达了作者对贪功冒进的无能统帅的极尽讽刺，以及对战死沙场的士兵的深深同情。另一位杰出的边塞诗人岑参也写下"故园东望路漫漫，双袖龙钟泪不干""山回路转不见君，雪上空留马行处"等落寞凄清的诗句。伟大的现实主义诗人杜甫对于开元和天宝年间的社会现实有更直观的描写："忆昔开元全盛日，小邑犹藏万家室。稻米流脂粟米白，公私仓廪俱丰实"，这是杜甫回忆开元年间社会富庶、上下和谐的场景；"朱门酒肉臭，路有冻死骨"，这是杜甫对天宝年间贫富悬殊的社会现实的深刻揭露和辛辣讽刺。

安禄山正是看到了唐朝盛世之下的危机，才于天宝十四载（755）悍然发动了兵变。历时八年的安史之乱将大唐的锦绣世界冲击得七零八落，朝廷风雨飘摇，百姓流离失所。绚烂至极的唐诗也仿佛从天上一下子跌落人间，由浪漫瑰丽的想象变为惨淡现实的映射，由激昂豪迈的战歌变为悲壮凄婉的哀歌，由挥洒自如、浑然天成变得刻意经营、追求工巧。

杜甫是现实主义诗人中最杰出的代表。他以胸中的家国大义和手中的笔书写兵灾战火和民生凋敝，绘就了一幅惨痛的社会生活画卷。被叛军困在长安时，杜甫用"国破山河在，城春草木深"形容长安破败、荒凉的景象，用"烽火连三月，家书抵万金"描写百姓蒙受的苦难。听闻唐军在陈陶斜大败，杜甫沉痛地写下"孟冬十郡良家子，血作陈陶泽中水。野旷天清无战声，四万义军同日死"。

759 年春，唐军在邺城大败，强行抓丁补充兵力，连老翁老妇也不放过，给中原百姓造成了深重的灾难。杜甫怀着无比沉痛的心情创作了《石壕吏》《新安吏》《潼关吏》《新婚别》《无家别》《垂老别》六篇诗作，艺术地再现了中原百姓的悲惨生活。

在朋友的帮助下定居成都浣花溪畔之后，杜甫度过了一段安稳的时光，他得以从乱世苦难中暂时脱身，写下了一些洋溢着生活情趣的清丽诗句。草堂粗具规模后，杜甫在水槛旁举目四望，写下了《水槛遣心二首》，"细雨鱼儿出，微风燕子斜"如清水芙蓉一般毫无雕饰、清新自然；在草堂招待朋友，杜甫开心地写道"花径不曾缘客扫，蓬门今始为君开"；春日外出赏花，他看到"黄四娘家花满蹊，千朵万朵压枝低"，偶遇野外自生自灭的桃花，他自言自语"桃花一簇开无主，可爱深红爱浅红"；春夜下了一场雨，他欣然提笔"好雨知时节，当春乃发生。随风潜入夜，润物细无声"……

763 年，安史之乱终于平定，但国家遭受了重创，已经元气大伤。

此后，藩镇割据、宦官专权、朝廷党争成为唐朝的三大顽疾，一直伴随着这个王朝走向了末路。

中唐前期，诗人们用诗笔揭露社会矛盾，反映民生疾苦，同时也抒发自己孤寂落寞的情思，大历十才子是这一时期的佼佼者。韩翃以一首景象宏丽、情韵婉约的《寒食》获得德宗赏识，加官晋爵，青云直上。卢纶的《塞下曲》风骨铮铮，一扫中唐颓势。中唐时期的山水田园诗虽然没有了王维、孟浩然时期的格调高远、清雅自然，但章法格律工整细密，在情感渲染方面也更加具有感染力。比如韦应物的《滁州西涧》，于清新闲淡之余隐隐流露出一丝孤独苦闷，这正是韦应物面对腐朽败坏的朝政无奈又无力的体现。宦海沉浮、屡次遭诬陷及贬谪的刘长卿诗中多有愤世嫉俗之语，"汉文有道恩犹薄，湘水无情吊岂知"，"东道若逢相识问，青袍今已误儒生"。

李益也是中唐时期的一位诗歌大家。他以边塞诗闻名，"不知何处吹芦管，一夜征人尽望乡"苍凉缠绵，"燕歌未断塞鸿飞，牧马群嘶边草绿"生机勃勃，"莫遣只轮归海窟，仍留一箭定天山"豪气干云。

此外，张继以一首《枫桥夜泊》名传海外，王建以一首《十五夜望月》惊艳诗坛，张志和以《渔歌子》尽现隐逸之乐，孟郊以硬语、险语吟咏世间疾苦……中唐诗人复杂的人生际遇造就了风格多样的诗风，使得这一时期的诗坛波澜壮阔、异彩纷呈。

如果说大唐盛世的诗歌是天边辉煌的云霞，那中唐的诗歌就是这片苦难土地上开出的繁花，中唐诗歌虽不似盛唐那般光辉灿烂，但也足够绚丽多姿，耀人眼目。

崔颢：让诗仙李白自叹不如

传说李白壮年时曾经与杜甫结伴登上黄鹤楼，看到眼前壮丽的景色，诗仙诗兴大发，提笔想要作诗一首。但他一抬头，看到墙壁上有崔颢留下的《黄鹤楼》，诗仙自叹不如，遂留下两句"眼前有景道不得，崔颢题诗在上头"，搁笔而去。

崔颢（？—754），汴州（治今河南开封）人，原籍博陵安平（今河北安平），唐朝著名诗人。崔颢出身唐代顶级的门阀世家博陵崔氏，所以自小受到了良好的教育，加上他天资聪颖，二十岁就考中了进士。

当时著名的文学家、书法家李邕非常赏识这个年轻人，邀请他到府上做客。其实这次见面相当于一次当面考察，爱才惜才的李邕非常喜欢奖掖后辈。但年少轻狂的崔颢没有抓住这次机会，他呈给李邕一首《王家少妇》，前四句是"十五嫁王昌，盈盈入画堂。自矜年最少，复倚婿为郎"。这几句诗把李邕比作王昌，把自己比作嫁于王昌的少妇，希望得到李邕的推荐提拔。当时用新妇见夫婿来比喻请求达官贵人提携自己并不犯忌，但崔颢这几句诗写得太直白、太大胆，别人的比喻都是羞涩的、试探的，或"待嫁"或"恨不嫁"，崔颢的诗则首句直接登堂入室，还自矜年少。据说李邕看了这首诗后拂袖而去，斥责崔颢"小儿无礼"，不再接见他。

崔颢亲手搞砸了自己的仕进之路，他的人生高开低走，仕途一直不得意。崔颢早年的诗多写闺情，诗风浮艳；后期以边塞诗为主，诗风雄浑豪迈、慷慨奔放。《黄鹤楼》是崔颢的代表作。

黄鹤楼①

唐·崔颢

昔人②已乘黄鹤去，此地空余黄鹤楼。

黄鹤一去不复返，白云千载空悠悠③。

晴川④历历⑤汉阳⑥树，芳草萋萋⑦鹦鹉洲⑧。

日暮乡关⑨何处是？烟波江上使人愁。

注 释

①黄鹤楼：故址在今湖北武汉蛇山之巅。《太平寰宇记》："昔费祎登仙，每乘黄鹤于此憩驾，故号为黄鹤楼。"此楼屡建屡毁，现在的黄鹤楼是1985年重建的。②昔人：指传说中骑鹤飞去的仙人。③悠悠：飘飘荡荡的样子。④晴川：晴日里的原野。川，平川，原野。⑤历历：分明的样子。⑥汉阳：地名，今湖北武汉的汉阳区，与黄鹤楼隔江相望。⑦萋萋：草木茂盛的样子。⑧鹦鹉洲：长江中的小洲，在黄鹤楼东北。⑨乡关：故乡。

译 文

传说中的仙人已经乘坐黄鹤飞升而去，这里只留下了一座空空的黄鹤楼。

黄鹤离开这里再也没有返回，千百年来只有白云不停地在天空飘荡。

阳光明媚，沃野千里，对岸汉阳城里的排排树木清晰可见，江中鹦鹉洲上的青青碧草繁茂葱茏。

暮色渐渐落下，我的家乡在哪里呢？这烟波浩渺的江面使人顿生愁绪。

赏 析

这是一篇吊古怀乡之作，也是吟咏黄鹤楼的绝唱。

诗歌**气势雄浑，意象绝妙**。首联和颔联从仙人跨鹤的古老传说生发开去，感叹仙人和黄鹤一去不返，千载之下，只有白云悠悠飘荡。传说本是虚无，但诗人这样一写，却将浪漫的神话传说坐实了，而且一笔跨越千年，世事茫茫、人生短暂的感慨尽现笔端，可谓**虚中有实、虚实相生**，为黄鹤楼蒙上了一层浪漫神秘的色彩。

诗歌**将诗情画意熔为一炉**，富有绘画之美感。这首诗的写景是多角度的，而且不断变换。前两联通过仙人乘鹤而去和白云悠悠侧面展现黄鹤楼的巍然耸峙、高入天际。颈联转入对眼前实景的描写，汉阳城里的树木历历可见，鹦鹉洲上芳草萋萋，眼前无尽的江景苍翠而悠远。尾联则笔法又转，由晴天丽日变为暮色沉沉，烟水迷蒙，渺渺茫茫，似一幅水墨画卷，引起人的遐思和惆怅。

诗歌情景相生，含蓄蕴藉，以无穷韵味而独步千古。前两联以黄鹤不在而徒留白云自然生发出世事沧海桑田、人生际遇难料的感叹，事、景、情浑然一体。颈联中"芳草萋萋鹦鹉洲"化用了《楚辞·招隐士》中的"王孙游兮不归，春草生兮萋萋"，含游子思归之情，从而引出尾联见暮色而思乡，一气贯之。尾联中游子于烟波渺渺的江面极目远眺，却望不见故乡，"使人愁"将全诗归结在一个"愁"字，暗合了首联和

跟着诗词游中国

千古江山第一楼

黄鹤楼与湖南岳阳的岳阳楼、江西南昌的滕王阁并称为"江南三大名楼"。它巍然耸立于蛇山之巅，白云环绕其上，万里长江在它的脚下滚滚东流。历史上的黄鹤楼曾多次毁于战火，屡建屡毁，现存的黄鹤楼于1985年重建。

黄鹤楼始建于223年，本是三国时期吴国的一座用于瞭望守戍的军事楼，至唐代逐步失去其军事价值，演变为官商行旅"游必于是、宴必于是"的观光楼。文人墨客纷纷登楼览胜，吟诗作赋，王维在黄鹤楼写下《送康太守》，李白有《黄鹤楼送孟浩然之广陵》，贾岛也写过一首《黄鹤楼》，宋代的苏轼和陆游也都写过关于黄鹤楼的诗，黄鹤楼不只是一个游览胜地，更是文人雅士斗诗的演练场。有了诗词的加持，黄鹤楼逐渐成为一个光彩夺目的文化符号。

颔联的嗟叹。全诗纵横驰骋，转合自然，收放有度，一气呵成。

从形式上来说，这首诗前四句并不符合律诗的平仄和对仗，"黄鹤"二字反复出现更是律诗格律上的大忌，但全诗读来气韵流畅，细品气象万千，前散后整的格局并不妨碍它成为传颂千年的绝响。就如《红楼梦》中林黛玉教香菱作诗时所说，"若是果有了奇句，连平仄虚实不对都使得的"，一曲《黄鹤楼》正是诗歌以立意为要、不可以词害意的典范。

《黄鹤楼图》

作者：杨晋

创作年代：清代

杨晋，字子和，一字子鹤，号西亭，自号谷林樵客、鹤道人，又署野鹤，清初宫廷画家。杨晋曾师从明代画家王翚，以界画见长。

这幅《黄鹤楼图》构图巧妙、布局合理，远处是辽阔江天，近处是巍峨壮丽的黄鹤楼。黄鹤楼周围有游廊和庭院，绿树合围，山石环绕，江中舟楫往来，画面疏落有致。图中建筑以界画手法绘就，工整细密。黄鹤楼檐牙高翘、展翅欲飞，屋顶上的脊兽及瓦片清晰可见，梁柱和围栏上雕刻着华丽繁复的花纹，使黄鹤楼显得更加富丽华美。

没有黄鹤，我也可以独自精彩。

高适：一位乡野诗人的华丽逆袭

高适（约700—765），字达夫，沧州渤海蓨县（今河北景县）人，唐朝时期大臣、著名边塞诗人。

高适的前半生一直在困顿中度过，快五十岁的时候，才得到河西节度使哥舒翰赏识，在河西幕府做掌书记。安禄山叛变后，高适随哥舒翰镇守潼关。潼关失守，高适向玄宗献上《陈潼关败亡形势疏》，分析潼关兵败的原因，受到玄宗的赏识。永王反叛，高适被任命为淮南节度使前去平叛。叛乱很快被平定，加入永王阵营的李白被捕入狱，面临谋反大罪。

高适落魄时曾与李白同游梁宋，结下了深厚情谊。此时李白蒙难，自然希望这个好兄弟拉自己一把，马上提笔给高适写了一封信。但高适置之不理，并不回信。李白的夫人宗氏登门拜访高适，也吃了闭门羹。高适为了与李白划清界限，还将与李白的来往书信及唱酬诗作付之一炬。李白获救后，对高适极其失望，也一把火烧掉了高适写给自己的信，两大诗人从此再无交集。

高适具有极高的政治天赋，能看透复杂的时局，并做出正确的选择。在危险的政治漩涡面前，他能够明哲保身、全身而退，与李白的交往就体现了他的这一特质，虽然凉薄，但也极其精明。虽然，他四十六岁才步入仕途，但短短十几年就位极人臣，获封渤海县侯。唐朝的诗人灿若繁星，但布衣封侯的有几人？《旧唐书》评价高适："有唐以来，诗人之达者，唯适而已。"

别董大①

唐·高适

千里黄云白日曛②，北风吹雁雪纷纷。
莫愁前路无知己，天下谁人不识君③。

注 释

①董大：即董庭兰，唐朝著名音乐家，因其在家族兄弟中排行第一，故称"董大"。②白日曛：太阳黯淡无光。曛，曛黄，指太阳西沉时的昏黄景象。③君：你，这里指董大。

译 文

黄云绵延千里，遮天蔽日，太阳黯淡无光。在阵阵萧瑟的北风中，大雁振翅南飞，雪花纷纷扬扬地落下。

不必忧愁前路漫漫没有知己好友，普天之下谁不认识你呢？

赏 析

古人的送别诗有的写得清丽凄婉，有的写得豪壮洒脱，本诗属于后者。

前两句，诗人用白描手法描写眼前景物，黄云漫天，白日黯淡，北风吹雁，落雪纷纷，一派萧瑟的北方原野景象。日暮天寒，原野苍茫无际，难免勾起人心底无限感慨。董庭兰作为当时的著名琴师，也是才华满腹，此时失意离开，风尘万里，何处为家？诗人虽没有明说，但自有一种肃杀、阴郁之气透出。

　　当时，高适也正不得意，他到处浪游谋求出路，却屡屡碰壁，最穷的时候甚至连喝酒的钱也付不起，《别董大·其二》中"丈夫贫贱应未足，今日相逢无酒钱"，正是高适真实处境的写照。但高适生性孤傲，自视甚高，他不会沉溺于自怨自艾之中，也不会被离愁别绪羁绊，所以他接下来笔锋急转，潇洒地吟出了两句流传千古的名句——"莫愁前路无知己，天下谁人不识君"。这两句诗恳挚深情、出自肺腑，既是对好友的极大安慰，也是对自己的无尽勉励。后来高适果然在安禄山叛唐的乱局中抓住了机会，扶摇直上，以军功和爵位名动天下。

燕歌行并序

唐·高适

　　开元二十六年，客有从元戎①出塞而还者，作《燕歌行》以示，适感征戍之事，因而和②焉。

汉家③烟尘④在东北，汉将辞家破残贼⑤。
男儿本自重横行，天子非常赐颜色⑥。
拟⑦金⑧伐⑨鼓下榆关⑩，旌旆⑪逶迤碣石⑫间。
校尉⑬羽书⑭飞瀚海⑮，单于猎火⑯照狼山⑰。
山川萧条极边土⑱，胡骑⑲凭陵⑳杂风雨。

战士军前㉑半死生㉒，美人帐下㉓犹歌舞。

大漠穷秋㉔塞草腓㉕，孤城落日斗兵稀。

身当㉖恩遇㉗常轻敌，力尽关山未解围。

铁衣㉘远戍辛勤久，玉箸㉙应啼别离后。

少妇城南欲断肠，征人蓟北㉚空回首。

边庭飘飖㉛那可㉜度，绝域㉝苍茫无所有。

杀气三时㉞作阵云㉟，寒声㊱一夜传刁斗㊲。

相看白刃血纷纷，死节从来岂顾勋！

君不见沙场征战苦，至今犹忆李将军㊳。

注 释

①元戎：主将，指辅国大将军、右羽林大将军兼御史大夫张守珪。

②和（hè）：按照别人诗词的题材和体裁作诗词，作为酬答。

③汉家：唐人写时事，常托之于汉代。下文"汉将"用法与此相类。

④烟尘：烽烟和尘土，指战乱。⑤残贼：指残忍暴虐的敌寇。⑥赐颜色：指给予褒奖恩宠。⑦拟（chuāng）：撞击。⑧金：指军中作信号用的钲、铙等金属乐器。⑨伐：敲击。⑩榆关：古关名，即今山海关。⑪旌旆（pèi）：旗帜。⑫碣石：山名，在今河北昌黎西北。⑬校尉：武官名，泛指统帅。⑭羽书：即羽檄，古代军事文书，插鸟羽以示紧急，必须迅速传递。⑮瀚海：唐代对蒙古高原大沙漠以北及其迤西今准噶尔盆地一带的泛称。⑯猎火：打猎时焚山驱兽之火，借指游牧民族兴兵打仗的战火。⑰狼山：古代称狼山者不止一处，这里借指边地交战区域的山。⑱边土：即边地，靠近边境的区域。⑲胡骑：这里指契丹人、奚人的军队。⑳凭陵：逼压。㉑军前：战场。㉒半死生：死生各半，指伤亡惨重。㉓帐下：指统帅的营帐中。

㉔ 穷秋：晚秋，深秋。㉕ 腓（féi）：枯萎。㉖ 当：承受。㉗ 恩遇：天子的知遇之恩。㉘ 铁衣：用铁片制成的战衣，借指战士。㉙ 玉箸：玉制筷子，比喻思妇的眼泪。㉚ 蓟北：蓟州（今属天津）以北地区。㉛ 飘飖（yáo）：随风飘动，形容动荡不安。㉜ 那可：即"哪可"。㉝ 绝域：极远的地方。㉞ 三时：早、午、晚。㉟ 阵云：浓重堆积似战阵的云层。㊱ 寒声：凄凉的声音。㊲ 刁斗：三足长柄的锅，古代军中兼用于炊煮和巡更敲击的铜制用具。㊳ 李将军：指西汉名将李广。李广任右北平太守，捍御匈奴，关爱士卒，匈奴数岁不敢进犯。一说指战国时赵将李牧。李牧对抗匈奴，厚待战士，曾破匈奴十万余骑，使匈奴十余年不敢靠近赵国边境。

译 文

开元二十六年（738），有个跟随主帅出塞征战的人回来，写了一首《燕歌行》给我看，我感慨于边疆守卫的战事，因而写了这首诗应和他。

汉代东北边境突然发生战争，汉朝的大将军辞别家乡，率领大军去剿灭虏寇。男子汉本来就重视在战场上纵横驰骋，更何况皇帝还特别给予了褒奖恩宠。军队击鼓鸣锣，浩浩荡荡出山海关，旗帜舒展飘扬在碣石山间。将军发出的军事文书飞越了北部沙漠，紧急送往京城，匈奴单于挑起的战火映照着狼山。

边境地区山河萧条、满目荒凉，胡人的骑兵犯境，来势凶猛如风雨交加一般。战士们在战场上拼命杀敌、死伤过半，将军的帐中美人还在载歌载舞。深秋时节，塞外沙漠上草木枯萎；落日余晖中，边城孤危，守城的兵士越来越少。将军们身受天子的知遇之恩却常常轻敌，战士们筋疲力尽仍不能解关山之围。

征人身穿铁甲辛勤戍守边关已经多年，家中的思妇在丈夫离开后一直以泪洗面。思妇在家中肝肠欲断，征人在蓟北边关空自回头遥望故乡。边境战事不断、动荡不安，战士们哪里能够回家？这极远之地苍茫荒凉、一无所有。白天杀气腾腾战事如云，夜晚加紧巡更，刁斗声在逼人的寒气中不断传来。

看战士们拿着雪亮的钢刀与敌人拼死搏杀，鲜血纷纷溅落；历来志士为保卫国家的气节献身，哪里是为了个人的功勋！你看不到战士们征战沙场的苦楚，他们至今还在思念爱护士卒的李将军。

高适这首《燕歌行》是描写边塞战争的杰出诗篇。诗中展现的战争既有宏大的出征场面，又有近身肉搏的生动细节，让人读来身临其境，血脉偾张。能将战争写得这么扣人心弦，是高适亲历了这场战争吗？事实上，高适写作《燕歌行》时根本没有在边塞，也没有过当兵打仗的经历，这首诗是他在听人（即诗序中提到的"客有从元戎出塞而还者"）讲述的基础上，再融入自己早年北游幽燕时的见闻感受创作出来的。

高适出身将门，少有大志，二十多岁时就开始关注东北边境。他曾经北上蓟门谋求出路，但无功而返。五年后，高适再次北游幽燕，希望到朔方节度副大使、信安王李祎的幕府效力，也未能如愿。高适失意之下曾作诗："岂无安边书，诸将已承恩。惆怅孙吴事，归来独闭门。""独闭门"说明他下过苦功研究东北边事。

开元二十一年（733），张守珪出任幽州节度使，主动出击平定契丹，立下大功。但接下来的几年，张守珪派手下将领讨伐契丹、奚接连失败。尤其是开元二十六年（738），张守珪手下将领出兵作战，先胜后败，张守珪竟然谎报大捷。事情败露后，高适感慨万分，看到有人从边塞回来作《燕歌行》，立即挥笔和成一首。高适脑补出来的战争场面悲壮惨烈，具有强烈的冲击力，展现了他天马行空的想象力和杰出的文学才华。

赏　析

《燕歌行》是高适的代表作，也是唐代边塞诗中的名篇。该诗以洗炼的笔墨，记叙了一场战役的完整过程，展现出东北边塞真实的军旅生活。诗歌笔力雄健、情感深沉、韵律铿锵、朗朗上口，对骄奢轻敌、贪功冒进的无能统帅极尽讽刺与鞭挞，对遭受苦难、为国捐躯的士兵们寄寓了深切的同情。

诗人从多重视角描述边塞生活，使诗歌呈现出了脉络分明的故事性。全诗可分为四段，第一段为前八句，讲述战事起于东北，将军率军出征。"汉家烟尘在东北，汉将辞家破残贼"，"汉家""汉将"是借古怀今的假托，唐人喜欢借前朝讽喻当世。"男儿本自重横行"，点明了唐代流行的尚武精神，为下文士卒拼死奋战、为国捐躯作铺垫。"天子非常赐颜色"，说明将军身受皇帝恩宠厚待，为后文恃宠而骄、轻敌兵败埋下伏笔。"摐金伐鼓下榆关，旌旆逶迤碣石间"二句，则极力描写大军的威武雄壮，鼓角争鸣，旌旗招展，人马浩浩荡荡向北进发，目的地是瀚海狼山，要在那里与来犯之敌一决高下。

这支兵强马壮的大部队战况如何呢？接下来的八句描写战争经过及结果。敌人如狂风暴雨一般迫近，战士们浴血奋战、拼死抵抗、伤亡惨重。此时将军在做什么呢？他们没有与士卒一同战斗，而是在后方的营帐中欣赏美人歌舞，将军与战士形成了多么鲜明的对比！有这样骄奢淫逸的统帅，战争的结果也就可想而知了——"孤城落日斗兵稀"。将帅无能，累死三军，即使士卒拼命力战，仍不能解关山之围。军队惨败，这一场景和前文雄赳赳气昂昂的出征再次形成了鲜明对比，突出了将帅的轻敌，也与天子特意赏赐作对照，揭示了兵败的原因。

战争不能取胜，戍卒自然难回家乡。此时诗人宕开一笔，插叙征人与思妇隔空相望、互相思念的凄凉景象——"少妇城南欲断肠，征人蓟北空回首"，诗歌的感情基调变得格外伤感悲凉。"边庭"四句，又回到了动荡不安、"绝域苍茫"的边塞，描绘了白天杀声震天、夜晚刁斗传声的战场，为下文交代战争的结局、收束全诗蓄势。

最后四句情感激荡，诗歌到达了高潮，战士们与敌人贴身肉搏，血溅白刃，壮烈牺牲！他们为国捐躯难道是为了功勋和封赏吗？当然不是，他们为的是家国大义，为的是保家卫国的气节。战士们悲壮的形象与躲在后方营帐中寻欢作乐的统帅再一次形成对比，诗人的满腔悲愤也一泻而出，大声疾呼"君不见沙场征战苦，至今犹忆李将军"！诗人希望统帅以飞将军李广为榜样，像他那样爱护士卒，与士兵同甘共苦，上下一心，共御外侮。诗人希望边境早日平定，让征人平安回到家乡，让思妇不再独守空房，百姓和乐，国泰民安。

诗人的笔触在时空中来回转换，既写出朝堂上的天子恩遇又记叙行军途中的气势昂扬，既描绘前线的血溅沙场又想象后方的思妇断肠，内涵丰富，意蕴深远，全诗就像一首波澜壮阔的乐曲，起伏跌宕，动人心弦。

塞上听吹笛

唐·高适

雪净①胡天②牧马还③，月明羌笛戍楼④间。
借问梅花何处落⑤，风吹一夜满关山⑥。

注 释

①雪净：冰雪消融。②胡天：指西北边塞地区。胡是古代对西北部

少数民族的称呼。③牧马还：牧马归来。一说指敌人被击退。④戍楼：边防驻军的瞭望楼。⑤梅花何处落：指笛曲《梅花落》。《梅花落》属于汉乐府横吹曲，善述离情。⑥关山：泛指关隘山岭。

译 文

西北边塞，冰雪消融，战士们牧马归来。此时明月朗照，戍楼里传出一阵悠扬的笛声。

饱含离情的《梅花落》乐曲随风散入夜空，仿佛片片红梅飘飘荡荡，它们会落在哪里呢？被风一吹，一夜之间就铺满这关山塞漠了吧。

赏 析

这是一首描写笛音的杰作，声音无色无形，最不好描述，但诗人却用虚实相映的笔法，形象地将乐曲的缠绵婉转描摹得跃然纸上。

第一句渲染故事背景，冰雪消融，天空明净，大地湿润，战士们牧马归来，到处都是一片宁静祥和的氛围，这是争战不断的边塞地区少有的安宁。第二句写笛音，伴随着溶溶月色，婉转的笛声在戍楼上空回荡，笛音与明月互相映衬，都显得空灵无比。

第三、四句采用双关笔法，通过拆字巧妙地将笛子演奏的《梅花落》乐曲幻化为片片梅花，赋予了声音具体可感的形象，铺开了一幅美妙绝伦的画卷。片片落梅覆满关山，写声成象，境界辽阔，这虽是虚景，但给人带来了无尽的想象空间，把将士们的思乡离情写得深切缠绵、动人心弦。

全诗虚实相映、情景交融，写景明净秀丽，写情感而不伤，全诗的基调是明快的、乐观的，这正是豪情万丈的盛唐气象的展现。

常建：一首诗捧红一座寺庙 ✂

常建，生卒年不详，字少府，唐代诗人。727年，常建与王昌龄同榜考中进士。虽然年纪轻轻就科举登第，但常建的仕途很不得意，天宝年间，他曾担任盱眙尉。一生沉沦失意的常建耿介自守，不攀附权贵，他与王昌龄有一些诗歌唱酬。常建寄情山水名胜，长期过着漫游生活，后来举家移至鄂渚（位于今湖北武昌）隐居。他的诗歌以田园、山水为主要题材，与王维、孟浩然的诗风相近。他的诗意境幽邃清远，语言清新自然，有独特的艺术造诣。

常建诗中最为著名的一首是《题破山寺后禅院》。破山寺即今江苏虞山兴福寺，寺中有石碑铭刻了宋代书法大家米芾书写的《常少府题破山寺诗》。也因为这首诗，破山寺名声大噪，一跃成为江南名刹，成为后世文人骚客吊古览胜的旅游胜地。

题破山寺①后禅院②

唐·常建

清晨入古寺，初日照高林。
曲径通幽处，禅房③花木深。
山光悦④鸟性，潭影空人心⑤。
万籁⑥此都寂，但余钟磬⑦音。

注释

①破山寺：即今江苏常熟虞山北麓兴福寺。②禅院：寺院。③禅房：僧房。④悦：与下文中的"空"都是使动用法。⑤人心：指人的世俗之心。⑥万籁（lài）：指各种声响。⑦钟磬（qìng）：寺院诵经，敲钟开始，敲磬停歇。

跟着诗词游中国

千年古刹兴福寺

兴福寺位于江苏省常熟市虞山北麓的幽谷之中，因寺在破龙涧旁，故又称"破山寺"。兴福寺始建于南朝齐，初名大悲寺，梁大同三年（537）改名兴福寺。

寺前破龙涧在大雨后水势奔腾，回声隆隆，极有气势。涧上横跨两座明代石拱桥，涧前空地上耸立着唐代及现代石刻十通。寺内殿阁巍峨，古木参天，颇有一种宁静肃穆的氛围。建于宋代的九层方塔高高矗立，塔内自二层起设有木制扶梯，可以登顶。

方形的白莲池中有千叶重萼白莲，池旁一株白玉兰树斜伸入池，与莲叶相映成趣。米碑亭内有宋代著名书法家米芾手书唐代诗人常建的名诗《题破山寺后禅院》，米芾在书碑时，对原诗作了些许改动。空心潭内水清见底，可烹煮香茗，潭中桥作九曲，玲珑有致，周围黄石堆砌如峭壁。从西北弥勒洞旁上山顶，可见日照亭，亭周围劲松繁茂、怪石嶙峋，可俯视江南园林式的兴福寺全景。

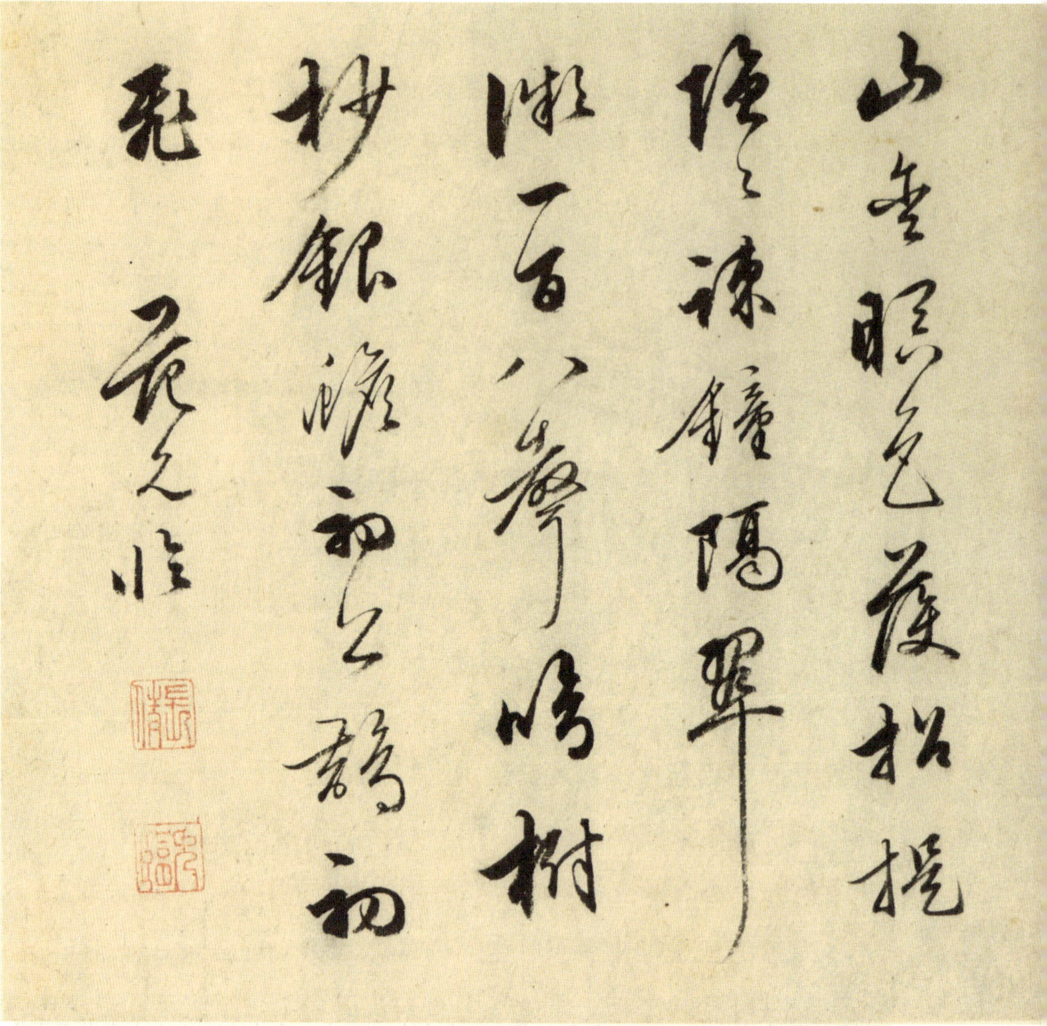

山色暝无复松揿
陰之徕鐘隔翠
湘百八声鸣樹
杪银雅雨云静雨
飛 辰之作

《烟寺晚钟图》
（局部）

作者：盛茂烨

创作年代：明代

烟寺晚钟为"潇湘八景"之一。盛茂烨创作的《烟寺晚钟图》重在表现烟岚雾霭，画中远山近树都笼罩在淡淡的云雾之中，看不分明。而且，画家并没有将清凉寺直接画出来，只在一片长松之后露出了一带红墙和一间屋顶，引人

烟寺晚钟
辛酉季冬
望日贵
盛春雁

探究和遐想，这正是画家的匠心独运之处。

　　左边的题字为明代著名书法家范允临所书，字体飘逸洒脱，与迷离缥缈的图画相得益彰，堪称书画双璧。

看规模，可能只是
寺内的一间配房！

译 文

我在清晨时分进入古寺，初升的朝阳照耀着高高的树林。
曲折的小径通往幽静的处所，肃穆的禅房掩映在繁茂的花木丛中。
山中景色使鸟儿怡然自得，潭中影像使人心中的俗念为之一空。
周围各种声音此刻都寂静下来，只有钟磬声回荡在空中。

赏 析

　　这是一首题壁诗，是诗人于清晨游览破山寺后的即兴之作。诗歌造语清奇、意境幽美，在山光水色之中蕴含着空灵悠远的禅意，是唐代山水诗中独具特色的名篇。

　　或许是久闻破山寺的大名，诗人于红日初升之时就早早赶到了寺庙。他信步走入古寺，看到明媚的阳光洒在高高的树梢上。"高林"两字，通过参天入云的古木来表现破山寺之古老和肃穆。诗人的笔触没有停留在巍峨的大雄宝殿之上，而是独辟蹊径，描写曲折的小路、幽深的花木、肃穆的禅房，构造了一种世外桃源般宁静自在的氛围。诗人被周围清丽的景色和幽静的气息深深吸引，尽情欣赏山光水色、鸟语花香、清潭倒影，心中的凡尘俗念被涤荡一空。"山光悦鸟性"运用了移情手法，其实，感到愉悦的何止是鸟儿，更是诗人啊！

　　结尾处"万籁此都寂"，既表现了破山寺清幽、空寂的环境，又是诗人平静祥和的心境的具体展现。"但余钟磬音"，是以有声衬无声的反衬手法，同时也使得诗歌言尽而意无穷，引导读者在余音袅袅之中进入纯净愉悦的境界。

宿王昌龄隐居

唐·常建

清溪深不测，隐处唯孤云。
松际露微月，清光犹①为君。
茅亭宿②花影，药院③滋④苔纹。
余亦谢时⑤去，西山⑥鸾鹤⑦群⑧。

注 释

①犹：还，仍然。②宿：比喻夜静花影如眠。③药院：种芍药的庭院。一说种药草的庭院。④滋：生长着。⑤谢时：辞去世俗之累。⑥西山：指武昌樊山，是常建辞官后的隐居地。⑦鸾鹤：古常指仙人的禽鸟。⑧群：与……为伍。

译 文

清溪之水缓缓流入山谷深处，朋友隐居处只有一朵孤单的白云在飘荡。

松林梢头月亮微微露出了半边脸，如水的月光似是仍为朋友而照耀。

茅亭中的花儿似乎已经入梦，芍药园圃中滋生了片片苔痕。

如今，我也要诀别世俗，去西山与鸾鹤为伴了。

历史放映厅

王昌龄是常建同科进士及第的宦友和好友。王昌龄入仕前曾在石门山（位于今安徽省含山县境内）居住。常建从盱眙尉辞官后，曾绕道到石门山一游，特意到好友的旧居住了一晚，并留下了这首充满隐逸情怀的山水诗。此时，王昌龄并不在石门山。

赏 析

这首诗体现了常建诗歌的鲜明特色，他遣词造句并不雕琢出奇，而是笔笔似漫不经心般信手拈来，却能于清新自然中创造出一种空灵明净的境界，具有超凡脱俗的独特韵味。

诗歌首联描写好友隐居地的环境，门前一条清溪缓缓流淌，头顶唯有一朵孤云相伴。云是隐士居所的标志，更是隐士清高风度的体现，代表了隐士超然物外的追求以及不为俗世所累的自在状态。

颔联的松和月显然也是诗人经过精心剪裁的，松的孤傲、月的清雅，都暗合了隐居之人的气度。当然，王昌龄在此地隐居时也是孤独寂寞的，无数个晚风清凉的夜晚，陪伴他的恐怕也只有无言的月光，所以诗人才会说"清光犹为君"，这里的"君"显然指好友王昌龄。

颈联描写茅亭及庭院中的花草。夜静无声，花草似乎都已经入眠，花香散布在微微的夜风中，青苔在潜滋暗长。"茅亭"可见王昌龄隐居此地时是清贫的，"苔纹"可见这里清净幽僻、少有人来。但在诗人看来，清贫的隐逸生活也好过在官场俗务中心力交瘁，清幽的居住环境更能让人自由自在、物我两忘。所以尾联诗人直抒胸臆，表达了自己坚定的归隐之志。

全诗气韵流动、清隽超逸，在盛唐时已经是脍炙人口的名篇。这首山水隐逸诗与《题破山寺后禅院》一样，同为常建诗歌的代表作品。

泊舟盱眙①

唐·常建

泊舟淮水②次③，霜降④夕流清。
夜久潮侵岸，天寒月近城⑤。
平沙⑥依⑦雁宿，候馆⑧听鸡鸣。
乡国⑨云霄外⑩，谁堪羁旅情⑪。

注 释

①盱眙（xū yí）：县名，在今江苏北部，位于淮河下游。②淮水：即淮河。③次：旁边。④霜降：节气名。⑤月近城：秋夜晴空，月色格外清朗，让人感觉月亮如挂在城头之上。⑥平沙：广漠的沙滩。⑦依：靠，靠近。⑧候馆：接待过往官员的驿馆。⑨乡国：故乡。⑩云霄外：云汉之外，极言遥远。⑪羁旅情：旅途中的思乡之情。

译 文

我乘坐的客船停泊在淮河岸边，霜降之夜，河水清澈空明。

夜已经深了，潮水还在一次次地冲刷、拍打着堤岸；天气寒凉，月色格外清朗，月亮距离城头好像更近了。

大雁在广阔的沙滩上歇宿，我在驿馆听到报晓的鸡鸣。

家乡遥遥，似在云霄之外，谁能承受这漂泊在外的思乡之情呢？

赏 析

这首诗大约写于诗人在外漫游山水期间，全诗笼罩了一层淡淡的哀伤，表达了游子思乡的羁旅情怀。

第一句紧扣诗题，交代诗人的行船停泊在淮河岸边。第二句"霜降夕流清"既点明了时间，又渲染出一片波光粼粼的明净水面，为下文铺开一幅晚秋夜景勾勒出了背景。

颔联和颈联熔诗情画意为一炉，描画了一幅素雅深沉、充满韵味的秋夜图。静夜之中，潮声澎湃，潮水不断涌向岸边。明月照亮了夜空，远处的城墙留下了厚重的阴影，秋日晴空，风烟俱净，那一轮圆月仿佛就挂在城头之上。颔联写远景，<mark>一天一地，一动一静</mark>，动静相宜，相得益彰。

颈联写近景。皎洁的月色下，大雁在平旷的沙滩上宿眠。大雁长途迁徙，就如离家的游子万里漂泊，自然会触动诗人的思乡之情。情难自抑，诗人长夜不眠，天还未亮就听到了驿馆的雄鸡报晓。这一联融情入景，自然引出尾联的直抒胸怀。诗人回望故乡，望不断云水苍茫，哪里还有故乡的影子？"谁堪羁旅情"，以反问作结，更加重了情感的抒发，表达了诗人思乡之切、之痛无以复加。

全诗没有一个绮丽的字眼，只用白描手法勾勒出了一幅澄澈明净的画面，意境空灵，情怀悠远，结尾在情感的高潮处戛然而止，给读者留下了广阔的思考和回味空间。

刘长卿：自负诗才的"五言长城"

刘长卿（？—约789），字文房，汉族，唐代诗人。刘长卿出身于官宦人家，年轻时在嵩山读书，多次参加科举考试未果。天宝年间，刘长卿高中进士，但适逢安史之乱爆发，并未揭榜。

肃宗登基后，刘长卿被任命到苏州下属的长洲县当县尉，不久被诬陷入狱，遇大赦获释，被贬为潘州南巴（今广东电白一带）尉。在去往南巴的路上，刘长卿遇到了从白帝城遇赦归来的李白，能够见到名满天下的诗仙，刘长卿非常高兴，欣然写诗相赠："江上花催问礼人，鄱阳莺报越乡春。谁怜此别悲欢异，万里青山送逐臣。"

几个月后，肃宗收复两京大赦天下，刘长卿回到苏浙一带。770年以后，刘长卿历任转运使判官、鄂岳转运留后等职。他性格刚直，得罪了鄂岳观察使吴仲孺，被诬贪赃，再次被贬为睦州（今浙江建德梅城）司马。德宗年间，刘长卿被任命为随州（今湖北随县）刺史，世称刘随州。

刘长卿一生经历了玄宗、肃宗、代宗、德宗四朝，仕途长期不得意。但他的诗名很盛，在"大历十才子"之上。刘长卿写诗以五七言近体诗为主，尤其擅长五言，他对自己的才华颇为自负，自称"五言长城"。作为一位由盛唐到中唐过渡时期的杰出诗人，刘长卿是大历诗风的代表人物之一。

长沙过贾谊①宅

唐·刘长卿

三年谪宦②此栖迟③，万古惟留楚客④悲。

秋草独寻人去后，寒林空见日斜时。

汉文⑤有道恩犹薄，湘水无情吊⑥岂知？

寂寂江山摇落处，怜君何事到天涯！

注 释

①贾谊：西汉政论家、文学家。②三年谪宦：贾谊被贬至长沙三年。
③栖迟：停留、居留。④楚客：这里指客居楚地的贾谊。⑤汉文：
指汉文帝刘恒。⑥吊：凭吊。贾谊在长沙曾写《吊屈原赋》凭吊屈原。

译 文

贾谊被贬到长沙三年，他的悲惨遭遇流传千秋万世。

我在众人离去后，踏着泛黄的秋草，独自前来寻找贾谊的故居，只见红日西斜、寒木森森。

汉文帝本是有道的明君，施与贾谊的恩惠却那么少；湘水奔流，时光飞逝，屈原怎么会知道一百多年后有人会在这里凭吊自己呢？

江山一片沉寂，树木的叶子纷纷落下，可怜你因为什么事而被贬到这天涯之远呢！

赏 析

这首诗大约作于刘长卿第二次被贬途中，他经过长沙，特意去寻访贾谊故居，凭吊这位才华盖世的西汉名臣。

贾谊少年英才，因受灌婴、周勃等人嫉妒诽谤，被外放为长沙王太傅，谪居长沙三年，诗歌首句"三年谪宦此栖迟"说的就是这件事。"万古惟留楚客悲"，以一个"悲"字奠定了全诗的感情基调，==诗人为贾谊而悲，更为自己而悲。==

颔联两句写景，描写贾谊故居的萧瑟和荒凉。日暮时分，这里人去屋空，只剩秋草瑟瑟、寒木萧萧，进一步渲染了诗歌的悲伤氛围。而且，这句诗还巧妙化用了贾谊《鹏鸟赋》中的句子"庚子日斜兮，鹏集余舍"，造语精妙。

颈联是诗人发出的感叹。汉文帝是有道明君，开创了"文景之治"的盛世，尚且对贾谊这样的才士刻薄寡恩。刘长卿身处乱世，代宗昏聩，他一次入狱，两次被贬，遭际更加悲惨，所以这颈联上句隐含了对唐代宗的讽刺和不满，下句感慨屈原不知道百年后贾谊会在湘水之滨写下《吊屈原赋》，同理，贾谊也不会知道几百年后刘长卿会在他的长沙居所写下这首《长沙过贾谊宅》。诗句含蓄蕴藉，饱含世事茫茫、人生苦短之叹。

尾联诗人放眼寂寂江山，但见草木摇落、萧瑟凄凉，不禁更加伤感，在无限辽阔的境界中以"怜君何事到天涯"作结。这句明知故问既悲且

愤，叹的不只是贾谊，更是自己，是对自己遭受的不公待遇的愤懑呐喊，是对黑暗现实的强烈控诉！

全诗以吊古之名，行讽今之实，笔笔写贾谊，其实处处隐含着诗人自己的影子，文意连贯不滞，感情含蓄深沉，是唐代七律中的名篇。

逢雪宿①芙蓉山②主人

唐·刘长卿

日暮苍③山远，天寒白屋④贫。
柴门闻犬吠，风雪夜归人。

注 释

①宿：投宿；借宿。②芙蓉山：各地以芙蓉命山名者甚多，这里大约是指湖南桂阳或宁乡的芙蓉山。③苍：白色。④白屋：未加修饰的简陋茅草屋。

译 文

傍晚时分，白色的山峰在苍茫暮色中看上去非常遥远。天寒地冻，眼前简陋的茅屋显得愈加贫寒。

柴门外突然传来狗的吠叫声，原来是有人冒雪在夜里归来。

赏 析

　　由诗题可知，这首诗是诗人在山间行路遇雪、投宿一户农家的所见所闻。全诗仅有二十个字，却创造出了一幅幅独具韵味的画面，意象丰富，境界深远，"状难写之景如在目前，含不尽之意见于言外"，是一首脍炙人口的名篇。

　　诗歌大约写于诗人贬谪途中，大雪飘飘，前路迢迢，暮色苍茫，青山邈远，诗人踽踽独行，第一句铺开的是一幅凄清阔大的画面，让人感到无尽的孤独。第二句"天寒白屋贫"，将镜头拉近，着力刻画风雪中的茅屋。简陋的茅屋在风雪中孤零零地伫立，既加深了整首诗的孤独之感，又用"寒""贫"两字加重了的诗歌阴沉、凄冷的色调。

　　但第三、四句，诗人笔锋轻转，描绘出了一幅热闹、鲜活的风雪夜归图，为空旷、孤独的意境增加了人间烟火气，全诗凄清、黯淡的色调也有所冲淡。不同于前两句的诉诸视觉，这幅画面诗人是通过听觉来刻画的，听得柴门外的阵阵犬吠，得知行人顶风冒雪归来。诗人的笔触极其凝练，这归来的是何人并没有具体交代。学界对此一直都有争议，有人认为"归人"指的是诗人自己，有人认为是主人夜归。诗歌本就是凝练的艺术，言简而意丰，从纯欣赏的角度来说，两种理解都未尝不可。

　　全诗音韵和谐、错落有致，诗情画意相得益彰，一幅幅画面有对立、有统一，相互映衬，余味无穷，难怪会独步千古，被人们称赞不已。

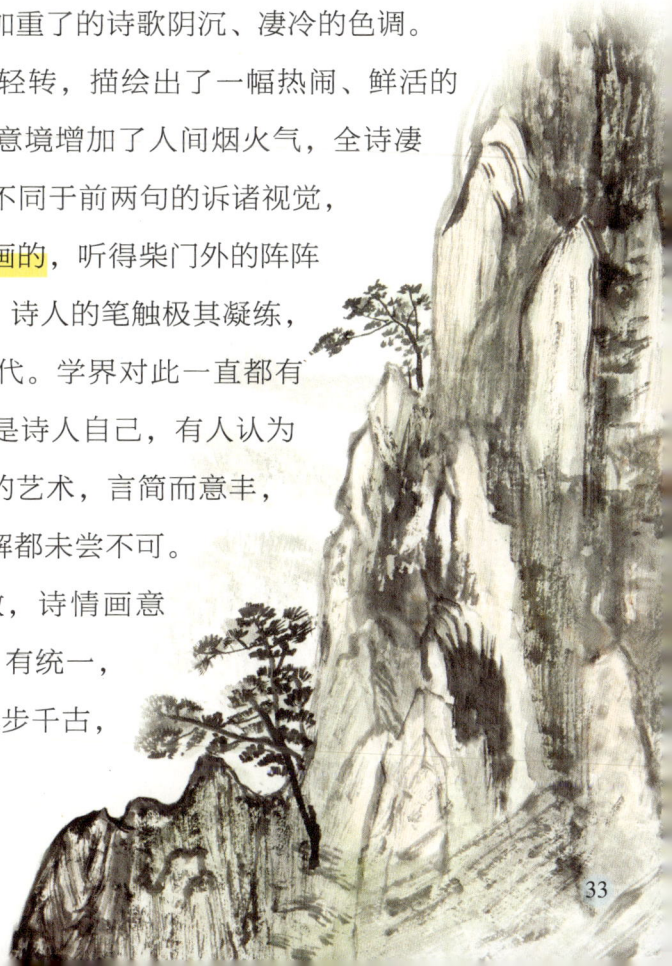

别严士元^①

唐·刘长卿

春风倚棹^②阖闾城^③，水国春寒阴复晴。

细雨湿衣看不见，闲花^④落地听无声。

日斜江上孤帆影，草绿湖^⑤南万里情。

东道若逢相识问，青袍^⑥今已误儒生^⑦。

注 释

①严士元：吴地（今江苏苏州）人，曾担任员外郎。②倚棹（zhào）：泊舟，停船。③阖闾（hé lú）城：指今江苏的苏州城，相传春秋时伍子胥为吴王阖闾所筑。④闲花：指野花。⑤湖：指太湖。⑥青袍：唐代规制，八品九品官员的官服是青色的。⑦儒生：诗人的自称。

译 文

春风轻拂，船儿停泊在阖闾城外；江南的早春带着阵阵寒意，天气忽阴忽晴。

细雨蒙蒙，看不见雨滴，衣服却有了微微的濡湿；野花静静地飘落在地，没有一丝声响。

夕阳西下，你乘船离开，江上只剩一片孤独的帆影；你所去的太湖之南芳草萋萋，绵延万里，一如我对你不尽的情谊。

此一离去，若是遇到老朋友问到我，请告诉他我就是被青袍所误的一介书生。

赏 析

这首诗是刘长卿与好友严士元分别时的赠诗，全诗描景细腻婉约、造语清丽秀美，熔诗情画意于一炉，是一首具有高度艺术性的七言律诗。

诗歌第一句叙事，记叙自己将船停泊在阖闾城外，和朋友相会。第二句则绘就了一幅江南早春图，"水国"突出了江南的水乡特色，"春寒"概括了早春时节的气候特点，"阴复晴"则说明了天气情况，短短七个字，却已摄江南早春之魂。

颔联的两句描摹了一幅更为绮丽、静谧的画面。两位好友依依话别，不知何时天空飘起蒙蒙细雨，雨丝细如牛毛，让人几无察觉，但时间一长，却感觉衣服变得潮湿。早开的春花已开始凋谢，轻柔的花瓣在微风细雨中缓缓飘过，落地无声。润物无声的细雨，轻轻飘扬的落花，诗人以精细入微的观察和出神入化的笔触创造出了一个如梦似幻的画境，这两句诗也成为千古流传的名句。

颈联又是两幅画面，只不过这画面一下子变得辽远无际，境界也变得阔大起来。上句是诗人送别的画面，孤帆映着斜阳，随江水渐渐远去，直至天边。下句是诗人的想象，朋友此去的太湖之南草木葱茏，也是一片春意盎然，诗人万里情牵，对朋友依依不舍。

尾联是好友话别之际的一句嘱托，亦是诗人的一句牢骚，表达了诗人多年辗转于下层官吏中的愤懑和不满。刘长卿为人耿介，刚而犯上，这样的人仕途必然多舛，所以他常有蹉跎人生、怀才不遇之叹，"青袍今已误儒生"正是这种情绪的体现。

这首诗构思精巧，画面绮丽，一句一画，让人应接不暇、叹为观止。

杜甫：一览众山小

　　杜甫，生于唐睿宗太极元年（712），卒于唐代宗大历五年（770），字子美，河南巩县（今河南巩义）人，自号少陵野老，因此人称"杜少陵"，又曾被授官左拾遗、检校工部员外郎，故而后世也称其为"杜拾遗""杜工部"。

少年意气

　　杜甫的家族京兆杜氏，是当时北方的世家大族。杜家祖上是西晋名将杜预，作为攻灭东吴的主将，声名赫赫，功荫后世。在讲求门第出身的两晋、南北朝乃至隋唐年间，杜家历代为官做宦，诗书传家。至其祖父杜审言，秉承家学，才情出众，诗文尤其出色，与同时代的陈子昂、宋之问、沈佺期等著名诗人为友，官虽做得不大，但诗名著于当时。

　　杜甫就成长于这样一个诗书气氛浓郁的家庭。他曾在写给儿子杜宗武的诗中写到"诗是吾家事"——杜家是将"作诗"作为家族传统来传习的。杜甫从小受此教育，耳濡目染，有爷爷的榜样在前，加之天生聪慧，极富诗心，很小年纪就崭露头角，迸发出未来不可限量的文采光芒。正如他在自述式的长诗《壮游》中写的"七龄思即壮，开口咏凤凰"——七岁时就已有了很成熟的才思，可以出口成诗，辞藻华丽；"九龄书大字，有作成一囊"——九岁时学写大字，写下自己积累的诗作就已经有满满一袋了；到了十四五岁时，"往昔十四五，出游翰墨场"——"我"在文人圈里就已经显露头角；"斯文崔魏徒，以我似班扬"——崔尚、魏启心这些著名的文化人，把"我"比作两汉的班固、扬雄，称赞"我"的文章。而这位少年诗人的个性更是刚劲豪放、嫉恶如仇，"性豪业嗜酒，嫉恶怀刚肠"；狂傲不羁，目空四方，"饮酣视八极，俗物都茫茫"；连结交的朋友也尽是上了岁数的饱学名儒，瞧不上年纪相仿的平辈，"脱略小时辈，结交皆老苍"。从这"毫不客气"的自述也能看出，少年杜甫是何其的才华横溢、意气风发！

坎坷的求官之路

　　年少成名、踌躇满志的杜甫早早为自己定下了"致君尧舜上，再使风俗淳"的人生目标和做官理想，但后来的人生际遇却跟他开了个大大的玩笑。家族至他一辈已是家道中衰，为求功名实现理想，也为养家糊口，杜甫离开家乡，开始了客居长安长达十年的求官之路。青年和中年时期的他曾多次参加科举选拔，都未能考取进士；又转走当时非常普遍的求谒门路，各处拜谒当朝的达官显贵，送上自己的诗文，以求被赏识举荐做官，但也因不善阿谀以及奸臣作梗等原因未能如愿。年华蹉跎，郁郁不得志，让他对已经日渐腐败的朝廷有了更清晰和深刻的认知和批判。也是在这个时期，他广泛游历，饱览河山，走上了忧国忧民的现实主义创作之路，并在旅途中结交了年长自己十一岁的"兄长"李白，二人"醉眠秋共被，携手日同行"，一同寻仙问道、探讨诗文，这一对中国诗词界"泰山北斗"的时空交会，注定成为传奇，引后人无限遐想与向往。

终于在天宝十年（751），已是四十岁的杜甫因诗文引起了唐玄宗的留意，被征召进宫，但也只是被授予一个小小的官职河西尉（正九品下），后又改任右卫率府兵曹参军（从八品下）。杜甫迫于生计只得接受了这个军械库看管员的差事。但更大的劫难还在后面。

流亡的诗人

天宝十四载（755），安史之乱爆发。叛军势如破竹，进逼长安，唐玄宗仓皇出逃蜀地，杜甫也只得弃官避难。此时杜甫一家已是穷困潦倒，颠沛流离。杜甫听闻太子李亨在灵武继位（即唐肃宗），主持平叛，于是安顿好家小又只身北上投奔朝廷，结果半路被叛军俘获，被困一年多，其间写下名篇《春望》——"烽火连三月，家书抵万金"。后来趁战乱逃出，终于回到朝廷，被封为左拾遗（从八品上），负责向皇帝直言进谏，不想没多久就因替宰相房琯鸣不平触怒皇帝，多亏另一位宰相张镐全力求情才没被杀头，被贬出朝廷去华州任参军。自此，杜甫"致君尧舜上"的政治理想彻底破灭。

之后在华州的几年，杜甫目睹了战乱给万千百姓带来的悲惨与苦难，亲历了无数次官军的无能和横征暴敛，他的笔触也变得更加深沉厚重。这一时期，他留下了"三吏"（《新安吏》《石壕吏》《潼关吏》）与"三别"（《新婚别》《垂老别》《无家别》）等一系列脍炙人口的名篇。

浣花溪畔筑草堂

随后，受到少时好友、时任剑南节度使的严武的邀请和救助，杜甫弃了华州的官职，举家辗转迁往成都。在好友的接济下，于城西浣花溪畔修起几间茅舍，供一家老小居住，这就是名闻后世的"杜甫草堂"，不过当时只是一片平民区里的寻常院落。严武还举荐杜甫为"检校工部员外郎"，这是个虚衔，实质是做了严武的幕僚参谋。在成都的日子，杜甫不仅有了稳定的收入，全家也终于告别了颠沛流离的生活。这一时期的很多诗作中都有描写生计、妻儿的画面，结合着对国家残破、百姓苦难的情感，意味也越发浓郁深远，我们所熟悉的《茅屋为秋风所破歌》《闻官军收河南河北》便是其中的代表。

　　唐代宗广德元年（763），祸乱天下长达八年之久的安史之乱终于被平定，但天下仍不太平。吐蕃趁乱攻入长安，唐代宗出逃陕州，平定安史之乱留下的后遗症——藩镇割据则愈演愈烈。天下兵革未息，号角不断，百姓苦不堪言。而杜甫一家的安定日子也好景不长。唐代宗广德三年（765），严武因病去世。失去了好友的庇护，已是五十四岁的杜甫携全家再次踏上居无定所的旅程。这一次在好友夔州都督柏茂林的邀请下，几经波折到达夔州（今奉节）。在夔州的两年成为杜甫创作的高峰期，积结一生的诗情喷薄而出，留下的诗作高达四百三十多首，占现存作品的百分之三十。而诗人的创作技法也达到了完全的圆融成熟，看似下笔平实却词句精妙、取意深邃，首首格律严整、穷绝工巧但仿佛信手拈来，此时的诗人作诗已然臻于化境了。《登高》《秋兴八首》《咏怀古迹五首》等作为中国古代律诗的神品，成为千古绝唱。

🌊 巨星陨落

　　伴随着诗词成就的最后光芒，诗人的人生却行将落幕。唐代宗大历三年（768），杜甫思乡心切，开始了生命最后一程的漂泊。他乘船顺长江辗转东下，到湖南岳阳，又因旅费困窘和兵乱未息等缘故，不能北归，被迫南行到潭州（今长沙），又折往衡州（今衡阳）、郴州等地，往复漂泊，饱受颠沛之苦，曾有五天断粮的经历，多亏得人救济才得活命。已是残年的杜甫再也经不得如此折腾，一病不起，相传最终在唐代宗大历五年（770）病逝于潭州往岳阳的一条小船上，时年五十九岁。一代诗词伟人陨落。

站在群峰之巅

杜甫的一生，经历曲折丰富，遍尝坎坷峰谷，可以看作是唐朝由盛转衰的缩影和镜像。优渥的家学传统、跌宕的人生遭际、宏大的时代变迁，配以卓绝的艺能才情，共同塑造了一位如此伟大的诗人。他的诗歌内容以反映当时的社会面貌为主，题材广泛，对政治腐败和民间疾苦有着深刻的洞察，对当时的时代画面有着准确而细腻的描绘，甚至可以作为历

史材料来采信，兼之笔法森严，"不虚美，不隐恶"，因此他的诗又被称为"诗史"。创作风格上，他自称"为人性僻耽佳句，语不惊人死不休"，对用词句法极尽考究，却又不着痕迹，语言精练，格律严谨，感情真挚，描画深刻，后人不仅能从他的诗中感受文学之美，更可以领略到诗词格律巅峰的"结构之美"。同时，他在律诗的体裁上也有诸多创新，成为后世诗词开一派风气之先的宗师。

杜甫，他就站在中国古代诗词的群峰之巅，是我国最伟大的现实主义诗人。白居易赞他"贯穿今古，尽工尽善"；韩愈写下"李杜文章在，光焰万丈长"；司马光品评他"近世诗人惟杜子美最得诗人之体"；苏东坡俯首称颂"古今诗人众矣，而杜子美为首"；陆游拜谒杜甫祠堂留下"文章垂世自一事，忠义凛凛令人思"……种种赞美不一而足。而杜甫一生留下的一千四百多首诗作，多数至今仍然有着鲜活的生命力和感召力，鲁迅先生曾说："我总觉得陶潜站得稍稍远一点，李白站得稍稍高一点……杜甫似乎不是古人，就好像今天还活在我们堆里似的。"

杜甫，他的诗歌创作境界后世无人能够超越。千百年来，他一直站在那里，"一览众山小"，被世世代代的人们仰望和赞美。

望岳

唐·杜甫

岱宗①夫如何？齐鲁②青未了③。
造化④钟神秀，阴阳⑤割⑥昏晓。
荡胸生曾⑦云，决眦⑧入归鸟。
会当⑨凌⑩绝顶，一览众山小。

注 释

①岱宗：指泰山。②齐鲁：春秋时期的两个诸侯国，在今山东一带。泰山以北为齐国，泰山以南为鲁国。③未了：不尽。④造化：指天地、大自然。⑤阴阳：古人以山北水南为阴，山南水北为阳。⑥割：分。⑦曾：同"层"。⑧眦：眼眶。⑨会当：终当，终要。⑩凌：登上。

译 文

泰山是什么样子的？它横跨齐鲁大地，青色的峰峦连绵不断。

大自然将神奇和秀丽集中于泰山，山南山北截然不同，一面像早晨一般明亮，一面像黄昏一般昏暗。

山间层云生起，使人的心胸为之震荡，我睁大眼睛眺望，看到一群鸟飞回了树林。

我一定要登上泰山的顶峰，俯瞰那在泰山面前显得矮小的重重山峰。

赏 析

这是一首歌咏泰山的名作。泰山为五岳之尊，文人骚客为其写下的诗篇不计其数，杜甫这首以磅礴的气概和冲天的豪气成为其中的翘楚，被刻石记碑，树立在泰山山麓。

诗歌以"望"字统摄全篇，尽情描绘泰山巍峨的气势和秀丽神奇的风光。首联以设问起笔，描写的是诗人远望中的泰山。泰山不是孤峰突起，而是层峦叠嶂、连绵不绝，青色的山峦覆盖着齐鲁大地，"青未了"极言泰山的绵延辽阔。

二三联是近望，诗人极力赞叹泰山的高耸和险峻。以"神""秀"两个字总括泰山的特点，非常贴切传神。"阴阳割昏晓"，山南山北截然不同，可见山之高；山中层云生起，云雾缭绕，可见山之险。如此钟灵毓秀的泰山令诗人久久凝望，迎山岚雾霭，送飞鸟归林，诗人睁大眼睛，怎么也看不够，体现了诗人对泰山的极端热爱。

如此雄奇秀美的泰山，自然令诗人产生了登顶的强烈愿望。"会当凌绝顶"掷地有声，"一览众山小"气吞山河，这两句诗既写实景，又兼说理，气势豪迈，寄寓深远，极大地提升了全诗的境界，使整首诗成为千古绝唱，与泰山一样永垂不朽！

丽人行

唐·杜甫

三月三日①天气新，长安水边多丽人。

态浓意远淑且真，肌理细腻骨肉匀。

绣罗衣裳照暮春，蹙金②孔雀银麒麟。

头上何所有？翠微匎叶③垂鬓唇。

背后何所见？珠压腰衱④稳称身。

就中⑤云幕⑥椒房亲⑦，赐名大国虢与秦⑧。

紫驼之峰⑨出翠釜⑩，水精之盘行素鳞⑪。

犀箸⑫厌饫⑬久未下，鸾刀⑭缕切空纷纶。

黄门⑮飞鞚⑯不动尘，御厨络绎送八珍。

箫鼓哀吟感鬼神，宾从杂遝⑰实要津。

后来鞍马何逡巡，当轩下马入锦茵。

杨花雪落覆白苹⑱，青鸟⑲飞去衔红巾。

炙手可热势绝伦，慎莫近前丞相⑳嗔！

注 释

①三月三日：为上巳日，唐代长安仕女多于此日到城南曲江游玩踏青。
②蹙金：一种刺绣工艺。③匎（è）叶：一种首饰。④腰衱（jié）：
裙带。⑤就中：其中。⑥云幕：指宫殿中的云状帷幕。⑦椒房亲：
指皇后家属。椒房，汉代皇后居室，以椒和泥涂壁，后世因此称皇
后为椒房。⑧赐名大国虢与秦：指天宝七载（748）唐玄宗赐封杨贵
妃的大姐为韩国夫人，三姐为虢国夫人，八姐为秦国夫人。⑨紫驼之

峰：即驼峰，是一种珍贵的食品。唐贵族食品中有"驼峰炙"。⑩翠釜：翡翠做的锅，这里指精美的锅。釜，古代的一种锅。⑪素鳞：指白鳞鱼。⑫犀箸：犀牛角做的筷子。⑬厌饫（yù）：吃得腻了。⑭鸾刀：带鸾铃的刀。⑮黄门：宦官。⑯飞鞚（kòng）：骑马飞奔。鞚，带嚼子的马笼头。⑰杂遝（zá tà）：众多且杂乱的样子。⑱杨花雪落覆白蘋："杨花"是隐语，以曲江暮春的自然景色来影射杨国忠与其从妹虢国夫人（嫁裴氏）的暧昧关系。⑲青鸟：神话中的鸟，西王母使者。相传西王母将见汉武帝时，先有青鸟飞集殿前。后常被用作男女之间的信使。⑳丞相：指杨国忠，天宝十一载（752）十一月为右丞相。

译 文

三月三日上巳节天气清新，长安曲江畔聚集了很多美丽的女子。她们仪态端庄淡雅，淑美而不做作；她们肌肤细腻，身材匀称。她们彩绣绚丽的丝织衣服映照着暮春的美景，衣服上用金线绣着孔雀，用银丝绣着麒麟。

她们头上戴着什么呢？翡翠做的首饰从鬓角垂到了嘴边。她们的背面是怎样的呢？耀眼的珍珠压在裙带上，衣服稳重又合身。众多踏青的女子中间，有几位是宫中后妃的亲属，包括虢国夫人和秦国夫人。

从翡翠锅中端出美味的紫驼峰，用水晶盘送来鲜美的白鳞鱼。吃腻了山珍海味的她们拿着犀角筷子久久不动，厨师们舞刀弄铲细切细做空忙活一场。宦官们骑马来去不敢扬起灰尘，宫中的厨师络绎不绝送来各种珍美食品。吹箫击鼓演奏出缠绵动听的音乐连鬼神都能感动，跟随她们一起出游的宾客随从都是身居要职的达官贵人。

后面骑马赶来的这位高官是多么从容自得，他在车前下马，走上锦织的绣毯。柳絮如白雪一般纷纷落下，覆盖在水中的浮萍之上，青鸟飞上前衔起地上的红丝帕。杨家现在权势绝伦，闲杂人切莫轻易上前，免得杨丞相发怒斥责！

历史放映厅

《丽人行》一般认为创作于唐玄宗天宝十二载（753）。此时距"安史之乱"爆发仅剩两年光景，正是唐朝由盛转衰的前夕，唐玄宗宠溺杨贵妃，提拔其兄杨国忠做了宰相，杨氏一门内外勾结、排除异己、把持朝政、气焰熏天。诗人时年四十一岁，因诗文被皇帝赏识而召入宫中，却一直未授官职，只被当个宫廷写手闲置着。也因如此，他有机会近距离观察甚至亲身参与宫廷贵族的各种活动。朝堂的昏庸腐败、权臣的奸佞跋扈、贵族们的穷奢极欲，都让诗人无比震惊、愤懑。于是，诗人选取了三月三日的一场宫廷贵妇们的传统春游踏青活动，用直陈的笔法，以宏大的场面和华丽的辞藻，生动描画了这场上流人士的奢华聚会。

赏析

《丽人行》是杜甫作品中颇具代表性的一首乐府诗，从名称即知为歌行体。一般来讲这种体裁的形式、格律比较自由，但本诗仍多处可见工整的对仗，韵脚也押得严格，这就是诗人功力的体现了。

全诗内容可分为三层。首先一层是写贵妇出游的盛大场面，诗人用非常传神的遣词造句描述贵妇们的体态之美和服饰之盛，引出主角杨氏姐妹的娇艳姿色。这里值得细细品味诗人的用词——"态浓意远"，描绘夫人们雍容华贵的神色气质；"骨肉匀"的"匀"字，把丰腴和婀娜囊括，不可再多不能再少，恰到好处，实为神笔；再如"珠压腰衱稳称身"一句，不仅描绘了细致的配饰，而且极具画面感，一个"压"字和"稳称身"相配，仿佛妇人款款的步态跃然眼前。诸如此类，非常值得读者细细品赏。

其次一层展现宴饮的豪奢。诗人描述了宴席上的奇珍异味、宫廷厨师的高超技法、侍宴太监的繁忙侍奉、珍馐美味的络绎不绝，实则都围绕一句"犀箸厌饫久未下"——虢国夫人和秦国夫人等贵妇们因为早就吃腻了这些饕餮盛宴而都懒得动一动筷子！诗人用一个"厌"字让所有繁奢的铺陈都变成了一场白搭，产生的戏剧冲突感凸显出这场繁华的荒唐和丑陋。至于"紫驼之峰出翠釜，水精之盘行素鳞"这类对仗句法的灵活运用也值得玩味。

全诗最后一层写杨国忠的出场，直白地描述他的骄横。"逡巡"此处作"从容"解，于一众喧闹的达官显贵中骑马径直而来，从容入席，除了炙手可热的权相杨国忠，还有谁人？"杨花""青鸟"一句是用典

这幅画描绘的是天宝十一载（752）春天，杨贵妃的三姐虢国夫人带领家眷盛装出游的场景，也是根据《丽人行》创作的诗意图。"就中云幕椒房亲，赐名大国虢与秦"其中的"虢与秦"分别指杨贵妃的三姐和八姐虢国夫人和秦国夫人。关于这幅画，有个千古谜题，就是画中谁才是虢国夫人呢？有人说是最中央的女子，也有人说是画面最后抱女童的女子，更多人认为最前方女扮男装的骑手是虢国夫人。因为她骑的马规格最高，而且唐代风气开放，贵族妇女男装出行蔚然成风。

《丽人行图》
作者：李公麟
创作年代：北宋

哈哈，谁能看出我是女扮男装！

难道她是
虢国夫人？

故讽刺杨国忠兄妹的淫奢，如此露骨的批判却被诗人"阳春白雪"般写就，不破坏全诗用句的整体基调，隐得高妙！也体现出诗人深厚的典故储备。而最后一句结到正题，读来却好似戏谑玩笑，实在是绵里藏针，举重若轻啊！另外，我们所熟悉的成语"炙手可热"就是出自这首诗，是杜甫的原创。

诗人全篇只是如实描述，未加议论，不露好恶，却通过句式结构的运用和具体字眼的把控，让读者处处读出讽刺，句句生发感叹。言在诗外，诗人手法高超如斯。

月夜

唐·杜甫

今夜鄜州①月，闺中②只独看。

遥怜小儿女，未解忆长安。

香雾云鬟③湿，清辉④玉臂寒。

何时倚虚幌⑤，双照⑥泪痕干。

注 释

①鄜（fū）州：地名，今陕西富县。②闺中：指作者的妻子。闺，闺房，旧时称女子居住的内室。③云鬟（huán）：女子乌黑浓密的头发。④清辉：月光。⑤虚幌：薄到透明的帘帷。⑥双照：共照两人。

译 文

今夜鄜州上空那一轮圆月，只有妻子独自一人在闺房中观看。

我远在他乡怜惜儿女年幼，还不懂得母亲为何会思念长安。

染香的雾气濡湿了妻子的鬓发，月亮的清辉使她的双臂生出寒意。

什么时候我俩能并肩倚靠在薄薄的帘帷下，让月光擦干我们脸上的泪痕呢？

历史放映厅

天宝十四载（755）十一月，安禄山在范阳起兵作乱。当年十二月，长安被叛军攻陷，唐玄宗带人仓皇逃往四川。第二年七月，太子李亨在灵武自行登基，是为肃宗。唐肃宗指挥唐军平叛，遥尊玄宗为太上皇。当年八月，杜甫将家小安置在鄜州（今陕西富县），只身前往灵武去投奔唐肃宗，不幸途中被叛军抓获，押回长安。被叛军拘禁在长安的杜甫望月伤怀，写下这首思念亲人的《月夜》。

赏 析

这首诗构思独出机杼，诗人不直接描写自己对亲人的思念，而是另辟蹊径，通过想象间接描写远在鄜州的妻子望月怀人，思念、牵挂自己。切入角度新颖别致，流露出的情感深切哀婉，别具一种打动人心的力量。

写这首诗时，诗人必是在长安独自看月，但他没有从眼前写起，而是宕开笔触，描写那鄜州上空的圆月以及月下的妻子。妻子当时带着儿女住在鄜州，诗人却偏偏写她"独看"，这就自然而然地引出下句"遥怜小儿女，未解忆长安"。儿女年龄幼小，天真烂漫，还无法体会母亲对父亲的思念和牵挂，所以妻子独自一人望月伤怀。"忆长安"三字涵蕴深远，长安既是国都，又是一家人长期生活过的地方，更是如今丈夫的羁押之地，一个"忆"字饱含了相思之痛和家国之悲。

妻子在月下伫立良久，云鬟被蒙蒙雾气打湿，双臂被夜晚的寒气浸染，"香雾""玉臂"都是为了突出妻子的美好形象而作的渲染。可惜这美好的画面却浸透了满纸凄凉，丈夫生死未卜，妻子内心该是何等煎熬？对于杜甫来说同样

如此，兵荒马乱之中，妻弱子幼，他又是多么忧心挂念啊！尾联中"何时倚虚幌，双照泪痕干"既体现了诗人盼望夫妻早日团聚的美好愿望，又是对当下两人分隔两地、伤心流泪的曲笔映射。

这首诗描写的是夫妻之间的思念和离情，诗人将这种感情置于国破家亡、战争离乱的大背景之下，字里行间跳动着时代的脉搏，寄寓着希望叛乱早日平定、国家安定祥和的美好愿望，所以杜甫的诗才被称为"诗史"。

春望

唐·杜甫

国破山河在，城①春草木深。
感时花溅泪，恨别鸟惊心。
烽火②连三月，家书抵万金。
白头搔更短，浑③欲不胜簪④。

注 释

①城：指长安城，当时被叛军占领。②烽火：古时边防报警的烟火，这里借指战事。③浑：简直。④不胜簪：插不住簪子。胜，能够承受，禁得起。簪，一种别住发髻的长条状首饰。

译 文

国都被攻占但山河依旧，春天到来，长安城里乱草丛生、树木疯长。

感伤时事，眼泪溅到花朵之上；离愁别恨满怀，听到鸟鸣声也觉得惊心。

战火连绵，已经持续了一个春天，家书难寄，一封抵得上万两黄金。

我满心愁绪，将白发越挠越短，都快插不上簪子了。

赏 析

这首诗写于至德二年（757）三月，此时，杜甫被叛军困在长安已有半年多。春回大地之际，诗人看到满目荒凉的长安城，既感伤国事，又思念亲人，写下了这篇饱蘸血泪的诗作。

诗题为"春望"，所以首联写远望的长安春色。第一句起笔不凡，如春雷乍响，"破"字言简意赅，触目惊心，蕴含了多少叹息和伤感。战争让繁华富庶、遍地鎏金的长安城变得残破荒凉，山河仍在，却已是面目全非，昔日繁花满城的长安如今草木疯长，无人打理。"深"字表现的不是生机，而是荒芜。

颔联描写的是长安城近景。关于这两句诗有两种理解，一种是诗人感伤国事、思念亲人，所以面对春日怡人的花鸟感到的不是欢悦，而是伤心，因而见花流泪，闻鸟惊心；另一种理解是诗人运用拟人手法移情于物，让花鸟和人一样感时伤别，花儿堕泪，鸟儿惊心。应该说，无论是哪种理解都暗合诗人写诗时的心态，都无伤文意转合和情感脉络。

颈联，诗人由望春转而思及自身。此时，杜甫独自一人困居长安，家人远在鄜州，战火连绵不绝，致使交通和邮路全都断绝，家人生死不明，诗人急切地盼望家书而不得，由此发出"家书抵万金"的感叹。战火中的家书无价，至亲至情，古今同理，千百年来这句诗广为传颂，是因为它引起了人们广泛的共鸣。

尾联进一步渲染诗人的忧愁苦闷。此时的杜甫才四十多岁，却因为遭遇国破家亡、离乱惊恐而华发早生。诗人搔首踟蹰之下白发更加短而稀疏，"浑欲不胜簪"虽略带夸张，但正是诗人伤痛满怀的具体体现。

全诗笔法娴熟、对仗工巧、言简意深、字字千钧，集中体现了杜诗沉郁顿挫的特点，是杜甫诗歌中的一篇代表佳作。

石壕①吏

唐·杜甫

暮投②石壕村，有吏夜捉人。
老翁逾墙走，老妇出门看。
吏呼一何③怒！妇啼一何苦！
听妇前致词④：三男邺城戍⑤。
一男附书至⑥，二男新⑦战死。
存者且偷生，死者长已⑧矣！
室中更无人，惟有乳下孙⑨。

有孙母未去，出入无完裙⑩。

老妪⑪力虽衰，请从吏夜归，

急应河阳役，犹得备晨炊。

夜久语声绝，如闻泣幽咽⑫。

天明登前途，独与老翁别。

注 释

①石壕：即石壕村，在今河南三门峡东南。②投：投宿。③一何：多么。④前致词：走上前去（对差役）说话。⑤戍：防守。⑥附书至：捎信回来。⑦新：最近。⑧已：停止，这里指生命结束。⑨乳下孙：还在吃奶的孙子。⑩完裙：完整的衣服。裙，这里泛指衣服。⑪老妪：老妇。⑫幽咽：形容低微、断续的哭声。

译 文

　　我傍晚到石壕村投宿，夜里有差役来村子里抓人。老翁赶紧跳墙逃走，老妇出门查看情况。差役的呼喝多么凶恶恼怒，老妇的哭啼多么凄惨悲苦！我听到老妇走上前对差役说："三个儿子都在邺城戍守，一个儿子捎信回来，说另外两个儿子最近战死了。活着的人暂且偷生，死了的生命就永远停止了。家里再没有别的男人，只有一个吃奶的孙子。因为有孙子在，所以他的母亲还没有离去，她出来进去连件完整的衣服都没有。虽然老妇我年老力衰，但请让我跟各位官爷连夜赶回军营。马上投入河阳的战役，还来得及为官兵准备早饭。"夜深了，说话的声音渐渐消失，但好像还能听到低微的哭泣声。天亮后我继续赶路，只有老翁一个人与我告别。

唐肃宗乾元元年（758），为平定安史之乱，唐军围困叛军所占领的邺郡（今河南安阳），胜利在望。但肃宗不信任郭子仪、李光弼等将领，不仅不设统帅，反而令宦官鱼朝恩到前线监军。各部军队缺乏统一指挥，再加上粮食不足，军队士气低落，邺郡久攻不下。第二年春，形势发生逆转，唐军全线崩溃，退守河阳（今河南孟州），并四处抽丁补充兵力。

杜甫此时任华州（今属陕西渭南）司功参军。他去洛阳探亲后，从洛阳返回华州任所，途经新安、石壕、潼关等地，根据目睹的现实写了一组不朽的叙事诗——"三吏"和"三别"，《石壕吏》是其中一首。

赏　析

诗人夜宿石壕村，耳闻目睹了差役抓丁的场景，即兴创作了这首诗，控诉战争给社会造成的巨大戕害，寄寓了诗人对苦难百姓的深切同情。

诗歌开门见山，犹如单刀直入，点明"有吏夜捉人"这件事，毫不拖泥带水。"老翁逾墙走"一句陡起波澜，令人不禁诧异，老翁为何会有如此举动？而且，一个上了年纪的老人，在听到差役到来的第一时间就能翻墙逃脱，可见官兵深夜破门抓丁不是第一次，想必非常频繁，所以老翁的动作才能如此熟练。老翁逃走了，家里留下老妇出门应对差役，"吏呼一何怒！妇啼一何苦"是诗人无奈的感叹，差役的如狼似虎、凶神恶煞，老妇的凄惨悲苦都在这感叹中淋漓尽致地表现了出来。

老妇的致词是全诗的中心内容，集中展现了战争的残酷无情和百姓的苦难深重。三个儿子应征去戍守河阳，其中两个儿子已经阵亡，==两位可怜的老人白发人送黑发人，不仅得不到任何抚恤，老翁还要接着被抓去服兵役==。如果老翁被抓走，家里再无一个成年男丁，生活必定难以为继，明白了这一点，才能切实理解老翁翻墙逃走的急切和老妇主动要求去军营服役的无奈。

"夜久语声绝，如闻泣幽咽"，虽然诗人没有明说，但大体可以猜测这幽咽之人是这家的儿媳，夜深人静之时，女子压抑的哭声更增加了诗歌的哀痛和悲感。"天明登前途，独与老翁别"，说明差役在听到老妇的哭诉后丝毫没有心软，还是将老妇抓走了。这次深夜抓丁告一段落，诗歌也戛然而止，老妇在军营的最终命运如何，下次抓丁时老翁还能不能侥幸逃脱，这些都是诗歌这种高度凝练的艺术留给读者的思索。

创作这首诗时，杜甫的感情是复杂的，作为深受儒家思想影响的士大夫，杜甫有强烈的家国情怀，他当然希望唐军能够早日平定叛乱。但在平叛的过程中，杜甫也目睹了==政治的黑暗以及官军暴虐的一面==，看到了抓丁给百姓带来的深重灾难。杜甫的伟大之处在于他能对普通百姓的苦难感同身受，并用手中的如椽巨笔据实所录，真实地反映在诗歌中。他的"三吏"（《新安吏》《石壕吏》《潼关吏》）和"三别"（《新婚别》《垂老别》《无家别》）不仅具有高度的艺术性，更具有深远的历史意义，从这个角度来说，杜甫的诗被赞为"诗史"可谓实至名归。

月夜忆舍弟①

唐·杜甫

戌鼓②断人行③，边秋一雁声。

露从今夜白，月是故乡明。

有弟皆分散，无家问死生。

寄书长不达，况乃④未休兵。

注 释

①舍弟：对人谦称自己的弟弟。②戌（shù）鼓：边防驻军的鼓声。③断人行：指实行宵禁，禁止人行走。④况乃：何况，况且。

译 文

边防驻军的鼓声阻断了来往的行人，边地秋天的大雁发出长鸣。

恰逢白露时节，故乡的月亮最是明亮。

我虽有兄弟，但流散在各地；家园被毁，兄弟之间的生死消息也无从知晓。

寄往家乡的书信常常送不到，更何况现在战争还没有平息。

历史放映厅

杜甫兄弟五人，他是长兄。这首诗写于唐肃宗乾元二年（759）秋天，当时仍处在安史之乱中，诗人客居秦州（今甘肃天水），只有最小的弟弟在他身边，其余三人散处河南、山东等地。这一年，叛军安禄山、史思明引兵南下，攻陷汴州，西进洛阳，山东、河南都处于战乱之中。由于战事阻隔，音信不通，杜甫非常担心其他弟弟的安全，忧虑难安，辗转反侧，所以写下了这首诗。

赏 析

这是一首<mark>月夜思亲</mark>的五律，也是一首<mark>战争悲歌</mark>，诗人怀着满腹忧虑和悲伤，借诗歌以抒怀。

诗歌题目是"月夜忆舍弟"，但没有从月亮写起，而是由宵禁的更鼓声写起。边防驻军的更鼓打响，宵禁开始，街上再无行人，显得异常冷清，只有孤雁飞过秋天的长空，时不时发出一声长鸣。首联从视觉和听觉两个角度，描绘了一幅清冷萧瑟的边塞夜景图。

颔联两句是千古名句，体现了杜甫高超的造句能力。"露从今夜白"说明正当白露时节，诗人为了对仗，调整了词语顺序，"白"字与下句中的"明"字相对，令人仿佛看到夜晚的点点清露在乳白色的月光中闪烁，更增加了秋夜的凄清氛围。"月是故乡明"，初读似乎无理，因为无论身在哪里，面对的都是同一轮明月，根本不存在哪里的月亮更亮一说；但<mark>细思才觉情深</mark>，游子们望月思乡，自然觉得哪里的月亮也没有家乡的明亮，<mark>此处的"明"是一种主观上的情感认知</mark>，因为在游子心中，哪里也比不上家乡亲切暖心。千百年来，这句诗被无数游子吟咏念诵，寄托惆怅的思乡之情。

颈联对仗也非常工整，"有弟"对"无家"，将家园被毁、弟弟们流散各处生死未知的担忧和焦虑表达得

淋漓尽致。

尾联紧承颈联，进一步渲染内心的忧虑和沉痛。古代交通不便，太平年间家书也常常不能送达，更何况战火频仍的乱世呢。"未休兵"三个字将个人的忧虑拓展到时代层面，说明杜甫及弟弟们的情况就是安史之乱中人们饱经离乱、朝不保夕的普遍遭遇。

全诗起承转合、层层推进、结构严谨、技法娴熟，由月夜引出思亲，再由思亲上升到忧国，情感凄切哀伤、沉郁顿挫。

梦李白二首（其二）

唐·杜甫

浮云①终日行，游子②久不至。
三夜频梦君，情亲见君意。
告归③常局促④，苦道来不易；
江湖多风波，舟楫恐失坠。
出门搔白首，若负平生志。
冠盖⑤满京华，斯人⑥独憔悴。
孰云网恢恢，将老身反累。
千秋万岁名，寂寞身后事。

注 释

①浮云：喻游子漂泊不定。②游子：这里指李白。③告归：辞别。

④局促：不安、不舍的样子。⑤冠盖：指代达官贵人。冠：官帽。盖：车上的篷盖。⑥斯人：此人，指李白。

译文

　　天上的流云整天飘来飘去，远方的游子久久不能到来。最近几天频频梦到你我相会，足见你对我情深意厚。梦中告别时你显得不舍，愁苦地诉说自己远路而来非常不易；江湖上航行风波险恶，你担心乘坐的舟船被掀翻沉没。出门离去时你不断挠着头上的白发，遗憾辜负了平生的凌云壮志。

　　京城中到处都是达官贵人的高冠华盖，只有你一人独自憔悴。说什么天网恢恢疏而不漏？为何你到年老时还被牵连治罪。你的名声必将流传千秋万代，但生前却如此寂寞困苦！

历史放映厅

　　744年，李白与杜甫在洛阳一见如故，虽然两人相差十几岁，但惺惺相惜、脾性相投，很快成为知交好友。其间，李、杜二人曾两次相约，三次会见，他们结伴漫游梁宋，一起饮酒赋诗、访仙求道。但自745年秋二人分手后就没有再见过面。

　　757年，李白因参与永王幕府而获罪下狱，被囚系在浔阳。758年，李白被定罪流放夜郎。759年，李白在三峡流放途中遇赦放还。但杜甫当时流寓秦州，地处偏远，消息隔绝，他只知道李白被流放，并没有得到李白遇赦放还的消息，所以终日为李白忧虑，以至几次梦到李白。醒来后，杜甫写下《梦李白二首》，上面选的是第二首。

诗歌以"浮云"起兴，感叹故人漂泊天涯，久不能见。李白的《送友人》一诗中有"浮云游子意"，杜甫在这里巧妙化用，致敬李白，可谓一语双关。

接下来，诗歌马上进入正题。"频梦君"照应了诗题，"情亲见君意"，古人如果梦到某人，就会认为此人想念自己，对自己情深意厚，故有此说。

"告归"六句，描述的是梦中情景。"江湖多风波，舟楫恐失坠"，是梦中李白说的话，从上句中"道"字即可看出。水路迢迢，风波险恶，李白到杜甫梦中与他相会很不容易，由此也可见二人绝非泛泛之交，而是两个伟大灵魂的共鸣与吸引。"出门搔白首，若负平生志"，通过一个"搔"字，生动形象地刻画了梦中李白离开时的场景，展现了李白心中的遗憾与不平。

"冠盖"六句是对李白的才华及际遇的感叹。这六句诗用了对比的手法，以京城中的达官显贵与李白的憔悴落寞对比，以李白身后名传千古与他生前遭受的寂寞和冷遇对比，不禁让人感慨万千。"孰云网恢恢，将老身反累"这两句化用了老子的"天网恢恢，疏而不漏"，但在此处是反其意而用之，感叹李白年老后却因为永王之事而被牵连下狱。

诗歌由梦李白写起，表达了对好友遭遇的无比担心与忧虑。诗人对李白平生际遇的感慨也包含了自己的身世之悲，全诗写得深沉苍凉，笔力千钧，"冠盖满京华，斯人独憔悴""千秋万岁名，寂寞身后事"都是流传千古的名句。

蜀相①

唐·杜甫

丞相祠堂②何处寻？锦官城外柏森森③。
映阶碧草自春色，隔叶黄鹂空好音。
三顾④频烦⑤天下计，两朝⑥开⑦济⑧老臣心。
出师未捷身先死，长使英雄泪满襟。

注 释

①蜀相：三国蜀汉丞相诸葛亮。②丞相祠堂：即诸葛武侯祠，在现在成都，晋李雄初建。③柏森森：柏树茂盛繁密的样子。④三顾：指刘备三顾茅庐，请诸葛亮出山。⑤频烦：即"频繁"，意思是多次。⑥两朝：刘备刘禅父子两朝。⑦开：开创。⑧济：扶助。

译 文

到哪里去寻找丞相的祠堂？就在成都郊外那翠柏茂盛的幽深之处。

信步走进祠堂，可以看见青草映绿了台阶，空自铺开一片春色；隔着树叶传来婉转清脆的鸟鸣，那是黄鹂在白白卖弄歌喉。

当年刘备三顾茅庐，为统一天下问计于诸葛亮；诸葛亮出山后，辅佐两代君主忠心耿耿。

可惜诸葛亮挥师北伐没能成功就病逝

了，他一生的功业经常让后世的英雄百感交集、泪满衣襟。

赏 析

这是杜甫为缅怀诸葛亮而写的一首吊古诗，大约作于760年春天，杜甫初到成都之时，诗歌凝练厚重，寄托遥深。

第一句开门见山，点明自己要去武侯祠凭吊诸葛亮。"寻"字说明诗人经过多方打听，特意过来，由此可见杜甫对诸葛亮的一片仰慕之心。第二句中的"柏森森"，则突出了武侯祠安静、肃穆的氛围。

第三、四句描写武侯祠内的景色。正值春天，祠内碧草青青，黄鹂婉转啼鸣，一片生机盎然。可杜甫的心情却非常沉重，一方面是因为诸葛亮数次北上伐魏，功业未竟而逝，令人感伤；另一方面，安禄山、史思明正在作乱，国家危如累卵，百姓水深火热，忧国忧民的诗人是没有什么心情欣赏春光的。"自""空"两字互文见义，正是诗人心情的直接体现。

第五、六句追述诸葛亮平生功业。刘备三顾茅庐，诸葛亮在隆中为其定下先取荆州，再取益州，联刘抗曹、三分天下的大计，从而开创魏蜀吴三足鼎立的基业。刘备去世后，诸葛亮继续辅佐刘禅治理蜀汉，兢兢业业，忠心耿耿，天地可鉴。这两句诗对仗工整，概括准确，体现了诗人出类拔萃的造句能力。

第七、八句是对诸葛亮的咏叹和追念。为完成刘备未竟之志，诸葛亮曾率军六次北上伐魏，皆无功而返，最后病逝于北伐途中。诸葛亮矢志不移的努力以及壮志未酬的壮烈结局，让后世的无数英雄志士唏嘘感叹，泪下沾襟。当然，其中也包括诗人自己，他虽然艰难困窘，不为世用，但未有一刻忘国，时刻准备许身社稷、匡国救民。这样的杜甫，面对自己敬仰的诸葛亮，自是追古怀今，百感交集，老泪纵横。

全诗有景、有情、有议论，既追怀历史，又寄托现实，言简意深，含蓄蕴藉，是杜诗中沉郁顿挫的代表之作，也是咏赞诸葛武侯的经典名篇。

跟着诗词游中国

武侯祠

武侯祠位于四川省成都市武侯祠大街，原是纪念诸葛亮的专祠，因为诸葛亮被封武乡侯而得名，后合并为君臣合祀祠庙。

武侯祠由汉昭烈庙、武侯祠、惠陵、三义庙四部分组成。汉昭烈庙纪念刘备君臣，主体建筑是刘备殿，刘备殿前东西廊内有28尊蜀汉文臣武将的塑像，各具形态、栩栩如生。东偏殿内是关羽及其子、部将的塑像，西偏殿内是张飞及其子、孙的塑像。

武侯祠中诸葛亮的塑像在一神龛内，悬挂"静远堂"匾额。诸葛亮手持羽扇，头戴纶巾，身披鹤氅，神态儒雅，颇有一代名相风度。塑像两侧各有一书童，一捧兵书、一执宝剑。三义庙内有刘备、关羽、张飞塑像，惠陵是刘备的陵墓。

参观武侯祠是一场文化盛宴，因为祠庙中有各种题词、对联、匾额、碑刻，其中最著名的三绝碑由唐代宰相裴度撰文、书法家柳公绰书写、石工鲁建镌刻。

武侯祠景区还包括展现三国历史的三国文化陈列室，体现巴山蜀水特色的盆景园，适合拍照留念的红墙夹道。锦里商业古街紧邻武侯祠，可以顺便游玩，品尝川味特色小吃，体验西蜀古老的民俗文化。

江村①

唐·杜甫

清江一曲②抱③村流，长夏江村事事幽④。

自去自来梁上燕，相亲相近水中鸥。

老妻画纸为棋局，稚子敲针作钓钩。

但有故人供禄米⑤，微躯⑥此外更何求？

注 释

①江村：江畔村庄。江，指锦江，在成都西郊的一段称浣花溪。②曲：曲折。③抱：怀拥，环绕。④幽：宁静，安闲。⑤禄米：古代官吏的俸给，这里指钱米。⑥微躯：微贱的身躯，是作者自谦之词。

译 文

清澈的江水环抱着村庄，曲折地向前流去，漫长的夏日中乡村事事都显得宁静又安闲。

燕子在梁上自由地飞来飞去，白鸥在水中相亲相近、自在畅游。

妻子在纸上画着棋局，小儿子正在敲打缝衣针制作钓钩。

只要有老朋友供给钱米，我这老病的身躯还能再有什么要求呢？

历史放映厅

759年冬，杜甫应剑南节度使严武的邀请从秦州来到成都。杜甫与严武是少时好友，严武又欣赏杜甫的才华，所以时常接济他，后来还举荐他任工部员外郎。当时安史之乱还未平定，但蜀中却相对平稳，加上老朋友的关照，杜甫一家终于结束了饥寒交迫、朝不保夕的漂泊生活，所以这首诗中传达出一种悠闲适意而又满足的情绪。

赏 析

诗歌首联描写浣花溪畔清幽的景色和乡村夏日的安闲宁静。首联中"曲"字生动地描绘出浣花溪曲曲折折、蜿蜒前行的流势；"抱"蕴含了无尽情义，可见浣花溪在诗人眼里是温柔而多情的。"长"和"幽"两个字摄全篇之魂，为下文作了铺垫。

颔联两句描写的是动态近景，以燕、鸥的动来反衬乡村夏日的宁静。"自来自去"对"相亲相近"，"梁上燕"对"水中鸥"，似信手拈来却又工巧之致，杜甫的对仗功力令人叹为观止。

颈联描写人物的活动。因为长夏无事，妻子在纸上悠闲地画着棋局，以供家人消遣；小儿子专心致志地制作钓钩，以备钓鱼之用。这些家庭生活的日常被诗人写得诗情画意，娴静美好。

尾联两句是诗人的感叹，经过了多年饥寒交迫的流离生活，如今终于得友人庇护不再流浪，还有了稳定供应的钱粮，杜甫感到莫大的满足。这是乱世中百姓的朴素愿望，也是诗人对国泰民安、四海升平的美好祈望。

在这首诗中，诗人不再感伤时局、忧叹国事，也不再追求功名、为际遇伤悲，全诗笼罩在一片悠闲自在的氛围中，洋溢着浓郁的生活气息，是杜甫诗中难得的轻松愉悦之作。

客①至

唐·杜甫

舍②南舍北皆春水，但见群鸥日日来。

花径不曾缘客扫，蓬门今始为君开。

盘飧③市远无兼味④，樽酒家贫只旧醅⑤。

肯⑥与邻翁相对饮，隔篱呼取尽余杯⑦。

注 释

①客：指崔明府，杜甫的朋友。明府，汉魏以来对地方官员的敬称，唐以后多用以专指县令。②舍：指诗人所居的成都浣花溪草堂。③盘飧（sūn）：盘中菜肴。④兼味：两种以上的菜肴。⑤旧醅（pēi）：旧酿之酒。醅，没有过滤的酒，也泛指酒。⑥肯：乐意。⑦余杯：残酒，未饮完的酒。

译 文

草堂的南面和北面都有春水环绕，成群的鸥鸟每天都在草堂上空飞过。

长满花草的小路还没有因为客人到来而清扫，简陋的大门为了迎接您首次打开。

因为远离街市，所以盘里的菜肴很简单，没有那么多种类；家中贫寒，只有去年酿的陈酒。

如果您乐意与邻家老翁相对饮酒，那我就隔着篱笆喊他过来，咱们将剩下的酒喝干。

761 年春天，漂泊多年的
杜甫终于在成都浣花溪畔建成
草堂。朋友崔明府前来做客，
杜甫在草堂热情招待，这首诗即作于此时。

随着草堂的建成，杜甫一家结束了长期颠沛流离的生活，所以诗人的心情颇为愉悦。首联两句，诗人用写意笔法勾勒出了草堂周围的一片明丽春景。碧水环绕在草堂周围，水波明净温柔，一群群鸥鸟在水上盘旋啼鸣，静谧中透出勃勃生机。

颔联两句，诗人描写的是自己的草堂。"花径"两个字非常传神地刻画出了草堂独有的野趣。这里没有华美的装饰，但门前小路上花草随意生长，清幽适意，生机盎然。"蓬门"指用蓬草编成的门户，形容草堂的简陋，也与下文的"无兼味""只旧醅"形成呼应。

颈联和尾联，则是对具体待客场景的描写。草堂地处偏僻，远离街市，所以准备的菜肴很简单；饱经离乱的诗人家中贫寒，没有钱打好酒，只好以隔年的陈酒招待客人。即便如此，诗人对朋友的殷殷情意仍然透过这短短十四个字流露了出来，我们仿佛能看到诗人频频布菜举杯，与朋友开怀畅饮。酒至半酣，诗人兴致高涨，大声谈笑之余希望席间能更加热闹，于是询问朋友可否请邻居老翁前来作陪同饮，大家喝得更尽兴。尾联邀邻作陪情节的引入，使诗歌内容更加生活化，更加真实自然。

这首待客诗格调清新明快，充满了浓郁的生活气息，诗人轻松愉快的心情和朋友间真挚温暖的友情洋溢在字里行间，让人读后心情也会跟着变得明朗起来。

春夜喜雨

唐·杜甫

好雨知时节，当春乃发生^①。
随风潜入夜，润物细无声。
野径^②云俱黑，江船火独明。
晓看红湿处^③，花重^④锦官城^⑤。

注 释

①发生：使植物萌发、生长。②野径：田野间的小路。③红湿处：被雨水打湿的花丛。④花重：花因为饱含雨水而显得沉重。⑤锦官城：成都的别称。成都曾经是主持织锦的官员的官署所在地，所以叫"锦官城"。

译 文

这一场好雨仿佛知道时节一般，选择在万物生长的春季降落。

雨滴随着春风在夜晚悄悄而来，无声无息地滋润着万物。

田野里的小路隐没在乌云中，漆黑一片，只有远处江中的渔船上有一盏明亮的灯火。

明天早晨起来看那被雨水打湿的花丛，饱含雨水的春花必将这锦官城装点得更加美丽。

赏 析

761 年春天，杜甫已经定居成都浣花溪畔。杜甫种菜养花，相当于半个农夫。农人对雨水总是怀着特殊的感情，所以诗人看到贵如油的春雨满怀喜悦，遂用饱蘸感情的诗笔描绘了一幅<mark>春季夜雨图</mark>。

诗歌第一句用"好"字赞美春雨，朴素直接，为全诗确定了基调。在诗人笔下，这春雨富含感情，她懂得时节，知道万物萌发需要雨水，所以她赶在春季降临。她细心体贴，不狂暴、不张扬，在夜间悄悄降临，无声无息地滋润着万物。这样的春雨是多么美好可爱啊！

诗人赞美这绵绵春雨，对于雨中的夜景自然也极为喜爱。"云俱黑"说明云层厚重，天空阴沉，平日夜间依稀可辨的田间小路此时变得漆黑一团。"火独明"，用一盏渔火打破黑暗，照亮这个广袤幽黑的雨夜。在由衷地感谢这场好雨的同时，诗人不禁想到了明天雨过天晴之时，饱含雨水的簇簇繁花、团团锦绣必会将这锦官城装点得更加美丽妖娆。

<mark>"喜"是诗题中的关键字，而全诗却不见一个"喜"字</mark>，只让发自心底的喜悦之情洋溢在字里行间，这种含蓄、婉约之美韵味悠长，更有打动人心的力量。

水槛①遣心二首（其一）

唐·杜甫

去郭②轩③槛④敞，无村眺望赊⑤。
澄江平少岸⑥，幽树晚多花。
细雨鱼儿出，微风燕子斜。
城中十万户，此地两三家。

无边落木萧萧下 唐（中）

71

注 释

①水槛（jiàn）：指水亭之槛，可以凭槛眺望，舒畅身心。槛，栏杆。②去郭：远离城郭。③轩：长廊。④楹（yíng）：柱子。⑤赊（shē）：长，远。⑥澄江平少岸：澄清的江水高与岸平，因而很少能看到江岸。

译 文

因为远离城郭，所以这草堂的走廊和柱子都建得开朗宽阔；眼前没有村庄的遮蔽，一眼望去能看出很远。

澄清的江水高涨，与岸齐平，淹没了不少处的堤岸；周围的树木郁郁葱葱，在黄昏时绽开了累累花朵。

细雨绵绵中，鱼儿跃出水面；微风吹拂下，燕子斜斜地飞过。

城中人烟稠密，有十万户人家，而这里清幽寂静，只住着两三户人家。

历史放映厅

这首诗大约作于761年。经过一番苦心经营，杜甫在浣花溪畔的草堂周围辟出田亩，栽种了树木花草，还特意修建了可以垂钓、眺望的水槛。几间草堂虽然简陋，倒也敞亮舒适，而且这里处在郊区，远离城市喧嚣，所以杜甫对此非常满意。经过了多年颠沛流离的生活，如今有了安身之处，生活安定下来，杜甫的心情非常舒畅，遂写下了一系列歌咏草堂周围自然景物的小诗。

赏 析

这首诗题为"水槛遣心",描写的是诗人在草堂水槛看到的周围小景,这些景物称不上多么明艳秀丽,但在心情愉悦的诗人眼里别有一番意趣。

首联描写草堂的位置,因为远离城区,所以敞亮开阔,周围景物能够一览无余,令人心旷神怡。颔联描写清澈的江水和姹紫嫣红的春花,"少岸"可见春水涨潮,水波浩荡;"多花"可见春光正盛,累累繁花开了满树。

颈联是全诗最精彩的两句,也是历来被人们传诵的名句。细雨如丝,在水面画出圈圈涟漪,调皮的鱼儿吐着泡泡跃出水面,溅起一片水花,"出"字看似平平,却将鱼儿出水的瞬间生动地展现了出来。微风拂面,轻盈的燕子在水面斜斜地飞过,轻巧快捷,"斜"字惟妙惟肖地刻画了燕子掠过水面的动态。这一联看似平淡无奇,诗人似乎只是随手排列了几个词语,却勾勒出一番醉人的诗情画意,自然灵动,境界全出。

尾联呼应首联,通过一组对比再次强调草堂环境的清幽怡人,表现了诗人悠闲适意的心情。全诗八句全部对仗,对得严谨工巧而不流于堆砌雕琢,可谓"清水出芙蓉,天然去雕饰"的典范。

江畔^①独步寻花（其五）

唐·杜甫

黄师塔^②前江水东，春光懒困倚微风。
桃花一簇开无主，可爱深红爱浅红？

注 释

①江畔：指锦江之畔。②黄师塔：一位姓黄的和尚死后葬地所在的墓塔。塔，墓地。

译 文

黄师塔前的江水滔滔向东流去，温暖的春天让我又懒又困，想要倚靠春风休息一会儿。

忽然看到一簇无人照管的桃花开得正艳，该喜欢深红色的桃花，还是浅红色的桃花呢？

历史放映厅

760年，杜甫在饱经战火、颠沛流离之后，寓居四川成都，在浣花溪畔建茅屋居住，生活稍稍安定。第二年（一说第三年），春暖花开之际，杜甫沿浣花溪漫步，寻访春花，并写下《江畔独步寻花》组诗七首，本篇是第五首。

此时，饱经离乱的杜甫生活虽安定下来，但年华已老、一事无成，杜甫心中有很多感慨。所以这次漫步名为"寻花"，实为散愁解闷，如果把七首诗联系起来看，这一点就非常明显了。诗人从恼花、怕花，到爱花、惜花，诗中有明显的感情线索，本首诗正是诗人感情转折所在，体现了其对桃花的喜爱。

赏 析

这首诗是一幅春日赏花图，而且是一幅动态图。

诗人的目的是"寻花"，但他起笔并没有聚焦于花，而是先为花的出场勾勒出了一个宏阔的背景。高耸的黄师塔，滔滔东流的江水，一纵一横，构成了一幅立体的画卷。第二句，诗人描写"寻花"的自己，在温暖的春光中走得又懒又困，想要倚靠春风小憩。"倚"字用得极妙，将无色无形的春风写活了。在诗人笔下，春风像一位温厚的长者，又像一位带着花草香味的曼妙女子，让人忍不住地想要靠近。

第三句，花儿终于出场，但这花开在黄师塔附近，无人照管，字里行间流露出淡淡的惆怅和伤感。这自生自灭的桃花开得绚烂夺目，让诗人心生怜惜，禁不住发出一问"可爱深红爱浅红"。在这句诗中，诗人连用两个"爱"字，突出了对桃花的喜爱；连用两个"红"字，则突出了桃花的鲜妍娇美。这句反诘既是问己、又是问人，推己及人，让诗歌有了更明显的律动和更深层的审美内涵。

茅屋为秋风所破歌

唐·杜甫

八月秋高风怒号，卷我屋上三重茅①。茅飞渡江洒江郊，高者挂罥②长③林梢，下者飘转沉塘坳④。

南村群童欺我老无力，忍⑤能⑥对面为盗贼。公然抱茅入竹去，唇焦口燥呼不得⑦，归来倚杖自叹息。

俄顷⑧风定云墨色，秋天漠漠⑨向昏黑。布衾⑩多年冷似铁，娇儿恶卧踏里裂。床头屋漏无干处，雨脚如麻⑪未断绝。自经丧乱⑫少睡眠，长夜沾湿何由⑬彻⑭！

安得广厦千万间，大庇天下寒士⑮俱欢颜！风雨不动安如山。呜呼！何时眼前突兀⑯见此屋，吾庐独破受冻死亦足！

注 释

①三重（chóng）茅：多层茅草。②挂罥（juàn）：挂着，挂住。罥，挂结。③长：高。④坳（ào）：水势低的地方。⑤忍：狠心。⑥能：如此，这样。⑦呼不得：喝止不住。⑧俄顷：一会儿。⑨漠漠：

阴沉迷蒙的样子。⑩衾（qīn）：被子。⑪雨脚如麻：形容雨点不间断，像下垂的麻线一样密集。⑫丧乱：战乱。⑬何由：怎能，如何。⑭彻：到，这里是"彻晓"的意思，指到天亮。⑮寒士：贫寒的士人。⑯突兀：高耸的样子。

译 文

八月，秋风怒号，卷走了我家房顶上的多层茅草。茅草被大风吹过浣花溪，散落在对岸江边。飞得高的茅草挂在高高的树梢上，飞得低的茅草飘飘洒洒沉落在低洼的水塘里。

南边村子的一群孩童欺负我老迈无力，居然狠心这样当着我的面做贼。他们明目张胆地抱着茅草跑入了竹林，我口干唇燥喝止不住他们，回来后只能倚靠着拐杖叹息不已。

一会儿，风停了，秋天的天空乌云如墨、阴沉迷蒙。盖了多年的布被如铁一般又冷又硬，孩子睡相不好，把里子蹬破了。屋顶漏雨，床头没有干的地方，漏下来的雨丝连续不断，像垂下的麻线一般密集。自从经历了战争离乱，我的睡眠就变少了，长夜漫漫，屋漏床湿，我该如何熬到天亮呢？

怎么才能得到千万间宽敞的房子，庇护天下贫寒的士人，让他们展露笑颜，在风雨中岿然不动、安如泰山！唉，什么时候我的眼前高高耸立起这样的房子，即使唯独我住在被风吹坏的茅草屋里冻死，也会感到满足了。

历史放映厅

这首诗作于唐肃宗上元二年（761），当时安史之乱还未平定。诗中的茅屋即指成都附近的草堂。这年春天，杜甫费尽心血才在浣花溪畔盖好了草堂，安定了下来。没想到八月份草堂就被狂风吹走了茅草、吹坏了房顶。屋破漏雨，诗人在湿冷的屋子里彻夜难眠，感慨万千，怀着满腔悲愤和愁怨写下了这首诗。

赏 析

诗歌起笔迅疾，没有任何起兴和铺垫，上来就是一幅天昏地暗、狂风怒号的场景。"卷""飞""渡""洒""挂罥""飘转"一系列动词带来一个个快速闪现的画面，让读者的心弦也随之被拨动。

接下来的五句为诗歌的第二层，描写邻村的孩子欺负诗人年老力衰，竟然当着他的面抱走了被风吹落的茅草。本该是天真烂漫的孩童，却"忍能对面为盗贼"，连别人家屋顶上的茅草都要偷、抢，足见当时人们的生活多么艰难。

第三层的八句描写狂风后大雨接踵而至，屋里到处漏雨，"床头屋漏无干处，雨脚如麻未断绝"。在这一层中要注意几个细节，"布衾""多年""冷似铁""踏里裂"，处处彰显着家庭的贫寒。而这困苦的生活是因何导致的呢？"丧乱"二字道出了背后的原因。至此，诗歌的主旨得以凸显——控诉战争的罪恶，呼吁和平安定的生活，因为不论在任何地方、任何时代，战乱一旦发生，首当其冲的一定是普通百姓。

最后一层，伟大的诗人推己及人，激愤而又热切地发出大声疾呼"安得广厦千万间，大庇天下寒士俱欢颜！风雨不动安如山"，并嗟叹如果这个愿望能够实现，自己纵然冻死也心满意足。这等胸襟气度、这等忧国忧民的深切情怀，绝非一般人所拥有，杜甫也因此被称为"诗圣"。

全诗韵脚和谐、气韵流动，悲愤的情感洪流激荡在字里行间，至结尾达到高潮。诗人歌咏、嗟叹的是全天下人共同的心愿，因而能引起世世代代读者的深切共鸣，这首诗也连同诗人一起，永垂千古，万世不朽！

闻官军收河南河北

唐·杜甫

剑外①忽传收蓟北②，初闻涕泪满衣裳③。
却看④妻子⑤愁何在，漫卷诗书喜欲狂。
白日放歌须纵酒，青春⑥作伴好还乡。
即从巴峡穿巫峡，便下襄阳向洛阳。

注 释

①剑外：指作者所在的蜀地。②蓟北：泛指唐朝蓟州北部地区，当时是叛军盘踞的地方。③衣裳（cháng）：指古人穿的上衣和下裙。④却看：回头看。⑤妻子：妻子和孩子。⑥青春：指春天。

译文

蜀地突然传来官军收复了蓟州北部的消息，我刚听到这个喜讯时激动得鼻涕眼泪流满了衣衫。

回头看看妻子和孩子，还有什么可发愁的呢？我胡乱卷起诗赋和文章，高兴得要发狂。

白天我要开怀痛饮，纵情高歌，趁着这美好春光相伴，我好赶回家乡。

我要即刻启程，经过巴峡，穿过巫峡，顺流而下便到襄阳，接着奔向洛阳。

历史放映厅

762 年冬天，唐军在洛阳附近打了一个大胜仗，收复了黄河以南的大片失地。第二年正月，史思明的儿子史朝义兵败自缢，他的部将纷纷投降，持续八年之久的安史之乱终于宣告结束。当时，五十二岁的杜甫为躲避战乱，流浪到四川梓州，在战乱中饱受折磨的杜甫听到叛军失败的消息，惊喜之情无以言表，挥毫写下了这首流传千古的名篇。

赏析

诗歌起笔迅猛，宛如异峰突起，又如平地惊雷，一下子将官军收复叛军老巢的捷报抛出，"忽"字既体现出好消息传来得非常突然，又为诗人的感情蓄势，为下文中作者欲癫欲狂的种种表现作了铺垫。

第二句"初闻涕泪满衣裳"，诗人在战乱中背井离乡，辗转流离多地，其间被叛军俘获，与家人离散，这些心酸和磨难随着胜利的到来涌上心头，怎不让人悲喜交加？感情的洪流如万丈瀑布一泻而下，化作滚滚热泪不断涌流，瞬间沾湿了衣服。"满"字是夸张手法，表现诗人的情难自抑、泪落不止。"衣裳"两字连用，再次强调涕泪之多，可见诗人的悲痛、难过郁积已久，此时情感的闸门终于得以打开，自然需要一番彻底的宣泄。

颔联和颈联文意在转折之下承接得非常紧密。诗人回头看看妻子和孩子，笼罩在他们脸上的愁云惨雾也已经消散，全家人兴高采烈，喜笑颜开。喜悦到癫狂的诗人自然没有心情再吟诗作赋，他胡乱地把诗书卷起，他要痛饮大醉，他要放声高歌，他要趁着大好春光回到思念已久的家乡。这两联对仗工整，感情激荡，是作者情感洪流的进一步奔涌，翻波涌浪，滔滔不绝，这样的文辞、这样的笔力绝非一般的诗人可以驾驭。

尾联紧承颈联，表达的是狂喜之后归心似箭的心情。杜甫是河南府巩县（今河南巩义）人，安史之乱爆发后，叛军很快攻占洛阳，杜甫带着家小仓皇离乡，辗转流离。如今家乡被官军收复，叛乱终于结束，诗人恨不得马上启程回到家乡。这一联最为人们称道的是对仗的工巧。律诗的首联和尾联是不必对仗的，但这一联中出现的四个地名却对得很工整，上句中的两个"峡"字对应下句中的两个"阳"字，而且用"即从""穿""便下""向"等词贯穿，生动贴切地表现了先顺流而下走水路、然后转陆路的行程。杜甫的诗格律严谨、对仗工整且无雕琢痕迹，达到了形式和内容的高度统一。

绝句四首（其三）

唐·杜甫

两个黄鹂鸣翠柳，一行白鹭上青天。
窗含西岭①千秋雪，门泊东吴②万里船。

注 释

①西岭：指西岭雪山。②东吴：古时吴国的领地，包括今江苏、湖北、浙江、福建、湖南等省份部分地区。

译 文

两只黄鹂在翠绿的柳树间鸣叫，一行白鹭飞上蔚蓝的天空。

坐在窗前可以看见西岭雪山上千年不化的积雪，门前停泊着自万里外的东吴远行而来的船只。

历史放映厅

杜甫这一组《绝句》共有四首，此诗是其中的第三首。当时，安史之乱平定，为躲避战乱而前往梓州的杜甫又回到了成都浣花溪草堂。因此，这首即景小诗充盈着作者重返故地，面对草堂周围明丽春景时的愉悦心情。

赏 析

诗歌前两句写草堂周围柳树新绿，黄鹂在刚抽出嫩芽的柳枝间欢快地鸣唱、跳跃，而澄澈如洗的蓝天上，白鹭排成行，以优美的姿态振翅高飞。这两句诗<mark>有声有色</mark>，一个"鸣"字传神地刻画出黄鹂啼声的清脆动听，一个"上"字写出了白鹭越飞越高的奋发姿态，且<mark>"黄"与"翠"相衬，"白"与"青"相映</mark>，颜色对照极为鲜明。

第三句描写诗人凭窗远眺，可以看见西岭雪山上终年不化的积雪，"含"字说明此景仿佛一幅画一般镶嵌在窗框中。第四句描写门外停泊着从万里之外的东吴驶来的航船。船来自东吴，说明当时战乱已经平定，交通已经恢复，诗人睹物生情，不禁牵动了乡思。

全诗对仗工整，颜色明丽，每句一画，浅显的文字中蕴含了深意。

绝句二首（其一）

唐·杜甫

迟日①江山丽，春风花草香。
泥融②飞燕子，沙暖睡鸳鸯。

注 释

①迟日：春日。②泥融：这里指泥土变湿软。

译 文

春天的江水和山峦都变得明丽起来，春风吹来，带着花草的甜香。

泥土湿软，燕子飞来飞去忙着衔泥筑巢，一对对鸳鸯安闲地睡在温暖的沙滩上。

赏 析

　　这首诗作于安史之乱平定后，此时杜甫居住在成都郊外浣花溪畔的草堂。春风送暖，大地回春，触目皆是一片明媚春景，诗人难掩心中喜悦，用诗笔描绘草堂周围的美好春光。此《绝句》组诗一共两首，这里选的是第一首。

　　诗人开篇先用粗笔勾勒远景，春天为大地披上了明艳的色彩，一个"丽"字统摄全篇。但见江水如碧绿的绸缎，蜿蜒环绕在山峰之间。重重山峦也一下子换上了彩衣，碧草茵茵，红花欲燃，春风拂面，送来阵阵清香，这样的春日多么令人沉醉！

　　下面两句，诗人由远而近，描写近处的禽鸟。燕子飞来飞去衔泥筑巢是动景，既为诗歌增添了动态美，也展现了春天的一片勃勃生机。鸳鸯在沙滩安睡是静景，以鸳鸯的悠闲适意来烘托"沙暖"，突出了春天给天地万物带来的巨大变化。这两句一动一静，互相映衬，别有情趣。

　　全诗色彩明丽，对仗工整而又了无痕迹，似信手拈来的二十个字却充满了诗情画意，令人赞叹不已。

登高①

唐·杜甫

风急天高猿啸哀，渚清沙白鸟飞回②。
无边落木③萧萧下④，不尽长江滚滚来。
万里⑤悲秋常作客，百年⑥多病独登台。
艰难⑦苦恨⑧繁霜鬓⑨，潦倒⑩新停⑪浊酒杯。

注 释

①古人重阳节有登高的习俗。②鸟飞回：鸟在疾风中飞舞盘旋。③落木：落叶。④萧萧：草木摇落的声音。⑤万里：指远离故乡。⑥百年：这里借指晚年。⑦艰难：指自己生活多艰，又指国家多难。⑧苦恨：极恨。⑨繁霜鬓：形容白发多。⑩潦倒：衰颓，失意。⑪新停：杜甫晚年因病戒酒，所以说"新停"。

译 文

秋风劲吹，天空高远，猿猴啼鸣的声音悠长哀伤，水清沙白的小洲上有鸟儿在盘旋。

无边无际的树林中树叶纷纷落下，看不到尽头的长江波涛滚滚地从远方奔涌而来。

漂泊万里，客居异地，我面对秋景更加伤感；风烛残年，百病缠身，我独自登上高台。

生活艰难，我常常抱恨于志业无成而两鬓斑白，在潦倒颓废之中放下借酒消愁的酒杯。

这首诗是唐代宗大历二年（767）杜甫流寓夔州（今重庆奉节）时的作品。夔州在长江之畔，杜甫于重阳节这天登上高处，看着眼前的萧瑟秋景，想到自己老病缠身、一事无成，满腹的忧愁悲苦无处诉说，只能化作诗歌从笔端流泻而出。

诗歌前四句描写江边秋色。律诗的首联可以不对仗，不入韵，但这首诗首联既对仗又入韵，而且并不显得平滞。起笔"风急天高"四字极有气势，猎猎长风和高远的天空一下子就让诗歌笼罩在一片秋意之中。猿猴哀哀长鸣，连绵不绝；鸟儿久久盘旋，无枝可依；凄切哀伤的氛围令人悲从中来。颔联两句更是境界阔大，层林尽染、落叶无边，长江无际、滚滚东逝，在这样辽阔的天地中个人会显得更加渺小，这种境界也更容易勾起人的感伤哀愁，为下文蓄势。

颈联两句自然转入对自身的悲叹。"万里悲秋常作客"七个字非常凝练地概括了杜甫颠沛流离的人生遭际。杜甫年轻时从家乡巩县赴洛阳参加科举落选，后来赴长安求取功名失败，困在长安十年。安史之乱后杜甫辗转鄜州、凤翔、华州、秦州、成都、夔州等地，如今老病缠身，功名丝毫未见，身已半截入土，怎不让人肝肠寸断？尾联紧承颈联，因为苦难愁恨太多，杜甫已经两鬓斑白，而且因为多病连酒都戒了，一代天才诗人的晚年多么令人唏嘘！

全诗前八句写景，后八句抒情，格律谨严，对仗工巧，情感激荡，气势雄浑，后世的诗评家把这首诗誉为"七律之冠"，颔联两句更是以其形象化的表达和出神入化的笔法而成为流传千古的绝唱。

登岳阳楼

唐·杜甫

昔闻洞庭水，今上岳阳楼。
吴楚东南坼^①，乾坤^②日夜浮。
亲朋无一字，老病有孤舟。
戎马^③关山^④北，凭轩^⑤涕泗^⑥流。

注 释

①坼（chè）：分裂。②乾坤：指天地。③戎马：战马，代指战争。当时吐蕃正侵扰陇右、关中一带。④关山：今宁夏南部。⑤凭轩：倚窗。⑥涕泗（sì）：眼泪鼻涕。

译 文

以前就听说洞庭湖水势浩荡，今天终于登上岳阳楼一观。

浩瀚无边的湖水把吴地和楚地分隔开来，天地仿佛都在湖水中日夜浮动。

亲朋好友好久都没有音信传来，我年老多病只有一艘孤船在身旁相伴。

如今北部边境又起了战事，我倚靠窗边不禁涕泪横流。

历史放映厅

此诗为大历三年（768）岁暮作。这年春天，诗人思乡心切，遂携带家人乘舟由夔州出三峡，岁暮抵达岳阳。诗人登上神往已久的岳阳楼，凭栏远眺，思绪万千，感慨无限，于是写下这首《登岳阳楼》。

值得一提的是，诗人离开岳阳后，由于生活困难，不但不能北归，还被迫更往南行，流落湖湘一带，又因为兵乱和洪水阻隔，迟迟不能北上返乡。两年后，杜甫在由潭州前往岳阳的一条小船上病逝，至死没能回到故乡。

赏 析

诗歌首联叙事，描写诗人终于登上了闻名已久的岳阳楼，"昔""今"两字的对比包含岁月流逝、理想抱负不得施展的无尽感叹。颔联两句描写洞庭湖水浩荡无边、包容天地、吞吐日月的胜景，气势雄浑，意境辽阔，是脍炙人口的名句。

跟着诗词游中国

岳阳楼

岳阳楼，位于湖南省岳阳市古城西门城墙之上，它坐东朝西，下临洞庭，吞吐长江，气势宏伟壮阔，飞檐斗拱仿佛凌空欲飞。岳阳楼高19.72米，为三层、四柱、飞檐、盔顶式纯木结构建筑，构造古朴端庄，厚重典雅。

岳阳楼始建于东汉末年，是三国时期东吴将领鲁肃的阅兵楼。自唐代开始，岳阳楼逐渐成为风流雅士游览观光、吟诗作赋的胜地。宋代滕子京主持重修岳阳楼，并请范仲淹写下独步千古的奇文《岳阳楼记》。此后，岳阳楼就不只是一座楼宇，而变成了先忧后乐思想的载体，成为中国古代士子心中的精神图腾。

登楼远眺，看八百里洞庭浩瀚无边、水势浩荡，让人心旷神怡、烦恼消散；浏览参观，品历代先贤留下的歌赋辞章、文采风流，就像步入了一段穿越千年的文化之旅，让人沉醉在古典文学的海洋里，难以自拔。

如此壮丽的风光并没有令诗人心旷神怡，而是更增添了他的悲愁苦闷，想到亲朋好友现在音信全无，自己老无所依，一家人乘船漂泊流浪，杜甫的心情是沉重又痛苦的。当然，他心底的苦痛哀伤不仅仅因为自己，还因为混乱动荡的时局，此时安史之乱虽然平定，但藩镇割据，不时作乱，边境也不太平。国家多灾多难，百姓仍然处在水深火热之中，想到此处，诗人大感悲痛，不禁涕泪横流，情难自抑。

诗歌题目虽为"登岳阳楼"，但诗人的笔触并不局限于眼前景观，而是在无尽的时空中纵横驰骋。时间上，诗人抚今追昔，哀叹自己的一生际遇实在堪伤，满腹才华不得施展；空间上，诗人的眼光越过眼前波澜壮阔的洞庭湖水，看到了吴楚大地的万里河山，看到了关山塞漠的争战不断，感慨战火不息、黎庶倒悬，苍凉悲壮，催人泪下。全诗以开阔雄浑的风格达到了高超的艺术境界，以情景交融的笔法带给人们情感的冲击与共鸣，因而博得了"五律第一"的美称。

《岳阳楼图》（局部）

作者：夏永
创作年代：元代
馆藏：故宫博物院

夏永是界画大师，特别擅长绘制宫殿楼阁，《岳阳楼图》是夏永的代表作品之一。图中的岳阳楼高踞于城墙之上，旁边有长松、巨石环绕，楼阁高耸，檐角飞翘，九脊歇山顶，门窗斗拱极其精美，花纹繁复富丽，整幅画用笔精细而不失矩度，堪称界画绝品。

在画的右上方，夏永用蝇头小楷题写了范仲淹的《岳阳楼记》，文字下面是隐约的远山。范仲淹的名篇为画面增添了文化内涵与恒久的生命力，远山黛影将岳阳楼融于浩渺旷远的自然景观之中，更见其巍峨壮丽。

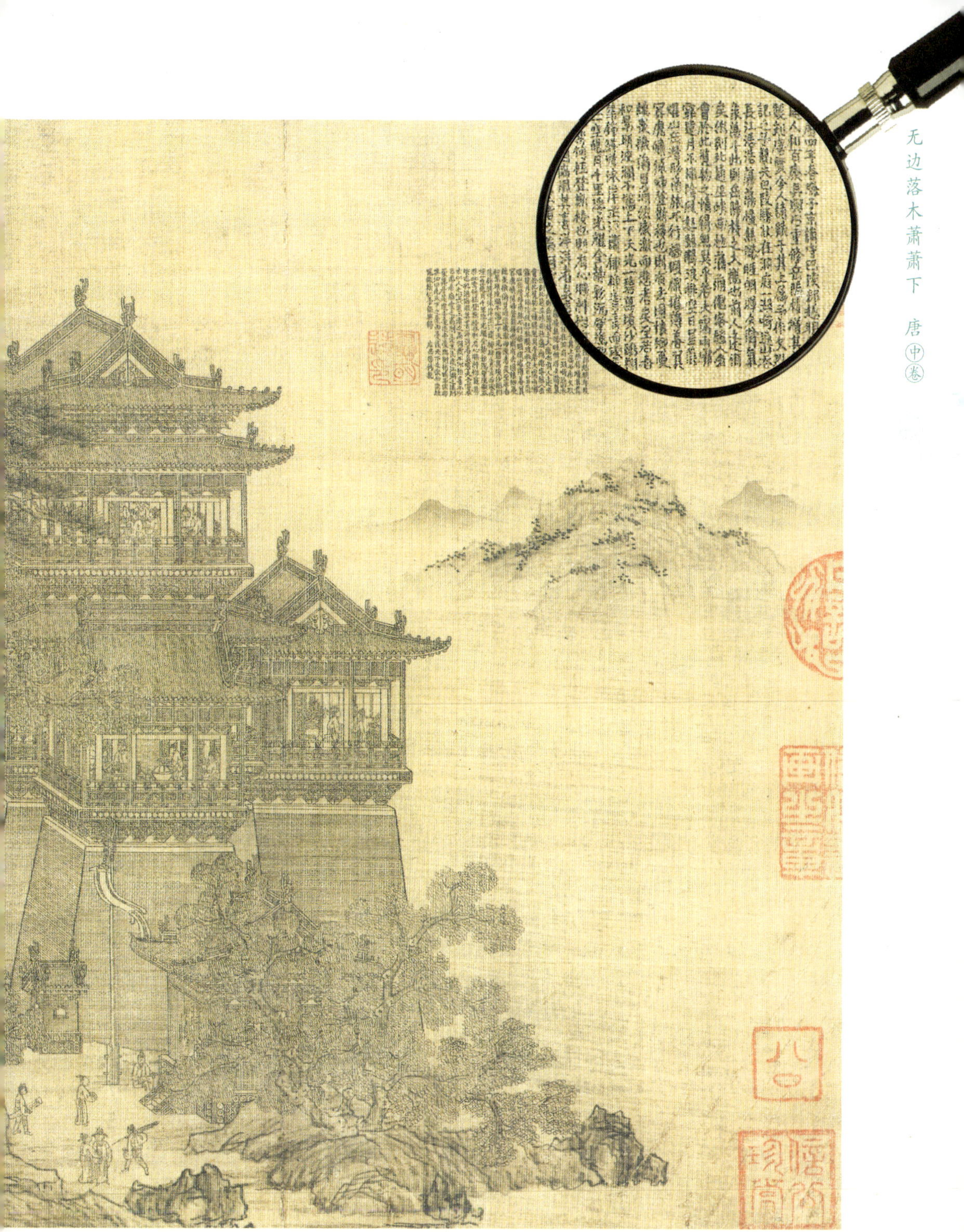

江南①逢李龟年②

唐·杜甫

岐王③宅里寻常④见，崔九⑤堂前几度闻。

正是江南好风景，落花时节又逢君。

注 释

①江南：这里指湖南一带。杜甫与李龟年重逢是在潭州（今湖南长沙）。
②李龟年：唐玄宗时期的著名乐师，擅长唱歌。安史之乱后，流落江南。③岐王：唐玄宗的弟弟李范，封岐王。④寻常：经常。⑤崔九：指殿中监崔涤，唐玄宗的宠臣。

译 文

当年我在岐王府里经常见到您，也曾在崔大人的厅堂上听您唱过几次歌。

如今在江南的一片大好风光之中，我在花落的时节和您再次相遇。

历史放映厅

李龟年是唐玄宗时期的一名宫廷乐工。玄宗喜好音律，格外宠爱李龟年，使得李龟年红极一时，地位和财富堪比王侯。杜甫壮年时曾到长安应试，由于李林甫从中作梗，杜甫没有考中。生活落魄的杜甫只能依附权贵。当时的权贵都喜欢诗文和音乐，他们的宅邸经常名流云集，杜甫与李龟年就是在这样的情境下相见的。

后来安史之乱爆发，玄宗入蜀避乱，李龟年流落江南，以卖唱为生。杜甫带着家人辗转多地，落拓谋生。770年春天，是杜甫生命中的最后一个春天，他与李龟年在潭州意外重逢，感慨之余，杜甫挥笔写下了这首诗。

赏 析

这是一首很浅显的诗，遣词造句如同朴素直白的口语一般，但在平平淡淡的文字中却蕴含了最深沉的慨叹，是平中见奇的典范。

诗歌前两句回忆昔时与李龟年的相见，那时大唐正值鼎盛时期，到处歌舞升平，一派绮丽景象。杜甫正当壮年，在岐王府及崔九堂这种人间富贵场与李龟年相遇相交，一个是炙手可热的歌者和作曲家，一个是名噪一时的词作者，两人在内心必有一番惺惺相惜。

可惜一场突如其来的叛乱打翻了大唐的繁华，也改变了杜甫和李龟年的人生。多年后在江南重逢，此时山河破碎、百姓涂炭，杜甫与李龟年也是饱经磨难、老病无依，纵然春光再好，两位老友也不禁悲从中来。"落花"两字既寄寓个人身世之悲，更寄寓时代变迁之悲，短短二十八字道尽国家沧桑巨变及个人悲欢离合，给人们留下无尽的遐思和回味。

岑参：官途坎坷的边塞"诗雄"

岑参（约715—770），荆州江陵（今湖北荆州）人，唐代著名边塞诗人。

岑参出生在一个没落的官宦家庭，他天资聪颖，刻苦攻读，小小年纪就写诗作文，才华横溢。744年，岑参以第二名的成绩高中进士。但在经过了吏部的选拔后，他却被授予了一个不起眼的小官，在太子的东宫负责管理兵器。为谋求建功立业、恢复祖上荣光，岑参于749年出塞，赴安西高仙芝幕府担任掌书记。高仙芝兵败还朝后，岑参随他一起回到朝廷任职。

几年以后，在朝廷没有出头之日的岑参应封常清邀请入其幕府担任安西北庭节度判官，再度出塞。他在此期间写了大量脍炙人口的边塞诗，其中最著名的就是《白雪歌送武判官归京》。岑参长于五言歌行，他的诗风格豪放雄浑、铿锵有力、风骨凛凛，他因此被称为"诗雄"。

755年，安史之乱爆发，高仙芝和封常清受命平叛。由于仓促应战，两人在洛阳节节败退，退守潼关。两位名将欲凭借潼关之险坚守不出，避敌锋芒后再伺机反攻。无奈昏庸的唐玄宗听信谗言，怀疑两人有二心，将两人诛杀。两位上司遭戮，岑参多年边塞的功劳和苦劳都付诸东流，所以他在朝中一直不得重用。

765年，岑参被贬为嘉州刺史，因为政局纷乱阻滞，767年岑参才到嘉州任上。仅仅过了一年，岑参就被免职。又一年多后，岑参客死异乡，病逝于成都一个旅社中，享年约55岁。

逢入京使①

唐·岑参

故园东望路漫漫②，双袖龙钟③泪不干。

马上相逢无纸笔，凭④君传语⑤报平安。

注 释

①入京使：回京城长安的使者。②漫漫：路途遥远的样子。③龙钟：泪流纵横的样子。④凭：请求，烦劳。⑤传语：捎口信。

译 文

东望家乡长安，路途遥远漫长，思乡的泪水横流，沾湿了衣袖难以擦干。

在马上与您匆匆相逢，没有纸笔写信，麻烦您给我的家人捎一个口信、报个平安吧。

历史放映厅

这首诗作于749年，岑参第一次出塞赴安西都护府途中。虽然出塞是岑参的主动选择，但也是他仕途失意的无奈之举。岑参告别长安的家人，独自踏上了西行的漫漫征途。越往西去，环境越荒凉，条件越艰苦，再加上前途未卜，自己的选择不知道是对是错，这一切都让岑参倍感孤独与凄凉，也格外地思念长安的亲人。

走了多天以后，快到西域时，岑参在路上突然碰到一个老朋友。此人从西域赶来，要回长安。远在他乡遇到故交，两人格外激动，互相寒暄问候，说起远方的亲人，岑参泪洒衣襟，遂请朋友给家人捎个口信、报个平安，此诗描写的就是这一情景。

赏 析

这是一首叙事诗，描写的是诗人在远赴西域的途中偶遇老友的一个片段。

第一、二句描写的是诗人独自西行的状态。他踽踽独行，忍不住频频回望故园，但长路漫漫，烟尘茫茫，哪里能够再看到长安的影子呢？所以诗人越回望越悲伤，越前行越凄惶，思念的眼泪汩汩不断，用衣袖不停擦拭，衣袖已经湿透，再也擦不干眼角的泪滴。

第三、四句刻画遇到故人的一幕。"马上相逢"可见是偶遇，两人行色匆匆，不可能详谈深聊、长时间盘桓。"无纸笔"说明诗人迫切地想要修书一封，抒发对家人的万千思念，但路上匆忙一遇，马上又要分别，所以无奈之下，只能让朋友"传语报平安"了。诗人没有过度沉浸在思亲思乡的悲苦中，而是振作起来，通过朋友的"传语"安慰家人。这两句诗描写的生活场景非常自然、真实，包含了深沉复杂的情感。正是由于语出真诚、发自肺腑，这首平实质朴、不事雕琢的诗歌才能不胫而走，被千古传诵。

白雪歌送武判官①归京②

唐·岑参

北风卷地白草③折，胡天④八月即飞雪。

忽如一夜春风来，千树万树梨花开。

散入珠帘⑤湿罗幕，狐裘不暖锦衾薄⑥。

将军角弓⑦不得控⑧，都护⑨铁衣冷难着⑩。

瀚海⑪阑干⑫百丈冰，愁云惨淡⑬万里凝。

中军⑭置酒饮⑮归客，胡琴⑯琵琶与羌笛。

纷纷暮雪下辕门⑰，风掣⑱红旗冻不翻⑲。

轮台⑳东门送君去，去时雪满天山路。

山回路转不见君，雪上空留马行处。

注 释

①武判官：生卒年不详。判官，官名，是节度使、观察使一类官吏的僚属。②京：指长安。③白草：一种牧草，干熟时变为白色。④胡天：这里指塞北一带的天空。⑤珠帘：用珍珠缀成的帘子。与下面的"罗幕（丝绸制作的帐幕）"一样，是美化的说法。⑥锦衾薄：织锦被都显得单薄了。⑦角弓：一种以兽角作装饰的弓。⑧控：拉开（弓弦）。⑨都护：唐朝镇守边疆的长官。⑩着（zhuó）：穿。⑪瀚海：指沙漠。⑫阑干：纵横交错的样子。⑬惨淡：暗淡。⑭中军：指主将。⑮饮（yìn）：宴请。⑯胡琴：泛指西域的琴。⑰辕门：领兵将帅的营门。⑱掣（chè）：拉，扯。⑲翻：飘动。⑳轮台：地名，今属新疆乌鲁木齐市。

译文

北风席卷大地，吹折了茫茫白草，这塞北的天气八月间就开始下雪。仿佛一夜春风吹来，千万棵树绽开了洁白的梨花。雪花飘入珠帘沾湿了丝织的帐幕，穿着狐皮裘衣丝毫不觉得暖和，锦缎被褥也显得格外单薄。将军的兽角弓冻得拉不开弓弦，都护的铠甲冷得难以穿上。

浩瀚的沙漠纵横交错着百丈坚冰，忧愁的阴云凝结在万里长空。主帅在帐中摆下酒宴，为武判官回京送行，胡琴、琵琶、羌笛纷纷奏响，为酒席助兴。

黄昏时营门外大雪纷纷扬扬，冻硬的红旗即使被大风拉扯也不再飘卷。我在轮台东门送你离开，此时茫茫白雪铺满了天山的道路。山路曲折回旋望不见你的身影，雪地上空留着马走过的蹄印。

历史放映厅

754年，岑参应安西北庭节度使封常清邀请入其幕府，担任判官，这是岑参二次出塞。封常清原为高仙芝帐下判官，与岑参有共事之谊，他很看重岑参的才华，岑参也很感激封常清的赏识。武判官可能是岑参的前任，岑参在轮台送武判官回京，写下了这首诗。

赏析

这是一首别具一格的送别诗，诗人将离情与塞外雪景相结合，写出了雪中送别的动人情景，在浩如烟海的送别诗中独树一帜，成为广为传诵的经典诗篇，也是岑参最为著名的作品。

诗歌起笔突兀，以席卷天地的北风起笔，开篇就充满了飞沙走石般的凛凛气势。第二句"胡天八月即飞雪"，既指出了时间，又将纷纷扬扬的大雪和盘托出，简练干脆，毫不拖泥带水。三、四句，诗人发挥浪漫的想象，用一个绝妙的比喻来描写万木覆雪、琼枝玉叶的奇景。"忽如"二字，说明风雪突然而至；"千树万树梨花开"，以洁白的梨花形容树枝上晶莹的白雪，贴切、新颖而又充满了绮丽的梦幻之美。以春景写冬景，以花喻雪，诗人精巧的设喻以及绝妙的造境能力令人叹为观止，这两句诗也因此成为千古不朽的名句。

接下来四句，诗人着力刻画雪带来的寒冷。镜头转换为近景，狐裘、锦衾都不再暖和，将军的兽角弓被冻硬、拉不开弓弦，都护的铁铠甲沾雪冻住、难以穿到身上，这几句是从侧面写雪。

"瀚海"两句，诗人又放眼广阔天地，"百丈冰"说明天气极寒，"万里凝"说明阴云极厚，这场风雪的威力可见一斑。而且，着一"愁"字引出了下文的送别酒宴。"饮归客"照应题目中的"归京"，使诗歌前后勾连、浑然一体。"胡琴琵琶与羌笛"，渲染送别宴之热烈和隆重，体现了边关将士之间的深厚情谊。

最后六句描写雪中送别。"暮"字说明大家兴致高昂，饯别宴会持续到了黄昏时分。"纷纷"生动再现大雪飞舞的动态，"风掣红旗冻不翻"再一次强调极寒的天气，同时也为苍茫雪景加入了一抹耀眼的亮色。结尾四句也非常值得称道，武判官在一望无际的雪中远去，诗人久久伫立，心中充满了惆怅之情。"雪上空留马行处"，言尽而意无穷，为读者留下了无尽的想象和回味空间。

全诗创造性地将塞外奇伟的风光融入送别诗中，以写雪始，以写雪终，既有壮丽的雪景，又有诚挚的深情，气势雄浑，笔力矫健，是边塞诗中的出奇之作。

行军①九日②思长安故园③

唐·岑参

强欲登高去，无人送酒④来。
遥怜故园菊，应傍战场开。

注 释

①行军：行营，军营。②九日：农历九月初九重阳节。③故园：故乡。④送酒：此处化用有关陶渊明的典故。据南朝梁萧统《陶渊明传》记载，陶渊明重阳日在宅边菊花丛中闷坐，刚好江州刺史王弘送酒来，于是痛饮至醉而归。

译文

我勉强地想要按照重阳习俗登高饮酒，可惜却没有像王弘那样的人能够送酒过来。

怜惜远方故乡长安的菊花，此刻应该正在战场旁边绽放。

赏析

这首诗大约作于至德三年（758）二月，诗题下有作者小注"时未收长安"。此时，长安被安史叛军占领，岑参跟随肃宗由彭原行军至凤翔。

诗歌第一句描写作者想要依据习俗过重阳节，却遗憾于没有像王弘那样的人雪中送炭，给他送来美酒。"强"字表达了诗人复杂的感情，重阳佳节是古代一个重要的节日，有登高、赏菊、饮酒、佩戴茱萸等习俗。以往人们都是高高兴兴庆祝这个节日，但今时不同往日，安禄山挑起战乱，国都失守，诗人自然没有往年那般兴高采烈的心情，着一"强"字，强调了这个重阳节的特殊性以及诗人内心感情的复杂。

第三、四句诗人转入抒情。岑参曾久居长安，所以称之为"故园"。长安有很多景物，但诗人匠心独运，只聚焦于菊花，一是因为菊花在重阳节有特殊意义，二是因为反衬的手法。长安城内多少豪华的宫殿楼阁和精美的园林府邸都毁于战火，只有这金黄的菊花依然默默绽放。荒凉破败的断壁残垣与灿烂的菊花形成强烈的反差，更加重了画面的悲怆之意和沧桑之感，诗人对叛乱的憎恨、对百姓流离失所的同情、对和平安定的期盼，都借这寂寞地开在战场旁边的一丛菊花展现了出来。

此诗题中有"故园"二字，诗中也确实抒发了对故乡长安的思念之情，但若只从思乡解读，对这首诗的理解就太浅了。唯有抓住末句中的"战场"二字，读者才能真正理解诗人感时伤乱的深沉情感。

韩翃：因为一首诗平步青云

韩翃，生卒年不详，字君平，南阳（今河南南阳）人，唐代诗人。韩翃擅长写送别诗，笔法精妙，写景别致，是大历十才子之一。

754 年，韩翃考中进士。安史之乱爆发后，韩翃在淄青节度使以侯希逸幕府中担任文书工作。后来侯希逸回朝，韩翃随侯希逸返回京都，在长安闲居十年。

德宗建中年间，韩翃因为写作《寒食》一诗而受到德宗赏识，被任命为驾部郎中，负责为皇帝起草文告和命令。当时江淮刺史与他同名同姓，吏部为防止弄错，特意请示德宗，德宗批复，就用写"春城无处不飞花"的韩翃，可见当时《寒食》这首诗流传之广。此后，韩翃不断晋升，最后官至中书舍人。

韩翃还是唐代非常流行的一篇笔记小说的主人公。《太平广记》中有一篇《柳氏传》，讲述了才子韩翃与歌伎柳氏在乱世中悲欢离合的故事。韩翃在朋友李王孙的家中与歌伎柳氏一见钟情，互生爱慕，李王孙成人之美，把柳氏送给韩翃为妾。第二年，韩翃科举及第后回老家省亲，适逢安史之乱爆发，叛军攻陷长安，韩翃流落青州在侯希逸幕府任职。肃宗收复长安后，韩翃挂念柳氏，同时又担心她已另嫁他人，就四处打听，托人给柳氏送去一袋碎金并一首诗——"章台柳，章台柳，昔日青青今在否？纵使长条似旧垂，也应攀折他人手"。此时，柳氏避居在寺庙当中，看到这首诗后百感交集，一心一意等待韩翃前来。可是造化弄人，不久柳氏被番将沙吒利劫持，成为其宠妾。

韩翃随侯希逸回到长安后，有一天与柳氏在街上意外相逢，柳氏在锦帕上写下《杨柳枝》一诗回赠韩翃："杨柳枝，芳菲节，所恨年年赠离别。一叶随风忽报秋，纵使君来岂堪折！"韩翃看后心中大恸。韩翃的一位朋友听说后为其打抱不平，闯入沙吒利府中将柳氏带出，交给韩翃。侯希逸也为此事上书皇帝，为韩翃陈情。肃宗将柳氏断给了韩翃，让他们夫妻团聚。

《柳氏传》的作者许尧佐和韩翃差不多是同一时期的人，所以人们普遍相信《柳氏传》有人物和故事原型。

寒食①

唐·韩翃

春城②无处不飞花，寒食东风御柳③斜。
日暮汉宫④传蜡烛⑤，轻烟散入五侯⑥家。

注 释

①寒食：寒食节，通常在农历冬至后的第105天，过去寒食节不能生火做饭，要吃冷食。②春城：春天的京城长安。③御柳：御苑之柳，指皇城里的柳树。④汉宫：这里用汉代皇宫来借指唐代皇宫。⑤传蜡烛：指宫中传赐新火。⑥五侯：这里泛指权贵豪门。

译 文

春天的长安城到处飞舞着柳絮和落花，寒食节这一天，东风吹动皇城里的柳枝斜斜飘拂。

傍晚，皇宫里传赐蜡烛出来，蜡烛的轻烟轻轻飘入近臣权贵之家。

历史放映厅

寒食节是中国古代的重要节日，一般在清明节前的一两天。寒食节的来历跟介子推有关。春秋时期，晋国公子重耳曾在外流亡十九年，介子推始终追随重耳左右，在最困难时甚至割股啖君。重耳回国后登上王位，就是后来的春秋五霸之一晋文公。晋文公封赏功臣时，介子推不求利禄，带母亲归隐深山，难觅其踪。晋文公为了迫介子推出来相见，下令放火烧山，可介子推坚决不出山，被活活烧死。晋文公感念其忠义，下令将介子推的死难日设为寒食节，人们不能生火，只吃冷食。

唐代风俗，寒食节虽然不能生火做饭，但皇宫中可以点蜡烛照明，皇帝还会把蜡烛赐给宠信的近臣，以示恩典。韩翃的这首诗真实再现了寒食节这天长安城中的情景。

赏 析

诗歌前两句写景，诗人立足高远，视野开阔，描摹了暮春时节整个长安城的绮丽画面。诗人笔法非常凝练，"春"字点明时节，"城"字指出地点，"无处不飞花"，用双重否定加强肯定的表达效果，再现了长安城中落英缤纷、柳絮飞舞的景象，将浓浓春意描写得淋漓尽致。"寒食东风御柳斜"，短短七个字中信息也非常丰富。"寒食"进一步明确时间，照应诗题；"御柳"，进一步明确地点，诗人的视野从整个长安城聚焦到了皇宫，为下文宫中传蜡烛做好了铺垫。"斜"字传神地再现了柔软的柳枝在春风中摇摆的姿态，也与上句的"飞花"一起将无色无形的春风描写得具体可感。

三、四句叙事，随着暮色四合，皇宫中开始走马传烛。"轻烟散入五侯家"中的"散"字是神来之笔，具体而微地刻画出了蜡烛在风中传送、青烟袅袅随风飘散的动态。"五侯"一词历来有多种理解，一说指西汉成帝封外戚王谭、王立、王根、王逢时、王商为列侯，一说指东汉时外戚梁冀一族的五侯，一说指东汉桓帝时宦官单超等同日封侯的五人。无论是哪种解读，都指向汉末乱象，这种乱象与安史之乱后的唐朝廷极为相似，所以后人从这首诗中读出了浓浓的讽喻意味。

事实上，诗人写诗时到底是出于讽喻还是据实描述不得而知。当时，唐德宗非常喜欢这首诗，还因此给长期失意的韩翃加官晋爵。可见，好的作品都是含蓄蕴藉、可作多种解读的。这首诗以描写见长、以形象取胜，在情感和意蕴方面比那些刻意讽刺的诗作似乎还更胜一筹。

张志和：浪迹山水间的烟波钓徒

张志和（732—774），字子同，初名龟龄，号玄真子，唐代著名诗人、词人、道士。

张志和从小就有神童之称，他三岁读书，六岁就能作文章，据传有过目成诵的本事。他十六岁就明经及第，受到太子李亨的赏识，李亨为其改名"志和"，并授予官职。安史之乱爆发后，李亨在灵武登基成为肃宗，张志和与其舅李泌追随左右，献计献策，助其平叛。757年，肃宗向回纥借兵，并答应收复长安后，城内金帛、百姓任其劫掠。张志和力劝肃宗收回成命，惹恼了肃宗，被贬到偏僻蛮荒的南浦，做了一个小小的县尉。

不久，张志和的母亲和妻子相继去世，尽管肃宗已经赦免了他的罪过，还赏赐他一奴一婢，荣葬他的母亲，但张志和有感于宦海风波和人生无常，再无意为官。为母亲守孝三年后，他弃官弃家，浪迹山水，游三江，泛五湖，渔樵为乐。

后来，张志和到湖州城西西塞山渔隐，自称烟波钓徒。在此，他写下了著名的词句"西塞山前白鹭飞，桃花流水鳜鱼肥"。在湖州期间，张志和撰写道家著作《玄真子》，几年后，张志和在哥哥的劝说下，又到会稽隐居。在会稽期间，他完成了《大易》十五卷的撰述工作。

张志和是中唐时期的第一隐士，他博学多才，诗词书画俱为一绝，还擅长击鼓吹笛，名重一时。他的归隐，并非因为仕途困顿、壮志难酬，而是真的热爱自然，醉心山水。他返璞归真，江湖逍遥，有诗为证——"朝廷若觅元真子，不在云边则酒边"；他专心悟道，著书立说，洒脱地宣称"往来客旅休相问，我是江湖一滥仙"。

774年，张志和前往湖州拜访湖州刺史颜真卿，与颜真卿等人东游平望驿时，因为醉酒不慎溺亡。

渔歌子①

唐·张志和

西塞山②前白鹭③飞，桃花流水鳜鱼④肥。
青箬笠⑤，绿蓑衣⑥，斜风细雨不须归。

注 释

①渔歌子：原是曲调名，后世文人据之填词，又成为词牌名。单调二十七字，五句四平韵。②西塞山：在今浙江省湖州市西面，一说在湖北省黄石市。③白鹭：水鸟名，也叫"鹭鸶"，外形有点像白鹤，腿和脖子特别长。④鳜（guì）鱼：俗称"花鱼""桂鱼"，体扁平，口大鳞细，黄绿色，味道鲜美。⑤箬（ruò）笠：用竹篾、箬叶编的斗笠。⑥蓑（suō）衣：用草或棕麻编织的雨衣。

译 文

西塞山前，白鹭在自由地飞翔，桃花盛开，春水猛涨，水中的鳜鱼非常肥美。

渔翁头戴青青的斗笠、身披绿色的蓑衣在水边垂钓，风斜雨细，他不必赶回家去。

赏 析

张志和是唐代较早填词并有较大影响的词人之一，这首词设色明丽、意境清新，展现了江南春汛期间烟雨迷蒙的动人景致以及渔翁怡然自乐的恬淡情怀。

张志和善于在诗中融入画意，以画意来表现诗情，这阕《渔歌子》正是诗情画意融为一体的杰出典范。诗歌第一句中"西塞山"点明地点，"白鹭飞"以白鹭的自由自在衬托渔翁的悠闲适意。此时，雨中青山静静伫立，山是静默的，白鹭是飞动的，一静一动，动静相宜。第二句"桃花流水鳜鱼肥"，用绯红的桃花映衬碧绿的江水，再加上水中悠游的肥美鳜鱼，秀丽中透出生动活泼的意趣。

从第三句开始，作者转入对渔翁的刻画。他头戴青斗笠、身穿绿蓑衣，静坐船头，在斜风细雨中一边怡然自得地垂钓，一边享受这醉人的美景，乐而忘归。渔翁愉悦淡然的气度正是张志和超然物外的体现。

渔父

唐·张志和

八月九月芦花飞，南谿①老人重钓②归。

秋山入帘翠滴滴，野艇倚槛③云依依④。

却把渔竿寻小径，闲梳鹤发⑤对斜晖。

翻⑥嫌四皓⑦曾多事，出为储皇⑧定是非。

注 释

①谿（xī）：同"溪"。②重（zhòng）钓：深水中钓鱼。③槛：轩廊临水的栏杆。④依依：隐约的样子。⑤鹤发：鹤的羽毛白色，喻老人白发。⑥翻：反而。⑦四皓：秦末东园公、角里先生、绮里季、夏黄公，隐于商山，年皆八十余，时称"商山四皓"。传说汉高祖敦聘四人不至，后来高祖有意废太子刘盈改立如意，吕后听从张良的建议，令太子请出四人出山辅佐，高祖认为太子羽翼已成，打消了改立太子的意图。⑧储皇：即储君皇太子。

译 文

八九月间雪白的芦花到处飘飞，在南溪的深水处垂钓的老翁兴尽而归。

秋日的山峦翠绿欲滴，淡淡的云影下面有一艘小船停靠在临水的栏杆旁边。

渔翁手拿渔竿循小路前行，对着夕阳余晖不时梳理一下头上的白发。

想那商山四皓真是多管闲事，出山辅佐人子为皇家定夺是非。

赏析

这是张志和所作的一首七律，借以抒发自己泛舟垂钓、不问世事的隐逸情怀。

诗人以南溪钓翁自居，描写自己在芦花飘飞的时节垂钓归来的悠闲一幕。尽管时节已经入秋，但江南的山还是苍翠欲滴，仿佛被洗染过一般，入眼能洗净心中的一切烦忧。水槛旁泊着的小船安闲得如同天空那一缕缕若有似无的云彩，令人心中更生一丝沉静。在这悠闲静谧的气氛中，老翁手拿渔竿循山间小路信步前行，不时梳理一下被风吹乱的白发，远处，夕阳的余晖洒在山头，为苍翠的树林增添了一抹动人的红晕。

诗人醉心于这样秀美的景致和闲云野鹤般的生活状态，不禁发出感叹，笑那汉初著名的隐士商山四皓，本来在山中自由自在，为什么非要出山多管闲事、为皇家定夺是非呢？

张志和撷取芦花、秋山、白云、野艇、水槛、斜晖等缤纷意象，烘托出一位闲散安逸的渔父形象，这是他对于自己选择隐居遁世的内心剖白，寄托了他怡情山水、不问俗务的高洁志向。结尾借商山四皓典故发出的议论，不过是其坚定心意的再次抒发而已。

《莲溪渔隐图》

作者：仇英
创作年代：明代
馆藏：故宫博物院

这是一幅绢本设色画，纵126.5厘米，横66.3厘米。

这幅画设色柔和，构图丰富，用笔工致。近景是农田、房舍以及文士、小船，描绘得细致入微；中景为画面中部的点点莲叶、片片树林及绿树掩映中的房屋；远景是青绿的远山，层层叠叠，高耸入云。近景、中景、远景互相映衬、相得益彰，使得这湾清溪及溪畔的几户农家就如世外桃源一般，将渔隐的情怀表现得淋漓尽致。

莲叶和莲花
在这里!

张继：一夜失眠换来千古名篇

张继，生卒年不详，字懿孙，襄州（今湖北襄樊）人，唐代诗人。

753年，张继考中了进士，但却在接下来吏部组织的铨选中落榜，无奈之下失意地回到了家乡。755年冬，安史之乱爆发，国家陷入动荡之中，为了躲避兵灾，张继在吴楚一带漫游。

这一年秋天，张继乘船到达苏州。傍晚，他的船停泊在苏州城外的枫桥之下，明月升空，清辉万里，张继看着皎洁的月光和澄澈的江水，想到国家危殆、百姓倒悬，想到遥远的家乡，想到自己未知的前程和未竟的志向，心中百感交集、难以入睡。夜半时分，寒山寺的钟声传到了张继耳中，更加牵动了他的羁旅愁思，他挥笔写下了《枫桥夜泊》这首诗。

让张继没有想到的是，《枫桥夜泊》迅速流传开来，他因为这首诗而名声大噪，在群星璀璨的唐代诗坛稳稳占据了一席之地。762年，唐军从叛军手中收复两京后，张继投笔从戎入了幕府，后来又做盐铁判官，分管洪州财赋。可惜的是，张继任职盐铁判官仅一年多就病逝了。他的好友刘长卿作诗悼念他，其中有一句"世难愁归路，家贫缓葬期"，可见张继在盐铁判官任上清正廉洁、两袖清风。

一千多年后的今天，《枫桥夜泊》还是广为传诵的名篇。而且，这首诗还漂洋过海传到了日本，深受日本人民的喜爱。

枫桥①夜泊

唐·张继

月落乌啼霜满天，江枫渔火对愁眠。
姑苏②城外寒山寺③，夜半钟声到客船。

注释

①枫桥：在今江苏苏州。②姑苏：苏州的别称，因苏州有姑苏山而得名。③寒山寺：枫桥附近的一座寺庙，相传唐代僧人寒山曾在此寺。

译文

月亮刚刚落下，栖息在树上的乌鸦发出啼鸣，天空中布满了寒霜。我看着江边枫树和渔船上的灯火，满腹愁绪，难以入眠。

姑苏城外的寒山古寺半夜鸣钟，悠扬的钟声传到了我的客船上。

赏析

这是一首描写羁旅乡愁的七言绝句，诗歌的意境空灵悠远，韵味深切绵长，被人们传诵千年而不衰。

诗歌以写景起，第一句即包含了月落、乌啼、秋霜三个意象，这是诗人充分调动自己的所见、所闻、所感而得。诗人描写的是半夜时分，上弦月落得早，傍晚升上夜空，半夜即落下，大概光线的明暗变化惊扰了栖息在树上的乌鸦，它们朦胧之中发出了几声啼鸣。此时夜深霜重，诗人感到阵阵寒意逼人，似乎漫天都是秋霜暗凝。秋霜原本在地，诗人所谓"霜满天"完全是从身体触感出发，初读似不合理，细品却又别具韵味。

第二句由景及情，情景交融。火红的枫树静静伫立在江边，在夜色中看不分明；渔船上灯火明亮，与枫树形成了一明一暗的鲜明对比。"对愁眠"是说诗人面对着江边枫树、江中渔火心中忧愁，辗转反侧，难以入眠。"愁"字点明了诗歌主旨，奠定了全诗的情感基调。

三、四句诗人一反前两句的丰富意象，只集中笔墨描写寒山寺的夜半钟声。夜深人静，钟声听得格外分明，钟声悠扬，余韵绵绵，将诗人心中的羁旅乡愁逗引得愈加浓郁。这两句意在言外，令人回味无穷。

全诗在清冷幽寂的氛围中铺开了一幅江畔秋夜图，营造出了完美超绝的艺术境界，足以成为后世典范。诗歌的景与情水乳交融，互相衬托，引发了后世无数天涯游子的共鸣，所以这首诗的艺术魅力随着时间的流逝有增无减，历久弥新。

宿白马寺①

唐·张继

白马驮经②事已空，断碑残刹③见遗踪。
萧萧④茅屋秋风起，一夜雨声羁思⑤浓。

注 释

①白马寺：位于今洛阳城东 12 公里处。建于东汉永平十一年（68），是我国最早的一座官办佛寺。②白马驮经：传说汉明帝遣使去天竺（今印度）求佛法，有天竺僧摄摩腾和竺法兰至洛阳，同时有白马驮经而来，故所建佛寺名白马寺。③刹（chà）：佛寺。④萧萧：风声。⑤羁思：即羁旅之思，指在外做客思念故乡的心情。

译 文

白马驮经的故事已经成为遥远的过去，只留下断碑和残破的庙宇遗迹。

茅草屋上秋风萧萧，雨声淅淅沥沥响了一夜，令人思乡的愁绪更加浓厚。

赏 析

这首诗是张继的另一写愁名篇，写的还是羁旅之愁，作于安史之乱后的洛阳白马寺。

白马寺建于东汉，至唐代仍然规模宏大、香火繁盛。但安史之乱爆发后，叛军很快攻占洛阳，白马寺也遭到了巨大破坏。张继抵达洛阳后，夜宿白马寺，看到白马寺的断壁残垣，联想到整个国家正在遭受的苦难，张继在这个风雨之夜愁肠百结，被浓浓的愁绪淹没。

这首诗与《枫桥夜泊》相比，没有那种澄澈的江畔秋景，但以遭受兵灾后残破的白马寺来反映时代之殇，以秋夜风雨来衬托个人的身世之感，将天涯孤旅的愁思描写得丝丝入扣、感人肺腑。

韦应物：从不学无术到诗书大家

韦应物（约737—791），字义博，京兆万丰（今陕西西安）人，唐朝诗人。

韦应物出身名门望族，十五岁便以门荫入仕，成为唐玄宗身边的侍卫，出入宫闱，春风得意。此时的韦应物仗着玄宗的恩宠，不学无术，喝酒赌钱，横行乡里，是一个典型的纨绔无赖。韦应物在《逢杨开府》一诗中这样回顾自己的少年时代："少事武皇帝，无赖恃恩私。身作里中横，家藏亡命儿。朝持樗蒲局，暮窃东邻姬。司隶不敢捕，立在白玉墀。"

安史之乱爆发后，玄宗仓皇逃蜀，韦应物没能跟随前去，流落失官，他的生活自此陷入困顿，开始立志读书。当年"一字都不识，饮酒肆顽痴"的浪荡子弟经过一番奋发苦读，终于学有所成，并凭借学识再次走上仕途。韦应物的诗风古朴自然，平和秀雅，他的山水诗尤其出众，以天然幽寂的境界在中唐独树一帜，直追盛唐时的王维和孟浩然。

788年，韦应物出任苏州刺史，"韦苏州"的称号由此而来。两年后，韦应物被免职。此时，囊空如洗的他竟然没钱返回长安，遂寄居在苏州永定寺。不久，韦应物在苏州去世，客死他乡。

滁州①西涧②

唐·韦应物

独怜幽草③涧边生，上有黄鹂深树鸣。
春潮带雨晚来急，野渡无人舟自横。

注 释

①滁州：地名，即今安徽滁州。②西涧：在滁州城西，俗称上马河。
③幽草：幽深山涧边的小草。

译 文

我怜爱那生长在幽深山涧边的小草，涧上有黄鹂在深林中婉转啼鸣。

傍晚，春天的潮汛伴随着阵雨急速地涌来，野外的渡口空无一人，
渡船横漂在水上。

赏 析

这是韦应物在滁州刺史任上所作的一首诗，描写了诗人外出踏青
时在滁州西涧的所见所闻，描景清幽淡远，别有意趣，诗人淡泊的襟怀
和忧伤的情绪暗蕴其中。

前两句描绘涧中春光，碧草悠悠，惹人爱怜，黄鹂在树上发出清
脆的鸣声，一派清丽春光中却透出一丝凄清，这是诗
人融情于景、以情写景使然。韦
应物是个清廉的好官，
他眼见朝政黑暗、百姓

困苦却又无能为力，只能借诗歌来抒怀。在这两句诗中，诗人明白地表明了自己的喜好，==他怜爱涧边默默生长、自甘寂寞的野草，对居高献歌的黄鹂无感==，反映出他内心安贫守节、恬淡自持的情怀。

三、四句描写傍晚时分一阵急雨过后，郊野渡口空无一人的情景。第三句中的"带"字非常传神，仿佛急雨是伴着春潮而来，有情有趣且富于动感。第四句中的"野"字说明这个渡口位于郊外，平时就少有人来，刚刚下过一阵急雨，现在更是空寂，连船夫都不知到哪里去了。"自"有径自、独自之意，"横"字说明船是一种随波逐流的状态，诗人借野渡无人处的一艘空船表达了自己甘于寂寞、随遇而安的情志。

全诗语言看似平淡，实则含蓄蕴藉，诗中有画，景中有情，是中唐山水诗中的名篇，也是韦应物的代表作品。

长安遇冯著①

唐·韦应物

客从东方来，衣上灞陵②雨。
问客③何为来，采山④因买斧⑤。
冥冥⑥花正开，飏飏⑦燕新乳。
昨别今已春，鬓丝⑧生几缕。

注 释

①冯著：韦应物友人，生平不详。②灞陵：即灞上，又作霸上，长

安东郊山区，在今西安市东。因汉文帝葬在这里，改名灞陵。③客：指冯著。④采山：化用左思《吴都赋》中的句子"煮海为盐，采山铸钱"，指入山采铜以铸钱。⑤买斧：化用《易经·旅卦》之"旅于处，得其资斧，我心不快"。⑥冥冥：悄然。⑦飏飏：鸟儿轻快飞翔的样子。⑧鬓丝：两鬓白发如丝。

译 文

你从东方来到长安，衣服上还沾有灞陵的雨滴。

问你为什么来此地，你说是为了上山伐木买斧头。

百花正悄悄地开放，燕子轻快地飞来飞去哺育幼雏。

上次分别至今又是一年春，你鬓角的白发又添了几根呢？

赏 析

冯著是韦应物的朋友，他有才有德，却怀才不遇。他到长安谋仕，仕途并不如意。失望之余，冯著远走广州，希望在幕府就职，没想到十年过去，也未获得官职，只得又返回长安。韦应物对朋友的落魄失意深表同情，通过这首诗对其进行劝慰和鼓励。

诗歌第一句中的"客"，即指冯著。第二句中的"灞陵"指长安东郊的山区，此地是长安附近的隐逸之地。这两句并非实指，冯著不一定去过灞陵一带，"从东方来"只是一个笼统的说法，"灞陵雨"是为了突出冯著的隐逸风度，暗指朋友仿佛一位世外高人。

三、四句，诗人以一问一答的方式，写明冯著在长安的境遇——谋仕不顺，心中不快。化用典故既让表达显得委婉，也增加一些诙谐风趣的意味，显示了两位好友亲密无间的感情。五、六句是诗人

对冯著的安慰劝勉之语。诗人以美丽的自然春光来转移好友的注意力，请他看百花盛开、姹紫嫣红以及紫燕育雏、忙忙碌碌，希望好友能从生机勃勃的大自然中汲取力量，不折不挠，继续寻找实现抱负的机会。

　　七、八句是诗人的感慨，岁月不居，时光如流，上次分别好像就在昨天，转眼却又是一年春了。"鬓丝生几缕"，带有调侃的意味，好像是朋友之间随意的戏谑玩笑，体现了好友之间的深厚情谊。

　　这首五言古体诗在叙事的过程中有景有情，语言灵动，格调轻快，清新雅致，读来让人回味无穷。

卢纶: 出身显赫的社交达人

卢纶（739—799），字允言，河中蒲州（今山西永济）人，唐代诗人，大历十才子之一。

卢纶祖籍范阳涿县（今河北涿州），出身唐代著名的世家大族范阳卢氏，可以说一出生就赢在了起跑线上。但这个贵族公子的人生并不顺利，他年幼时父亲就去世了，此后经常寄居在舅舅家。天宝末年，卢纶去长安参加科举考试，适逢安史之乱，科举考试被打断，卢纶自然未能考中。此后他隐居在终南山读书写诗，安史之乱平定后多次参加科举考试，皆不中。

虽然科举屡试不中，但卢纶诗名渐盛，被誉为"大历十才子"之一。卢纶积极与别人写诗唱酬，广泛交游，他的朋友圈不仅包括著名的诗人和文学家，还有很多官高位显的权贵。凭借杰出的诗才和长袖善舞的社交才能，卢纶由诗坛步入了仕途。771年，经由宰相元载推荐，卢纶担任阌乡尉，后来又受到宰相王缙的礼聘，出任集贤学士、监察御史。元载、王缙获罪时，卢纶受到牵连。朱泚之乱发生后，咸宁王浑瑊出镇河中，召卢纶为元帅府判官。在此期间，卢纶写了一系列粗犷豪放的边塞诗，大有盛唐刚健昂扬的诗风，为大历十才子其他诗人所难及。

卢纶的边塞诗受到德宗重视，他因此官拜户部郎中。坎坷了大半生的卢纶前途一片光明，眼看就要青云直上，但命运又跟他开了个玩笑，卢纶升官不久即染病去世，生命戛然而止，一代天才诗人和社交达人至此谢幕。

晚次①鄂州②

唐·卢纶

云开远见汉阳③城，犹是孤帆一日程。

估客④昼眠知浪静，舟人夜语觉潮生。

三湘⑤衰鬓逢秋色，万里归心对月明。

旧业已随征战尽，更堪⑥江上鼓鼙⑦声。

注 释

①次：临时驻扎和住宿。②鄂州：唐时属江南道，在今湖北省鄂州市。
③汉阳城：今湖北汉阳。④估客：商人。⑤三湘：湘江的三条支流漓湘、
潇湘、蒸湘的总称，这里泛指汉阳、鄂州一带。⑥更堪：更哪堪，
指岂能再听。⑦鼓鼙（pí）：军用大鼓和小鼓，后也指战事。

译 文

　　云开雾散，远远能望见汉阳城的影子，但我们这艘孤船到达那里
还要走一日的路程。

　　商人们白日在船上安眠，可知风平浪静；夜间从船夫的呼叫嘈杂
声中，能感觉到江水涨潮。

　　两鬓斑白的我欣赏着眼前三湘之地的秋色，对着天上明月，想到
万里之外的家乡，归心似箭。

　　家园、生计都已经毁于战火，哪里还能忍受江上传来的战鼓声
声呢。

赏 析

这首诗作于安史之乱前期。为躲避战乱，诗人离开沦为战场的家乡，南下流寓异地他乡，这首诗即作于他南行途中。

诗歌首联点明行程，云开雾散，江上晴空丽日，依稀能望见远远的汉阳城，这句在交代目的地的同时描绘出一派辽阔明净的江景。诗人的客船距离汉阳还有一日的路程，因此当晚客船停泊在鄂州歇宿，照应了诗题。"孤帆"之"孤"暗合了诗人流徙异地孤独落寞的情怀，为下文的抒情蓄势。

颔联两句描写旅途见闻，秋日的长江风平浪静，澄明无际，客船上的商贾百无聊赖地堕入梦乡。傍晚泊船时江潮涌来，船家相呼，众声杂作，一改白日的平静。

颈联两句，诗人即景抒怀，面对辽阔楚地的萧瑟寒秋，想到自己年华渐老一事无成，心中陡增伤感；天上那一轮孤独的明月更是触动了诗人的思乡之情，有家不能回的凄然令诗人愁绪满怀。

尾联紧承颈联直抒胸臆，是诗人情感的一次宣泄。诗人想到远处的家乡、田园、生计都在战火中毁坏殆尽，对江上传来的战鼓声自然是深恶痛绝、难以忍受的，诗人对战争的痛恨、对和平的期待全都借由这两句诗表现了出来。

这首诗将个人之悲与时代之殇相结合，思乡情绪中融入了浓厚的家国情怀，含蓄蕴藉，意旨深远，情景相生，感人肺腑。

塞下曲（其三）

唐·卢纶

月黑雁飞高，单于①夜遁逃。
欲将轻骑②逐，大雪满弓刀。

注 释

①单于：匈奴的首领。这里泛指侵扰唐朝的游牧民族首领。②骑：骑兵。

译 文

深夜，乌云遮月，大雁惊飞，原来是单于想要带领部队趁夜逃跑。

我方将领想要带领轻骑兵追击，纷纷扬扬的大雪落在了将士们随身佩戴的大刀和弓箭上。

历史放映厅

这首诗是《和张仆射塞下曲六首》中的第三首，是卢纶出任浑瑊元帅府判官时所作。张仆射为人不详，一说为张延赏，一说为张建封。当时，卢纶身在军营，目睹了边塞雄浑辽阔的自然风光和将士们粗犷豪迈的英雄气概，创作了这一组五古。六首诗分别描写发号施令、射猎破敌、奏凯庆功等军营生活场景，风格雄奇豪壮，可与盛唐时期王昌龄、李白等人的《塞下曲》媲美，卢纶也因为这一系列边塞诗而名重一时。

卢纶虽为中唐诗人，但他的边塞诗却充满了盛唐气象，读后令人振奋，《塞下曲》组诗是其中的代表作。

这首诗首句以"月黑"描写冬夜漆黑一片的环境，以"雁飞高"设置悬念，渲染紧张气氛。夜深月黑，大雁本该栖息夜宿，却突然受惊飞向了高处，到底是什么惊扰了它们呢？第二句顺势而出，原来是单于眼看战事不利，要带领精锐部队趁夜逃跑。上下句之间联系紧密，氛围十足。

第三句转入对我军的描写。即使是在这样伸手不见五指的风雪之夜，敌军的动向也马上被我军洞察，将军连夜点兵，要带领轻骑兵追击歼敌。追击的结果如何？诗人并没有写，而是以一幅别有意趣的画面结束了全诗，此时大雪纷纷而下，落在将士们寒光闪闪的大刀和弓箭上。这样充满画面感的诗句言尽而意无穷，能引发人们无限的遐思和想象。其实，我们若将第二句中的"夜遁逃"和第三句中的"轻骑逐"联系起来看，追击的结果可以说不言自明，诗人以这种委婉含蓄的手法将敌人全线溃败、连夜逃窜和我军不畏严寒、英勇善战表现得淋漓尽致，这种写法比平铺直叙要高明得多。

全诗语言简洁凝练，起承转合妙法天成，气势昂扬，威武雄壮，是中唐时少有的名篇。

孟郊：毕生苦吟的诗家囚徒

孟郊（751—814），字东野，唐代著名诗人。孟郊出身寒微，他的父亲孟庭玢是一名小吏，任昆山县尉。孟郊幼年时父亲就去世了，母亲独自拉扯三个孩子，日子更加清贫。长大后的孟郊一边读书写诗，一边帮助母亲料理家计，直到两个弟弟都长大成人，四十来岁的孟郊才去长安参加科考。

唐代的世族大家对社会仍然有很大影响，豪门子弟凭借人脉结交权贵，往往年纪轻轻就能考中进士，寒门学子要想考中却难比登天。孟郊两次参考皆落榜，失望之余，他写下《落第》一诗，发出悲叹"弃置复弃置，情如刀剑伤"。

在母亲的鼓励下，46岁的孟郊第三次应考终于高中，他欣喜若狂、难以自抑，挥笔写下一首《登科后》："昔日龌龊不足夸，今朝放荡思无涯。春风得意马蹄疾，一日看尽长安花。"

可惜考中进士并没能成为孟郊人生的转折点，等待了几年之后，孟郊才被任命为溧阳尉，成为一名跟父亲差不多的小吏。迫于生计，孟郊走马上任，并在上任不久将母亲接到溧阳奉养。在此期间，他感念母亲的养育之恩，满怀拳拳之心写下了流传千古的《游子吟》一诗。

县尉一职公务琐碎繁杂，孟郊不能实现抱负，因而经常出游，放迹林泉间，徘徊赋诗，以致曹务多废。于是县令报告上级，另外请人来代他履职，同时把他薪俸的一半分给那人，孟郊因此更加穷困。晚年的孟郊在河南尹幕中做下属僚吏，贫病交加，愁苦不堪，写下十五首《秋怀》来表现自己的凄凉晚境。

孟郊一生穷愁困苦，早年屡试不第，中年仕途艰辛，另外还有丧子之痛的打击，因而他的诗多作苦吟，喜欢用僻字险韵与生冷意象，比如"榆柳萧疏楼阁闲，月明直见嵩山雪""南山塞天地，日月石上生"等。因其诗作多写世态炎凉、民间疾苦，故有"诗囚"之称，与贾岛并称"郊寒岛瘦"。

游子①吟②

唐·孟郊

慈母手中线，游子身上衣。
临③行密密缝，意恐④迟迟归。
谁言寸草⑤心⑥，报得三春⑦晖⑧。

注　释

①游子：古代称远游旅居的人。②吟：一种诗歌体裁。③临：将要。④意恐：担心。⑤寸草：小草。这里比喻子女。⑥心：语义双关，既指草木的茎干，也指子女的心意。⑦三春：旧称农历正月为孟春，二月为仲春，三月为季春，合称三春。⑧晖：阳光。形容母爱如春天温暖、和煦的阳光照耀着子女。

译 文

慈爱的母亲手里拿着针线，给即将离家远游的孩子缝制衣服。

在孩子出门前一针一线把针脚缝得细密结实，担心孩子晚归衣服会破损。

谁说像小草一样微小的孝心，能报答母亲那如春天的阳光一般的恩情呢？

赏 析

这是孟郊所写的一首脍炙人口的诗歌，千百年来被无数的人吟咏，表达自己对母亲的深情、对母爱的感恩。

这首诗文字浅近，如话家常，却情深旨远，令人百读不厌。诗歌的过人之处有二：一是通过细节来表达感情，具有极强的画面感；二是通过比喻来赞颂母爱，新颖贴切，独步千古。

诗歌没有任何说理，开篇即描绘了一幅生动的图画，孩子即将出门远行，母亲连夜为其赶制新衣。古代工商业不发达，衣服一般都是女性手工缝制，即使是贵族女性，也要做女红。亲手为孩子缝制衣服，是母爱的具体展现。担心孩子久久不归衣服破损，所以母亲格外用心，把针脚缝得又细又密，这一针一线缝的不只是衣服，更是母亲对孩子的牵挂和思念，所以，这幅画面才能历经千年而不褪色，至今感人肺腑。

最后两句，诗人用柔弱的小草心来比喻孩子的孝亲之心，用春天温暖灿烂的阳光来比喻无私博大的母爱，草心怎么能回报阳光的恩惠呢？正如孩子无法回报母亲的爱一样。形象的比喻、反差巨大的对比中寄寓着赤子对母亲的由衷深情，也赢得了古今无数读者的共鸣。

游终南山

唐·孟郊

南山①塞②天地，日月石上生。
高峰夜留景③，深谷昼未明。
山中人自正，路险心亦平。
长风驱松柏，声拂万壑清。
即此悔读书，朝朝近浮名。

注　释

①南山：指终南山，在今陕西省西安市南。②塞：充满，充实。③景：日光。《全唐诗》此句下注："太白峰西黄昏后见馀日。"

译　文

高峻雄伟的终南山充塞于天地之间，太阳和月亮每天都从高高的山石上升起。

终南山

终南山属于秦岭山脉的一段，西起陕西眉县、东至西安市蓝田县，是中国南北方的分界线。终南山高峰幽谷、连绵不绝，"寿比南山""终南捷径"两个成语都与此山有关。终南山是隐逸名山，历来是士大夫进退朝野之地，著名的隐士有姜子牙、张良、孙思邈等。

终南山绵延数百里，包括楼观台、翠华山、南五台等景区。楼观台又名说经台，位于终南山北麓，据传是老子讲经授道之坛，《道德经》即诞生于此。楼观台周围千峰耸翠，犹如重重楼台相叠，山间绿树青竹，掩映着道家宫观，不愧为道家圣地、人间仙都。

翠华山是终南山支峰，位于终南山北麓，以山崩地貌而著称，集山、石、洞、水、林等为一体，山势峭拔，风光秀美，山顶湖泊犹如一颗群山环抱中的明珠，晶莹清澈，碧波荡漾。南五台也属终南山支脉，山上有清凉、文殊、舍身、灵应、观音五峰，是佛教圣地。南五台五座山峰如笔架排列，险峰秀岩，山重水复，峰回路转，令人目不暇接。

当其他地方都被夜幕笼罩时，高耸的太白峰上还留有落日的余晖；当其他山峰都洒满阳光时，深深的山谷中还幽暗未明。

终南山高高矗立不偏不斜，山中人也如这山一般坦荡正派；山中道路虽然崎岖险阻，但山中人心地平实。

山高风长，吹得松柏摇摇晃晃，呼呼的风声回荡在千山万壑之中，清脆激越。

看到眼前这奇险壮丽的景色，我不禁后悔当初为什么要一味苦读，天天去追求虚名浮利。

赏 析

韩愈说孟郊的诗语句妥帖而坚劲有力，这首《游终南山》就集中体现了这一特点。

一、二句开门见山，极言终南山之雄伟高大。第一句中的"塞"字极具张力，仿佛终南山充满了天地之间，这当然是夸张的说法，但诗人首次来到终南山，面对高耸入云的连绵群峰有此感觉是合情合理的。第二句"日月石上生"，初读也觉奇怪，但细品也是妥帖的。当人身处群山之中时，朝日和夕月只有高过四周耸峙的山峰才能映入眼帘，这句与"海上生明月""四更山吐月"等名句有异曲同工之妙。

三、四句用对比手法进一步描摹终南山峰之高与谷之深。"夜"与"留景"构成一组对比，突出峰之高；"昼"与"未明"构成一组对比，突出谷之深。这两句对仗工整，言简意深，只用十个字就将终南山的高峰幽谷描摹得形神毕现。

五、六句将山与山中人对照描写，"中"与"正"意思相近，"险"与"平"意思相反，上句类比、下句对比，突出了终南山之险绝和山中人之纯朴正直。

七、八句，诗人宕开一笔，描写长风万里吹过千山万壑的壮阔图景。风过处，松柏纷纷倒向一侧，是谓"驱"；风声掩盖了一切嘈杂的声响，是谓"拂"；这两个字用得险、用得奇，却又用得贴切，将山风在峰谷间激荡的景象描摹得有声有色、跃然纸上。

最后两句是诗人的感慨，面对终南山的高峰幽谷、万壑清风，面对山中人的中正平直，自然格外厌恶长安繁华闹市中的嘈杂、拥挤与人心险恶，自己半生苦读只为在俗世中博取功名就显得既迂腐又可笑了，着一"悔"字收束全诗，表达了诗人对终南山的赞美、对山中隐逸生活的向往。

洛桥晚望

唐·孟郊

天津桥①下冰初结，洛阳陌上人行绝。
榆柳萧疏②楼阁闲，月明直见嵩山③雪。

注 释

①天津桥：即洛桥，在今河南省洛阳西郊洛水之上。②萧疏：形容树木叶落。③嵩山：位于河南省西部，是五岳中的中岳。

天津桥下的洛水刚刚开始结冰，洛阳城的街道上空无一人。

落叶后光秃秃的榆树和柳树掩映着寂寞的楼阁亭台，月光明亮，远远望去，能看到嵩山顶上的晶莹白雪。

赏 析

这首诗描写的是洛阳冬景，北方的冬到处灰突突一片，难见一点绿色，但诗人却在这一片肃杀灰败的景象中发现了一片晶莹洁白的新世界，令人拍案称奇。

诗歌巧妙运用了铺垫和反衬的手法，前三句平平无奇，甚至刻意突出了初冬时节的萧瑟和寒冷。水面结冰，灰白一片，再无粼粼波光。街道上行人几乎绝迹，显得荒凉沉寂，叶落枝秃的榆柳没有了春夏的风姿，静静地伫立在无人的楼阁亭台旁边，到处都是一片萧疏落寞的景象。

但结尾一句，诗人笔锋陡转，在皎洁的月光下，诗人一眼就望见了远方嵩山之巅的皑皑白雪。月华如水，冰雪晶莹，这片光明耀眼、灿烂夺目的景象一下子就把诗歌提升到了一个新的境界，为诗歌增添了别样的生机和情趣。同时，这一番空灵淡远的景象也流露出诗人高洁的情操和坦白的襟怀，可谓言尽而意无穷，令人玩味不已。

李益：多情诗人薄幸郎 ✂

李益（748—829），字君虞，凉州姑臧（今甘肃武威）人，唐代诗人。

李益出身豪门世家陇西李氏，他自幼勤奋苦读，工文善词，尤其长于诗赋，二十出头就诗名远播。据《旧唐书·李益传》记载，他每写成一首诗，就会被宫廷乐师用财物换去，谱成乐曲，供皇帝欣赏。

769年，李益考中进士，771年他又参加制科考试，被任命为郑县主簿。因为久不能升迁，李益辞官在燕赵一带漫游。在此后的十多年间，李益久居边塞，在各幕府中任职，并写下了《夜上受降城闻笛》《从军北征》《过五原胡儿饮马泉》《塞下曲》等著名边塞诗。

元和初年，宪宗召李益回京，让他在朝中任职。元和十五年（820）后，李益任右散骑常侍，太和初年，以礼部尚书致仕。李益享年八十余岁，是唐代最长寿的诗人之一。

诗人大都多情，李益也不例外，但多情的李益也有薄情的一面。唐人蒋防以李益为原型创作的传奇小说《霍小玉传》，讲述了一个痴心女子被辜负的故事。霍小玉是长安的著名歌伎，十六岁时遇到李益，才子佳人一见钟情，山盟海誓。霍小玉自知自己的身份地位与李益差异巨大，遂与其定下八年之约：两人相爱相守八年，八年之后，任由李益娶名门望族的女子为妻，霍小玉则遁入空门，青灯古佛度过余生。但是，李益任郑县主簿之后，马上与高门女子卢氏成婚，并从此对霍小玉避而不见。霍小玉相思成疾，很快香消玉殒。

这部小说在当时流传很广，李益受到了舆论的普遍谴责，再加上这段感情可能给他留下了心理阴影，他的婚姻生活并不幸福。他疑心善妒，整天怀疑妻妾对其不忠，《旧唐书》中有他外出时为防范妻妾而锁门撒灰的说法，当时人们还把这种整天怀疑伴侣不忠的行为称为"李益病"，一代才子的私德令人叹息。

夜上受降城①闻笛

唐·李益

回乐烽②前沙似雪，受降城外月如霜。
不知何处吹芦管③，一夜征人④尽望乡。

注　释

①受降城：指西受降城，故址在今内蒙古杭锦后旗乌加河北岸。一说，指唐代灵州的受降城，故址在今宁夏灵武西南。②回乐烽：烽火台名，在西受降城附近。一说，当作"回乐峰"，山峰名，在回乐县（今宁夏灵武西南）。③芦管：笛子。④征人：指出征或戍边的军人。

译 文

回乐烽前的沙地在月光照耀下如雪一般洁白，受降城外月色像秋霜一样。

不知道什么地方有人吹起了笛子，幽怨的笛声引得这个夜晚戍边的军人纷纷回头眺望家乡。

赏 析

作为中唐诗人，李益所作的边塞诗少了盛唐时雄浑豪迈的气概，但多了细腻和委婉，这首作品就集中体现了这一特点。

诗歌前两句写景，诗人夜晚登上受降城，看到烽火台前平旷的沙地在皎洁的月光下似铺了一层皑皑白雪，静谧中透着寒意。放眼城外广袤的沙漠，月色如霜，明亮而又凄凉。这边地独有的景象令诗人感慨满怀、思绪万千。突然，寂静的夜空中传来一阵悠扬凄婉的笛声，诗人心中的诸多情绪终于找到了出口，统统化作了思乡之情一泻而出。

在这样的夜晚，看着这样的月色，听着这样的笛声，思念家乡和亲人的又何止是诗人呢？戍守边塞、离家日久的将士们哪一个不是心潮澎湃、乡思满怀？这首诗融情于景、借景抒情，通过边地独有的夜景抒发戍边将士的思乡之情，诗情、画意和音乐之美巧妙地融为一体，成为中唐时期最杰出的边塞诗之一，传诵千年而不衰。

塞下曲（其一）

唐·李益

蕃州①部落能结束②，　朝暮驰猎③黄河曲④。
燕歌⑤未断塞鸿飞，　牧马群嘶边草绿。

①蕃州：泛指西北地区。②结束：装束，打扮。③驰猎：奔驰狩猎，这里指军队操练。④曲：弯曲，指黄河转弯的地方。⑤燕歌：泛指悲壮的燕地歌曲。

　　西北地区的边防士兵会整理戎装，打扮自己，他们早晚会在黄河转弯的地方奔驰操练。

　　伴随着慷慨悲壮的燕地歌曲，边塞的大雁飞上了高空，放牧的马群发出了阵阵嘶鸣，春天来了，边地的牧草已经泛出绿意。

赏 析

唐代的边塞诗往往在慷慨激昂之中暗蓄悲凉，一方面因为环境艰苦，边地蛮荒苦寒；另一方面因为将士思归，想念家乡和亲人。但李益的这首边塞诗却写得<mark>人喊马嘶、生机勃勃</mark>，充满了别样的朝气。

诗歌首句中"部落"指部队，"能结束"指士兵们善于打扮自己，他们的打扮自然不是繁复富丽的，而是英姿飒爽、干净利落的。通过士兵们严整的军容，读者可以看到这些边防部队能征善战的一面。第二句"朝暮驰猎"说明士兵们每天辛勤操练，毫不懈怠，时刻为投入战斗做准备。这前两句诗聚焦于边塞的兵士，通过他们的军容和活动说明边防部队纪律严明、刻苦练兵，赞扬了边防将士们保家卫国的英雄气概和豪壮激昂的必胜信念。

三、四句转入对边塞风光的描写。此时正值春天，大雁已经从南方飞了回来，伴随着苍凉激越的民歌声，大雁在高空展翅翱翔。草地已经泛出了绿色，群群牧马在原野上自由自在地吃草，时不时发出一阵嘶鸣。这两句景物描写<mark>一扫边地风光的萧瑟荒凉，富有生机和活力，充满了欢快的气息</mark>。末句中的"绿"用得极妙，此处活用为动词，描摹出了辽阔草原黄绿相间、由黄转绿的变化，更加突出了蓬勃的春意。"牧马群嘶边草绿"与"风吹草低见牛羊"有异曲同工之美，只不过前者描写的是高原春景，后者描写的是高原秋景，前者生机盎然，后者苍茫壮阔。

整首诗没有丝毫的颓败和忧伤之气，处处洋溢着生机和活力，表达了诗人对边塞风光的热爱和对戍边将士的赞美之情。

塞下曲（其二）

唐·李益

伏波①惟愿裹尸还，定远②何须生入关。
莫遣只轮③归海窟④，仍留一箭定天山⑤。

注 释

①伏波：伏波将军是古代将军的封号，这里指汉光武帝时期的著名将领马援，他曾说："男儿要当死于边野，以马革裹尸还葬耳，何能卧床上在儿女子手中邪？"②定远：指东汉班超，他投笔从戎，平定西域，被封为定远侯。晚年时，班超请求回朝，曾写下"但愿生入玉门关"之句。③只轮：一只车轮。④海窟：本指海中动物聚居的洞穴，这里指当时敌人居住的瀚海沙漠。⑤一箭定天山：化用唐初薛仁贵西征突厥的典故。《旧唐书·薛仁贵传》记载，唐高宗时薛仁贵领兵在天山迎击突厥十几万大军，薛仁贵发三箭射杀敌人的三个头目，使得突厥大军溃败。

译 文

伏波将军马援只愿战死疆场、马革裹尸还葬，定远侯班超又何必活着入关回朝。

要把敌人全部消灭，哪怕一只车轮都不能让它回到老巢；打了大胜仗之后也要像薛仁贵那样留下一支利箭来平定天山地区。

赏 析

这首诗热情讴歌戍边将士们视死如归、舍身报国的英雄气概，写得气势如虹、豪气干云，颇有盛唐遗风。

抒发戍边将士的思乡之情是边塞诗的一大主题，但这首诗反其意而用之，借三位前朝名将的故事来表达将士们将个人生死和家庭幸福置之度外、誓死守卫边关的勇武气概和献身精神。第一句借马援"男儿要当死于边野，以马革裹尸还葬耳"之语，表达了将士们为报效祖国不惜战死沙场的坚定决心；第二句以反问句式否定班超年老时思念故土、叶落归根的行为，表示要扎根边塞，把自己的一生都献给国家；第三句显示的是将士们全歼敌人的决心和必胜信念；第四句化用薛仁贵的典故，以"仍留一箭定天山"来表达将士们留驻边疆、不让敌人来犯的决心。

全诗洋溢着大无畏的豪气和视死如归的勇气，词句铿锵有力、掷地有声，读来令人击节称叹、振奋不已。

过五原①胡儿饮马泉②

唐·李益

绿杨著水③草如烟，旧是胡儿饮马泉。
几处吹笳④明月夜，何人倚剑白云天。
从来冻合关山路，今日分流⑤汉使前。
莫遣⑥行人⑦照容鬓，恐惊憔悴入新年。

注 释

①五原：唐代五原县属盐州，今属内蒙古。诗题一作"盐州过胡儿饮马泉"，又作"盐州过五原至饮马泉"。②饮马泉：即鸊鹈泉，在丰州城北。③著水：拂水，形容垂柳枝长，可以拂到水面。④笳：即胡笳，古代军中号角。⑤分流：春天泉流解冻，绿水分流。⑥莫遣：莫使。⑦行人：旅途中的人，此处指诗人自己。

译 文

嫩绿的柳条轻拂水面，丝丝碧草犹如云烟，这里曾经是胡人饮马的地方。

明月当空，原野上不时传来哀婉低沉的号角声，不知道是哪些壮士正举着直插白云的长剑守卫边关。

因为冬季严寒被冰雪封冻的泉水今日已经解冻，泉水在我面前分流，汩汩流向远方。

别让我这个旅人在饮马泉临水照自己的姿容吧，我会在这新的一年开始之际，为自己的憔悴而惊叹。

赏 析

五原位于古丝绸之路的北线、贺兰山和阴山一带，这里历来是兵家必争之地，也是唐代统治者派重兵戍守的边疆。李益曾经居留边塞十多年，这首诗是诗人于春天经过五原时写下的。

诗歌首句展开了一幅色彩明丽的画面：杨柳依依，柔软的柳条低垂，轻轻拂过水面；碧草如丝，茂盛稠密，如云如烟。这样生机盎然的美好春日，无疑是令人心情愉悦且振奋的。但第二句，诗人笔锋陡转，"旧是胡儿饮马泉"说明旖旎春光的背后并不是繁荣安定、岁月静好，五原是常年征战之地，大唐刚刚收复此地不久。

　　颔联两句紧承上联，说明边境并没有完全平定，敌人的威胁并没有完全解除，这一点从皎洁夜空中传来的几处胡笳声就能知道。"何人倚剑白云天"由宋玉《大言赋》中"长剑耿耿倚天外"化来，"何人"对应上句中的"几处"，这种不确定的语气传达出了诗人复杂的情感，五原虽已收复，但边患仍在，诗人内心仍有忧虑不安，夜深人静之时悲凉的胡笳声也令人伤感。

　　颈联两句紧扣诗题"饮马泉"，写泉水从冬到春的变化，通过过去与今天的对比，顾往瞻来，自是希望朝廷乘胜追击，彻底消灭来犯之敌，从而获得边塞的安宁。尾联两句，诗人触景生情，他感慨自己容颜憔悴，不想带着满面风霜和忧虑进入新的一年。这两句中既有对自己蹉跎岁月、功业未竟的感伤，也有对国家实力衰弱、边防未固的忧虑。

　　通观全诗，这胡儿饮马泉何尝不是一面反映国家衰弱、边防不固的镜子，诗人面对现状，担心再度出现饮马泉被胡人占领的可悲景象，所以借不要让行人临水照镜这种委婉的讽劝方式，奉劝当时的统治者要振国兴邦、安定边塞，让边地的百姓能安居乐业，让戍边的士兵能早日还乡。

武元衡：状元诗人，铁血宰相

武元衡（758—815），字伯苍，缑氏（今河南洛阳偃师区）人。唐代诗人、宰相，女皇武则天从曾孙。

武元衡年少时天资聪颖，才华横溢，二十六岁参加科举考试金榜题名、高中状元。德宗欣赏他的才能，让他担任要职——比部员外郎。因工作出色，武元衡一年内连升三级，官至左司郎中，可参政议事，发布号令，德宗称赞他有宰相之才。

顺宗即位后，不喜武元衡，将他罢黜。顺宗只做了一年皇帝，第二年宪宗即位，又将武元衡提拔了起来。武元衡一路升迁，807年官拜宰相。当时藩镇割据、威胁中央，武元衡力主削藩，态度强硬。

815年，淮西节度使吴元济谋反，宪宗命武元衡指挥军队对淮西蔡州进行清剿，引起成德节度使王承宗、平卢节度使李师道等割据势力的恐惧，因为他们知道，一旦淮西被平定，朝廷的下一个目标就是他们。李师道及其幕僚决定刺杀武元衡等主战派大臣，以救蔡州。这一年六月三日，报晓晨鼓刚刚敲过，天色还未明，武元衡就走出了自己位于长安城靖安坊的府第，赴大明宫上朝。他刚出靖安坊东门，路边突然跳出一群黑衣刺客，刺客先是一箭射灭了灯笼，紧接着射中武元衡，并趁乱割下了他的首级，呼啸而去。

武元衡不只是力主削藩的铁血宰相，还是一位著名的诗人。他的诗清新秀丽、文雅自然，以辞藻绮丽、造语精妙著称。

春兴①

唐·武元衡

杨柳阴阴②细雨晴，残花落尽见流莺③。
春风一夜吹乡梦，又逐春风到洛城④。

注 释

①春兴：指因春天的景物而触发的感情。②阴阴：形容杨柳幽暗茂盛。
③流莺：即莺。流，谓其鸣声婉转。④洛城：洛阳。诗人家乡在洛
阳附近。

译 文

　　细雨初晴，杨柳的枝条变得更加深暗繁茂，春花已经落尽，露出
在枝头啼鸣的黄莺。

　　昨晚的一夜春风吹起了我的思乡之梦，在梦中我追逐着春风回到
了家乡洛城。

赏 析

　　这是一首描写乡思乡情的诗，诗人在暮春之际看到春天逝去，自
然联想到久未回归的故乡，有感而发遂作此诗，因而题名为"春兴"。

　　不同于其他描写羁旅乡愁的诗，这首诗重在"思"而不在"愁"。
诗歌在一片绮丽的春景中展开，细雨初晴，春日的微风暖阳令人感觉
惬意舒畅，杨柳的枝叶因为雨的滋润显得幽暗又茂盛，绿意蓬勃，生

机盎然。果木繁花落尽、枝叶稀疏，枝头的黄莺看得愈加分明。<mark>在这一派大好春光中，诗人的思乡之情也是轻快的，并没有那么多感伤和离愁。</mark>

三、四句，诗人更是通过巧妙的构思和瑰丽的想象，将思乡之情提升到了奇妙的艺术境界。诗人在温暖的春风中入眠，在梦中回到了故乡，故乡的山水人情让他感到那么熟悉和亲切，因而这一场乡梦也是那样美妙。

全诗以"春"字贯穿始终，将春景、乡思、梦归熔为一炉，将平常的生活提升到了诗的境界，提炼出了一首精巧美妙的小诗。

王建：上绘宫廷风物，下写民间疾苦

王建（约767—约830），字仲初，许州颍川（今河南许昌）人，唐代诗人。

大历年间，王建考中进士，但因为在京城谋官的人太多，而且朝廷授予的官职待遇也一般，所以王建效仿盛唐时期的一些文人，北上从戎，到幽州节度使刘济幕中任职。中唐时的边塞藩镇早就没有了盛唐时开疆拓土的豪迈气象，戎旅生涯没能激起王建多少豪情，反而在他的诗句中留下了苍凉的气息。其间，王建曾经作为使者来往幽州与扬州、荆州等地，他跋涉南北，看见了底层百姓的苦难，写下了一首首沉重哀婉的诗歌，比如诉说劳役之苦的《水夫谣》、控诉农家税赋之重的《田家行》，还有反映贫家织女悲惨生活的《当窗织》。

在藩镇任职十三年后，王建离开军队，寓居咸阳乡间。这期间，显宦王守澄因祖上与王建同宗，所以经常与王建来往，闲暇时向他讲述宫中琐事，王建据此创作了反映唐代宫廷生活的百首《宫词》。他的《宫词》以白描见长，突破前人抒写宫怨的窠臼，广泛地描绘宫禁中的建筑、仪式、庆典，以及君王的活动、歌伎乐工的歌舞、宫女的生活等各种宫禁琐事，犹如一幅幅饶有趣味的风俗图画，引得人们纷纷传诵。

813年前后，潦倒半生的王建出任昭应县丞，他心酸自嘲"白发初为吏"。829年，王建出任陕州司马，世称王司马。

十五夜①望月

唐·王建

中庭②地白树栖鸦，冷露无声湿桂花。
今夜月明人尽③望，不知秋思④落⑤谁家。

注 释

①十五夜：指农历八月十五的晚上，即中秋夜。②中庭：即庭中，庭院中。③尽：都。④秋思：秋天的情思，这里指怀人的思绪。⑤落：在，到。

译 文

庭院中洁白一片，鸦雀栖息在树上，凉凉的秋露无声地润湿了盛开的桂花。

今夜明月当空，人们都在举头凝望，不知道秋夜的思念落到了谁家呢。

赏 析

这是中唐时期咏中秋的名篇，有些版本的诗题为"十五夜望月寄杜郎中"，杜郎中应是作者的朋友，名不详。

诗歌前两句写景，以诗笔绘就了一幅空灵静美的中秋月色图。对于皎洁的月色，诗人并没有

《唐人诗意图》

作者：上睿

创作年代：清代

　　上睿是清代康熙年间僧人，江苏吴县(今江苏苏州)人，博学多才，工诗文，善书画，这幅扇面图即上睿所绘。

　　图画右上角题的是王建的《十五夜望月》，文字和通行版本略有差异。因为绘的是夜晚景色，所以画家用笔极淡，隐隐勾勒出山石、茅屋、树木、桂花，天空中高悬一轮明月，月下有几位赏月的人。画面上的景、物、人全都融入一片溶溶月色中，缥缈朦胧，若隐若现，与望月怀人的秋思主题极为契合。

进行铺陈渲染，只以"地白"两个字白描，却言简义丰，将月光皎洁、如霜如雪展现了出来，让人不由得想起李白的"床前明月光，疑是地上霜"。

除月光外，诗人还选取了树上的栖鸦和桂花两种景物进行衬托。

鸦本来是动的，但此时静静地栖息在树上，为这中秋之夜增添了一层静谧；桂花本来是静的，但诗人用一个"湿"字写出了动感，表现了深夜秋露凝结、逐渐润湿桂花的过程。当然这里的桂花可能是诗人身边的实景，也可能是诗人凝望明月时生发的想象，诗人感到阵阵寒意袭来，想到夜深露重，月亮上的桂花树也一定不胜冷露，因而才有"冷露无声湿桂花"一句。这幅画面没有一丝中秋团圆庆佳节的欢乐热闹，而是一派清冷幽寂的氛围，为后两句诗的抒情蓄势张本。

三、四句，诗人推己及人，由自身联想到在这个团圆佳节不知有多少人会举头望月，又不知有多少人因为思念远方的亲朋好友而满怀伤感。这两句诗妙在诗人不是直抒胸臆，而是曲笔抒怀，明明自己在望月怀人，却偏偏提出疑问"不知秋思落谁家"，"落"字把抽象的思念之情具象化，让这秋天的思念格外真挚动人。

雨过山村

唐·王建

雨里鸡鸣一两家， 竹溪①村路板桥斜。
妇姑②相唤浴蚕③去， 闲着中庭栀子④花。

注 释

①竹溪：小溪旁长着翠竹。②妇姑：农家的媳妇和婆婆。③浴蚕：古时将蚕种浸在盐水中，用来选出优良的蚕种，称为浴蚕。④栀子：常绿灌木，春夏开白花。

译 文

淅淅沥沥的雨中有一两户人家传来鸡鸣，小溪旁长满翠竹，乡间小路越过小溪，木板桥斜跨在溪上。

婆媳互相呼唤着去选蚕种，庭院中的栀子花静静开放，无人欣赏。

赏 析

这是一首描写田园生活的七言绝句，全诗语言清丽、绘声绘色，极富诗情画意。

诗歌前两句描写山村之景，细雨中的山村静谧而不失生机，不时传来一两声鸡鸣。这"鸡鸣"乃典型的乡村生活场景，《诗经》中有"风雨如晦，鸡鸣不已"，陶渊明《归田园居》中也有"鸡鸣桑树颠"之句，诗人的选景可谓别具匠心。"一两家"说明山中住户稀少，写出了山村不同于平原村落的特殊风味。第二句"竹溪村路板桥斜"写尽了山村秀美的野趣。山中小溪掩映在翠竹丛中蜿蜒流淌，村中小路曲曲折折通向远方，横跨小溪的木板桥歪歪斜斜，这清新朴拙的一切颇有一番曲径通幽的意味。

三、四句，诗人转入对农事活动的描写。乡村生活辛苦而繁忙，即使下雨也不会歇息，"妇姑相唤浴蚕去"即体现了这一点。妇女冒雨浴蚕，男子会不会冒雨耕作？答案是显而易见的，因为第四句明确指出，此时唯一闲着的就是庭院中盛放的栀子花了。"闲"字用得极其传神，既反衬出农人春季的忙碌，又以栀子花洁白芳香的意象构筑了一个绝妙的意境，可谓锦上添花的神来之笔，至此，全诗境界全出，令人回味无穷。

诗情画意

看中国

唐
下卷

半江瑟瑟半江红

看中国

诗情画意

琬如/编著

黑龙江科学技术出版社
HEILONGJIANG SCIENCE AND TECHNOLOGY PRESS

图书在版编目（CIP）数据

诗情画意看中国 . 半江瑟瑟半江红：唐 . 下卷 / 琬如编著 . -- 哈尔滨：黑龙江科学技术出版社，2024.5
ISBN 978-7-5719-2375-4

Ⅰ . ①诗… Ⅱ . ①琬… Ⅲ . ①古典诗歌－诗歌欣赏－中国 Ⅳ . ① I207.2

中国国家版本馆 CIP 数据核字 (2024) 第 078054 号

诗情画意看中国 · 半江瑟瑟半江红 下卷 唐

SHIQING-HUAYI KAN ZHONGGUO BANJIANG SESE BANJIANG HONG TANG XIAJUAN

琬如 编著

责任编辑 / 孙　雯　　　**装帧设计** / 何冬宁
文图编辑 / 觧鲜花　　　**美术编辑** / 王道琴
文稿撰写 / 木　梓　　　**封面绘制** / 狼仔图文
图片提供 / 站酷海洛　视觉中国
出　　版 / 黑龙江科学技术出版社
　　　　　　地址：哈尔滨市南岗区公安街 70-2 号 邮编：150007
　　　　　　电话：（0451）53642106 传真：（0451）53642143
　　　　　　网址：www.lkcbs.cn
发　　行 / 全国新华书店
印　　刷 / 运河（唐山）印务有限公司
开　　本 / 787 mm ×1092 mm 1/16
印　　张 / 10
字　　数 / 150 千字
版　　次 / 2024 年 5 月第 1 版
印　　次 / 2024 年 5 月第 1 次印刷
书　　号 / ISBN 978-7-5719-2375-4
定　　价 / 228.00 元（全 6 卷）

走进诗词的世界

　　心有逸兴，眼有美景，胸涌韵律，落笔为诗。诗歌饱含着中华民族复杂而含蓄的情和意，描绘着恢宏又细腻的往事和思想，是中华民族最永恒的审美。

　　但是，如何将孩子带入诗歌的世界，并以诗歌为媒介更好地理解和传承传统文化，仍是一个值得探讨的问题。单纯以背诵、机械记忆为手段的诗歌学习方式，纵然在短时间内取得亮眼的"成绩单"，但时间一长只会让孩子对诗歌越来越疏远，甚至厌倦。

　　要真正进入诗歌的世界，先要理解诗歌的本质。抛开种种高深的解读，诗歌的直白特征就是"有画面感的凝练语言"。而这种画面是相对完整的，具有现实感，诗人在此基础上寄托情感，引发共鸣。好的诗歌，会让人有跃然眼前之感，可以让读者去想象。读李白的《静夜思》，眼前就会浮现一轮明月和一个孑然一身的诗人；杜牧的《清明》，"清明时节雨纷纷""牧童遥指杏花村"，俨然一幅温润的田园牧歌图画；《念奴娇·赤壁怀古》里，"惊涛拍岸，卷起千堆雪"，苏轼几乎把浪花直接画在纸上；即便是以用意隐晦著称的李商隐，"沧海月明珠有泪，蓝田日暖玉生烟"，也描绘出海上明珠和山中烟云两幅画面，神秘而又充满美感。所以，学一首诗歌，要先找到其描述的画面；记住了画面，就能有效地理解和记忆。

有了画面，接下来要去体会诗人想要表达的情感。中国传统诗歌讲究托物言志、借古喻今。好的诗歌往往有"画外音"。而"画外音"正是一首诗歌的精妙之处。想读出"画外音"，先要对诗人生平以及诗歌创作的历史背景和历史典故有深入的了解。如果不知晓杜甫几经磨难的生活经历和创作历程，就无法体会到《石壕吏》中强烈的悲愤和《闻官军收河南河北》中的欣喜若狂；如果不了解创作背景，陶渊明的"采菊东篱下，悠然见南山"和李煜的"流水落花春去也"也就成了纯粹写景的平平之句了。

所以，要学好诗歌，就要先建立诗的"画面感"，辅以诗人的生平、创作背景等知识，让诗歌"鲜活"起来，让孩子进入诗歌的情境去观察和体会。

本书以中国历代经典诗歌为经线，传世名画为纬线，诗画相辅，经纬相交，编织成一幅幅具有"诗情画意"的画卷。同时，辅以生动的译文和背景资料，让诗歌的记忆变得"身临其境"，让诗人的表达"感同身受"。此外，每位诗人都配有生动流畅的传记，每个朝代都配有历史背景介绍和不同阶段的诗歌纵论，还有花絮、历史放映厅、跟着诗词游中国等从历史和地理多维度视角随机穿插的小栏目，让本书成为一部小型的中国诗歌百科全书。读者置身其中，仿佛在欣赏一幅幅饱含诗情画意的中华文明图卷。

琬如

清晖余韵映古今

烟花易冷，好景难长，即便辉煌如大唐也会迎来谢幕的一刻。中唐以后，伴随着唐王朝的江河日下，作为大唐"文化地标"的唐诗也迎来了最璀璨、最漫长、最沉重的一场谢幕。

唐德宗贞元（785始）到唐宪宗元和（820止）年之间，伴随着"元和中兴"的盛世之象，以元稹、白居易为领袖的新乐府诗派和以韩愈、孟郊为代表的险怪诗派如云乘风，迅速崛起，与山水田园诗派、边塞诗派各竞千秋。

白居易是一位伟大的现实主义诗人，常以诗笔书时事，一生磊落诉衷肠。他写诗不求奇、不求怪，只求平明浅显。他的诗大多开篇明目，卒章显志，毫不晦涩。写草是"离离原上草，一岁一枯荣"；写花是"人间四月芳菲尽，山寺桃花始盛开"；写日暮江上是"一道残阳铺水中，半江瑟瑟半江红"，声声质朴，句句动人。

韩愈与白居易不同，他心中憧憬的是李白式的浪漫壮阔，却又不愿意单纯地师法前贤，

于是，就以险怪奇崛独开一派。时人喜盛春，他独歌早春，心心念念"天街"上"润如酥"的"小雨"；世人颂冬雪，他独赞春雪，赋予它"故穿庭树作飞花"的婉丽悠闲。受他的影响，同时代不少诗人写诗都热衷于求奇；"诗鬼"李贺凭一首《李凭箜篌引》名传青史；一生焦思苦吟的孟郊、贾岛更以"郊寒岛瘦"流芳百代。

柳宗元、刘禹锡也是中唐最灼灼耀眼的人物。柳宗元"孤舟蓑笠翁，独钓寒江雪"的出尘脱俗和刘禹锡"自古逢秋悲寂寥，我言秋日胜春朝"的昂扬自信，千百年来，不知感染了多少文人墨客。

此外，以《小儿垂钓》一诗封神的胡令能、靠两首《悯农》惊艳古今的李绅，也都是当时不可多得的卓异人物。

然而，大厦终究将倾，"元和中兴"之后，大唐还是无可奈何地走向了末路。从唐文宗开成元年（836）到唐哀帝天祐四年（907），短短七十余年的时间里，昔日雄踞世界的唐王朝迅速腐化分崩。于是，曾经充满了昂扬气息与盛世气象的唐诗也难以避免地变得感伤、黯然。

不过，这种黯然，却并不等同于颓然。这种黯然，更像是黄昏时的夕阳落照，虽然注定要西沉，却在沉落之前尽情地燃烧、绽放，尽情展现自己的曼丽与美好。纵比不上盛唐的恢宏、中唐的阔达，却也别有几分精致的味道。

或许是因为对腐败堕落的王朝已经绝望，晚唐大多数的文人都把目光投向了世井生活，歌咏爱情和田园、记述日常百态的诗词文章如雨后春笋般不断涌现。诗人林杰"七夕今宵看碧霄"，把生活过得活色生香；许浑"一上高城万里愁"，望"蒹葭杨柳"，恨"山雨欲来"；诗人郑谷在"半烟半雨江桥畔"，与"映杏映桃山路中"的柳开启了一场不期而遇的邂逅；开启了花间词派的诗人温庭筠在异乡的鸡鸣声中看"茅店月"、踏"板桥霜"、伴槲叶和枳花悲思故乡；诗人杜牧、李商隐如日当空，灼灼闪耀。

杜牧"远上寒山"时不觉萧瑟，反而极爱那"红于二月花"的艳艳"霜叶"；赤壁滩头，他忍不住感叹"东风不与周郎便，铜雀春深锁二乔"；秦淮河上，他叹息"商女不知亡国恨，隔江犹唱后庭花"。他的人生是绚烂的，他的诗同样也是绚烂的。

比起杜牧，被盛赞为"小李白"的李商隐无疑更加多情善感。眼见帝王昏聩，他痛心疾首，"可怜夜半虚前席，不问苍生问鬼神"；他崇慕爱情，所写的爱情诗朦胧唯美、意境深婉。"春蚕到死丝方尽，蜡炬成灰泪始干""身无彩凤双飞翼，心有灵犀一点通"等，皆是千古传诵的爱情名句。

千古盛衰终难免，旧日辉煌总难长。落落清晖、华彩余韵是午后晴空最别致的点饰。它不热烈、不雄阔、不磅礴，却辉映古今，自成一派旖旎的风光，让人既惊艳又伤叹。

韩愈："唐宋八大家"之首

韩愈,字退之,唐代文学家、哲学家,"唐宋八大家"之首,唐代宗大历三年(768)出生于河南孟州一个仕宦之家。韩愈自幼失去双亲,9岁时,担负其教养之责的堂兄韩会去世,之后他便一直与寡嫂郑氏相依为命。

困苦的生活、多舛的境遇并没有消磨韩愈的斗志,反而让他越发刻苦自励,刚入学就能"日记千百言",13岁出口成章,24岁考中进士,入仕为官。然而,官场的诡谲(guǐ jué)浮沉超出了韩愈的想象,忠耿清正的他一次又一次遭遇人生滑铁卢,半辈子都困于"千里马常有而伯乐不常有"的窘境。因为揭露官场黑暗、针砭时弊屡遭贬谪(zhé),直到唐穆宗即位,韩愈才守得云开见月明,升任吏部侍郎。可惜,尚未大展抱负,韩愈就于唐穆宗长庆四年(824)因病逝世,享年57岁,谥号"文",世称"韩文公"。

韩愈是中唐古文运动的倡导者与践行者,有"百代文宗"之誉。因韩愈发起古文运动,重振文风,苏轼赞誉他"文起八代之衰",意思是改变了东汉到隋很长时间以来的文风。他不仅擅长写诗而且文章也写得好,与柳宗元、欧阳修、苏轼并称为"千古文章四大家"。他崇尚"发言真率,无所畏避",倡导"气盛言宜""务去陈言",无论是诗风还是文风都极奇伟豪雄。

题榴花

唐·韩愈

五月榴花照眼明，枝间时见子初成。
可怜此地无车马^①，颠倒^②苍苔落绛英^③。

注 释

① 无车马：指无人乘车骑马前来游赏。② 颠倒：回旋翻转，形容榴花在风中飘荡散落之状。③ 绛（jiàng）英：深红色的花瓣。

译 文

五月的榴花鲜红如火，明亮的色彩耀人眼目；枝叶之间常常能看到刚长成的果实。

可惜这里没有往来如织的车马和游人；鲜红的榴花只能随风回旋翻转，纷然散落在青色的苔藓之上。

历史放映厅

唐德宗贞元十九年（803），关中地区遭遇大旱，饿殍（piǎo）遍野，以京兆尹李实为首的一批官员却隐瞒灾情。时任监察御史的韩愈愤而写了一份奏疏《御史台上论天旱人饥状》，并因此被陷害，连降数级，贬为连州阳山县（今属广东清远）县令。阳山县偏远穷困，距离京都长安数千里，在唐代是名副其实的"南荒"之地。被贬后，韩愈心中愤愤难平，满腔的落寞流离之感无处倾诉。

《蜀葵石榴花图》

作者：陆治

创作年代：明代

馆藏：美国克利夫兰艺术博物馆

　　陆治，号包山子。这幅画描绘了湖石旁几株蜀葵盛开，一树石榴花盛放，花瓣层层叠叠，绿叶掩映着初成的榴果，果然是夏日妙景。整幅画设色浓艳、布置精巧，与陆治的冷峭风格并不吻合，一说是借他之名的一幅佳作。

元和元年（806）五月，韩愈得知友人张十一（张署）也遭遇贬谪，"同是天涯沦落人"的凄凉感油然而生。他在张十一暂居的旅舍外，见到鲜艳照眼却寂寞无人欣赏的榴花，遂有感而作此诗。

赏 析

《题榴花》构思新巧，丝毫不见浮艳之言，也没有因循守旧的琐细描绘，反而单刀直入，以貌似朴拙却极大气的语言，对"五月榴花"做了生动的刻画。只"照眼明"三字，就写出了一树榴花在绿叶掩映下红得明媚、耀眼的妍丽姿态。

诗第二句没有顺势再写榴花，反而写了榴实。"时见"与"初"形象地刻画出了一树繁花与绿叶中，刚刚结成的嫩小榴实时隐时现的情景。三、四两句，"可怜此地无车马，颠倒苍苔落绛英"，既是在正面状物，也是在寄寓情志。榴花艳丽却无人赏识，就像韩愈和张署，常怀扶危救困之心，却怀才不遇，只能独自在偏远之地寂寞飘零。

杏花

唐·韩愈

居邻北郭①古寺空，杏花两株能白红。

曲江②满园不可到，看此宁避雨与风。

二年流窜③出岭外④，所见草木多异同。

冬寒不严⑤地恒泄，阳气发乱⑥无全功⑦。

浮花浪蕊镇长有，才开还落瘴雾⑧中。

山榴踯躅⑨少意思，照耀黄紫⑩徒为丛⑪。

鹧鸪钩辀⑫猿叫歇，杳杳深谷攒青枫。

岂如此树一来玩，若在京国⑬情何穷。

今旦胡为忽惆怅？万片飘泊随西东。

明年更发应更好，道人莫忘邻家翁。

注 释

① 北郭：指江陵城北。② 曲江：曲江池，在长安城东南。③ 二年流窜：指贞元十九年（803）冬，韩愈被贬为阳山县县令，至永贞元年（805）遇赦北归。④ 岭外：此指阳山，在岭南。⑤ 冬寒不严：岭南冬季无严寒。⑥ 阳气发乱：指天地间的阳气随时乱发。⑦ 无全功：丧失了运化万物的功效，无法完全掌控。⑧ 瘴雾：瘴气，指岭南地区山林间湿热蒸发产生的致病之气。⑨ 踯躅(zhí zhú)：羊踯躅，黄杜鹃花的别名。⑩ 照耀黄紫：花色或黄或紫，相互映照。⑪ 徒为丛：徒然成丛地开放。⑫ 钩辀(zhōu)：象声词，鹧鸪的叫声。⑬ 京国：指京城长安。

译 文

　　我在江陵城北的居所旁边矗立着一座荒芜的古寺，寺中有两株杏花，花开时红白相映。

　　不能到长安城曲江畔的满园去赏花，就在这里看看这两株杏花吧，我不避风雨，时时游赏。

　　被放逐到荒僻的阳山已经两年了，见过的草木花树和北方大有不同。

　　这里的冬日并不寒冷，地气疏泄，草木旺盛；阳气胡乱生发，似乎天地也无法完全掌控。

　　这里一年四季都有花儿开放，但刚刚绽放，就凋零在瘴气和浓雾之中。

　　山石榴和羊踯躅花虽然盛开，却少了情致；或黄或紫，相互映照，成丛成簇，徒然地绽放着。

　　鹧鸪的啼鸣声与猿猴的哀啸声相应相和；幽深昏暗的山谷中，青葱的枫树攒聚成林。

　　（这些花木）怎么比得上这两株杏花呢？如果赏花的地方在京城，肯定能引起人无穷的遐思。

　　今日清晨我为什么忽然变得惆怅了呢？是因为无数杏花随风零落，飘摇西东。

　　等到明年，杏花盛放的时候，风景一定更美好吧！我嘱咐寺中的僧人，花开时，千万别忘了叫我这邻家的老翁来游赏。

赏 析

　　《杏花》是一首咏物诗，也是一首抒情诗，情与物相融，倍见巧思。诗前两句，直述古寺杏花的明媚与鲜妍。三、四两句，笔锋一转，

江 陵

诗中的"北郭",指的是"江陵城北"。江陵,今属湖北省荆州市,又名郢(yǐng)都,是春秋战国时期楚国的国都,楚文化的发祥地,中国历史名城之一。

从"吾将上下而求索"的屈原,到被誉为"天下第一循吏"的孙叔敖,再到主持"万历新法"的张居正,两千多年来,江陵一直人才辈出,而且山明水秀、风光宜人。洪湖波光万顷,黄山头峰峦如聚,八岭山古木参天,长湖夕照更加唯美。

由古寺中的杏花联想到了京城满园的杏花,也回忆起了昔年自己在京城时意气风发的岁月,如今,一句"不可到"却道尽了贬谪在外、思归不可归的怅然与落寞。流徙岭外,回京无望,无缘再见满园的杏花,于是古寺中这两株杏花就成了诗人情思牵系之物,以至为了游赏,竟然不避风雨。

之后十句,诗人笔锋再转,不再写杏花,述说起"流窜岭外"两年的所见所闻所感。岭外花虽繁,却只有"浮花浪蕊"和"山榴踯躅",且很快凋落在瘴雾中。古寺杏花最终也避不过"万片飘泊"的命运,既呼应了前句的"宁避雨与风",又为下句的"明年更发"作铺垫,同时也有以花自喻、叹息自身命运飘零之意,一语多关。

诗最后两句,以亲切的嘱托悠然收束,看似是在遥想、期盼,实际上却含蓄地展现了心中难掩的无奈、沉郁与悲凉。

开缄书远道
三月杏花村
娇冶劳君恶
尘埃他命
酿君宸若
那及候农者

寓意幸福的
杏花

钱维城自幼聪颖，小时候跟着祖母陈书学习写意折枝花果画，后来跟随画家董邦达学习山水画，都取得很大成就。这幅是写意之作，画中的杏花是粉红色的，而现实中的杏花多为白色，也有淡粉色的。"杏"与"幸"同音，杏花寓意幸福，作者借此寄托了美好的愿望。

《四景花卉春景册·杏花》
作者：钱维城
创作年代：清代
馆藏：台北故宫博物院

春雪

唐·韩愈

新年①都未有芳华②，二月初惊见草芽。
白雪却嫌春色晚，故穿③庭树作飞花。

注 释

①新年：农历正月初一。②芳华：芬芳的花。③故穿：故意穿过。

译 文

新年已经来到，仍看不到灿然绽放的春花；直到二月初，才惊喜地发现有草木开始萌芽。

白雪却嫌春天来得太晚了，故意化作漫天的花儿在庭园树木之间穿飞。

历史放映厅

🎬 这首诗大约作于唐宪宗元和十年（815）春日，当时韩愈正在长安任职，仕途虽然不算平顺，却也略有起色。闲暇之余，颇有几分游玩赏景的雅兴。只不过，长安属于北地关中，春日迟迟，这让韩愈在焦急盼春之余，又平添了几分以雪为春的逸兴，于是即兴落墨，写下了这首别致新颖的七言小诗。

赏 析

古往今来，描绘春雪的诗篇不知凡几，如韩愈的《春雪》般烂漫新巧、活泼奇妙的却不多。在北方，春雪是十分常见的景致，韩愈却以神来之笔化寻常为奇趣，营造了一派浪漫的春意，大家功底，可见一斑。

首句"新年都未有芳华"，"都"字形象地写出了诗人盼春而不得的急切心情。次句"二月初惊见草芽"顺承首句，继续写春色之晚，为后句"嫌春色晚""作飞花"作铺垫。长安二月虽为仲春，却还不是草长如丝的季节，只是"初"见草芽。

三、四两句，诗人突发奇想，为二月飞雪找了一个有趣的理由。为什么会下雪呢？是因为白雪也"嫌春色晚"，等不及了，所以自己"穿庭树作飞花"，营造了一派"花开烂漫"的景象。"却嫌""故作"，寥寥几字，就将飞雪的灵动、多情描写得淋漓尽致。

晚春

唐·韩愈

草树知春不久归，百般红紫斗芳菲。
杨花榆荚无才思①，惟解②漫天作雪飞。

注释

① 杨花榆荚（jiá）无才思：杨花、榆荚不像别的花那样姹紫嫣红，如同人的"无才思"。杨花，指柳絮。榆荚，指榆钱。才思，才气、才情。② 解：懂得，知道。

译文

草树花木知道春天不久之后就要离开，姹紫嫣红、争相绽放，努力要把春天留住。

杨花和榆钱没有这样的才华和情思，只知道像白雪一般漫天飞舞、飘落。

历史放映厅

唐宪宗元和十一年（816），韩愈已年近半百，仕途困顿。不过，他生性旷达，凡事不萦于怀，依旧过得潇洒。这不，阳春三月，春光明媚，他就兴冲冲地去城南踏青赏景了。赏景回来，他还即兴写了十六首诗，即《游城南十六首》，这里的《晚春》是其中第三首，也是较为知名的一首。

赏 析

《晚春》咏的是暮春，诗首句"草树知春不久归"，一个"知"字，既赋予了草树意识，也赋予了它们无限的情思。"不久归"在阐明草树"留春"原因的同时，也点明了时令，与题目"晚春"相呼应。

第二句，诗人笔锋一递，描写了草树留春的具体情景"百般红紫斗芳菲"。为了留住春光，"草树"们使尽了浑身解数，形成了姹紫嫣红、争芳斗艳的景象，一个"斗"字就把晚春花木争辉、明媚绝丽的景致描写得入木三分。

三、四两句，诗人又从"斗芳菲"的"草树"中别出心裁地选出了杨花和榆荚两种颇具代表性的植物。它们庸常而平凡，没有妖娆的姿容、艳丽的色彩，也没有"才思"，但依旧愿意为了"留春"尽一份心力，化作"飞雪"漫天飞舞。

草树原本无情，诗人却赋予了它们思维与感情，新奇大胆的想象、别开生面的布局，全都让人眼前一亮。诗人表面上在写草树"留春"，实则在表现自身的惜春之情。只不过这种"惜"并不是哀婉的，而是明媚的、乐观的。

左迁①至蓝关示侄孙湘②

唐·韩愈

一封③朝奏④九重天⑤，夕贬潮州路八千。

欲为圣明⑥除弊事⑦，肯将衰朽惜残年⑧！

云横秦岭家何在？雪拥蓝关⑨马不前。

知汝远来应有意⑩，好收吾骨瘴江边⑪。

注 释

① 左迁：贬官。② 湘：字北诸，韩愈的侄孙，韩老成的长子。③ 封：这里指韩愈的谏书《论佛骨表》。④ 朝（zhāo）奏：早晨上奏。⑤ 九重天：这里指皇帝。⑥ 圣明：指皇帝。⑦ 弊事：有害的事，指迎奉佛骨的事。⑧ 肯将衰朽惜残年：意思是哪能以衰老为由吝惜残余的生命呢。肯，岂肯、哪能。⑨ 蓝关：即蓝田关，在今陕西蓝田东南。⑩ 应有意：应该有所打算。⑪ 瘴（zhàng）江边：指岭南。潮州在岭南，古时说岭南多瘴气。

译 文

早晨给皇上递了一封奏章，傍晚就被贬谪到了八千里外的潮州。

想要为皇上兴利除弊，哪能因衰老多病而吝惜残余的生命。

茫茫云雾横遮秦岭，我的家在什么地方？大雪阻断了蓝田雄关，马儿站立关外，踟蹰（chí chú）不前。

知道你远道而来应该是有所打算，正好在瘴气弥漫的江边收敛我的尸骨。

历史放映厅

唐代佛教盛行，从唐太宗开始，唐历代帝王多崇奉佛事、礼敬僧尼，唐宪宗也一样。元和十四年（819）正月，唐宪宗派人前往陕西凤翔的法门寺，准备迎释迦牟尼的佛骨入宫供奉。时任刑部侍郎的韩愈认为"迎佛骨"奢华靡费、劳民伤财，于是上奏了一封《论佛骨表》劝谏，唐宪宗看后，勃然大怒，立即下旨贬韩愈为潮州刺史。这首《左迁至蓝关示侄孙湘》就是韩愈在贬谪途中因情寄慨所作。

赏析

《左迁至蓝关示侄孙湘》秉承韩愈一贯的诗风，既如行云流水般奔放不羁，又抑扬顿挫，气势纵横，极富表现力。

诗首联开门见山，简要阐明了"左迁"的原因。"朝奏""夕贬"的强烈对比，既写出了事态变化的迅速，也表现了被贬后内心的愤懑。"九重天"既表现了君权的神秘，又点明了君心难测；"路八千"以虚写实，说明潮州的偏僻与荒远。

颔联，诗人笔锋层递，顺承首联，进一步坦陈心志：不惜残年，忠君之心弥坚。"欲为""肯将"生动地再现了诗人的秉性忠正与被贬后虽有怨但无悔的心态。

颈联，诗人笔锋再转，一个"横"字写尽了云的广与阔，一句"家何在"的探问，更将诗人的忧国思乡之情表现得淋漓尽致。"雪拥蓝关"一语双关，寥寥四字写尽了现实的酷寒与当时政治环境的恶劣。英雄失路的悲慨凄凉至此渲染到极致。

尾联，诗人以"知汝远来应有意"点题切景，既照应了诗题，又与颔联的"惜残年"相映。最后，将侄孙的探望之意升华为"好收吾骨瘴江边"的叮嘱，字里行间难掩凄凉。

※律诗的起承转合：首联、颔联、颈联、尾联专用于律诗，七言（五言）律诗中第一、二句为首联，作用是"起"，一般是以景或情起句；第三、四句为颔联，作用是"承"，承接首联意境；第五、六句为颈联，作用是"转"，由情转景或者由景转情，来表达更深层的意境；第七、八句为尾联，作用是"合"，是画龙点睛之笔。

早春呈①水部张十八员外②

唐·韩愈

天街③小雨润如酥④，草色遥看近却无。
最是一年春好处⑤，绝胜烟柳满皇都。

注 释

① 呈：恭敬地送上。② 水部张十八员外：指唐代诗人张籍，他在同族兄弟中排行第十八，曾任水部员外郎。③ 天街：京城街道。④ 润如酥（sū）：形容春雨滋润细腻。酥，酥油。⑤ 处：时节，时候。

译 文

京城的街道上细细密密的小雨飘落，柔润细腻，仿佛酥油；远远望去青绿色的草已经连成一片，近看却发现春草依旧稀疏。

一年之中最美的时节就是早春了，远远胜过满城杨柳堆烟的暮春。

赏 析

这是一首咏景的七言诗，清新巧致、意蕴盎然。

诗首句"天街小雨润如酥"，开门见山，一笔宕开，描写早春的微雨，为整幅"春景图"设色敷彩。"小"点明"雨"的细与密，"润如酥"

跟着诗词游中国

长 安

诗中的"皇都"，指的是唐代国都长安，也就是现在的西安。

西安南依秦岭、北濒渭河，地理位置优越，是关中平原上最繁华富庶的城市，底蕴深厚，是十三朝古都，世界历史名城。不仅有"风摇岩桂露闻香"的骊山、"温泉水滑洗凝脂"的华清池、"秦中第一渡"之称的咸阳古渡、"六月积雪，琼枝漫舞"的太白山，还有"世界第八大奇迹"秦兵马俑、见证了千古岁月的古城墙、曾经的皇家御苑大唐芙蓉园，也有晨钟袅袅的大小雁塔，山水中有情韵，惊艳千年。

以比喻的笔法，形象地描绘出了雨细润的特点，颇有几分杜甫"随风潜入夜，润物细无声"的神韵。

次句紧承首句，以鲜活明媚的文字描写了雨中"草"的姿态。朦胧细雨中"遥看"，隐约能看到一片"草色"，走"近"了，却仿佛什么都看不到了。寥寥七字，兼涉远近，貌似简朴，却格外传神，将早春的"雨"和"草"一下子都写活了。

三、四两句，没有继续渲染早春景致，以"最是一年春好处"盛赞早春风光的美好。早春的风光太美了，比杨柳堆烟的暮春不知道要美多少。

全诗布局精巧、结构严谨，语言清新质朴、细腻优美，足见其功底。

白居易：诗笔书时事，
一生诉衷肠

白居易，字乐天，号香山居士、醉吟先生，唐朝最富盛名的现实主义诗人之一，有"诗魔"之誉。他一生几经沉浮，半生锋芒、半生闲隐，最终活成了大唐文坛的一座丰碑。

🍃 少年名扬

唐代宗大历七年（772），白居易出生在河南新郑一个官宦之家。父亲白季庚曾任彭城县令、徐州别驾，职阶虽低，却也能为一家老幼撑起一片天空。

然而世事无常，唐德宗建中三年（782），徐州动乱，年仅 11 岁的白居易跟随母亲一起到安徽符离避难，不谙世事的少年白居易真正体味到了民间疾苦，在心中暗暗立下了济世安民的大志向。

没有显赫的身世，想要一展抱负，唯一的途径只有读书、科举。

白居易很清楚这一点，他日夜苦读，即便口舌生疮，也不曾有半分懈怠。16 岁时，他游学长安，凭借《赋得古原草送别》一诗一鸣惊人，让儒门名宿顾况拍案惊叹，从此名扬天下。

就在白居易意气风发的时候，家中却传来了父亲去世的噩耗。父亲逝世后，家道中落，一度三餐不继。生活的艰难让白居易迅速成长，他从此越发刻苦，终于在 29 岁那年考中进士，成功步入仕途。

🌿 锋芒毕露

贞元十八年（802），大唐官场迎来了一个胸怀社稷的新人——秘书省校书郎白居易。彼时的白居易，以诗为匕，针砭时事，可谓锋芒毕露。

白居易任盩厔（zhōu zhì）县尉时，以一首《观刈麦》道尽百姓疾苦；任左拾遗时，他恪尽职守，明知忠言逆耳，依旧慷慨陈词。除了谏章、廷议，白居易还经常写讽喻诗来影射朝政，甚至敢说"汉皇重色思倾国"。对这个直言的青年官员，唐宪宗起初是极喜爱的；慢慢地，位尊九五的皇帝觉得被冒犯。于是，元和十年（815），当白居易因宰相武元衡被刺案慷慨上书，而被弹劾越职言事、不知进退时，宪宗没有再包容他，将白居易贬为江州司马。

🌿 被贬心伤

白居易忠而被诽，有冤难申，被贬出京，这一次打击，对未曾真正认识过官场诡谲的白居易来说，委实有些沉重，以至在汾阳送客、路遇歌女时，竟生出了几分"同是天涯沦落人，相逢何必曾相识"的慨叹。他人生的重心也从仕途官场转向了诗词文章。

白居易诗风平易、语言通俗易懂，反对无病呻吟，力求"老妪能解"。每次写完诗，白居易都要请乡野老妇、市井白丁来听他吟诵阅读，删改到对方能听懂为止。

因为对诗太过痴迷，人们称他为"诗魔"。早年，诗是白居易手中的刀枪，他写得最多的是讽喻诗、时事诗；被贬江州、仕途落拓后，纪行诗、咏景咏物诗成了主流，《暮江吟》《钱塘湖春行》《大林寺桃花》《问刘十九》都是这一时期的代表作。

元和十五年（820），白居易调任回京，数月后又调往苏杭地区担任刺史，从此过上了"唯此中隐士，致身吉且安"的半官半隐生活。

隐居洛阳

唐文宗时，已经年近花甲的白居易被调回长安，担任秘书监，次年转任刑部侍郎、太子少傅，后来因病辞官，隐居洛阳香山履道里，真正过上了"一壶浊酒送残春""饱食安眠消日月"的安闲生活。

没有了名缰利锁的羁绊，白居易活得越发畅达，乐来欢喜，苦来甘愿，乐天知命故不忧，偶尔忆忆江南。兴致来了，便呼朋唤友，一起围炉把酒、欢叙畅谈。

唐武宗会昌六年（846），白居易在洛阳家中逝世，享年75岁，谥号"文"，世称"白文公"。

赋得古原草送别

唐·白居易

离离①原上草，一岁一枯荣。

野火烧不尽，春风吹又生。

远芳侵古道，晴翠接荒城②。

又送王孙③去，萋萋满别情。

注 释

① 离离：丰茂的样子。② 远芳侵古道，晴翠接荒城：此句中"芳"和"翠"均指草；古道和荒城都是野草滋生之处，也是行人的去处。远芳，春草一望无际。晴翠，草地在阳光照射下放映出青翠之色。

③ 王孙：这里指被送的友人。

译 文

原野上丰茂的青草，每年都会繁茂和枯萎。

野火无法将它们烧尽，暖煦的春风一吹，它们又会重新萌发生长。

远处的芳草侵占了古道，阳光照耀下，青翠的草色接连着荒城。

今天，我又在这里送别友人，芳草萋萋满含着离别之情。

历史放映厅

唐德宗贞元三年（787）前后，年轻的白居易来到大唐国都长安游学。他听说京中名士顾况德高望重，喜欢提携后辈，于是就带着自己的诗和文章去拜见。见面时，白居易并没有引起顾况的注意，这位诗坛前辈还半调侃半劝诫地对他说："京城的米价正贵，在这里居住生活可不容易。"等到顾况翻阅白居易的诗，刚看了一首，就转变了态度，笑着说："能写出这样的诗句，即便是在京城住，也很容易。"而这首诗正是《赋得古原草送别》。

赏 析

这是一首试帖（tiě）诗，首联首句"离离原上草"，破题切旨，以"离离"和两个"一"字写出草的丰美、繁茂、生机勃勃。

颔联首句"野火烧不尽"写"枯"，次句"春风吹又生"写"荣"，以草喻人，以草的顽强写人的韧性。

颈联不再单纯写草，反而将视线转移到整个古原之上。草本无情无志，诗人却偏用了一个颇富感情色彩的"侵"字来展现春草无限蔓延的情态。次句以"晴"饰"翠"，将碧草茵茵的明媚景色写得淋漓尽致。

尾联切题抒情，直言送别，"又送"暗点送别已不是一次，草无尽，离情别绪也无尽，暗合全篇，且意韵浑成。

※试帖诗：是科举考试时常用的一种诗体，起源于唐代，常借古人的诗句、成语或典故来命题，相当于现在的命题作文。试帖诗对格律、对仗、用典等要求严格，诗题中必须有"赋得"二字，也因此被称为"赋得体"。试帖诗破题、抬头等都有定例，避讳颇多，想要写好十分不易。

长恨歌（节选）

唐·白居易

汉皇重色思倾国①，御宇②多年求不得。

杨家有女初长成，养在深闺人未识。

天生丽质难自弃，一朝选在君王侧。

回眸一笑百媚生，六宫粉黛③无颜色。

春寒赐浴华清池④，温泉水滑洗凝脂⑤。

侍儿扶起娇无力，始是新承恩泽时。

云鬓花颜金步摇⑥，芙蓉帐暖度春宵。

春宵苦短日高起，从此君王不早朝。

承欢侍宴无闲暇，春从春游夜专夜。

后宫佳丽三千人，三千宠爱在一身。

金屋⑦妆成娇侍夜，玉楼宴罢醉和春。

姊妹弟兄皆列土，可怜光彩生门户。

遂令天下父母心，不重生男重生女。

骊宫⑧高处入青云，仙乐风飘处处闻。

缓歌慢舞凝丝竹，尽日君王看不足。

渔阳鼙鼓动地来⑨，惊破霓裳羽衣曲。

九重城阙⑩烟尘生，千乘万骑西南行。

翠华⑪摇摇行复止，西出都门百余里。

六军⑫不发无奈何，宛转蛾眉⑬马前死。

花钿委地无人收，翠翘金雀玉搔头⑭。

君王掩面救不得，回看血泪相和流。

注 释

① 汉皇重色思倾国：汉皇指汉武帝，这里借汉武帝宠李夫人，说出唐玄宗和杨贵妃之间的关系。② 御宇：是统治天下的意思。③ 六宫粉黛：指宫内所有妃嫔。④ 华清池：在今陕西西安市临潼区骊山北麓（lù）。此地有温泉，唐玄宗常去华清池避寒。⑤ 凝脂：指白嫩而润滑的皮肤。⑥ 金步摇：首饰，钗的一种。⑦ 金屋：原指汉武帝幼年时喜欢阿娇，想建一座金屋让她居住。⑧ 骊宫：指华清宫。⑨ 渔阳鼙（pí）鼓动地来：指安禄山反叛，天宝十四载（755）十一月，安禄山反于范阳。渔阳，秦郡名。⑩ 九重城阙：指京城。京城为皇宫所在，皇宫门有九重，所以称九重城阙。⑪ 翠华：指皇帝的车驾。⑫ 六军：护卫皇帝的羽林军。⑬ 蛾眉：美貌的女子，这里指杨贵妃。⑭ 花钿（diàn）委地无人收，翠翘金雀玉搔头：华贵的首饰落在地上没有人收，其中有珍贵的金钗、玉簪。花钿，镶嵌金花的首饰。翠翘、金雀，都是钗名。玉搔头，即玉簪。

译 文

　　唐玄宗喜好美色，一直思慕倾国倾城的女子；他统治天下多年，却求而不得。

　　杨家有个女儿刚刚长大成人，养在深院闺阁之中，美貌不为人知。

　　她天生容颜姣好，自己想要被埋没都很困难，即便一时蒙尘，时机来了，还是被发掘陪侍在君王身边。

　　她回眸一笑，顾盼生辉、千娇百媚；相比之下，宫中其他嫔妃都显得黯然失色。

春寒料峭时，皇帝恩典，赏赐她到华清池中沐浴；温润柔腻的泉水洗涤着她白嫩润滑的肌肤。

宫女扶着她起身，她身子柔弱无力，由此开始被皇帝宠幸。

她鬓发如云、花容娇俏，头上戴着金步摇；在绣着芙蓉花的温暖床帐间与皇帝共度春宵。

苦于春宵太短，一觉睡醒日头已经升得很高；从此之后，皇帝再也不上早朝。

受到帝王宠爱，日日陪侍奉筵，没有丝毫的闲暇；年年夜夜承欢陪游，专宠无度。

后宫中有美女佳丽三千人，三千宠爱全部都集中到她一人身上。

她在华美的宫殿中梳妆，陪伴侍奉、夜夜撒娇；精致的楼阁中酒宴方罢，旖旎的醉态中暗含春光。

姐妹兄弟全都列土封侯，杨家门户生光，让无数人艳羡。

于是，天下的父母都改变了心意，不再看重男孩，反而看重女孩。

骊山华清宫中楼阁别苑高耸入云，美妙的乐声随风飘向各处。

舒缓的歌声、曼妙的舞姿与管弦的乐声相映，帝王一看就是一整天，怎样都看不厌。

渔阳传来的战鼓声惊天动地、震耳欲聋，宫中宴乐停歇，不再演奏《霓裳羽衣曲》。

京城中战火弥漫，铁蹄践起尘土；皇帝在千万骑兵的护卫下逃向西南。

帝王的仪仗队走走停停，出了京城，停在了一百多里外的马嵬（wéi）坡。

羽林军不愿意前行，怒斥贵妃乱国；皇帝无可奈何，只能命令贵妃自缢。

用金翠珠宝做成的花饰散落在地，没有人收拾；玉簪、钗环随处可见。

皇帝掩面痛哭，想要救却不能救；回头看到佳人惨死，血水和着泪止不住地流淌。

历史放映厅

《长恨歌》一诗写于唐宪宗元和元年（806）十二月。彼时，白居易任盩厔县尉，冬日闲暇时，与友人陈鸿、王质夫一起去仙游寺中游玩，聊到了唐玄宗和杨贵妃的爱情，陈鸿就提议白居易和王质夫一人写诗、一人作游记来镌刻这个脍炙人口的故事。此时，已经35岁的白居易也正面临着自己的爱情难题。

因为战乱，白居易幼年时就离开故乡，先后到徐州和符离避难，生活漂泊，久历颠沛之苦，出身符离乡间的女孩湘灵就是他流离生活中的一缕阳光，两人相知相恋多年，感情甚笃，但是因为门户之见，两人始终无法结合，而且，几个月后，白居易要遵母亲之命完婚，这让他十分痛苦。陈鸿的建议恰好为白居易找到了一个合适的宣泄口，于是写了这首史上罕见的最长歌行体叙事诗《长恨歌》。

赏 析

　　《长恨歌》是一首典型的长篇叙事诗，全诗以唐玄宗和杨贵妃的爱情悲剧为主线，语言婉转流利，情节跌宕动人，是白居易名传千古的佳作之一。

　　诗共一百二十句，节选的四十二句属于爱情前篇，主要叙述的是帝妃爱情的缘起、相爱相处的日常，以及出现叛乱后杨贵妃被赐死的悲凉无奈。

　　诗首句"汉皇重色思倾国"，提纲挈领，总领全篇，"汉皇"是借古代今，以汉武帝指代唐玄宗，"倾国"一语双关，既指绝色的美人，也指国家的倾覆。之后四十一句，全都是围绕"重色思倾国"这一核心展开铺叙的。因为"重色"，所以求色，因为思恋爱慕的倾国之色举世难寻，所以才"多年求不得"，所以，"一朝"寻得之后才倍加珍惜、宠爱有加。

　　唐玄宗对杨贵妃的专宠，不仅让她本人承受了巨大的恩泽，也让整个杨家得到了不少实惠。杨贵妃的兄长杨国忠凭着妹妹的关系，位居高位。

　　边疆生乱，唐玄宗仓皇逃往西南。玄宗西逃，必须仰仗"六军"，但此时，军中将领却认为杨贵妃是误国的"妖妃"，请求玄宗清君侧。玄宗满心不愿，却不得不赐死杨贵妃。

　　※金屋藏娇：《汉武故事》中记载，汉武帝刘彻年幼时，到馆陶长公主刘嫖府中玩耍。长公主问他："你想要媳妇吗？"武帝点头。长公主选了很多人，武帝都不满意，直到指到长公主的女儿阿娇，武帝才点头，还郑重地承诺："如果能娶到阿娇为妻，就建一座漂亮的金屋给她住。"金屋藏娇的故事由此而来。

卖炭翁

唐·白居易

卖炭翁，伐薪①烧炭南山中。满面尘灰烟火色，两鬓苍苍十指黑。卖炭得钱何所营②？身上衣裳口中食。可怜身上衣正单，心忧炭贱愿天寒。夜来城外一尺雪，晓驾炭车辗冰辙。牛困人饥日已高，市③南门外泥中歇。

翩翩两骑来是谁？黄衣使者白衫儿④。手把文书口称敕⑤，回车叱牛牵向北。一车炭，千余斤，宫使驱将⑥惜不得。半匹红纱一丈绫⑦，系向牛头充炭直⑧。

注 释

①薪：木柴。②营：谋求。③市：城市中划定的集中进行交易的场所。④黄衣使者白衫儿：黄衣使者，指太监。白衫儿，指太监手下的爪牙。⑤敕（chì）：指皇帝的命令。⑥将：助词，用于动词之后。⑦半匹红纱一丈绫：唐代商品交易，钱帛并用，用"半匹红纱一丈绫"购买一车炭。⑧直：同"值"，价钱。

译 文

卖炭的老翁，在南山中砍柴，用火烧制成炭。他满脸灰尘，皮肤显出烟火熏燎后的颜色，两鬓斑白，十指黢（qū）黑。卖炭得来的钱做什么用？换取身上的衣裳与饱腹的食物。可怜他身上的衣服如此单薄，却因为害怕炭的价格太低而盼着天更冷一点儿。夜里城外下了大雪，积雪有一尺厚；第二天天刚亮，老翁就驾着拉炭的牛车，向城里赶去，

终南山

诗中的"南山",指的是西安之南的终南山。终南山位于秦岭山脉中段,东西绵延约230千米,群峰耸立,雄伟壮丽,山中古木参天、风光如画,上善池、仰天池、南梦溪等星罗棋布,山水旖旎,仿佛人间仙境。因此,终南山素有"仙都"和"天下第一福地"之誉。

车轮在冰上碾出一道车辙。牛很累,人很饿,太阳已经升高,他只好在集市南门外的泥地中短暂歇一歇。

那骑马而来、高兴自得的两个人是谁?是宫中的太监和他的爪牙。他们手中拿着文书,开口宣读皇帝的命令。调转车头,吆喝着牛,牵着它向北走。一车炭,一千多斤,被太监他们强行拉走,舍不得却又没办法。(他们)将半匹红纱和一丈绫布往牛头上一挂,就充当了买炭的钱。

历史放映厅

中唐时期，朝廷党争严重，宦官与外戚交替专权，朝野内外一片乱象。宦官掌握着宫中的采买权，采买时常常强行低价，巧取豪夺，百姓们苦不堪言。白居易长居京城十余年，眼见"宫市"上宦官跋扈，愤懑满胸，于是写了这首《卖炭翁》。

赏 析

白居易一生创作浩繁，名篇众多，《卖炭翁》是其中最情挚、最催人泪下的篇目。和传统的乐府诗不同，这首诗对仗不算工整严格，格律也有参差，少了浮华绮艳的空洞，十分真诚与朴实。

诗前四句，直言卖炭翁"伐薪烧炭"的艰辛，每天起早贪黑，辛苦劳作，以至"满面尘灰""十指黑"。即便衣着单薄，卖炭翁却盼着天更冷一些，这样炭就能卖个好价钱。卖炭翁求寒得寒，夜里下起了大雪，他到了京城南市，即便"牛困人饥"，他的心情也是愉悦的。

可是，随着"翩翩两骑"的到来，卖炭翁的所有憧憬和希望都化作了泡影。宦官和他的爪牙们根本不在意百姓的疾苦，只用"半匹红纱一丈绫"就强行买走了一车炭，面对跋扈嚣张的宦官，老翁却连半句抱怨也不敢有。

全诗虽无一字言情，却字字言情，早就将诗人对贫苦大众的怜悯同情，对宦官权贵的切齿痛恨和对不恤不明的朝廷的怨愤讽刺包蕴其中了。

琵琶行①（节选）

唐·白居易

　　浔阳江头夜送客，枫叶荻②花秋瑟瑟③。主人④下马客在船，举酒欲饮无管弦⑤。醉不成欢惨将别，别时茫茫江浸月。

　　忽闻水上琵琶声，主人忘归客不发。寻声暗问弹者谁，琵琶声停欲语迟。移船相近邀相见，添酒回灯重开宴。千呼万唤始出来，犹抱琵琶半遮面。转轴拨弦三两声，未成曲调先有情。弦弦掩抑声声思，似诉平生不得志。低眉信手续续弹，说尽心中无限事。轻拢慢捻抹复挑，初为《霓裳》⑥后《六幺》。大弦嘈嘈如急雨，小弦切切如私语。嘈嘈切切错杂弹，大珠小珠落玉盘。间关⑦莺语花底滑，幽咽⑧泉流冰下难。冰泉冷涩弦凝绝⑨，凝绝不通声暂歇。别有幽愁暗恨生，此时无声胜有声。银瓶乍破水浆迸，铁骑突出刀枪鸣。曲终收拨当心画⑩，四弦一声如裂帛。东船西舫悄无言，唯见江心秋月白。

注　释

①行：古诗的一种体裁。②荻（dí）：多年生草本植物，形状像芦苇，生长在水边。③瑟瑟：形容微风吹动的声音。④主人：白居易自指。⑤管弦：指音乐。管，箫、笛之类的管乐。弦，琴、瑟、琵琶之类的弦乐。⑥《霓裳（cháng）》：即《霓裳羽衣曲》，唐代乐曲名，相传为唐玄宗所制。⑦间（jiàn）

浔 阳

浔阳今属江西省九江市，别名柴桑、江州。"浔阳江"是九江市北部的一条河流。

九江市是一座历史悠久的古城，西汉时初具规模，隋唐时虽仍荒僻，却已略见繁荣，明清之后迅速发展。九江市文化底蕴深厚，黄梅戏、青阳腔、文曲腔、采茶戏颇具特色，鄱阳湖、庐山、落星墩等都是闻名中外的盛景。另外，市内的白鹿洞书院、东林寺、琵琶亭、锁江楼等人文古迹也是游玩观赏的佳处。

关：形容鸟鸣婉转。⑧幽咽：形容乐声哽塞不畅。⑨冰泉冷涩弦凝绝：像冰下的泉水又冷又涩不能畅流，弦似乎凝结不动了。⑩曲终收拨当心画：乐曲终了，用拨子在琵琶的中间部位划过四弦。

译 文

夜晚，在浔阳江边送别友人；秋风轻拂着江畔的枫叶和荻花。友人和我已经下马登船，举起酒杯想要畅饮却发现没有音乐助兴。我喝醉了却不开心，与友人即将离别，内心十分凄凉；离别时茫茫的江面上正映着一轮清冷的月。

忽然听到江面上有弹奏琵琶的声音，我忘了离开，友人也没有启程。循着声音轻声询问弹琵琶的是谁；琵琶声停下，要回答却有些迟疑。我们移船靠近，邀请她出来见一面；重新添置了酒水，拨亮了灯火，再次开宴。呼唤了许多次她才出来，怀抱着琵琶，面容遮掩了一半。她转紧琴轴，拨动琴弦试弹了几下，还没调校好音就已经有情思蕴藉其中。弦声沉郁悲切，似乎在诉说人生中不如意的事。她低垂着眉眼，随手弹奏着，断断续续的弦声，仿佛诉说着心底无尽的往事。轻轻地拢，慢慢地捻，一会儿向下抹动琴弦，一会儿再反手回挑；最先弹的是《霓裳羽衣曲》，接着是《六幺》。粗弦声音沉厚抑郁，好像疾风暴雨；细弦声音轻细急促，好像有人在喃喃私语。嘈嘈切切的弦声交错地响起，就像大大小小的玉珠掉落在玉盘里。弦声一会儿像黄莺在花下啼鸣般婉转流利，一会儿像幽咽的泉水在冰下流动般滞涩难通。冰冷滞涩的泉水凝固了琴弦，弦声也渐渐中断。另有一种幽凝哀婉的愁绪悄悄滋生，这个时候虽然无声，却比有声更加动人。琵琶声蓦然高昂，就像银瓶突然破裂，水浆迸射而出；又像一队铁骑突然冲出，刀枪一齐震鸣。乐曲终了，用拨子划过琵琶中部的四根琴弦，四弦同时发声，就好像丝帛被撕裂。东西两面的游船和画舫都静悄悄的，只看见江水中央一轮秋月倒映，月色皎洁明亮。

赏 析

《琵琶行》是一首长篇叙事诗，全诗以"琵琶"托兴言事。

诗前六句，落笔萧萧，概写送别的情景，在沉郁的氛围下，以"忽闻"二字陡起转折。此处诗人没有具体写"水上琵琶声"究竟如何，想来应是很吸引人的，若不然，也不可能造成"主人忘归客不发"的效果。只不过，弹奏琵琶的人似乎有难言之处，并不想相见，"欲语迟"写出了她复杂的心绪。

之后二十四句，从"转轴拨弦三两声"到"唯见江心秋月白"，诗人以详尽而生动的笔墨，对"添酒回灯重开宴"后的"琵琶声"作了细致入微的描画。"嘈嘈""切切"叠词连缀，不经意间就已经让琵琶声变得可闻可感。

　　闻声而知人，无论是听琵琶的人还是弹琵琶的人，心中其实都是思绪万千的。所以，诗人在叙述之初，便用了"未成曲调先有情"来挈领，是琵琶女漂泊流落的无奈，是诗人被贬谪的自伤，还是客人依依将别的惆怅？诗人没说，却又似乎全说了。

　　在曲终之时，琵琶女述说自己不幸的身世。"本是京城女"，曾经被无数人追捧，但年老色衰之后，却"门前冷落"，只能"嫁作商人妇"，独守空船，流落江湖。境遇上的巨大落差，怎能不让人伤感？这让贬谪在外的白居易忍不住感同身受，油然生出"同是天涯沦落人"的感慨。

大林寺①桃花

唐·白居易

人间四月芳菲尽，山寺桃花始盛开。
长恨春归无觅处，不知转入此中来。

注 释

① 大林寺：在庐山香炉峰顶，相传为晋代僧人昙诜（shēn）所建。

译 文

四月，山脚下百花已经凋零；高山的古寺中桃花才刚刚盛开。
我常常惋惜春光消逝后便无处寻觅，却不知道它已经转到这里来了。

跟着诗词游中国

庐 山

诗中的"山寺"，指的江西省九江市庐山香炉峰上的大林寺。庐山是中华十大名山之一，东枕鄱阳、北临长江，以雄、奇、险、秀著称天下，"庐山天下悠"千古流传。山上的三叠泉、锦绣谷、三宝树风光旖旎。素有"匡庐第一境"之称的花径更是古意盎然、桃花灼灼，置身其间，依稀之间似仍能感受到昔年"大林寺"桃花的明妍风姿。

历史放映厅

《大林寺桃花》一诗，作于唐宪宗元和十二年（817）四月初九，早在唐宪宗元和十年（815），白居易因上书谏言，被贬谪出京，远赴江州，虽然有"司马"的官衔，却没有实职实权，于是寄情山水。817年夏，白居易约了张允中、元集虚、梁必复、张深之等友人，还有智满、道建、寂然等僧人，一起到庐山游玩，在香炉峰顶大林寺中，见到了几丛灿烂的山桃花，白居易即兴写下了这首诗。

赏 析

《大林寺桃花》是白居易饮誉千古的名作之一。诗一、二两句，以"人间"和"山寺"、"芳菲尽"和"始盛开"相对比，凸显山寺桃花的独特惊艳。四月春归，芳菲落尽，而"山寺"因为几株唯有春日才能看到的红艳桃花一下子就变得不一样了。这里，似乎已不是人间，物候、风光与山下的"人间"完全不同，有古寺山风、有桃花灼灼其华。

三、四两句"长恨春归无觅处，不知转入此中来"，寄景抒情，别开生面。"长恨"概言伤春叹春惜春之意，"无觅处""转入此中"，将原本抽象的春光拟人化，让春光一下子变得鲜活可感。

暮江吟①

唐·白居易

一道残阳铺水中，半江瑟瑟②半江红。
可怜九月初三夜，露似真珠月似弓。

注 释

① 吟：古代诗歌体裁的一种。② 瑟瑟：这里形容未受到残阳照射的江水所呈现的青绿色。

译 文

夕阳的余晖在水面上铺展，江面一半碧绿一半嫣红。

九月初三的夜晚多么可爱，晶莹的露水好像珍珠，弯弯的月亮好像小巧的弓。

赏 析

这首咏景诗格调明媚，写景状物栩栩如生，刻绘了两幅奇丽优美、清幽有致的秋江图景。

首句"一道残阳铺水中"摹出了一幅秋江日暮、夕阳西落的唯美画面。"铺"用字贴切，既正面写了日落之景，与"残"相承，又为后句"红"与"瑟瑟"的颜色渐变作了铺垫。

次句"半江瑟瑟半江红"，顺承前句，继续描绘秋江暮色，残阳铺洒，晚霞初映，江水缓流，光影随波不断变幻，青绿色与红色相衬相映，设色并不浓艳，却颇显妍美，江天美景，一见即令人目眩神驰、难以忘怀。

诗人流连江边、乐而忘返，不知不觉，已经由暮入夜。诗三、四两句"可怜九月初三夜，露似真珠月似弓"描绘的便是江边秋夜之景。

"九月初三"点明时间，"夜"承上启下，连缀起暮色残阳与新月升起两幅相连贯的唯美画面。"可怜"切中题旨，既是对秋江月夜美景的概括，也是诗人热爱自然、放旷江野、怡然闲适之情的一种含蓄展露。

"露似真珠月似弓"，寥寥七字，描绘的却是秋江夜下两幅极具代表性的小景。"露似真珠"是俯视之景，夜色清幽，露色渐浓，江边碧草上的露珠在月光的映照下莹润如同珍珠，稍微想象，便已极美。待微微仰首，又见一弯新月如同玲珑小巧的弯弓悬挂天际，景切切，情更切切，陶然之情，自此油然而生。

纵观全诗，诗人构思新颖、比喻贴切，描景设色清丽别致，景中含情，又以景结情，含蓄中见巧思，着实令人叹为观止。

钱塘湖①春行

唐·白居易

孤山寺②北贾亭③西，水面初平云脚低④。

几处早莺争暖树，谁家新燕啄春泥。

乱花渐欲迷人眼，浅草才能没马蹄。

最爱湖东行不足，绿杨阴里白沙堤⑤。

注 释

①钱塘湖：即杭州西湖。②孤山寺：西湖里湖与外湖之间有一座小山，名为孤山。孤山寺指的就是孤山上的承福寺。③贾亭：即贾公亭，唐贞元年间由时任杭州刺史贾全主持修建，是西湖名胜之一。④云脚低：白云重重叠叠，看上去浮云很低。⑤白沙堤：指西湖的白堤。

译 文

漫步钱塘湖畔，从孤山寺的北面到贾公亭的西侧；春潮初涨，刚好与堤岸平齐，白云低垂，层层叠叠，似欲与湖波相接。

初春葱茏，几只早至的黄莺正竞相飞往向阳的枝头；不知谁家新飞来的燕子正在衔泥筑巢。

错落盛放的春花渐渐要迷住人的眼，浅浅的春草才高过马蹄。

我最喜欢在西湖东岸赏景，这里让人流连忘返，绿杨掩映着那条白沙堤。

跟着诗词游中国

钱塘湖

　　钱塘湖，是西湖的别称。汉唐古诗中的"武林水""钱塘湖""西子湖"指的都是西湖。西湖位于钱塘江下游，自古就是中国的文化名湖，历代文人在这里留下了无数名篇佳作。西湖风光旖旎，三堤三岛五湖、红荷绿柳，"西湖十景"中三潭印月、花港观鱼、断桥残雪、雷峰夕照等无不令人流连忘返。时至今日，西湖已成为中国的山水名片与文化名片，更是世界文化遗产。

赏 析

　　《钱塘湖春行》既是一首诗，也是一篇古代版的"游记"。

　　诗首联以浅显的语言，勾勒出了一幅天然的湖上早春图景：春水初涨、潮岸相平、白云轻垂。"孤山""贾亭"的地点变幻，间接呼应了题首的"行"，"水平云低"的描写，既写出了眼前之所见，也间接地绘出了湖光的潋滟、湖面的辽阔。

　　颔联写了仰观之景，莺歌燕舞，趣味盎然。

　　颈联写俯视之景，早春时节，花草并不繁茂，诗人却用一个"乱"字描绘出了春花轻绽的错落、欣欣向荣；一个"浅"字道尽了春草初萌的玲珑与可爱。

　　尾联"最爱"畅叙心声，"行不足"淋漓地描绘出了诗人恋恋不舍之情态，"绿杨阴里"以景结情、以情留白，将诗人对西湖春景的喜爱和赞叹描绘得入木三分。

池上

唐·白居易

小娃撑小艇，偷采白莲回。
不解藏踪迹①，浮萍②一道开。

注 释

① 踪迹：被小艇划开浮萍后的痕迹。② 浮萍：一种浮在水面的单叶植物，叶片扁平，下面有根。

译 文

小孩撑着小船，偷偷采摘了白莲回来。

不懂得隐藏自己的踪迹，船儿穿过浮萍，在水面留下一条长长的痕迹。

历史放映厅

唐文宗大和九年（835），白居易被任命为太子少傅，居住在洛阳香山下履道里，过着半官半隐的生活。夏日的一天，他满怀逸兴到城中一处荷叶田田、白莲盛放的池边游玩，看到采莲归来的小童，白居易甚觉有趣，于是写了一组诗，共两首，名为《池上二绝》，这是其中的第二首。

赏 析

《池上》是一首五言绝句，活泼生动、通俗易懂。

诗首句"小娃撑小艇"用"撑"而不用"划""摇"，既表明池水较浅，也形象地展现了"小娃"天真稚嫩的形象。小孩撑着小船，去做什么呢？

次句"偷采白莲回"给出了答案。原来，孩童撑着小船偷偷采莲去了。一个"偷"字，既贴切又传神，写尽了孩童的活泼淘气。"白莲"暗点时令，说明时值盛夏，正是莲花盛放的日子，花开如幕，令人目眩，所以，才引得孩童去"偷采"；同时，"白莲""浮萍""小艇"都与诗题"池上"相契合。

三、四两句，诗人笔锋宕开，从行动和心理两方面，对小娃"回"的情景做了细致逼真的刻画。"不解"直言"小娃"的天真懵懂，年幼的孩子不知道怎么隐藏自己的行踪，也没意识到要隐藏自己的行踪，瞒着家长，采到了白莲，毫不避讳地就撑着小船回来了。小船穿过"浮萍"，在潋滟清波中，留下一条长长的水痕。"一道开"既是对"回"的描写，也是"撑"的一种具象，十分生动。

全诗有景色、有人物，以通俗明了的语言描写了一幅最生活化的情景，"小娃"天真活泼的形象和池上生波、白莲盛放的怡人风景韵味天成，极富情趣。

忆江南①

唐·白居易

江南好，风景旧曾谙②。

日出江花红胜火，春来江水绿如蓝。能不忆江南？

注 释

①忆江南：唐代教坊曲名，后来用作词牌名。②谙（ān）：熟悉。

译 文

江南的风光多么好，我对江南的风物十分熟悉。

春日，朝阳初升，把江畔的野花照得比火还明丽红艳，江水清澈碧绿胜过蓝草。怎么能叫人不怀念江南呢？

江南新雨後碧水滿春陵
螺黛勻山色鵞染黄染楊
絲蒲牙攢石短燕子過花遲
花遲小艇輕移去羣鷗
不我懬

居節

山顶雨水汇聚
成瀑布

《江南新雨》

作者：居节

创作年代：明代

馆藏：台北故宫博物院

居节，明代书画家，在山水画方面的成就最高，他的山水画有宋代画作的神韵。这幅《江南新雨》描绘了江南春天的雨后景象，居节亲题一首诗，诠释画中美景：江南新雨后，碧水满春陵。螺黛勻山色，鹅黄染柳丝。蒲牙攒石短，燕子过花迟。小艇轻移去，群鸥不我疑。这首诗的意境，就是对这幅画最贴切的描述。

赏析

这是一首清新雅致的小词，全词只有二十余字，却情韵天成。

第一句"江南好"，开门见山，以一个"好"字直抒胸臆，盛赞江南风光的美好，奠定全词的情感基调。同时，也暗暗切题，为"忆"作铺垫。

第二句"旧曾谙"，既点出了词人数下江南的经历，也表明"江南"之"好"并非道听途说，而是词人所见、所闻、所感，从侧面说明江南的风光确实是极好。

词及此处，词人笔锋一转，由虚转实，顺承而下，"日出""春来"互文见义，"江花""江水"互为背景，"红"与"绿"彼此映衬烘染，铺陈出了一派"胜火""如蓝"的胜景。

尾句忍不住发出"能不忆江南"的探问，这一问，收束了全篇，点明了题旨，抒发了真情，既见率然，又有余情，凌空远去，最显韵味。

跟着诗词游中国

江 南

词中的"江南"，其实是一个简称，泛指长江中下游以南地区。唐时，专指"江南道"的辖域，现在的常州、苏州、杭州、湖州等都包含在内。江南自古物阜民丰、经济繁荣，不仅有周庄、西塘、乌镇、南浔等千年古镇，有拙政园、留园、瞻园等"甲天下"的园林，还有西湖、惠山、太湖、天平山等佳山秀水，令人心驰神往。

问刘十九

唐·白居易

绿蚁新醅酒[1]，红泥小火炉。
晚来天欲雪，能饮一杯无[2]？

注释

① 绿蚁新醅（pēi）酒：新酿的酒还未滤清时，上面浮起酒渣，颜色微绿，酒渣细如蚁，称为"绿蚁"。② 无：表示疑问的语气词。

译文

新酿的米酒微微泛着几丝没有滤清前的绿意；红泥烧制的小炉中炉火正旺。

夜幕降临，天色阴郁，好像要下雪了；你能过来和我喝一杯吗？

历史放映厅

《问刘十九》是白居易晚年隐居洛阳香山履道里时写的一首小诗，乃即兴之作。刘十九，本名刘轲，是唐宪宗元和末年进士，为人旷达，不重名利，隐居庐山，布衣终生。白居易和他志趣相投，关系十分融洽。白居易奉诏离开江州回归长安后，他常常怀念和刘十九在一起的日子，晚年寄情山水，这种怀念更加浓重，以至看花、看雪、看日出日落时，都难免睹物思人。《问刘十九》就是在这种背景下创作的。

赏 析

这是一首节律明快的五言小诗，全诗用语亲切、简练朴素、野趣天然，生活气息十分浓重。

诗一、二句，"绿蚁新醅酒，红泥小火炉"，开门见山地描绘出了一幅农家冬日、围炉品酒的温馨情景，为平凡的乡野生活平添几分诗意。"绿蚁"的"绿"点出了酒的颜色，"蚁"绘出酒沫形状，两者叠加，既呼应了"新醅"，又与后句中的"红"相映相衬。"小火炉"的"火"既昭示着寒冬，又赋炭火以动态，让整幅画面都变得鲜活、明亮、温暖起来。

新醅酒，虽粗糙，却醇香；小火炉，虽泥铸，却温暖，此情此景，如果不围炉把酒，喝上一杯，岂不是人生憾事？于是，三、四两句，诗人开始即景探问，发出邀约。"晚来天欲雪"，以夜的浓黑、雪的莹白与酒的新绿、炉火的红炽相互辉映，色彩和谐，氛围轻快，颇显妙趣。而未雪时邀约，也隐含着几分和友人一起围炉赏雪、诗酒言欢的期盼。"能饮一杯无"，能来一起喝一杯吗？很平常、很口语化的询问，放在诗末，却入情入趣，既显示了挚友之间关系的熟稔，也为全诗添了真情和余韵。

一问之后，全诗戛然收束，之后的种种，诗人没有写，却也因此引出了读者无尽的想象，让整首诗变得言浅情深、余味悠长。

李绅：新乐府运动的倡导者

李绅，字公垂，中唐时期颇有名气的诗人，祖籍安徽亳州，唐代宗大历七年（772）生于湖州乌程。

李绅幼年丧父，后随母亲迁居无锡，少年时曾借居无锡惠山寺，悬梁刺股，日夜苦读，是个"努力型"的"学霸"。元和进士及第后入仕为官，宦海沉浮半生，历任国子助教、滁州刺史、中书侍郎、淮南节度使、宰相，封赵国公。会昌六年（846）因病在扬州逝世，谥号"文肃"，世称"李文肃"。

作为新乐府运动的倡导者和重要参与者，李绅在中唐文坛一直有着举足轻重的地位。他擅长写诗，却不执着于诗，早年诗风浅切、通俗易懂，中晚年后，受人生境遇的影响，诗风变得典雅繁艳，重抒情、重咏绘，少了几分济世利民的情怀。《全唐诗》中收录了他的诗四卷，其中《悯农二首》最为人津津乐道。

悯农（其一）

唐·李绅

春种一粒粟^①，秋收万颗子。
四海无闲田，农夫犹^②饿死。

注 释

① 粟（sù）：谷子，去壳后为小米，此处泛指谷物。② 犹：依旧，仍然。

译 文

春天种下一粒谷物的种子，秋天就能收获大量的粮食。
四海之内没有一块土地荒芜废弃，种地的农夫却依旧被饿死。

赏 析

"悯农"是古代比较常见的一种诗歌题材，但真正被后世传颂不衰的却寥寥无几，李绅的《悯农二首》恰是其中脍炙人口的作品，《悯农（其一）》是组诗的第一首。

诗前两句"春种一粒粟，秋收万颗子"，一种一收间，折射出了农夫日出而作、日落而息的勤与苦。第三句，诗人的视野和格局瞬间放大，从一地一隅的丰收，写到了天下，"四海"之内没有荒芜的田地，全诗到此，都是歌颂之意。然而第四句，诗人的笔锋却陡然转折，近乎悲怆地道出了盛世丰景下的残酷现实："农夫犹饿死"！

个中原因，诗人没有说，全诗也至此戛然收束，给读者留下了无尽浮想和思索的空间。同时表达了诗人对农夫的同情。

悯农（其二）

唐·李绅

锄禾日当午，汗滴禾下土。
谁知盘中餐，粒粒皆辛苦。

译 文

正午的时候顶着炎炎烈日在地里锄草，汗水滴落在禾苗下的泥土中。谁知道碗盘中的食物，每一粒都是农民通过辛苦的劳作换来的。

赏 析

这是组诗《悯农二首》的第二首。诗一、二句"锄禾日当午，汗滴禾下土"，落笔入画，开篇即描绘了一幅农夫头顶烈日、辛勤劳作、汗滴禾土的画卷。三、四两句，笔锋一转，开始反问："谁知盘中餐，粒粒皆辛苦。""谁知"意味着无人知，也无人愿知，纵情享受着农夫劳动果实的人们从不在意这些"微不足道"的小事。

纵观全诗，用语虽朴素平白，构思立意却极有深度、极见广度，字里行间充斥着诗人对底层农民深切的同情。全诗虽无一字言"悯"，却字字皆"悯"，情真意挚，令人动容。

北楼樱桃花

唐·李绅

开花占得春光早，雪缀云装万萼①轻。
凝艳拆时初照日，落英频处乍闻莺。
舞空柔弱看无力，带月葱茏似有情。
多事东风入闺闼②，尽飘芳思委江城。

注 释

①萼（è）：花朵盛开。②闺闼（tà）：妇女所居内室的门户。

译 文

　　早春时节，樱桃花就已经占尽春光，早早开放；似白雪点缀，似白云盛装，千朵万朵，花繁重，萼轻盈。

　　花初开时，花蕊凝霞聚彩，仿佛艳艳的红日；花零落时，伴着一声声骤然响起的莺啼随风辗转。

　　花枝柔弱，在空中翩翩舞动，看起来多么娇弱；月光洒下，葱绿茂密的枝叶间似乎有了无尽的深情。

　　爱管闲事的东风吹入闺阁，花的芬芳与情思随风飘浮，散落整个江城。

赏析

李绅的这首七律咏花小诗遣词清丽，意境婉转，格调淑雅。

诗首联"开花占得春光早，雪缀云装万萼轻"，以绝丽的笔墨写出了樱桃花盛放时的唯美情态。花本无情无性，诗人却用一个"占"字将它的盛放描写得既生动又可爱，"雪缀云装"的刻画，更让花的莹白纯洁跃然眼前。"万"是虚数，用来形容花的繁多，含蓄地点出满树繁花的妍丽盛大。

颔联笔锋一转，开始描绘樱桃花初开与凋零时的景象。"凝艳"摹花色，"初照"状色浓，写尽了樱桃花初开时的红艳耀眼。次句"落英频处乍闻莺"，写的则是花落之景。春末夏初，已经开了一春的樱桃花渐渐零落，"频"字写出了花落之繁，"闻莺"既是在以莺衬花，也是在暗点时令，在古诗中，黄莺鸣叫是极典型的初夏意象。

颈联笔锋再转，开始写樱桃花的整体形态，"舞空"形象地写出了它枝条伸展的姿态，与"柔弱"相映相衬；"葱茏"既写叶的绿与繁，也写花与枝的茂和盛，再加上深空、月光，樱桃枝条仿佛真的亭亭玉立，引起无穷情思。

尾联，诗人笔锋三转，以淡雅的笔调状写花香。所谓美人如花，花如美人，"多事东风入闺闼"，看似平平，实则绮丽，将北楼的樱桃花比喻成闺阁中含情的少女，明媚中见风姿，"多事"二字，看似嗔怪，实则却隐有几分娇憨之态。"尽飘芳思委江城"，"飘"字承上启下，既遥应"东风"之"入"，又暗承"芳思"之"委"，炼字极精准。"芳思"既指随风飘散的花香，又指花与花香引起赏花人无限的遐想与情思，"委"隐有委身、委托之意，暗和"闺闼"，结构与立意都十分巧致动人。

刘禹锡：豁达刚毅的"诗豪"

刘禹锡，字梦得，唐代著名文学家、哲学家，素有"诗豪"之誉。

唐代宗大历七年（772），刘禹锡出生在洛阳（今属河南）一个官僚家庭，地位虽不显赫，家境却也殷实。他自幼敏慧，在诗词方面尤其有灵性；少年时，随父亲宦居江南，父亲为他延请名师，悉心教导。

刘禹锡早年的人生一帆风顺。19岁游学洛阳，名震士林；22岁金榜题名，进士及第；31岁官拜监察御史；34岁位列中枢，成为"永贞革新"的扛鼎人物之一，备受唐顺宗器重，春风得意。

然而，世事无常，因为触犯了保守派权贵的利益，颇具进步意义的"永贞革新"最终以失败落幕，王叔文被赐死，作为"永贞"骨干的刘禹锡也被牵连，从此，开始了"贬、贬、贬，再贬"的仕途模式。

自贞元二十一年（805）秋被贬，刘禹锡在朗州漂泊了近十年，生活凄苦困顿，他却活得豁达、刚毅，以蓬勃的热情直面人生的种种艰辛，而且"为江山风物所荡，往往指事成歌诗"，留下了包括《采菱行》《竞渡曲》《浪淘沙》等名篇在内的近200首诗词。

元和十年（815），刘禹锡奉诏回京，满面风霜之色尚未褪去，又因为"玄都观里桃千树，尽是刘郎去后栽"的牢骚之语再度被贬，辗转连州、夔（kuí）州、和州等地。宝历二年（820），刘禹锡奉调回洛阳。大和二年（827），任职于东都尚书省。从初次被贬到此时，已过去二十三年。

若是一般人，遭遇这样的变故，定然心灰意冷、怨天怨地，刘禹锡却依旧豁达从容，日常观花赏景、吟诗作赋，悠然和乐。在夔州时，他陶醉于"杨柳青青江水平"的美景；赴和州时，他不忧前途，发出"山不在高，有仙则名，水不在深，有龙则灵，斯是陋室，惟吾德馨"的慨叹。

刘禹锡磕磕绊绊数十载，即便怀着"莫道桑榆晚，为霞尚满天"的壮志，仕途却仍旧没什么起色。刘禹锡晚年定居洛阳，与白居易、裴度等友人诗酒唱和、共度残年，直到会昌二年（842）病逝，享年71岁。

刘禹锡一生坚信"沉舟侧畔千帆过，病树前头万木春"，不怨愤、不迁怒，即便栉风沐雨，也把人生活成了永远的艳阳天。

他的诗、他的文、他的辞赋，也一如他的人，简洁明快、清俊明朗。除了闻名遐迩的《陋室铭》，他的《秋声赋》《楚望赋》《伤往赋》《平权衡赋》等辞赋，《辨迹论》《华佗论》《因论》等文章，《酬乐天扬州初逢席上见赠》《望洞庭》《秋词》《乌衣巷》《石头城》《西塞山怀古》等诗歌也都盛名久传，值得称颂。

秋词（其一）

唐·刘禹锡

自古逢秋悲寂寥，我言秋日胜春朝。
晴空一鹤排①云上，便引诗情到碧霄②。

注 释

① 排：推开。② 碧霄：蓝天。

译 文

自古而今，每逢秋日，文人墨客们都会悲叹它的清冷萧条；我却认为秋日的风光胜过春天。

晴日的碧空中，一只白鹤冲破云层扶摇直上，将我的遐思与诗情引上蓝天。

赏 析

秋是古诗中十分常见的主题。历来文人写秋，大多以"悲""怅""清冷""寂寥"为底色，而刘禹锡的这首《秋词》却独树一帜，改悲秋为颂秋，而且意境壮美、气势豪雄。

诗首句"自古逢秋悲寂寥"，以平实浅白的议论起笔，写"自古"文人"悲秋"的常态；次句"我言秋日胜春朝"承前句，一语破开，鲜明地表现了自己的态度。不法古，不因循，将"自古"与"我言"放在同一层面，抒发新见的同时也表现了诗人昂扬的自信。"秋日胜春朝",一个"胜"字,将颂秋、赞秋之意表现得淋漓尽致。

那么,"秋日"到底有什么地方胜过"春朝",让诗人赞叹不已呢?三、四句"晴空一鹤排云上,便引诗情到碧霄"给出了答案。秋日虽然百草凋零,不像春天那样姹紫嫣红,却也有独属于自己的明丽和飒爽。"晴空"描述秋高气爽,"一鹤"凌空飞翔,虽孤独,却又颇显灵动缥缈,如此景致,又岂是夜莺春花能比的呢?

另外,那秋日晴空上翱翔引发了诗人无尽"诗情"的鹤,其实也是诗人的自喻。孤鹤排云,直上碧霄,表现的正是诗人百折不挠的精神。

浪淘沙（其一）

唐·刘禹锡

九曲黄河万里沙，浪淘风簸自天涯。
如今直上银河去，同到牵牛织女家。

译 文

黄河九曲盘旋，裹挟着大量泥沙，从遥远的地方奔腾而来，风涛滚滚、怒浪滔天。

似乎现在就要径直飞向那高高的银河，一起去寻访牛郎和织女的家。

赏 析

《浪淘沙》是新乐府诗，唐代成为教坊乐曲，历代吟咏颇多，但最经典、最纯粹、最为人称道的是刘禹锡的《浪淘沙》九首，尤其是第一首，想象奇伟，格调不凡，兼用多种修辞手法，纵有寄托，浪漫不减，委实佳作难得。

诗首句"九曲"写黄河的盘旋曲折，"万里沙"既是虚写，也是夸张，不仅突出了黄河的长、河中泥沙的多，更写出了黄河咆哮奔腾的磅礴气势与壮美姿态。次句中"天涯"指十分遥远的地方，"浪淘风簸"写河上风波之恶之险，含蓄地赞颂"沙"不畏险阻、一往无前的坚韧性格。

三、四句"如今直上银河去，同到牵牛织女家"，"直上"表现出昂扬向上的气势，"同到"述说了追求的殷切。这里的"牵牛织女"无关爱情，是在含蓄言志，表达自己想要重回朝堂，一展抱负的愿景和不惧官场风波恶浪，只愿济世为民的情怀。

浪淘沙（其七）

唐·刘禹锡

八月涛声吼地来，头高数丈触山回。

须臾①却入海门去，卷起沙堆似雪堆。

注 释

① 须臾（yú）：形容极短的时间。

译 文

八月钱塘江潮咆哮嘶吼着汹涌而来，数丈高的浪头撞上山石后又纷纷回涌。

不一会儿就涌入了大海，卷起的沙堆在阳光的照耀下仿佛莹润洁白的雪堆。

赏 析

这是一首咏景的七言绝句，意境雄浑，有声有色。诗首句"八月涛声吼地来"起笔不凡，写出钱塘大潮来时的磅礴景象。次句"头高数丈触山回"顺承前句，从听觉转向视觉，继续写潮涌的雄阔，"头高数丈"生动地展现了潮来时排山倒海般的气势。"触山回"写潮落，为后句铺垫，同时也与"吼地来"相对照，凸显大潮的气势和涨落的急邃。

三、四句"须臾却入海门去，卷起沙堆似雪堆"，写钱塘大潮退去后，江上余波未平，波浪卷起的沙堆好像座座雪堆。"须臾"直言潮水退去之疾、之速；"沙堆似雪堆"以比喻的手法状浪卷之态，贴切又传神。

酬乐天扬州初逢席上见赠①

唐·刘禹锡

巴山楚水②凄凉地，二十三年③弃置身④。
怀旧空吟闻笛赋⑤，到乡翻似烂柯人⑥。
沉舟侧畔千帆过，病树前头万木春。
今日听君歌一曲⑦，暂凭杯酒长⑧精神。

注 释

①酬乐天扬州初逢席上见赠：酬，这里是以诗相答的意思。乐天，指白居易，字乐天。②巴山楚水：诗人曾被贬夔州、朗州等地，夔州古属巴郡，朗州属楚地，故称"巴山楚水"。③二十三年：从唐顺宗永贞元年（805）刘禹锡被贬为连州刺史，到写此诗时，共二十二个年头，因第二年才能回到洛阳，所以说"二十三年"。④弃置身：指遭受贬谪的诗人自己。⑤闻笛赋：指西晋向秀所作的《思旧赋》。向秀跟嵇康是好朋友，嵇康被小人陷害身亡，向秀经过嵇康故居时，听见有人吹笛，不禁悲从中来，于是作了《思旧赋》。⑥烂柯人：指晋人王质。相传王质入山砍柴，见仙人下棋，出山时斧子柄已经烂掉了。⑦歌一曲：指白居易的《醉赠刘二十八使君》。⑧长（zhǎng）：增长，振作。

译文

巴楚一带荒僻苦寒、满目凄凉，我被贬谪到这里已经二十三年了。

怀念故友时只能低吟向秀的《思旧赋》，回到故乡后就像观棋烂柯的砍柴人般感觉时光易逝、物是人非。

沉没的旧船边正有千万艘新船经过；腐朽病弱的老树前面，无数草木欣欣向荣。

今天听您歌咏一曲，暂且凭着杯中的美酒振奋一下精神。

历史放映厅

唐贞元二十一年（805），唐顺宗李诵即位登基后，锐意改革，重用以王叔文、王伾、刘禹锡、柳宗元为首的改革派，进行了一系列的革新，史称"永贞革新"。但改革不到一年，就在保守派的疯狂攻讦下宣告失败，顺宗退位，王叔文惨死，刘禹锡也被贬谪外放，漂泊于朗州、连州、夔州、和州等地，流离辗转，直到唐敬宗宝历二年（826）才奉调回洛阳，回归途中（827）在扬州偶遇白居易，两人推杯换盏，一番畅叙后，白居易在席上即兴写了一首《醉赠刘二十八使君》赠给刘禹锡，为他的悲惨际遇鸣不平，刘禹锡感慨万千，便作了此诗来答谢。

※观棋烂柯：南朝《述异记》中记载，晋朝时，信安郡中一个叫王质的樵夫到石室山中砍柴，偶然遇到一个童子在和人下棋。他驻足观看，童子送了他一个枣充饥，等到弈棋结束，斧柄已经腐朽。等他回到家中，才发现时光已过百年，曾经熟悉的人和物大多已经不在。

赏 析

这是一首意境疏朗、充满昂扬气息的七言律诗。

诗首联起笔苍凉，寥寥数语，道尽了贬谪流离、有志难抒的苦楚。"凄凉""弃置"，既是对白居易赠诗中"亦知合被才名折，二十三年折太多"的回应，也是诗人内心抑郁与激愤的一种宣泄。

颔联，诗人巧用典故、抒情怀人。"怀旧空吟闻笛赋"，借用西晋文学家向秀闻笛作赋怀念旧日友人的典故，对以王叔文为代表的、志同道合的旧友表示悼念。"到乡翻似烂柯人"则通过樵夫山中观棋，归来已过百年的故事，来表现物是人非、时光辗转、世事无常。

颈联，诗人满心惆怅的情绪却出人意料地开始转折，开始变得豁然、昂扬。"沉舟""病树"虚实相兼、一语双关，既是实景，又是诗人的自喻。白居易为他的际遇感慨，"举眼风光常寂寞，满朝官职独蹉跎"，诗人本人却不这么认为，他的心境很旷达，他希望旁有"千帆过"、前有"万木春"，后学晚辈、有志之士能够发光发亮，为国家带来新气象。这种豁达的胸襟和气度委实令人动容。

尾联，诗人笔锋再次转折，首句"今日听君歌一曲"应题应事，表达对白居易的酬答之意；次句"暂凭杯酒长精神"，自我激励的同时隐有勉励他人之意，"长精神"三字生动地展现了他愤而不怨、哀而不颓、奋勇向前的处世态度和豁达坚韧的人生观念。细细读来，颇觉震撼。

望洞庭

唐·刘禹锡

湖光秋月两相和，潭面无风镜未磨。
遥望洞庭山水翠，白银盘里一青螺^①。

注 释

①青螺：青绿色的螺。这里用来形容洞庭湖中的君山。

译 文

　　洞庭湖的波光和秋日的月色彼此映和，湖面没有风，平平静静，仿佛一面未经打磨的铜镜。

　　遥望洞庭湖，湖水青碧、山色葱翠，就好像白银做的盘子里放着一颗青色的海螺。

历史放映厅

　　这首诗大约作于唐穆宗长庆四年（824）秋，当年八月，刘禹锡从夔州调任和州，赴任途中经过洞庭湖，被八百里洞庭的风光吸引，月夜遥望，平生感慨，于是提笔写下了这首《望洞庭》。

跟着诗词游中国

洞 庭

诗中的"洞庭",即洞庭湖。洞庭湖古称云梦、重湖,湖域辽阔,碧波荡漾,风光旖旎,是著名的人间胜境、鱼米之乡。"洞庭秋月""江天暮雪""渔村夕照""平沙落雁""远浦归帆"都是洞庭湖流域及其周边极明媚的景致。湖中君山巍然耸立,岛屿星罗棋布,湖畔还有以岳阳楼、慈氏塔、文庙为代表的众多古迹供人观瞻游赏。

赏 析

《望洞庭》是刘禹锡的代表作之一,是一首遣词淑雅、意境清幽、情致不俗的咏景七绝,奇思壮采,令人惊叹。

诗首句"湖光秋月两相和",起笔清丽空灵,缓缓铺开了一幅湖上秋月图。次句"潭面无风镜未磨",设喻精巧,将无风的湖面比作没有经过磨拭的铜镜,既写出了湖面的波澜不惊,又凸显了一种朦胧而迷离的美感。

三、四句"遥望洞庭山水翠,白银盘里一青螺",以"遥望"应题,概写秋月夜下八百里洞庭的绝美风光。洞庭湖浩瀚八百里,在诗人眼中也不过是一只小小的银盘;君山青翠巍峨,于诗人笔下,也只是一枚小巧玲珑的青螺,如此比喻,如此眼界,没有经纬天地之志肯定是想不出、达不到的。

乌衣巷^①

唐·刘禹锡

朱雀桥^②边野草花，乌衣巷口夕阳斜。
旧时王谢^③堂前燕，飞入寻常^④百姓家。

注 释

①乌衣巷：在秦淮河之南，离朱雀桥不远。三国时，是吴国戍守石头城军营所在地。因士兵皆穿乌衣而得名，后来成为著名的贵族住宅区，晋代王、谢两大世族聚居之处。②朱雀桥：秦淮河上的浮桥，在古金陵城东南四里，面对朱雀门，东晋咸康二年（336）所建。③王谢：晋朝时王导、谢安先后出任国相，位高权重，权势煊赫。后世人们常用王谢来形容豪门大族。④常：平常、普通。

译 文

朱雀桥边荒草丛生、朵朵野花杂缀其间；乌衣巷口，夕阳西下，余晖漫洒。

过去在豪门大族厅堂前筑巢的燕子，现在飞进了普通百姓的家。

历史放映厅

唐敬宗宝历二年（826），时任和州刺史的刘禹锡结束贬谪流徙生涯，奉调回归东都洛阳。途经古都金陵时，忆往伤时、凭古吊今，他心中百感交集，于是诗兴勃发，写了组诗《金陵五题》，诗共五首，这是第二首。

赏 析

《乌衣巷》是一首脍炙人口的怀古七绝,诗首句"朱雀桥边野草花",以昔日人声鼎沸、繁华热闹,今日杂草丛生、荒僻冷清的朱雀桥为引,营造出了一幅萧疏衰败的图景。次句"乌衣巷口夕阳斜",点题应题,以"夕阳斜"衬托乌衣巷的落寞寂寥,同时也暗喻朝代的更迭兴亡、世事的变幻无常。晋代时,乌衣巷是豪门大族王家和谢家所居之地,冠盖云集、车马喧嚣,十分繁华热闹,然而数百年后,巷子还是那条巷子,曾经的富贵繁华却已如过眼云烟。

三、四句,以"燕"为切入点,巧妙地展现了乌衣巷的今昔之别。燕子有在旧地筑巢的习性,轻易不改,它"飞入寻常百姓家",不是因为燕子变了,而是因为人变了。此处,诗人借"燕"来写今昔之变,有趣且浑然天成,既抒发了人世沧桑的感慨,又藏情于景,含而不露,难怪昔年白居易会为之"掉头苦吟、叹赏良久"。

赏牡丹

唐·刘禹锡

庭前芍药妖①无格②，池上芙蕖③净少情。

唯有牡丹真国色，花开时节动京城。

注 释

① 妖：艳丽、妩媚。② 格：骨格，这里指芍药格调不高。③ 芙蕖：莲花。

译 文

庭院前盛放的芍药妖娆艳丽却没有格调；池中的莲花净雅淑丽却只可远观，少了几分情趣。

只有牡丹是真正的国色天香，花开时节，轰动了整个京城。

赏 析

诗题为"赏牡丹"，但诗开头两句却没有吟咏牡丹，而是对芍药、芙蕖两种名花作了评价。首句说芍药花虽然颜色艳丽、花姿妖娆，却没有风骨格调。次句说池中的莲花虽然洁净清雅却太过清高，没什么情趣。

三句"唯有牡丹真国色"，诗人笔锋一转，开始应题破题，正面描写和赞颂牡丹。"唯有"是突出强调，承上两句，在抑扬之间反衬牡丹的独特、华贵。"国色"写尽了牡丹的花容与花韵，营造出了一种在牡丹面前群芳都黯然失色的感觉。四句"花开时节动京城"，即牡丹花盛放的时节，京城赏花者络绎不绝，更有力地印证了"真国色"之说。

能看出迷人的
**仙气和
贵气**吗?

恽寿平,清代著名画家,擅长画山水和花鸟。恽寿平认为画花鸟不能以形貌生动为优,而是眼中有落花缤纷、烟雾杳然,耳边有天外之音,心中有清香蒸腾。《牡丹》一朵怒放,一朵含苞待放,还有一枝刚刚抽出嫩芽,并对枝节细微部分作了仔细描画,毫无松散之笔。全图明丽鲜艳,有一种清澄明朗、高雅脱俗的神韵。

作者:恽寿平

创作年代:清代

馆藏:台北故宫博物院

《牡丹》(局部)

柳宗元：不尚繁丽，不喜空谈

柳宗元，字子厚，唐朝著名思想家、文学家，"唐宋八大家"之一，出身河东望族柳氏，世称"柳河东"。

唐代宗大历八年（773），柳宗元生于长安，很小就读书识礼；少年时期，随父亲宦游各地，增广见闻的同时，也体味了市井百态、民生疾苦。

他天资聪颖、博学多才，21岁进士及第，26岁考中博学鸿词科，以集贤殿书院正字的官职入仕，历任蓝田尉、监察御史里行、礼部员外郎；33岁参与"永贞革新"，成为革新的重要人物，革新失败后被贬永州，从此辗转永州和柳州之间，仕途落拓，47岁时因病在柳州去世。

柳宗元擅长写诗词和文章，尤擅骈文，存世文章数百篇，有论说、寓言、传记、游记等多种题材，内容丰富、遣词峻丽、意境沉厚。他写文不尚繁丽，不喜空谈，力求"辞必己出""以文明道"，主张先立身、立心、立行，再立言。他的《黔之驴》《捕蛇者说》《始得西山宴游记》至今仍为人所津津乐道。

柳宗元存世的诗篇并不多，约200首，却自成一家，别具特色。他的诗，枯淡有味、淡而实美、密丽中见峻爽，精工处显深秀，题咏诗、寓言诗、抒情诗都极有韵味。《江雪》《渔翁》《溪居》《登柳州城楼寄漳汀封连四州》等都是他的传世名篇。"孤舟蓑笠翁，独钓寒江雪"就是他一生最真实、最诗意的写照。

江雪

唐·柳宗元

千山鸟飞绝，万径人踪灭。

孤舟蓑笠翁，独钓寒江雪。

译 文

群山中鸟儿绝迹、不见踪影；万千条道路上，看不到一个行人。

孤零零的小船上，一个戴着笠帽的渔翁，正在清寒飘雪的江面上独自垂钓。

历史放映厅

这首诗大约作于唐顺宗永贞元年（805）到唐宪宗元和十年（815）间。彼时，柳宗元因为参与"永贞革新"，获罪被贬，

流徙永州，虽有官衔，却没实职，过着类似"拘囚"的生活，困顿失意。这年隆冬，永州大地飘雪，或许是亲眼见到了渔翁独钓的情景，或许是自己曾寒江垂钓，柳宗元触景伤情之下，写下了这首《江雪》。

赏 析

《江雪》是流芳千古的名篇，是一首五言绝句。

诗前两句清冷寂寥，短短十字，就勾画出了一幅天苍地远、大雪茫茫、万籁无声、人鸟绝迹的江天雪景图。山应鸟，鸟栖山林；径应人，人往来径间；然而，大雪纷扬之中，却是"鸟飞绝""人踪灭"，烘托出了一片极端幽静、荒寂、清冷的氛围。"千山""万径"原是虚写，此处却以虚映实，将江天苍茫、雪满四野的情景刻画得栩栩如生。同时，"千""万"也与后句的"孤舟""独钓"相对，让孤者更孤、独者更独，尽显巧思。

诗三、四两句，"孤舟蓑笠翁，独钓寒江雪"，以"雪"应题，以"孤""独"表意，以"寒"抒情，字字锤炼，尤其是"寒江雪"三字连缀，入情入味、破题点睛，炼字之妙让人叹为观止。一个雪花纷飞的冬日，四野裹素，浩浩大江之上，一个披着蓑衣、戴着笠帽、鬓发微白的渔翁坐在江心的小船上孤独地垂钓，天地茫茫，唯此一人，那场景，该多么清冷、凄凉，又多么出尘脱俗。

事实上，诗中的"蓑笠翁"原就是诗人的自表或自况，"孤""独"二字无形之间将他内心清寂的孤独和隐隐的清傲描写得活灵活现。"寒"字更一语双关，既写了天气的寒，也写了个人境遇的凄寒，越是细品，越觉咀嚼不尽、余味无穷。

渔翁

唐·柳宗元

渔翁夜傍西岩①宿，晓汲清湘②燃楚竹。

烟销日出不见人，欸乃一声③山水绿。

回看天际下中流④，岩上无心云相逐。

注 释

① 西岩：即西山，在永州城外湘江的西岸。② 清湘：澄清的湘水。

③ 欸乃（ǎi nǎi）一声：即渔歌一声。唐代民间渔歌有《欸乃曲》。

欸乃，也作棹（zhào）船声。④ 回看天际下中流：船下中流之后，

回看西岩，远在天际。

译 文

　　夜晚，渔翁将船停泊在西山附近歇息；黎明破晓时，取来清澈的湘江水，点燃楚地的竹木烹煮汤饭。

　　烟霞消散、旭日东升时，江上仍旧看不到人影；一声渔歌伴着摇橹的声音自青山绿水间响起。

　　船行到中流时，回望西山，只见波涛滚滚而下，山上无忧的云朵追逐、卷舒。

历史放映厅

唐宪宗元和元年（806），大唐内外一片动荡，轰轰烈烈的"永

《柳塘渔艇》

作者：仇英

创作年代：明代

馆藏：台北故宫博物院

　　仇英，一位非常励志的明代画家，他出身漆匠，早年为建筑楼宇画彩绘装饰画，努力自学，成为中国美术史上的一代大家。这幅《柳塘鱼艇》中，一位悠闲自得的老者坐于小艇上，一只脚在水中，两岸垂柳呼应，一侧岸边有鸳鸯戏水，有一种高士归于田园的意境。

湘 江

诗中的"湘",指湘江。湘江,古称湘水,属于长江流域洞庭湖水系,横跨永州、株洲、长沙、衡阳、岳阳等多个市县,是湖南最古远、最具历史遗韵的河流,是湖湘文化的发源地之一,屈原曾在此"上下求索",贾谊曾在此徘徊往复,无数文人骚客望江低吟。湘江两岸平原沃野、风光如画,高低起伏的群山、错落有致的寺镇楼宇、星罗棋布的人文古迹无不让人赞叹。

贞革新"以唐顺宗的禅位、王叔文的惨死而骤然画上了一个残缺的句号。作为改革派的中坚人物之一,柳宗元被贬永州,从此仕途困顿、江湖路远。在永州期间,失意愁苦的柳宗元作过许多托物兴寄、咏怀抒情的诗文,《渔翁》就是其中最脍炙人口的一首,但具体创作时间已不可考。

赏 析

这是一首柔和淡雅的七言小诗,诗前两句"渔翁夜傍西岩宿,晓汲清湘燃楚竹"开篇勾勒出一幅江畔景色。"渔翁"点明人物并应题,"夜傍""晓汲"是入夜到拂晓的时间变化。"傍""宿""汲""燃"的一系列动作,既描述了渔翁的具体活动轨迹,又让渔翁的形象变得生动鲜活,既入情又入境。

三、四两句"烟销日出不见人,欸乃一声山水绿"顺承前句,既绘出了"江上日出、山水骤绿"的明媚小景，又细述了渔翁行踪：欸乃清歌、驾舟远去。"烟销日出"与"山水绿"之间存在衔承关系，薄雾烟岚散去，一轮红日袅袅升起，阳光遍洒大地，一切都在阳光的照耀下显得堂皇、明媚。这种明媚是与日出相伴的，又与"夜色""拂晓"时的黯淡形成鲜明的对比，骤然之中流露出三分惊喜。尤其是"山水绿"的"绿"字，与"欸乃一声"的"一"字相互连续，既突出了山水的骤然明媚，又赋山水以动态，用得极妙，不愧是千古绝唱。

结尾两句"回看天际下中流，岩上无心云相逐"，诗人笔锋承递、视线进一步拉远，写了"中流回望"时的所见所闻。江水滔滔、白云飘飘，因为"无心"，所以无忧无虑、相追相逐，倍见悠闲。而全诗的情志，也随之变得自在、悠然、淡远。

贾岛：为一字反复推敲

贾岛，字阆（láng）仙，唐代宗大历十四年（779）生于幽州范阳（今河北涿州），素有"诗奴"之称，是晚唐最具影响力、最受推崇的诗坛名宿之一。

贾岛出身寒微，清贫窘困，早年曾寓居房山石峪口，自号"碣石山人"。贞元四年（788）前后，因生计无着，贾岛落发为僧，法号"无本"。贾岛对诗词的追求孜孜不倦，为了一句诗或者一个词，不惜耗费大量心血。贾岛曾经为一首诗花了几年时间，这首诗的名字叫《题李凝幽居》，诗成之日他高兴得热泪盈眶，但是有一个字拿不定主意，就是第二句"鸟宿池边树，僧敲月下门"中的"敲"字，在"推"和"敲"之间纠结不定。他一边走路一边用手做"推"和"敲"的动作，不知不觉闯入了韩愈的仪仗队。后来，在韩愈的建议下，确定用"敲"字，就是因这个机缘，贾岛与韩愈结缘，声名开始盛于文坛。

元和七年（812），贾岛还俗，踌躇满志地到长安应举，但累试不第，以推举入仕，但仕途落拓、无望青云。837年因"坐飞谤"，被贬为长江县主簿，后迁普州司仓参军，逝于任上。

贾岛的传世之诗约400首，以五律见长，诗风幽峭枯寂、尚古而不合雅。《寻隐者不遇》《题李凝幽居》《雪晴晚望》《暮过山村》都是他的代表作。

寻隐者①不遇

唐·贾岛

松下问童子②，言师采药去。
只在此山中，云深不知处。

注 释

①隐者：指隐居山野的贤士。②童子：小孩，指隐者的弟子。

译 文

苍劲的古松下，我询问年幼的童子："你师父去哪儿了？"他说，师父采药去了。

师父就在这座山中，可是山中云雾缥缈，不知道他究竟在什么地方。

赏 析

这是一首寓问于答的五言小诗。诗首句的"松"在古诗中，常常被用来形容人的气节和风骨，是贤人隐士的标配。诗人此处写松下，既是在写"隐者"隐居的清幽环境，也是在暗赞"隐者"的风骨气节，一语双关。次句"言师采药去"，一问一答，近乎白描，画面感却极强。

三、四两句是另一组问答，且寓问于答。采药去？去哪里采了？就在这座山中，但云深雾缈，不知道具体在什么地方。此时，诗人的心情想来是有些复杂的。本来兴致勃勃地来拜访，却没见到人，失望之余，当然很不甘心。"云"原本就是高洁品性的代指，"深"则有缥缈深远的意味，"云深""松下"相互呼应，恰是对隐者最率真、最诚恳的赞叹。

胡令能：腹有诗书气自华

胡令能，河南中牟（mù）人，生于唐德宗贞元元年（785），逝于唐敬宗宝历二年（826），是中唐闻名遐迩的诗人之一。

他出身贫寒，却勤奋好学，爱读书，少年时曾靠帮人修补锅碗瓢盆为生，因为技术好，为人实诚，还得了个"胡钉铰"的美誉。

不过，虽身在粗野，却心向雅淡，胡令能平生最痴爱的就是写诗吟诗，因为才情出众、天赋异禀，不需苦读便能出口成诗，民间甚至有传说，他之所以会作诗、能作好诗，是因为有仙人夜剖其腹，将一卷书缝进了他腹中。胡令能的诗生动传神，用词精妙超凡，仙气十足。

他品行高洁，懂生活，知雅趣，中晚年时隐居中牟圃田，以花为伴，共月长眠，一生不曾入仕，既悠且隐，安闲终日。胡令能写过的诗大概是不少的，不过传世的却只有四首，其中《小儿垂钓》《喜韩少府见访》都脍炙人口。

小儿垂钓

唐·胡令能

蓬头稚子①学垂纶②，侧坐莓③苔草映身。
路人借问遥招手，怕得鱼惊不应人。

注 释

① 稚子：年幼的孩子。② 垂纶：钓鱼。③ 莓：一种野草。

译 文

　　头发蓬乱、年纪幼小的孩童正在学习垂钓；他侧坐在青苔上，绿草掩映着他的身影。

　　隔着很远就向想要问路的行人招手，因为害怕把鱼儿惊走，不敢大声回应行人。

赏 析

　　这是一首童趣盎然、脍炙人口的七言小诗。诗首句"蓬头稚子学垂纶"，落笔率真、正面破题，开篇即以朴实的线条缓缓勾勒出一幅野趣盎然的"小儿垂钓图"。次句"侧坐莓苔草映身"，从"形"的层面对小儿垂钓的情景进行描写。"侧坐"的"侧"字，不仅生动地展现了小儿垂钓的专注，还不着痕迹地凸显了"稚子"不耐久坐的天性，读来倍觉传神。

　　三句"路人借问遥招手"，笔锋转折，跳出形的束缚，借"问路"这一情境，从"神"的角度进一步对垂钓的小儿进行刻画。"路人"是诗人的自指，"借问"点明事件和情由，"遥招手"是小儿对问路做出的回应。为什么要"遥招手"呢？诗第四句给出了答案。原来，竟然是"怕得鱼惊不应人"。用"招手"而非"摆手"，就是在表明小儿不是不愿意答，而是不敢答，离得远，要高声回应，很可能把鱼惊走，所以，才招手让"路人"走近些，好低言细语给出答案。这一连串的动作刻画和浅白的心理描写浑然天成，把小儿的活泼可爱、伶俐机警、天真烂漫描写得入木三分。

喜韩少府见访

唐·胡令能

忽闻梅福①来相访，笑着荷衣②出草堂③。
儿童不惯见车马，走入芦花深处藏。

注 释

①梅福：西汉名士，品行高洁。②荷衣：《离骚》中有"制芰（jì）荷以为衣兮"之句，后世常以"荷衣"来形容隐者的着装，或指代隐者。③草堂：魏晋南北朝时期，北齐周颙（mān）隐居钟山时曾仿效蜀地草堂寺的样式筑造居室，起名"草堂"；后世常用草堂比喻文人隐居之所。

译 文

忽然听说韩少府登门拜访，我穿着荷衣笑着走出居所迎接。

村野的孩童没见过华美的马车，都跑进芦苇荡中藏了起来。

赏 析

这是一首七言绝句，全诗围绕着"喜"与"见访"展开。

"梅福"是西汉名士，气度高洁，学识渊博而有见地，诗人以"梅福"

※少府：少府，是旧时的官称，秦时最早设立，职司和权力都很显赫。汉魏时，职司略有变动。到唐代，少府的职司被废弃。不过，因为当时人们常常用"明府"来称呼县令，县尉的品级比县令稍低，所以就用"少府"来称呼。久而久之，"少府"就成了县尉的俗称。

83

来指代"韩少府",不仅表现了对"韩少府"的尊重,也进一步深化了"喜"的情绪。次句"笑着荷衣出草堂",写的是诗人外出迎客的情形。"笑"与"喜"呼应,既是对诗人面部神态的真实表现,也是对喜悦心情的侧面刻画。"着""出"是两个连续的动作,写"出迎"之态,极是贴切。

三、四两句"儿童不惯见车马,走入芦花深处藏",表面是在写村中没见过什么世面的懵懂稚童,实则是以"芦花深藏"来点染和照映自身。"不惯见"侧衬隐居之地的宁静淳朴,也含蓄地展现了韩少府"见访"时"车马"的煊赫。诗写得通俗易懂,生活气息浓郁。

李贺：浪漫主义"诗鬼"

李贺，字长吉，中唐闻名遐迩的浪漫主义诗人，有"诗鬼"之称，与李白、杜甫、王维齐名。

唐德宗贞元六年（790），李贺降生于河南昌谷一个落魄的贵族之家，是大郑王李亮的远支后裔，7岁即腹含锦绣、提笔成诗，15岁誉满京华，18岁已名传天下。遗憾的是，他空有一身才华，因父亲去世，需要服丧三年，服丧期间不能参加科举，只能以门荫入仕，蹉跎于奉礼郎的职位。直到元和五年（810）韩愈给李贺写信，劝他去参加科举，这年冬天，21岁的李贺参加会试，取得好成绩。年底赴长安参加进士选拔，但是被妒贤嫉能的人迫害，说李贺父亲的名字"晋肃"的"晋"与"进士"的"进"发一样的音，"肃"与"士"音相近，认为犯"嫌名"，尽管韩愈尽力为李贺辩解，却也无法改变不能参加考试的结果。

有志不能舒，怀才却不遇，给李贺带来的打击是巨大的，甚至大到积郁成疾的地步。唐宪宗元和十一年（816），27岁的李贺溘然辞世。

因为仕途失意，诗词就成了李贺人生中最美好的寄托，他喜焦思、爱苦吟，最善发愤抒情、托古寓今，诗风浪漫而奇诡，常用神话典故。《李凭箜篌引》《雁门太守行》《马诗》《金铜仙人辞汉歌》《梦天》等都是他的传世名篇。

马诗（其五）

唐·李贺

大漠沙如雪，燕山①月似钩②。
何当③金络脑④，快走踏清秋。

注 释

① 燕山：指燕然山。这里借指边塞。② 钩：古代的一种兵器，尖而曲。③ 何当：何时将要。④ 金络脑：用黄金装饰的马笼头。

译 文

广袤的大漠上，细沙仿佛无边的积雪；清亮皎洁的月亮悬在燕山之上，仿佛一把弯钩。

什么时候我可以给它戴上用黄金装饰的马笼头，骑上马疾速地奔驰，踏遍这清凉秋日的原野。

历史放映厅

这是《马诗二十三首》中的第五首，具体题咏时间已不可考，以内容推断，大约作于唐宪宗元和年间。那时，朝内诸臣结党、纷争不断、宦官乱政；朝外藩镇割据、边疆不宁、兵连祸结。风华正茂、满腔才情的李贺一心想着匡扶社稷、安定家国，但却因为避讳无法参加科考，前路被断，壮志难酬，只能将所有情思和志向都寄托于诗中，《马诗》就是在这种背景下应运而作。

赏 析

这是一首五言绝句，全诗意境慷慨，是李贺的传世名篇。

诗首二句"大漠沙如雪，燕山月似钩"，用比喻手法，勾勒出了一幅宁静旷远、略见肃杀之气的边疆战地图景：大漠平沙，无垠无尽；燕山连绵，辽远辽阔；夜色深邃，明月当空，如水的月光洒下，将平沙映照得如雪一般莹白。

三四两句，"何当金络脑，快走踏清秋"，表面是在以马的口吻发出探问，实则是在借马自喻，慨然抒情。"何当"二字领起，表达对驰骋疆场的强烈向往。"金络脑"是良马的配具，隐喻自身的才情与怀才不遇；"快走"表达驰骋之态、意气飞扬；"清秋"时节，草正黄，马正肥，正是良马驰骋、用兵作战的好时节。"踏清秋"表现了暗藏的战意与胜利的信心。

全诗比中见兴、兴中托寄，含蓄而慷慨，将诗人渴望建功立业却又有志难舒、怀才不遇的心境描写得淋漓尽致。

雁门太守行①

唐·李贺

黑云压城②城欲摧③，甲光向日金鳞开④。

角⑤声满天秋色里，塞上燕脂凝夜紫⑥。

半卷红旗临易水⑦，霜重鼓寒声不起。

报君黄金台上意，提携玉龙⑧为君死。

注 释

① 雁门太守行：乐府曲名。② 黑云压城：比喻敌军攻城的气势。③ 城欲摧：城墙仿佛将要坍塌。④ 甲光向日金鳞开：铠甲迎着（云缝中射下来的）太阳光，如金色鳞片般闪闪发光。⑤ 角：军中号角。⑥ 塞上燕（yān）脂凝夜紫：边塞上将士血迹在寒夜中凝为紫色。燕脂，胭脂，色深红。此句中"燕脂""夜紫"皆形容战场血迹。⑦ 易水：河名，发源于河北易县。战国时荆轲《易水歌》："风萧萧兮易水寒，壮士一去兮不复还。"⑧ 玉龙：指宝剑。传说晋代雷焕曾得玉匣，内藏二剑，后入水化为龙。

译 文

敌军兵临城下，仿佛滚滚的黑云，城墙随时都会崩塌；守军伫立城头、盔甲映着日光，好像金色的鳞片般耀眼而威武。

号角声在秋日的战场上不断回荡；寒夜凛凛，被鲜血浸染的土地凝成一片胭脂般的紫色。

红色的战旗被风卷起，一队轻骑向着易水边驰骋；夜寒霜冷，战鼓声显得格外低沉。

　　为报答君王的礼待和恩义，甘愿提着宝剑为君王浴血拼杀，直至战死疆场。

历史放映厅

　　唐宪宗元和九年（814）前后，镇守雁门郡的振武军因为节度使李进贤和节度判官严澈的暴政怒不可遏，发生哗变。唐宪宗闻讯后，勃然大怒，任命张煦为振武军节度使，前往雁门郡平乱善后。彼时，李贺正在昭义军中供职，听到消息后，有感而作此诗。

赏 析

　　诗首联起笔磅礴，绘景叙事，极尽壮阔。首句"黑云压城城欲摧"既是对秋日雨前乌云遮天现实情景的描摹，也是对敌军压境、烟尘弥天的危急场面的淋漓渲染，"压"字说明风雨欲来、敌军逼近的情势。次句"甲光向日金鳞开"，一笔神来，没有写风雨来袭时的狂暴，没有写守城之战的惨烈，反而出人意料地写了雨后和战后的情景，云开日出，

秋日的暖阳照耀城头，披坚执锐、戍守城头的守军气势雄壮、勇武无惧、风姿俨然。

颔联，诗人从视觉、听觉的角度开始摹写战时的情景。连绵的"角声"不断响起，染血的"塞土"在沉沉夜色下凝成一片紫色；"满天秋色"本已极致凄凉，再加一个"凝"字，就更显寒意深重、凄凉难耐；因此，不难想象战时之激烈、守军之骁勇、伤亡之惨烈。

颈联，"半卷红旗临易水，霜重鼓寒声不起"，借"荆轲刺秦，一去不回"的典故，深入渲染了战事的惨烈。"寒"与"声不起"写寒夜霜重，连战鼓都敲不响，表明战况之艰险不易，同时与"霜重"二字相契合，颇见其妙。

尾联，诗人即景抒情，"报君黄金台上意"直赞边疆将士忠君报国之心，"提携玉龙为君死"更进一步，阐发誓死报国之志。"为君死"三字，慷慨豪雄、最显情真。

跟着诗词游中国

黄金台

诗中的"黄金台"，位于现在河北省定兴县北章台村内，又名招贤台、燕台，始建于战国时期。台不高，占地约四十亩，高二十米，略呈方形，古朴厚重。战国时期，群雄并起，逐鹿中原，燕国国君燕昭王为振兴家国，在易水东南筑造了一座高台，台上放置千金，用来招揽四方贤良之士。时光荏苒，昔人已逝，只有残破的"黄金台"依稀尚存。

李凭箜篌引①

唐·李贺

吴丝蜀桐②张③高秋④，空山凝云颓⑤不流。

江娥⑥啼竹素女⑦愁，李凭中国⑧弹箜篌。

昆山⑨玉碎⑩凤凰叫，芙蓉泣露⑪香兰笑⑫。

十二门前融冷光⑬，二十三丝⑭动紫皇⑮。

女娲炼石补天处，石破天惊⑯逗秋雨。

梦入神山教神妪⑰，老鱼跳波瘦蛟舞。

吴质⑱不眠倚桂树，露脚斜飞湿寒兔⑲。

注 释

① 李凭箜篌引：李凭，当时服务于宫廷的梨园弟子，以善于弹奏箜篌著称。箜篌引，乐府旧题。箜篌，古代的一种弦乐器，二十三弦或二十五弦，分卧式、竖式两种。② 吴丝蜀桐：指精美的箜篌，其弦用吴地所产的丝制作（吴地以产丝著称），其身干用蜀地所产的桐木制作（蜀中桐木适合做乐器）。③ 张：弹奏。④ 高秋：深秋九月。⑤ 颓：下垂、堆积的样子。⑥ 江娥：指娥皇、女英。⑦ 素女：传说中与黄帝同时期的神女，善于弹瑟歌唱。⑧ 中国：即国中，指在国都长安城里。⑨ 昆山：即昆仑山，传说中著名的美玉产地。⑩ 玉碎：美玉碎裂（声音清脆悦耳）。⑪ 泣露：指滴露。⑫ 笑：指花盛开。⑬ 十二门前融冷光：指笼罩整个长安城的月光变得温煦。十二门，长安城四面，每一面各有三门。⑭ 二十三丝：指箜篌。有一种竖箜篌，有二十三弦。⑮ 紫皇：道教传说中地位最高的神仙。⑯ 石破天惊：

女娲补天用的五色石被箜篌声震破，天界为之震惊。⑰神妪：指女神成夫人。据说她喜好音乐，善弹箜篌。⑱吴质：传说中月宫的仙人吴刚，其字为质。⑲露脚斜飞湿寒兔：露滴斜斜坠落，打湿了玉兔。

译 文

深秋九月，精美的箜篌悠悠奏响；空旷山野中，云朵堆积凝滞，好像是在俯首聆听。

娥皇、女英泪洒斑竹，九天素女也愁绪满怀；为什么这样？是因为李凭正在京城弹奏箜篌。

乐声清脆悦耳，仿佛昆仑山中的美玉被击碎，凤凰在啼鸣；乐声变幻，时而让芙蓉花含露悲泣，时而令香兰绽放笑颜。

清冷的月光洒下，整座长安城都沉浸在清美的乐声中；二十三根琴弦轻轻拨弄，高高在上的帝君也被惊动。

乐声冲天而起，炼石补天的女娲痴然陶醉，忘记了职责；石破天惊，逗落了绵绵无尽的秋雨。

随声入梦，梦入神山，有善弹善舞的神女虚心求教；年老的鱼儿在波涛中跳跃，瘦弱的蛟龙腾跃起舞。

吴刚听到乐声放下斧头，倚着桂树彻夜不眠；月宫的玉兔也专心致志地竖耳聆听，全然不顾夜寒露重，浑身湿漉漉。

※江娥啼竹：江娥，指上古部落首领尧的女儿、舜的妻子娥皇和女英，她们与舜同心同德、感情深厚。舜南巡时死于苍梧山（在今湖南宁远）中。娥皇、女英惊闻噩耗，泪如雨下，泪水落在江边的竹子上，竹上生出一个个泪状的斑点。

历史放映厅

李凭是中唐时颇负盛名的乐坛大家，擅长演奏箜篌，备受权贵追捧，盛极时"天子一日一回见，王侯将相立马迎"。这首诗就是唐宪宗元和六年到八年（811—813）前后，时任奉礼郎的李贺在长安听了李凭演奏后所作。

赏 析

《李凭箜篌引》是李贺的代表作，全诗浪漫绮丽，多处使用典故。

诗前四句先声夺人，用俏丽的语言、错杂的笔触总概"弹奏"的情景。"吴丝蜀桐"盛赞箜篌材质的精良，含蓄表现李凭演奏技艺的卓绝。"江娥""素女"本是神话人物，普通的乐声是无法打动她们的，李凭的箜篌声却逗起了她们的情思，可见其高妙。

诗五六句正面描写箜篌声，"昆山玉碎凤凰叫"将无形的乐声具象化。"芙蓉泣露香兰笑"兼用拟人与比喻，以染露的芙蓉喻含悲，展现箜篌声的低回悲切；以盛放的香兰喻欢愉，彰显箜篌声的活泼轻快。

七到十四句，则通过浪漫的想象，借神话形象渲染"弹奏"的效果。"女娲炼石补天处，石破天惊逗秋雨"，女娲陶然于乐声，忘了补天，竟"石破天惊"，秋雨自"破"处洋洋洒落。"吴质不眠倚桂树，露脚斜飞湿寒兔"，终日伐桂的吴刚听到箜篌声后，静静倚着桂树，陶醉其间。常蹦蹦跳跳的玉兔也因为听得太专注，连毛发被露水打湿了都没有注意到。诗人化无形的乐声为瑰丽浪漫的神话图景，构思巧妙新颖。

纵观全诗，虽无一字用赞，却处处盛赞。无一字直写其声，却处处见声。人间天上无数典故，如串珠般巧妙串联于一起，不愧为古今"摹声音之至文"。

许浑：对水情有独钟

许浑，字用晦，大约生于唐德宗贞元七年（791），润州丹阳人，晚唐最具影响力的诗人之一，后世认为许浑可以与"诗圣"杜甫齐名。

许浑出身湖北安陆名门许氏，是武则天在位时期的宰相谯国公许圉（yǔ）师的六世孙。42岁时进士及第，历任当涂县令、监察御史、润州司马、郢州刺史等职。晚年归隐润州丁卯桥村，寄情山水、撰写诗书，著有《丁卯集》传世。

许浑的诗，精密俊丽、圆熟工稳、自成一格，被称为"丁卯体"，题材多登临怀古、咏景状物、宦游伤逝、田园佳趣，其中，描摹水景的诗尤多，后人常以"许浑千首湿，杜甫一生愁"来调侃他对水的钟爱。

唐宣宗大中三年（849），许浑在长安担任监察御史时，看到当时的吏治腐败、农民暴乱时常发生，他感受到大唐政权已经处于风雨飘摇之中，也就是这一年秋天的某个傍晚，他登上咸阳城东楼，脱口而出的一首《咸阳城楼东》有一句千古名句——"风雨欲来风满楼"，正是他对当时社会状况的感慨。

许浑传世诗篇500余首，皆是近体，七言和五言律诗最多。《咸阳城东楼》《姑苏怀古》《忆长洲》《故洛城》《金陵怀古》等都是他的代表作。

咸阳城东楼

唐·许浑

一上高城万里愁，蒹葭①杨柳似汀洲②。
溪③云初起日沉阁，山雨欲来风满楼。
鸟下绿芜④秦苑夕，蝉鸣黄叶汉宫秋。
行人⑤莫问当年事⑥，故国东来渭水流。

注　释

① 蒹葭（jiān jiā）：特定生产状态的荻与芦苇。蒹，没长穗的荻。葭，生长初期的芦苇。② 汀（tīng）洲：水中的小洲，这里代指诗人江南的故乡。③ 溪：这里指咸阳城南的磻溪。下文的"阁"指城西的慈福寺。④ 芜：丛生的杂草。⑤ 行人：过往的行人，这里指作者自己。⑥ 当年事：指秦、汉灭亡的往事。

译　文

登上高楼，无尽的乡愁油然而生；眼前芦苇飞花、杨柳依依的情景一如故乡的沙洲。

咸 阳

一城一地一千古，许浑诗中的"咸阳城"，是指咸阳古都。

几千年来，咸阳历尽沧桑，它见证过大秦帝国的兴盛，也目睹过魏晋三国的风流，是一座真正有着沉厚历史底蕴的古城。九嵕（zōng）山巍然高耸，成了咸阳古城最美丽的背景板。城中错落的遗址和古韵悠悠的凤凰台、城隍庙、文峰寺相映成趣。另外，咸阳的秦腔、竹马、牛拉鼓、扇鼓舞、眉户戏也各具特色，值得细细倾听、观赏。

磻溪上乌云刚刚飘起，慈福寺外夕阳已然沉落；山雨即将到来，高楼之中风声飒飒。

秦汉时代的宫苑中，一片荒芜寥落，夕阳西照、鸟儿飞落杂草丛中，秋蝉在枯叶间鸣叫。

来往的行人不要再询问昔日的往事，故国之中，唯有渭水依旧在向东流淌。

历史放映厅

唐宣宗大中三年（849）前后，新皇刚刚即位不久，党争激烈，宦官内侍祸乱朝纲，曾经盛极的大唐呈现出衰败的景象。时任监察御史的许浑虽心忧时局，但位卑言轻、无力回天，心中抑郁之气难平。一个秋日的黄昏，他登上咸阳古城楼赏景，眼看夕阳沉落、山雨欲来，情不自禁提笔写下了这首《咸阳城东楼》。

赏 析

《咸阳城东楼》是许浑的传世名篇，全诗立意辽阔、融情于景，纵观古今登临之作，无出其右。

诗首联起笔雄阔，以"上高城"点明登临之事，紧扣题目；诗人登上咸阳城楼，极目远望，忽然就生出了无限的愁绪。为什么愁呢？次句"蒹葭杨柳似汀洲"给出了答案，烟笼芦花、雾绕杨柳的景致像极了故乡的小洲，让诗人触景生情。

颔联"溪云初起日沉阁，山雨欲来风满楼"是千古名句，落笔萧疏，道尽哀戚。"溪云初起"绘出了暮色苍茫、烟云袅袅的冷清。"山雨欲来风满楼"则是"云起""日沉"的一种递进，写实的同时也含蓄地道出了大唐风雨飘摇的现状。将"万里愁"从乡愁提升到了"国愁"的高度。

颈联笔锋顺下，不再写远景，转而描写登楼所见的近景。溪云已起，山雨欲来，鸟雀惊慌失措，飞落杂草丛；蝉儿颓然无助，只能藏在枯叶间一声接一声地哀鸣。昔日繁华富丽的"秦苑"和"汉宫"早已荒芜，在深秋夕阳的映照下，更显悲戚。诗人的"愁"也在悼古伤今、感叹王朝兴替之时，变得更加深远、辽阔。

尾联转笔抒情，引起沉思，以"莫问当年"表明自身的无力与无奈，以"渭水流"含蓄地述说大唐的颓势，景中含情，余味无穷。

杜牧：晚唐诗坛的扛鼎人物

杜牧，字牧之，唐德宗贞元十九年（803）生于京兆万年县，是晚唐诗坛的扛鼎人物，与李商隐并称"小李杜"。

杜牧出身诗礼世家，父祖皆博学多闻，祖父杜佑曾官至宰相。他自幼博览经史、聪明颖悟，不仅诗文俱佳，而且通晓兵法、精擅戎机，有经略天下之志，敢指陈大事，青年时活得神采飞扬。

26岁中进士，历任监察御史、侍御史等职。然而，中年之后，因深陷党争漩涡，连番被贬，会昌二年（842）杜牧外放黄州，此后辗转池州、睦州、湖州任刺史，但都不受重用。大中五年（851）奉调回京后，杜牧便远离朝野，悠居樊川别墅，以诗会友，因此，被称为"杜樊川"。唐宣宗大中七年（853），杜牧因病逝世，享年50岁。

杜牧擅长诗赋，散文方面也造诣颇深。他的诗，力求"以意为主""言真务实"，遣词豪爽、用语俊健、意境高标、颇有风致。尤其是他的咏史诗，被誉为"二十八字史论"。

他一生创作浩繁，有《樊川文集》二十卷传世，赋体散文《阿房宫赋》，诗《山行》《清明》《泊秦淮》《江南春》《赤壁》《秋夕》《蔷薇花》《长安秋望》，都是他的代表作。

山行

唐·杜牧

远上寒山①石径斜，白云生②处有人家。
停车坐③爱枫林晚，霜叶红于二月花。

注　释

①寒山：深秋时节的山。②生：产生，生出。③坐：因为。

译　文

　　蜿蜒曲折、碎石铺成的小路向上延伸直至山顶；白云生出的地方隐约有几户人家。

　　停车驻足是因为喜欢枫林的晚景，经霜后的枫叶红艳灼灼，更胜过二月盛放的春花。

赏　析

　　这是一首描绘深秋山林景色的七言绝句，全诗构思新巧，脱出"悲秋"的套路，盛赞秋山晚林的绚烂，匠心独运。

　　诗首句，"远上寒山石径斜"，起笔疏朗以"远"说明"石径"的绵长，"上"与"斜"写出"石径"的蜿蜒曲折，展现了山势的幽深平缓。"寒山"既写出了山景的清寒，也说明时值深秋，为后句的"枫林""霜叶"做铺垫。

　　次句"白云生处有人家"，顺承首句，继续写"山行"之所见。"白云生处"不仅写了云的洁白缥缈，也烘衬了山的高大峻拔。同时，"白云生处"也是"石径斜"的终点，两者相映，给人留下了想象的空间。

三句"停车坐爱枫林晚"，是山林秋景的进一步延伸。秋日寒山，百花凋零，原应是萧条寂寥的，却偏偏有那么一片枫林，在日暮时分，风光绚美，让人忍不住"停车"驻足，长久流连。"坐爱"和"晚"字淋漓尽致地表现出了诗人见到枫林晚景的惊喜与对它的极致喜爱。

四句"霜叶红于二月花"，以景结情，寥寥几笔，便为这幅秋山晚景图平添了无限亮色。秋叶经霜之后，本应凋零枯萎，枫叶却不然，反而灼灼染霞，比二月的春花还要红艳。这种出人意表的绚烂与明丽，在萧疏的秋日、在寒山之间出现，怎能不令人动容。另外，"霜叶"之"霜"与"林晚"之"晚"、"寒山"之"寒"相互呼应，浓了秋意，亦全了秋情。白云的"白"、枫叶的"红"、夕阳日暮时暖橙的光线与山路的褐彼此错杂交织，也让寒山秋色显得越发唯美和迷人。

清明①

唐·杜牧

清明时节雨纷纷，路上行人欲断魂②。
借问③酒家何处有？牧童遥指杏花村。

注 释

① 清明：中国传统节日，二十四节气之一。② 断魂：形容神色凄迷、情绪低落、烦闷不乐。③ 借问：请问。

译 文

　　清明时节，细雨纷纷洒落；羁旅的路人全都神色凄迷、闷闷不乐。

　　借问一声，什么地方有酒家，能够借酒浇愁？牧童没有答话，远远地指向杏花深处的村落。

赏 析

　　杜牧的诗大多清健俊爽、笔力雄浑，似《清明》这样朴实无华、情思凄切的小诗并不多。

　　诗首句以"清明时节"切题，点明时令，以"纷纷"描写细雨，既写出了雨的绵密，又状出了雨的柔润，婉转之间，别具逸趣。短短几字，就营造出了一种幽凄氛围，为后句的"欲断魂"做铺垫。

　　次句从清明之雨，写到了路上行人，"行人"大多困于生计、奔波劳碌在外，多多少少有几分羁旅的愁绪。而古时，清明本是佳节，是全家团聚或游玩观赏，或上坟扫墓的日子，"行人"却独自羁旅在外，"断魂"之叹，油然而生。

在清明的雨丝风幕中，"路人"愁肠百结，为了祛寒避雨，也为了排遣心中说不出的愁绪与孤凄，找个酒家，痛快地喝一场似乎就成了最好的选择。然而，人在异乡，根本就不知道什么地方有酒家，于是便去问牧童。==三四两句，一问一答，一借一指，画面栩栩如生，颇有几分妙趣。==

全诗至此，悠然收束。后续的种种，诗人一字未言，却也偏偏因此，逗起人们无尽的联想与情思，余韵不尽，耐人寻味。

※**清明习俗：**清明是古时盛大的春祭节日，古人每逢清明都要归乡扫墓、祭祀先祖，除此之外，还会举办各种活动，如荡秋千、放风筝、踏青、蹴鞠、斗鸡、插柳、拔河、蚕花会等。南方部分地区还有清明吃青团、吃藕的传统。

江南春

唐·杜牧

千里莺啼绿映红，水村山郭①酒旗风。
南朝②四百八十寺③，多少楼台烟雨中。

注 释

① 山郭：山城，山村。② 南朝（420—589）：先后建都于建康（今江苏南京）的宋、齐、梁、陈政权。③ 四百八十寺："四百八十"是虚数，形容寺院很多。

译 文

　　幅员辽阔的江南大地上，莺歌声声，绿树红花相互辉映；临水的村落、依山的城镇里处处都能看到酒旗随风飘扬。

　　南朝时期修建的无数佛寺，都笼罩在濛濛的烟雨中。

赏 析

　　《江南春》是杜牧最脍炙人口的一首咏景七绝，诗风清丽、用词婉约、意境幽美淡雅。

　　诗首句"千里莺啼绿映红"，以虚实相生的笔墨，概写了江南春日明丽妩媚的自然风光。"千里"说明江南地域的辽阔，"绿映红"概写江南春日花木的繁茂烂漫，"莺啼"描绘鸟声的清脆婉转，有声有色，有形有神，令人无限向往。

　　次句"水村山郭酒旗风"，顺承前句，视角微移，继续写江南春景。

山水之间，不仅有繁花烂漫、黄莺啼叫，还有"村""郭""酒旗"，山中有花、有鸟，山外有城镇、有酒；水边有村、有人，山水杂映，人迹繁华，错综之间，不仅更显鲜活生动，还平添了几分蓬勃与灵动。

三、四句"南朝四百八十寺，多少楼台烟雨中"，剪裁了江南最经典、最柔雅的烟雨图景。细雨如丝，蒙蒙生烟，无数亭台庙宇笼罩其间，不仅平添几分历史的底色，更状出了朦胧迷离的美感。通读全诗，虽无一字言喜、言爱、言流连，但流连惊艳、憧憬向往之意却早清晰可见。

秋夕①

唐·杜牧

银烛②秋光冷画屏③，轻罗小扇④扑流萤⑤。
天阶⑥夜色凉如水，坐看⑦牵牛织女星⑧。

注释

① 秋夕：秋天的夜晚。② 银烛：银色而精美的蜡烛。③ 画屏：画有图案的屏风。④ 轻罗小扇：轻巧的丝质团扇。⑤ 流萤：飞动的萤火虫。⑥ 天阶：露天的石阶。⑦ 坐看：坐着朝天看。⑧ 牵牛织女星：两个星座的名字，指牵牛星、织女星。亦指古代神话中的人物牛郎和织女。

译文

银烛的烛光映照着秋日清冷的画屏；宫人手执团扇扑打飞舞的萤火虫。

夜深了，坐在像水一样冰凉的台阶上，默默抬头，遥望天穹之上的牵牛星和织女星。

赏析

这是一首宫怨诗，体裁为七绝，全诗遣词隽丽、小巧玲珑，字里行间处处透着凄凉之情，意在言外，抒情委婉。

诗首句"银烛秋光冷画屏"，正面破题，渲画"秋夕"之景，烛光本不明亮，萧瑟的秋夜里，暗淡的烛光映着清冷的画屏，置身其间，更觉凄冷寂寞。

次句由景及人，开始描绘清寒秋夜里宫人的日常。她在干什么？哦，原来在用"轻罗小扇""扑流萤"。乍一读，这情景似乎显得很轻松、很闲适，但越是咀嚼，就越能品出其中的孤寂愁苦。"流萤"喜腐草、爱阴湿，几乎只在荒僻幽冷的地方出现，由此可见，宫人生活的地方是极冷僻的。而且，天寒夜冷，若非闲极无聊，谁会没事去"扑"虫玩呢？此外，==古人常用"秋扇"来比喻失宠的弃妇。==秋日执扇在宫中本就是"红颜未老恩先断"的一种明证。于是，此句虽未有悲声，却处处悲情，情到至处，委实令人怅惘。

三、四句，诗人笔锋折转，不再写扑流萤，反而写起了看星星。"天阶夜色凉如水"，夜似水凉，显然已是深夜，该安寝了，可是宫人却没有回屋，而是坐在台阶上看星星。"坐看"与"凉如水"相映，坐了才知道台阶的寒凉，这凉，不仅是台阶、夜色的寒凉，也是内心孤凄引起的凄凉。满天繁星，她注意的却是象征爱情的"牵牛织女星"。想来，她对爱情该是极憧憬、极向往的。可惜身处宫闱，求而不得，每日只能顾影自怜，个中悲苦孤寂，自此已昭然可见。

※宫怨诗：盛行于唐宋时期的宫怨诗，是描写宫女幽怨的一类诗。在中国封建社会时期，大多数的宫女只能在深宫之中蹉跎人生。汉成帝刘骜（ào）有一个妃子叫作班婕妤，是西汉的著名才女，她的《怨歌行》是现存最早的宫怨诗。白居易的宫怨诗《上阳白发人》中有一句："少亦苦，老亦苦，少苦老苦两如何！"正是大部分入宫女子的生活写照。

泊秦淮

唐·杜牧

烟笼寒水月笼沙，夜泊①秦淮近酒家。
商女②不知亡国恨，隔江犹唱后庭花③。

注 释

①泊：停泊。②商女：卖唱的歌女。③后庭花：曲名，《玉树后庭花》
的简称。南朝陈亡国之君陈叔宝所作，后世多称之为亡国之音。

译 文

　　迷蒙的月光与袅袅的水烟笼罩着寒水和白沙；夜晚，在秦淮河畔
泊船，靠近岸上的酒家。

　　卖唱的歌女不懂什么是亡国之恨，隔着江水仍在轻唱《玉树后庭花》。

《泊秦淮》是杜牧夜游秦淮河时触景感怀而作。具体年代已不可考。杜牧生在晚唐，彼时，曾经雄霸世界的大唐已日薄西山，朝政腐败、帝王昏庸、奸佞（nìng）当道，朝野内外，从上到下，都耽于享乐、沉醉于浮华之中。杜牧心有大志，却无处施展，想要报国，却无路无门。在这种情况下，夜游秦淮，听着靡靡之音，他不由得悲愤交加，写了此诗。

赏 析

这是一首寓情于景、构思巧致、情感深沉、意境哀怅的七绝，也是杜牧的传世名篇。

诗首句起笔清婉，以互文的手法对秦淮夜景进行了生动的描绘，渲染出一种凄清孤冷的氛围。其中，两个"笼"字用得极妙，既形象地写出了水烟、月光的特点，又赋予整幅夜景以动态，凸显了一种流动之

跟着诗词游中国

秦淮河

诗中的"秦淮"，指的是横贯整个南京城、素有"中国第一历史文化名河"之誉的秦淮河。秦淮河是长江下游的支流，秦时开凿，汉时称淮水，唐时改称秦淮，是古时文人墨客、富商权贵最喜欢的游赏之地，夜夜笙歌、流光溢彩。时至今日，夜游秦淮，看万家灯火，依旧是一件极风雅、极浪漫的事。

美。秦淮河水青碧，与烟相切，所以说"烟笼寒水"；月光清冷，铺在地上，仿佛流银；洲上、岸边的白沙亦莹白一片，所以说"月笼沙"。水、月、沙、烟原本都是极常见的景物，以"笼"字串联铺绘后，竟平生了几分清丽精致之感。

次句，"夜泊秦淮近酒家"，看似平铺直叙，却意味深长。"夜泊秦淮"承上，"近酒家"启下，既交代了游踪，又为后句的闻歌触怀做铺垫。

三、四两句，议论抒情。"隔江犹唱后庭花"写"近酒家"之后的所闻，"商女不知亡国恨"是闻时的所思、所怀、所感。"商女"是卖唱的，并不能决定唱什么，诗人写商女"不知亡国恨"，实际上是在讽刺那些沉醉于酒色、听歌听曲的权贵"不知亡国恨"。而"不知"，真真假假谁又知道呢？《玉树后庭花》是南朝陈亡国之君陈叔宝所作的浮艳之词。当年隋朝大军南下，直逼江北时，陈叔宝依旧日日笙歌，沉湎于声色之中。"隔江犹唱"借用的便是这个典故。以古观今，以南朝看唐朝，历史似乎惊人的相似。"犹唱"二字不仅是现实的具象，还串联起了古今，让现实与历史相互映照折射，无形之间将忧国之思、兴亡之叹缓缓展露，语婉意深，余味悠长。

与承夕照

清凉环翠
戊申首月写成
樊沂

古寺白门边寒局逗石
欹案荁荐俗迳钟磬青
諸頭歲砣難為客眉間
多人禅燈残僧别本源
梦神枻憐
王忠任诗

乌衣夕照
樊元沂

白衣去路館一時新晋京
高浮蕓主人學芳勺药
玉河電臺苤峰泰竦
陵涨
樊元沂

《金陵五景图卷》

作者：樊沂

创作年代：清代

馆藏：上海博物馆

樊沂，清代画家，江宁（今南京）人，《金陵五景图卷》是樊沂避居金陵时所作。画分为五段，描绘金陵的五处盛景："燕矶晓望"是长江边的燕子矶，"钟阜晴云"是金陵东郊的钟山，"秦淮渔唱"为秦淮河两岸烟柳和人家，"乌衣夕照"在东晋世族王、谢家族的故居，"清凉环翠"描绘金陵城西清凉山寺景。

燕矶晚望

海燕河年忆石矶箫间搯是意飞々
新愁对水话离查旧亭营与堂欢
稀春社再戍吾己老秋风缘入手先
归犒帻卧向空江栗镇日湖河送
残晖　孙凤诗

錘阜晴雲

錘山突元楚天高玉柱曾經御筆题日暖金陵
龙虎踞月明珠樹鳳栖枌氣云江海三山小揖
羣乾坤五嶽低百世昇平人樂業萬年帝壽
与天齊　楊雅頒诗
秣陵樊新書

秦淮漁唱

樓閣誰家隱情草門對
精模一水岳绝雨搯簾
還日莽點聲鬟了辞模
斟楊希韓註

赤壁①

唐·杜牧

折戟②沉沙铁未销③，自将④磨洗认前朝⑤。
东风不与周郎⑥便，铜雀春深锁二乔⑦。

注 释

①赤壁：在今湖北武汉市赤矶山，长江南岸。汉献帝建安十三年（208），孙权与刘备联军在此击败曹操大军。本诗中所写的赤壁，实为黄州（今湖北黄冈）的赤鼻矶，作者是借相同的地名抒发感慨。②戟（jǐ）：古代兵器。③销：销蚀。④将：拿，取。⑤认前朝：辨认出是前朝遗物。前朝，这里指赤壁之战的时代。⑥周郎：即周瑜（175—210），字公瑾，庐江舒县（今安徽庐江西南）人，东汉末孙策、孙权的重要将领。他曾火烧赤壁，大败曹军。⑦二乔：即江东乔公的两个女儿，东吴美女，被称为大乔、小乔。大乔嫁孙策，小乔嫁周瑜。

译 文

一支折断的铁戟沉落埋在水底的泥沙之中，锈迹斑驳却尚未被销蚀掉；磨洗之后认出是三国时期的旧物。

如果当年东风不给周瑜方便，胜负改易，恐怕大乔小乔就要被深锁铜雀台中了。

历史放映厅

和其他只专注于诗词文章的文人不同，杜牧家学渊源，不仅见识广博，而且通谋略、晓兵事，少年时期就注解过《孙子兵法》十三篇，才高八斗，意气风发，喜欢评论时事，《赤壁》一诗就是他途经赤壁之战古战场时的凭吊之作。

赏 析

咏史怀古之诗很多，或悲壮、或追忆、或讽刺，各有千秋，杜牧这首《赤壁》堪称咏史怀古诗的佼佼者。全诗遣词朴素，小中见大，平中见奇。

诗首句"折戟沉沙铁未销"，以一支"折戟"挈领，既应题点题，写了赤壁凭吊之所见，又以"戟"之"折"暗表昔年战况之惨烈，以"沉沙""铁未销"写时光的流逝，照古映今，无论是从构思上，还是从表述上来看，都非常精妙。

次句"自将磨洗认前朝"承上启下，引思古之幽情，逗起后续无尽的联想。

三、四句"东风不与周郎便，铜雀春深锁二乔"，借史抒情，赤壁之战"孙刘联军巧借东风，火攻曹操，以少胜多"的历史事实发表议论。以"不与"为衔接，假想东风不吹、孙刘战败后的情形。"锁二乔"以小见大，以假想中"二乔"被幽囚凌辱的情形，含蓄地表现出国破家亡后人们境遇的凄惨，发忧国之思，吐胸中郁郁不平之气。

温庭筠：诗风华美重锤炼

温庭筠，本名温岐，字飞卿，约唐德宗贞元十六年（800）出生，太原（今山西太原市西南）人，晚唐著名诗人、词人，"花间词派"的开山鼻祖。

温庭筠出身太原望族温氏，是唐初名相温彦博的后裔，他精通音律、诗词兼美、才高八斗，但性格不羁，恃才傲物，喜欢讥讽权贵，多犯忌讳，因此，即便能"八叉手而成八韵"，却依旧屡试不第，只能以门荫入仕，一生宦途困顿，潦倒失意。

温庭筠最擅长乐府诗和近体律诗、绝句。乐府诗用词华美，主题多为闺阁、宴请、郊游，也常借史事讽刺时弊；近体诗成就最高的是七言律诗，其中七律咏史诗、怀古诗如《过陈琳墓》《苏武庙》《马嵬驿》都是上乘佳作，可与李商隐并驾齐驱。温庭筠通晓音乐，他对唐代诗歌普遍采用的形式近体诗的声律进行了改造，对诗歌音律做出了巨大贡献。温庭筠的诗，题材和体裁都极丰富，其中以描写闺情的诗歌居多，诗风华美、重锤炼、精工体物、气韵清巧，代表作有《商山早行》《利州南渡》《送人东游》《瑶瑟怨》等。

温庭筠是第一位专注于"倚声填词"的诗人，就是他的诗歌可以配合音乐唱出来。温庭筠的词上承魏晋遗风，下启赵宋风流，或绮丽浓艳，或清丽精致，对词坛有着巨大而深远的影响，有《花间词》《金奁集》传世。后世词人李煜、欧阳修、李清照都深受温庭筠的影响。

商山①早行

唐·温庭筠

晨起动征铎②，客行悲故乡。
鸡声茅店月，人迹板桥霜。
槲③叶落山路，枳④花明驿墙。
因思杜陵⑤梦，凫⑥雁满回塘⑦。

注 释

① 商山：在今陕西商洛东南。② 征铎（duó）：远行车马所挂的铃铛。铎，大铃。③ 槲（hú）：一种落叶乔木。④ 枳（zhǐ）：一种落叶灌木或小乔木。⑤ 杜陵：地名，在今陕西西安东南。诗人曾自称为"杜陵游客"，这里的"杜陵梦"当是思乡之梦。⑥ 凫（fú）：野鸭。⑦ 回塘：边沿曲折的池塘。

译 文

清晨起床，车马的铃铛已经开始震动；远行的游子思恋故乡，悲愁满怀。

茅店外残月未落，雄鸡的啼鸣声已然响起；结霜的木板桥上也已留下客人的足印。

槲树的枯叶落满山间小径，淡白的枳花照亮了驿站的围墙。

想起昨夜梦回杜陵时的美好情景，成群的野鸭和大雁在池塘中嬉戏游水。

历史放映厅

唐宣宗大中十三年（859），温庭筠被贬为随县县尉，离开长安，前往投奔时任山南东道节度使的徐商，途经商山时，投宿茅店，被迫早行，去国怀乡之思油然而生，于是写下了这首脍炙人口的小诗。

赏 析

写诗的最高境界是"状难写之景如在目前，含不尽之意见于言外"，一如杜牧的这首《商山早行》。

诗首联，"动征铎"乍一看似乎只写了车马行驶时大铃摇动的声音，却蕴景于画外，含蓄地写了整理行装、套车、喂马、驾车等各种活动。"悲故乡"是诗眼，整首诗都是围绕着羁旅的悲愁展开的。

颔联，"鸡声茅店月，人迹板桥霜"是千古流传之名句，十字十景，一景一象，皆说明早行之"早"，而且结构新巧，一字一个名词，相互连缀成景，神来妙笔。"莫道君行早，更有早行人"，离开茅店，坐着马车走在路上，薄霜覆盖的木板桥上已经有了人行走的足迹。"月"

是仰望之景，"霜桥"是俯瞰之景，无论是从内容上看，还是从结构上看，都十分精妙。

颈联，"槲叶落山路，枳花明驿墙"写的是"早行"途中之所见。槲树是商洛一带十分常见的乔木，初春才落叶，此处诗人写"槲叶落"，点明时令为初春。初春清冷，那"驿墙"边开放的"枳花"显得额外和煦耀眼。

尾联，"因思杜陵梦，凫雁满回塘"，诗人触景生情，回忆起梦中所见，以"梦"映"思"。"杜陵"虽不是诗人的出生地，却是他常居之地。"凫雁满回塘"是杜陵春景的真实摹写，春是暖煦的、明快的。但羁旅在外的游子感受到的春却是清冷的，对比之下，越发衬出了离乡之后的悲苦惆怅，恰与首联的"客行悲故乡"相呼应。

纵观全诗，于景中歌情致，以情致动声色，意象鲜明，浑然如天成，不愧为千古羁旅名篇。

跟着诗词游中国

商 山

商山被称为"中国第一隐山"，位于陕西省商洛市丹凤县商镇之南，在丹江南岸，是陕南名胜。传说秦代有四位博士隐居此山，汉高祖十二年（前195），四位老人受张良邀请出山辅佐太子刘盈，从此称为"商山四皓"。他们去世后葬于商山脚下，使商山誉满华夏，历代贤达纷至沓来。冬日"商山雪霁"是古商洛八景之一，雪中看山，冰清玉洁，晴日雪景又镶金映辉。

春江花月夜词

唐·温庭筠

玉树①歌阑②海云黑③，花庭④忽作青芜国。

秦淮⑤有水水无情，还向金陵漾春色。

杨家二世⑥安九重⑦，不御华芝⑧嫌六龙。

百幅锦帆风力满，连天展尽金芙蓉⑨。

珠翠丁星⑩复明灭，龙头劈浪哀笳⑪发。

千里涵空⑫澄水魂，万枝破鼻团香雪。

漏转⑬霞高沧海西，颇黎⑭枕上闻天鸡。

蛮弦⑮代雁⑯曲如语，一醉昏昏天下迷。

四方倾动烟尘起，犹在浓香梦魂里。

后主荒宫有晓莺，飞来只隔西江水。

注 释

① 玉树：指《玉树后庭花》歌曲，陈后主所作。② 歌阑：歌残。③ 海云黑：暗喻国之将亡。④ 花庭：即《玉树后庭花》之"后庭"，这里指代宫苑。⑤ 秦淮：秦淮河，在今江苏南京市。⑥ 杨家二世：指隋炀帝，暗喻隋炀帝如秦二世覆亡之意。⑦ 安九重：安居九重深宫，即皇帝位。⑧ 华芝：华盖，皇帝所乘车的车盖。⑨ 金芙蓉：金莲花。⑩ 丁星：闪烁的样子。⑪ 哀笳（jiā）：形容笳声的清亮动人。⑫ 千里涵空：指自汴州至扬州的千里水路上碧水涵空。⑬ 漏转：用于计时辰的更漏不停转换，由初更而五更。⑭ 颇黎：即玻璃，宝玉名，亦称水玉。⑮ 蛮弦：指南方少数民族的弦乐器。⑯ 代雁：指北方的弦乐器，如秦筝。雁，指雁柱，筝柱斜列如雁行。

译文

　　《玉树后庭花》余音未散，天海之上乌云已经密布；繁华富丽的宫苑忽然化作了杂草丛生的废墟。秦淮河流水潺潺，水波冰冷无情，不忆旧人，仍旧滔滔向东，泛起金陵无尽的春色。杨家两代帝王都安居九重深宫之中，出门巡游不乘车马而乘船。众多装饰华美的楼船满帆起航，帆上绣的金芙蓉花遮天蔽日，仿佛无穷无尽。妃嫔一身盛装，珠翠光芒闪烁。龙形的船头乘风破浪，清亮动人的胡笳声不断响起。千里水路迤逦，碧波微微，水天澄澈；万枝琼花盛放，若团团香雪，花香扑鼻。更漏流转，云霞高升，不知不觉已经日暮。枕着水玉做的枕头听着天鸡啼鸣。南琴北舞宴乐不断，曲曲传情，如人低语。帝王终日醉酒，糊糊涂涂的，天下万民也随之迷惑彷徨。四方动乱，硝烟四起，帝王仍沉湎于绮香的梦境中。陈后主曾经居住过的宫殿早已荒芜，拂晓时分，有黄莺飞过；只隔着一条西江，就能飞到隋炀帝所在的江都。

赏析

《春江花月夜词》字里行间带着浓浓的讽刺。

诗前两句先写南陈亡国旧事。"玉树歌阑海云黑",《玉树后庭花》原指亡国之音;"黑"一语双关,既写了"海云"的浓黑厚重,又暗喻陈国即将覆亡。"花庭忽作青芜国"明是在写旧日宫苑荒芜,暗是在写亡国的惨痛屈辱。

三、四两句"秦淮有水水无情,还向金陵漾春色",融情于景,承上启下,金陵是陈国的旧都,朝代更替,兴亡无常,却影响不到秦淮河的景色。此处,看似是在写景,实则是在讽刺当权者不吸取前朝亡国的教训,为后文隋炀帝骄奢淫逸,重蹈陈后主覆辙做铺垫。

五到十八句,诗人花费了大量的笔墨,围绕隋炀帝巡游江都这一史实展开了生动细致的叙写。帝王出行,"锦帆"高张,"芙蓉"连天,龙船乘风破浪,随行的妃嫔满身珠翠,船上日日夜夜歌舞宴乐,帝王不理朝政,以至于"昏昏天下迷"。很显然,隋炀帝"醉"得不轻,甚至"四方倾动",天下已经战火纷飞时,"犹在"梦中。

最后两句,借古照今,以"后主荒宫"为前车之鉴,以"只隔西江"喻亡国不远,以"晓莺""西江"串联陈后主和隋炀帝、过去和现在,含蓄抒情,表达对国家前途的担忧。

※天鸡报晓:南朝《述异志》中记载:天地东南有一座巍峨的大山,名为桃都山。山上有一株冠盖三千里的桃树,天鸡就生活在树上。每天,旭日初升、照耀桃树的时候,天鸡就会引吭啼鸣。天下所有的鸡也会随之鸣叫。"天鸡报晓"的传说就由此而来。

送人东游

唐·温庭筠

荒戍①落黄叶，浩然离故关。
高风②汉阳③渡，初日郢（yǐng）门山。
江上几人在，天涯孤棹④还。
何当重相见？尊酒慰离颜。

注 释

① 荒戍：荒废的旧关戍，即下句的"故关"。② 高风：长风、秋风。
③ 汉阳：唐沔（miǎn）州汉阳郡，今湖北武汉汉阳区。④ 孤棹：指
友人所乘的孤舟。

译 文

荒废的营垒边黄叶纷纷飘落，你气势昂扬、心怀壮志地离开古塞险关。

汉阳渡口上秋风飒飒，红日初升时就该到郢门山了。

有多少亲友在江上望眼欲穿，等着你的孤舟从远方归来。

什么时候我们能再次相见？到时候当举杯畅饮以抚慰离人满面的
忧愁。

汉 阳

诗中的"汉阳",是现在的武汉市汉阳区。汉阳是武汉三镇之一,因在汉水之南而得名,上古时期汉阳就有人类生息繁衍,历朝历代都有文人歌颂吟咏。汉阳境内,有龟山雄峙,有汉水迤逦,有晴川阁沐浴夕阳,还有被誉为"天下知音第一台"的古琴台余音袅袅,风物绝佳,令人向往。

赏 析

这是一首意境雄阔的送别诗,全诗言秋而不悲秋,送别而不伤别,是不可多得的佳作。

诗首联起调极高,"黄叶"点明时令为秋,"落"写出落叶纷纷的凄凉,"荒戍"点明送别的地点,营造出一种清冷萧瑟的氛围。次句"浩然离故关",诗人以"浩然"两字道出离别的气势,友人心怀壮志,毫无颓废消极之态,如此,整首诗的格调也随之升华。

颔联,"高风汉阳渡,初日郢门山",虚实相生。汉阳渡与郢门山一东一西,远隔千里,同时出现,让整幅画面变得雄阔壮丽起来。

颈联,顺承颔联,进一步写离别情景,友人已乘舟远去,诗人驻足目送,不禁浮想联翩。"江上几人在,天涯孤棹还",友人顺流东下会遇到谁?他到家时会有亲人迎接吗?亲人团圆的景象该是何等欢快!

尾联,诗人浮空的思绪微微回转,"何当重相见,尊酒慰离颜",设想日后与故友重聚、把酒言欢的情景,含蓄地表现内心的不舍。

李商隐：晚唐诗坛巨擘

李商隐，字义山，号玉谿生，怀州河内（今河南沁阳）人，唐宪宗元和八年（813）出生，晚唐诗坛巨擘，与杜牧合称"小李杜"，与温庭筠合称"温李"，盛名遐迩。

李商隐自幼聪颖，"五岁诵经书，七岁弄笔砚"，即便年少丧父、生活清贫，只能以"佣书贩舂"维持生计，依旧苦读不辍，十六七岁时就以善写古文名动乡里，深得"牛党"成员令狐楚赏识。开成二年（837）登进士第后，本应平步青云、一展所学，却因聘娶"李党"要人王茂元之女而卷入牛李党争的漩涡，被谴责排挤，半生流离，郁郁不得志。唐宣宗大中十二年（858）前后，病逝于郑州。

不过，仕途的暗淡，并不能遮掩他在诗坛的璀璨。李商隐的诗，辞藻华美、婉曲蕴藉、联想丰富，善用比兴和典故，不重"偏巧"，以"言志为最"，成就极高。其中，尤以七言绝句、七言律诗和以"无题"为题描写爱情的诗篇最负盛名。但美中不足的是，他的部分诗作晦涩难懂，有的作品用典太过，矜饰有余而情韵有缺，以致让后人平生"诗家总爱西昆好，独恨无人作郑笺"之叹。

李商隐一生创作颇多，有《李义山诗集》十卷、《樊南文集》四十卷传世，所载诗词六百余首，个中佳篇包括《登乐游原》《嫦娥》《贾生》《锦瑟》《夜雨寄北》《无题》等。

嫦娥

唐·李商隐

云母屏风烛影深，长河渐落晓星沉。
嫦娥应悔偷灵药，碧海青天夜夜心。

译 文

云母做的屏风映着残烛幽深的光影；银河渐渐斜落，晨星已然沉没。

嫦娥应该会为偷吃灵药而悔恨吧，如今日日夜夜只能独对苍茫的青天与空旷的碧海。

赏 析

这首诗写嫦娥的悲苦孤寂，实则是在写诗人自己的境况。

诗前两句，以景写情，渲染出一派清冷孤凄的氛围。"云母屏风烛影深"，写的是长夜不寐、独坐室内之所见。此处，诗人没有写室内全景，而是剪裁出了"烛影映屏风"的一幕小景，来衬托烘染室内的空寂凄清。"长河渐落晓星沉"，诗人将视线转移到室外，开始摹写窗外的夜色。"渐落"的"渐"字，生动地展现了时间的推移与流逝。"沉"一语双关，既绘出了诗人内心的沉重和情绪的低落，也点明了昼夜的更替，说明诗人一夜无眠。

诗后两句转入正题，望月揣度嫦娥的孤寂，"嫦娥"本是后羿的妻子，因偷吃灵药，独自飞升月宫，虽然获得了长生，却日日孤凄。诗人说"应悔"，既表现了作者对嫦娥内心的不确定，也透露出了几分同病相怜的凄楚。

《嫦娥奔月图》

作者：唐寅

创作年代：明代

馆藏：台北故宫博物院

月中玉兔擣靈丹却被神娥竊一丸

從此凡胎变仙骨天風桂子跨青鸞

吳郡唐寅畫并題

　　唐寅，字伯虎，明代书画家。《嫦娥奔月图》上唐寅题诗一首：月中玉兔擣灵丹，却被神娥窃一丸。从此凡胎变仙骨，天风桂子跨青鸾。唐寅参加科考成功后，却卷入"科场舞弊"案而被贬，画中的嫦娥神情落寞，正如唐寅被贬后的不得志。

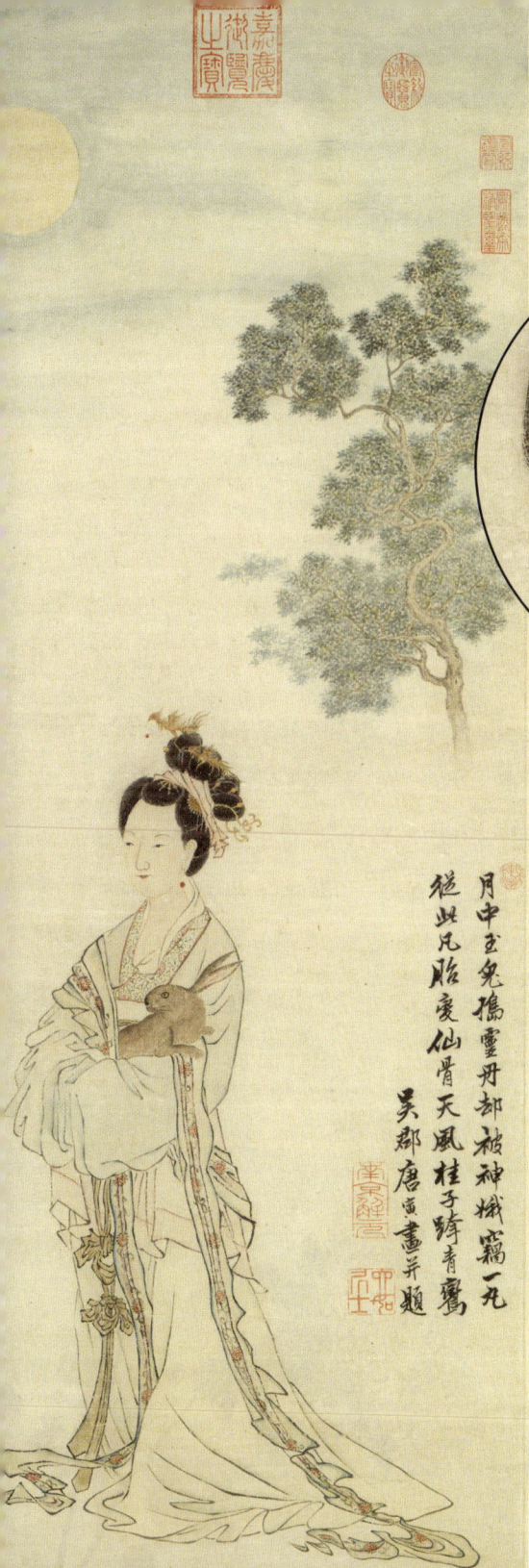

菊

唐·李商隐

暗暗淡淡紫，融融①冶冶②黄。

陶令③篱边色，罗含④宅里香。

几时禁⑤重露⑥，实是怯⑦残阳。

愿泛⑧金鹦鹉⑨，升⑩君白玉堂⑪。

注 释

① 融融：光润的样子。② 冶冶：艳丽的样子。③ 陶令：指陶渊明，因其在彭泽县做过县令，故称陶令。④ 罗含（293—369）：字君长，号富和。桂阳郡耒阳（今湖南耒阳市）人，东晋思想家、哲学家、文学家，在地理方面有一定建树，著有地理著作《湘中记》。罗含博学能文，不贪慕虚荣，布衣蔬食，安然自得。曾官至散骑廷尉，

年老时辞官归乡，长寿而终。⑤禁：禁受，承当。⑥重露：指寒凉的秋露。⑦怯：担心。⑧泛：指以菊花浸酒。⑨金鹦鹉：金制的状如鹦鹉螺的酒杯。⑩升：摆进。⑪白玉堂：指豪华的厅堂，喻朝廷。

译文

暗暗淡淡的紫色，暖煦明冶的娇黄。

这是陶渊明东篱边的雅色，也飘逸着罗含宅中淡淡的菊香。

什么时候都不畏惧深秋的寒露，却害怕暮色重重、夕阳西落。

愿意浸在酒水中放入金鹦鹉杯里，摆进华美的厅堂。

※花中四君子：古诗文中，有很多寓意美好的意象，如"花中四君子"，分别指春夏秋冬盛放的兰、竹、菊、梅。兰花幽居深谷，不与桃李争芳，清幽淡远，暗喻君子谦谦；竹经冬不凋、宁折不弯，最显君子的风骨；菊独绽于秋，恬静淡然，象征君子的清高淡泊；梅凌寒傲雪，于凛凛寒风中盛放，代表君子的坚忍不拔。

历史放映厅

唐文宗开成二年（837），25岁的李商隐进士及第，两年后，通过吏部的选官考试，先出任秘书省校书郎，继而调任弘农县尉，正踌躇满志，准备一展抱负之时，却因为触怒上司被罢官。虽然不久后便官复原职，他却不甘屈居，主动挂冠，想要谋求新的发展，《菊》诗大约便作于此时。

赏 析

诗首联，落墨淡雅，先以"暗淡""融冶"来表现花容花色。"暗暗淡淡紫"写紫菊，"融融冶冶黄"写黄菊。以"融融"来写花黄，既写出了花色的温润，又能以通感的手法，赋予菊暖煦的格调；"冶冶"含婉地写出了黄菊的柔美。

颔联，"陶令篱边色，罗含宅里香"，作者借陶渊明东篱种菊、归隐南山，罗含致仕、宅院生香的典故，赞颂菊的品性与风骨。

颈联，诗人笔锋层递，"几时禁重露"，将菊不惧霜寒的自然天性和清傲的风骨描写得淋漓尽致。次句"实是怯残阳"，却写了菊白日盛放、暮晚合拢的独特情态。其中"怯"字一语双关，既赋菊花以思绪，让菊花的形象更鲜活生动，又绘出了菊花夕阳西下时花瓣合拢的羞怯之态。

尾联，诗人转换视角，让菊花登堂入室，写起了以菊浸酒并装入鹦鹉杯中让人享用，暗喻作者渴望得到朝廷任用。

菊清傲恬然，诗人也高洁自芳；菊不惧霜寒，诗人也不畏官途多舛；菊担忧残阳迟暮，诗人也害怕年华虚度。菊能浸于酒中、摆放华堂，诗人也希望匡扶社稷、报效家国。尾联的"愿"字，写尽了诗人希望重入官场，被赏识、被擢拔，一展抱负的心意，却又不见斧凿，浑然天成。

锦瑟①

唐·李商隐

锦瑟无端②五十弦，一弦一柱③思华年④。

庄生晓梦迷蝴蝶⑤，望帝春心托杜鹃⑥。

沧海月明珠有泪⑦，蓝田⑧日暖玉生烟。

此情可待成追忆，只是当时已惘然⑨。

注 释

①锦瑟：漆有织锦纹的瑟。②无端：无缘由。③柱：瑟上系弦的木块。
④华年：指青年时代。⑤庄生晓梦迷蝴蝶：庄周梦到自己变成了蝴
蝶，醒来后觉得自己还是庄周。此典出自《庄子·齐物论》。⑥望
帝春心托杜鹃：望帝把思恋爱慕的情怀寄托在杜鹃哀切的啼鸣之中。
⑦珠有泪：传说海中有鲛人，其泪化为珍珠。⑧蓝田：
地名，在今陕西，以出产美玉闻名。⑨惘然：模糊
不清的样子。

译 文

华美的瑟竟有五十根弦，每一根弦柱都让我追忆起旧日年华。

庄周梦到自己变成了蝴蝶，醒来后分不清身在何处；望帝将思念爱慕的情感全都交托给杜鹃鸟。

沧海之上，皎皎明月高悬，鲛人泣涕，泪珠化作珍珠；蓝田阳光和暖，美玉袅袅生烟。

这样的情怀怎能等到追忆时才感到怅然呢？在当时就已让人心生迷惘，无限惆怅。

赏 析

从题材和体裁上来看，《锦瑟》是一首咏物的七律，但吟咏之间，多处用典，传情达意。

跟着诗词游中国

蓝 田

诗中的"蓝田"，是今陕西省西安市蓝田县。蓝田是西北名埠，位处秦岭北麓，以"玉之美者为蓝"而得名蓝田，"四大美玉"之一的蓝田玉便产于此。这里是华胥故里，翰墨之乡，不仅有王顺山、汤峪温泉、辋川等山水盛景，还有蓝田人遗迹、上陈遗迹、水陆庵、悟真寺、白鹿原等人文古迹。县中独特的水会音乐、秧歌剧、跑佛、社火等风俗，水晶饼、空心面、泡油糕、豆腐干等地方小吃，也都让人向往。

诗首联点题的同时挈领全篇，以"思"字奠定全诗的情感基调。瑟是古时的一种乐器，和琴、筝、琵琶等一样，是"丝竹管弦"一类，用来怡人耳目、寄意传情。琴、筝、琵琶只有五弦、七弦，就能成曲成乐，传达千百种情绪情思，那么有五十根弦的瑟，又能传达喜怒哀乐多少情思？所以，首句，诗人在写锦瑟"五十弦"的时候用了"无端"，其中包含的嗔怨、诧然和淡淡的无奈，唯有细品，才有所觉。而次句"一弦一柱思华年"恰是对前句的生发，后三联全部都是围绕"思华年"展开的。

瑟有适、怨、清、和四音，颔联、颈联四句，恰好与之对应。四句用四个典故，颔联首句"庄生晓梦迷蝴蝶"是借战国时庄周梦蝶的故事，写人生的无常，同时道出了浮生如梦、真假难辨、百般情味集于心头的难言滋味。次句"望帝春心托杜鹃"则由"望帝思亡国，哀思托杜鹃"的故事，写了"华年"中无尽的哀怨与惆怅。

颈联首句"沧海月明珠有泪"，以沧海月明的辽阔背景，应鲛泪化珠的清冷凄凉，将无形无状的弦音和情思化作可视可感的画面。次句"蓝田日暖玉生烟"，以暖玉生烟之温，衬托鲛人泪落之清，和合洽契中又隐隐能见几分往事如烟的怅惘。

尾联，诗人笔锋微合，以婉蓄的笔墨收束全篇。"此情可待成追忆，只是当时已惘然"，"可待"不是平叙，而是探问，为什么？因为"当时已惘然"。这个"惘"，既是迷惘，也是怅惘。"当时"已如此，而今再"思"，则惘上加惘，更觉百味杂陈、情思难解。

贾生①

唐·李商隐

宣室②求贤访③逐臣④，贾生才调⑤更无伦⑥。
可怜⑦夜半虚⑧前席⑨，不问苍生⑩问鬼神。

注 释

① 贾生：即贾谊（前200—前168），洛阳（今属河南）人，西汉政论家，力主改革弊政，却遭谗被贬，郁郁不得志。② 宣室：汉代未央宫前殿的正室。③ 访：咨询，征求意见。④ 逐臣：被放逐的大臣。这里指曾被贬到长沙的贾谊。⑤ 才调：才华，这里指贾谊的政治才能。⑥ 无伦：无人能比。⑦ 可怜：可惜。⑧ 虚：徒然。⑨ 前席：指汉文帝在座席上向前移动，靠近贾谊，以便更好地倾听。⑩ 苍生：指百姓。

译 文

汉文帝礼贤下士，在宣室召见被放逐的臣子；贾谊才华横溢、无与伦比。

可惜文帝深夜求贤，移座向前虚心倾听，问的却不是民生社稷，而是虚妄的鬼神。

赏　析

　　这是一首七言咏史诗，全诗层层递进、借古讽今，是李商隐的传世名篇之一。

　　诗首句"宣室求贤访逐臣"，开门见山，以"求"和"访"盛赞汉文帝的礼贤重贤、求贤若渴。"逐臣"既是在含蓄点明贾谊的身份，也是在含婉地襃扬"野无遗贤"的盛世景象。次句"贾生才调更无伦"，赞美贾谊才华横溢，凸显其"贤"。

　　三句"可怜夜半虚前席"，生动形象地描绘出了文帝虚心求教、耐心倾听的明君形象；看似是在盛赞，然而"可怜"二字，却让诗的意境与情感基调陡然转折。为什么要说"可怜"呢？四句"不问苍生问鬼神"给出了答案。原来，文帝虚心求贤、夜半求教，问的竟然不是社稷民生、安邦定国之策，而是虚无缥缈的鬼神之事。含蕴又犀利的讽刺意味自此油然而出。当然，咏史之诗很少有单纯说古的，大多借古讽今，诗人通篇都在襃贬汉文帝，为贾谊伤叹，实际上讽刺的是晚唐的皇帝昏庸无能只知慕道求仙。贾谊才华横溢，又生逢盛世，即使有明主当朝，依旧因为力主改革而被贬，终生郁郁不得志。

　　纵观全诗，结构巧妙，层层递进，前三句襃扬，末一句却陡然反转，先抑后扬，反跌有力，足见诗人的功底。

无题

唐·李商隐

相见时难别亦难，东风无力百花残。
春蚕到死丝^①方尽，蜡炬成灰泪^②始干。
晓镜但愁云鬓改^③，夜吟应觉月光寒。
蓬山^④此去无多路，青鸟^⑤殷勤为探看。

注 释

① 丝：这里与"思"字谐音。② 泪：蜡烛燃烧时流下的烛油,称为"蜡泪"。③ 云鬓改：意思是青春年华消逝。云鬓,指年轻女子的秀发。④ 蓬山：神话中海上的仙山,这里借指所思女子的住处。⑤ 青鸟：神话中为西王母传信的神鸟,后为信使的代称。

译 文

相见很难，离别时更难；何况离别时正当暮春，东风无力，百花凋残。

春蚕直到生命终结才吐尽蚕丝，蜡烛燃烧成灰烬，烛泪才不再流淌。

晨起梳妆，对镜自照，只为鬓色改易而发愁；夜晚低吟，应该会觉得月光清寒吧。

蓬莱山距离这里并不远，却没有道路通达；青鸟啊，请为我探寻查看一下。

赏 析

《无题》是李商隐传世名篇之一，全诗意境绵渺而幽深，托物寄意，极富韵味。

首联，起笔深挚凄恻，首句即直切题旨，写出别离之苦。"相见时难别亦难"，连用两个"难"字，为全诗奠定了哀切悲怅的情感基调。次句"东风无力百花残"，是对首句"难"的顺承与延伸。用春风不再、百花凋残的暮春景象来烘托凄迷的气氛，凸显别后的"难"。

颔联，通过比喻与双关的手法，进一步表现彼此之间的深情，凸显别后的思念与对这份情的坚守。"春蚕""蜡炬"从某种程度上来说，都是诗人的自述。即便生命耗尽依旧情不变、心不移，诗人对待昔日的故人和感情也是如此，也是在含蓄地表达自己愿意为朝廷尽心竭力的心意。

颈联，"晓镜但愁云鬓改，夜吟应觉月光寒"，诗人用联想的笔触，开始描写被思念之人的生活常态。为什么害怕"云鬓改"，无外是怕物是人非，怕不能以最美好的面貌与故人再相见。青春易老，人生短暂，别后无法相见，只能自哀自怜，那种无奈、萧瑟，细品让人潸然泪下。

尾联，诗人落笔更怅，"蓬山此去无多路"，"无多路"既与"相见时难"相呼应，又为青鸟传信做铺垫，承上启下，构思极巧。"青鸟殷勤为探看"，诗人如此写，可能也希望与令狐绹重续旧谊，让他代为引荐、重入仕途之意。

春雨

唐·李商隐

怅卧新春白袷衣①，白门②寥落意多违。

红楼隔雨相望冷，珠箔③飘灯独自归。

远路应悲春晼晚④，残宵犹得梦依稀。

玉珰⑤缄札何由达？万里云罗⑥一雁⑦飞。

注释

① 白袷（jiá）衣：白色的夹衣。白衫是当时人闲居的便服。② 白门：借指过去和所爱女子欢会之地。③ 珠箔（bó）：珠帘，这里借指雨帘。④ 晼（wǎn）晚：日暮黄昏的情景。⑤ 玉珰：玉做的耳坠。⑥ 云罗：阴云弥漫如张网罗。⑦ 雁：古有雁足传书之说，此处"一雁飞"兼含传书之意。

译文

早春时节，我穿着白夹衣满心怅然地躺在床上；眼前寥落的景象让人情绪郁结。

隔着雨遥望红楼，只觉清冷；我独自归去，只剩孤灯残影映着雨幕。

春日黄昏，奔波于路途已让人悲伤；深更残夜，梦中相见的情景依稀仍记。

怎么才能将玉坠和书信寄给你呢？天地苍茫、阴云滚滚，仿佛张开的罗网，有一只孤雁在空中飞翔。

历史放映厅

　　这首诗大约作于唐宣宗大中四年（850）前后，当时，李商隐正在武宁军节度使卢弘正帐下做幕僚，远离京城，仕途落魄，郁郁不得志。早春的一日，细雨洒落徐州城，朦胧的雨帘逗起他无尽的思怀，于是触景伤情写下了此诗。

赏 析

　　这是一首缠绵凄艳、曲婉深情的情诗，气氛明丽，情真意切。

　　首联，以"怅"字领起，点明时令，含蓄地抒发了闲居的愁绪与孤独。"白门"本是昔日与伊人相会之地，今日重临，却物是人非，不免让人心生凄然。"多违"二字，写尽了人生的无奈与不尽意。

　　颔联，诗人进一步写了旧地寻人，不得而独归的情景。"红楼"是伊人旧日的居所，"隔雨相望"婉言可望而不可即，"冷"一语双关，既写早春时节落雨的寒凉，也写诗人内心的凄冷。而且"红楼"中的"红"本是暖色，诗人却用了一个"冷"字，强烈的反差和对比，更烘衬出了诗人此时的寥落孤独。"珠箔飘灯独自归"，既然寻不到人，只好独自归去，孤人、灯影、冷雨，泛起无尽的孤凄，满腔的思念只能托寄梦中。

　　颈联，"应悲""梦依稀"由实化虚，叙写了梦中的相见，看似欢愉，实则更显悲情。"晼晚""残宵"遥应"怅卧"，既表达了时光的推移，也写出了昼夜思念的长情。

　　尾联，诗人融情于景，借景抒情，既然寻不得，只能"缄札"相寄，聊表相思。然而乌云厚重，"万里云罗"也只有"一"雁飞。此处，"万"与"一"的对照，写出了雨中孤雁独飞，天地寥落苍茫的凄清，婉转地表达了锦书难托的悲怅，构思之巧、传情之繁之切都令人叹为观止。

夜雨寄北^①

唐·李商隐

君问归期未有期，巴山^②夜雨涨秋池。
何当^③共剪西窗烛，却话^④巴山夜雨时。

注 释

① 寄北：当时诗人在巴蜀，妻子在长安，所以说"寄北"。② 巴山：泛指川东一带的山。川东一带古属巴国。③ 何当：何时将要。④ 却话：回头说，追述。

译 文

您问我什么时候回家，我也不知道。巴山现在正在下雨，夜已经很深，雨细细密密的，涨满了秋天的河池。

等到我回家了，一起坐在西窗下秉烛夜谈的时候，我再和您说说巴山夜雨的情景。

历史放映厅

唐宣宗大中五年（851）秋，闲居落魄的李商隐应西川节度使柳仲郢的邀请，与他一起赴任西川，成为他的幕僚之一。西川与京城远隔千里，李商隐孤身在外，难免思亲念旧，于是，在一个巴山夜雨的日子忍不住触景伤情，写了一首小诗寄赠北方的家人。这首诗就是《夜雨寄北》。

赏 析

《夜雨寄北》与其说是一首诗，倒不如说是一封用诗的形式写成的"信"，语言朴素、情思真挚。

诗首句"君问归期未有期"，开宗明义，以问答的形式直抒羁旅之愁。两个"期"字，一是君"问"，一是我"答"，不知不觉间就将有家不得归、有乡不能回的凄苦无奈刻画得入木三分。

次句"巴山夜雨涨秋池"，融情于景，既直摹了巴山秋夜、细雨绵绵的现实景象，又以秋雨隐喻愁思，通过"涨秋池"的"涨"字将思乡之苦进一步具象化。

三、四两句，诗人以"巴山夜雨"为媒介，笔锋一折，从现实中的绵绵夜雨，联想到了来日归家时的欢愉惬意。"何当共剪西窗烛，却话巴山夜雨时"，"何当"领起，"共剪"暗喻团圆，"烛"遥应夜，古人有秉烛夜话的传统。话什么？"巴山夜雨时"。同样是漫漫长夜，未归之前，孤身一人，独对西窗，听风看雨，愁思暗涨，说不出的惆怅凄凉。等到回家，有人相伴，一室温馨，温暖的烛光映着窗棂，两个人秉烛夜话，谈起昔日身在异乡、独对夜雨的凄苦，却别有几分甜蜜。

林杰：年少有为惜早逝

林杰，字智周，唐文宗大和五年（831）生于福建，具体家世不详。

林杰从小就十分聪颖，敏而好学，6岁时就能即兴赋诗、下笔成章，而且精通书法、棋艺精湛，是远近闻名的"神童"。

如果林杰能够成长起来，定然会是一位如李白、杜甫那般惊艳大唐文坛的杰出人物。遗憾的是，唐宣宗大中元年（847），风华正茂的林杰，倒在了人生最灿烂的岁月里，去世时，年仅17岁。

更令人遗憾的是，林杰所作的诗大多散佚难寻，只有收录于《全唐诗》中的两首诗《乞巧》和《王仙坛》存世。透过这两首小诗，人们依稀之间仍能感觉到林杰简丽流美的诗风，平明中带着精致的格调，揭开了晚唐诗坛绚烂瑰丽的一角。

乞巧①

唐·林杰

七夕今宵看碧霄②，牵牛织女渡河桥。
家家乞巧望秋月，穿尽红丝几万条。

注释

① 乞巧：古代节日，农历七月初七，也叫七夕。② 碧霄：浩瀚无边的天空。

译文

七月初七晚上，抬头仰望着浩瀚无边的星空；仿佛能够看到牛郎织女渡过天河在鹊桥相会。

家家户户都在一边赏月一边乞巧，穿过的红线已经有几万条。

历史放映厅

乞巧节，又称女儿节、七夕节，是中国古代，尤其是唐宋时期十分盛大的民间节日。每年七月初七，牛郎织女鹊桥相会的日子，人们就会对月穿针，乞求织女赐下一双巧手。林杰的家乡福建，虽然不如中原地区繁华富庶，但也民风淳厚、风俗俨然，有乞巧的传统。这首诗就是他幼年时与亲人一起欢度乞巧节时即兴所作。

※乞巧的习俗：古时，七月初七人们会望月穿针，以难度来定巧，能够一次穿过七个针孔就算是"得巧"；有的做些小饰品、香囊、扇套等。近现代，人们还做面塑、彩绣，以及剪纸、烙巧果子、蒸巧馍馍，乞巧形式越发多样。

赏 析

这是一首七言小诗，<mark>意境不俗，情思深挚，是古今"七夕诗"中难得的佳作。</mark>

诗首句以简丽清浅的笔墨，描绘了七夕乞巧的盛况。星河璀璨，万家灯火，无数男女全都仰头遥望浩瀚无垠的天空。"七夕"点明时令，为"乞巧"做铺垫；"今宵"具言时间，与"渡河桥""望秋月"相照应，"看碧霄"说明佳节盛景，言简意赅，朴实中透着趣味。

次句"牵牛织女渡河桥"顺承前句，详细述说了"看碧霄"之所见。浩瀚无垠的碧空上，一条璀璨的"天河"横跨星空，牵牛星和织女星隔河相望，让人忍不住联想到神话传说中，牛郎织女七夕鹊桥相会的爱情故事。

然而，诗的落点却不在爱情，而在"乞巧"。

每年七夕，人们都会趁着织女"约会"的时候，对月穿针来"乞巧"。诗第三句"家家乞巧望秋月"描写的就是"乞巧"的盛况。"家家"说明"乞巧"人数之多，"望秋月"侧写"对月穿针"的具体行为，既清新又明了。

四句"穿尽红丝几万条"，照应前句，"几万条"呼应"家家"，"穿尽红丝"照应"乞巧望秋月"，环环相扣，相辅相生，既应题又应景，诗人构思之巧，由此可见一斑。

罗隐：一生好诗却科举无门

罗隐，原名罗横，字昭谏，号江东生，唐文宗大和七年（833）出生于杭州新城，晚唐诗人、文学家、思想家，盛名煊赫，极于一时。

罗隐年少多才，8岁就已闻名乡里，有天赋，知刻苦，备受乡人推崇。27岁应进士试，屡考屡败，屡败屡考，前后十次，都因各种原因而名落孙山，史称"十上不第"，颓然无奈之余，只能悻悻返乡。

黄巢起义爆发后，为躲避战乱，罗隐与族人、亲友一起隐居池州，在九华山中度过了清贫的四年时光。光启三年（887）投奔吴越王钱镠，深受信重，多次升迁，官终盐铁发运使，77岁时寿终辞世。

罗隐一生好诗，他的诗有白居易遗风，平明浅切、恣然明畅，无论是酬答寄赠、咏怀抒情、针砭时弊，还是旅行感怀，都率然直陈，少朦胧晦涩之语，颇具大家风范。《蜂》《雪》《竹》《梅》《西施》等都是他的代表作。

蜂

唐·罗隐

不论平地与山尖，无限风光尽①被占。
采得百花成蜜后，为谁辛苦为谁甜？

注 释

① 尽：全、都。

译 文

无论是平原旷野还是崇山之巅，美好的风光全都被蜜蜂占据。

采遍百花，酿成蜂蜜后，到底是为谁在劳碌奔忙，又是想让谁品尝蜜的甜美芳香？

历史放映厅

唐宣宗大中十三年（859），27岁的罗隐赴京参加进士考试，但辗转近二十年，考了十多次，青丝已成华发，依旧没有考中，心中郁郁难平，对当时党人联结，世家垄断科举，寒门学子纵有真才实学也难以出人头地的科举现状感到极度失望。《蜂》这首小诗就是在这种心态与背景下应运而生的。诗的具体创作时间已不可考，但大体应该是写在罗隐"十上不第"落魄流离期间。

赏 析

这是一首七言咏物小诗，全诗意境悠远，比兴托寄，婉转之间颇见精工，委实佳作难得。

诗一、二句欲夺故予，末二句反跌有力，先盛赞蜜蜂的"占尽风光"，又反问其"为谁辛苦"，鲜明的对比，反诘式的议论，巨大的反差将讽刺的意思表达得淋漓尽致。

"不论""无限""尽被占"，既写出了蜜蜂春日里追寻红紫、穿花采蜜，看似占尽春光实则劳碌奔忙的情景，又为后句的"辛苦"做铺垫，暗指辛苦的是蜜蜂，"甜"的却不是它。

那么，"甜"的是谁呢？从蜂群的组织架构来说，"甜"的是蜂王和雄蜂。从古代的社会结构来说，"甜"的是不劳而获的权贵世绅。而"辛辛苦苦"的蜜蜂则是被压榨、被剥削，终日辛苦却一无所得的底层民众。看似写蜂，实际上是在讽刺，是以蜂为托寄在控诉不公。末句"为谁"的连续诘问，"辛苦"与"甜"强烈反差，淋漓尽致地展现了这一点。

纵观全诗，虽语言平淡，却颇有韵味，句句有留白，字字见辛酸。用词讽刺不辛辣，却极刻骨，饱含作者对劳苦大众的同情。

郑谷：晚唐混乱时局的书写者

郑谷，字守愚，唐宣宗大中五年（851）前后出生于江西宜春，是晚唐著名诗人，"芳林十哲"之一。

郑谷天资敏慧，10岁前就能吟诗作对、咏辞歌赋，是个"超级学霸"，却因种种原因屡试不第，直到37岁时才进士及第，坎坷浮沉，官终都官郎中，世称"郑都官"。入仕后的郑谷，在唐末强藩互斗中多次"奔走惊魂"，他现存的诗当中有近百首涉及混乱的时局。

唐哀帝天祐元年（904），成为南梁开国皇帝的朱全忠逼迫皇帝迁居洛阳，并烧毁长安宫，郑谷见大唐气数已尽，便弃官返乡隐居，还创建了"郑谷读书堂"。

或许，对郑谷而言，做官只是副业，写诗才是主业。正是政治理想的幻灭，成就了他在诗词领域的创作。他一生创作千余首，有《云台编》三卷传世。他的诗大多不俚而切、清丽含婉，少经世之谈、忧兴之叹，多咏绘山水、寄意闲情之作，虽格调不高、志行不显，却颇有几分宁静淡泊的意味。他的《淮上渔者》《海棠》《七祖院小山》《柳》等都是佼佼佳作，《鹧鸪》一诗更流芳千载、家喻户晓，他"郑鹧鸪"的诨名便由此而来。

柳

唐·郑谷

半烟半雨①江桥畔，映杏映桃②山路中。
会得③离人④无限意⑤，千丝万絮⑥惹⑦春风。

注 释

① 半烟半雨：云雾夹杂着细雨。② 映杏映桃：与杏树和桃树相映。
③ 会得：懂得，理解。④ 离人：远离故乡的人。⑤ 无限意：指思乡的情感。⑥ 絮：柳絮。⑦ 惹：招引，挑逗。

译 文

　　江桥畔，柳烟朦胧，袅袅轻云夹杂着细雨；山路中，桃花杏花相映生辉。

　　离人心中无限的思绪它都懂得，千万条柳枝拂动，柳絮漫舞，牵惹着煦煦春风。

赏 析

　　唐时，风行折柳送别的习俗，文人墨客们常常咏柳意为别，郑谷的《柳》也不例外。

　　诗首句"半烟半雨江桥畔"，落墨婉约，清雅有致，"江桥畔"点明地点，"半烟半雨"既是在描写春日细雨迷蒙的景致，也是在侧写柳绿如烟的清美姿态，江水潺潺，细雨朦胧，愈品愈觉动人。

　　次句"映杏映桃山路中"，顺承首句，继续写柳，不过这一次写的不是江边柳，而是"山中柳"，山路迢迢、杏花微雨、桃枝烂漫，而这绝美的风景不过都是山柳的陪衬，花红柳更绿，无形之中，便为整幅画面平添了几分明媚。

　　第三句"会得离人无限意"，表明诗人不是在游春，而是在送别。不变的柳，象征的诗人"留人"的心绪。柳本无情，此处诗人却偏用了"会得"两字，仿佛它真的能知心解意，拟人的同时，自然抒情，浑然无迹，用得极妙。

　　既是送别，按照习俗，应该是折柳的，诗人却出乎意表没有这么做。为什么呢？因为"千丝万絮惹春风"，留意太浓，别情太深，已经不是轻折几枝杨柳能够倾诉与表达的了。"千""万"都是虚写，表现柳的繁多茂密，同时也照应前句的"半烟半雨"和"无限意"。"千丝万絮"，寥寥四字，却将诗人心中浓得化不开的离愁与思念写得淋漓尽致。郑守愚炉火垂青的炼字功底，由此可见一斑。

李煜：可惜生在帝王家

李煜，原名李从嘉，字重光，号钟隐，徐州彭城人，生于南唐升元元年（937），逝于宋太平兴国三年（978），是晚唐五代时期最具才情与影响力的诗人之一，南唐末代国主，世称"李后主"。

李煜生逢乱世，童年颠沛于外，有家有国却难回；少年时被太子猜忌陷入夺嫡的漩涡，经历十分坎坷，甚至一度隐居钟山。他本无意大统，却在因缘巧合下入主东宫，25岁登基即位，执掌南唐16年，虽有仁善之心，却无治国之才，导致国家离乱。开宝八年（975）李煜无奈降宋，成为亡国之君，开宝九年（976）被敕封为违命侯，公元978年逝于北宋京师。

李煜自幼聪敏伶俐，多才多艺，不仅能诗擅词、精书法、明音律，还写得一手好文章，是个天生的艺术家。他传世的诗词不少，其中以词的成就最高。他的词既承袭了花间派婉丽的风格，又别有几分疏朗与豪宕，格调颇高。亡国前，词多绮丽柔美，擅言爱情与宫廷；亡国后，他的词风转为哀婉，凄凉沉郁，却情真意切，极富感染力。《虞美人·春花秋月何时了》《相见欢·无言独上西楼》《长相思·一重山》《浪淘沙令·帘外雨潺潺》《清平乐·别来春半》《乌夜啼·昨夜风兼雨》等都是他的传世名篇。

虞美人①

南唐·李煜

　　春花秋月②何时了，往事知多少③。小楼昨夜又东风，故国④不堪回首月明中。

　　雕栏玉砌⑤应犹在，只是朱颜改⑥。问君能有几多⑦愁，恰似一江春水向东流。

注　释

①虞美人：词牌名。②春花秋月：指季节的更替。③往事知多少：意思是多少往事都难以忘却。④故国：指南唐。⑤雕栏玉砌：雕饰华美的栏杆与用玉石砌成的台阶，指宫殿建筑。⑥朱颜改：红润的容颜改变了，指人已憔悴。⑦几多：多少。

译　文

　　春花年年盛开，秋月岁岁重圆，时光什么时候终了？有多少往事难以遗忘。昨夜，小楼又有东风吹来，登楼遥望皎皎明月，忍不住回想故国。

　　华美精致的宫苑应该都还在吧，只是住在里面的人变了。若问心中的愁绪有多少？就像那滔滔东流的江水，无穷又无尽。

历史放映厅

　　《虞美人·春花秋月何时了》一词，大约作于北宋太平兴国三年（978）春日，南唐已经覆亡近三年，李煜也过了近三年的俘囚生活，眼看花月依旧、物是人非，触景伤情之下，遂作此词。宋太宗听到歌女传唱这首词，勃然大怒，于是命人赐下毒酒。此词就成了李煜的绝命词。

赏 析

伤往忆怀多少事，古今最怅《虞美人》。李煜的这首《虞美人》情思绵长、意境幽深，一个"愁"字贯穿始终，堪称千古咏愁绝唱。

词上阕以问起势，落墨明净，"春花秋月"都是极美好的物象，原该是被人眷恋与憧憬的，然而，词人却出人意料地有些"嫌弃"，甚至直言不讳地问它们"何时了"，无形之中逗起人无尽的好奇与遐想。春花秋月岁岁不变，而今国破家亡，再见花月，便只能徒生无尽惆怅。"知多少"写尽了往事的不堪回首与俘囚生活的痛苦幽怨。

往事纷繁不可追、不愿忆，却又不由自主追忆。于是就有了"小楼昨夜又东风，故国不堪回首月明中"的嗟叹。"小楼"是幽囚之地，"东风"吹来，意味着大地春归，春花即将盛放，"又"暗表时序的变化已不止一次。然而，结合国破家亡的背景，小楼听风的无眠，倍添了几分凄楚。"不堪回首"四字也越发显得情真而意切。

下阕"雕栏玉砌应犹在"承故国之思；"只是朱颜改"启无尽惆怅。一个"在"字，一个"改"字，道尽了亡国之痛、故国之思与物是人非的无奈。同时，也是在这样鲜明的今昔、人事对比中，词人内心积郁，无尽的惆怅堵在胸口无法抒泄，最后都化作了"问君能有几多愁？恰似一江春水向东流"。愁本无形无质，词人却以"一江春水"的比喻将抽象的愁绪具象化，不仅生动贴切，更拓宽了愁的广度与深度，将愁的悠远、绵长、无尽、汹涌澎湃描写得入木三分。

诗情画意

看中国

诗情画意看中国

看中国

琬如 / 编著

宋

闲敲棋子落灯花

黑龙江科学技术出版社

HEILONGJIANG SCIENCE AND TECHNOLOGY PRESS

图书在版编目（CIP）数据

诗情画意看中国．闲敲棋子落灯花：宋 / 琬如编著
. -- 哈尔滨：黑龙江科学技术出版社，2024.5
ISBN 978-7-5719-2375-4

Ⅰ.①诗… Ⅱ.①琬… Ⅲ.①古典诗歌－诗歌欣赏－
中国 Ⅳ.① I207.2

中国国家版本馆 CIP 数据核字 (2024) 第 078055 号

诗情画意看中国·闲敲棋子落灯花　宋
SHIQING-HUAYI KAN ZHONGGUO XIAN QIAO QIZI LUO DENGHUA SONG
琬如 编著

责任编辑 / 孙　雯　　　装帧设计 / 何冬宁
文图编辑 / 肖　雪　　　美术编辑 / 王道琴
文稿撰写 / 闫媛媛　　　封面绘制 / 狼仔图文
图片提供 / 站酷海洛　视觉中国

出　　　版 / 黑龙江科学技术出版社
　　　　　地址：哈尔滨市南岗区公安街 70-2 号 邮编：150007
　　　　　电话：（0451）53642106 传真：（0451）53642143
　　　　　网址：www.lkcbs.cn
发　　　行 / 全国新华书店
印　　　刷 / 运河（唐山）印务有限公司
开　　　本 / 787 mm × 1092 mm　1/16
印　　　张 / 10
字　　　数 / 150 千字
版　　　次 / 2024 年 5 月第 1 版
印　　　次 / 2024 年 5 月第 1 次印刷
书　　　号 / ISBN 978-7-5719-2375-4
定　　　价 / 228.00 元（全 6 卷）

走进诗词的世界

心有逸兴，眼有美景，胸涌韵律，落笔为诗。诗歌饱含着中华民族复杂而含蓄的情和意，描绘着恢宏又细腻的往事和思想，是中华民族最永恒的审美。

但是，如何将孩子带入诗歌的世界，并以诗歌为媒介更好地理解和传承传统文化，仍是一个值得探讨的问题。单纯以背诵、机械记忆为手段的诗歌学习方式，纵然在短时间内取得亮眼的"成绩单"，但时间一长只会让孩子对诗歌越来越疏远，甚至厌倦。

要真正进入诗歌的世界，先要理解诗歌的本质。抛开种种高深的解读，诗歌的直白特征就是"有画面感的凝练语言"。而这种画面是相对完整的，具有现实感，诗人在此基础上寄托情感，引发共鸣。好的诗歌，会让人有跃然眼前之感，可以让读者去想象。读李白的《静夜思》，眼前就会浮现一轮明月和一个孑然一身的诗人；杜牧的《清明》，"清明时节雨纷纷""牧童遥指杏花村"，俨然一幅温润的田园牧歌图画；《念奴娇·赤壁怀古》里，"惊涛拍岸，卷起千堆雪"，苏轼几乎把浪花直接画在纸上；即便是以用意隐晦著称的李商隐，"沧海月明珠有泪，蓝田日暖玉生烟"，也描绘出海上明珠和山中烟云两幅画面，神秘而又充满美感。所以，学一首诗歌，要先找到其描述的画面；记住了画面，就能有效地理解和记忆。

有了画面，接下来要去体会诗人想要表达的情感。中国传统诗歌讲究托物言志、借古喻今。好的诗歌往往有"画外音"。而"画外音"正是一首诗歌的精妙之处。想读出"画外音"，先要对诗人生平以及诗歌创作的历史背景和历史典故有深入的了解。如果不知晓杜甫几经磨难的生活经历和创作历程，就无法体会到《石壕吏》中强烈的悲愤和《闻官军收河南河北》中的欣喜若狂；如果不了解创作背景，陶渊明的"采菊东篱下，悠然见南山"和李煜的"流水落花春去也"也就成了纯粹写景的平平之句了。

所以，要学好诗歌，就要先建立诗的"画面感"，辅以诗人的生平、创作背景等知识，让诗歌"鲜活"起来，让孩子进入诗歌的情境去观察和体会。

本书以中国历代经典诗歌为经线，传世名画为纬线，诗画相辅，经纬相交，编织成一幅幅具有"诗情画意"的画卷。同时，辅以生动的译文和背景资料，让诗歌的记忆变得"身临其境"，让诗人的表达"感同身受"。此外，每位诗人都配有生动流畅的传记，每个朝代都配有历史背景介绍和不同阶段的诗歌纵论，还有花絮、历史放映厅、跟着诗词游中国等从历史和地理多维度视角随机穿插的小栏目，让本书成为一部小型的中国诗歌百科全书。读者置身其中，仿佛在欣赏一幅幅饱含诗情画意的中华文明图卷。

琬如

文豪辈出的"黄金时代"：宋

文豪辈出的"黄金时代"

后周显德七年（960），后周大将赵匡胤在后周皇位变更之际，利用自己手中的兵权发动陈桥兵变，建立了宋王朝。吸取唐末藩镇割据的教训后，宋王朝采取了"崇文抑武"的基本国策，宋太祖在即位的第二年，就通过"杯酒释兵权"剥夺了许多武将的兵权，从而加强了中央集权，巩固了统治。同时重用文臣，采取科举这一相对比较公平的制度，使得文人读书做官的道路更加畅通。在这种优厚的条件下，文人的热情高涨，意气风发地想要建功立业，呈现出了积极的精神风貌。

宋代重视文治教化，文学发展的土壤十分优渥：在思想上，宋代理学的兴盛使得宋代文人受到理性和道德的制约，注重个人人格的完善和内在修养的提升，同时文人热衷讲道论学，积极著书立说；在传播上，印刷业在宋代发展繁盛，刻书业兴盛，书籍得以大量流通，官方藏书和私人藏书都十分丰富；在教育上，官方学校和私立学校的规模和水准上乘，宋代文人的学术水平都很高，如欧阳修、苏轼、陆游等人，不仅是文学家，还是经学和史学等方面的专业学者。

基于参政的热情，宋代文人具有强烈的社会使命感，士大夫以天下为己任，如范仲淹就发出了"先天下之忧而忧，后天下之乐而乐"的至理名言。但宋朝与周边政权的矛盾一直存在，战况频仍，而崇文抑武的政策使得宋军的作战能力不强，导致战争频频失利。这种社会环境使得宋代文人在诗文写作上比较收敛，创作上较少歌功颂德或表现个人豪情壮志，较少有唐代的浪漫和昂扬气息，形成了比较深沉和严谨的文学风格。

而宋词这一文学形式则展现出了与宋代诗文不太一样的发展样貌。词，又叫诗余、长短句等，最初主要抒发个人情愫，不受"文以载道"思想的约束，对承担社会责任要求不高，因而"词"这种文体总体上比较自由随性。"词"在宋代得以兴盛，与它的产生时代背景密不可分。宋代生产力持续发展，伴随着前所未有的技术进步，农业、手工业和商业等各行各业都发展到了繁盛阶段。尤其是城市经济繁荣，在《清明上河图》中就可见一斑。在这种百业兴盛的社会环境下，文娱形式迅速兴起，"词"成了最引人注目的文学形式，并逐渐发展到了巅峰状态。

在宋代之前，"词"主要是在宴乐场合吟唱的一种娱乐性文体，不受重视。发展至宋代，贵族阶层财富聚集，娱乐生活更加丰富，写词就成了文人生活的重要内容。因此，宋代文人在表现政治和社会等严肃内容时就用诗，而表现个人生活和娱乐享受时则采用词这一文学形式，柳永、秦观、周邦彦等大词人都填过很多娱乐性质的词。随着娱乐场所的传唱，很多士大夫的词在民间得到了广泛的流传。

宋词流派众多，名家层出不穷。后来，"词"不再只写闺阁娱乐。苏轼最早促成了词风的转变，他开始用词来表现自己的潇洒胸怀与豪迈之情，使得词不再是通俗文学，其表现内容和风格得到了很大扩展。在题材上，宋词不仅有描写美丽动人的爱情的咏情词，还有咏物词、咏史词、田园词、送别词等，内容日渐包罗万象。在风格上，以柳永和李清照为代表的婉约词词采华美，重视声律，充分发挥了词这种文学形式的柔婉特征。豪放词则在内容上拓展了宋词的深度。在后来山河破碎的形势下，爱国成了宋代文学的主题，辛弃疾等豪放派词人的英雄主义和爱国志气为宋代词坛注入了豪迈忠义的气概，这部分宋词也在后世成了持续滋养中华民族的精神力量。

在中国古代文学史上，能与唐诗媲美的便是宋词。宋词这种文体获得了独立地位，发展出了独属于自己的艺术样貌，与音律的结合更促进了词律的日益成熟。宋词兼有的典雅工丽和清逸豪迈两种风格，展现出了比诗更大的可能性和创造性，而在宋代之后，词这种文体也影响深远，在明清后世持续长足发展。

范仲淹：出为名相，处为名贤

范仲淹（989—1052），字希文，苏州吴县（今江苏苏州）人，北宋政治家、文学家。科举考试后为官，因为性情秉直经常被贬斥。在宋与西夏爆发战争时曾戍守边防，后被召还朝，在皇帝的支持下推行"庆历新政"，改革失败后自请出京任职。皇祐四年（1052）卒于青州（今属山东）任上，谥号"文正"，因此也被称为"范文正公"。在文学成就上，其文章一般具有政治色彩，如《岳阳楼记》中"先天下之忧而忧，后天下之乐而乐"的思想表现了其深沉的政治理想与家国情怀。他的诗歌注重为现实服务，内容广泛，风格清美，注重议论，多使用白描和叠字的手法。范仲淹的词只保存了五阕，但每一阕都脍炙人口，前期词风多柔美，后来四年的军旅生活提高了他的思想和艺术境界，如《渔家傲·秋思》等表现了开阔深沉的意境，为宋词开拓了新的境界。

江上渔者

北宋·范仲淹

江上往来人，但①爱鲈鱼美。

君看一叶舟，出没风波里。

注 释

① 但：单单，只是。

译 文

江上人来人往，他们只喜欢味道鲜美的鲈鱼。

您请看那如一片叶子般的小渔船，在风浪之中时隐时现，飘摇向前。

历史放映厅

这首诗是范仲淹在江浙一带做官时写的。范仲淹于景祐元年（1034）秋天在苏州任职，刚上任就专注于当时抗洪救灾的任务，并且带病坚持在前线指导工作。范仲淹忧国忧民，十分关心民生，在任期间解决百姓疾苦。松江鲈鱼是苏州十分有名的地方特产，每到盛产鲈鱼的季节，江岸上往往人潮涌动，人们争先恐后在岸上抢购和品尝肥美的鲈鱼。范仲淹应该是看到这一盛况后有感而发，对冒着生命危险辛苦捕捞鲈鱼的渔民表达出了深深的同情。

如何了解几千年前的古人的生活？古画给了我们一些重要提示。比如这一幅《秋江渔乐图》就表现了古代文人"隐逸"的生活理想。这种状态对我们来说并不陌生，"采菊东篱下""苔痕上阶绿"等千古佳句都是在描绘这种隐居的生活。古画创作与古诗相似，江上的孤舟、垂钓的老翁、河边枯树上的寒鸦、朦胧的远山小溪，都是隐逸的载体。

《秋江渔乐图》

作者：夏圭

创作年代：南宋

馆藏：美国弗利尔美术馆

难道他是在
钓鲈鱼？

赏 析

诗人用对比的手法，<mark>用岸上人来人往的热闹与江中那一艘穿梭于风浪中的小船的孤寂形成对比</mark>，展现出鲜美的鲈鱼是渔人历尽艰辛才得到的。"出没风波里"这一富有动感和画面感的语句，生动地展现了渔民的生活图景，一方面展现出了渔民的勇敢，另一方面又展现出了渔人生活的不易与凶险。短短四句诗，将诗人对捕鱼人的同情之心，以及对于岸上只知道鲈鱼鲜美不知捕鱼人辛苦的人的规劝之意，刻画得淋漓尽致。

渔家傲·秋思

北宋·范仲淹

塞下①秋来风景异，衡阳雁去②无留意。四面边声③连角起，千嶂④里，长烟落日孤城闭。

浊酒一杯家万里，燕然未勒归无计。羌管悠悠霜满地，人不寐，将军白发征夫⑤泪。

注　释

① 塞下：边界要塞之地，这里指当时的西北边疆。② 衡阳雁去：即"雁去衡阳"，为符合格律而倒置。秋季北雁南飞，传说至湖南衡阳城南的回雁峰而止。③ 边声：边塞特有的声音，如大风、羌笛、马嘶的声音。④ 千嶂：层峦叠嶂。嶂，直立似屏障的山峰。⑤ 征夫：出征的士兵。

译文

　　西北边塞的秋日风景与别的地方都不同，大雁此时飞往衡阳过冬，完全不想在此地停留。四周边塞特有的声音与军中的号角声一同响起，千山万重，狼烟升起弥漫不已，夕阳西下，孤零零的城门也要关闭了。

　　痛饮一杯浊酒来敬我那相隔万里的故乡，还没能像窦宪一样打败敌人，在燕然山的石上刻字记录战功，回家的计划更是遥遥无期。羌笛悠远地响起，夜里霜华满地，士兵们都无法安然入睡，将军的头发都花白了，而士兵们也都流下了思乡的泪水。

历史放映厅

　　康定元年（1040）至庆历三年（1043），范仲淹在陕西路（今属陕西）任职，戍守西北边疆以抵御西夏，保卫了边疆的平安。当时他十分有声望，西夏十分忌惮他，称他肚子中的谋略相当于数万士兵。这阕词就是范仲淹当时所作，在文学史上地位很高。

衡 阳

衡阳今属湖南省，境内有五岳之一的"南岳"衡山，此处有一个回雁峰，是衡山的七十二峰之首。据说每逢秋日，北雁南飞都会在这里停下过冬，来年春天再往北返。衡阳横跨湘江，在历史上，衡阳是造纸术这一文明技术的诞生地，也养育了王夫之这样的大思想家。如今衡阳市内共有八个著名的景点，回雁峰就是其中之一，其他还有宋初四大书院之一的石鼓书院、祝融峰等。

北宋初年的词都比较绮丽，多靡靡之音，而范仲淹的这阕词引入悲壮的边塞题材，扭转了当时的词风，也为之后苏轼、辛弃疾等豪放派词风打下了基础。

赏 析

词的上阕写景，下阕抒情。写景主要写的是边疆特有的荒凉景象，作者用边塞独有的声音、景象，以及如狼烟、边塞声、号角声等意象来烘托悲凉的气氛，用连大雁在这里都无法忍受严寒来侧面突显战争前线的艰苦，用开阔的意境表现出边境的苍凉之感。而下阕的抒情主要表现了战士们的思乡情感以及生活的艰苦，作者用历史典故以及深夜里战士们的状态来展现报国与思乡的复杂情感，表达归家无期的无奈。总的来看，这阕词在雄浑开阔的意境中又伴随着悲壮苍凉的情感，水平很高。

晏殊：北宋倚声家初祖

晏殊（991—1055），字同叔，抚州临川（今江西抚州）人，北宋政治家、文学家，作品有《珠玉词》。晏殊才气过人，少年时就因为有"神童"的名号而被推荐进入朝廷，后官至宰相。晏殊一生仕途顺利，享尽荣华，受到太平盛世时歌舞升平、宴饮作乐的风气影响，他的词婉丽娴雅。从词的内容来看，他大多数作品是写男女爱情的离愁别恨的，但作为高阁重臣，他这一类作品并不轻佻浓艳，而是将恋爱中的女性写得纯净清丽，同时又多了一些淡淡的忧伤之情。此外，晏殊多愁善感的性格也使得他常常在词作中展现出对人生的忧虑之感，表达对人生短暂的遗憾之情，因而他的作品中不仅有雍容淡雅的情感，还有对生命的沉思。由于晏殊是北宋前期的词人，地位显赫，又培养了欧阳修等著名词人，因此被誉为"北宋倚声家初祖"。

蝶恋花

北宋·晏殊

槛①菊愁烟兰泣露，罗幕②轻寒，燕子双飞去。明月不谙③离恨苦，斜光到晓穿朱户④。

昨夜西风凋碧树，独上高楼，望尽天涯路。欲寄彩笺⑤兼尺素⑥，山长水阔知何处？

注 释

①槛（jiàn）：古建筑常于轩斋四面房基之上围以木栏，上承屋角，下临阶砌，称作槛。②罗幕：丝罗的帷幕，富贵人家所用。③不谙（ān）：不了解，没有经验。谙，熟悉，精通。④朱户：指大户人家。此指闺房。⑤彩笺：彩色的信笺。⑥尺素：书信的代称。古人写信用素绢，通常长约一尺，故称尺素。

译 文

栏杆外的菊花被笼罩着一层愁雾，清晨的露珠落在兰花花瓣上像是兰花在哭泣，帷幕中透着丝丝缕缕的寒气，燕子也双双飞远了。皎洁的月亮无法明白离愁别恨之苦，月亮的光辉

斜照到天明，穿入朱门绣户。

昨夜西风呼啸，把绿树都吹凋零了，我独自登上高楼，远望天涯之路的尽头。想要给心里记挂的人寄一封信，然而千山万水，心上人也不知远在何处。

历史放映厅

晏殊当时是词坛响当当的人物，有"宰相词人"之称。他一生富贵荣华，多以女子的口吻写爱情主题的词，因此笔调也比较娴雅华丽。这阕表达伤情离别的作品在众多婉约派词作中颇负盛名，因为它不仅是个人的愁闷，而且上升到了一种广远的境界。王国维在《人间词话》中就将下阕首句比喻为自古以来成就事业和大学问的人必须经历的三种境界的第一步。

赏 析

这阕词移情于景，将普遍的离愁别绪表达得深沉凝重。词的视角由远及近。上阕选取了眼前的事物，目光从庭院里到室内，用拟人的手法写菊花和兰花似乎都有心事，又写明月不懂得离别之苦，主人公只能看着月光无法入眠，作者以景抒情，将自己的凄婉心情融入了这些意象中。下阕视角从室内转向楼上，通过登高远望这一个动作表现出了主人公望眼欲穿等心上人的神态。"望尽"与之前的"到晓"相对应，表现出作者彻夜未眠，望断天涯，以及内心无尽的孤独。作者本来表达的是个人的伤情离别，却用一种空阔辽远的境界使自己私人的忧愁转变成了悲壮远大的境界，有一种无尽的苍茫感。在语言上，作者虽只用白描，却给人一种洗尽铅华、渺茫深远的感觉，给予读者无尽的想象。

浣溪沙

北宋·晏殊

一曲新词酒一杯，去年天气旧亭台。夕阳西下几时回？

无可奈何花落去，似曾相识燕归来。小园香径独徘徊①。

注 释

① 徘徊（pái huái）：形容犹豫不决，走来走去。

译 文

　　我听着一首新词谱成的歌曲，喝着一杯酒，想到去年这个时候的天气，以及现在依然伫立在这里的旧亭子。夕阳西下，不知道何时能够再回来？

　　春花凋落让人无可奈何，去年好像见过一次的燕子如今又飞回来了。只有我独自在落英满地、萦绕着花香的小路上惆怅地来回踱步。

历史放映厅

　　晏殊生活优渥，但他的词有时也会表露出对人生的感悟。除了一些娴雅雍容的词，他常将对人生的思考融入景物之中，借此抒发情感。据说晏殊填词有个习惯，就是想到一个好句子马上记下来，如果一直没有灵感，就无法将整首词补充完整。据说"无可奈何花落去"就是他很久之前得到的一个好句子，苦思冥想一直没有下一句。后来他与朋友谈创作时，朋友自然而然地接了一句"似曾相识燕归来",晏殊一听,大喜过望,觉得浑然天成。后来,"无可奈何花落去,似曾相识燕归来"这一句也因为对仗工整而被后人称为"天然奇偶"。这首词也成了晏殊最脍炙人口的词。

赏 析

　　词的上阕回忆往昔,下阕写生活现状。选取"新词"与"旧亭台""燕归来"等意象,凸显了过去与现在、新与旧的对比,表现出作者对时间流逝的体验。作者使用问句,发问夕阳美景何时再来,无人回答,令人惆怅。总的来看,全词既包含着对时光流逝的惆怅,也有对世事无常的慨叹。虽然有看似相识的旧物和燕子重现,但这种安慰似乎并不能弥补美好事物消失的怅惘。全词的语言流利婉转,富有音韵美,清新自然,但意蕴深沉,给读者留下了无尽的韵味。

欧阳修：诗文革新主将

欧阳修（1007—1072），字永叔，号醉翁，晚年又号六一居士，吉州吉水（今属江西）人。欧阳修幼年丧父，母亲在地上用芦秆教他写字，给他讲他父亲廉洁仁慈的事迹，良好的家教让他成长为一名杰出的政治家和文学家。他既是一代名臣，又是文坛领袖。在政治上，他24岁中进士，在京为官期间勇于进言，支持和参加了范仲淹发动的庆历新政，三次被贬。在文坛上，他与当时的文人都相交甚好，他提拔了王安石、苏轼等一众文学家，积极进行诗文革新，被称为开创文坛新风气的一代文宗。与他丰富的人生经历相对应，他强调用文学表现现实生活，为政治服务。他的散文以政治性的议论文为主；他的词风往通俗化的方向开拓，写市民生活情趣与爱情题材；他的诗重视社会现实生活，又主要写个人经历与情怀。他的语言也十分独特，散文语言平易近人，诗歌语言流畅婉转，词的语言清新明快，他还借鉴和吸取民歌的定格联章进行创作。欧阳修是宋词史上主动学习民歌的第一人，在诗、词、文领域的成就影响了宋代各个领域的文人。

采桑子

北宋·欧阳修

轻舟短棹①西湖好，绿水逶迤②。芳草长堤，隐隐笙歌处处随。

无风水面琉璃滑，不觉船移。微动涟漪，惊起沙禽掠岸飞。

注 释

① 棹（zhào）：桨。② 逶迤（wēi yí）：弯曲的样子。

译 文

驾着小船，划着短桨，在美丽的西湖水面上漂荡，碧绿的湖面波纹蜿蜒绵长。湖岸两边的堤岸长满花草，四处隐隐约约有笙歌随船飘荡入耳。

无风时，湖面平静澄澈如琉璃一般，甚至都感觉不到船在移动前行。当湖面泛起微微的涟漪，沙鸥都被惊起掠过湖岸飞走了。

历史放映厅

欧阳修曾任颍州(今安徽阜阳)知州，他喜爱那里的民风、景物，晚年辞官退休后便定居此地，常常泛舟颍州西湖，曾作《采桑子》十首，歌咏颍州西湖的四时美景，抒发恬淡安适的情怀。每阕词

跟着诗词游中国

颍 州

颍州在今安徽阜阳地区，宋代颍州为京城的机关重镇，是南北水运和贸易往来的要道。晏殊、欧阳修、苏轼等人都曾经在颍州地区任职过。这阕词中的颍州西湖在先秦时期就已形成，到唐代逐渐成为风景名胜区，因此颍州西湖被很多文人都写作赞美过。此外，颍州还是"中国剪纸艺术之乡"，境内有文峰塔等著名景点。

第一句的最后三个字都是"西湖好"。《采桑子》是十首词中的第一首。颍州西湖也因为欧阳修的《采桑子》而名扬天下。

赏 析

作者在开篇用轻舟短桨营造出一种悠然自得的氛围，塑造一种悠远闲适的景色，并点出文章的主题，即"西湖好"，后面几句则具体描绘西湖的春景。全词从视觉和听觉两个角度对西湖烂漫的春景做了生动的描绘，同时运用"绿水""芳草"等代表颜色的意象凸显出西湖生机勃勃的景象。下阕将视野由远处收回，集中在湖面，写出湖上的小船及湖水的平滑。这里还运用了比喻、夸张和动静结合的手法，展现出湖水澄澈平静像琉璃一样，甚至都不觉得船在动。作者的描写富有动感，用细微的涟漪和飞起的沙鸥等动态画面展现出西湖美景，动中有静，意境极美。

王安石：纯粹的理想主义者

王安石（1021—1086），字介甫，晚号半山，抚州临川（今江西抚州）人，北宋政治家、思想家和文学家。22岁中进士，早年任职地方官。后给皇帝写了万言书建议改革，被提拔为宰相，推行变法以富国强兵。但由于变法过于激进遭到了诸多反对，且引发了一系列的党争事件，他也反复被罢相又被起用。最终王安石离开官场，退居江宁（今江苏南京），后因为朝廷废除了全部新法而忧愤成疾，不久逝世。

与他的政治家身份相呼应，他在文学上强调文学为政治服务，要有实用功能。他的文章也多以论辩为中心，针砭时弊，语言简练，富有逻辑，但是形象性和感染力不够。他的诗歌也具有很浓的政治色彩，内容比较丰富，其借史抒怀的咏史诗很有新意，也颇有成就。总的来看，他的诗风以他个人官场退隐为界，前期多批判现实，同情下层民众生活；退隐之后，诗风也随之趋于含蓄深沉，从早期的直白尖锐走向后期的韵味深远，艺术性较高。他的诗歌从表现个体转向表现历史和社会，一扫之前宋诗柔情蜜意的风气，在一定程度上推动了宋诗的发展。

梅花

北宋·王安石

墙角数枝梅，凌寒独自开。

遥知不是雪，为有暗香来。

译 文

墙角有几枝梅花，在严寒的天气下独自开放着。

远远地看便知道这不是雪花，因为闻到有幽幽的香气传来了。

历史放映厅

据说，王安石的这首《梅花》是对一首古乐府诗的翻新，王安石经常改写前人的诗作。据载，这首诗是王安石在拜访一位高士却不得见时，在这位高士住处的墙壁上写下的，借咏梅表现对高人的景仰和赞美。

赏 析

诗的上半部分用"墙角"这一偏僻不显眼的位置，强调了梅花在严寒的气候和恶劣的生长环境下兀自绽放的坚强意志与高洁品格，也表明虽然梅花被冷落但依然全力绽放自我的精神。后半部分用了对比的手法，选取雪花这个意象映衬出梅花的颜色，而用暗香凸显出梅花自身的香气，用视觉和嗅觉两种感官表现凸显出了梅花的特点。

《瑶圃先春图·红梅》

作者：董诰

创作年代：清代

馆藏：台北故宫博物院

梅花与松、竹一起，被古人称为"岁寒三友"，与兰、竹、菊一起被称为"四君子"，深受古人喜爱。古人常借梅花表达不畏风霜、正气凛然、孤傲的气节。梅花迎风霜而不惧，是文人墨客常用的咏情绘画的题材。清人董诰（1740—1818）曾以梅为题，绘《瑶圃先春图》，用各种不同形态的梅花展现了一种鼓舞人心的力量，图中为其一《红梅》。此套作品目前藏于中国台北故宫博物院。

元日①

北宋·王安石

爆竹声中一岁除，春风送暖入屠苏②。
千门万户曈曈③日，总把新桃换旧符④。

注 释

①元日：指农历正月初一。②屠苏（tú sū）：这里指一种酒，根据古代风俗，常在元日饮用。③曈（tóng）曈：形容太阳出来后天色渐亮的样子。④新桃换旧符：用新桃符换下旧桃符。桃符是古代新年时悬挂于大门上的辟邪门饰，春联的前身。

译 文

　　在爆竹声中，旧的一年过去了。和煦的春风送来温暖，并将这一暖意融入了屠苏酒中。

　　千家万户此时都沐浴着新日的光辉，在这一天，人们总是用新的桃符替换去年旧的桃符。

历史放映厅

　　这首诗描写的是宋代过春节时的场景，表现出了宋代春节的习俗与传统。王安石此时正主持新政变法，他由春节热闹景象联想到自己想要富国强民的改革决心和对改革前景的热切憧憬，于是在这一诗歌中寄托了美好的政治主张。其中"总把新桃换旧符"暗含着事物新旧交替的必然规律，因此后来人们也把这一句与王安石的变革新法这一事件结合起来。

> ※桃符：桃符是中国古代的传统文化意象之一，是古代人们在大门上挂着的两块桃木板，上边多画着门神像或者题着门神名字。每当新年之际，人们就会把旧的桃符取下来，换上新的桃符。后来这一习俗就演变成了现在的春联。新年换桃符这一行为，展现出了人们对新一年的期待与希望，这里也预示着王安石对于变法前景的美好憧憬。

赏 析

　　诗中连用了"除""送""入""换"这四个动词表现出了辞旧迎新的画面，烘托出了新春的喜庆氛围。其中"总"有一种文化传承的意味。作者着重选取了"放爆竹、喝屠苏酒、换桃符"三个蕴含着深厚的生活气息的典型意象与事例，写出了当时人们过新年的仪式感，以及人们愉悦的心情。

书湖阴先生①壁

北宋·王安石

茅檐长扫净无苔②，花木成畦③手自栽。
一水护田将绿绕，两山排闼④送青来。

注 释

① 湖阴先生：杨骥（字德逢）的别号。杨骥是王安石退居江宁时的邻居。② 苔：青苔。③ 畦（qí）：这里指种有花木的一块块排列整齐的土地，周围有土埂围着。④ 排闼（tà）：推开门。闼，小门。

译 文

茅屋庭院房檐经常打扫，干净得没有长任何青苔，成行成列的花木都是亲手栽种的。

一渠水环绕着这一片绿油油的农田，两边的青山也开门给庭院送过来一片青翠。

历史放映厅

王安石前期立志于改革，晚年退居南京紫金山，此时他远离朝政，钟情山水，和隐居之士湖阴先生既是邻居又是好朋友。这首诗写于元丰（1078—1085）前期，是王安石在家里的墙上写的诗，当时他一共写了两首，这一首描写了邻居家的庭院和周围的景色。

赏 析

　　王安石在这一首诗中使用了白描和拟人的手法，以朴实平常的语言写出庭院的干净和花木的整齐状况，侧面映衬出主人的勤劳和高雅。下文的"排闼""送青"两语将山拟人化，写青山为庭院送来一片青翠，一方面表现出邻友家四周环山绕水的秀美环境，另一方面也使得这一画面富有动态美感。此外，"护田"和"排闼"在《汉书》上也有典故，诗人将典故融于诗句，自然天成，十分高明。

泊船瓜洲①

北宋·王安石

京口②瓜洲一水间，钟山③只隔数重山。

春风又绿江南岸，明月何时照我还。

注 释

①瓜洲：在今江苏扬州一带，位于长江北岸。②京口：在今江苏镇江，位于长江南岸。③钟山：今江苏南京紫金山。

译 文

京口和瓜洲仅仅隔着一条江，而南京紫金山与这里也就隔着几座山。

春风又把长江南岸给吹绿了，明月什么时候才能照着我指引我回到自己的家乡呢？

历史放映厅

王安石在变法失败退居江宁后不久，皇帝就秘密召他回京做丞相。王安石早已觉得官场内部风云涌动，新法难以推行，因此他原本推辞了皇帝的征召，但无奈圣意难违，他就又从江宁奔赴回京。船在瓜洲渡口停泊时，京口和瓜洲只有一江之隔，王安石的第二故乡也即晚年隐居的紫金山也就与自己隔着几座山。此时他对自己的命运生出无限感慨，便写下了这一著名的《泊船瓜洲》。这里有一个小插曲，据说王安石写诗十分严谨，他的诗文常常经过反复的推敲才能定稿。据说这一句原本是"春风又到江南岸"，

跟着诗词游中国

京 口

京口是江苏镇江的古称。东汉末年时，孙权称霸江东，设置了京口镇，宋朝时改称镇江府，镇江的名字沿用至今。京口处于长江下游，水道发达，京杭大运河穿梭其中。镇江名胜古迹很多，境内有焦山碑林、大运河、甘露寺等。

但王安石对"到"感觉不满意，便又反复改为"入""过""满"等。如此改了十多次后，当他突然想到"绿"这个字时，才一锤定音。

赏 析

王安石用字精炼，前两句交代了瓜洲这一古老渡口的地理位置，"只隔"二字用字巧妙，表现出自己的第二故乡实际上离自己十分近，但后边又用了"数重山"表现出"难抵达"之意，通过这一对比凸显出实际上自己现在的人生路已经离自己喜欢的生活很远了，这种地理距离和心理距离的远近藏着诗人对故乡的依恋与对未来不确定的隐忧。"春风又绿江南岸"写景，其中"绿"字巧用形容词作动词，表达出普通动词所不能显示出的春风吹拂之后的效果，这就将春风吹拂的动态画面与吹过之后的静态结果同时呈现了出来，展现出了直观的视觉效果，提升了读者的想象空间。最后一句直抒胸臆，巧用问句，表现出自己实际上并不想参与官场纷争，想要远离官场，过原来的自由舒适的生活的想法。

登飞来峰①

北宋·王安石

飞来山上千寻②塔，闻说鸡鸣见日升。
不畏浮云遮望眼，自缘③身在最高层。

注释

①飞来峰：即浙江绍兴城外的宝林山，唐宋时其上有应天塔，故又俗称"塔山"，古代传说此山自琅邪郡东武（今山东诸城）飞来。②寻：古代长度单位，古代一寻指八尺（一说七尺）。③缘：因为。

译文

飞来峰山顶上有一座高耸入云的万丈高塔，听人们说那里有天鸡报晓，能看到旭日东升。

在那山顶不必怕那浮云遮住远眺的视线，因为我已身处在塔的最高层。

历史放映厅

皇祐二年（1050）夏天，30岁的王安石在浙江做知县的任期已满，当他返回江西故乡时经过了杭州，就写下了这首登高诗。这首诗是他刚刚进入仕途的作品，此时他正值壮年，还有满腔的抱负与政治热情，在飞来峰上登高望远，表达出了自己酣畅淋漓的情怀，后来人们也把这首诗看作王安石实行新政变法的前奏。

赏 析

　　首句写塔，诗人用"千寻"这一个夸张的词语展现出高山与塔的气势，"千"这一夸张数字表现出山与塔居高临下的壮观景象，同时也暗含作者心态上的豪迈与畅快。第二句展现出了旭日高升时光芒万丈的图景，另一方面又展现出雄鸡唱晓这一意气风发的气势，暗含着诗人想要如雄鸡啼鸣一样振臂一呼，召唤新的改革的豪迈之情。三四句用象征的手法，极具哲学内涵。表面是写诗人登高之后的自然风景，实际是将"浮云遮望眼"暗喻为官场上的奸邪小人得势，迷惑皇帝，祸乱苍生的现实。诗人对此表现出了决不屈服和敢于斗争的大无畏精神，表达出自己不与奸佞同流合污，要用"最高层"的卓越见识和高度来关怀天下苍生，追求改革胜利的志向。

桂枝香·金陵①怀古

北宋·王安石

　　登临送目，正故国②晚秋，天气初肃③。千里澄江似练，翠峰如簇④。归帆去棹残阳里，背西风，酒旗斜矗。彩舟云淡，星河⑤鹭起，画图难足⑥。

　　念往昔，繁华竞逐⑦，叹门外楼头，悲恨相续⑧。千古凭高对此，谩嗟荣辱⑨。六朝旧事随流水，但寒烟衰草凝绿。至今商女，时时犹唱，后庭遗曲⑩。

注释

①金陵：南京的旧称。②故国：故都，这里指金陵。③肃：肃爽，天高气爽。④簇：箭头，形容山峰林立。⑤星河：天河，这里指长江。⑥画图难足：图画难以完备（地展现）。⑦繁华竞逐：竞逐繁华，争相追逐奢侈豪华的生活。⑧悲恨相续：指各个王朝接连覆亡。⑨谩嗟荣辱：枉自感叹兴亡的荣耀和耻辱。谩，同"漫"，徒然。⑩至今商女，时时犹唱，后庭遗曲：语出唐杜牧《泊秦淮》："商女不知亡国恨，隔江犹唱后庭花。"后庭遗曲，即南朝陈后主所作《玉树后庭花》，被视为亡国之音。

译文

　　登上高楼，极目远眺，此时故乡金陵正值晚秋时节，天气刚刚开始变得萧肃。千里奔流的长江好像一条干净的白绢，青翠碧绿的山峰就像箭头一样陡峭。归岸的小船扬起风帆背着西风，在黄昏残阳里急速前行，此时酒家的旗子斜斜地伫立在岸上。彩色小船在淡淡的云雾里出没穿梭，江上的白鹭飞起来了，这样盛大壮美的景色真是难以描述。

回想过去，人们都争相追逐奢侈的生活，感叹"门外楼头，悲恨相续"这样王朝连续不断覆灭的悲剧。千古之后凭栏远眺这一景色，感叹王朝兴亡的荣辱都是枉然。六朝旧事都随流水消逝而尽，只是寒烟和衰败的草木依然还凝聚着一片绿色。直到现在，歌女还不知道亡国的悲剧，依旧时常吟唱着遗留下来的《玉树后庭花》。

🎬 历史放映厅

《金陵怀古》是治平四年（1067）王安石第二次罢相、出任江宁知府时作的一首词，主要题材是金陵的兴衰历史。在王安石之前词坛文人多写男女恋情和离愁别绪，但王安石把吊古伤今和历史兴亡这种重大题材引入词中，拓展了词的境界。这首词是作者在人生失意无聊之际欣赏自然风光时写的，被人们视为《桂枝香》这一词牌作品的绝唱。当时国家处于内忧外患之中，内部党争，外部有西夏和辽的侵扰，朝廷屡屡战败求和，在赔偿金银财宝的同时又压榨百姓，王安石倍感痛心，想到历史教训，写下了这首词。

赏 析

这首词上阕写的是金陵的景象，下阕则抒发了登临怀古的情感，且主要目的是讽刺当下。诗人在其中运用了多重表现手法，也运用了多个典故，如借用了杜牧诗中"门外韩擒虎，楼头张丽华"的故事，又化

莫非这就是
金陵人家？

清代乾隆年间有一位
宫廷画家谢遂，擅长画人物工笔、
楼阁园林，曾绘《仿宋院本金陵图》长卷，
卷中细致描绘了金陵城的城市、村庄、市井人物，
细节生动，还原了丰富的古代风土人情。

《仿宋院本金陵图》（局部）

作者：谢遂

创作年代：清代

馆藏地：台北故宫博物院

用了杜牧的《泊秦淮》，这就<mark>将历史与现实结合起来，达到了讽刺和警醒的目的</mark>。此外，词中还运用了比喻的手法，如把长江比喻为一条澄净的白练，把山比喻为箭头，生动地展现出了金陵晚秋的雄伟图景，同时还运用了很多色彩描写，全面展示了金陵的华丽。最后，运用借古讽今的手法，流露出对北宋朝廷和皇帝不思进取的忧患，从而对现实政治进行批判。

※门外楼头：语出唐杜牧《台城曲》："门外韩擒虎，楼头张丽华。"隋文帝开皇十年（590），隋军大将韩擒虎率兵从朱雀门攻入金陵，俘获了陈后主及其宠妃张丽华等人。门，指朱雀门。楼，指结绮阁，是陈后主特意为张丽华建造的。

王观：新丽轻狂王逐客

王观（1035—1100），字通叟，号逐客，泰州如皋（今江苏如皋）人，与秦观并称为"二观"。词集有《冠柳词》，但没有流传下来，只留下了十六首词，其中《卜算子·送鲍浩然之浙东》是他最好的代表作，做官期间撰写过《扬州赋》《扬州芍药赋》。王观中进士时与苏轼兄弟同榜，之后担任过大理寺丞、知江都县等官职。据说他奉召写《清平乐》，然而太后认为他属于王安石一党，就以这一词亵渎皇帝为借口罢免了他，因此他自称"逐客"，后人便称他为"王逐客"。他的词风比较接近柳永，就连《冠柳词》的名字都是"比柳永词好"的意思。总的来看，他的词有自己的特色，在语言上风趣中又夹杂着一点俚俗，内容上情景交融，构思十分新颖。

卜算子·送鲍浩然之①浙东

北宋·王观

水是眼波横②，山是眉峰聚③。欲问行人去那边？眉眼盈盈处④。
才始⑤送春归，又送君归去。若到江南赶上春，千万和春住。

注 释

①之：往，去。②水是眼波横：水像美人流动的眼波。③山是眉峰聚：

山如美人蹙起的眉毛。④眉眼盈盈处：山水交汇的地方。盈盈，仪态美好的样子。⑤才始：方才。

译 文

河水像美人流动的眼波，而山峰就像美人皱起来的眉头。想要问好朋友你要去往哪里？朋友回答说是山水交汇的地方。

刚刚送走了春天，又要送朋友你离开。如果你到江南时正好赶上了春天，一定要和春天一起留下来同住。

历史放映厅

鲍浩然是王观的朋友，生平事迹不详。他大概居住在浙东一带，两人的感情比较好。这一次送别，是因为鲍浩然要回家。另有一种说法是鲍浩然的爱妾在浙东，鲍浩然要回家去探望她。王观应该是想到朋友的妻妾一定是在家日夜思念丈夫盼望着他回家，便想象出了美人的眉眼，使得山水都对朋友显示出了特别的感情。

赏 析

作者巧妙地运用了几个比喻和指代，用深情的眉眼来比喻秀美的山水，非常巧妙，且对仗工整，大大赞美了江南秀丽的景色。其次，文章还移情于景，将没有感情的山水塑造成饱含深情的有感情之物，令人动容。此外，词的下阕运用拟人和具象化的手法，十分轻松有趣，也表现出了作者对江南的眷恋之情。

苏轼：才情天纵苏东坡

苏轼，宋代文坛巨匠，被称为"中国古代最高贵、最亲切、最有魅力的文人"。这种魅力不仅贯古通今，也名扬海外，甚至在 2000 年之际，苏轼还被法国知名报纸《世界报》纳入"千年英雄"之列，而苏轼也是唯一入选这份千年重要人物名录的中国人。这种举世盛名不仅因为他是艺术领域的旷世奇才，还在于他面对人生沉浮时，表现出的处变不惊、超然豁达的精神特质。

百科全书式的文化伟人

苏轼（1037—1101），字子瞻，眉州眉山（今四川眉山）人，号东坡居士，故而世称苏东坡。苏轼可谓全才，他集政治家、思想家、文学家、美食家、书法家、绘画家、音乐家等多重身份于一体，被誉为"中国的莎士比亚"。

才华横溢的艺术家

苏轼生于书香世家，祖父苏序喜好读书作诗，父亲苏洵是北宋文学家，母亲程氏知书达理。在这种良好的家学传统下，苏轼与弟弟苏辙自幼便"博通经史"，父子三人也都以文章诗词闻名于世，皆被列入"唐宋八大家"，世称"三苏"，当时有诗称赞，"眉山生三苏，草木尽皆枯"。

苏轼自小熟读诗书，学识修养深厚。他21岁时出蜀进京应试，第二年就高中了进士。苏轼的应试文章颇受文坛领袖欧阳修的赏识，但欧阳修自认为这篇佳作非常像他的学生曾巩的手笔，为了避嫌，他给苏轼这篇文章判了第二名。但在殿试环节，苏轼又拿回了第一的成绩。后来欧阳修也是十分赞赏苏轼的才华，甚至自称以后要避开苏轼，"放他出一头之地也"，成语"出人头地"也便出于此。

然而苏轼的才华不止于文学，还表现在绘画、书法、音乐等多个艺术领域。在绘画方面，苏轼擅长画墨竹，注重写意，提出了著名的"胸有成竹"说；在书法方面，他的字体潇洒硕美，其《黄州寒食诗帖》被视为仅次于王羲之、颜真卿的"天下第三行书"；在音乐方面，苏轼是弹古琴的高手，他的《琵琶行》中对于琵琶乐声的描述堪称一绝。他的词也极富音律美，后世将他的很多词作改成了歌曲，比如广为传唱的《水调歌头》等。这样的艺术全才，使得苏轼足以冠绝天下了。

心怀天下的父母官

在朝为官期间，苏轼为人坦荡，敢于进言。当时正值王安石主持变

《黄州寒食诗帖》（局部）·北宋·苏轼

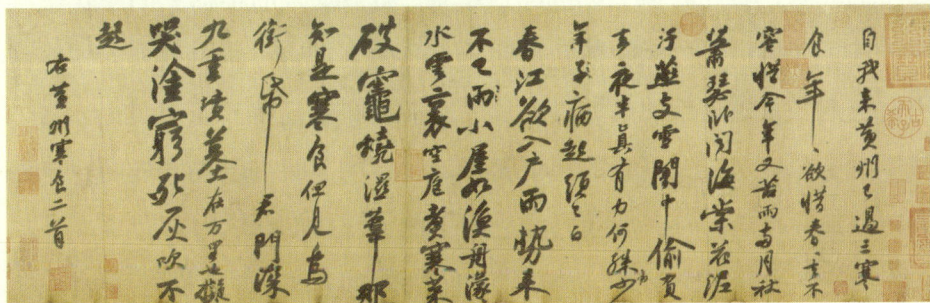

法时期，苏轼因不认同其激进的政策，便直言上书反对变法新政，这就遭到了新党势力的打压排挤。为避开党争，保全自身，苏轼在熙宁四年（1071）自请出京外任，调任杭州（今浙江杭州）通判，三年后改任密州（今山东诸城）太守、徐州（今江苏徐州）太守，后又调任常州（今江苏常州）、湖州（今浙江吴兴）等地。在此期间，苏轼以诗词尽意写人生，著名的"密州三曲"——《江城子·密州出猎》《水调歌头》《江城子·乙卯正月二十日夜记梦》就作于此时。

苏轼心怀天下，关注百姓疾苦，作为地方官，他经世济民的理想得到了施展。据记载，在徐州期间，洪灾搅得当地民众人心惶惶，苏轼为稳定民心，一面发放赈灾物资，一面褪下官服，第一个挽起裤腿，亲自下水抗洪。有了他这种临危不惧的精神做表率，富户不再逃跑，人民不再惊慌，人心大受鼓舞，群众也纷纷加入了抗洪卫城的保卫战中。这种一心为民的奉献精神使得他每到一处都会赢得民心，受到民众的真心爱戴，而在离任之时，当地百姓也常常不舍，千里相送，甚至跪地痛哭。

🌀 精于烹饪的美食家

然而，新党并没有放弃对苏轼的迫害。元丰二年（1079），44岁的苏轼无辜被捕入狱，原因是奸臣对其诗句大做文章，给他编了一套毁谤君主的罪名，这一冤案史称"乌台诗案"。103天的牢狱生活不仅使苏轼丧失了人身自由，还险遭杀身之祸，后因北宋有不杀士大夫的国策而逃过死刑。紧随其后的是苏轼的第一次贬谪，朝廷将其贬至黄州。这一深重的苦难成了苏轼一生的重要转折点，他的思想开始走向成熟，身处失意之地，生活困顿，心底有挥之不去的抑郁苦闷，不过苏轼毕竟是积极入世的乐天派，他懂得"人生有味是清欢"的道理，能够积极开解自己，寻找超脱之法。他喜好山水田野，还在黄州东门外的山间坡地上开荒种地，自得其乐，甚至把自己比作"香山居士"白居易，他的"东坡居士"一号便得于此。

人生实苦，但也正是这些困苦造就了苏轼创作的高峰，其艺术水平正是在其遭受严重政治迫害和一贬再贬的境况中抵达精深华妙之境的，他在这一时间写出了诸多质量极高的作品，如《临江仙·夜归临皋》《定风波·莫听穿林打叶声》《念奴娇·赤壁怀古》《前赤壁赋》《后赤壁赋》等，这些作品展现出苏轼豪迈洒脱之情。

除此之外，苏轼在美食方面还颇有造诣，他酷爱研究当地美食，擅长用美食疗愈自己，是个响当当的"吃货"。我国的传统名菜"东坡肉"据说就是在黄州"面世"的。彼时，苏轼发现黄州的猪肉价格极低，但民众不喜欢吃猪肉，苏轼为推广猪肉便自创"东坡烹调法"，并在诗中记载了这一烧制猪肉的做法："慢著火，少煮水，火候足时他自美。"后来，苏轼做杭州太守时，杭州百姓每逢春节便会抬肉挑酒感谢苏轼，苏轼每每收到肉就吩咐家人按照自己的方法将猪肉炖得酥烂软糯，分送给西湖工人和百姓。大家非常喜欢这种味美酥香、肥而不腻的美食，便以苏轼的名字将其命名为"东坡肉"，使这一美食逐渐流传开来。

🌀 见识超前的实干家

元丰八年（1085），苏轼的贬谪命运有所改变。新皇继位，太后临朝，以司马光为首的旧党被重新任用为相，苏轼也被召还朝，任命为礼部郎中，并在半年内由起居舍人升至中书舍人再升至翰林学士，到达了他为官生涯的顶峰。但是，春风得意之时，苏轼也不曾改变自己不畏强权的本色。此时，他又敏锐地看到了旧党完全压制新法的极端错误，便再次向皇帝提出谏议反对。自此，苏轼在新党和旧党之中都没有了立足之地，在这种两难窘境下，他再次申请外调，出任地方官，开始了他第二段外任期。

此时，苏轼被分派到杭州任职，后又改知颍州、扬州、定州等。回到阔别十六年的杭州，苏轼削减了自己游山玩水的时间，专治民生，他对于治疗疫病和水利建设、教书育人有真知远见，他的一系列开创性举措至今仍有效用。当时杭州正值大旱与疫病，苏轼忧心如焚，连忙募得一批善款，并拿出了自己的私人钱财，专门用来设置病坊治疗疫病，探索防治疫情的新方。其次，苏轼还是历史上的治水名人，他疏浚西湖时，用挖出的泥在西湖旁边筑了一道堤坝，引水灌溉，还号召民众在西湖中种菱角以修复水质，这种水利建设之法在当时也是别开生面的新方式，后来杭州人民还专门命名了"苏堤"来纪念他治理西湖的政绩。此外，苏轼在教育上也颇有成效，他深知读书学习的重要性，每到民风落后的地方便开办学堂讲学，培养出了一批苏门学子，甚至还为海南培养出了第一位举人姜唐佐。

笑对人生的大智者

元祐八年（1093），政治风云又起。苏轼又不幸遭到了新一轮的党争迫害，先后被贬到惠州和儋州。这一系列的变故使得苏轼的人生苦难到达顶点，不过，此时苏轼的思想已进一步升华，他甚至将在黄州、惠州和儋州的三段时光戏称为自己一生功业的三个高光时刻。凭借这种豁达乐观的心态，苏轼将一生的流放之旅变为美食发现之旅、美景品鉴之旅，每到一处，都将一贫如洗的居所过成了怡然自得的天堂。在惠州期间，喜欢琢磨饮食的苏轼又将眼光投向了荔枝，他在第一次尝到荔枝时便对其赞不绝口，称其为惠州一绝，甚至写诗大加赞赏："日啖荔枝三百颗，不妨长作岭南人。"堪称惠州荔枝最好的广告词。在蛮荒之地的儋州，苏轼则爱上了海蛎子，还写信给儿子分享生蚝之鲜美，甚至还半开玩笑地专门嘱托儿子要保守这个秘密，千万不要让朝中的达官贵人知道这种绝世美食，不然都会来抢走他的生蚝了。

直到元符三年（1100），徽宗继位，苏轼遇赦北归，结束了他流离半生的谪居生涯，然而此时他已是饱经风霜的垂暮之年。北归路上，苏轼在金山寺墙壁上偶然见到了当时著名画家李公麟为自己所作的画像，顿时感慨万千，回望平生苦难，他写下了自己一生的总结诗："心似已灰之木，身如不系之舟"。第二年七月，苏轼就病逝于常州，享年66岁。

🌊 艺术巨匠，文人典范

作为当时的文坛盟主，苏轼的诗、词、文无论是在数量上还是质量上都是宋代之冠，然而苏轼的魅力不止于文学，他像个棱镜一样，流光溢彩，光芒四射，在各个领域都达到了极高的境界。在工作领域，他秉承着文人士大夫的精神品格，在此起彼伏的党争中保持气节，在失意偏远的地方办实事，造福一方；而在更为广阔的生活领域，他保持着多样的生活情趣，以宽广的眼光拥抱大千世界，以写作、烹饪、饮酒、游玩等消解接踵而至的人生苦难，拓宽了生命的边界。正是这种坚毅的姿态和通达自适的精神使他在千年之后依旧不朽。

赠刘景文①

北宋·苏轼

荷尽已无擎②雨盖，菊残犹有傲霜枝。
一年好景君须记，最是橙黄橘绿时。

注 释

① 刘景文：刘季孙，字景文，苏轼的好友，二人经常以诗歌往来唱和。
② 擎：举。

译 文

秋日荷花已消失殆尽，就连那遮天盖雨的荷叶也没有了，而菊花虽被摧残，其花枝依旧傲斗寒霜。

请景文兄一定要记得，这一年中的好风光，正是在秋末冬初的橙黄橘绿之时啊。

历史放映厅

此诗创作于宋哲宗元祐五年（1090）冬，是苏轼赠予好友刘景文的一首勉励诗。此时苏轼正在杭州做官，而刘景文时任两浙兵马都监，驻杭州。刘景文博通经史，喜好藏书与石刻，因其个性豪放，苏轼称其为"慷慨奇士"。写作此诗时，刘景文已经58岁却依旧仕途不得意，而苏轼也已经54岁，两个垂暮之年的失意人士惺惺相惜。出于对好友的惋惜之情，苏轼向朝廷上表大加推荐。在苏轼的举荐下，刘景文升官隰州。此诗不仅是为刘送别之作，还是对正处于人生困境之中的友人表示支持，借菊残傲霜、橙黄橘绿的坚贞不屈对刘进行劝勉，这一方面展现出了苏轼积极进取、乐观向上的精神气质，另一方面也映射着一层悲凉的色彩。

此诗从字面上来看，似乎只是一首秋末冬初的咏物诗，作者一方面借用比喻的修辞手法，将荷叶喻为擎雨盖，表明本应有遮雨之用的荷叶都褪尽了，另一方面又用一"傲"字，将迎霜的菊花拟人化，表现出菊花虽残，仍有傲然枝干的形态，凸显出初冬时节的橙橘盛景。在此之前，屈原就曾经咏叹过橙树与橘树的岁寒之心：《橘颂》云："青黄杂糅，文章烂兮。"因而在中国古代，橘树与橙树代表了与松柏相似的坚贞节操。由此，苏轼也巧用隐喻，勉励好友应当有橙橘的坚韧之志，奋意进取。

43

饮湖上初晴后雨

北宋·苏轼

水光潋滟①晴方②好，山色空蒙③雨亦奇。
欲把西湖比西子④，淡妆浓抹总相宜。

注释

① 潋滟（liàn yàn）：波光闪动的样子。② 方：正。③ 空蒙：迷茫缥缈的样子。④ 西子：即西施，春秋时代越国的美女。

译文

天气晴好，阳光耀射在水面上，西湖波光粼粼甚是好看，细雨迷

跟着诗词游中国

西湖

杭州名湖，三面环山，湖水呈椭圆形，面积约6.03平方千米。周边景点众多，有雷峰塔、断桥、西泠印社等西湖美景，自古深受文人名士喜爱。苏轼任职期间，于此修建堤坝以修水利，史称"苏堤"，现为西湖文化标识之一，"苏堤春晓"亦成为西湖十景之首。此外，由于苏轼在诗作中屡次将西湖比喻为西子，后人遂称西湖为"西子湖"。

蒙之时，湖周围的山色云雾迷离，亦是奇观。

若把西湖比为西施，那么无论是淡妆还是浓抹都很合适。

 历史放映厅

此诗为熙宁六年（1073）苏轼任职杭州时所作。原作共二首，此为其一。此时，苏轼正在西湖之上与客相会，本来晨曦之中天气晴好，后下起雨，苏轼于此一边与客谈笑畅饮，一边欣赏这突如其来的雨景与湖景。这也传达出了苏轼此时对大自然的喜爱之情，与放松游玩之时悠然自适的心境。

赏 析

苏轼此诗描写了西湖盛景及其多样之美，诗分别就晴日与细雨之下的西湖展开描写，借用拟人和比喻的修辞手法，将西湖比喻为美丽的西施，将其晴姿雨态拟人化为淡妆浓抹，凸显了西湖不同天气下不同的湖光山色之美。从组诗的前一首诗可知，苏轼这一天在西湖游宴赏玩，从艳阳至暮雨，苏轼与客人领略到了西湖不同的奇观美色。湖山胜景与苏轼洒脱的情绪相得益彰，诗人此时的开阔豁达之情溢于言表，也展现出了苏轼热爱大自然的审美情趣。

惠崇①春江晚景

北宋·苏轼

竹外桃花三两枝，春江水暖鸭先知。
蒌蒿满地芦芽短，正是河豚②欲上时。

注 释

① 惠崇：北宋名僧，能诗善画。这首诗是苏轼为惠崇的画作《春江晚景》所写的题画诗。② 河豚：一种肉味鲜美的鱼，有毒性。

译 文

竹林外有三两枝桃花初放，春天江水变暖，最早知道的是鸭子。

满地都是蒌蒿以及刚刚冒出芽的芦苇，此时正是河豚逆流而上的时节。

历史放映厅

这是苏轼在宋初九位诗僧之一的惠崇和尚所画的《春江晚景》上的题诗。惠崇是北宋著名的僧人、画家和诗人，尤其擅长画鹅、雁、鹭鸶等，人们把他画的小景称为"惠崇小景"。苏轼与惠崇并不是一个时代的人，二人也从未见过面，苏轼十分喜欢他的画，便在他的画上题诗。其中惠崇的《春江晚景》共有两幅，一幅画的是鸭戏图，一幅是飞雁图，苏轼也共题了两首，这一首是鸭戏图的题诗。

丙春清□板
惠崇笔意
拟元
玉□

《仿惠崇笔意山水图》

作者：王鉴

创作年代：明末清初

馆藏：美国大都会艺术博物馆

这一幅《仿惠崇笔意山水图》扇面是明末清初画家王鉴（1598—1677）的作品。王鉴师承董其昌，精研了前辈大家的笔墨结构，仿古功力高深，形成了自己的独特风格，尤其擅长工笔山水画。此幅山水即为其代表作，用青山绿树交织了白云红叶，清新典雅，描绘出了江南风景的优美，并蕴藏着无限诗意。

赏　析

　　这一首题画诗描绘了一派初春的景象，作者运用了繁盛的桃花和满地的植物的意象，颜色对比强烈，展现出初春万物复苏、生机勃勃的景象。此外诗中还用鸭子和河豚嬉戏畅游的场景，展现出一种动态的美，因此整首诗传递出一种动静结合的美感。对肥美的河豚的刻画不仅展现出了作者对美食的期待，也让读者展开了无限的遐想。

题^①西林^②壁

北宋·苏轼

横看成岭侧成峰，远近高低各不同。
不识庐山真面目，只缘身在此山中。

注 释

①题：书写，题写。②西林：西林寺，在今江西庐山脚下。

译 文

横着看庐山，它是一道连绵起伏的山岭，侧着看庐山，它又是高耸的山峰。从远处、近处、高处、低处等不同的角度看庐山，都会有不同的样子。

之所以不能识得庐山最真实的面貌，只是因为人正置身其中。

历史放映厅

《题西林壁》是苏轼在游览庐山时所作的诗。当时是元丰七年（1084），诗人刚刚经历了"乌台诗案"这一冤案，被贬为黄州团练副使。此时诗人要奉诏往东南方的汝州上任，经过庐山时他寄宿

庐 山

庐山，中华十大名山之一，位于江西省九江市，有"人文圣山"之称，有"匡庐奇秀甲天下"的美名。庐山海拔1473.4米，形状很像椭圆形，是较为典型的地垒式断块山。自古以来，庐山就闻名于世，境内有著名的庐山瀑布、香炉峰等，很多文人墨客都曾经登高写作，如李白写就《望庐山瀑布》、苏轼写就《题西林壁》等。

在圆通禅院里，佛印和尚便邀请他一起登山游玩。之后他在庐山停留了十几天，连着写了20多首诗，其中两首是写庐山的。这首诗是第二首，是苏轼和友人同僚们游西林寺时，对庐山有了更深刻的见解和感悟，便题写在西林寺的墙壁上。

赏 析

首句用十分简练的语言勾画出了庐山的全貌，从正面、侧面、远处、近处、高处、低处各个角度总结庐山的风景及姿态各异的特点；后边两句充满了哲学思想，说他并不能准确直接地描写庐山的真实面貌，是因为身在其中，无法跳脱出来看到全局。作者在这里用了隐喻的手法，看似写山，实际上表达的是自己的人生哲理，提醒人们只有跳出自身的局限，在更广阔的视野中观察事件，才能得出客观真实的结论。因此，这首诗写景与议论结合在一起，以形象说理，有趣又饱含哲理。

六月二十七日望湖楼①醉书

北宋·苏轼

黑云翻墨未遮山，白雨跳珠乱入船。
卷地风来忽吹散，望湖楼下水如天。

注 释

① 望湖楼：在今浙江杭州西湖边。

译 文

　　黑云就像泼洒的墨汁一样滚滚而来，还没有把青山完全遮住。白色的雨点就像被洒下的珍珠一样散乱地跳入船上，溅起水花。

　　突然平地卷起一阵大风，将黑云和雨水吹得四散，在望湖楼下，湖水就像天空一样平静。

历史放映厅

　　熙宁五年（1072），苏轼正在杭州做通判。六月二十七日时，他游览西湖，在船上看到了西湖奇妙的山光水色，便在望江楼上一边喝酒一边写下了五首诗，这首诗就是其中之一。这首诗描写了夏日暴雨中急剧变化的天气，以及在这种奇妙天气中西湖变幻莫测的风光，展现出作者此时热爱山水的心境。

赏 析

　　苏轼在整首诗中主要运用了白描的艺术手法展现西湖的景色，其中他着重运用了两个比喻，将突如其来的黑云比喻为翻倒的墨汁，表现出黑云密布的场景，而用跳动着的珠子比喻雨点，将骤雨倾盆而至的特点描绘得十分形象。同时作者巧用动词，"未遮山""乱入船""忽吹散"等描写都蕴含着作者独到的匠心，表现出了云彩和雨点来势汹汹的姿态；下半部分又描绘了天气由骤雨到晴朗的陡然转变，如此快的转变和恢复平静后的西湖让人们豁然开朗。

闲敲棋子落灯花　宋

浣溪沙

北宋·苏轼

游蕲水①清泉寺，寺临兰溪，溪水西流。

山下兰芽短浸溪，松间沙路净无泥。萧萧暮雨子规②啼。
谁道人生无再少③？门前流水尚能西！休将白发唱黄鸡④。

注 释

①蕲（qí）水：在今湖北浠水一带。②子规：杜鹃鸟。③无再少：
不能再回到少年时代。④休将白发唱黄鸡：不要因老去而悲叹。

译 文

　　游览蕲水的清泉寺，清泉寺面对着兰溪，兰溪水向西流。

　　山脚下的兰草长出的短小嫩芽浸在水中，松林之间的沙土路干净
没有污泥。傍晚淅淅沥沥的春雨中，杜鹃在时不时地啼叫。

　　谁说人老了就不能回到少年时代？门前的流水还能往西流呢！不
要因为年华老去就烦恼哀叹。

历史放映厅

　　元丰二年（1079），苏轼被诬陷
写诗冒犯朝廷而遭遇了文字狱之灾，
出狱后，他被贬往黄州任职。元丰
五年（1082），他在黄州东南方视

※唱黄鸡：语出白居
易"黄鸡催晓丑时
鸣"。苏轼用这一典
故表明不要叹息年
华流逝，情绪比白
居易积极一些。

察农田时得了病，听说蕲水那里有一个人擅长治病，便前往那里治疗。在康复后，他与这个人一起在蕲水清泉寺游玩。此时面对着寺庙清雅的风光，苏轼心情十分舒适，一扫之前的阴霾，重新振作精神。

赏 析

词的上阕用白描手法写景，交代了清泉寺洁净优雅的风光和环境，语言舒缓自然。后一句从听觉方面描写傍晚细雨萧瑟之中传来的杜鹃啼声，赋予春天以生机与活力。下阕，苏轼转向了议论，语言比较高昂积极，具有警醒世人的效果。用流水不断地奔流向前传递出不必惧怕苍老、不必因为时光不再就萎靡不振的精神力量，这表现了苏轼旷达乐观的情怀，只要不停止追求就是某种意义上的返老还童。诗人不服输，不服老，全诗用明净轻快的语言和激动人心的议论共同构建了清新灵动的氛围。

卜算子·黄州定慧院①寓居作

北宋·苏轼

缺月挂疏桐，漏断②人初静。谁见幽人独往来，缥缈孤鸿影。

惊起却回头，有恨无人省③。拣尽寒枝不肯栖，寂寞沙洲④冷。

注 释

①定慧院：在黄州东南。苏轼初到黄州，一家人寓居于此。②漏断：指深夜。漏，漏壶，古代计时的器具。深夜壶水渐少，很难听到滴漏声音了，所以说"漏断"。③省（xǐng）：知晓。④沙洲：江河中泥沙淤积而成的小块陆地。

译 文

一轮残月挂在稀疏的梧桐树枝上，深夜时人们刚刚安静下来。有谁看到幽居的人独自往来？身影缥缈如同一只孤独的大雁。

它受到惊吓突然飞起并回头看，心中有幽愤却没有人能理解。它挑尽了寒冷的树枝却不肯栖息落脚，最后只能落在河边的小沙地上忍受寂寞与寒冷。

历史放映厅

这首词是元丰五年（1082）苏轼在遭遇"乌台诗案"后被贬黄州时写的，此时他正居住在黄州的定慧院。之前苏轼被关在御史台监狱，侥幸逃过死刑。出狱后，苏轼还处在这一事件的后遗症里，想到自己的遭遇，便写了这首抒怀之作。词中大雁受惊的场面，说明其实苏轼这时候处于创伤之中，仍然心有余悸。而大雁不肯栖息在树枝上，也表达了苏轼不拣高枝，不同流合污，不愿再往高处走的心态，刻画出了苏东坡孤芳自赏的品格。

赏 析

上半阕写的是夜里定慧院内寂静的状况，用漏断的声音来映衬出夜里的寂静，用"缺月""幽人"和"孤鸿"等视觉意象写夜里的清冷，而其中幽人其实是指代苏轼自己。"独""孤"等都表现出苏轼此刻的孤独寂寞。下半阕写孤雁，苏轼用比兴的手法，借孤雁衬托自己，大雁受到惊吓飞走，以及不肯在树枝上栖息的状况，都符合苏轼当时的心情与处境。这样，苏轼把被贬后的幽愤之苦与无人理解的悲伤抑郁都移情于这只孤独受惊的大雁身上，深沉含蓄，令人回味无穷。

水调歌头

北宋·苏轼

丙辰①中秋，欢饮达旦，大醉，作此篇，兼怀子由②。

明月几时有？把酒问青天。不知天上宫阙，今夕是何年。我欲乘风归去③，又恐琼楼玉宇④，高处不胜寒。起舞弄清影⑤，何似⑥在人间。

转朱阁，低绮户，照无眠。不应有恨，何事长向别时圆？人有悲欢离合，月有阴晴圆缺，此事古难全。但愿人长久，千里共婵娟⑦。

注 释

①丙辰：宋神宗熙宁九年（1076）。②子由：苏轼的弟弟苏辙，字子由。③归去：回到天上去。④琼楼玉宇：美玉砌成的楼宇，指想象中的月中仙宫。⑤起舞弄清影：意思是诗人在月光下起舞，影子也随着舞动。⑥何似：哪里比得上。⑦婵娟：本义指妇女姿态美好的样子，这里指月亮。

译 文

丙辰年的中秋节，高兴地喝酒，喝到了第二天早晨，大醉，趁兴起写了这首词，同时思念弟弟子由（苏辙）。

天上的月亮是从什么时候开始有的？我举起酒杯这样问苍天。不知道在天宫，今天又是什么日子。我想要驾着清风回到天上，但是又害怕天庭的宫廷楼阁太高太寒冷。我在月光下与影子一同欢快起舞，天上又哪里比得过人间呢。

月光从朱红色华丽楼阁的一面照到另一面，低低地挂在雕花的窗棂上，照耀着失眠的人。月亮应该没有什么遗憾之事吧，却为什么总在人们离别之时变圆满了呢？人世间有悲伤有欢乐、有离别有团聚，月亮也有阴晴和圆缺之别。这件事自古以来就是难以求得圆满的。只愿亲人们年年平安，即使相隔万里，也能共同欣赏这一轮美好的圆月。

历史放映厅

熙宁九年，苏轼因为不同意王安石的变法而自请外任，当时他正在密州任职。这一阕词在前边的小序交代了写作背景。当时苏轼的弟弟苏辙在济南，苏轼在外辗转多地为官，曾经要求调任到离苏辙近一点的地方，但一直没能如愿。此时苏轼与弟弟已有七年没有团聚。趁着中秋佳节，苏轼在密州的超然台上畅快饮酒，思念弟弟的情绪十分强烈，便写下了这阕词。而这阕词也是表现我国中秋这一传统节日最著名的文学作品，被称为"中秋第一词"。

※婵娟：古诗词中多将其作为月亮的别称，也代指女子。婵娟本身是指美好文静的事物。由于人们认为月亮上住着美丽的嫦娥，后来就将月亮称为婵娟。除了苏东坡的"但愿人长久，千里共婵娟"之外，很多诗人都曾这样代称过月亮。

赏 析

全词极富想象力，又气势十足，开头即用一个问句大胆发问苍天，展现了苏轼的豪迈之情，这种情感已不

仅仅是个人情绪的抒发，也成了一种追求宇宙无穷真理的象征。之后苏轼设想自己是天上的人，他用嫦娥奔月的故事，又想到广寒宫的寒冷，展现出一种既向往天上又留恋人间的矛盾心理。此时他再次运用了李白"举杯邀明月，对影成三人"的典故，写自己对月饮酒，与影子一同起舞，表达自己乐观豁达的心态。

下阕从想象回归现实，思绪也从外放变得内敛。面对月亮逐渐下沉，这个无眠之夜的心情逐渐变得深沉，想起了世间的悲欢离合之事，将人间之事与月亮相对应，展现出宇宙之事变幻不定的哲理，在这种情况下只能接受并祝福，认为能平安已经很满足了。

总的来看，苏轼将想象、抒情、议论融为一体，既飘逸灵动，又豪放深沉，这展现出了苏轼乐观积极的人生观，展现出了他即使身在逆境，也要努力心向阳光的追求。

江城子·密州出猎

北宋·苏轼

老夫聊①发少年狂。左牵黄，右擎苍，锦帽貂裘，千骑②卷平冈。为报倾城随太守，亲射虎，看孙郎。

酒酣胸胆尚开张③。鬓微霜，又何妨！持节云中，何日遣冯唐④？会⑤挽雕弓如满月，西北望，射天狼⑥。

注 释

①聊：姑且，暂且。②千骑：形容骑马的随从很多。骑，一人一马的合称。③胸胆尚开张：胸襟开阔，胆气豪壮。尚，还。开张，开阔雄伟。④持节云中，何日遣冯唐：朝廷什么时候派遣冯唐到云中来赦免魏尚呢？这里作者以魏尚自许。⑤会：终将。⑥天狼：星名。传说天狼星"主侵掠"，词中喻指侵扰宋朝西北边境的西夏军队。

译 文

老夫我今天暂且就表现一下少年人的狂态，左手牵着黄狗，右手举着苍鹰，戴着锦帽，穿着貂裘大衣，率领着一群官员骑着马奔驰，似乎要席卷这个平坦的山冈。为了报答满城人民随着太守我来看打猎，我亲自射杀一只猛虎，让大家看看我这如孙权一般的能力。

打猎之后痛快喝酒，豪情壮志凝聚在我心头。我的头发花白又怎样呢？何时朝廷能派持节冯唐来征用我呢？那我一定会把弓拉满如圆月，向着西北的方向，射杀侵扰边疆的西夏军队。

历史放映厅

宋神宗熙宁七年（1074），苏轼由杭州通判迁为密州知州。这首词是苏轼于次年冬天与同僚出城打猎时所作。这是一首抒发爱国情怀的豪放词，在当时盛行的绵软婉转的词风中令人耳目一新。当时北宋西北边界受到了侵扰，西夏大举进攻，苏轼通过这次打猎小试身手，进而想到希望自己能亲自带兵征讨西夏。

赏 析

词的上阕叙述打猎事件，酣畅淋漓，前三句开门见山，写出了出猎的场景、苏轼的装束，总体上交代了出猎之事，语言巧妙又具有气势，"少年狂"等字眼展现出苏轼的狂放，"千骑""卷"等词展现出了围猎的盛况。之后苏轼表达了对这一次出猎的期待，运用"孙权射虎"的典故表达自己也想要亲自射杀猛虎以答谢整个密州城百姓，力量感十足。

下阕从叙事转向抒情，写围猎之后开怀畅饮，运用魏尚获罪后起复的典故，直抒胸臆，希望自己可以像魏尚一样杀敌报国，所以期盼朝廷早日再次起用他，那他一定会保家卫国，铲除侵犯西北边疆的敌人。总的来看，这阕词语言富有气势，感情充沛，豪情壮志十分感染人心。

※冯唐、魏尚：《史记·张释之冯唐列传》载：汉文帝时，云中（古郡名，治所在今内蒙古托克托东北）郡守魏尚抵御匈奴有功，却因为上报战功时多报了六颗首级而获罪削职。冯唐为之向文帝辩白此事，文帝即派冯唐持节去赦免魏尚，复为云中郡守，驻守边防，而冯唐也升为车骑都尉。

定风波

北宋·苏轼

三月七日，沙湖①道中遇雨，雨具先去②，同行皆狼狈，余独不觉。已而遂晴，故作此词。

莫听穿林打叶声，何妨吟啸③且徐行。竹杖芒鞋④轻胜马，谁怕？一蓑烟雨任平生。

料峭⑤春风吹酒醒，微冷，山头斜照却相迎。回首向来萧瑟⑥处，归去，也无风雨也无晴。

注 释

①沙湖：在黄州（今湖北黄冈）东南30里处。②雨具先去：有人带雨具先走了。③吟啸：高声吟咏。④芒鞋：草鞋。⑤料峭：形容微寒。⑥萧瑟：指风雨吹打树木的声音。

译 文

三月七日，在沙湖道上赶上了下雨，有人带着雨具先走了，同行的人都觉得很狼狈，只有我不觉得。过了一会儿天晴了，就写下了这首词。

不要怕穿过林间从天而降的雨拍打叶子的声音，不妨一路吟咏长啸着慢慢前行。竹子拐杖和草鞋比骑马更轻快。谁怕呢？披着蓑衣在风雨中，管他发生什么也泰然处之。

早春的寒气吹得人酒醒了，有点冷，山头西边夕阳的光却斜照了过来。回望刚才走过的风雨吹打树叶的地方，走过之后，不管风吹雨打，还是阳光照耀，都能随遇而安。

历史放映厅

宋神宗元丰五年（1082），是苏轼被贬黄州后的第三个春天。在此他担任虚职，并没有什么实权，日子也过得比较清闲，还曾在沙湖购买田地，亲自耕耘劳动。苏轼曾在文章中写到，沙湖在黄州东南三十里。词的小序中交代了这首词的创作背景，可知苏轼应该是在三月七日去沙湖考察，返回黄州的路上与人同行，遇到了雨的即兴之作。

赏 析

此词写了苏轼一次途中遇雨的经历和雨中的感受，用词巧妙，其中"莫听""何妨""谁怕""任平生"等词充满了作者的旷达情怀。同时全词也运用了多种表现手法。首先，小序中使用了对比的手法，凸显了作者不同于其他同行者的洒脱心态。其次，文章将抒情与写景相结合，既写了雨中的风景，又写了雨中的心境和感受。叙议结合的手法使词作包含了人生哲理的思考，摆脱了单纯的感情描写，高度得到提升。此外还有象征的手法，其中"一蓑烟雨""也无风雨也无晴"等是虚实结合的象征手法，看似写的是真实的雨景，实际上暗示的是人生中的风风雨雨，寄托了超脱和达观的人生态度。

念奴娇·赤壁怀古

北宋·苏轼

大江东去，浪淘尽，千古风流人物。故垒①西边，人道是，三国周郎赤壁。乱石穿空，惊涛拍岸，卷起千堆雪。江山如画，一时多少豪杰。

遥想公瑾当年，小乔初嫁了，雄姿英发。羽扇纶巾②，谈笑间，樯橹③灰飞烟灭。故国④神游，多情应笑我，早生华发。人生如梦，一尊⑤还酹⑥江月。

注 释

①故垒：旧时军队营垒的遗迹。②羽扇纶（guān）巾：（手持）羽扇，（头戴）纶巾。这是儒者的装束，形容周瑜有儒将风度。纶巾，配有青丝带的头巾。③樯（qiáng）橹：代指曹操的战船。樯，挂帆的桅杆。橹，一种摇船的桨。④故国：指赤壁古战场。⑤尊：一种盛酒器。⑥酹（lèi）：将酒洒在地上，表示凭吊。

译 文

长江之水浩浩荡荡往东流，浪涛淘尽了历史上的杰出人物。人们都说，在那古军营遗迹西边就是三国时期周瑜打败曹操军队的地方。四面陡峭的石崖高耸入云，惊涛骇浪拍击着河岸，卷起无数层像雪一样白的浪花。江山像画一样壮美，一时间涌现出无数英雄豪杰。

回想起当年的周瑜，美人小乔刚刚嫁给他，他也英姿勃发、风度翩翩。手中拿着羽扇，头上裹着青丝头巾，在从容谈笑间就将敌方战船

烧为灰烬。在这一古代战场追忆往昔，可笑我自己多情，让自己早早地
生出了白发。人生就像一场梦，举起一杯酒敬这一江水、一轮月。

📽 历史放映厅

🎬 这一阕词写于庆历党争之后，苏轼被贬黄州时。此时苏轼已
经谪居黄州两年多，他担任虚职，毫无权力，心中充满苦闷。苏
轼在黄州共写了四篇和赤壁有关的作品，这一阕词是吟咏赤壁之
战的诗词中最成功的一首，一直被评为"乐府绝唱"。虽然并不
在赤壁之战的古战场，但他借古抒情，以周瑜的成功联想到自己
的失败，写下了这一格调雄浑的词。

跟着诗词游中国

赤 壁

　　历史上，湖北有文赤壁和武赤壁两个赤壁。苏轼所游的是黄
州的赤鼻矶，也被称为文赤壁，而三国时期赤壁大战处在湖北蒲
圻。文赤壁因为苏轼在这里游览作词而比武赤壁更有名。它之所
以被称为赤壁，是因为它的岩石十分陡峭突出，就像被刀劈开的
墙壁，而岩石的颜色又很像赭红色。相传，周文王曾经派姜子牙
带着红色的朱笔云游各地选拔人才，当姜子牙来到黄州发现这里
山水精气和脉象都比较旺，又有长江的神气，便在赤壁上用朱笔
重重地点了一笔做标记，于是这里的山石沙土等都变成了赭色，
后来历史上也有许多文人墨客在这一地方写诗作词。

难道这就是
苏东坡？

《赤壁图》（局部）

作者：仇英

创作年代：明代

馆藏：辽宁省博物馆

《赤壁图》为明代画家仇英所绘，画中高度还原了苏东坡《后赤壁赋》的诗意，主景为苏东坡与客泛舟江上，两岸石崖高耸、江水横拍。画上钤有"石渠宝笈""乾隆御览之宝""嘉庆御览之宝""宣统御览之宝"及"三希堂精鉴玺"等印，其珍稀程度可见一斑。

赏 析

  全词的中心是借古抒情。上阕通过写景，描绘了长江的壮美景象，通过怀念古人，打破了时间与空间的限制。其中"大江"一词多义，使用了象征手法，它不仅仅是长江，还是历史长河，或时间长河。而"乱石穿空"则用夸张的手法描写出山势的陡峭，"卷起千堆雪"则用比喻的手法写出了波浪的气势和颜色，渲染了环境的壮阔。

  下阕则通过歌颂赤壁之战的中心人物周瑜，通过想象周瑜的遗物和史实描写他少年得志的面貌，并通过对比自己已经生出的白发，联系自身被贬的处境，想起自己不能建功立业的现实，进而发出自嘲的叹息。

  总的来看，整个词作气势宏伟，十分豪放，又展现出作者热爱山水，希望建功立业的感情，十分感人。

江城子·乙卯正月二十日夜记梦

北宋·苏轼

十年生死两茫茫①。不思量，自难忘。千里孤坟②，无处话凄凉。纵使相逢应不识，尘满面，鬓如霜。

夜来幽梦③忽还乡。小轩窗④，正梳妆。相顾无言，惟有泪千行。料得年年肠断处，明月夜，短松冈⑤。

注 释

① 两茫茫：指双方茫然不相知。② 千里孤坟：妻子王弗葬地在四川眉山，与苏轼当时任职的山东密州相隔遥远，故称"千里"。③ 幽梦：隐约迷离的梦。④ 轩窗：窗户。⑤ 短松冈：长着矮小松树的山冈，指王弗坟茔所在地。

译 文

你我夫妻二人阴阳相隔十年，两人早已茫然互不相知。虽不特意思念，但自己也无法忘怀。你那孤独的坟茔远在千里之外，我心里的凄凉无处诉说。即使你我相见应该也会互不相识，我已是风尘满面，两鬓花白。

夜晚做了一个迷离的梦，梦见我忽然回到了家乡。你坐在窗户前，正在梳洗打扮。我们俩对视却说不出话来，只有泪流满面。想到年年都令我断肠的地方，是凄冷的月夜下，荒凉的小松树山岗。

历史放映厅

苏轼与妻子王弗感情深厚。根据记载，王弗16岁嫁给苏轼，十分孝顺公婆，与苏轼也十分恩爱。每次苏轼读书，她只是在旁边静静站着，都能记住苏轼忘记的地方。而苏轼漂游多地，她也时常叮嘱苏轼注意安全。她颇懂人情世故，与苏轼豪放不拘的性格刚好互补。她死于治平二年（1065），年仅27岁，葬在四川。在她去世10年后，当时已经40岁的苏轼在山东密州做地方官，夜晚梦见她之后思念涌上心头，便写下了这阕词。

赏 析

全词虚实结合，将现实与梦境交织在一起，围绕着一场梦表达自己对亡妻的思念。内容可以分为做梦之前的想念，梦中辗转起伏的悲喜情节和醒来之后的感慨。具体来看，上阕写自己的思念和物是人非的悲戚之情，表明自己与妻子阴阳相隔十年，为全文奠定哀伤的基调，用时间上的"十年"和空间上的"千里"这种时空距离表明自己的思念。而"尘满面，鬓如霜"也通过比喻的手法表现出十年物是人非的感慨。

下阕由实入虚，主要描写梦境中自己与妻子的相逢。通过描写梦中妻子的面貌和行为，刻画了鲜明的亡妻形象，其中"泪千行"这一夸张手法表现出了两人梦中相见热泪盈眶的场景。最后两句又写梦醒之后苏轼想到亡妻坟墓，又回到现实，让人肝肠寸断。

总的来看，这阕词语言朴素自然，却表达了真切的感情，与苏轼的豪放词风格不同，极为动人。

苏辙：秀洁之气终不可没 ✂

苏辙（1039—1112），字子由，又字同叔，晚年号颍滨遗老，眉州眉山（今属四川）人。苏轼的弟弟，与苏轼一同考中进士，两兄弟感情非常好，苏轼一生给他写过很多诗歌，著名的"但愿人长久，千里共婵娟"就是思念弟弟苏辙的作品。二人政治主张也相同，政治经历也比较相似。苏辙也因为上书反对王安石变法而遭到贬谪，旧党势力东山再起时又被征召，后来又经历了被贬和重新任用的仕途波折。在文学成就方面，他与父亲苏洵和兄长苏轼并称"三苏"，三人都在"唐宋八大家"之列，但文学成就稍逊于父兄，因而又有"小苏"的名号。他擅长写古文，著作有《栾城集》，他写散文早期比较擅长议论，晚期风格走向淡泊沉静。总的来看，他的风格汪洋淡远，又曲折明畅，十分有气度。

文氏外孙入村收麦

北宋·苏辙

欲收新麦继陈谷，赖有①诸孙②替老人。
三夜阴霪③败场圃，一竿④晴日舞比邻。
急炊大饼偿饥乏，多博村酤⑤劳苦辛。
闭廪⑥归来真了事，赋诗怜汝足精神。

注 释

①赖有：幸亏有。②诸孙：泛指孙辈。③阴霪（yín）：连绵不断的雨。
④一竿：指太阳升起的高度。⑤村酤（gū）：农家自酿的酒。酤，
酒。⑥闭廪（lǐn）：关闭粮仓。廪，粮仓。

译 文

想要收割刚刚成熟的麦子以接续去年的陈谷子，幸好有孙辈们来
给我帮忙。

连续三个晚上阴雨连绵毁坏了收打农作物的场院，刚刚升起的太
阳令邻居们欢声跳舞。

赶紧做好大饼给小辈们解乏充饥，多打了一些自酿酒来慰劳他们
的辛苦。

关闭粮仓回家结束了这些事情，赋诗一首来表扬儿孙们不辞辛劳
的精神面貌。

历史放映厅

苏辙晚年仕途坎坷，被朝廷监管，无奈之下过起了与世隔绝的农村生活。此时他闲居颍昌，割断了与官场上所有同事和朋友的交往，此时他诗歌的写作中心就是家庭生活和日常生活。写这首诗时正值麦收季节，他的外孙文骥来他的村里帮他收割麦子，苏辙特地写诗记录，表达了收获的喜悦。

赏析

诗人通过描写农村麦收景象展现出自己对孙辈帮忙的感激和欣慰，以及收获的喜悦。其中诗人用了多种手法，一是对照的手法，"新麦"与"陈谷"，"诸孙"与"老人"这种新旧事物的对比，不仅是农作物的交替，还是年轻人与老一辈人的交替，表现事物更迭换代。二是对比手法，三日的雨与初升的太阳形成对比，表现农忙时阴晴不定的天气，与长时间的阴霾天气转晴后的喜悦。其中还运用了"败"和"舞"两个动词表现形容词的状态，展现出阴天和晴天后的影响，也展现了农民的不易。此外，诗人的语言也十分生动，"急""偿""多""劳"等词表现出诗人深深的感激之情，语言质朴又有一点风趣。这都展现出了诗人对农村生活的喜爱。

黄庭坚：江西诗派之宗

黄庭坚（1045—1105），字鲁直，号山谷道人，晚号涪翁，洪州分宁（今江西修水）人。他是"苏门四学士"之一，与苏轼有深厚的友谊，二人并称"苏黄"。他24岁进士及第，早年做了17年的小官，写诗批判社会现状，中年在汴京任职，后因文字狱牵连一贬再贬，逝于广西。实际上黄庭坚并未明显参与党争，他一生主要致力于诗歌和书法创作，共流传1900多首诗。与苏轼的肆意挥洒不同，黄庭坚讲究法度，文人气较浓，他的词多展现文人雅致生活。他还讲究注重技巧上的创新和变化，善于出奇制胜，语言和韵律都十分新奇，他这种风格也因此被称为"黄庭坚体"或"山谷体"。晚年黄庭坚弥补了山谷体有时因刻意奇特而不够自然的弊端，诗词风格逐渐变得自然平淡。论诗也主张在前人基础上推陈出新，开拓新境界和个人特色，这影响了江西诗派等一群诗人。

清平乐

北宋·黄庭坚

春归何处？寂寞无行路①。若有人知春去处，唤取归来同住。

春无踪迹谁知？除非问取黄鹂。百啭②无人能解，因风③飞过蔷薇。

注释

①无行路：没有留下春去的行踪。②啭（zhuàn）：鸟婉转地鸣叫。③因风：借着风势。因，凭借。

译文

春天要回到哪里去？她没有留下一点行踪，让人寂寞不已。如果有人知道春天去哪里了，就请把春天呼唤回来，与我一同居住。

春天没有了一点踪迹，谁知道她去哪里了呢？除非去问黄鹂。无人能听懂黄鹂那婉转动听的鸣唱，黄鹂就凭风而去，飞过了蔷薇花。

历史放映厅

黄庭坚在朝期间曾得罪过朝廷重臣赵挺之，因此被他陷害多次被贬。崇宁二年（1103），由于朝廷党争，59岁的黄庭坚被贬宜州，第二年五六月才到达宜州住所。这首诗写于崇宁四年（1105）的暮春时节，身处偏远之地的黄庭坚写诗抒发惜春之情，表达了

自己对春天逝去的悲痛和惋惜，其中也暗含着当时的政治环境，寄托了自己仕途失意之后的幽怨，其中写黄鹂叫声婉转动听无人了解更是表现了他怀才不遇的苦闷。这年五月，黄庭坚便在宜州逝世了。

赏 析

总体上看，词作突出地使用了拟人手法，赋予抽象的春以具体的人的特征；此外，词作运用了多重问句，诗人在上阕发问，下阕又自答，这种设问的形式形成了前后呼应。"若有人知春去处"也是假设的形式，这些虚写都展现了作者的想象力，表达了作者的惜春之情。

在感情上，词作百转千回，运用了多重转折，感情上也层层深入，波澜起伏。上阕写春天归去，表达对春天的惋惜之情，随后询问春的去处，要把她唤回，与她同住，表现出对春的留恋与不舍。下阕从无尽的幻想中回归现实，用蔷薇指代夏天，表明春天真的已经逝去，不甘心之外又很无奈。作者用波折起伏的情绪，展现出了自己的伤春、恋春、惜春之情。

登快阁①

北宋·黄庭坚

痴儿②了却公家事，快阁东西倚③晚晴。

落木千山天远大，澄江一道月分明。

朱弦已为佳人绝，青眼聊因美酒横④。

万里归船弄长笛，此心吾与白鸥盟。

注释

①快阁：在太和（今江西泰和）东的赣江边。②痴儿：痴人、呆子，这里是诗人自指。③倚：这里指倚栏欣赏。④横：此处应指眼神流动。

译文

我这样一个没有出息的人，在糊弄完官事后，就去快阁随意靠着栏杆，观赏傍晚雨后初晴的景色。

千万座山上无数树木的落叶萧萧而下，显得天地广阔，而在明月之下，澄江如同一道白练十分明显。

我的琴已经因为友人都不在身边而不再弹唱，也只有见到美酒的时候我才会露出欣喜的神情。

不如找个船吹着笛子回到万里之外的家乡，我的这颗心，也只愿与白鸥结交了。

※青眼：青眼是指正视，也即瞳孔在中间，表示对人有好感的眼色，相对的，白眼就是指露出眼白，表示轻蔑。根据记载，魏晋时期，阮籍既能做青眼，又能做白眼。见到嵇康时，他就用青眼表示尊敬爱戴，以礼相待，见到嵇喜时，就示以白眼表示对他的厌恶。

历史放映厅

这首诗写于元丰五年（1082），当时38岁的黄庭坚正在吉州太和做县令，快阁就在太和附近的澄江上，并因为江山广远、景物清雅而得名。这首诗写的就是他登上快阁东倚西靠赏晚晴，喜好美酒和万里归船，抚弄长笛的生活细节，以及对目之所及的山水秋色等景象的描写，表达了他超凡脱俗以及快意赏景的情感。

赏 析

整首诗抒情写景相结合，风格豪迈奔放。具体来看，诗歌前四句写登临快阁远眺，首先运用了夏侯济在了却官场之事后自称痴人的典故，表明自己完成公家事之后的惬意。在第二联的写景上不仅对仗工整，还远近景结合，视觉和听觉结合，近处落木的萧萧声与远处的江水相结合，同时作者以景衬情，运用"千山""一道"等平常的表数量词语表现出不同寻常的开阔境界。诗歌的后四句中心是抒情，诗人运用"伯牙摔琴谢知音"和"阮籍青白眼"的典故，又运用"朱弦"和"青眼"两种色彩鲜明的形象对比，表现出自己怀才不遇、难遇知音的失落。又用隐喻的手法，用"归船""长笛""白鸥"等形象寄托自己的理想，表现出自己想要归隐山林的出世情怀。

秦观：婉约派一代词宗

秦观（1049—1100），字少游，一字太虚，扬州高邮（今江苏高邮）人，与黄庭坚、晁补之、张耒并称"苏门四学士"，是苏轼最得意的门生。但他仕途坎坷，36岁才中进士，并被苏轼推荐为太学博士编修史书，绍圣元年（1094）受苏轼牵连被贬到南方，元符三年（1100）放还，却逝于途中。在文学创作上，他前期多为歌妓作词，表现男女间的离情别绪，贬官后多写仕途受挫的心境，借被遗弃的妇女表现自己被排挤的辛酸苦闷。秦观作为词人备受推崇，被称为"词手"，他把词这种文体特色展现得淋漓尽致。他的贡献在于用写小令的方法写词，将韵律美与情感美结合在一起，运用优雅的语言和富有音乐感的韵律展现出婉转优美的意境，将词这种文体的独有美感发挥到了超高境界。这种含蓄隽永的风格，以及借离愁别恨表现真挚情感的手法，直接奠定了婉约词派的艺术特征，影响了周邦彦和李清照等词人。

行香子

北宋·秦观

树绕村庄，水满陂塘①。倚东风，豪兴徜徉②。小园几许③，收尽春光。有桃花红，李花白，菜花黄。

远远围墙，隐隐茅堂。飏青旗④，流水桥旁。偶然乘兴，步过东冈。正莺儿啼，燕儿舞，蝶儿忙。

注　释

①陂（bēi）塘：池塘。②徜徉（cháng yáng）：闲游，安闲自在地步行。③几许：多少。这里表示园子不大。④飏（yáng）：飞扬，飘扬。青旗：酒店门口挂的青色酒幌。

译　文

绿树围绕着村庄，河水装满了池塘。我乘着东风，兴致昂扬地游玩。小园子不大，却收藏了无尽春光。有红色的桃花，白色的李花，黄色的菜花。

远处有片围墙，里边隐隐约约有个茅草堂。水岸桥边有青色的酒旗在飘扬。我偶然间乘兴而去，走过东边的山冈。正看见黄莺啼叫，燕子飞舞，蝴蝶正忙碌在花丛中。

历史放映厅

这首词是秦观早期的作品，大约创作于熙宁元年（1068）至熙宁十年（1077）间，当时秦观还没有出仕。在这个天气晴好的

　　春天，秦观颇有兴致地游览了一个村庄，观赏了这一春意盎然的田园风光，在赞美无限春光的同时也表现了他的大好心情。

赏 析

　　整首词语言生动，节奏明快，运用了很多对偶句，格调轻松，仿佛一幅明媚的田园风景画。上阕以"小园"为中心，写诗人所见。开头先从整个村庄，到绿树，再到池塘，处处表现主人公游览春天的兴致勃勃，以及悠然自得的心情。在描写景色时，作者巧妙地运用了红、白、黄等各种颜色，表现出小园子色彩缤纷、春意盎然的景象，展现出了春天的绚烂。

　　下阕空间转换到茅屋草堂和小桥流水，半隐半现的草堂和飘动的旗帜动静相间。之后词人连用名词和动词，并运用视觉和听觉，写出黄莺、燕子、蝴蝶各自啼叫、飞舞和忙碌的情景，并与上文各种颜色的花形成对照，展现出春天的生机。

鹊桥仙

北宋·秦观

纤云弄巧①，飞星传恨，银汉②迢迢暗度。金风③玉露一相逢，便胜却人间无数。

柔情似水，佳期如梦，忍顾鹊桥归路④！两情若是久长时，又岂在朝朝暮暮。

注　释

①纤云弄巧：纤细的云编织出各种巧妙的图案样式，比喻织女制作云锦的手艺高超。②银汉：天河、银河。③金风：秋风。五行学说以秋天与金相配。④忍顾鹊桥归路：怎么忍心回望由鹊桥回去的路。

译 文

纤细的云彩巧妙地编织出各种图案，天上的流星传递着相思离愁，在暗夜中悄悄渡过遥远的天河。秋风与白露的一次七夕相逢，便胜过人间无数长相厮守的夫妻。

温柔的情感像水一般缠绵，短暂的相会如梦一般美好，分别之时不忍心看那鹊桥路！两个人的感情如果天长地久，又何必一定要朝朝暮暮长相厮守。

历史放映厅

秦观作为婉约派的代表，擅长写男女情爱和仕途失意的哀怨。这首词歌咏的是牛郎织女的故事，歌咏这一主题或者借用这一典故的诗歌非常多。秦观这一首词别出心裁，是借助牛郎织女这一古代著名神话传说来赞颂人世间男女之间的真情，被称为爱情颂歌的千古绝唱，也是关于牛郎织女爱情题材中传诵度最高的一首词。

赏 析

这首词用词巧妙，独具性灵。上阕叙议结合，其中最开始的"巧"和"恨"表明了乞巧的主题和牛郎织女故事的悲剧性，并用纤云、飞星、银汉等表明了七夕的氛围，传达出浪漫而凄美的感觉。而"金风玉露一相逢，便胜却人间无数"转向议论，表达了词人对牛郎织女相会的评价。

下阕风格缱绻，描写了牛郎织女缠绵柔情的相会之景，以及二人的心理感受。最后一句的"两情若是久长时，又岂在朝朝暮暮"化腐朽为神奇，一反之前人们用牛郎织女表达离愁别恨的情绪，传达出了乐观旷达的情怀，令人回味无穷。

朱敦儒：一词写尽人间事

朱敦儒（1081—1159），字希真，号岩壑老人，洛阳（今属河南）人，被称为"词俊"，为"洛中八俊"之一。朱敦儒年少时生活在纸醉金迷的洛阳，因而行为疏狂放浪，寻欢作乐，在朝廷征召他做官时，他毅然拒绝，狂放不羁。靖康之难后，他南渡避难，成为漂泊的难民，开始用词记录下一路辗转的心路历程，词风也从前期的潇洒明快变得凄凉忧愤，展现了战乱年代民族和人民的悲苦。此时朱敦儒面对国家的沦陷，倍感痛心，激发出了救亡图存的责任感，并在朝廷再次召用时接受职位，企图实现心中抱负。但由于朝廷一味卑微求和，他被秦桧打压罢官，转而逍遥度日，诗歌风格也从南渡时的慷慨悲壮转向通俗晓畅。总的来看，朱敦儒的贡献在于他不仅继承和学习了苏轼以词抒发自我情感的路子，还用词表现社会现实，影响了辛弃疾等后代词人。

相见欢

南宋·朱敦儒

金陵城上西楼，倚清秋。万里夕阳垂地大江流。

中原乱，簪缨^①散，几时收？试倩^②悲风吹泪过扬州。

注 释

① 簪缨：代指达官显贵。簪和缨都是古代贵族的帽饰。缨，帽带。

② 倩（qìng）：请人代自己做。

译 文

我登上金陵城西边的高楼，倚着栏杆欣赏清秋景色。夕阳向西不断下坠，万里长江在地上流淌着。

中原一片混乱，达官显贵们纷纷逃窜，何时能收复山河？请悲凉的秋风把我的泪水吹送到扬州，洒到故乡人民的身边。

跟着诗词游中国

扬 州

扬州位于江苏境内，也被称为广陵、江都。扬州是世界美食之都、世界运河之都，有京杭大运河、瘦西湖、四大名园之一的个园等景点，让古人留下了"烟花三月下扬州""淮左名都，竹西佳处"等佳句。

历史放映厅

靖康二年（1127），洛阳被金兵占领。金兵攻入汴京后，烧杀劫掠，民不聊生，当时的扬州也已经沦陷，朝廷达官显贵纷纷逃窜，朱敦儒此时也前往东南避难，在建炎四年（1130）辗转漂泊到岭南地区。这首词就是当时写的，表达了他忧国忧民的情怀，以及对于南宋朝廷的不满。

赏 析

这首词上阕写景，下阕抒情。作者使用白描手法，通过登楼所见，展现出秋日的悲凉，其中"万里夕阳垂地大江流"化用了杜甫"月涌大江流"一句，用夕阳黄昏象征国运衰微的现状。

下阕回归现实，直抒胸臆，表达了作者对于故国沦陷、人民水深火热的忧虑，以及收复中原的期望。这里运用了拟人的手法，请秋风帮忙擦拭和携带眼泪，赋予秋风柔情的同时，又表现了词人对故土的怀念以及国破家亡后凄凉苦闷的心情。由此，作者将秋景与国事结合在一起，抒发了深沉的爱国情怀。

曾几：一代诗风创始人

曾几（1084—1166），字吉甫，自号茶山居士，江西赣州人。做过校书郎、江西提刑等官。曾经因为反对朝廷议和的主张而忤逆了秦桧，因此被罢官。秦桧死后重新被任用。作为爱国诗人，曾几的忧国忧民之心影响了陆游等诗人，在诗歌创作上，曾几最重视杜甫，其次是黄庭坚。他与吕本中等江西派诗人联系密切，亦师亦友，并学习吕本中的"活法"说，讲究遣词造句的章法但并不墨守成规，形成了一种清新活泼的个人风格，成为江西诗派诗风转变的关键人物。南渡后，他写了很多关心国事和百姓的诗歌。

三衢①道中

南宋·曾几

梅子黄时日日晴，小溪泛尽②却山行。
绿阴不减来时路，添得黄鹂四五声。

注 释

①三衢（qú）：地名，在今浙江衢州一带。②小溪泛尽：乘小船到小溪的尽头。

译 文

现在正是梅子成熟的梅雨季节，但却接连几天都是晴天。乘坐小船到小溪的尽头，沿着山间小路前行。

绿树成荫，丝毫不亚于来时的路，而且还多了几声黄鹂的叫声。

赏 析

这是一首纪行诗，描写了作者游览三衢山的所见所闻。曾几喜欢出游，他相关的诗歌风格自然清新，轻松活泼。整首诗围绕着作者的旅途展开，展现了空间的变换。

开头一句表明季节和天气，多雨季节却碰上接连几天的晴天，表现出作者的喜悦之情。第二句从水路到山路，"却"字引起的转折表现出作者变换的路线。最后两句视觉和听觉结合，展现出作者眼见之处、耳闻之处都很快乐，给整首诗增添了情趣。

跟着诗词游中国

衢 州

衢州，位于浙江省，在钱塘江的上游，四周紧邻福建、江西、安徽三省，因而有"四省通衢"的交通优势。衢州是儒家文化的集中地，圣人孔子的后裔世代居住在此，是除曲阜外，孔门的第二故乡，因而有"东南阙里、南孔圣地"的美誉。此外，三衢山就在衢州市内，此地还有天王塔院、文昌阁等古迹。

李清照：千古第一才女

李清照，中国古典文学史上创造力最强、文学成就最高的女性文学家。她张扬个性，挥洒才情，以词展现细腻情思，并以自身的创作改变了男性一统文坛的格局。她不仅仅是一位女性词人，还是时代的代言人，以自己的生命历程为后人展开一幅深重的宋代苦难史，在宋金易代之际散发出了耀眼的光芒。

李门奇女子才气动汴京

李清照（1084—约1155），号易安居士，齐州章丘（今山东章丘西北）人，宋代杰出女词人。李清照的父亲李格非曾受苏轼指点，为苏门学士，学识水平极高，母亲为状元之女，知书达理。作为家中独女，李清照在这样艺术文化修养深厚又富裕的家庭里，获得了更多的自由和成长空间，因而她自小便多才多艺，比一般女子拥有更高的眼界和才情。她少年时期便才华横溢，因"知否，知否，应是绿肥红瘦"这一形容生动的词作在汴京城内享有盛名，受到了当时文坛名家的赞赏。

琴瑟和鸣神仙眷侣

李清照18岁时与21岁的赵明诚情投意合，赵明诚为宰相之子，还享有"汴京第一金石学家"的美称。二人家世相当，又在文学艺术上志趣相投，便结为了连理。婚后夫妇二人诗词唱和，研究金石文物，鉴赏各类文章书画，可谓婚姻美满，生活幸福。关于二人的相识，还有一段十分浪漫的故事。相传当时李清照在闺阁中所作的词早已名动京都，赵明诚读后十分倾慕，日思夜想要会一会这一位才女。他想尽办法，最后死缠烂打自己的一位李姓兄长为其引见。据说，见到赵明诚时，李清照羞涩不已，大家闺秀出于礼节应当回避外来男子，但李清照不愿走开，羞涩的她就倚在门框上回望来客，装作只是在嗅青梅的样子。这样一个机灵活泼的女孩立马就俘获了赵明诚的心。

婚后的李清照可谓贤内助。赵明诚虽出身贵族，但结婚时他还只是个太学生，并无经济能力。夫妻二人就节衣缩食，经常因为相中某一金石字画就抵押衣服购买古玩。赵明诚也是一个开明的丈夫，他并不限制李清照的自由，二人在闲暇之时或游逛京城，或埋首书斋，时时吟诗作对，对月小酌，进行文字竞赛。相传二人经常随意选取某个典故，抢答这一典故的出处，详细到某一书籍的第几卷第几页第几行，而每次都是李清照胜出，赵明诚此时便会寻找书籍考证，而李清照则自信大笑。

后来，赵明诚出仕为官，夫妻二人相隔两地，李清照思念不已，词风开始变得幽怨。夫妻二人虽异地却始终同心，互相挂念对方，可谓"一种相思，两处闲愁"。有一次，李清照写词给赵明诚："莫道不消魂，帘卷西风，人比黄花瘦。"赵明诚读后感动不已，同时又十分赞叹妻子的才华，出于好胜心，赵明诚闭门作诗想要胜过妻子，便绞尽脑汁在三个昼夜里写出了 50 首词，连同李清照的这一首一起请好友品评，好友读后毫不犹豫地说只有"人比黄花瘦"这一首最好，赵明诚只好认输。

国破家亡夫死

好景不长，李清照在京城 7 年的幸福时光因党争戛然而止。政局动荡之际，李格非被党争牵连，后来赵明诚父亲死后也被诬陷，家产被查封，赵明诚也被罢免官职，夫妻二人只能前往青州。

靖康二年（1127），夫妻二人相继前往江南避难，后赵明诚在建康病逝。李清照家破人亡，惶惶不可终日，在人生剧变中饱经劫难，辗转于杭州、越州、金华等地，跟随着皇帝逃亡的路线一路漂泊，如孤舟一般无依无靠，最后在无尽的孤独与贫病交加中度过了晚年。李清照曾在落魄之下被迫再婚，而她的第二任丈夫却心怀不轨，想要将李清照与赵明诚多年收藏的古董文物占为己有。李清照不肯让步，便诉讼离婚。然而战乱频繁之际，她的收藏最终也全部消失殆尽。

即便苦难重重，李清照晚年还是不减创作热情，除却对人生遭遇的沧桑悲凉心境，她还关注和讽刺时政，期待皇帝收复失地，重返家乡，甚至写出了"生当作人杰，死亦为鬼雄。至今思项羽，不肯过江东"这样的诗句，来鞭挞南宋统治阶级的懦弱无能。此外，她在晚年还完成了赵明诚未完成的《金石录》。夫妇二人感天动地的爱情最终凝结成了中国考古学史上的巨著，流芳百世。

《漱玉词》与《词论》

李清照的词作目前存有七十多首，主要收录在《李易安集》《漱玉词》中。总的来看，她的诗歌创作风格以南渡为转折点分为创作的前后期。

前期多写女子生活，吟咏爱情、描写自然景物，婉约中带有一丝离愁别绪的感伤。据说，她早期的词作中流露出的对于爱情生活的向往和追求自由的精神，被认为是对封建女子三从四德教条的颠覆，因而当时有一群保守派斥责她不检点，这恰恰展现出了李清照反封建的勇气。靖康之变后，多重苦难迫使李清照背井离乡，长期流亡，她以词写自身的不幸遭遇，风格也从轻快明亮变得沉重灰冷。

李清照不仅擅长诗词，还对诗词理论有很高的造诣，她著有《词论》这一专门研究词的著作，并在此书中提出了词"别是一家"的主张，批评了柳永、苏轼、黄庭坚等人不注重词的音律等问题。这部论述意义重大，一方面，李清照敢于评点当时久负盛名的文坛大家，另一方面敢于挑战男性作家的权威，她与苏轼辩论，提出词具有不同于诗的独立特点与独立地位，她比苏轼更强调词的音乐性与节奏感，这进一步提高了词这种文体的地位。

🌊 自由的女性灵魂

在文学上，李清照的词婉约清新，有着男子作词无法把握的细腻，这在宋词领域内独树一帜，因而她的词作被称为"易安体"。她拓宽了宋词这一题材中的女性视角，成为婉约派的开山鼻祖，并鼓舞了后世无数的女性作家。

而更具魅力的是，李清照敢于冲破封建礼教的束缚，热烈地追求爱情，自由书写自我和女性的真实情感。她不仅掌握了广博的文学艺术知识，还放眼闺阁之外，张扬个性，自由发展自己的思想和才华，成为中国古代文学史上最耀眼明亮的女性灵魂。

夏日绝句

南宋·李清照

生当作人杰，死亦为鬼雄。
至今思项羽①，不肯过江东②。

注 释

① 项羽：秦朝末年的起义军领袖，后来与刘邦争夺天下，失败自杀。

② 江东：长江在安徽芜湖、江苏南京间作西南、东北流向，古人习惯上称自此以下的长江南岸地区为江东。

译 文

活着的时候要做人中的豪杰，死后也要做群鬼中的英雄。

至今人们还在思念项羽，因为他不肯苟且偷生逃回江东。

历史放映厅

宣和七年（1125），金兵进入中原后，宋徽宗携带百官眷属逃往南方避难，甚至答应了金兵的割地赔款条约，偏安江南一隅，不思进取。李清照也跟随皇帝南渡避难。在南渡后的第三年，李清照在逃亡路上写下了这首诗。作为一名女子，她展现出了当时诸多男子都没有的血性，指责朝廷的懦弱，表现出了英勇无畏的胸襟与抱负。

赏 析

这首诗开头两句石破天惊，借用屈原"身既死兮神以灵，子魂魄兮为鬼雄"的典故，展现出作者的英豪气魄。后两句写出了前两句发表议论的原因和历史证据，也就是借用了项羽当时放弃逃回江东而自杀的壮烈事迹这一典故。作者打破了时间限制，借古讽今，用历史英雄讽刺南宋朝廷，抒发出自己的愤恨心情与爱国情怀。

渔家傲

南宋·李清照

天接云涛连晓雾，星河欲转①千帆舞。仿佛梦魂归帝所②，闻天语，殷勤③问我归何处。

我报④路长嗟⑤日暮，学诗谩⑥有惊人句。九万里风鹏正举。风休住，蓬舟⑦吹取三山⑧去！

注 释

①星河欲转：银河流转，指天快亮了。②帝所：天帝居住的地方。

③殷勤：情意恳切。④报：回答。⑤嗟：叹息，慨叹。⑥谩（màn）：同"漫"，空、徒然。⑦蓬舟：如飞蓬般轻快的船。⑧三山：神话中的蓬莱、方丈、瀛洲三座海上仙山。

※海上仙山："三山"的典故出自《史记·封禅书》，是指道家系统内的三座仙山，分别是蓬莱、方丈、瀛洲。相传这三座仙山都在渤海中，那里有很多仙人居住，仙人有长生不老之药。这三座仙山相传都可以看见，但是如果想要乘船前去，就会在临近之处被风吹开，因此一直无人能够到达。

译 文

天边清晨雾气迷茫，连接着万里云涛；银河流转，像无数小船上下飞舞。我在梦中好像飞到了天庭，听到天帝问我想要去哪里。

我回复天帝说，人生之路无比漫长，而我又已到暮年，作诗有惊人的妙句已是徒然。长空之上大鹏冲天九万里之高。风啊，千万不要停，将我这艘小船吹到三山去吧。

历史放映厅

建炎四年（1130），写作这首词时，李清照的丈夫刚刚病逝两年，此时她已经接近50岁。国破、家亡、夫死的厄运之下，她的精神备受打击，又只身在江南漂泊，因此心中郁闷，写下了这首记梦词。而李清照作为婉约词派的代表，在南渡以后多写消沉愁苦的作品，这是她豪迈词的代表作。

赏　析

这首词用了十分多的典故，同时又富有想象力，具有浪漫主义色彩和宏伟豪放的气魄，描写出了一个奇幻无比的梦境，以及不屈不挠的精神。具体来看，整首词大部分为虚写，开头两句富有气象，选取了天上星河的意象，连用"接""连""转""舞"四个动词，场面十分壮观。接下来画面转变，李清照在船上好像到了天帝的住所，极具奇幻色彩。李清照使用问答的方式，借用屈原的《离骚》中"日忽忽其将暮……路漫漫其修远兮"的诗句，表现了路途之遥远。下阕表现了词人对自己才华的自信，并运用了庄子《逍遥游》中的典故，也即大鹏扶摇而上九万里的描写，抒发出自己的豪情壮志，并表达出想要借风而上，直达仙山这种逍遥境界。

如梦令

南宋·李清照

常记溪亭日暮，沉醉不知归路。兴尽晚回舟，误入藕花①深处。争渡②，争渡，惊起一滩鸥鹭。

注 释

① 藕花：荷花。② 争渡：奋力把船划出去。

译 文

常常记得黄昏时在溪亭边，我喝醉了不知道回家的路。等极尽游完的兴致后，我很晚才回到船上，不小心走错，到了荷花池的深处。我急急忙忙想把船划出去，却惊得整个沙滩上的水鸟白鹭全都飞了起来。

历史放映厅

李清照出生于济南，从小备受关爱，年少时期过得无忧无虑，自身性格也十分灵动，天真烂漫。当时她经常在大明湖畔游玩，诗中的"溪亭"就是济南名泉，少女时代的李清照经常与闺中好友踏青寻欢，在溪亭坐船游玩。这一首小令就是李清照的记游赏之作，表达了她早期生活的情趣。

赏 析

这首小词十分简练，寥寥几句就富有动态美，用词简单，富有自然气息。首句交代了主人公游玩的时间和地点，以及主人公的状态，"沉

醉不知归路"，表现出词人宴饮之后
的醉态，以及她心底的欢愉。接下来的
误走进荷花深处的事件，照应前文的"不知归
路"，展现出了主人公的兴致正浓，以至于忘我。
"争渡争渡"二字使用叠词，表现出主人公
急于寻找出路的焦灼。惊吓到一
群水鸟则十分具有动感，画面
生动。至此整首词戛然而止，
言有尽而意无穷，耐人寻味。

林升：人间一股清流

林升，确切生卒年不详，大约生活于公元1163年至1189年，字梦屏，一字云友，温州平阳（今浙江苍南）人，一说他姓林名外，字岂尘，福建晋江人。生平事迹皆不详，只流传下来一首诗，又仅凭这一首名垂千古。

题临安邸①

南宋·林升

山外青山楼外楼，西湖歌舞几时休？
暖风熏得游人醉，直把杭州作汴州②。

注 释

①临安：在今浙江杭州，曾为南宋都城。邸（dǐ）：旅店。②汴州：在今河南开封，曾为北宋都城。

译 文

重重叠叠的青山连绵不绝，一栋一栋的楼台望不见尽头，杭州西湖边上的歌舞，何时才能停止？

扑鼻的香气把游客都给熏醉了，人们都把杭州当作了汴州。

历史放映厅

靖康二年（1127），金兵攻击北宋，北宋的都城汴京也被金兵占领，皇帝被俘，北宋灭亡。皇室继承人在杭州建立南宋政权，过着苟且偷生、夜夜笙歌的生活。林升对这一家国现状十分愤慨，在杭州一家客栈的墙上写下了这一首诗。

赏 析

整首诗调动了视觉、听觉、嗅觉等多重感官，表现出杭州生活的腐败和奢华。诗的前两句使用相同的字，形象地描绘出杭州京城楼房重重叠叠，十分繁华的景象，并用一个反问句揭露出达官显贵们醉生梦死、夜夜笙歌的腐败。诗的后半部分十分讽刺，用富家子弟们寻欢作乐的香气把游客熏醉了这种夸张手法，讽刺他们把杭州当作旧京汴州，不思进取，忘记国仇家恨的麻木状态，从而对南宋政权进行了严厉的批判。

跟着诗词游中国

汴 州

汴州就是北宋时期的都城，也就是现在的河南省开封市，位于河南东部，战国、五代时都曾是都城，因而有"八朝古都"之称。开封被金兵攻陷，代表了北宋政权灭亡。开封是历史名城，宋代时是当时世界的第一大城市，也是《清明上河图》的创作地。现在有清明上河园、开封府、相国寺等热门景点。

范成大：田园诗的集大成者

范成大（1126—1193），字致能，苏州吴县（今江苏苏州）人，南宋爱国诗人，"中兴四大家"之一。早年家境贫寒，后仕途显赫，晚年因病退休石湖，自号石湖居士。他的诗歌题材丰富，主要反映民生疾苦、使金纪行和表现田园生活。范成大长年担任地方官，《催租行》等诗歌展现了对农民被剥削的愤恨，而他最有价值、成就最高的是使金纪行诗，共七十二首。相传范成大奉命使金时不顾生命危险，节义凛然，在出使过程中，范成大以一组七言绝句描写了北方的破碎山河景象，表现了中原人民的悲惨生活和渴望统一的心情，并通过凭吊先烈谴责统治者的昏庸，表明自己的报国决心。晚年他写了《四时田园杂兴》等田园诗，描写了江南农村生活的各种细节与景象，细腻表现了农村风俗人情，并将农民劳作生活与田园风光结合在一起，语言清新，拓宽了田园诗的内容。

四时田园杂兴①（其二十五）

南宋·范成大

梅子金黄杏子肥，麦花雪白菜花稀。
日长篱落无人过，惟有蜻蜓蛱蝶②飞。

注 释

① 杂兴：随兴而写的诗。"兴"，
这里读 xìng。② 蛱（jiá）蝶：蝴蝶
的一种。

译 文

梅子已经熟成金黄色，杏子
也已经很肥了，小麦上的花变得
雪白，而油菜花因为在结籽而变
得很少了。

白天变长了，篱笆的影子随着太
阳升高而变短，无人经过的小径上，
只有蜻蜓和蝴蝶绕着篱笆飞来飞去。

历史放映厅

范成大晚年隐居石湖，自号石
湖居士，他的诗风平易近人，比较
清新，代表作品之一就是他在石湖

村写的《四时田园杂兴》。这一组诗共有60首，全都写于淳熙十三年（1186）。当时宋朝和金国暂时停战，这一组诗反映了江南农业生产的复苏，以及农村生活的优美景象。

赏 析

这一首诗语言质朴，首句一连列举了四种作物，运用金黄、雪白两种颜色，以及"肥"和"稀"两种对比，展现出初夏时节作物开始成熟开花的景象。其中后两句十分有动态美，运用太阳的移动和篱笆的影子变化展现出初夏的天气，并用蜻蜓、蝴蝶的飞舞与无人的景象做对比，展现出了悠长夏日的宁静。

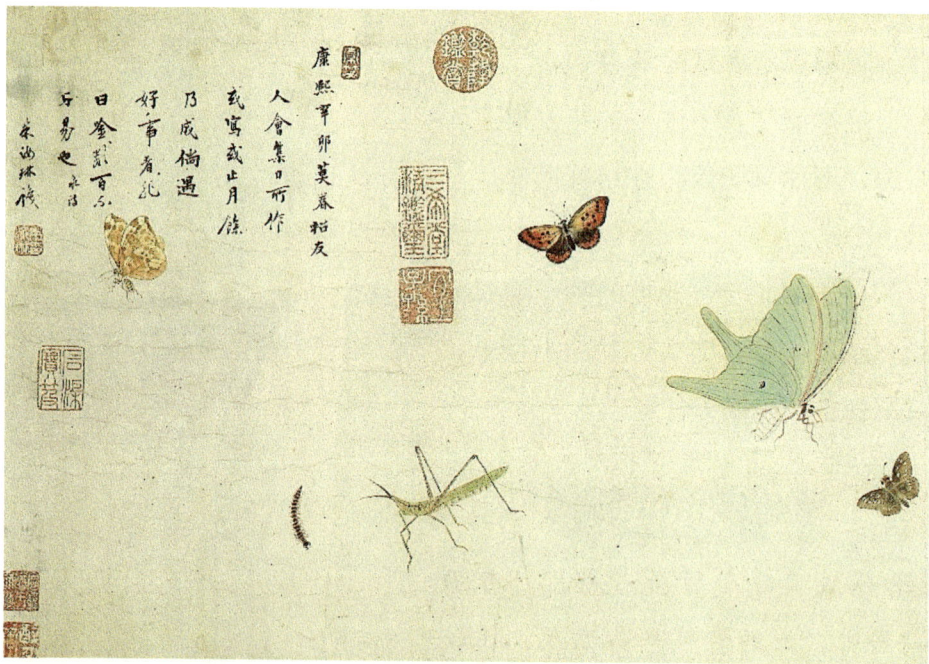

《草虫卷》（局部）·清·朱汝琳

四时田园杂兴（其三十一）

南宋·范成大

昼出耘田①夜绩麻②，村庄儿女各当家。
童孙未解③供④耕织，也傍⑤桑阴学种瓜。

注　释

①耘田：在田间除草。②绩麻：把麻搓成线。③解：理解，懂得。
④供：从事。⑤傍：靠近。

译　文

白天在地里耕田除草，晚上搓着麻线。村里男女都各自当家劳作。
小孩子们虽然不懂得耕田织布，但也在桑树荫凉下学着种瓜。

赏　析

用平易近人的语言，描写了农村中男女老少辛勤劳作的景象。诗的时间跨度涵盖了白天与黑夜，角色的跨度包含了男女老少各个群体。尤其是后两句细节描写，生动刻画了孩童们热爱劳动又天真烂漫的场景，生活趣味十足。

陈与义：豪放尤近苏东坡

陈与义（1090—1139），字去非，号简斋，洛阳（今属河南）人，早年做过太学博士等官职，靖康之难后南渡避难。陈与义是江西诗派的代表作家，特点是尊崇和借鉴杜甫的写作风格，多描写山水和个人的闲适情趣。南渡后，对杜甫的诗歌也有了更深刻的认识，他开始学习杜甫的爱国精神与沉郁悲壮的风格，诗歌内容转向对家国苦难的悲叹、对金人进扰的痛恨、对统治阶级的讽刺等，其诗风变得雄浑深沉。这一时期他的题材与风格开始与江西诗派不同，在诗坛上异军突起，被称为"新体"，影响了后来的陆游等诗人。

临江仙·夜登小阁，忆洛中旧游

南宋·陈与义

忆昔午桥①桥上饮，坐中多是豪英。长沟流月去无声。杏花疏影里，吹笛到天明。

二十余年如一梦，此身虽在堪惊。闲登小阁看新晴。古今多少事，渔唱起三更②。

注 释

① 午桥：在洛阳城南十里。② 渔唱起三更：渔歌在夜半响起。

译文

想起以前在午桥上饮酒，在席上的基本都是英雄豪杰。长长的护城河沟渠中有一轮明月浸在其中，河水无声流动着。在杏花稀疏的影子里，我们吹着笛子一直到天明。

二十多年的时间如同一场梦，我人虽然活着，但是回忆起来还是十分惊心。我闲逛登上小阁楼看看刚刚转晴的月色。古往今来发生了多少事啊，却只听到半夜响起的渔歌。

历史放映厅

陈与义写诗十分著名，但词只流传下来一卷。其中这一首《临江仙》追忆往昔，感慨万千，堪称绝唱。这首词在题目中已经表明是作者晚年追忆洛中的朋友时所作的。此时大约是绍兴五年（1135），陈与义已经四十六七岁。当时家国已经沦陷，南宋朝廷偏安江南，陈与义漂泊四方，饱受艰辛。这天夜里，他登上小楼，想起二十多年来的人生经历，十分感慨，于是写下了这首词。

赏析

词的上阕追忆往昔，回忆起当年与各种文人英豪相聚宴饮的盛况，与下文"无声"的寂寞形成对比，展现出物是人非的变化。下阕作者抒发自己的感慨，从自己前二十年的状况，联想到整个古今历史的事情，时间跨度越来越大，展现出作者感慨的范围之广，超越了自身个体，走向了整个历史和人生。此外，作者在词中调动了视觉和听觉，写出了自己的所闻所见，营造了一种寂寞和悲凉的氛围。"天明"和"三更"相互照应，塑造出了一人独坐的生动景象。

杨万里：一生清贫自刚直

杨万里（1127—1206），字廷秀，学者称诚斋先生，江西吉水人，南宋"中兴四大家"之一。年少时学习理学，考取了进士后任职过漳州、常州等地的地方官，后为太子侍读，官至宝谟阁直学士。由于他多次上书指出朝廷过错，忤逆当时的丞相，因此被罢免官职，后十余年不得志，终忧愤而死。杨万里的诗歌内容主要为爱国主题，常常表现出忧国忧民的爱国情怀；他还经常写反映劳动生活的诗歌，表达对于农民痛苦生活的同情；他还写了大量以个人生活情趣为主题的诗歌，展现了自己对于自然风物和日常生活的浓厚情趣。他虽然是理学家，但思想活跃，为人洒脱，并不被理学思想束缚。他细致观察平凡的生活，从中思考出了深刻的哲理，将浓郁的生活气息与深刻的哲理和个人趣味结合在一起，留下了不朽的传世佳作。

杨万里最重要的文学成就表现在他多变的诗歌风格上。早期学习江西诗派，后来学习王安石和晚唐诗人，并在晚年摆脱传统，自成一家，诗歌风格变得活泼自然，幽默风趣。他继承了苏轼、黄庭坚等人的风格，并发展出了新颖的想象，通过拟人手法捕捉景物的突出特征，将人的情感灌注在事物上，从而将自然景物描写得富有生机与灵性，后人称其风格为"诚斋体"。此外，他的语言自然活泼，写诗信手拈来，擅长学习民歌和俚语俗语，这也让他的诗在无拘无束的同时，显得更为质朴。

小池

南宋·杨万里

泉眼无声惜细流，树荫照水爱晴柔。
小荷才露尖尖角，早有蜻蜓立上头。

译 文

泉眼无声无息，像是十分珍惜泉水流淌着的细流，树木的荫凉照耀在水面上，我十分喜爱晴天柔和的风。

荷花的小嫩芽才刚刚露出尖尖的角，早就有蜻蜓站在它的头上了。

历史放映厅

杨万里的诗平易自然，常常有奇思妙想，幽默风趣，给人清新活泼的感觉。这首诗大概创作于淳熙三年（1176）五月初，主要写的是杨万里的故乡，即吉水县，其中的小池是指他故居前的大池塘。这首诗生动地反映了杨万里自然天真的审美情趣。

赏 析

在这首诗中，诗人运用了拟人、想象等手法，赋予了泉眼、树木、小荷和蜻蜓以活泼可爱的特质，把这些自然意象描绘得十分和谐。整首诗充满动感，无论是泉水的流动，还是蜻蜓站立在荷尖上，都展现了大自然的活力，清新有趣，展现了作者对自然景色的热爱与敏锐的生活情趣。

晓出净慈寺送林子方

南宋·杨万里

毕竟西湖六月中，风光不与四时同。
接天莲叶无穷碧，映日荷花别样红。

译 文

毕竟还是六月的西湖，此时的风光与其他时间的都不相同。

无边的莲花叶子十分碧绿，像是要与天空接续起来，在阳光的照耀下，荷花显得格外鲜红。

历史放映厅

这首诗写在淳熙十四年（1187）的六月，从诗题中可以看出，当时正是清晨，诗人在西湖边净慈寺送别自己的朋友林子方。林子方曾中进士，担任过直阁秘书等职务，是杨万里的下级和好朋友，此时林子方正要前往福州任职。

赏 析

开篇用朴实无华的语言赞叹西湖六月独具特色的景象，后半部分运用夸张的手法和碧绿与红色这一强烈的颜色对比，展现出一幅美轮美奂、颜色鲜明、生机勃勃的荷花图。由此，作者展现出了对西湖美景的喜爱。

荷花开了，银塘悄悄。新凉早，碧翅蜻蜓多少？六六水窗通，扇底微风。记得那人同坐，纤手剥莲蓬。金牛湖上诗老小华并画。曲度一

《荷塘忆旧图》

作者：金农

创作年代：清代

馆藏：故宫博物院

　　金农是"扬州八怪"的领衔人物，有着古拙奇异的艺术追求。金农一生奔波，晚年流落扬州，穷困潦倒，靠卖画度日，但也正是这时候，他留下了《荷塘忆旧图》这样的闲适之作。画作上题了一首清新无比的自度曲："荷花开了，银塘悄悄。新凉早，碧翅蜻蜓多少？六六水窗通，扇底微风。记得那人同坐，纤手剥莲蓬。"画中荷叶密密匝匝，点缀着深深浅浅的粉色，有一种朦胧隽永的温馨之美，也展现了画家恬淡的心境。

宿新市徐公店

南宋·杨万里

篱落疏疏一径深，树头新绿未成阴。
儿童急走追黄蝶，飞入菜花无处寻。

译 文

稀稀落落的篱笆中有一条小路延伸到深处，树叶刚刚冒出新绿，但还不够茂密，长不成树荫。

儿童急促地奔跑着，去追逐黄色的蝴蝶，蝴蝶飞进了菜花丛中，再也无处寻找。

历史放映厅

写这首诗时，诗人正在旅店投宿，旅店的掌柜姓徐，所以称为徐公店。新市据说位于现在湖南省的攸县北部，在宋代时是一个酿酒中心。相传杨万里十分喜欢新市的酒，这天晚上他痛饮美酒，喝醉后留宿在了徐公店。在见到诗中的生活场景后，写下了这一首诗。

赏 析

这首诗采取动静结合的手法，通过篱笆、绿树等田园风景，以及儿童追逐蝴蝶，蝴蝶飞入菜花丛中等动态景象，展现了乡村生活的恬静和优美，其中"急"字展现了儿童的活泼好动，画面十分生动。

稚子①弄冰

南宋·杨万里

稚子金盆脱晓冰②，彩丝穿取当银钲③。
敲成玉磬④穿林响，忽作玻璃碎地声。

注 释

① 稚（zhì）子：幼小的孩子。② 金盆脱晓冰：早晨把冰从金属盆里取出来。③ 钲（zhēng）：一种金属打击乐器，形状像钟，有长柄。④ 磬（qìng）：一种打击乐器，形状像曲尺。

译 文

小孩子早晨起来取出铜盆里的冰，用彩色的丝线将它们穿起来当作银钲。

击打时发出的声音就像玉磬一样，声音响得能穿过树林，忽然击碎了，仿佛听到了玻璃摔在地上的声音。

赏 析

整首诗通过细节描写，取冰、穿线、敲打，无不展现出小孩子天真烂漫的特质。诗中还通过比喻的手法，将小孩子做的玩意比喻成乐器，还对它的声音进行了夸张的描写，表现出它的特点。最后一句更是抓取了一个瞬间冰块坠地的声音，不仅富有动感，还妙趣横生，富有美感。整首诗通过小孩子玩冰这一事件，生动展现出小孩子的童心与童趣。

插秧歌

南宋·杨万里

田夫抛秧田妇接，小儿拔秧大儿插。

笠是兜鍪①蓑是甲，雨从头上湿到胛②。

唤渠朝餐歇半霎③，低头折腰只不答：

"秧根未牢莳未匝④，照管⑤鹅儿与雏鸭。"

注 释

①兜鍪（móu）：古代打仗时战士所戴的头盔。②胛：肩胛。③渠：他。半霎：极短的时间。④莳（shì）未匝：意思是这块田里还没有栽插完毕。莳，移栽、种植。匝，布满、遍及。⑤照管：照料，照看。这里是"提防"的意思。

译 文

农夫抛起了秧苗，农妇接住，小儿子在拔秧苗，大儿子就把它种下去。

他们把头上的斗笠当作头盔，把蓑衣当作铠甲，雨水顺着头发往下流，一直湿到了肩胛。

家人呼唤他们暂停，吃早饭歇一会儿，他们都弯着腰继续劳作，没有答应。

只是对她说："地里的秧苗还没栽完栽牢，照看好，提防着鸭鹅不要踩了秧苗。"

难道这是稻田里的
簪花郎？

　　民以食为天，中国以
农业立国，耕织一直受到上至皇
帝下至百姓的重视，历代皇室也有制作
《耕织图》的惯例。此幅图中，展现了整个插
秧全景，右侧图展现拔秧苗与运送秧苗的过程，
左侧为插秧的过程，水田、绿树、小桥、小屋，
组成了一幅生机勃勃的农家劳作图景。

《耕织图》
作者：冷枚
创作年代：清代
馆藏：台北故宫博物院

113

历史放映厅

这首诗写于淳熙六年（1179）的三四月份，是杨万里在常州的任职期满后，辞官回家途经衢州时的作品。当时正是农忙时节，他亲眼看到一个农民家庭插秧劳作的辛苦，就写下了这一首诗，生动地描绘了江南农户全家总动员插秧的情景。这首诗收录在他的《西归集》中。

赏 析

诗歌前两句展现插秧的场景，在开头展现了一幅繁忙的插秧景象，通过描写丈夫、妻子、两个儿子的各种动作，表现出农民一家的忙碌。之后诗人运用外貌描写，通过他们的装束，展现出此时的天气应该是雨天，农民头戴斗笠，身穿蓑衣，诗人独出心裁地将他们的装束比喻为战士的铠甲，烘托出农忙的紧张气氛，以及诗人对他们的同情。

而在后四句，诗人则主要通过对话和动作描写来刻画具体的人物，通过农人不肯歇息吃饭的场景，展现出农家生活的辛苦与农事的繁忙，以及农民吃苦耐劳的精神。最后两句的对话描写，使得勤劳朴实的农民形象更加丰满。

整首诗歌富有生活气息，在语言上句句押韵，富有韵律感，格调比较清新，全诗对农忙时节的景象进行了细致的细节描写，通过截取农户全家大小分工合作、紧张有序插秧的场景，展现农民农忙时节的辛苦和勤劳朴实的性格。

朱熹：最重要的理学家

朱熹（1130—1200），字元晦，祖籍婺源（今属江西），南宋理学家。绍兴十八年（1148）考取进士，做过转运副使、秘阁修撰、宝文阁侍制等官职。朱熹一生主要专注于撰写书籍和注解儒家经典，留下著名的《诗集传》《四书章句集注》和《楚辞集注》等著作，影响深远。朱熹的理学思想在明清两代被朝廷采纳，成为占统治地位的官方思想。

朱熹的文学见解一方面继承了北宋道学家的主张，另一方面又对文采和道理的关系做出了深入的论述，认为文学作品是用来传播道理的，因而内容道理是最重要的根本，而文采词藻等只是次要的。这在强调散文思想内容的同时，轻视了艺术技巧。受此影响，他自己也主要创作以说理为主的议论文，偏文学性的文章则较少。他的这种观点后来对南宋乃至明清两代的古文创作都产生了深刻的影响。

观书有感（其一）

南宋·朱熹

半亩方塘一鉴①开，天光云影共徘徊。
问渠那得清如许？为有源头活水来。

注 释

① 鉴：镜子。

译 文

半亩大的方形池塘清澈见底，就像一面镜子，天色、阳光和云的影子都映照在水中，悠然徘徊。

想问渠水为什么如此清澈？那是因为它有源泉活水一直流动进来。

赏 析

这首诗巧用自然现象来说明读书的道理，开头两句主要是描述自然现象，运用了比喻的手法，将清澈的湖水比喻为镜子，突出了湖水的干净，后一句运用水中的倒影进一步描述水的清澈。后两句运用设问句的形式，主要是发表治学的议论，表明朱熹认识到只有厚积薄发，源源不断地获取知识，才能有永不枯竭的灵感，这一心得表现了朱熹学识的深厚。

观书有感（其二）

南宋·朱熹

昨夜江边春水生，蒙冲①巨舰一毛轻。

向来枉费推移力，此日中流自在行。

注 释

① 蒙冲：一作"艨艟"，古代战船名。

译 文

现在是春天，昨天晚上江边水涨，本来巨大的战船变得像一片羽毛那样轻盈。

往日多少人都不能推动分毫的巨船，今天却可以在水中自由漂流，不费气力。

赏 析

这首诗开头两句运用夸张的手法，通过描写河水上笨重巨大的船因为江水上涨而轻得如同鸿毛一般展现春天水涨的自然现象。后两句使用了象征手法，用船航行不再需要力气来说明读书也是如此，水涨船高是自然而然的事情，只要有足够的知识积累，就会在知识的海洋里乘风破浪。朱熹的两首《观书有感》，都强调了多读书、多积累对于学习的重要性。

春日

南宋·朱熹

胜日寻芳泗水滨，无边光景一时新。
等闲识得东风面，万紫千红总是春。

译 文

天气晴好的日子在泗水边探寻美景，无限风光美景焕然一新。
谁都可以看出春天的美妙面貌，各种缤纷的色彩都是春天呀。

历史放映厅

这首诗在开头就点明了作者在泗水之滨游赏，属于春游诗。但实际上这一地点在北宋朝廷南渡时就已经被金人占领。朱熹当时并没有去北方，因此不可能是在此地游春赏玩。因此有一种说法是，泗水是指孔门，春秋时期孔子曾在此地讲学，而朱熹所谓的"寻芳"实际上是指寻找圣人之道，"万紫千红"则是指孔学丰富多彩，如春风一般充满生机。

赏 析

这首诗叙议结合，充满哲理，首句就交代了时间、地点与事件，并在之后描写出观赏者眼中所见，突出了春天给人的耳目一新的感觉。第三句运用了借代的手法，以"东风面"代指春天，表明春天特征鲜明，暗指儒家思想的多彩，最后一句运用视觉上的颜色描写，突出了春天的绚烂。整首诗语言简练，表现了诗人读书有感的欣喜和对儒家思想的赞美。

张孝祥：豪放词派先驱

张孝祥（1132—1170），字安国，号于湖居士，历阳乌江（今属安徽）人，是唐代诗人张籍的第七世孙，作品有《于湖居士文集》《于湖词》等。张孝祥是李清照等南渡词人到辛弃疾等中兴词人的过渡期中，词坛上最著名的词人。张孝祥富有才华，在科举考试中取得进士第一名的成绩。他曾经因为忤逆秦桧而入狱，在做官期间做了很多有利于民生的事情，后因病去世，年仅38岁。他的诗歌内容主要是表达对南宋统治者妥协投降的不满和誓死报效国家的决心，这类作品慷慨激昂，振奋人心，但后来对时势感到无能为力，转而寄情山水。在诗歌风格上，张孝祥主要学习苏轼的豪放，同时又学习李白的浪漫风格，因此他的文学风格自由洒脱，又充满豪气。他的艺术风格在当时自成一体，是豪放派词人的先驱。

念奴娇·过洞庭

南宋·张孝祥

洞庭青草①，近中秋，更无一点风色。玉鉴琼田②三万顷，着我扁舟一叶。素月分辉，明河共影，表里俱澄澈。悠然心会③，妙处难与君说。

应念岭海经年，孤光自照，肝肺皆冰雪。短发萧骚④襟袖冷，稳泛沧浪空阔。尽挹⑤西江⑥，细斟北斗⑦，万象为宾客。扣舷独啸，不知今夕何夕⑧！

注 释

①青草：即青草湖，在今湖南岳阳西南，属南洞庭湖。②玉鉴琼田：形容月光下洞庭湖皎洁的水面。③悠然心会：指内心优游自在，与眼前景物相合。④萧骚：稀疏。⑤挹（yì）：舀（水）。⑥西江：长江。⑦细斟北斗：用北斗七星组成的勺子细细斟酒。⑧不知今夕何夕：这里是极度赞叹此夜之美好。

译 文

快到中秋了，洞庭湖的青草湖上没有一点波澜。月光下，洞庭湖水十分皎洁，一碧三万顷，容下了这一艘小小的船。皎洁的月亮散发着光辉，明亮的洞庭湖水映照着天空的影子，天空和湖水内外都十分澄澈。我内心悠然自在，与景物共鸣，这其中的妙处难以与人诉说。

想起在广西官场的这一年，我孤身自顾，拥有如冰雪般干净的肺腑胸襟。现在我头发稀疏，衣衫单薄寒冷，在空阔广远的湖水上稳稳泛舟前行。我舀尽长江水，用北斗七星这一把勺子仔细斟酒，世间万物都是我的客人。我叩打着船舷独自放歌长啸，这一夜是多么美好啊！

历史放映厅

乾道元年（1165），张孝祥在广西一带担任经略安抚使的职务。但第二年，他就因为主战、反对求和而遭受了谗言被削去官职，从广西桂林向北回老家安徽。在中秋节前后，他经过了洞庭湖，写下了这一首词。他吟咏了洞庭湖之景，别出心裁地避开了前人笔下洞庭湖的壮阔浩大，而将洞庭湖写得纯净美好，这也与他当时的郁闷心境有关。几年后张孝祥就去世了，年仅38岁。

赏 析

这首词叙议结合，融情于景，作者将自己的精神世界与自然风光紧密地融合在一起。词的上阕写景，先从总体上刻画了洞庭湖的八月风光，以及自己泛舟湖上的悠然自适，在具体写湖光水色时，张孝祥运用了多种手法，如说湖水"三万顷"的夸张，以及湖水像一面镜子的比喻，都突出了湖水的广阔与水波不兴。此外他还用了一语双关的手法，借用景物的澄净与下文自己的清白形成呼应，暗示自己的洁净。

词的下阕主要是抒情，作者通过回想这　年在广西官场的沉浮，

洞庭湖

　　洞庭湖，位于湖南省北部，面积2740平方千米，是地壳运动后凹陷产生的湖。洞庭湖在古时也曾被叫作云梦泽，有"洞庭秋月""平沙落雁"等优美风光。湖内水资源丰富，许多文人墨客都曾经写下诗词歌赋赞赏洞庭湖，如李白的《秋登巴陵望洞庭》、刘禹锡的《望洞庭》等。周边有岳阳楼、君山等著名景点。

一方面强调自己蒙受冤屈的怨愤，另一方面又表现出了忘却世俗荣辱的超脱。其中主人公表明自己心迹与清白高洁的内心时，正如上阕所写的洞庭湖与月光，表现出了难与人诉说的孤寂。但之后作者又十分具有想象力，运用夸张的手法，写自己要以星辰为酒杯，舀起洞庭湖水痛饮，充满豪情壮志，这里主人公的形象从落寞转向了高大，十分有气势。最后写自己独自敲打船舷唱歌，从宏大的情怀转向轻松，收束全文，大开大合，韵味无穷。

辛弃疾：一生是少年

辛弃疾（1140—1207），字幼安，号稼轩，历城（今山东济南）人。确立并发展了苏轼开创的豪放词，与苏轼并称为"苏辛"。辛弃疾为人智勇双全，自小立志保家卫国，收复失地。21岁参加抗金义军，也曾生擒投降的叛臣，为抗金大业做出过重要贡献。他深谋远虑，多次上书建言献策，然而朝廷一味懦弱求和，刚直的个性使他屡遭排挤，不被重用，最终在67岁时含恨而终。

在文学方面，他是两宋词史上词作数量最多的词人，他的词风格多样，内容丰富，表现了自己从少年沙场征战，到中年仕途多舛的失意，以及被贬后隐居农村的田园生活，展现出了英雄的个人情怀和多面性。

早期，军人出身的辛弃疾将战场杀敌和战斗生活等军事题材写成词，表现出了自己的政治抱负与战斗精神，他的词中还有激情四射的议论，风格豪迈壮阔，这是稼轩词的独有特色，这也扩展了宋词的内容和境界。后期，国耻未雪的痛苦和英雄无路的苦闷这种社会和个人的双重不幸使他怒气翻涌，因而他的诗歌不但有怀才不遇和壮志未酬的愤慨，还痛骂黑暗社会，讥讽朝廷的懦弱，嬉笑怒骂，讽刺意味十足。总的来说，辛弃疾的词中充满浓烈的爱国思想与积极战斗的精神，雄奇阔大的战斗场面，以及大量的典故等，形成了他浪漫又豪放的风格，影响了很多处于危机中的文人。

清平乐·村居

南宋·辛弃疾

茅檐低小，溪上青青草。醉里吴音①相媚好，白发谁家翁媪②？

大儿锄豆溪东，中儿正织鸡笼。最喜小儿亡赖③，溪头卧剥莲蓬。

注 释

① 吴音：这首词是辛弃疾闲居带湖（今属江西）时写的。此地古代属吴地，所以称当地的方言为"吴音"。② 翁媪（ǎo）：老翁和老妇。③ 亡赖：同"无赖"，这里指顽皮、淘气。亡，这里读 wú。

译 文

低矮的茅草屋旁边，一条小溪上长满了青草。这是谁家一对白发苍苍的老翁老妇，喝醉酒之后用当地方言在亲昵地互相戏谑？

只见大儿子在小溪东边锄豆，二儿子正在编织鸡笼。最可爱的小儿子非常淘气，正在溪边趴着剥莲子吃呢。

赏 析

整首词语言平实无华，用白描的手法写出了农村中的寻常事物，动静结合，创造出优美的意境。词的上阕中，首句简单描绘了农家的自然生活环境，后两句写人文环境，运用视听结合和问句的手法，展现出词人的所见所闻，描绘了好听的地方方言与白发苍苍的老夫妇。词的下阕对三个小辈进行了细致的动作描写，趣味无穷。

西江月·夜行黄沙道中

南宋·辛弃疾

明月别枝①惊鹊，清风半夜鸣蝉。稻花香里说丰年，听取蛙声一片。

七八个星天外，两三点雨山前。旧时茅店②社林③边，路转溪桥忽见④。

注释

①别枝：横斜的树枝。②茅店：用茅草盖的旅舍。③社林：社庙丛林。社，社庙，土地庙。④见：同"现"。

译文

月光明亮，横斜的树枝上有受到惊吓的喜鹊，半夜的清风中传来了蝉鸣。在稻花的香气里，人们谈论着今年的丰收，耳边传来一片青蛙的叫声，仿佛也在诉说着丰收的年景。

稀稀落落的星星挂在天外，稀疏的雨点落在了山前的小路上。拐过前边的路走上河边的小桥，突然看见了之前见过的社庙丛林边的茅草屋。

历史放映厅

淳熙八年（1181），辛弃疾在遭受排挤后被罢免了官职，在江西上饶居住了大约15年，在此期间写下了一些风格清丽的词作。这首词描写了辛弃疾一次夜晚出行的经历，他所经过的黄沙岭在

上饶县西部，这一带风景优美，有两眼泉水，因而农田水利很好，作物经泉水的浇灌收成也好。辛弃疾在上饶期间经常在这个地方游玩，写作这首词时恰逢稻子成熟，展现出了词人幽静的心态以及对丰收时节的喜爱。

赏 析

这首词的语言简约平易却刻画入神。词的上阕主要描写了夏夜的景象，运用视觉、听觉、嗅觉等多重感官，以及动静结合手法，选取了清风、蝉鸣、稻花香和蛙声等乡村独有的意象，描写出了乡村情趣。

词的下阕主要描写了词人走夜路的场景。其中辛弃疾运用了多个数字，展现出天气的变化。又通过写自己以前熟识的地方突然出现在眼前的惊喜，展现出在乡村夜游的乐趣。整首词充满了浓郁的生活情趣，表现出辛弃疾对乡村生活的热爱。

丑奴儿·书博山①道中壁

南宋·辛弃疾

少年不识愁滋味，爱上层楼②。爱上层楼，为赋新词强③说愁。

而今识尽愁滋味，欲说还休。欲说还休，却道"天凉好个秋"！

注 释

①博山：在今江西广丰西南。②层楼：高楼。③强（qiǎng）：勉强，竭力，极力。

译 文

年少时期不知道愁闷的滋味，喜欢攀登高楼。攀登高楼后，为了作新的词而极力说自己忧愁。

现如今尝遍了愁苦的滋味，想要说而终于什么都没说。想说却说不出，却只好说道："好一个凉爽的秋天啊！"

赏 析

这首词使用了对比的手法，将年少时期不识愁苦的状态与现如今饱尝苦难的状态做对比，展现出了作者当下的幽愤。文章中使用了三个"愁"，着重渲染了这一个字，表明了作者无处抒发的痛苦和郁闷。其中，他还使用了两个叠句，连用两个相同句子，也直接与后文的"强说愁"和"却道"的行为产生对照，凸显了诗人不同时期的心理状态。整首词感情率真，令人回味无穷。

破阵子·为陈同甫赋壮词以寄之

南宋·辛弃疾

醉里挑灯看剑，梦回吹角连营①。八百里分麾下炙②，五十弦翻塞外声，沙场秋点兵。

马作的卢飞快，弓如霹雳弦惊。了却君王天下事③，赢得生前身后名。可怜白发生！

注释

①连营：连在一起的众多军营。②八百里分麾（huī）下炙（zhì）：意思是，把酒食分给部下享用。八百里，指牛，这里泛指酒食。麾下，军旗下面，指部下。炙，烤熟的肉食。③天下事：这里指收复北方失地的国家大事。

译文

醉酒后，我点亮油灯，细细赏看我的宝剑，在梦中听到了那响彻军营的号角声。把烤好的牛肉分发给部下，乐队奏起的雄壮音乐响彻塞外，这是秋日在战场上阅兵。

战马像的卢马一样跑得飞快，弓箭就像惊雷一般发出震耳欲聋的弦声。一心想为君主完成收复失地这一大事，赢得生前死后世代相传的美名。可惜我现在已经长出了白发！

历史放映厅

这是辛弃疾晚年被削去官职闲居时，写给好朋友陈亮的一首词。辛弃疾曾经征战沙场几十年，保家卫国。这是一首记梦词，其中作者回想起自己的沙场生涯，抒发了自己无法杀敌报国、收复失地的苦闷。

赏析

整首词虚实结合，作者将梦境与现实中的形象结合在一起，编造出了一个壮阔的意境，==通过现实与梦境的对比，表达出自己对英雄迟暮的无奈==。其中词的上阕写的都是梦中自己往年的战场生活，使用了非常多的动词，以及军乐、战马、弓弦等战争独有的意象，展现出作者本人的豪迈形象以及沙场点兵的雄壮。同时作者使用视觉、听觉相结合的描写，使得这一画面的视听都十分震撼。

下阕作者使用了夸张和比喻的手法，展现出战马的英勇姿态与弓箭如雷一般的气势。最后作者想起自己壮志难酬，用一句"可怜白发生"回归现实，与之前的幻梦形成对比，产生了强烈的反差，表现出了作者报国无门，无法实现梦想的失落与愁苦。这一陡然下落的情绪产生了扣人心弦的震撼效果。

※古时名马：中国古代的传世典籍中记录了很多名马，如同属于"十大名马"的赤兔、的卢、昭陵六骏等。的卢马是三国名马，有追风之姿。原先是张武的坐骑，在张武死后被赵云送给了刘备。曾有传言此马不吉，后来刘备在被曹操追杀时，的卢一跃跳过数丈阔的檀溪，救了刘备一命。

难道他们在
话别？

此幅《京口送别图》为明代画家沈周所作，当时他恰在京口送别好友吴宽。整个画面开阔舒朗，江面平整，江上泊了两艘小舟，舟中人好似正在话别。江边有稀疏的树木，有乱石楼阁，简单几笔勾勒出了浓浓的离别之情。

《京口送别图》

作者：沈周

创作年代：明代

馆藏：上海博物馆

南乡子·登京口①北固亭②有怀

南宋·辛弃疾

　　何处望神州③？满眼风光北固楼。千古兴亡多少事？悠悠。不尽长江滚滚流。

　　年少万兜鍪④，坐断⑤东南战未休。天下英雄谁敌手？曹刘⑥。生子当如孙仲谋。

注　释

①京口：今江苏镇江。②北固亭：在镇江东北的北固山上，下临长江。

③神州：指中原地区。④年少万兜鍪：指孙权年轻时就统率千军万马。兜鍪，古代作战时兵士所戴的头盔。这里指代士兵。⑤坐断：占据。⑥曹刘：指曹操与刘备。

译义

哪里才能看得见中原故乡呢？我登上北固楼远望，只看得见满眼风光。古往今来发生了多少朝代兴亡的故事啊？悠悠岁月，如同这滔滔不绝的长江水滚滚流淌。

孙权年少时期就率领千军万马，占据着东南地区，不断和敌人作战。天下的英雄有谁是孙权的对手呢？只有刘备和曹操。生儿子就应该生一个像孙权这样的。

赏析

上阕以写景为起始点，作者通过登高所见，抒发对千古兴亡的感慨，以及怀念中原山河的情感。在这里使用了问句的形式，追问王朝兴旺时代更迭，又运用了两个叠词展现历史车轮滚滚向前不可阻挡之势。其中"不尽长江滚滚流"借用了杜甫《登高》中的诗句"不尽长江滚滚来"。

下阕的主题是怀古，作者通过歌颂孙权能够抗击敌人、巩固国土的事迹展现心中的艳羡。这里也同样运用了设问的方式，并采用了很多关于孙权的典故，借用了曹操曾经说过的"生子当如孙仲谋"这一句话，展现出对孙权的敬佩。总的来看，下阕运用了借古讽今和对比的手法，通过孙权的事迹指责南宋统治者的软弱无能、苟且偷生的无耻行径。

整首词大开大合，富有气势，设置了三个问句，互相呼应，展现出了雄壮高远的意境。

永遇乐·京口北固亭怀古

南宋·辛弃疾

千古江山，英雄无觅，孙仲谋处。舞榭歌台，风流总被，雨打风吹去。斜阳草树，寻常巷陌，人道寄奴曾住①。想当年，金戈铁马，气吞万里如虎②。

元嘉草草③，封狼居胥④，赢得仓皇北顾⑤。四十三年⑥，望中犹记，烽火扬州路⑦。可堪回首，佛狸祠⑧下，一片神鸦社鼓⑨。凭谁问：廉颇老矣，尚能饭否？

注 释

① 寄奴曾住：寄奴是南朝宋武帝刘裕（363—422）的小名。刘裕的祖先移居京口，他在这里起事，晚年推翻东晋做了皇帝。② 想当年，金戈铁马，气吞万里如虎：刘裕曾两次率领东晋军队北伐，收复洛阳、长安等地。③ 元嘉草草：南朝宋文帝刘义隆好大喜功，仓促北伐，遭到重创。元嘉，宋文帝刘义隆的年号，公元424—453年。草草，轻率。④ 封狼居胥：汉武帝元狩四年（前119），霍去病远征匈奴，歼敌七万余，封狼居胥山而还。封，登山祭天，以纪功勋。狼居胥，山名，即今蒙古国境内的肯特山。这里用"元嘉北伐"告诫南宋朝廷要汲取历史教训。⑤ 北顾：败逃中回头北望。⑥ 四十三年：作者于宋高宗绍兴三十二年（1162）南归，到写这首词时正好四十三年。⑦ 烽火扬州路：扬州一带抗金的烽火。⑧ 佛（bì）狸祠：北魏太武帝拓跋焘（408—452）小名"佛狸"。刘宋元嘉二十七年（450），他反击刘宋，兵锋南下，在长江北岸瓜步山上建立行宫，后称"佛

狸祠"。⑨神鸦：指在庙里吃祭品的乌鸦。社鼓：社日祭祀土地神的鼓声。南宋时期，当地老百姓只把佛狸祠当作一般祠庙来祭祀供奉，而不知道它过去曾是北魏皇帝的行宫。

译文

千古以来的江山中，再也找不到像孙仲谋那样的英雄人物了。歌舞楼台中，英雄人物的风流气概总是会被风雨吹散。夕阳西下，斜照的光线照耀着草木的地方，有看起来十分寻常的小巷和道路，人们说这里是南朝皇帝刘裕曾经待过的地方。想到当年，他率领千军万马北伐，气势如猛虎一般，雄震千里。

后来刘义隆轻率出兵北伐，想要获得古人封狼居胥山那样的伟业，只落得一个仓皇战败北望逃窜的结局。南渡四十三年了，向北瞭望，仍然记得扬州以北战火纷飞的抗金场景。不堪回首啊，当年的佛狸祠行宫，现在香火旺盛，成了一片乌鸦啄食祭品和祭神歌舞之地。还有谁会来问：廉颇已经老了，还能吃得下饭吗？

历史放映厅

开禧元年（1205），66岁高龄的辛弃疾担任镇江知府。当时南宋王朝的宰相准备北伐，以建立功名巩固地位，并打算借用辛弃疾的名声为自己造势。但辛弃疾却十分认真地准备，他一方面力主抗金，另一方面又担心宋军轻敌失败，主张准备一段时间，等到金国有内乱的时候才进攻。然而，朝廷无视他的建议，甚至不再重用他，辛弃疾预感到这次北伐一定会失败，因而十分郁闷。

赏 析

这一首词主要使用了对比、借古讽今的手法，并运用了十分多的典故，从历史到现实，时间跨度非常大。其中上阕运用了孙权、刘裕等一系列的历史人物事迹，在对他们保家卫国的事迹进行评价褒扬的同时，抒发了作者希望收复国土的愿望。作者对这些人物的英雄伟绩描述得十分壮阔，最后一句还运用了比喻的手法，将刘裕出兵的气势比喻为猛虎，显示出了战争场面的激烈恢宏。

下阕主要引用了南朝刘义隆草率出兵北伐以至于失败的历史教训，与上文的英雄人物事迹做对比，从而反对轻率应战，劝告统治者不要鲁莽行事。同时他回归到抗金的现实，表明自己抗击金军的决心不改，坚定自己的信念。最后三句，辛弃疾借用了廉颇的典故，表明自己虽然已经年老但依旧希望能报效国家，以及对现实中壮志未酬的失望。

总的来看，辛弃疾的这首词不仅具有很强的感染力，还具有辩论性质，风格苍劲沉郁，豪壮悲凉。

※廉颇老矣：《史记·廉颇蔺相如列传》记载战国时赵国名将廉颇被免职后跑到魏国，后来赵王想重新起用他，派人去探看他的身体状况。廉颇在使者面前吃下饭一斗、肉十斤，披甲上马，以示尚可大用。使者受廉颇仇人郭开的贿赂，回来报告赵王说廉将军虽然还很能吃，但一会儿就去了三次厕所，赵王一听，就放弃了起用廉颇的想法。

陆游：生不逢时陆放翁

陆游（1125—1210），字务观，号放翁，越州山阴（今浙江绍兴）人。幼年时期正值金人南下，饱受逃难之苦，因此自小就有忧国忧民的情怀。他自幼好学，熟读兵书，立志恢复中原。29岁参加科举考试，由于名次在秦桧孙子之上而被秦桧嫉恨，复试时不被录用，直到秦桧死后才做了官。后来积极主张北伐抗金，然而因朝廷求和而被罢职，其间有从军经历，晚年主要在山水间过着宁静的田园生活，临终时写了著名的《示儿》诗。在诗歌方面，陆游诗词的主要内容是抒发爱国情怀与战斗精神。前线的战斗生活使他的爱国热情高涨，此时他的作品多写战争生活，风格慷慨悲壮，他把这一时期的诗集题为《剑南诗稿》。晚年时期他写了大量反映农村残酷现实与田园风光的诗，风格变得平静恬淡。此外，他还有少量吟咏自己不幸爱情的词，这一类词质量也很高。总的来看，陆游的诗词既有现实主义内容，鼓舞了一大批后代爱国志士；又有奇特的夸张和浪漫主义情怀，在当时被称为"小李白"。

示儿①

南宋·陆游

死去元②知万事空，但悲不见九州③同。
王师④北定中原日，家祭无忘告乃翁⑤。

注 释

①示儿：给儿子看。这首诗是陆游临终前写给儿子的。②元：同"原"，本来。③九州：古代中国曾分为九个州，这里代指全国。④王师：指南宋朝廷的军队。⑤乃翁：你们的父亲。

译 文

本来就知道死后万事皆空，我只是恨看不到全国统一。

王军北伐收复中原的时候，一定要在家庭祭祀时告诉你们的父亲我。

赏 析

这首诗是陆游临终之前所作，整首诗朴实无华，直抒胸臆，无比真诚，用最简单的词语表达了最深沉的愿望和最赤诚的爱国之心。开头两句直述诗人虽知道万事皆空，但依旧心怀祖国，表明对这一愿望的热切之心。后面两句嘱托自己死后如果有祖国统一的一天，让儿子一定在祭祀时告诉自己，以慰在天之灵。这首诗感情真挚，影响了一代又一代的爱国人士。

秋夜将晓出篱门迎凉有感

南宋·陆游

三万里河^①东入海，五千仞岳^②上摩天^③。
遗民^④泪尽胡尘^⑤里，南望王师又一年。

注 释

① 三万里河：指黄河。"三万里"形容很长。② 五千仞岳（rèn yuè）：指华山。"仞"，长度单位。"五千仞"形容很高。③ 摩天：碰到天，形容极高。④ 遗民：指在金统治地区的原宋朝百姓。⑤ 胡尘：指金统治地区的风沙，这里借指金政权。

译 文

漫漫黄河向东流入海洋，万丈高的华山直插云霄。

沦陷区宋朝百姓的泪水已经流干，他们一年又一年地盼望着宋王朝的军队北伐。

赏 析

这首诗写景与抒情结合在一起，气势磅礴。开头两句运用夸张的手法，展现了黄河之长，华山之高，表现了祖国中原的山河之壮丽。后面两句也运用了夸张和对比的手法，写被金国占领之处的宋朝遗民的泪水已经要流尽了，表现了人民渴望收复解救的急切心情。同时陆游用人民的爱国之心与南宋朝廷的卖国和苟安的行径做对比，讽刺了朝廷的不作为，表达了对中原百姓的同情。

十一月四日风雨大作

南宋·陆游

僵卧^①孤村不自哀，尚思为国戍轮台^②。
夜阑^③卧听风吹雨，铁马^④冰河入梦来。

注 释

①僵卧：躺卧不起，形容老病。②戍轮台：指守卫边关。戍，守卫。轮台，古地名，在今新疆轮台南，汉王朝曾在这里驻兵屯守。这里代指边关。③阑（lán）：将尽的意思，这里指天快亮了。④铁马：披着铁甲的战马。

译 文

我在孤村躺卧不起，但并不为自己的命运感到悲哀，内心深处仍然想着要为国家守卫边疆。

长夜将尽，我躺在床上听着风吹雨打的声音，梦见自己骑着穿着铁甲的战马踏过冰封的河流，一路挥师北上。

赏 析

这是一首记梦诗，诗歌采取了虚实结合的手法。首句写了诗人自己衰老的现状，以及对国家命运和现实状况的关切，其中表现了作者愿为国家牺牲个人的意志。后两句转向虚幻的梦境，作者运用视觉和听觉展现了自己在深夜的所见所闻，又描绘了自己梦中年轻时期的前线战场，传达了作者想要戍守边疆，为国效忠的愿望。

卜算子·咏梅

南宋·陆游

驿外断桥边，寂寞开无主。已是黄昏独自愁，更着①风和雨。

无意苦争春，一任②群芳妒。零落③成泥碾作尘，只有香如故。

注 释

① 着（zhuó）：遭受。② 一任：任凭。③ 零落：凋谢。

译 文

在驿站外断桥的旁边，一束没有主人的梅花孤独地开放着。此时已是黄昏，内心独自泛起了愁闷，更何况又遭受了风吹雨打。

梅花无意炫耀争夺春光，任凭百花嫉妒她。即使凋落之后被碾压成泥土灰尘，但是芳香依旧和往常一样。

历史放映厅

这首咏梅词在古往今来的咏梅作品中颇有名气。这首词实际上是陆游自己的抒怀作品。在创作这一首词时，陆游和梅花一样，境遇艰难。南宋朝廷偏安一隅，在主和派的排挤压制下，他也壮志难酬，十分抑郁。当他看到这一枝无人照看的梅花时，便联想到了自己，创作了这首词。

《咏梅图》·清·王翚

赏 析

　　这一首托物言志的咏梅词，表明了作者的志向。词的上阕不直接写梅花，但是通过环境的恶劣凸显出梅花的品格。上阕中着重描写了梅花生长环境的艰难，运用了拟人的手法，词人移情入景，写出梅花的寂寞与愁思，但实际上作者只是借此表达自己的感情，营造了一种寂寥荒冷的氛围。

　　词的下阕依旧使用了拟人的手法。作者借物喻人，用梅花甘于寂寞，不肯争名夺利，不怕他人误解的品质，以及即使凋零也要保持自己的特色和高洁这种精神，展现出了作者自己的孤高自赏与高洁的志向。因此，整首词用梅花指代自己，看似咏梅，实际上是作者自己与世无争、不肯堕落的心迹的剖白。

书愤

南宋·陆游

早岁那知世事艰，中原北望①气如山。
楼船夜雪瓜洲渡②，铁马秋风大散关③。
塞上长城空自许，镜中衰鬓已先斑。
出师一表真名世④，千载谁堪伯仲间⑤！

注　释

①中原北望：指北望淮河以北沦陷在金人手中的地区。②楼船夜雪瓜洲渡：指陆游40岁任镇江通判时的事。当时，右丞相张浚督视江淮兵马，过镇江，颇赏识陆游。张浚积极督练军马，防敌备战，但朝廷偏向议和，张浚处境艰难，最后被罢相。楼船，有楼的高大战船。瓜洲渡，长江渡口，在江苏扬州，与镇江隔江相对。③铁马秋风大散关：指陆游48岁时在陕南汉中的经历。当时，诗人入四川宣抚使王炎幕府，活跃在大散关前线，并曾经与金兵交战。铁马，配有铁甲的战马。大散关，即散关，在陕西宝鸡西南大散岭上。④名世：名显于世。⑤伯仲间：指不相上下。

译　文

年轻的时候哪里知道世事艰难，北望中原，我十分愤慨，豪情壮志如山一般壮伟。

我曾经在下着雪的夜里，在瓜洲渡口的战船之上，也曾在陕西大散岭上，在秋风中率领金戈铁马与敌人交战。

我空把自己当作塞上长城，但是镜子中的自己却已先两鬓斑白。

《出师表》这一篇文章青史留名，千年以来谁敢说自己与诸葛亮不相上下！

历史放映厅

这首诗写于淳熙十三年（1186），是陆游退居山阴时的作品。当时陆游在家中居住已经长达5年之久。陆游回想起自己年少从军的经历和年少时期的远大理想，觉得志向再难实现，对现实也颇感悲愤，于是写下了这首诗。

※塞上长城：典故出自南朝宋名将檀道济的事迹。檀道济率兵伐北魏，屡次建功，后遭猜忌被宋文帝刘义隆杀害。他被拘捕前十分生气地说："乃复坏汝万里之长城！"因此"塞上长城"也是指能够守卫国家保卫边疆的将领。

赏 析

这首诗虚实结合，一边回忆往事，一边抒发情感。首联回望自己年轻时的豪情壮志，这里运用了比喻的手法，将自己想要收复失地的志向比喻为山，凸显其豪情壮志。颔联回忆自己的军旅经历，这两句对仗工整，展现出了作者年少时在不同地方、不同时期为国奉献、参加战争的事实。颈联作者运用古今对比和历史典故，通过塞上长城的故事表达自己的抱负，但又与自己已经衰老、怀才不遇、英雄老去的现实形成了强烈的反差，凸显了诗人的失落。尾联作者以诸葛亮自勉，表现出自己要献身家国的理想。总的来看，整首诗格调悲壮，音节铿锵有力，气势磅礴。

闲敲棋子落灯花 宋

叶绍翁：江湖派代表

叶绍翁，生卒年不详，大约出生于公元1190年至1194年间，字嗣宗，号靖逸，福建浦城人，居住在处州龙泉（今属浙江）。原姓李，祖父是进士，后因党争被贬，他就过继给了叶姓人家。叶绍翁曾经在朝廷做过小官，后长期隐居在钱塘西湖边，诗歌多写自己的隐居生活，是江西诗派的代表人物之一。叶绍翁擅长写七言绝句，诗歌风格言近旨远，语言清新但意境高远，《游园不值》是他的千古绝唱。有《四朝闻见录》《靖逸小集》等作品流传后世。

夜书所见

南宋·叶绍翁

萧萧①梧叶送寒声，江上秋风动客情。
知有儿童挑促织②，夜深篱落③一灯明。

注 释

①萧萧：这里形容风吹梧桐叶发出的声音。②促织：蟋蟀，也叫蛐蛐。③篱落：篱笆。

译文

梧桐树叶萧瑟摇曳的声音送来寒意，江上吹来的秋风吹动了客人的思乡之情。

夜深之时篱笆旁有一盏灯还亮着，就知道是有孩童在捉蟋蟀。

赏析

这首诗是诗人在异乡时创作的一首七言绝句。他在寒凉的秋夜里触景生情，产生了思乡之情，便创作了这首诗。开头使用叠字，中国古代经常用秋日梧桐叶在风雨中的萧萧声展现秋日的萧瑟，这里诗人也运用这一情景交融的手法，并与后一句一起进行动态场景的描写，结合听觉与寒冷的触觉，以秋风树叶的声音和秋风的寒冷引申出诗人的思乡之情。诗歌后半部分视角转换到了近景，用孩童的无忧无虑对比诗人的凄凉，突出诗人内心的凄伤。同时又使用倒装句，在结尾时进行视觉描写，突出一盏灯的光亮，以深夜一束光的闪烁收束整首诗，产生了无尽的意味。

145

游园不值①

南宋·叶绍翁

应②怜③屐齿④印苍苔⑤，小扣⑥柴扉⑦久不开。
春色满园关不住，一枝红杏出墙来。

注 释

① 不值：没有遇到人。值，遇到。② 应：大概，表示猜测。③ 怜：怜惜。
④ 屐齿：指木屐底下突出的部分。屐，木鞋。⑤ 印苍苔：在青苔上留
下印迹。⑥ 小扣：轻轻地敲。⑦ 柴扉（fēi）：用木柴、树枝编成的门。

译 文

大概是主人怜惜青苔会被木鞋踩上鞋印，轻敲柴门却一直没人给开门。
整个院子里充满了挡不住的春色，有一枝红色的杏花伸出了墙头。

赏 析

这首诗写得十分幽默风趣，开头两句用新奇的联想，从人迹罕至
之处长出的青苔联想到主人家不染尘俗的性情，诗人吃了闭门羹却还是
很幽默地为主人解释，也表现了主人高雅的品位。后面两句诗人运用了
把无形的形象实体化和拟人的手法，用"关不住"展现小院里溢满的
无限春光，又将红杏拟人化，展现出红杏不甘寂寞、勇于绽放的姿态。
同时作者又用一枝红杏代指满园春色，以个体表现整个集体的春光，展
现出春天的生机，表现出对春天的喜爱，韵味无穷。整首诗十分轻松，
展现了诗人游春的放松与喜悦。

翁卷：永嘉四灵之一

翁卷，南宋诗人，生卒年不详，字续古，又字灵舒，温州乐清（今属浙江）人，"永嘉四灵"之一，他在"四灵"中年龄最大。屡试不中，因而一生都是平民，对于政治现状没有兴趣，过着清闲的生活，作诗比较清苦，喜欢苦吟，他与"永嘉四灵"一样主要歌咏山水田园等隐逸生活，在艺术上用精练的语言刻画平常事物，擅长白描，画面清新，风格娴雅秀润，和其他三人的诗一起在纠正卖弄文采、过度用典的弊端方面起到了一定的作用。著作有《苇碧轩诗集》。

乡村四月

南宋·翁卷

绿遍山原白满川，子规声里雨如烟。
乡村四月闲人少，才了蚕桑又插田。

译文

山地和平原一片翠绿，整个水田都是白茫茫的稻田。在杜鹃声中，黄梅时节的细雨迷茫得如烟似雾。

乡村的四月繁忙，很少有闲人，才结束了种桑养蚕的事情，又要下田插秧苗了。

🎬 这首七言绝句主要描写的是江南农村初夏时节的风光。翁卷生活的年代，中原一片萧条，而南宋偏安江南，一味求和，让江南出现一段短暂的平和发展期。这首诗写的就是这段时期的乡村景象。

赏 析

这首诗将美妙的自然风景与乡村人、事的繁忙结合在一起，不仅写了乡村自然风光，还写了农忙画面。其中前两句着重写江南初夏的风景。第一句运用了两种颜色，用树木、河道、天的颜色描写了初夏山川河水中的勃勃生机。第二句视听结合，运用杜鹃的声音与细雨的形态，展现梅雨季节的景色。这里还运用了比喻的手法，用烟雾来展现梅雨的迷蒙。最后两句展现农村农事的繁忙，巧用桑蚕和插田两个事件展现农民的紧张。

整首诗格调宁静又轻快，展现了诗人对乡村生活的喜爱和对辛劳百姓的赞扬。

※子规：即杜鹃鸟，也称布谷鸟。一般会在初夏时整日整夜啼叫，声如"布谷"，恰好此时人们都会忙于新一轮的播种，因而人们将其认为是催促赶快播种。此外，中国古代还有"杜鹃啼血"的典故，是说古蜀国有一个君主名叫望帝，他在国家灭亡后化身为杜鹃鸟，经常哀鸣，叫声哀怨凄婉，口中流血，人们就用杜鹃啼血比喻十分哀痛。

文天祥：一片丹心照古今

文天祥（1236—1283），字履善，又字宋瑞，号文山，吉州庐陵（今江西吉安）人，爱国诗人。文天祥21岁时便以第一名考取了进士，后来做过江西的安抚使。在元军围城时临危受命，被授予右丞相兼枢密使，前往元军阵营议和被拘留，后逃走继续为国家危亡浴血奋战，无奈后来兵败被俘，在被囚禁4年的情况下依旧誓死不从，最终被杀害。他的诗歌记录了其出使元营、被拘逃脱直到从容就义的种种遭遇和心路历程，感慨家国破碎的悲凉，表达了他视死如归的民族气节。如《过零丁洋》《正气歌》等就展现了他的忠义之心与英雄气概，并通过歌颂历史上的忠臣义士表达自己的民族志气。此外，他在后期主要学习杜甫，在狱中写有《集杜诗》200首，通过重新将杜甫的诗句组合成新的诗，创作出了具有独立文学价值的作品。

过零丁洋

南宋·文天祥

辛苦遭逢①起一经②，干戈③寥落④四周星⑤。
山河破碎风飘絮⑥，身世浮沉雨打萍⑦。
惶恐滩⑧头说惶恐，零丁洋里叹零丁⑨。
人生自古谁无死？留取丹心照汗青⑩。

注释

①遭逢：指遇到朝廷选拔。②起一经：指因精通某一经籍而通过科举考试得官。文天祥在宋理宗宝祐四年（1256）中进士第一名。③干戈：指战争。干和戈本是两种兵器。④寥落：稀少。指宋朝抗元战事逐渐消歇。⑤四周星：四周年。从德祐元年（1275）起兵抗元至被俘恰是四年。⑥风飘絮：形容大宋国势如风中柳絮，失去根基，即将覆灭。写此诗后不久，南宋流亡朝廷覆亡。⑦雨打萍：比喻自己身世坎坷，如同雨中浮萍，漂泊无根，时起时沉。⑧惶恐滩：宋端宗景炎二年（1277），文天祥在江西兵败，经惶恐滩退往广东。⑨零丁：孤苦无依的样子。⑩汗青：古代在竹简上写字，先以火炙烤竹片，以防虫蛀。因竹片水分蒸发如汗，所以称之为"汗青"。这里指史册。

跟着诗词游中国

惶恐滩、伶仃洋

惶恐滩在今天的江西省万安县，是赣江中一处水流湍急的险滩。历史上，文天祥曾在江西被元军打败，军队死伤惨重，妻子儿女也被敌人俘虏。他经由惶恐滩撤到了福建。

伶仃洋位于广东省珠江口外，又名零丁洋、珠江口，是一个形状类似于喇叭的河口湾，北边与虎门相邻，南边与香港和澳门相连。2018年，珠港澳大桥通车，就位于伶仃洋的海域内。在历史上这里曾经是中国大门的一道重要防线，也遗留下来了一些如虎门公园、威远炮台等著名景点。

译文

我经历辛苦，由参加科举考试而做官，从抗元开始到如今战争逐渐停歇差不多有四年了。

祖国山河支离破碎就像风中的柳絮一样，我自己的身世也坎坷不安，如同雨中的浮萍一样漂泊无依。

惶恐滩的惨败让我至今惶恐不安，零丁洋前感叹我自己孤苦伶仃。

自古以来，谁人能长生不死呢？我只愿留着赤胆忠心照耀史册。

历史放映厅

景炎二年（1277）开始，南宋军队越来越阻挡不住元军的进攻。景炎三年（1278），文天祥在战争中因为寡不敌众而被元军俘虏，元军派人劝降，但文天祥誓死不从。祥兴二年（1279），元军押送文天祥坐船经过零丁洋，文天祥知道南宋灭亡后伤心欲绝，便在这个地方写下了《过零丁洋》，也是给劝降的人的回复。

赏析

这首诗淋漓尽致地表达了文天祥忠贞不渝的精神。语言工整，用词掷地有声，将自己的一生与国家命运联系在一起，气势悲壮，令人动容。第一句回顾自己的平生和进入官场的经历，联系到国家战争的现状，从过去追溯到现在，用时间之长表现自己的痛心。第二句运用两个比喻，将国家与自己分别比喻为风中飘转的柳絮和雨水中无根的浮萍，表达出对于国家与自己命运的悲痛。而第三句立足于空间，选取了两个地点两个事件，描写自己战败后孤苦无依的惶恐心态。最后一句运用设问，给劝降的人一个答复，无比壮烈，展现出了文天祥以死守节的品行。

诗情画意

看中国

金元
明清

马蹄踏水乱明霞

看中国

诗情画意

琬如 编著

黑龙江科学技术出版社
HEILONGJIANG SCIENCE AND TECHNOLOGY PRESS

图书在版编目（CIP）数据

诗情画意看中国．马蹄踏水乱明霞：金元明清 / 琬
如编著．－－哈尔滨：黑龙江科学技术出版社，2024.5
ISBN 978-7-5719-2375-4

Ⅰ．①诗… Ⅱ．①琬… Ⅲ．①古典诗歌－诗歌欣赏－
中国 Ⅳ．① I207.2

中国国家版本馆 CIP 数据核字 (2024) 第 078029 号

诗情画意看中国·马蹄踏水乱明霞 明金清元

SHIQING-HUAYI KAN ZHONGGUO MATI TA SHUI LUAN MINGXIA JIN-YUAN-MING-QING

琬如 编著

责任编辑 / 马远洋　　　装帧设计 / 何冬宁

文图编辑 / 青　茶　　　美术编辑 / 何冬宁

文稿撰写 / 木　梓　　　封面绘制 / 狼仔图文

图片提供 / 站酷海洛　视觉中国

出　　版 / 黑龙江科学技术出版社

　　　　　地址：哈尔滨市南岗区公安街 70-2 号 邮编：150007

　　　　　电话：（0451）53642106 传真：（0451）53642143

　　　　　网址：www.lkcbs.cn

发　　行 / 全国新华书店

印　　刷 / 运河（唐山）印务有限公司

开　　本 / 787 mm × 1092 mm　1/16

印　　张 / 10

字　　数 / 150 千字

版　　次 / 2024 年 5 月第 1 版

印　　次 / 2024 年 5 月第 1 次印刷

书　　号 / ISBN 978-7-5719-2375-4

定　　价 / 228.00 元（全 6 卷）

走进诗词的世界

　　心有逸兴，眼有美景，胸涌韵律，落笔为诗。诗歌饱含着中华民族复杂而含蓄的情和意，描绘着恢宏又细腻的往事和思想，是中华民族最永恒的审美。

　　但是，如何将孩子带入诗歌的世界，并以诗歌为媒介更好地理解和传承传统文化，仍是一个值得探讨的问题。单纯以背诵、机械记忆为手段的诗歌学习方式，纵然在短时间内取得亮眼的"成绩单"，但时间一长只会让孩子对诗歌越来越疏远，甚至厌倦。

　　要真正进入诗歌的世界，先要理解诗歌的本质。抛开种种高深的解读，诗歌的直白特征就是"有画面感的凝练语言"。而这种画面是相对完整的，具有现实感，诗人在此基础上寄托情感，引发共鸣。好的诗歌，会让人有跃然眼前之感，可以让读者去想象。读李白的《静夜思》，眼前就会浮现一轮明月和一个孑然一身的诗人；杜牧的《清明》，"清明时节雨纷纷""牧童遥指杏花村"，俨然一幅温润的田园牧歌图画；《念奴娇·赤壁怀古》里，"惊涛拍岸，卷起千堆雪"，苏轼几乎把浪花直接画在纸上；即便是以用意隐晦著称的李商隐，"沧海月明珠有泪，蓝田日暖玉生烟"，也描绘出海上明珠和山中烟云两幅画面，神秘而又充满美感。所以，学一首诗歌，要先找到其描述的画面；记住了画面，就能有效地理解和记忆。

有了画面，接下来要去体会诗人想要表达的情感。中国传统诗歌讲究托物言志、借古喻今。好的诗歌往往有"画外音"。而"画外音"正是一首诗歌的精妙之处。想读出"画外音"，先要对诗人生平以及诗歌创作的历史背景和历史典故有深入的了解。如果不知晓杜甫几经磨难的生活经历和创作历程，就无法体会到《石壕吏》中强烈的悲愤和《闻官军收河南河北》中的欣喜若狂；如果不了解创作背景，陶渊明的"采菊东篱下，悠然见南山"和李煜的"流水落花春去也"也就成了纯粹写景的平平之句了。

所以，要学好诗歌，就要先建立诗的"画面感"，辅以诗人的生平、创作背景等知识，让诗歌"鲜活"起来，让孩子进入诗歌的情境去观察和体会。

本书以中国历代经典诗歌为经线，传世名画为纬线，诗画相辅，经纬相交，编织成一幅幅具有"诗情画意"的画卷。同时，辅以生动的译文和背景资料，让诗歌的记忆变得"身临其境"，让诗人的表达"感同身受"。此外，每位诗人都配有生动流畅的传记，每个朝代都配有历史背景介绍和不同阶段的诗歌纵论，还有花絮、历史放映厅、跟着诗词游中国等从历史和地理多维度视角随机穿插的小栏目，让本书成为一部小型的中国诗歌百科全书。读者置身其中，仿佛在欣赏一幅幅饱含诗情画意的中华文明图卷。

琬如

铁蹄治下，百花齐放多峥嵘：金元

铁蹄治下，百花齐放多峥嵘

金元

蒙古铁蹄踏入中原之前的数百年间，先后统治中国北方地区的有辽、西夏和金三个少数民族政权。1125年，金灭辽。1227年，蒙古灭西夏。1234年，金灭亡。金亡至元朝建立前的大蒙古国统治时期，面对蒙古军队摧枯拉朽的铁血攻势，北方汉族及汉化的多民族士大夫文人群体纷纷陷入纲常瓦解的恐慌。元好问于是发出"人生长恨水长东。幽怀谁共语，远目送归鸿"的感慨。而契丹文人耶律楚材则客观地看待江山更迭，"江山王气空千劫，桃李春风又一年"，成为推行儒学的先驱者。

元朝建立初期，忽必烈重用儒臣，积极推行汉化政策。后因汉人李璮叛乱开始逐渐疏远汉族儒臣，又颁布了按"蒙古人、色目人、汉人、南人"排序的四等人制，废除科举，截断了汉族知识分子"学而优则仕"的道路。这使素以"治国平天下"为己任的士大夫群体倍感屈辱无力，部分文人怀揣满腔才学无法施展，开始以杂剧套曲抒发心志。

元曲语言直白通俗，泼辣大胆，讽时讥事直刺弊端，成为继唐诗、宋词之后，文坛的又一鼎盛瑰宝。元朝立国98年间，曲坛光华闪耀，关汉卿、王实甫、白朴、郑光祖等人的元杂剧摹写世态酣畅淋漓；马致远的小令意境高远，以"夕阳西下，断肠人在天涯"一句得"秋思之祖"美誉；张养浩写散曲最工，"兴，百姓苦；亡，百姓苦"，格律严谨中显露出悲天悯人的情怀。

终元一朝，民族矛盾与阶级矛盾始终尖锐凸显，相当一部分士大夫群体不满腐朽黑暗的社会现实，归隐山林，以诗画寄情，写下大量的隐逸、怀古、咏史及题画诗。"不召之臣"刘因拒绝高官厚禄，宁可"马蹄踏水乱明霞，醉袖迎风受落花"；"元四家"之一的倪瓒在"远水白云度，晴天孤鹤还"的惬意中，开创了水墨山水的一代画风；王冕画墨梅寄情，题写"不要人夸好颜色，只留清气满乾坤"言表心志；"文妖"杨维桢跳出理学教化藩篱，开创个性纵横、浓丽奇诡的"铁崖体"诗风，影响力延续至明朝……

元诗上承唐诗、宋词，下开明诗之端，更有多民族诗人百花齐放，丰富了元诗的题材和风格，在诗史上留下了独特的印记。

元好问：北方文雄

元好问（1190—1257），字裕之，号遗山，秀容（今山西忻州）人，金末至大蒙古国时期著名文学家、历史学家、诗人，被誉为"北方文雄"。

元好问的先祖是北魏皇族，在北魏孝文帝推行汉化政策时举族改汉姓为"元"。他幼时聪慧，7岁能诗，融汇经史百家之学，文章法度森然，诗篇流畅慷慨，词作格调清新。因礼部尚书赵秉文"近代无此作"的盛赞，元好问名震京华。

金宣宗兴定五年（1221），元好问进士及第入仕，后官至尚书省左司员外郎，入翰林。金亡时，元好问被羁押至山东，过了六年"憔悴南冠一楚囚"的生活，后返回原籍定居，再未出仕。

元好问认为，金国典章、法度不输于汉、唐，应为其撰史，"不可让一代之迹泯而不传"。于是，他开始广泛搜集金史资料，曾七赴河北，五赴山东，五赴燕京，遍访前朝耆老。

回到家乡后，元好问在自家院中修建"野史亭"，坐于亭楼上专心撰史。每搜集到一条有价值的史料，他就用小楷工整地写在纸条上，再将纸条捆扎成束。就这样，元好问写就上百万字史稿《壬辰杂编》，编印了集汉人、女真人、契丹人、渤海人、兀惹人等多民族文人在内共254家诗作的《中州集》，为保存北方文化及金国史料做出了莫大贡献。元朝末期，朝廷修撰《金史》时，很多内容都依据了元好问的著述。

论诗三十首（其四）

金·元好问

一语天然万古新，豪华落尽见真淳①。
南窗白日羲皇上，未害②渊明是晋人。

注 释

①真淳：指上古时代合乎自然的淳朴率真的人性。②害：妨碍。

译 文

陶渊明的诗句浑然天成、万古常新，摒弃华丽辞藻的修饰尽显真淳美质。

他高卧南窗追寻羲皇上古时代的质朴境界，晋代的浮华之风并未妨碍他心向本真。

历史放映厅

金宣宗兴定元年（1217），居住在三乡（今河南洛宁）的元好问写就三十首连章七言绝句，以绝句诗形式评论自汉朝至宋朝末年三十位杰出诗人的诗风。自唐代诗人杜甫《戏为六绝句》首开以绝句论诗的先河后，后世诗人

※羲皇：指伏羲氏，相传为人首蛇身。据说，他创立八卦，发明乐器，是华夏民族的人文始祖、三皇之一。后世以"羲皇上"代指民风淳朴的上古时期。

模仿者众多。但论范围之广、内容之丰、论诗之精及言辞之美，没有能够超过元好问的《论诗三十首》的。这一首在组诗中位列第四，专论晋代诗人陶渊明的诗歌。

赏 析

这首诗的第一句开门见山，点出陶渊明诗歌的最大特色——天然。陶诗言语质朴，如"采菊东篱下，悠然见南山""羁鸟恋旧林，池鱼思故渊"等句，以天然意趣直抒胸臆。这种天然看似脱口而出，细品却意境隽永，饱含深意，经得起反复推敲与细致研读。"万古新"三字，恰如其分地概括出陶诗浑然天成又历久弥新的特质。

第二句抽丝剥茧，进一步阐释了陶诗"天然"诗风的本质。陶诗摒弃华丽辞藻与精雕文饰，尽显千帆过尽的睿智，体现出陶诗的真淳之美。

第三句作者巧妙化用陶诗，写出陶渊明"自谓是羲皇上人""倚南窗以寄傲"的超脱境界；第四句夸赞陶渊明身处浮华少真的晋代却能悠然自足。三、四句立足于陶渊明的精神境界和人格魅力，揭示了一、二句陶诗"天然"风貌的成因，并对陶渊明抱朴守真的精神予以充分肯定和赞赏。

临江仙·自洛阳往孟津道中作

金·元好问

今古北邙山下路，黄尘老尽英雄。人生长恨水长东。幽怀谁共语，远目送归鸿。

盖世功名将底①用，从前错怨天公。浩歌一曲酒千钟②。男儿行处是，未要论穷通③。

注 释

①底：什么，何。②钟：同盅，喝酒的容器。③穷通：穷，穷困；通，显达。

译 文

古往今来北邙山下的道路，岁月滚滚不知有多少英雄在这里埋骨。人生多憾事，恰如流水东逝翻涌不尽。我心中的怨愤与苦闷无人诉说，只能慨然远望长空，目送鸿雁消失天际。

举世闻名的煊赫功名有何用处？过去抱怨命途多舛真是错怪了苍天。还是高歌一曲，纵情畅饮千杯美酒吧！男儿实现价值的途径比比皆是，莫要以穷困显达论定成败与英雄。

※孟津道：在今河南孟州市西南。武王伐纣时，曾与八百诸侯在此会盟，因此也叫"盟津"。

※北邙山：又名北邙、北芒、牡丹山，在今河南洛阳市北，黄河南岸。因该处埋葬了许多王侯公卿，被古人看作长眠佳处。

北邙山

北邙山静静伫立在河南省洛阳市北面的黄河南岸，山脉绵延数百里，草木青葱，风景秀美。黄昏时分立于山顶，夕阳余晖洋洋洒洒，洛水、伊水流光跃金，蜿蜒如带，款款流入洛阳城，让人不禁感慨"邙山晚眺"的美不胜收。

自后汉城阳王选择北邙山为长眠之地后，后世王公贵族陆续在此安葬，集聚而成包括南唐陈后主、西晋司马氏、东汉光武帝刘秀、杜甫、颜真卿等"群贤毕至"的古墓群。如今，北邙山陵墓群已被建成为洛阳古墓博物馆。今人来此，可瞻仰，可凭吊，穿越厚重的历史云烟，体会元好问"黄尘老尽英雄"的幽怀。

历史放映厅

金宣宗元光元年（1222），三十三岁的元好问从洛阳去往孟津道。当时，蒙古兵势如破竹般南侵，金国大厦将倾，统治者却苟安不作为。刚于前一年进士及第的元好问，还没来得及品尝入仕得志的喜悦，就要面对国亡功灭的命运。带着这份失意和迷惘，他经行埋骨名地北邙山。看着近在咫尺、归于黄土的王侯将相，联想自身怀才不遇、有志难酬的乖蹇命途，他深觉功名虚幻不可追，人生起伏难逆料，胸中豁然开朗，慨然而成《临江仙》。

赏 析

词作上阕，开篇"今古"二字，奠定全诗抚今追昔的抒情基调。一句"黄尘老尽英雄"，诉不尽对流年如梭、英雄易老的绵绵感伤。"人生长恨水长东"化用南唐后主李煜的"自是人生长恨、水长东"，叹惋国之将亡、人生无常。

世途如此，作者空有满腔豪情，却无法对人言语，只能借用北宋词人贺铸"恨登山临水，手寄七弦桐，目送归鸿"的幽怨词义，写下"幽怀谁共语，远目送归鸿"句，抒发报国无望的悲愤之情。

词的下阕，作者直抒胸臆，以"盖世功名将底用"、男儿"未要论穷通"的结论，否定自己年少时怨怪命运不公的想法，认为即便功名盖世，最终也如同北邙山中英雄骨，归于一抔黄土，还不如狂歌痛饮，自在洒脱度日。

词作绘景意境旷达，抒情慷慨激昂，但旷达中难掩苍凉，激昂里蕴藉感伤，表达出作者豁达乐观下隐含的无奈及苦痛。

马致远： 站在散曲的巅峰

马致远（约 1251—1321 后），字千里，号东篱，元大都（今北京）人，与关汉卿、白朴、郑光祖并称"元曲四大家"。

马致远少年时期热衷于求取功名，希望能得到元朝统治者的赏识。但因元朝轻汉人，废科举，马致远无法走传统文人科考入仕的路子，又少了一些通过官员举荐入仕的机缘，空有"佐国心，拿云手"，却只能感叹"命里无时莫刚求"。马致远 40 多岁的时候，得到一个从五品"江浙行省务官"的官职。半生追求终落定，初入官场的马致远十分高兴，与高官文友卢挚同游西湖时，写下"春风骄马五陵儿"句，可见他春风得意的好心情。可不久，马致远发现，自己与官场生态格格不入，感慨"便博得一阶半职，何足算，不堪题"，表达对官场倾轧的厌恶。大约在 50 岁，马致远辞官归野，隐居西村。

马致远一生际遇困顿蹉跎，在追求功名不遂和避世退隐不甘的痛苦间徘徊，体现了在元朝统治下北方汉族文人较为普遍的心态。坎坷不断、求而不得的经历为马致远带来层次丰富繁杂的人生体验。他将这些体悟化入作品中，留有杂剧 15 种，散曲有套数 17 篇，残套 7 篇，小令 115 支。这些作品承载了他消极避世的无奈及怀才不遇的感伤，意境优美"如朝阳鸣凤"，言辞简练且"典雅清丽"，极富艺术感染力，开创了继关汉卿之后中国古代散曲的又一巅峰。其中《秋思》被誉为"元曲第一"。

天净沙①·秋思

元·马致远

枯藤老树昏②鸦，小桥流水人家，古道③西风④瘦马。
夕阳西下，断肠人在天涯⑤。

注 释

①天净沙：曲牌名，又名"塞上秋"，入越调。②昏：傍晚，黄昏。
③古道：废弃不用或年代久远的驿道。④西风：寒冷的秋风。⑤天涯：
指异乡。

译 文

缠绕着干枯藤蔓的老树枝头，黄昏时分栖息着倦归的乌鸦；小桥
下溪水潺潺流淌，经过了驿路人家；荒凉古道上，萧瑟西风中，徘徊着
一匹嶙峋瘦马。

夕阳徐徐沉入西方天际，因思乡而极度悲伤的游子，仍漂泊在天
涯海角，不知何日才能归家。

历史放映厅

马致远年轻时做小吏多年，升迁无门。人到中年后，他怀着
仕途不顺的苦闷离开大都，开始了近十年的南游生涯。南游期间，
马致远的足迹遍布江浙、湖南、江西等地，游山览水访友的同时，
也不忘多方奔走谋求前程，可惜终无所得。一日黄昏时分，马致

远独自骑马走在路上，眼见农户归家鸦鸟回巢，一派岁月静好，反观自己却茕（qióng）茕孑（jié）立，无家可归，无枝可依。当此情境，旅途漂泊的寂寥与仕途渺茫的悲怆油然而生，让他感发"断肠人在天涯"的慨叹。

赏 析

前三句鼎足对，一句三词，一词一景，徐徐铺陈出一幅江南秋景图。作者独出心裁，将每一句的中心词设在末尾，前两词自成一景兼做修饰中心词的定语，使"枯藤老树上的昏鸦，小桥流水旁的人家，古道西风中的瘦马"几重景物交融得天衣无缝且更具意象感。第三句之景越发冷清：天色将晚，昏鸦知道归巢，村民能够回家，可瘦马却迎西风立古道踽（jǔ）踽独行。第四句"夕阳西下"点染背景光色，为秋景图又增添了几分灵动，也衬得前两句之景愈加深浓。末句画龙点睛，视角自瘦马推进到瘦马的主人——同样憔悴瘦损的失意断肠人。一声叹息"在天涯"，夫子自道的悲情如墨滴入水，瞬间渲染浸润了全篇，实景悲情错综融合，游子的哀戚寂寥跃然纸上。

马蹄踏水乱明霞　金元明清

寿阳曲·江天暮雪

元·马致远

天将暮，雪乱舞，半梅花半飘柳絮。
江上晚来堪①画处，钓鱼人一蓑②归去。

注 释

①堪：值得。②一蓑：一领蓑衣，指代穿着蓑衣垂钓的渔人。

译 文

天色将晚，雪花乘着劲急寒风四处飘舞，漫天雪花恰如梅花朵朵盛开，又似柳絮丝丝纷乱。

江上黄昏美不胜收，景色随处皆可成画，披着蓑衣的渔翁正划船归去，在江雪图中影影绰绰，渐行渐远，直没入水天深处。

历史放映厅

沈括在《梦溪笔谈·书画》中记载，宋代度支员外郎宋迪擅长画寒林山水，得意之作有《山市晴岚》《远浦归帆》《平沙落雁》《潇湘夜雨》《烟寺晚钟》《渔村夕照》《江天暮雪》《洞庭秋月》八幅山水画，被称为"潇湘八景"。元代多有人以这八景为题材来吟咏，马致远也因时顺势，创作了《寿阳曲·潇湘八景》组曲，描摹宋迪山水画的意境。这套组曲创作于马致远晚年时期，此时的马致远已对仕途完全心灰意冷，辞官归隐，开始求仙访道，消极避世。《江天暮雪》是"潇湘八景"组曲中的一首，描绘了黄昏时江上飘雪的幽远景色，江雪如画，蓑翁归去，表现出作者超然物外的心态及对隐士生活的向往。

赏析

这首小令采用白描手法写景状物，语言凝练，笔调疏淡，营造出旷茫邈远的艺术境界。

首句"天将暮"点明时间，似有苍茫暮色扑面而来，为整幅画面定下幽深色调；次句"雪乱舞"承接暮色，以"舞"暗示有风兴起，以"乱"突出风势强劲。第三句用两个"半"字，一个"飘"字，将"梅花"和"雪花"两个虚拟意象串联在一起，拓宽了想象空间，使黄昏飞雪漫天的景象如在眼前。

末尾两句，作者化用唐朝郑谷咏雪诗"江上晚来堪画处，渔人披得一蓑归"的意境，点明暮雪降落"江上"，尾词"归去"则对应开头"天将暮"，使整幅画面别具清逸淡雅的风韵，展现出作者陶然忘机的境界。

刘因：不召之臣

刘因（1249—1293），字梦吉，保定容城（今河北容城）人。相传刘因出生时，他的父亲梦到一位神仙，用马驮着一个小儿送给自己，叮嘱"善养之"，由此给他取名为骃，字梦骥。刘因长大后，去马为因，改骥作吉，因钦慕诸葛亮"静以修身"语，自号为静修，并有《静修先生文集》传世。

刘因自幼聪慧过人，过目成诵，6岁能写诗，7岁能做文章，20岁时即能日阅方册，立誓要继承父祖辈以儒传家的"先世之统"，发扬儒家治世精神"当大变，处大节"，做到"回视夫百年之倾，一身之微，曾何足为轻重其间哉"，即人要在关键时刻有所作为，这样终老时回首，人生才不会留有遗憾。

正因为有着非凡的济世抱负，身为汉族文人的刘因眼界开阔，以天下人为先，对蒙古灭宋并未表现出强烈的民族情绪，而是对"中国将合"持肯定态度，曾发出"飞书寄与平南将，早放楼船下益州"的感慨。

元世祖至元十九年（1282），刘因以其才学被推荐入朝，拜承德郎、右赞善大夫，但不久就因母亲生病辞官回家了。至元二十八年（1291），元世祖再次征召他为集贤学士。刘因这次以生病为由没有赴任，因此有了"不召之臣"的称号。刘因去世后，元仁宗追赠他为翰林学士、容城郡公，谥号文清。

刘因以诗文名传于世，五言古诗自然清新，七言歌行风格豪迈隽永。

山家

元·刘因

马蹄踏水乱明霞，醉袖①迎风受落花。
怪见溪童出门望，鹊声先我到山家。

注 释

①醉袖：酒醉人的衣袖。以衣饰代人。

译 文

马蹄踏溪起涟漪，水中明媚霞光的倒影纷纷散乱，微醺的我挥洒衣袖，迎着风接住了落花。

奇怪，为何看到溪童倚门遥望，似乎已知客来，原来鹊鸟早我一步，报讯到山居人家。

历史放映厅

至元二十年（1283），刘因受元朝廷征召，入大都担任承德郎、右赞善大夫、国子祭酒等官职。涉足官场后，刘因发现，他"尊道安民"的政治理想在元朝廷禁锢钳制汉文化的大环境下难以实现。于是，刘因借母亲生病需要侍奉的理由辞官，将"男子志斯民"的远大抱负隐藏在心底，转而归隐山林。几年后，刘因又托病拒绝了元朝廷正三品官职的征召，被忽必烈称为"不召之臣"。这首《山家》流畅清新，意趣盎然，词句间流露着作者恬淡自得的平和心态，当为刘因归隐后所作。

赏 析

这首诗描写作者山中经行所见，角度新颖，别具情态，颇见妙趣。

上联首句以"马蹄"开辟别开生面的低视角：马蹄踏过潺潺溪流，水花四溅，水中漫天彩霞的倒影随之变成碎光点点。一个"乱"字，不仅形象塑造出天光水光交融的灵动影像，还使读者由此引发想象，放飞思绪至被马蹄踏"乱"之前，明霞在天、倒影在水的静谧图景呼之欲出。后句以"醉袖"指代马上乘客，一个醉字，点出访客微醺的情态。马儿顺山路而上，山路两旁繁花碧树，随着山风的迎面吹拂，不时有落叶飞花点染袍袖，字里行间流露出访客的惬意怡然。

下联之"怪"有两层意思，一层是小童之怪，奇怪谁人惊起鹊鸟到来；另一层是访客之怪，纳闷为什么小童能够提前得知自己到访，竟然在溪畔张望。最后一句对前句疑问做出了解释，原来是鹊鸟听闻人声而起，山村人家惯听鸟声，听出鸣叫有异才出门探看。"鹊声"如点睛之笔，为山行图又增添几分画外音。

赵孟頫：诗书画三绝

赵孟頫（fǔ）（1254—1322），字子昂，号松雪道人、水精宫道人，宋太祖赵匡胤后裔，湖州（今浙江吴兴）人，书法家、画家、诗人，书法称雄一世，被称为"赵体"；画堪称神品；诗格清逸，词风和婉，为世人称道。

南宋时期，赵孟頫因父荫任真州司户参军一职，宋亡后闲居家中。至元二十三年（1286），程钜夫奉元世祖忽必烈之命赴江南寻访能人佳才，惊叹于赵孟頫的才学，将其举荐给朝廷。忽必烈见赵孟頫"才气英迈，神采焕发，如神仙中人"，对其极为爱重，不顾近臣"赵宋皇族不可近身置用"的进谏，屡次擢升赵孟頫的官职，还下旨让他"出入宫门无禁"。

元世祖忽必烈薨逝后，元仁宗对赵孟頫依然爱重有加，称呼他从来称字不称名，还把他比作唐朝李白、宋朝苏轼这样的文学大豪。到了英宗朝，赵孟頫荣宠不衰，去世后还被追封为魏国公。

三朝元帝对赵孟頫的优容宽待，虽然有利用他赵宋皇室后裔身份安抚江南文士、收买人心的目的，但赵孟頫本身的文采风流与颇识时务也是重要原因。

尽管仕途平顺，赵孟頫心中却深藏着宋臣仕元的愧痛。他的堂侄对他极为不齿，闭门不肯与他相见，很多宋朝遗老对他也多有嘲讽之语。赵孟頫到了晚年，这种愧痛愈加深浓，他自嘲"一生事事总堪惭"，追悔一生行事气节有亏。

岳鄂王墓①

元·赵孟頫

鄂王坟上草离离②，秋日荒凉石兽危。
南渡君臣轻社稷，中原父老望旌旗③。
英雄已死嗟何及，天下中分遂不支。
莫向西湖歌此曲，水光山色不胜悲。

注 释

①岳鄂王墓：即岳飞墓，宋宁宗时追封抗金名将岳飞为鄂王。②离离：形容草木繁盛的样子。③望旌旗：指盼望打着"岳"字旗号的大军早日来到。岳飞军队于绍兴十年打到朱仙镇，河南、河北百姓纷纷打起"岳"字旗响应。

译 文

岳飞墓上荒草繁茂，寥落秋日里，墓前石像盘踞如故，威严屹立。

渡河逃命的南宋皇帝与臣子轻易舍弃了国家社稷，可被抛弃在北地的中原百姓，还在翘首以盼打着"岳"字旗号的朝廷大军。

抗金英雄岳飞无辜枉死，再嗟叹惋惜也追悔莫及，从此国土被分割为南北两半，宋室灭亡已成定局。

不要对着西湖吟诵这首诗，那美不胜收的湖光山色，似乎也承载着亡国的无限悲愁。

历史放映厅

至元二十三年（1286），赵孟頫被程钜夫举荐入朝，官至从三品的集贤直学士。作为宋朝宗室而担任元朝官职，赵孟頫有着比普通仕元汉族知识分子更为深刻的矛盾与痛苦。赵孟頫的诗歌以七言最为著名，这首七律《岳鄂王墓》即为其代表作之一。作者借史咏怀，既公允表达了一名前朝皇室子孙对千秋功过的评判，又抒发出山河依旧、朝代全非的亡国之悲。

赏 析

这是一首凭吊杭州西湖岳飞墓的悼念诗。宋朝灭亡后，江山改旗易帜，抗金英雄岳飞的陵墓也变得十分冷落。诗歌起首两句，"离离""荒凉"二词，形象描画出鄂王墓杂草丛生、荒芜破败的情景。石像无言，秋风萧瑟，为本就乏人问津的岳飞墓又平添了冷清气氛。

次联对仗工整，以"南渡君臣"对"中原父老"，南渡君臣苟且偷生，为求一己安稳陷害忠良，放弃中原故地；中原父老不甘做亡国之人，苦苦期盼所向披靡的岳家军，却只等到岳飞父子以"莫须有"罪名被处死的噩耗。以"轻"对"望"，更加突显出南渡君臣轻言放弃的懦弱以及中原父老渴盼成空的痛切。两句诗笔墨凝练地回顾了南渡之初的一段痛史：所向披靡的岳家军在即将直捣黄龙之际被宋高宗、秦桧等人召回，继而功败垂成。

冤杀岳飞后，南宋朝廷自毁长城，之后几次北伐均无功而返，只能嗟叹"英雄已死"，接受"天下中分"、南北对峙的局面。南北对峙日久，蒙古族崛起于北方，吞并金国进而灭掉南宋，探究宋朝衰亡的原因，风波亭冤案可谓根源之一。

末联赋予西湖山水拟人化情感，称其因抚今追昔国已破而"不胜悲"，实则迂回婉转地抒发了作者难以自胜的家国哀思。

《浴马图》
作者：赵孟頫
创作年代：元代

赵孟頫博学多才，能诗善文，尤其以书法和绘画成就最高。他的画被誉为"元人冠冕"，山水、花鸟、人物鞍马皆精。元代统治者由马上得天下，尤其重视马匹蓄养，因此人物鞍马题材的画作众多。赵孟頫所作人物鞍马画的精妙之处在于，除了刻画马匹动态，还能融合书画笔墨，充分描摹出人与马之间的亲密互动与真挚情感。

《浴马图》描绘了奚官浴马的情景，分为入池、洗浴和出池3个部分，是赵孟頫人物鞍马画中的代表作品。画卷中有一湾清澈的溪水，两岸梧桐和垂柳相映成趣。图中共绘9人14马，人物穿唐装，马匹丰肥圆润。14匹马神态生动，或立于水中，或饮水吃草，或昂首嘶鸣，或卧立顾盼。马官们有的在冲浴马身，有的在岸边小憩……画面色彩丰富浓郁，用笔精细，风格清新秀丽，堪称形神兼备、妙逸并具。

渔父词

元·赵孟頫

渺渺烟波一叶舟。西风木落五湖①秋。盟鸥鹭②，傲王侯。管甚鲈鱼不上钩。

注 释

①五湖：江苏太湖的别称。②盟鸥鹭：与白鹭沙鸥结盟为伴。语出《列子》，借用其中所记载的海边人与鸥鹭相狎的故事，表达作者不屑与世为伍，宁愿与水云相伴的人生理想。

译 文

湖面烟波浩渺，一叶扁舟在水中载沉载浮。西风起，林木落叶萧萧而下，太湖上秋意盎然。渔父与白鹭沙鸥结盟为伴，悠然自得，傲视王侯将相。秋江垂钓，心灵宁和安然就已足够，哪去管鲈鱼是否上钩。

历史放映厅

赵孟頫的夫人管道升颇有才学，能书擅画，与晋朝"一代书圣"王羲之的老师卫夫人并称为"书坛二夫人"。她与赵孟頫志趣相投，伉俪情深，经常以诗词酬答。管道升曾在画作《渔父图》上题词一首："人生贵极是王侯。福利浮名不自由。争得似，一扁舟。弄月吟风归去休。"赵孟頫也作《渔父词》，与妻子的题画词相和。但从词的意境来看，明显比夫人的原作更加形象和空灵。

赏　析

这首相和词中，赵孟頫借景抒情，以渔父自比，表达了自己远离世俗、隐居云水的人生理想。

词作一、二句绘景，作者运用由远及近、由大至细的丹青笔法，点染出一幅秋色连波、泛舟湖心的太湖垂钓图。词的后三句抒志，借用《列子·黄帝》中海边人与鸥鹭为伴的典故，书写渔父不流于世俗、甘愿与云水为伴的高洁志向。"管甚"句，进一步拔高了渔父的精神境界，表明垂钓的目的并非渔获，而在于追求天人合一的和谐与安宁。

跟着诗词游中国

太　湖

词中的"五湖"即太湖的别称，是中国五大淡水湖之一。太湖历史悠久，神话故事众多。相传，大禹治水时，打通了太湖与大海，开辟了重要的泄洪渠道；春秋时期，越王勾践灭吴后，越国大夫范蠡携西施归隐太湖……

太湖流域河网纵横，碧水辽阔。其中，位于江苏省苏州市的太湖最大岛山西山，伫立着太湖七十二峰中的最高峰——缥缈峰。登临缥缈峰俯瞰太湖，晴日碧波万顷，雨天雾霭连绵；初春可泛舟吟赏烟霞，游览青葱山色；酷暑可穿行幽静山林，探访嶙峋奇石；深秋可携酒垂钓，品尝"太湖三白"（银鱼、白鱼、白虾）的美味；严冬可踏雪访梅，迎着凛冽寒风，探索清幽暗香。

张养浩： 浩然之气长存

张养浩（1270—1329），字希孟，号云庄，济南（今属山东）人，元朝散曲大家，谥号文忠，著有散曲集《云庄休居自适小乐府》、诗文集《归田类稿》。

张养浩10岁时，已昼夜苦读不辍。父母制止他，他就白天默背学过的知识，晚上偷偷点灯夜读。久而久之，张养浩才学卓著，声名远扬。

学成后，张养浩游学京师，献文章给宰相不忽木。不忽木大为赞赏，举荐他入仕。有一次，不忽木去探望生病在家的张养浩，看到他朴实无华，不由得感慨他是做监察御史的好材料。

不忽木果然慧眼识贤才。张养浩入仕后，对上清正敢言，推动元朝恢复科举并主持了第一次科举考试。许多登科的举子纷纷登门拜谢，都被张养浩婉拒了。他说："你们只要想着怎么报效国家就好，不必谢我。"元英宗至治元年（1321）元宵节，张养浩上奏疏劝谏英宗勿开灯山（在宫内张挂花灯做成鳌山）之例。英宗怒而后喜，取消灯山，还赏赐了张养浩。同年，张养浩以奉养年迈老父为由辞官回乡。朝廷六次下诏请他回朝，他都坚辞不受。直至第七次，他才因陕西旱灾严重毅然受召赴任。

到任后，张养浩采取一系列举措安抚百姓。他将库房钞票做上印记，方便百姓兑换使用，说服富人卖粮，奏请朝廷实行纳粮补官法令……终日操劳下，张养浩因过度劳累卧病而卒。

山坡羊①·潼关怀古

元·张养浩

峰峦如聚，波涛如怒，山河表里潼关路。望西都②，意踌躇③。伤心秦汉经行处④，宫阙万间都做了土。兴，百姓苦；亡，百姓苦。

注 释

①山坡羊：曲牌名。②西都：指长安。③踌躇：迟疑不决。这里形容心潮起伏。④秦汉经行处：途中所见的秦汉宫殿遗址。秦朝都城咸阳和西汉都城长安都在潼关西面。经行处，行程中经过的地方。

※山河表里：形容依山临河，地势险要。出自《左传·僖公二十八年》，晋国大臣子犯权衡开战利弊时，提到晋国外临黄河，内靠太行山，退可据守无忧，"表里山河，必无害也"。

译 文

华山峰峦连绵，自四面八方聚合，黄河波涛汹涌，怒吼着奔涌向前，潼关外有黄河天堑守护，内有华山峻岭屏蔽，山河雄伟，地势险要。遥望长安，思绪万千。路过秦汉两朝的宫殿遗址，感伤万间宫殿化为尘土。朝代兴盛，百姓受苦；朝代覆灭，百姓受苦。

历史放映厅

天历二年（1329），关中地区出现旱灾，甚至出现"饥民相食"的惨状。为赈灾抚民，元朝廷征召已经退隐、将届花甲之年的张养浩赴陕西担任行台中丞。收到征召令后，心系百姓的张养浩当即散尽家财，昼夜兼程赶往陕西。赴任途中，他路过洛阳、渑池、潼关、长安等地，有感于朝廷苛政下百姓生存维艰，写下数首怀古曲，《潼关怀古》即为其中之一。到达任所后，张养浩"凡所以力民者，无所不用其至"，终日辛劳不休，最终鞠躬尽瘁，当年即卒于任上。

跟着诗词游中国

潼关

曲中的"潼关"位于陕西省渭南市潼关县北，雄踞关中平原东部，扼西北咽喉要塞，自古即为兵家必争之地。杜甫游览潼关时，曾写下"艰难奋长戟，万古用一夫"的诗句，感慨潼关一夫当关，万夫莫开的地理优势。

潼关不仅是军事要塞，更拥有美不胜收的自然景观。登临潼关古城，可观白练蜿蜒、成瀑入潭的禁沟龙湫；可赏峰连峰、云接云的秦岭云屏；清晨听道观神钟涤荡心胸，暮霭看谯楼晚照飞檐凌空。除雄关虎踞、风陵晚渡已湮没于历史外，潼关八景中的其余六景依然历千年而弥新，散发着经由时光淬炼后的悠远魅力。

　　这首《山坡羊》气势雄浑，寓意深远，是"潼关怀古"题材中的佼佼之作。

　　起首两句"峰峦如聚，波涛如怒"，将巍然山峰和无尽浪涛拟人化，峰峦森森如林，聚拢而来，可见山屏之多；波涛怒发如狂，沸腾起伏，突显天堑之险。开头声势夺人，营造出雄关如铁的豪放气势。"山河表里"句，进一步阐述了潼关得天独厚的地理优势。

　　潼关是古都长安的屏障，登临潼关遥望长安，作者心潮起伏。作者缘何涌起万千思绪呢？浅层原因为"伤心秦汉经行处，宫阙万间都做了土"。潼关雄踞于此，承载了秦兴秦亡、汉兴汉亡及唐朝安史之乱等波澜壮阔的历史事件，而朝代的兴盛衰亡恰如黄河波涛，后浪盖前浪，有起必有伏，均未能逃脱"物盛而衰，固其变也"的历史规律。更深层原因则源自作者心中对百姓的怜惜悲悯之情。"兴，百姓苦；亡，百姓苦"句掷地有声，任朝代更迭，英雄辈出，百姓食饱居安的朴素愿望却总是难以实现，道出了百姓在封建统治下被压榨欺凌、苦不堪言的命运。

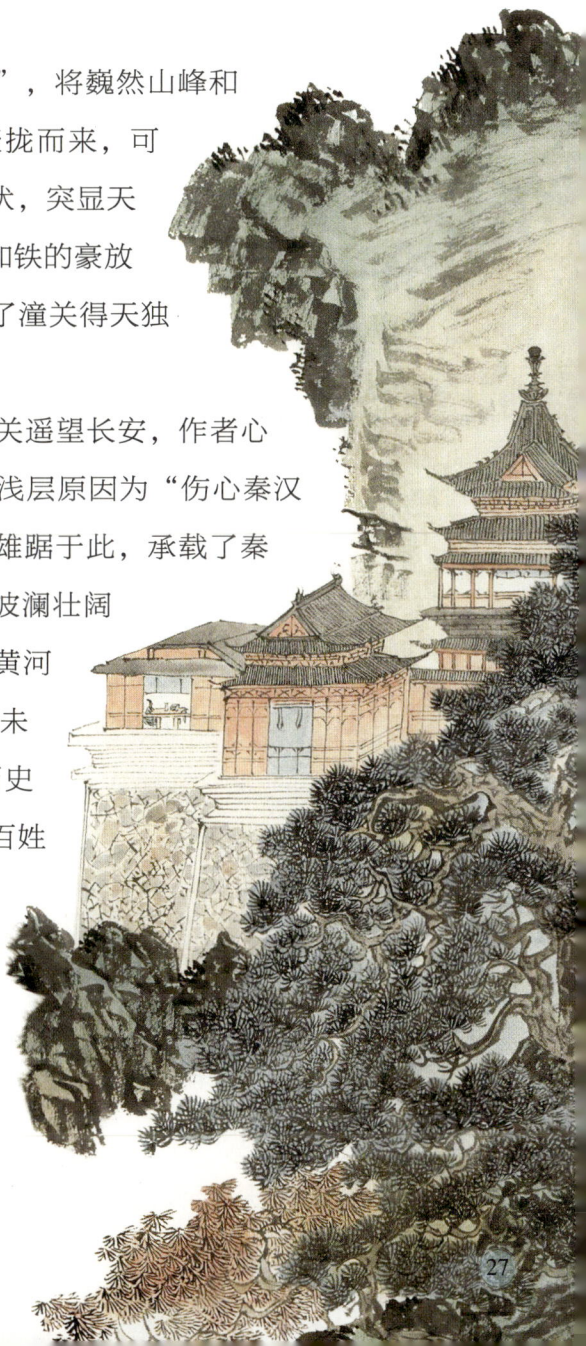

山坡羊·骊山①怀古

元·张养浩

骊山四顾，阿房②一炬③，当时奢侈今何处？只见草萧疏，水萦纤④。至今遗恨迷烟树。列国周齐秦汉楚。赢，都变做了土；输，都变做了土。

注 释

①骊（lí）山：在今陕西临潼东南。②阿房（ē páng）：即阿房宫，秦朝宫殿群，规模宏大，建筑华丽。故址在今陕西西安的阿房村。③一炬：一把火。相传公元前206年，项羽攻入咸阳，放火焚毁了阿房宫。④萦纤（yíng yū）：回环曲折。

译 文

站在骊山之巅环顾四周，雄伟宏大的阿房宫早已被付之一炬，当年的奢华壮丽如今都去了何处？空留下稀疏草木，曲折河流。而今，种种遗恨已化为荒烟笼罩的草坡林木。朝代更迭间，多少惨烈的征战杀伐就这样消逝在历史长河中。成功建国的，都变作了尘土；失败覆亡的，也都变作了尘土。

赏 析

这首《山坡羊》是张养浩赴"陕西行台中丞"任上写的九首怀古组曲中的一首。

起首三句追古叹今，在骊山上眺望秦始皇所建阿房宫遗址时，遥想当年项羽火烧阿房宫、大火三日不熄的场景。一炬之下，多少缦回廊腰、曲折檐牙、鼎铛玉石、金块珠砾统统化为焦土。想到这里，作者忍不住发出"当时奢侈今何处"一问，慨叹从古到今翻天覆地的巨大变化。

接下来三句承接"今何处"之问，描写遗址现在的冷落气象，只余下"萧疏"野草、"萦纡"河流，更加重了作者怀古伤今的情感分量。

兴与衰对比如此强烈，可秦朝统治者纵使有再多的亡国遗恨，也只能消散在这迷蒙烟树间。由此又引申到"列国周齐秦汉楚"，无论是春秋战国时期列国纷争、秦国统一天下，还是楚汉相争的楚亡汉兴，最终还不是和秦王朝一样归于尘土。

最后，作者以"赢，都变做了土；输，都变做了土"点出历史规律和必然性，朝代更迭引发的争夺战中，胜利者和失败者终究都会被历史的滚滚巨轮碾为尘土。

王冕： 人与梅花一样清 ✂

王冕（1287—1359），字元章，号作斋、煮石山农、饭牛翁、会稽外史、梅花屋主等，元末著名画家、诗人、篆刻家，有《竹斋集》文集及《墨梅图》等画作存世。

王冕幼时痴迷读书，得到当世理学家韩性的赏识，将其收归门下。深耕儒学之时，他还钻研孙吴兵法，学习击剑，立下"四海晏如"的宏伟志向。可元末政局混乱，王冕空有高才却难展所长。眼见官僚腐败贪婪，百姓生存维艰，他预料乱世将至，于是携妻儿隐居九里山，挖池养鱼，躬耕种田，还植下梅花千树，以梅花为"忘机友"（淡泊世事的朋友），时时画梅咏梅，借梅诗、梅画言表"不同桃李混芳尘"的高洁品质与"清气满乾坤"的精神向往。

隐逸生涯并未消磨王冕的雄心壮志。风和日丽之时，他时常铺纸题诗，气势如虹，感染得旁观者激情涌动。王冕还曾仿照《周礼》写成一卷书，随身携带从不示人。他每每深夜自读，感慨若像吕尚、伊尹那样得遇明主，就能凭借此书实现平生志向。

据明臣宋濂《王冕传》所述，明太祖朱元璋攻取婺（Wù）州（今浙江金华）后，曾请王冕出任参军，可他竟在一夕之间患病身亡。但是，王冕同乡好友张辰和清朝学者朱彝（yí）尊却记载王冕未曾出任过任何官职。王冕是否入仕姑且不论，他终其一生壮志难酬却是不争的事实，让人扼腕叹惋。

墨梅

元·王冕

我家洗砚池^①头树，朵朵花开淡墨痕。
不要人夸好颜色，只留清气满乾坤^②。

注 释

①洗砚（yàn）池：传说会稽（今浙江绍兴）蕺（jí）山下有晋代大书法家王羲之的洗砚池。由于他经常在池中清洗笔砚，池塘的水都染黑了。②乾坤：天地间。

译 文

　　我家洗砚池边栽种的这棵梅树，花朵筋络中浸润着洗笔后残余的浅淡墨痕。

它们不在乎别人夸赞颜色是否娇艳靓丽，只要在天地间留下清新香气就已不负此生。

历史放映厅

这首诗是王冕在赠良佐的《墨梅图》中所题的七言绝句。《墨梅图》为一横幅，画面以墨着色，数条瘦峻梅枝旁逸斜出，枝头梅花点点，有的含苞，有的初绽，有的怒放，疏旷清幽，风姿绰约，尽得自然之趣。王冕早期作品沿用了宋朝墨线勾骨的绘画技法，后来，他别出心裁，开创"以胭脂做没骨体"画法。从笔法来看，这幅画一气呵成，不勾轮廓、不打底稿，正是王冕擅长的没骨画法，当是王冕晚年作品。

赏 析

这首诗名为咏梅，实则是王冕人生态度的自我写照。

"我家洗砚池头树，朵朵花开淡墨痕"句，借用王羲之"洗砚池"典故自比。王羲之因勤奋练字染黑洗砚池水，而自己为画梅频繁洗笔，池水亦成淡墨色。池边梅树的根系吸收染墨池水，使枝头梅花也沾染上淡墨痕迹，一方面含蓄表明自己画梅之勤不逊于王羲之，另一方面点明画作主角为墨梅。"我家"二字，更流露出作者对自己翰墨梅香生活的自豪与自得。

接下来，作者挥洒而成"不要人夸好颜色，只留清气满乾坤"句，表明梅花不以娇媚姿态和鲜艳颜色博取世人关注，只会在天地间留下傲霜凌雪的可贵清气。作者借梅言志，直抒胸臆，表达自己坚守本心的操守和不与世俗同流合污的傲骨。

梅花

元·王冕

三月东风吹雪消，湖南①山色翠如浇。
一声羌管②无人见，无数梅花落野桥。

注　释

①湖南：指西湖南岸。②羌管：又称羌笛，原为羌族的一种民间乐器，后人常以吹羌笛来衬托惜别、惜春的愁思。

译　文

阳春三月，和风吹拂，冰雪渐渐消融，西湖南岸，山木葱茏，青翠欲滴，好似被水淋浇。

只听到呜咽的羌笛声，看不到梅花藏身处，等到发现梅花时，它们已纷纷飘落，铺满野桥。

历史放映厅

王冕生活在元末明初，曾坚信"功名固是男儿志"，想要实现"我愿扫开万里云，日月光明天尺五"的济世理想。无奈元末政局腐败混乱，王冕屡试不第后，转而隐居山林，寄情诗画。他擅长刻印，率先尝试以花乳石作为印材。他擅画梅花，每每在梅花图上题诗言志。这首《梅花》绝句当为其题画诗之一，虽然画已失传，但从诗中所述之景、所寄之情，仍可窥见原画神韵及作者咏叹春浓梅落的超然心境。

赏 析

这首咏梅诗风格质朴，落点新颖，不咏梅色、梅香与梅骨，却咏叹落梅。

上联无一字与梅相关，而是极力渲染阳春三月的西湖胜景。冰雪融化，山色青葱，"消""浇"二字画龙点睛，传神地为美景增添几分勃勃生机。

下联上句"一声羌管无人见"惹人遐思，遍寻梅花不见时，恰恰闻听呜咽笛声，催发离愁。带着羌笛为谁奏别曲的些许惆怅，物换景移至野桥边方始恍然，眼前"无数梅花落野桥"。寻见梅花时，梅花已别枝头，化为满地残香，和上联的春意盎然形成鲜明对比。

这首诗虽描写落梅却几无惆怅感伤，与"零落成泥碾作尘，只有香如故"（陆游《卜算子·咏梅》）颇有异曲同工之妙。通篇流露着对春去春来、花谢花开自然规律的尊重，以及一份旁观者的超脱淡然。

《月下梅花图》

作者：王冕

创作年代：元代

王冕一生酷爱梅花，种梅、咏梅、画梅是他最大的乐趣。他首创了用胭脂作"没骨体"的技法，所绘朱红色的梅花含笑盈枝，鲜艳夺目，令人赞叹。他擅画墨梅，画出的梅花如铁线圈成，万蕊千花，繁密茂盛，成为后世画梅的典范。能取得如此成就，不仅得益于高超的技法，更有赖于他高尚的人格追求。这幅《月下梅花图》绘一轮皓月之下，一树古梅傲立，枝干挺秀劲拔，繁花千丛万簇，风姿绰约，充分体现出了梅花傲骨峥嵘、清雅高逸的内在精神。上有题诗："海云初破月团团，独鹤高飞夜未残。一片笙箫湖水上，玉妃含笑倚阑干。"诗画相得益彰，堪称神品佳作。

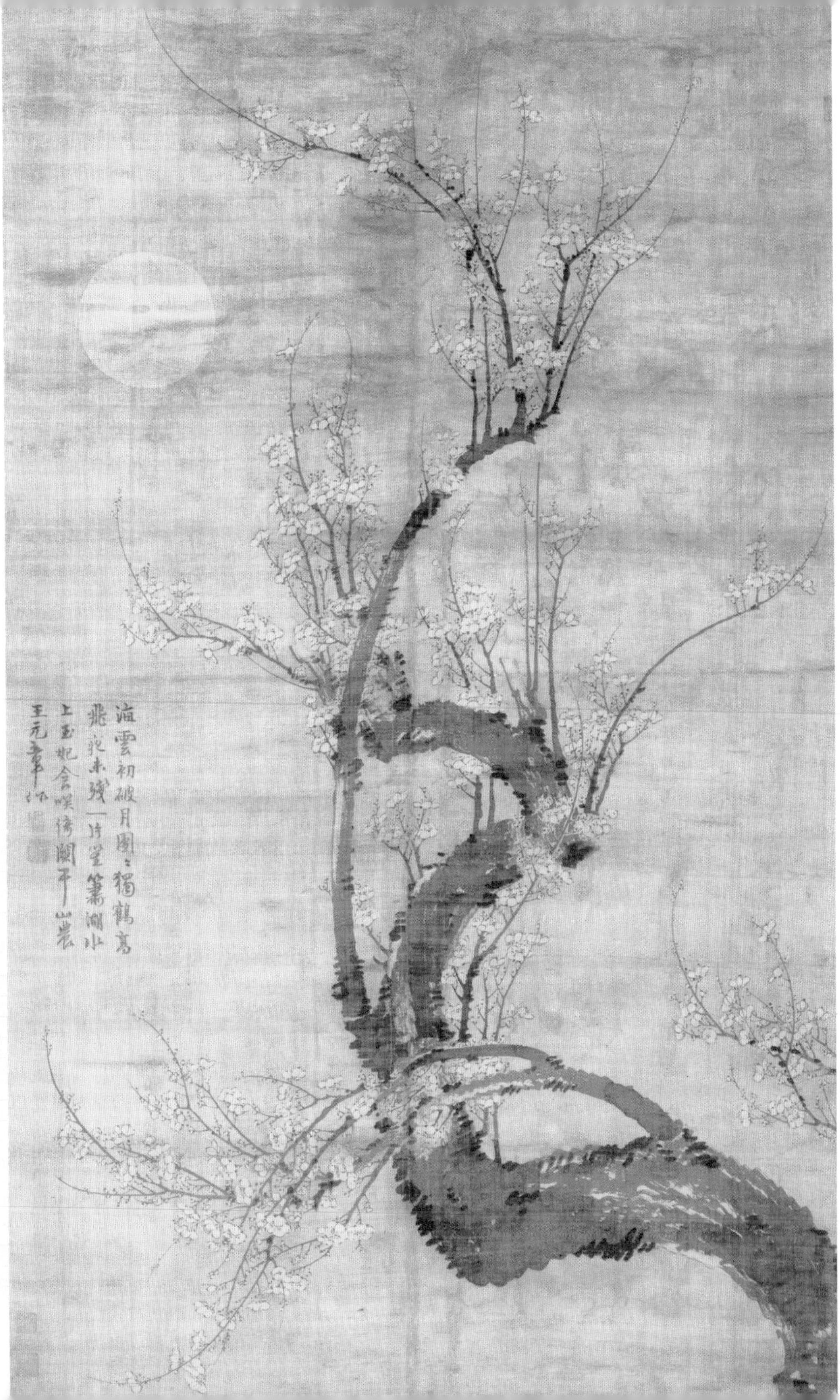

流雲初破月圓之獨鶴高
飛炎未殘一片堂簫湖水
上玉妃含咲倚闌平山農
王元章

杨维桢： 白衣宣至白衣还

杨维桢（1296—1370），字廉夫，号铁崖、铁雅，诸暨（今属浙江）人，元末明初著名文学家、书画家、诗人。他开创了个性纵横、立意奇特的"铁崖体"诗风，因行文赋诗"云雷成文""鬼设神施"，因此被称为"文妖"。

杨维桢的父亲曾为他在铁崖山缓坡建了读书楼，内中藏书几万卷，四周种梅数百株，环境清幽。在这里，少年杨维桢闭门撤梯，苦读五年，仅以辘轳传递饭食，自号"铁崖"。

元仁宗皇庆二年（1313），元朝恢复科举制。元泰定三年（1326），杨维桢以《春秋》得中乡试，次年又高中进士，授正七品乘事郎一职，步入仕途。

从元成宗薨逝（1307）到元顺帝登基（1333）的二十多年中，帝位八度易主，朝中大臣人人自危，政局动荡不安。这样的官场生态下，刚直爱民的杨维桢越发显得格格不入。他担任钱清场盐司令时，痛心盐民辛勤劳作又时常受罚，曾多次请命减税，甚至做出"投印"辞官的激烈举止。最终，杨维桢成功为盐民减少赋税三千引。盐民感激涕零，他却因此得罪上官，十年未得升迁。

元朝末年，杨维桢避乱于富春山，后来迁居钱塘（今杭州）。在杨维桢隐居的地方，每天都有各方名流雅士前来拜访。杨维桢与他们把酒言欢，酒酣耳热时，或挥毫泼墨，或披羽衣坐在船屋上，用铁笛吹奏《梅花弄》，或让侍儿吟唱《白雪》辞，自己弹瑟伴奏，任宾客翩跹起舞，尽兴而归。

明朝建立初期，明太祖朱元璋先后两次请杨维桢赴朝编写礼乐书。杨维桢推拒一次后，第二次提出，如果皇帝能尽用他所能，不勉强他做不能做的事情，就可以答应。朱元璋欣然同意，赐车马把他从家中接来。杨维桢在朝中待了110天，呕心沥血，大致定下编纂体例后，向朱元璋辞行，朱元璋仍然派车马送他回家。

明朝大儒宋濂对杨维桢潇洒来去的做法极为推崇，作诗赞他"不受君王五色诏，白衣宣至白衣还"。回到家中后不久，杨维桢就溘然长逝，享年75岁。

庐山瀑布谣

元·杨维桢

银河忽如瓠子①决，泻诸五老之峰前。
我疑天仙织素练，素练脱轴垂青天。
便欲手把并州剪，剪取一幅玻璃烟。
相逢云石子，有似捉月仙。
酒喉无耐夜渴甚，骑鲸吸海枯桑田。
居然化作千万丈，玉虹倒挂清冷渊。

注 释

①瓠（hù）子：古地名，在今河南濮阳南。汉代时黄河曾在此决堤，汉武帝曾亲临巡察治水，作《瓠子之歌》二首。

译文

九天银河突然像黄河决堤一般，倾泻至庐山五老峰前。

我怀疑是天仙在纺织白色丝绸，白绸脱离纺轴，自青天垂挂而下。

我想拿一把并州剪，剪下眼前这幅烟笼雾锁的如画美景。

我同行的友人贯云石，像诗仙李白一样潇洒不羁。

他醉酒睡去，夜来咽喉干渴难耐，干脆骑鲸遨游大海，吸干海水，使沧海化为桑田。

他张口一吐，腹中海水竟然化为足有千万丈长的瀑布，像一道白色长虹高挂于清冷深渊。

※**捉月仙、骑鲸：**代指诗仙李白。相传李白醉酒后泛舟，俯身捉捞水中月，不慎溺水而亡，后世雅化其为"捉月仙"；李白曾自称"海上骑鲸客"，也有传说称李白乘坐鲸鱼飞升成仙。

历史放映厅

这首乐府诗前有一小序："甲申秋，八月十六夜，予梦与酸斋仙客游庐山，各赋诗，酸斋赋《彭郎词》，予赋《庐山瀑布谣》。"序中交代了成诗的前因后果，作者于梦中携友览胜，与友人各赋一诗，友人诗作是旧作，作者诗作为新篇。

杨维桢的这位友人即元代著名散曲家贯云石，所作《彭郎词》如下："番之湖兮云水杳，万顷晴波净如埽。相逢渔子问二姑，大姑不如小姑好。小姑昨夜巧装束，新月半痕玉梳小。彭郎欲娶无良媒，飞向庐山寻五老。五老颓然不肯起，彭郎怒踢香炉倒。彭郎彭郎归去来，陶令门前烟树晓。"词中，大姑、小姑、五老、香炉均为庐山山峰，彭郎为江畔石矶。贯云石巧妙化用传说，将山峰拟人化，构思精妙绝伦。正因为贯云石其人诙谐倜傥、潇洒不羁，杨维桢梦中才会出现他吞海吐瀑的奇异场景，进而将此驰骋异想化入诗句之中。

赏 析

这首乐府诗咏叹庐山瀑布，奇崛瑰丽，气势旷达，颇具李白的浪漫主义情怀与李贺的险怪诗风。

开篇两句先声夺人，写天上银河如同黄河决了口，倾泻到五老峰前，将庐山瀑布飞流直下、奔腾咆哮的雄伟险峻展露无遗，营造出惊心动魄的气势。接下来，作者继续驰骋想象，认为这洁白透明的瀑布，不似人间之物，有可能是仙女不小心掉落人间的白色丝绸。为表达对这份大自然鬼斧神工之景的欣赏喜爱，作者想要手持并州生产的名剪，截取一段烟笼雾锁的瀑布图景，像画轴一样永久珍藏。

自己能够剪一段仙人垂落九天的素练，友人贯云石的经历必然也不平凡。作者笔锋转至贯云石，先极力赞叹他像诗仙李白一样豪放不羁，为后句的奇诡想象做出铺垫。果然，贯云石口渴后，化身骑鲸客，一口吸尽海水又吐出为瀑，海水像一条白色长虹，高高悬挂在深渊上，可以想见瀑布如海水般汹涌奔流的雄奇。

马蹄踏水乱明霞　金元明清

倪瓒：云林居士

倪瓒（1301—1374），字元镇，号云林子，无锡（今属江苏）人，元末明初画家、诗人，有《渔庄秋霁图》《梧竹秀石图》等画作传世，著有《清闷（bì）阁集》，位列"元四家"（其余三位为黄公望、王蒙、吴镇）。

倪瓒家财丰厚，将居所取名"清闷阁"，建在高木竹林内。清闷阁两边陈列着古鼎、古琴与字画，还有数千卷由倪瓒亲手选定的藏书。清闷阁环境清幽，"云林居士"的自号即由此而来。几乎每天都有四方名士来拜访倪瓒求画。他有求必应，随时赠予。倪瓒平素爱洁，一天之中洗手不停。每次客人走后，他都要把客人站立及坐过的地方再三冲洗。

元末战乱尚未显出苗头，倪瓒已敏锐感知，散尽家财纵舟江湖。可乱世之中，人如蝼蚁，暂时避过锋芒的倪瓒也未能幸免。此时的倪瓒极端"鄙俗"。农民起义领袖张士诚多次邀请倪瓒出山，倪瓒不愿，乘渔舟四处躲藏。张士诚的弟弟张士信向倪瓒求画作，许以重金，倪瓒非但不允，还呵斥了他。不久，张士信游湖时偶遇倪瓒，几乎将他打死，倪瓒却始终不发一言。事后有人问他为什么不出声，倪瓒回答"开口便俗"，由此可见他对俗人俗世鄙视之深切。

隐居生涯淬炼了倪瓒的意志和心境，他画作的意境越发幽远清逸，被后人视为"瑰珍"，与其余"元三家"一起，开辟了继两宋院画体后绘画史的新时代。

对酒

元·倪瓒

题诗石壁上，把酒长松间。
远水白云度，晴天孤鹤还。
虚亭映苔竹，聊此息跻攀。
坐久日已夕，春鸟声关关。

译文

乘兴赋诗，挥毫泼墨，题写到身旁石壁上，在高大茂密的松林间把酒言欢。

远处春水中朵朵白云的倒影悠然飘过，万里碧空上一只白鹤还巢身姿翩翩。

凉亭掩映松林间，与满地青苔、万竿修竹融为一体，在这里歇息就已足够，何必为寻觅佳景再行登攀。

坐得久了，不知不觉间夕阳已西斜，归家鸟儿纷纷投林，"关关"鸣叫着互相呼唤。

※关关：鸟儿鸣叫声。出自《诗经·关雎》之"关关雎鸠，在河之洲"。

历史放映厅

倪瓒生在元末明初的乱世，对"民生惴惴"、苛政如虎的社会现实极其不满。元惠宗至正元年（1341），他散尽家财，纵一叶扁舟浪迹于江湖间。不隐居，不出仕，踽（jǔ）踽独行，过着"照夜风灯人独宿，打窗江雨鹤相依"的漂泊生活。这首《对酒》，当是倪瓒某次登山之行在松林间休憩饮酒时的所见所感。

赏 析

这首五言古诗语言清新流畅，意境恬淡悠远，景中有情，情中带景，远近高低均着墨，有声有色巧交融，是倪瓒的代表诗作之一。

开篇两句采用倒装句式，交代对酒地点及对酒之乐。万物复苏的春天，作者登山疲倦坐在浓荫蔽日、凉风习习的山间凉亭内把酒而饮。酒酣兴浓时，二人乘兴赋诗，挥毫泼墨，将新诗题写在凉亭旁的石壁之上。短短两句，对酒的惬意和雅趣已跃然纸上。

接下来，作者笔触一转，"远水""晴天"两句，将视线倏地拉向远方：无边春水碧清澄澈，倒映着悠悠飘过的朵朵白云；碧空如洗，一只白鹤身姿翩翩，正从远处展翅飞还。远水倒映晴天，白鹤伴飞白云，正是一幅疏淡阔朗的碧水长天图。一个"还"字，自然而然拉回视线至凉亭中，青苔的墨绿与春日新竹的碧青映入亭中，再加上周边森森劲松掩映，凉亭似乎也沾染了几分灵动，化为自然风光，与深深浅浅的绿色融为一体。有景如此，作者忍不住感叹，能够欣赏这样的美景就已经心满意足，何必再攀登到别处寻访佳景呢？

最后两句，作者化用陶渊明"山气日夕佳，飞鸟相与还"的诗意，同时呼应前句。在亭中坐到黄昏时分，夕阳余晖穿过松林映照在青苔上，为美景又增添了一抹朦胧与绚丽。这时，归家的鸟儿纷纷飞入林中，叽叽喳喳，鸣叫声此起彼伏，飞入各自巢中。倦鸟归巢，饮酒的人也到了回家的时候，全诗至此终结，浑然圆满，余韵悠然。

《江亭山色图》

作者：倪瓒

创作年代：元代

《江亭山色图》是倪瓒晚年的一幅精品之作，描绘的是江苏太湖一带的景致。在这位70多岁老人的笔下，家乡的山水显得格外空灵超逸、幽淡秀润。他有一句诗"忽起故园想，泠然归梦长"。这半江烟雨，孤独无人的空亭、疏落的长树和隔江遥望的山石，看似无一物，却尽是生命的真义，藏着倪瓒对故园无尽的牵挂和孤独感。

继往开来，百派纷呈

明

　　诗人胡应麟曾说："诗歌之道，无虑三变：一盛于汉，再盛于唐，又再盛于明。"明代的诗歌从艺术成就上来说并不太高，但在中国诗词发展史上，却是继往开来、百派纷呈的时代。

　　明朝初年，百业待兴，虽然文风并不昌盛，却呈现出了一种"新王朝，新气象"。以刘基、高启、宋濂为代表的一批诗人彻底摒弃了元末纤弱靡丽的诗风，开始关注现实、瞩目生活，自带一股雄浑的气度。被誉为明代"开国最伟大诗人"的高启，崇尚"兼师众长"，自成一派。他性情淡泊、雅好风月，没有争名逐利之心，只愿"渡水复渡水，看花还看花"，春风江上，悠然月下。

　　永乐年间，大明王朝渐渐走向强盛，国内经济、文化、艺术随之复苏，封建皇权得到了空前巩固，于是，以歌功颂德为主题的"台阁体"成为诗坛新的风尚。"台阁体"诗歌大多对仗工整、雍容雅贵，却没什么现实意义。"粉骨碎身浑不怕，要留清白在人间"，风骨铮然的于谦大概就是那个时代唯一的"异数"。

　　到成化、弘治年间，以李东阳为首的茶陵派诗人率先吹响了冲锋的号角，"前七子"（李梦阳、何景明、徐祯卿、边贡、康海、王九思、王廷相）紧随其后，发动猛攻，于是"台阁体"落幕，诗坛正式进入"复古"时代。"前七子"是明代诗歌复古运动的代表，他们倾慕古代文风的雅正与繁盛，认为"文必秦汉，诗必盛唐"，只有复古，学习古人，才能重现诗坛昔日的璀璨。

与之相比，以沈周、唐寅、文徵明、祝允明等为代表的一批江南文人却独辟蹊径、逆流而上，在复古的大潮中走出了一条与众不同的道路：不事雕琢、不苟求典故、自然挥洒。素有"江南第一风流才子"之称的唐寅更颇有几分"诗仙"遗风，"桃花坞里桃花庵，桃花庵里桃花仙"的诗句至今仍广为世人传诵。

嘉靖初年，"复古"之风微微受挫，以"滚滚长江东逝水，浪花淘尽英雄"一词成名的杨慎成了"反复古"的急先锋。直到万历年间，崇尚"性灵学说"的公安派、竟陵派应运而生，李贽、袁宏道、袁中道等诗人煊赫诗坛，复古派才由盛转衰，不复旧时荣耀。

及至明末，烽烟四起，天下离乱，原本枕风看月的文人士大夫们也开始以诗文为刀枪，投身抗清的伟业之中，"明诗殿军"陈子龙不止一次发出过"不信有天常似醉，最怜无地可埋忧"的感叹；惊才绝艳的少年诗人夏完淳更不乏"毅魄归来日，灵旗空际看"的壮志。

明诗并不壮丽，也不算璀璨，却是中国诗史上最不可或缺的一环。波澜壮阔近三百载，复古与反复古的争端贯穿始终，不仅催生了无数诗风学派，也成就了诗词江湖中最后一场盛世繁华。

刘基：传奇落幕

刘基（1311—1375），字伯温，元末明初著名的政治家、文学家、诗人，明朝开国元勋，青田（今属浙江）人，是"明初诗文三大家"之一，与宋濂、高启齐名。

刘基从小就非常聪明，不仅过目不忘，而且看书的速度很快，一眼能看七行，不管多晦涩的经典，读上两遍就能倒背如流，是乡里有名的"神童"。12岁中秀才，23岁进士及第，26岁时已经是正八品的高安县丞，前程一片锦绣。

然而，当时的元朝内忧外患，烽火不断，各路起义军并起；朝中贪官污吏横行，结党营私是常态。性格耿介、刚直不阿的刘基因为不愿意同流合污，一直备受同僚排挤，三起三落，四次辞官，仕途十分坎坷。

元至正十二年（1352），刘基辞官回到家乡，在风光秀丽的青田山中结庐隐居。平日里养养花、种种田、吟吟诗、写写文章，日子过得清闲自在。他名传后世的很多诗词文章，如《水龙吟》《五月十九日大雨》《如梦令》等，都是这一时期写成的。他常常"以诗议政"，诗风雄浑、沉郁顿挫，有《诚意伯文集》传世。

刘基在青田山中住了将近十年，直到50岁时才应朱元璋的礼聘来到南京，成为他帐下的谋臣。

刘基博学多才、聪明睿智，不仅精通天文、历法、算术等各种学问，还深入研究过兵法、擅长谋略，很快就成了朱元璋最倚重的"智囊"。刘基辅佐朱元璋南征北战，先后平定了张士诚、陈友谅的叛乱，灭亡元朝，建立大明。朱元璋曾赞叹，刘基就是他的张良。民间也流传着"三分天下诸葛亮，一统江山刘伯温"的说法，可见刘基的谋略和功绩。

作为开国元勋，明朝立国后，刘基先是被任命为御史中丞兼太史令，后来加封诚意伯，位高权重。然而，通读史书的刘基却深知急流勇退的道理，没有居功自傲，也不贪恋富贵，于洪武四年（1371）辞官归乡，不再参与朝政。

洪武八年（1375），65岁的刘基感染了风寒。宰相胡惟庸奉命带着御医前去探病。御医把脉问诊后开了药方。刘基吃药后不但没好转，病情反而越发严重，一气之下去找朱元璋告状，说胡惟庸想谋害自己。朱元璋没当一回事儿。胡惟庸听说后，心中却十分记恨，常常在朱元璋面前说刘基的坏话。刘基忧愁悲愤，没过几个月就病死了。

刘基传奇的一生就此落幕。

刘基死后，明太祖没有追封，直到明武宗时才被追赠太师、谥号"文成"。明世宗时下令给予刘基配享高庙的殊荣。

水龙吟

明·刘基

鸡鸣风雨潇潇，侧身天地无刘表①。啼鹃迸泪，落花飘恨，断魂飞绕。月暗云霄，星沉烟水，角声清袅。问登楼王粲，镜中白发，今宵又添多少？

极目乡关何处？渺青山、髻螺②低小。几回好梦，随风归去，被渠③遮了。宝瑟弦僵，玉笙指冷，冥鸿天杪。但侵阶莎草，满庭绿树，不知昏晓。

注 释

①刘表：东汉末年为荆州刺史，因为当时中原战乱，士民多往归附。词中以刘表指代礼贤下士的明主。
②髻螺：指像螺形发髻形状的青山。
③渠：代词，它，这里指青山。

译 文

骤风急雨之中，鸡鸣声四起，我置身的天地间竟然没有像刘表那样的明君贤主。杜鹃鸟流着眼泪哀啼不止，落花怀着幽恨黯然飘落，愁绪与苦恼飞旋环绕。高空之上，月光暗淡；星星在雾霭迷蒙的水面沉浮，号角声清

※《登楼赋》：《登楼赋》是东汉名士王粲登临麦城（今湖北当阳东南）城楼时即兴写的一首赋。赋中王粲既抒发了生逢乱世、怀才不遇、依附刘表十多年而不被看重的苦闷，又表达了长期客居而产生的思乡、怀国之情，鸿篇巨制、瑰丽雄奇，是不可多得的名篇。

亮而悠扬。想问问写下《登楼赋》的名士王粲，今夜，镜中的白发又添了多少？

极目远望，故乡在什么地方？青山渺渺，山峰就仿佛妇人高盘的发髻。多少次美好的归梦，都随风离去，被青山遮盖。瑟的弦僵硬了，执笙的手指冰冷，天边有鸿雁高飞。只有侵没了台阶的莎草，遮蔽庭院的绿树，让人分不出清晨与日暮。

📽 历史放映厅

🎬 这首诗大约作于元惠宗至正十二年（1352）刘伯温第四次辞官归乡后到至正十九年（1359）被朱元璋征召前这段时间。彼时，刘伯温满腹经纶，踌躇满志却无处施展，对腐朽的大元朝廷充满了不满。为纾解心中的苦闷，他常常外出游玩、缘景吟咏、不惜笔墨。《水龙吟》就是他一次登楼极目后有感而作。

赏 析

上阕，词人即景抒情，诉说了怀才不遇、壮志难酬的忧愁和苦闷。当时是元末，天下大乱，"鸡鸣风雨潇潇"句一语双关，以现实中风雨交加的惨淡景象暗喻当时动荡不安的局势。群雄割据，天地广阔却没有一个像刘表那样礼贤下士的明主，让人不禁忧愁郁闷。因为忧愁，词人的所见所闻所感就都添上了一层惆怅伤痛的底色。听到杜鹃啼鸣，忍不住"迸泪"；看到落花纷纷，他心中"飘恨"，以至于"断魂飞绕"、长夜难眠。看月亮，月亮是"暗"的；看星星，星星在"沉"落，于是，由自己想到了汉朝时同样怀才不遇的王粲，情不自禁就发出了"镜中白发，今宵又添多少"的探问。头发都愁白了，可见词人心中愁绪之深、之切、之浓。

下阕以"登楼"为线索,详细叙说了登楼遥望后的所见、所闻、所感,字里行间流溢的尽是望乡思乡的惆怅与苦闷。这种苦闷的情绪,层层铺垫递进:词人登上高楼,极目远望,可惜故乡被"青山"挡住了。接着,梦中随风一起回归故乡,却再次"被渠遮了"——青山把风挡住了,人自然也回不了乡。最后想吹笙鼓瑟,通过音乐寄托乡思,却发现天太冷了,"宝瑟"的弦都冻僵了,手也冻得不听使唤。于是,词人只能抬起头,看着大雁远飞,身影渐渐消失在天边。天下动乱,有乡难归、有家难回、有才华却遇不到名主,满腔的抱负无法施展,词人的处境毫无疑问是极凄凉的,所以,他忧愁、伤感,心中充满了失落与迷茫。结尾"不知昏晓"句,展现的就是这种失途与失意的迷惘,既是写景,也是托寄,用词曲婉含蓄,值得细细品味。

五月十九日大雨

明·刘基

风驱急雨洒高城,云压轻雷殷①地声。
雨过不知龙去处,一池草色万蛙鸣。

注 释

①殷:震动。

译 文

骤雨在疾风的驱赶下匆匆洒落高城；滚滚的乌云覆压而下，轰隆隆的雷声震动大地。

雷雨过后，行云布雨的龙不知道去了哪里；池塘水满，绿草青葱，无数青蛙齐齐鸣叫。

赏 析

这是一首咏雨的七绝。前两句，正面写夏日的大雨。"驱""急""洒""压""殷"五个连续的动词生动形象地描绘出了当时狂风呼啸、乌云遮天、大雨倾盆、雷声轰鸣的情景，将夏雨的急与猛展现得淋漓尽致。

后两句，诗人笔锋一转，开始摹写雨后的情景。因为是急雨，来得快，去得也快，不一会儿就云开雾散，行云布雨的龙已不知道去了哪里，只剩下一池满溢的碧水、无数青翠的草木和声声不断的蛙鸣，有声有色，恬然又和美。当然，"池"肯定不止"一"个，蛙也不一定有"万"只，"一"和"万"在这里都是虚指，是对夏日雨后，池水轻漾、草绿蛙鸣景色的一种描写。

另外，刘基是明朝的开国元勋，著名的政治家，他的诗大多有所托寄。这首小诗，看似是在咏景，实际上也是在含蓄地励志，是在告诉人们：风雨虽然狂猛，但终究会过去。人生难免遇到各种风雨和挫折，只要坚定信心、勇往直前，就一定能等到雨后天晴的那一天。

高启：明代诗人之冠

如果明代也有朋友圈，那么高启肯定是朋友圈里红得发紫的大明星。清人赵翼在《瓯北诗话》中盛赞他是明代"开国诗人第一"。毛泽东主席也对他推崇备至，直言不讳地称他是"明朝最伟大的诗人"。事实上，名列"明初诗文三大家""吴中四杰""北郭十友""大明十才子"之一的高启，也确实当得起这样的赞誉。

少年高才，名扬天下

高启（1336—1374），字季迪，号槎轩，出生于长洲（今江苏苏州）一个殷实之家。

高启很小的时候，父母就去世了。虽然家产丰厚，高启的生活过得并不艰难，可少了亲人的陪伴，成长过程难免孤独无依，性格变得警惕、敏感、多思。

与其他同龄的孩子不同，高启不调皮、不捣蛋，性格沉稳，在长辈眼中一直是个"小大人"。别人捉鱼摸虾、嬉戏玩闹的时候，他把所有的精力都投入到读书中，夜以继日，非常刻苦。

高启天赋异禀，记忆力超强，过目不忘。聪明又知道努力，人生必然不凡。十二三岁时，他就是郡府有名的"才子"，十五六岁时，更凭着惊艳世人的诗才，名扬天下。

淡泊名利，隐居青丘

在《四库全书总目提要》中，清朝名臣纪晓岚曾盛赞高启"天才高逸"，说他的诗"凡古人之所长无不兼之"，模仿唐诗像唐诗，模仿宋诗似宋诗，风格多变，浑融各家，独树一帜。

翻开《高太史大全集》《扣舷集》和《凫藻集》等高启的传世文集就能发现，他的诗确实内容丰富、题材多样，兼采百家之长，不仅清健隽丽，而且豪迈劲爽，颇有超拔之气。这在崇尚复古的明代诗坛是极难得的。

因为才名远播，16岁时，高启就接受淮南名流、参知政事饶介守吴中的礼聘，成为他的座上宾，踏入仕途。交游来往的都是世家人物、鸿儒硕卿，出入也是高车华服、侍者如云。

但高启不习惯奉承，也不喜欢高谈阔论，每天虚与委蛇的生活让他既烦恼又厌倦。在淮南待了六七年后，年仅23岁的高启终于还是找了个借口，辞去官职，返回家乡，隐居吴淞江畔，江上有青丘，因此自号青丘子。

固辞侍郎，赐金放还

隐居的日子纵意又逍遥。放歌江湖，闲看落花，举杯邀月，根本就感觉不到时光的流逝。转眼之间，10年就过去了。洪武元年（1368），33岁的高启应召入朝，以翰林院编修的身份主持修纂《元史》。明太祖朱元璋听说他学问高、有见识，还让他教导朝中诸王读书，对他十分器重和赏识。

然而，高启生性孤傲耿介，对功名利禄看得很淡。比起逢迎算计的官场，他更喜欢乡野林泉。所以，洪武三年，明太祖想要任命他为户部右侍郎的时候，他却十分坚决地推辞了。这让太祖很不高兴。既然高启不愿意，太祖也没勉强，随意给了一些赏赐，就让他回乡了。

回到青丘后，高启又过起了恬淡平实的乡居生活。春日"怊怅坐沙边"，看"流花"远逝；盛夏，过江村，听蛙鸣，看"风疏飞燕拂桐花"，平时种种田、教教书，悠然自得。彼时，他怎么也不会想到，一场灭顶之灾已近在眼前。

🌿 因文获罪，英年惨死

洪武六年（1373），苏州知府魏观耗费巨资重新修葺了府衙旧基，并盛情邀请高启写一篇上梁文。那时候，房子上梁的时候找当地名人写文祭神是很平常的事，高启也没推辞。但他没想到的是，魏观修建府衙的地方，是张士诚的宫殿旧址。张士诚曾和明太祖朱元璋争夺过天下，在他的宫殿旧址上修府衙，本身就犯忌讳。高启在上梁文中又用了"龙盘虎踞"一词，在中国古代，龙是皇帝的专有代名词，用在此处无疑会惹来祸端。明太祖勃然大怒，下令将高启腰斩。一代文宗，英年早逝，年仅39岁。

水上盥手^①

明·高启

盥手爱春水，水香手应绿。
沄沄^②细浪起，杳杳惊鱼伏。
怊怅^③坐沙边，流花^④去难掬^⑤。

马蹄踏水乱明霞　全元明清

注 释

①盥（guàn）手：洗手。②沄（yún）沄：形容纷繁、杂乱的样子。
③怊怅：因失意或失望而感伤懊恼。④流花：水面漂流的落花。⑤掬：
用双手捧起。

译 文

最喜欢用春水来洗手，水泛轻香手也氤氲着几分绿意。

手入水中，水面泛起细小、纷杂的浪花，受惊的鱼儿也藏在水中昏暗处。

满腹惆怅地坐在沙洲边，看着落花随波漂流再难掬取。

赏 析

　　高启是明初盛名一时的诗词大家，文采飞扬，有不少名篇传世，《水
上盥手》并不是其中最出彩的，却是最别致清婉的。

　　一般的诗人吟咏水，或是临水遥望，或是泛舟弄棹，全都是在水
之外。高启却不一样，他是真正的置身其间，通过"盥手"这件生活中
常见的小事去触摸、去感受。

　　暮春时节，水光微暖，诗人不由自主地就被那清澈碧绿的小河吸

引了，于是，坐在河边的沙地上，轻轻洗了洗手，手被"春水"映成了绿色。春风吹落岸边的繁花，花落水中，水似乎都变得芬芳起来。春水也漾起"沄沄细浪"。鱼儿受到惊吓偷偷潜入水下，花瓣也随水漂远。无论是春水、游鱼、流花，一切的美好都倏忽易逝，无法挽留，就像这暮春景致一样。想到这里，诗人的心情也一下子变得怅然起来。

寻胡隐君①

明·高启

渡水复②渡水，看花还看花。
春风江上路，不觉③到君家。

注 释

①寻：寻访、访问。胡隐君：一位姓胡的隐士。②复：又。③不觉：不知不觉。

译 文

渡过了一道又一道水，看过了一簇又一簇花。
一路春风拂动、江景明媚，不知不觉就到了您家。

赏 析

这是一首朴拙清丽的五言小诗。整首诗都围绕着一个"寻"字展开。

“寻”谁呢？“胡隐君”——一位姓胡的隐士。

然而，有趣的是，诗人虽然是去访友的，全诗却没有一个字写友人相见的情景，反而着意刻画了“寻”的过程：“渡水复渡水，看花还看花。”

与其说这是在寻访，倒不如说这是在春游，一路渡水、看花，在怡荡的春风中，欣赏旖旎春景……不知不觉竟到了目的地。从“复”“还”两字来看，“胡隐君”家应该住得很远，然而诗人非但没觉得远，反而陶醉于春光中，流连不已，所以，末句诗人才忍不住以第二人称感叹“不觉到君家”——这一路风景太美了，还没看够呢，就到你家了。这般场景，就仿佛两人真的是在面对面地寒暄、闲聊，十分传神。

另外，全诗似乎一直在写景，没有一字写人，其实却是融情于景，以怡然的风景、清雅的氛围来暗喻和衬托“胡隐君”的淡泊、高洁、清正，立意和构思都非常巧妙。

马蹄踏水乱明霞 金元明清

57

于谦： 要留清白在人间

于谦（1398—1457），字廷益，号节庵，钱塘（今浙江杭州）人，明代著名政治家。

少年时，于谦便志存开济，有经世为民的大志向，12岁时就写下《石灰吟》，"粉骨碎身浑不怕，要留清白在人间"，表达了自己的人生追求。23岁中进士后入仕为官，历任江西巡抚、兵部右侍郎等职，因为为官清廉耿介，不阿谀、不奉承、不与奸佞同流合污，经常受到排挤。

正统十四年（1449），明英宗不顾大臣们的劝阻，率领数十万大军亲征瓦剌，在土木堡兵败被俘，明朝风雨飘摇，内忧外患不断。就在这时，于谦临危受命，出任兵部尚书，拥立明代宗，组织"北京保卫战"，成功抵御了瓦剌大军的入侵，功勋卓著。景泰八年（1457），夺门之变后，明英宗复辟，重新登上皇位。和于谦有宿仇的奸臣石亨罗织证据，诬陷于谦"谋逆"。天下人都觉得于谦是冤枉的，英宗却还是下令将于谦杀了，还抄了他的家。抄家时，不但没有搜出"谋逆"的罪证，甚至"家无余财"，可见其刚正清廉。

明宪宗弘治初年，于谦沉冤昭雪，被加封太傅，追谥"肃愍"，后改谥"忠肃"，《明史》中称赞他"忠心义烈，与日月争光"。

于谦工诗，闲暇时以写诗为乐，题材多样、内容丰富，风格朴秀劲健，有《于忠肃集》传世。

石灰吟

明·于谦

千锤万凿出深山，烈火焚烧若等闲①。
粉骨碎身浑②不怕，要留清白③在人间。

注释

①等闲：平常。②浑：全，全然。③清白：指石灰洁白的本色，也比喻人高尚的情操。

译文

石灰石经过千万次的锤打才得以从深山中开采出来，它把熊熊烈火的焚烧只看作是很平常的事情。

即便是粉身碎骨也没有一丝惧怕，只想把洁白的本色留在人间。

历史放映厅

这首诗大约作于明成祖永乐七年（1409）。这一年，于谦刚刚12岁，还是一个孩童。一日，他外出游玩，偶然路过一座石灰窑。看到烧窑的师傅正在煅烧石灰石，好奇心驱使他停下脚步。在熊熊烈火中，青黑色的石灰石逐渐烧成白灰。年少的于谦心中感慨万分，文思泉涌，于是写下了这首诗。这首诗借物喻人，咏物言志，表达了少年诗人高洁的人生理想。而于谦少年时代写成的这首诗也成了他一生的座右铭。

于谦是明朝著名的清官、忠臣，一生廉洁，两袖清风，从不贪污受贿。《石灰吟》这首诗，既是对"石灰"的咏颂，也是于谦人生最真实的写照。

诗的前两句用浅白的语言描述了石灰石开采、煅烧的过程。一块石灰石，必须经过"千锤万凿"才能凿下来，可见，它的质地是非常坚硬的。石灰石要变成石灰，必须经过"烈火焚烧"，这个过程是漫长的，也是痛苦的。然而，石灰石却不在乎，"若等闲"三字，淋漓尽致地展现了它的无畏无惧、坚贞顽强的精神。

为什么会这样呢？后两句，诗人给出了答案。被开凿、被煅烧、"粉身碎骨"都不怕，只是为了把"清白"留在人间。石灰是一种建筑涂料，常用来粉刷墙壁，用石灰粉刷后，墙壁一片雪白。石灰石宁愿被"烈火焚烧"、宁愿"粉骨碎身"，最大的愿望就是留下清白的本色。

石灰如此，人也如此，诗中的"石灰"本就是诗人的自况。诗人写石灰，事实上就是在借石灰来隐喻自己，表明自己清白正直的品性、不怕艰难的精神和勇于牺牲的志节。

沈周： 诗情画意

沈周（1427—1509），字启南，号石田，又号白石翁，长洲（今江苏苏州）人，明朝著名画家、诗人，吴门画派创始人，"明四家"之一，与唐寅、文徵明、仇英齐名。

沈周出身书香名门，从小就痴爱读书、绘画，15岁时以"百韵诗"震惊户部主事崔恭，名扬天下。28岁时，苏州知府汪浒以"贤良方正"举荐沈周为官，被沈周委婉地拒绝。从那之后，直到去世，沈周一直隐居林泉，以赋诗作画为生。

沈周的画笔墨浑厚、意境深远，在当时就已经闻名遐迩，千金难求。除了画画，沈周也擅长写诗，他的诗缘情体物、风格多变。著名学者钱谦益盛赞其"才情风发、天真烂漫"。有《石田集》《石田文钞》等传世。

送允晖

明·沈周

陆郎①几宿春山②去，山鸟山花尽有情。
白李红桃塞③行路，黄鹂留客两三声。

春风满地百花枝 乌帽乘春
半醉 时漫放玉鞭催马急
琼林还记宴归迟　沈周

《春华昼锦图》

作者：沈周

创作年代：明代

　　春日山林中，两位骑马的文士饮罢酒宴，尽兴而归，后面有侍童挑着书担跟随。远处有两三间屋子隐在山林中。作者沈周题跋："春风满地百花枝，乌帽乘春半醉时。漫放玉鞭催马急，琼林还记宴归迟。"琼林宴，是为殿试后新科进士举行的宴会。春光旖旎，酒意阑珊，衣锦还乡再好不过，因此画名为"春华昼锦图"。

我也曾赴过琼林宴！

等等我！

注释

①陆郎：即陆允晖。②春山：春日的山林。此处代指诗人的居所。③塞：堵塞。

译文

陆郎在春日的山林中住了几天要离去，山中的花鸟都脉脉有情。

洁白的李花、红艳的桃花堵塞了前行的路途；黄鹂也唧啾鸣叫，似乎想要挽留将行的远客。

赏析

古往今来，送别诗大多是悲愁的、伤感的，沈周这首《送允晖》却与众不同，不仅生动有趣，而且充满了盎然的趣味。

送别的时间是盛春，送别的地点在"春山"，被送的人是"陆郎"，也就是题目中所说的"允晖"。诗人隐居"春山"之中，与山水花鸟为伴，悠然闲逸。这一天，一位姓陆的少年郎前来探望和拜访，还待了"几宿"。想来，诗人和陆郎相处应该是极愉快的，所以，陆郎要"去"时，他才依依不舍，想要挽留，又不好意思开口，于是就把情思托给了"山花山鸟"，让它们代自己来留客。

花和鸟原本无情无思，诗人却将它们人格化，赋予了它们情思。为了留客，以"白李红桃"为代表的"山花"璀然绽放，花叶枝条"塞"满了行路，"塞"字生动展现了花木的繁盛与茂密。同样，为了留客，以"黄鹂"为代表的"山鸟"唧唧啾啾，不断劝说与挽留。花鸟尚且如此，何况是人？诗至此处，诗人对陆郎的依依不舍之情已跃然纸上。

63

李东阳：从神童到首辅

李东阳（1447—1516），字宾之，号西涯，茶陵（今属湖南）人，明朝中期重臣、著名文学家、茶陵诗派创始人。

李东阳出身军伍世家，4岁时就能一目数十行且过目不忘，8岁时已经是远近闻名的神童，18岁就高中进士，以编修的身份入翰林院为官。但是因为他相貌丑陋、诙谐爱开玩笑，当时许多朝中大臣都不喜欢他。以致他在翰林院蹉跎了三十年，才升到从五品的侍讲学士。不过，李东阳心胸豁达，被看轻了也不在意，平时闲来无事就邀上三五好友一起谈谈诗、论论文章。

他是当时的文坛领袖，德高望重，写过许多咏史诗和应酬题赠诗。诗风典雅流丽，自成一派，很受士林推崇。以他为首的茶陵派，是明初台阁体和明中叶前后七子之间的一个过渡性诗歌流派。

弘治年间，李东阳的人生迎来转机，先是被提拔为翰林院纂修，之后平步青云，历任礼部右侍郎、吏部尚书、内阁大学士，成为明朝性格最圆融、最"和煦"的首辅，为明朝的稳定做出了卓越的贡献。死后，被追谥"文正"，世称"李文正"。有《怀麓堂集》传世。

九日渡江

明 · 李东阳

秋风江口听鸣榔①，远客归心正渺茫。

万里乾坤此江水，百年风日几重阳。

烟中树色浮瓜步②，城上山形绕建康。

直过真州更东下，夜深灯火宿维扬。

注 释

①鸣榔（láng）：渡船船民敲击船舷，表示即将开船，相当于现在的鸣笛开船。另有渔民击舷鸣榔为驱鱼入网。②瓜步：指今南京六合区的瓜步镇。诗人乘船从南京出发，往扬州北上，瓜步、建康、真州和维扬都是沿途经过的市镇。

译 文

瑟瑟秋风中，我伫立江口，听船家把船舷敲响；远行在外，归心切切，思绪一片渺茫。

辽阔的天地间，江水悠悠；人生百年，风光过眼，能有几个重阳。

烟霭弥漫的树林中依稀能看到瓜步镇的身影，建康城四周有群山连绵环绕。

过了真州再继续东下，深夜就能在灯火辉煌的扬州城住下。

历史放映厅

明宪宗成化十六年（1480），34岁的李东阳奉旨前往南京，担任乡试考官。乡试结束后，坐船经扬州北返，彼时，正值九月九日重阳佳节，李东阳孤身一人在外，念远思家，心中惆怅，遂提笔遣怀，写下了这首颇具风致的《九日渡江》。

赏 析

这是一首情景皆工、隽丽精致的七言律诗，主要写的是九月九日重阳佳节，独在异乡的诗人在江上思亲怀远的情景。

诗首联，写了重阳日，在渡口登船的情景。秋风瑟瑟，江水荡荡，江边渡口上有一艘渡船停泊。船家不断敲着船舷，像汽车鸣笛一样，催促着"远客"快些登船，船要开了。可是，"远客"的行动却有些迟缓。重阳本是团聚的日子，"远客"却独自在外，心中孤独落寞，想家也想亲人，整个人神思不属，行动自然就慢了半拍。

跟着诗词游中国

真州

诗中的"真州"，就是今天江苏省的仪征市。仪征位于长江三角洲地带，历史悠久，文化灿烂，西汉时置县，李白、孟浩然、苏轼、欧阳修等名家都在这里留下过翰墨。这里不仅有栉风沐雨千年的秦汉遗址，还有都会桥、天宁寺塔、鼓楼等人文胜迹。闲暇时，漫步其间，总能感觉历史的气息扑面而来。另外，仪征的风鹅、五香牛肉和三六盐水鹅都是淮扬地区颇负盛名的美食，如果有机会，一定要去尝一尝。

然而，不管怎样，"归心"切切的"远客"最终还是登上了渡船。诗颔联，描述的就是船行江上时的所见所思所感。"万里乾坤"中的"万里"是虚指，极言天地的宽广和辽阔；"百年风日"中的"百年"也是虚指，为的是突显岁月的漫长与流转。"此江水"与"万里乾坤"为背景，显得格外汹涌磅礴；"几重阳"与"百年"相互辉映，则越发突显了佳节难逢。一百年，也就一百个重阳，本来应该是团圆的日子，可是重阳节真正能团圆的又有几家、有几人？如此一想，独在异乡的"远客"就越发愁绪满怀、归心似箭了。

　　颈尾二联，顺承颔联，着重刻画了"远客渡江"的情形。似乎是感受到了"远客"归家的急切，船行得很快，"烟色"迷蒙中离开南京，过真州，顺流东下，"夜深"时就能到达"维扬"，可是万家灯火的"维扬"虽然好，却不是故乡啊！船行得再快、再急，哪怕离家越来越近，可依旧到不了家。对"远客"而言，这依旧是一个孤独的重阳。于是，那"渡江"之急，反而更加深了"远客"心中的乡思与愁绪，正好与"归心正渺茫"形成对应。

祝允明：七次落榜的才子

祝允明（1461—1527），字希哲，长洲（今江苏苏州）人，明代著名书法家，"吴中四才子"之一，与唐寅、文徵明、徐祯卿齐名。祝允明因为长相奇特而自嘲丑陋，又因为右手有枝生的手指，所以自号枝山。

祝允明出身官宦世家，自幼就博通经史，工诗善书，尤其擅长小楷和狂草，笔力遒劲，自成一格。他的很多书法作品，比如《杜甫诗轴》《乐志论草书轴》等都是博物馆中典藏的稀世珍品，价值连城。祝允明的诗相比其书法虽略逊一等，但也清丽可诵，有《枝山文集》《祝氏集略》等传世。

祝允明虽然才华横溢，却不擅长应试，19岁才考中秀才，32岁成为举人。此后他陆陆续续参加了7次科考，连儿子都考中进士了，他仍旧没考中。万般无奈他只能放弃继续考试的念头，到广东兴宁做了知县。此后他一直仕途蹉跎，直到63岁才调任南京应天府通判。但没过多久，祝允明就告病还乡了，几年后病逝。

短长行

明·祝允明

昨日之日短，今日之日长。
昨日虽短霁而暄①，今日虽永阴复凉。
胡不雨雪为岁祥？胡不稍暖开初阳？
徒为蔽天氛曀日，黤黮②人物惨懔③无精光！
物情望有常，造化诚叵④量。
气候淑美少，君子道难昌。
阴阳长短不可问，古来万事都茫茫。
独怜穷海客卧者，魂绕江南烟水航。

注 释

①霁（jì）而暄：晴朗而温暖。霁，雨后或雪后转晴。暄，太阳的温暖。②黤黮（yǎn dàn）：指云色昏暗的样子，形容环境或光线昏暗。③懔：懔同凛，畏惧，害怕。④叵（pǒ）：不可。

译 文

昨天白昼很短，今天白昼却很长。
昨天白昼虽然短但晴朗而温暖，今天白昼虽长却又阴又凉。
为什么不把雨雪当作开年的祥瑞？为什么初阳节候天气不稍稍暖和一些？
阴云遮天的日子，人和物都昏暗惨淡没有光！
盼望万物恒定是人之常情，自然界的季候变化却不可估量。

气候美好的日子极少，君子之道也难以昌明。

天地的阴阳转换、昼夜的长短变化都不能探问，古往今来所有的事都渺渺茫茫。

只可怜那在僻远的海边客居独卧的人，魂梦已化扁舟，在江南雾霭迷蒙的江面上漂荡。

历史放映厅

写这首诗时，祝允明已经年过半百，正在广东兴宁做知县。明朝时，广东是个很荒僻的地方，经济落后、文教不昌，人们活得刻板而无趣。事实上，整个大明都如此，迂腐僵化，思想被严重束缚。而祝允明，恰恰是个有见地、有思想的人。所以，他活得格外压抑、困顿而迷茫。《短长行》这首诗就是这种压抑和迷茫最真实的写照。

赏 析

这是一首结构错落、富含哲理的歌行体长诗。诗的前四句，通过"昨日之日短""今日之日长"的对比来切入，表现了天气的变化和天气对人的情绪、感官的影响。昨日和今日，其实白昼是一样长的，没什么区别，只不过昨日天气晴朗、风光宜人，人们心情开阔，就觉得时间过得很快。而今天，天气又阴又凉，心情也随之变得郁闷压抑，所以觉得白日特别长。

事实上，这里的"阴晴"已经有了一定的象征意义。"晴"象征开明自由的政治环境与学术环境，"阴"则相反，象征僵硬守旧、压抑和束缚。

　　荫翳的天气让人烦躁而压抑，所以，人们期望改变，就算不放晴，那下场雨、下个雪也是好的。五至八句，顺承前句，由景抒情，发出探问。雨雪，在这里昭示着变革。就算是雨雪之后天气不晴暖，也总比一直阴阴沉沉、人和物都惨淡无光的好。这里的"人物惨憛无精光"和清代诗人龚自珍的名句"万马齐暗究可哀"异曲同工，都象征着被压抑、被束缚的人与思想。

　　之后六句，诗人即情说理，展开了论述。害怕改变，希望固守常制是人之常情，但岁月轮转、四季更替，春夏秋冬也一直在变化。广东这个地方，天气晴朗的日子很少，君子之道无法昌明，让人压抑又绝望。在这种环境中生活久了，总难免灰心丧气，觉得一切都"不可问"，古今所有都茫茫无寄。

　　人活得压抑、没有希望的时候，会不由自主地去追忆美好、去追寻希望。祝允明也不例外。盼不来雨雪，等不到改变，就只能梦回文教昌盛、学术氛围相对比较自由的江南，思恋曾经的故乡。结尾两句"独怜""魂绕"情思深切，读来让人既感伤又动容。

唐寅：江南第一风流才子

唐寅（1470—1524），字伯虎，又字子畏，自号六如居士、逃禅仙吏、桃花庵主、鲁国唐生，吴县（今江苏苏州）人，明代家喻户晓的"江南第一风流才子"。唐寅在绘画、书法、诗词方面都取得了卓然成就，不仅是画坛名宿，与沈周、文徵明、仇英并称"明四家"，而且文采风流，俨然是明代诗坛的领袖人物。

唐寅的父祖世代经商，家境殷实，对他无限宠爱。16 岁参加苏州府试，高中第一名。19 岁娶妻生子，夫妻恩爱，琴瑟和鸣。平日里结交的人物，不是士林名宿，就是文坛新秀。那时候的唐寅，可以说是妥妥的"人生赢家"。

24 岁之后，唐寅的人生急转直下，先是父母、妻儿、妹妹相继去世，28 岁时高中解元，次年卷入"科场舞弊案"，被褫夺了举人功名，下狱论罪，从此断绝了仕进之路。

命运接连的重击，让唐寅消沉了很长时间，他过了一年多时间才彻底想开。想开之后，他在苏州的桃花坞买地建屋，遍种桃树，以卖画为生，过起了隐居生活。《桃花庵歌》就是他这个时期生活的最真实写照。

唐寅擅画，他的画笔墨秀逸、疏朗细丽，兼容南北画派之长，在当时很受追捧。尤其是他的人物画和山水花鸟画特别出彩，价值不菲。除了画画，唐寅闲来无事的时候也会邀请三五好友花下

酣饮、吟诗作赋，日子过得潇洒而自在。

　　可惜，命运再一次捉弄了他。明武宗正德九年（1514），宁王朱宸濠在封地发布招贤榜文，征召天下有才有德之士。已经45岁的唐寅得到消息后，决定去应召。宁王的封地在江西南昌，距离苏州不算近，唐寅辗转很久才到。因为他是天下有名的才子，宁王对他很看重，不仅奉为上宾，还赏赐了丰厚的财物。在宁王府，唐寅也过上了一段诗酒花茶、快活肆意的日子。原本以为之后能够时来运转、有所作为，没想到，只过了几个月，他就发现了一个秘密：宁王私自蓄养亡命之徒、铸造兵器铠甲预谋造反！

　　在古代，造反可是抄家灭族的大罪，唐寅不想参与，也害怕被牵连，于是开始装疯卖傻，天天酗酒、闹事。宁王听说后，觉得他徒有虚名，就把他赶走了。几年后，宁王果然起兵造反，但不到两个月叛乱就被平定。因为唐寅离开得早，才没被连累。

　　这件事后，唐寅心灰意懒，回到苏州桃花坞后再也不掺和政治，只专心在家中吟诗绘画做学问，直到54岁时因病逝世。

画鸡

明·唐寅

头上红冠不用裁①，满身雪白走将来。
平生不敢轻②言语，一叫千门万户开。

注 释

①裁：裁剪。②轻：随便、轻易。

译 文

　　头顶红色的鸡冠无需剪裁，披着雪白的羽毛雄赳赳地走来。

　　平常不敢轻易啼鸣，一旦啼鸣，无数人家的门扉就会随之敞开。

赏 析

　　古时候，画家们完成一幅画之后，总喜欢在画上题诗。这种题在画上的诗，就叫题画诗。一般来说，题画诗就是画中景色物象的一种补充、升华与点缀。唐寅的这首《画鸡》也不例外。

　　诗的前两句，生动描绘了雄鸡的形貌、神态和动作。这只雄鸡，头上顶着红红的鸡冠，浑身羽毛洁白似雪，雄赳赳、气昂昂地踱步向前，仿佛要从画中走出来。那模样，那神态，多神气啊！而这些，

都是人们通过画能看到、感受到的，是对画的直接摹写和描绘。

接下来，诗人笔锋一转，开始摹写雄鸡报晓的天性，说它平时不敢轻易鸣叫，只要叫了，千家万户就会把门打开。这些是看到画后产生的联想，从画上是看不到的，却与画密切相关，能够很好地深化画的意境。

另外，唐寅出身江南，是江南四大才子之首，平生放旷不羁，志存开济，诗中的雄鸡，从某种程度上来说，其实是他的一种自况，雄鸡"不鸣则已，一鸣惊人"，展现的也是他渴望名扬天下、成为时代先驱的远大理想。

桃花庵歌

明·唐寅

桃花坞里桃花庵①，桃花庵里桃花仙；
桃花仙人种桃树，又摘桃花换酒钱。
酒醒只在花前坐，酒醉还来花下眠；
半醉半醒日复日，花落花开年复年。
但愿老死花酒间，不愿鞠躬②车马前；
车尘马足贵者趣，酒盏花枝贫者缘。
若将富贵比贫者，一在平地一在天；
若将贫贱比车马，他得驱驰我得闲。
别人笑我忒风颠，我笑他人看不穿；
不见五陵豪杰墓，无花无酒③锄作田！

注释

①庵：屋舍。②鞠躬：恭敬谨慎的样子，此处表示屈从、屈服。③无花无酒：古人祭祀时需要摆花奉酒，无花无酒形容没有人祭祀。

译文

桃花坞中有一座叫桃花庵的屋舍，桃花庵里住着一位桃花仙。

桃花仙人栽种了无数桃树，桃花盛放的时候，摘了桃花换钱来沽酒。

酒醉醒来，就在花前静坐观赏；酒醉时还在花树下酣然入眠。

半醉半醒间，日夜流转；花落花开中，年复一年。

只盼着能在桃花与美酒间老死，不愿意追名逐利、在车马前阿谀权贵。

车马喧嚣是富贵之人的趣味，酒杯和花枝则是穷人的机缘。

如果把别人的富贵和我的贫贱放在一起比较，委实是一个在天一个在地。

如果把我的贫贱和达官贵人的车马奔波比较，他们被驱驰驾驭，而贫贱的我得了悠闲。

别人笑我太过疯癫，我却笑别人看不穿世情。

你们看不见过去辉煌显赫的豪门贵族的墓冢，没有花酒祭祀，全被当成了荒地，垦锄后成了耕田。

历史放映厅

明孝宗弘治十一年（1498），唐寅参加应天府（今江苏南京）乡试，高中解元。次年春天，赴京赶考，原本踌躇满志的他却因卷入"科场舞弊案"被革除功名，贬黜为小吏，从此仕进无门、前途落拓，只能以卖画来维持生计。后来，唐寅买下了苏州城北一座废弃的庭院，简单修缮后又在周围种了几亩桃花，改名桃花庵。从此他与友人徜徉其间，饮酒吟诗作画，好不快活。阳春三月，桃花坞中桃花盛放，芳香沁人，唐寅游赏之余，诗情勃发，于是写下了这首脍炙人口的《桃花庵歌》。

赏 析

《桃花庵歌》是组诗，一共有 8 首，可惜流传下来的只有这一首。全诗一共 20 句。前 10 句，主要描述的是桃花庵中快活肆意、悠然自得的生活。桃花坞里有座桃花庵，桃花庵中住着桃花仙人，也就是诗人自己。桃花仙人的生活日常是无忧无虑、自由自在的：平日里没事就种桃树，桃花开的时候把它摘下来换酒钱，有了钱就一边赏花一边喝酒，喝醉了就直接在桃花树下酣然入睡。“日复日”“年复年”，表明这样“快活似神仙”的日子诗人已经过了很久，并愿意一直过下去，直到“老死花酒间”。

只不过，和其他自命清高的文人不同，唐寅虽然肆意潇洒、崇尚快活纵情的生活，却不一味地鄙夷富贵。他认为贫与富、贵与贱只是不同的生活状态。有人喜欢“车尘马足”，为了富贵而奔忙劳碌。而他更喜欢“酒盏花枝”，所以宁可醉卧花林，也不愿意争名逐利。文人士大夫们都喜欢梅兰竹菊的高雅清洁，他却独独喜欢妩媚红艳的桃花；别人汲汲半生追名逐利，他却纵情花酒之间，把日子过得热闹红火。身在凡俗，又不流于俗，不愧是桃花庵里的“桃花仙”！

王磐：南曲之冠

王磐（约1470—1530），字鸿渐，号西楼，江苏高邮人，明代著名散曲家、画家，素有"南曲之冠"之誉。

王磐少年博学，才华横溢，但秉性清高，鄙视官场，不愿意通过科举入仕，一辈子都没做过官。他活了60多年，从垂髫到白发，一直纵情山水诗酒，平时读书作画，兴致来了就背上包袱，来一场说走就走的旅行。

王磐年轻时游览过许多地方；稍微年长一些后，他在高邮城西边比较荒僻的地方盖了一座高楼，经常在楼中与朋友欢聚吟咏、唱叹酬答，因此自号"西楼"。王磐工诗善画，通音律，尤其擅长通过散曲表现个人闲情逸致或嘲讽时事，其中最具代表性的就是《朝天子·咏喇叭》。除此之外，他还写过许多小令和套曲（存世的有小令65首、套曲9首），曲曲尖新，有《王西楼乐府》《野菜谱》《西楼律诗》等传世。

朝天子① · 咏喇叭

明 · 王磐

喇叭，唢呐，曲儿小腔儿大。官船②来往乱如麻，全仗你抬声价③。
军听了军愁，民听了民怕。哪里去辨甚么真共假？
眼见的吹翻了这家，吹伤了那家，只吹的水尽鹅飞罢！

注释

①朝天子：曲牌名。②官船：官府的船。这里指扰民的宦官船只。③声价：声望和社会地位。

译文

喇叭，唢呐，吹奏的曲子很短，声音却十分响亮。官船来来往往，多得仿佛一团乱麻，全凭着你抬高声望和地位。

军人听了军人愁，百姓听了百姓怕，哪里还会去分辨什么真假？

眼睁睁地看着你吹翻了这家，吹伤了那家，只吹得水源枯竭、鹅儿全都飞光啦。

赏析

喇叭、唢呐都是古时候比较常见的乐器，细颈阔口，吹不出优雅舒缓的曲子，但声音却特别大。宦官们出行的时候，就喜欢让人吹喇叭、唢呐来"抬声价"。不管是"军"还是"民"，听到了都又愁又怕。这里实际上是用"喇叭"和"唢呐"比喻那些为非作歹、鱼肉百姓的宦官。

"吹翻了这家，吹伤了那家"是虚写，实际上是说吹翻吹伤了许多人家，表现百姓们深受宦官迫害。"水尽鹅飞罢"也是比喻，是通过池塘的水干了、鹅全飞走了来形容宦官们竭泽而渔，被他们迫害的百姓家破人亡、流离失所的情状。整首曲子，虽然没有一个字说迫害，却把宦官们丑恶的嘴脸和嚣张恶毒的行径刻画得淋漓尽致。全曲立意新奇、讽刺强烈，读来非常令人动容。作者借咏喇叭，活画出明朝中后期宦官在运河沿岸作威作福、鱼肉百姓的社会现实。

杨慎： 惯看秋月春风

杨慎（1488—1559），字用修，号升庵，又号博南山人、逸史氏，四川新都人，明代诗人、文学家。"明代三才子"之首，与解缙、徐渭齐名。

杨慎出身显赫，父亲杨廷和是正德年间的内阁首辅，位高权重。但作为明朝顶级的"官二代"，杨慎身上却没有任何骄矜之气。他博学多闻、聪明敏悟，24岁就高中状元，前途大好。可惜，他秉性坚贞，有时候甚至有些固执，37岁那年，因为卷入议"大礼"事件，三次组织官员在宫门外力谏刚即位的明世宗认伯父明武宗为父亲，触怒世宗，被发配到云南永昌卫（今云南保山）充军。

从那之后，直到72岁逝世的35年时间里，杨慎一直在云南和四川两地往返寓居，不仅修建了自己的书院，写了400多本书，还教导了一大批少数民族的文人，开创了"杨门七子"流派，虽然没做官，依旧活得多彩而肆意。杨慎工诗擅词，文采斐然，诗风流丽，词风豪健。他的代表作《临江仙·滚滚长江东逝水》中"白发渔樵江渚上，惯看秋月春风"，正是其晚年心态和生活的真实写照。

临江仙

明·杨慎

《廿一史弹词》①第三段说秦汉开场词。

滚滚长江东逝水，浪花淘尽英雄。是非成败转头空。青山依旧在，几度夕阳红。

白发渔樵江渚上，惯看秋月春风。一壶浊酒喜相逢。古今多少事，都付笑谈中。

注　释

①廿一史弹词：原名《历代史略十段锦词话》。杨慎所作长篇弹词，从正史所记的事迹中选材，用浅近的文言写成，唱文都是十字句，后来系以诗或曲。

译　文

长江水滚滚东流而去，时光荏苒（rěn rǎn），浪花卷涌间，不知荡涤了多少英雄旧日的踪迹。是非成败转眼成空，只有青山依旧巍巍屹立，日暮斜阳无数次映红天际。

江岸边闲居的隐士，年华已暮，白发苍苍，早看惯了四时的轮转变化。斟一壶浊酒，为相识相逢而畅饮。古往今来多少纷扰，都成了佐酒的谈资。

历史放映厅

明世宗嘉靖三年（1524），37 岁的杨慎因为性情耿直，在事关皇统传承的议"大礼"之争中"站错队",触怒世宗,被免去翰林院修撰的职位,贬谪云南永昌卫,从此流离往返于川滇之间,直到终老。《临江仙》就是他往返川滇、途经泸州古渡时触景伤怀而作的一首雅词。

赏 析

　　这是一首脍炙人口的咏史词。词上阕气势磅礴,用滚滚东流的长江水来比喻不断向前的历史,"浪花淘尽"来摹写一代代"英雄"的兴衰起落,立意新奇,蕴情理于景中。江水滚滚、岁月不休,"是非成败"转头成了"空",唯一不变的只有巍巍的青山和奔腾的江水。即便生前是帝王将相,富贵荣耀、声威赫赫,最后也不过黄昏青冢、薄土一抔,又何必把短短数十年的人生全"浪费"在争名逐利上呢?这里,词人无一字言志,但寄情山水、淡泊名利的心志却已显而易见。

　　下阕,词人用清浅娴雅的笔墨,勾勒出了一幅"江上酌饮笑谈"的图景。"渔樵"都已老迈,白发苍苍;偶然在江上"相逢", 自然是喜出望外。哪怕只有"一壶浊酒",但故人坐在一起,用"秋月春风"、无边美景来佐酒,一起聊聊"古今"奇闻,说说各种轶事,气氛也是极好、极开怀的。这一刻,什么滚滚江水、什么是非成败、什么功名利禄,全都成了"笑谈",诗人淡泊的情趣与开阔的襟怀由此也自然流露而出。

徐渭：狂生的悲剧人生

徐渭（1521—1593），字文清，又字文长，号青藤道士、天池山人，明朝绍兴府山阴县（今浙江绍兴）人，著名书画家、文学家、戏曲家，"青藤画派"鼻祖，首创"泼墨大写意"画法。

徐家是山阴大族，徐渭的父亲曾经担任过夔州府同知。但徐渭刚出生不久，父亲就去世了，长兄徐淮比他大三十多岁，两人关系并不亲近。还是少年时，徐渭就极聪明，是当地有名的神童。他工诗善文，书画双绝，在戏曲方面也很有造诣，就是学习成绩不好，20岁中秀才，考了十多年，也没考中举人。无奈，他只能背井离乡，靠着开私塾教书来谋生。

38岁时，徐渭接受浙闽总督胡宗宪的邀请，成为他的幕僚。1565年，胡宗宪因为卷入内阁首辅严嵩谋逆案被捕入狱，后来死于狱中。徐渭害怕被牵连，日夜担忧，狂病发作，为自己写了一篇《墓志铭》后，先后九次自杀，但都没成功。1566年，因为怀疑妻子张氏对自己不忠，徐渭再次发狂，将张氏杀死，自己也被捕入狱，坐了七年牢。

出狱后，徐渭开始游历天下，结交了很多朋友。但因为他性格恣肆偏激，常做一些有违礼法的事情，渐渐地和朋友们的关系就淡了。到晚年时，他的生活无以为继，把家中几千册藏书都卖光了还是经常吃不上饭，穷困潦倒十多年，73岁病死家中。有《徐文长三集》传世。

题葡萄图

明·徐渭

半生落魄①已成翁，独立书斋啸②晚风。

笔底明珠无处卖，闲抛闲掷野藤中。

注 释

①落魄：穷困失意。②啸：原指撮口做声，发出清悠的长啸，此处指吟咏、吟诵。

译 文

前半生穷困潦倒，如今已经白发苍苍，成了老翁；独立书斋，在傍晚的凉风吹拂下长啸抒怀。

笔下的明珠没有地方能售卖，只能抛却在蔓蔓交杂的野藤中。

赏 析

这首诗以"半生落魄"起笔，是在以自己的人生经历、情操志节为底色，为写葡萄作铺叙。"我"已经年迈，回首前半辈子，潦倒落魄、一事无成。但"我"依旧孤高清傲，宁可在书斋之中临风长啸，看暮色、看夕阳，也不愿意卑躬屈膝、蝇营狗苟。三四句的"明珠"，指的不仅是葡萄珠，还是诗人的才华、见识和智慧，甚至就是诗人自己。怀才不遇没有人赏识，怎么办呢？诗人很洒脱，"闲抛闲掷野藤中"一句，既绘出了葡萄垂挂藤间的野趣，也表现了诗人宁可闲置也不"贱卖"自己的情操。全诗托物言志、志与物合、人与画融，读来别有一番韵味。

《墨葡萄图》

作者：徐渭

创作年代：明代

画中葡萄架枝叶繁茂，老藤错落，串串葡萄倒挂枝头。虽是作画，却如同写草书一样行笔，笔墨豪放，酣畅淋漓，充分体现了徐渭"不求形似求神似"的大写意理念。左上角有作者亲笔题诗。从"半生落魄已成翁"一句推测，这幅画应该作于徐渭出狱后的几年间。徐渭将自己的身世感慨寄托在水墨葡萄之上，尽情宣泄着饱经患难、壮志难酬的无奈和愤恨。

李贽：一念本心

李贽（1527—1602），本名林载贽，号卓吾、温陵居士、百泉居士，泉州晋江（今属福建）人，明代著名思想家、文学家，泰州学派的代表人物。

李贽出身耕读世家，从小就性格倔强，敢于质疑传统，对儒家的很多学说都提出了自己的见解。他认为重农抑商是不对的，不利于经济的发展；他提出"穿衣吃饭即是人伦物理"的见解，主张重视功利；他觉得孔子说的不一定就是对的，不能以孔子的观点作为衡量是非的标准。他也擅长写诗，写诗时追求"童心"、反对复古，可以说是明朝"思想启蒙"的先驱者。

李贽的这些思想在当时堪称惊世骇俗。许多传统的儒家文人都视他为"异端"，不断排挤嘲讽。所以，他在短暂做过一段时间的官后就请辞了。辞官后，他寓居麻城，以写书和讲学维生。然而，迂腐的儒家文人并不愿意放过他，万历三十年（1602），已经76岁高龄的李贽被诬陷，以"敢倡乱道，惑世诬民"的罪名下狱。李贽不愿意在狱中受辱，自杀身亡。他用一生的时光为自己倡导的"童心说"做了最好的诠释。

独坐

明·李贽

有客开青眼①，无人问落花。
暖风熏细草，凉月②照晴沙。
客久翻疑梦，朋来不忆家。
琴书犹未整③，独坐送残霞。

注 释

①青眼：形容对人的青睐和喜爱。②凉月：秋月。③整：整理。

译 文

有客人登门拜访，无限欣喜；无人关怀，就默默询问落花。

暖煦的春风吹拂着柔细的草叶，清冷的秋月照耀着晴日的沙滩。

在外地生活的时间长了就好像做了一场梦，只有朋友来访时才不再怀念家乡。

一天过去了，琴瑟和书籍都还没整理，独自坐着，静静送走傍晚的云霞。

赏 析

一个人在外面生活多年，没有亲人相伴，无论是谁，肯定都是孤独寂寞的。《独坐》这首诗，写的就是诗人晚年时独自在异乡生活的情景：有朋友、客人来拜访时，就满心欢喜；没人的时候就一个人独坐，或是发呆，或是看风景。春日，阳光晴好的时候，就吹着"暖风"，看柔嫩翠碧的"细草"；秋日里，就借着清冷的月光看看落叶与"晴沙"。

身在异乡，有家难回，想家、想亲人了，也无处倾诉，就只能"问落花"。但是，"落花"无情，不解语也不解意，不仅不能给诗人带来慰藉，还让他更加感伤忧愁。在古代，落花时节常常代表着飘零，春将暮、花将谢，一切美好的事物都随风而逝，人也到了风烛残年。诗人"问落花"，惜"落花"，为"落花"感到伤感，实际上也是在怜惜自己，为自己的人生际遇悲叹。

无处不在的孤独感很容易让人恍惚。有些时候，诗人也会生出几分"梦里不知身是客"的错觉。等回过神来，客居的强烈孤独感又会铺天盖地袭来，唯有"朋来"的时候，这种孤独感才会减弱。

当然，诗人自己也会找些事情来排遣忧愁，比如弹弹琴、看看书，傍晚的时候坐在院外看看晚霞。诗尾联，就是这种情境的最真实描绘。尤其精妙的是，诗人写看晚霞的时候，用的不是"看"，而是"送"，似乎他早已经把晚霞当作了挚友，傍晚时分，挚友要"走"了，诗人在依依不舍地为它送别。这情景，乍一看，是诗意的、美好的，细细品味，却能感到刻骨的孤独与伤感，读来分外令人动容。

陈子龙：明代第一词人

陈子龙（1608—1647），原名陈介，字人中，后字卧子，号轶符、海士，晚号大樽，华亭（今上海松江）人，明代著名诗人、词人、学者。

陈子龙出身世家。他的父亲曾任工部侍郎，因此他从小就接受了良好的教育，在诗词文章方面都有很高的造诣。他的诗雄浑瑰丽、独树一帜，素有"明诗殿军"之誉；他的词婉约清丽、意蕴深挚，向来被人推重。他本人也是公认的"明代第一词人"，"幾社六子"之一，云间词派盟主，当之无愧的文坛领袖。

少年时，陈子龙也曾憧憬过经世济民、入阁拜相，30岁中进士后更是踌躇满志。可惜，他还没来得及施展抱负，明朝就灭亡了。

明朝灭亡后，陈子龙不愿意投降清朝，毅然放弃了诗酒花茶的悠然生活，投身到反清复明的大业之中。他先是以兵科给事中的身份与沈犹龙一起在松江组织抗清运动，事败后隐居细林山。后来又加入吴易的起义军，积极奔走呼号。

永历元年（1647），陈子龙帮助苏松提督吴胜兆写信策反九江总兵黄斌卿，还没成功，消息就泄露了。陈子龙被清军逮捕，押送南京，途经松江跨塘桥时，投水而死，壮烈殉国，时年40岁。乾隆帝时，追谥"忠裕"，有《安雅堂稿》《陈忠裕公全集》《湘真阁存稿》传世。

山花子·春恨

明·陈子龙

杨柳迷离晓雾中，杏花零落五更钟。寂寂景阳宫①外月，照残红。
蝶化彩衣金缕尽，虫衔画粉②玉楼空。惟有无情双燕子，舞东风。

※景阳宫：南朝陈祯明三年（589），隋军攻占了建康台城（今南京市北）。陈后主听到消息后，就带着宠妃张丽华躲到了景阳宫的井中，后来被隋军抓获。明朝和陈朝都建都南京。这里是用象征陈朝灭亡的景阳宫来影射明朝的覆亡。

陈焕是苏州人，吴门画派画家。画史称他"工画山水，取法沈周，得宋元气脉"。擅画山水园林和文人生活，饱含诗情画意，是吴门画派的显著特征。从这幅传世的《枫野春雨图》中，我们能看到典型的吴门画派风格。画中远山含翠，春雨绵绵。山间的草木久旱逢甘霖，焕发出勃勃生机。有人撑伞前来会友，有人躲在船篷里避雨。而主人家就隐在一片翠绿的枫林里。整幅画面远景和近景呼应，色调温润而富有诗意。春雨中的山林景色，幽静雅致的院落，自然美景和文人生活共存，升华为超然世外的洒脱心境，这就是很多明代文人雅士向往的生活。

创作年代：明代

作者：陈焕

《枫野春雨图》

注 释

①景阳宫：南朝陈宫殿名。②虫衔画粉：指虫子将玉楼画栋都蛀蚀了。

译 文

　　清晨的薄雾中，柳色凄迷；五更的钟声伴着飘零的杏花悠悠响起。寂寞荒僻的景阳宫外，冷月高悬，月光缕缕照着落花。

　　仙人葛洪遗落的衣裳化作了彩蝶，衣裳上的金线已经消磨殆尽；雕梁画栋的宫殿楼阁已经被虫子蛀空，剥落的粉末纷纷扬扬飘散。只有一双冷漠无情的燕子，在春风中不断地飞旋舞动。

历史放映厅

陈子龙生逢乱世，一生精忠，崇祯十七年（1644），明朝覆亡后，他一直积极奔走，力图反清复明，可惜最后还是徒劳。事败后，陈子龙心灰意冷，选择了隐居。这期间，每每想到国家的沦亡、战火的残酷、社稷的飘摇，他都泪湿衣襟、悲愤不已。《山花子·春愁》就是他隐居时为了排遣心中的郁闷和悲痛而作的一首小词。

赏 析

这是一首凄丽悲惋的伤春词，看似全篇都在写残春的景象，实际上却是在借残春之景来抒发对故国的哀思。

词上阕，起笔清艳，开篇即营造出了一种残败萧疏的氛围：破晓时分、晨雾弥漫、杨柳随风拂动，杏花不断飘落，偏僻荒芜的景阳宫外，冷月照着残红，报更的钟声一声又一声地响起，就像是亡国的丧钟。

下阕，词人以"蝶化彩衣""虫蚀画粉"勾勒出了明朝败亡后的萧疏景象。旧日的宫阁荒芜破败，精致华贵的衣裳也已经褪色脱线，破旧不堪。就像现在的大明朝，帝王殉国，军备废弛，徒有其表。

为什么会这样呢？因为国家的蛀虫太多了，支撑整个国家的栋梁都被奸臣佞臣给蛀空了。然而，在词人眼中，最可恶的其实不是"虫"，而是那无情的"燕子"——投降清廷的明朝旧臣。"燕子"们曾经在画栋雕梁的宫殿屋檐下筑巢安居，可宫殿荒废、栋梁空蚀腐朽后，它们却毫不犹豫地搬了"新家"，继续在东风中欢歌曼舞，没有一丝伤感。对这些卖主求荣的人，词人恨得咬牙切齿。然而，除了叹一句"无情"，他却什么都做不了。如此，诗人心中的悲愤、无奈和哀恸可想而知。

夏完淳：慷慨就义的天才少年

夏完淳（1631—1647），原名夏复，字存古，号小隐，华亭（今上海松江）人，明末著名的少年诗人、少年英雄。

夏完淳天资聪颖，3岁识字，6岁通读经史，能作诗写文，9岁著书，13岁和友人一起组建"求社"，是松江府有名的少年天才。他的诗语言华美，意境苍凉悲壮，慷慨激昂，富有爱国热情和时代气息。

夏完淳的父亲夏允彝、恩师陈子龙都是忠君爱国的志士。受师长影响，夏完淳很小的时候就有了强烈的家国之念，年纪虽轻，却傲骨铮铮。清军下江南，14岁的夏完淳随父亲参加了抗清斗争。父亲领兵激战，自杀殉国以后，他又追随恩师陈子龙在太湖起兵抗清。

起义失败后，夏完淳被捕。面对死亡，他怡然不惧，在狱中谈笑风生，昂藏不屈，留下了《别云间》《细林夜哭》《狱中上母书》等感人肺腑的诗篇。永历元年（1647）九月十九日，夏完淳在南京被杀害。在刑场上，他挺立不跪，神色不变，最后慷慨就义，年仅17岁。

别云间①

明·夏完淳

三年羁旅客，今日又南冠。

无限山河泪，谁言天地宽。

已知泉路②近，欲别故乡难。

毅魄③归来日，灵旗④空际看。

注 释

①云间：松江的古称。②泉路：地下。指阴间。③毅魄：英魂。语出屈原《九歌·国殇》："身既死兮神以灵，魂魄毅兮为鬼雄。"④灵旗：战旗。古人出征前必祭祀旗帜，以求旗开得胜，故称灵旗。

译 文

羁旅在外、辗转奔波已经整整三年了，今日成了另一个南冠被囚的人。

山河破碎，悲伤的泪水流不尽；国土沦亡，谁敢说天地广阔任翱翔？

已经知道命丧黄泉的日子不远，想要和故乡告个别却千难万难。

等到我魂魄归来的那一天，一定要在空中看着后继之人领军出征，收复故土，恢复山河。

※南冠（guān）：《左传·成公九年》记载，楚国人钟仪被俘，仍戴着"南冠"（楚国的冠）。后世于是把"南冠"作为俘虏的代称。

历史放映厅

夏完淳是明朝的旧臣。1644年，

清军入关、明朝灭亡后，他义愤填膺，曾经和陈子龙、钱旃等人一起誓约抗清。顺治四年（1647），事败后，夏完淳被清廷逮捕。这首《别云间》就是他被从松江押解进京前挥毫而作的一首小诗。

赏 析

拜别、送别、离别是古诗中非常常见的题材。大多诗人写"别"，是伤感惆怅、怨恨悲苦的。夏完淳的"别"却是慷慨、壮烈而激昂的。

诗的首联，抚今追昔，简要又清晰地交代了"别"的原因。自15岁投身反清复明的队伍，诗人在外奔走了三年。他在战场拼杀过，呐喊彷徨过，但故国还没光复，诗人就被捕了。"又南冠"的"又"字，不仅正面述说了诗人被捕的事实，也从侧面反衬出抗清的艰难与抗清志士们的无畏精神。

为了光复大明，无数仁人志士被捕，血洒刑场。祖国大好河山，已经有大半落入敌人手中。想到这些，诗人内心实在是悲愤不已，忍不住在颔联中感慨与质问：放眼天下，山河处处破碎，含悲泣血，仁人志士竟没有了立足之地。这种情景，谁还敢说天地是广阔的？

诗人当然是不怕死的，只不过"壮志未酬身先死"，他还是很不甘。而且，他还有母亲、有妻儿、有挚友，在故乡"云间"。他放不下的人和事实在是太多了，所以，说到"欲别故乡"时，诗人才满怀哀愤地用了一个"难"字。想来，当时他的心情肯定是极复杂、极沉郁的。

只不过，这种沉郁并没有持续多久，诗人就再次变得斗志昂扬。即便是死了，死后我的"毅魄"也会同着"灵旗"归来，亲眼看着后世的仁人志士驱除鞑虏、恢复山河！这种壮烈的情怀与斗志，比起文天祥的"人生自古谁无死，留取丹心照汗青"也不遑多让。

风雷声中万象新

清

　　清朝是中国历史上最后一个大一统的封建王朝。"站在巨人肩膀上"的清朝文人们充分发挥了时代带来的优势，不仅缔造出了一派"诗词并秀"的中兴盛景，也为近代诗歌的产生和发展提供了无限的可能。

　　自1644年清军入关，中原地区进入了满族人统治的时代。满族人勇武善战，但文风并不昌盛，所以清朝初年，无论是诗坛还是词坛，明朝"遗民"们都一枝独秀。历来，朝代的更迭总难免伴随着血色，"扬州十日""嘉定三屠"更加重了明朝故老、遗民对清人的切齿痛恨。于是，以吴伟业、顾炎武、王夫之为代表的"遗民诗人"们纷纷以笔为刀、化诗为矢，开始了一场无声却壮烈的抗争。尤其是顾炎武的"我愿平东海，身沉心不改"，千百年来，不知感染了多少志士仁人。

　　比起诗坛的刀剑峥嵘，清初的词坛相对来说更怀柔、更多情、也更纯粹。以朱彝尊为代表的浙西词派崇尚创新、反对浮艳，开创了诗词淳雅浪漫、空灵蕴藉的新风尚；以纳兰性德为代表的婉约词派更以婉约清丽、流美清灵的词风盛极一时，"人生若只如初见，何事秋风悲画扇"等词句也成为千古绝唱。

　　从康熙年间开始，满汉之间的矛盾渐渐调和，文坛也呈现出一派继往开来、南北共荣的新气象。清朝中叶，乾嘉年间，因为乾隆皇帝酷爱写诗，整个清朝也随之百花齐放、诗风蔚然。"扬州八怪"之一的郑板桥性格爽直、爱憎分明，最擅以诗立志、立心，曾高歌"千磨万击还坚劲，任尔东西南北风"。"性灵派三大家"之首的袁枚，眼中有人情、诗中有生活，最擅长歌咏真人、真情、真事态，"牧童骑黄牛，歌声振林樾"，朴实中见情趣。

及至晚清，朝廷腐朽，民生凋敝，诗坛词坛也是万马齐喑、暮气沉沉，龚自珍呐喊着"我劝天公重抖擞，不拘一格降人才"，像一道惊雷般劈开深沉的夜幕。风雷激荡的变革，荡涤了陈腐迂旧的古风，为整个文坛带来了一场焕然的改变；与此同时，"维新"思想也在民间、士林不断发酵，最后终于化作轰轰烈烈的改革风暴。

1898年，光绪帝颁布"明定国是诏"，任用康有为、梁启超、谭嗣同等维新派志士，主持变法。可惜，在以慈禧太后为首的保守派的横加阻拦下，变法以失败告终，康、梁外逃，谭嗣同则在"我自横刀向天笑，去留肝胆两昆仑"的豪迈宣言中慷慨赴义。

血与火的教训，唤醒了无数还沉浸在"怀柔"幻想中的仁人志士。于是，循序渐进的改革被大刀阔斧的革命所取代，最后终于汇聚成了一场席卷天下的巨火。清王朝穷途末路，很快被推翻；以章太炎、邹容、陈天华、秋瑾、柳亚子等为代表的一批近代诗人也随之名耀青史。他们，不仅是诗人，也是斗士，"一腔热血勤珍重，洒去犹能化碧涛"（秋瑾《对酒》），诗与人，都长存不朽。

诗词是清朝最美的注脚，也是清史最有力的见证。既继承了古诗的风华，又开创了近代诗的璀璨，继往开来，于风雷之中万象更新，厚积薄发，倍显气度。

吴伟业：风行一代"梅村体"

吴伟业（1609—1672），字骏公，号梅村，太仓（今属江苏）人，明末清初著名诗人、文坛名宿、娄东诗派创始人、"江左三大家"之一，与钱谦益、龚鼎孳齐名。

吴伟业出身书香名门，少年时就聪明颖悟，备受恩师张溥器重。他20岁中秀才、22岁成举人、23岁进士及第，却因为太年轻，被诬陷考场作弊，差点身败名裂。幸好，当时的皇帝崇祯慧眼识人，不仅亲自在吴伟业的卷子上批注了"正大博雅"的评语，还点他为榜眼。为此，吴伟业一生都对崇祯皇帝深怀感激。

经历过科场舞弊风波后，吴伟业顺利入仕，历任翰林院编修、南京国子监司业、左中允等职。1644年，明朝灭亡后，他辞官归乡，原本准备隐居山林，一辈子不出仕。然而，世事难料，清顺治十年（1653），在母亲的督促、朝廷的威逼下，45岁的吴伟业不得不奉诏入京，成为清朝的秘书院侍讲。

3年后，因母亲去世，吴伟业丁忧返乡，从此再也没有做过官。但在清廷做官的这段经历，还是成了他一生的耻辱。以致他临终时都念念不忘，不愿意在墓碑上铭刻官衔，只愿意以"诗人"的身份自居。

吴伟业的诗博采众长，风骨上佳，清丽纤眠，自成一家，被后世称为"梅村体"。他精擅各种体裁的诗词，最擅长的是歌行体，在词曲、杂剧和绘画方面也颇具造诣，有《梅村家藏稿》传世。

遇旧友

清·吴伟业

已过才追问，相看是故人。

乱离①何处见，消息苦难真。

拭眼惊魂定，衔杯笑语频。

移家就吾住，白首两遗民②。

注 释

①乱离：指明、清之际的战乱。 ②遗民：由前朝人进入新朝而不仕的人，旧称遗民。亦泛指亡国之民。

译 文

已经擦肩而过才想起追问，仔细看看才发现竟然是故人。

战乱随处可见，故人音讯难通，即便是收到了音讯也不知道是真是假。

擦擦眼睛，平定一下惊讶激动的心情；随后，频频举杯与故友饮酒笑谈。

请搬到我家附近来住吧，两个头发斑白的明朝遗民正好凑到一起。

历史放映厅

这首诗大约写于清顺治七年（1650），那时候，明朝已经灭亡，身为江左文坛领袖的吴伟业正在家乡隐居。一次偶然的机会，他在路边和老朋友重逢，心中又惊又喜。一番叙旧畅谈后，他即兴写下了这首《遇旧友》。

赏 析

这是一首简洁明净、意蕴隽永的五言律诗，主要写的是诗人与离散多年的旧友相遇、相认，把酒言欢的情景。

旧友是谁？诗人没有说。但想来，应该是一位和诗人志趣相投的贤士吧。诗首联，开门见山，以"已过""追问""相看"三个连续的动作，直写与旧友相遇时的情形：偶然在路上相遇，觉得有些面熟，好像是谁谁谁，又不太确定，怎么可能是他呢？正犹豫呢，那人已经从身边走过，诗人这才回神，追上去询问："你是×××吗？"得到了肯定答案，再认真打量对方，哦，果然是我以前的好朋友×××。

既然是旧友，为什么"相见不相识"呢？颔联，诗人给出了答案。国家动荡、风雨飘摇、处处"乱离"，无数人背井离乡，音讯难通，就算是有片言只字的音讯传来，也不知道真假。或许，诗人就曾听到过关于这位旧友的一些不幸的消息，以为他已经不在了，所以，偶然相逢，才会认不出，或者说是难以置信，颈联中的"惊魂"也暗暗佐证了这一点。另外，乱世之中，人命如草芥，吃不饱、穿不暖，能活着就是运气了，人的样貌、形象肯定会发生不小的变化，认不出也是情理之中。

当然了，无论局势怎么样，旧友久别重逢都是一件非常值得高兴

※遗民：两三千年前，殷商时代，就已经有"遗民"的称呼。宁愿饿死在首阳山中也不愿意出山侍奉周朝的伯夷、叔齐；誓死不入元廷的宋代学者陈普；不惧生死、慨言"留取丹心照汗青"的文天祥，都是"遗民"中的代表人物。

的事情。所以，在短暂的惊骇后，诗人迅速由惊转喜，用手擦干眼泪，拉着老朋友一起去喝酒叙旧。这里"拭眼"二字用得极好。为什么拭眼，一是为了擦拭因为旧友相逢而流下的激动喜悦的眼泪；二是为了擦眼再看看，真的是他吗？从而进一步展现诗人那种难以置信的心情。看了又看之后，诗人终于确定了，站在面前的就是旧友。哦，终于又见到旧友了，真高兴，颈联末句一个"频"字将两人叙旧时"衔杯笑语"的欢畅情景描写得淋漓尽致。

然而，天下无不散的筵席，相见之后又要分别。想到这里，诗人心中难免会担忧，在这样的乱世，分别之后，再想相见，可以说是千难万难，说不定就再也见不到了。怎么办呢？诗人想了很久，才想到一个好办法：邀请旧友"移家就吾住"。你快搬家吧，搬到我家附近，咱们两个"白首"的"遗民"正好住到一起，从此之后再也不分开。由此可见，诗人和旧友的情谊是极深厚的，两人的志趣也是极相投的。

纵观全诗，虽然字字句句都是白描，但画面感极强，自然游走，一气贯注，大家功底，由此可见一斑。

顾炎武：一代宗师

顾炎武（1613—1682），原名顾绛，字忠清，昆山（今属江苏）亭林镇人，明末清初著名思想家、经学家、诗人，"清学开山之祖"，闻名遐迩，被后人誉为"一代宗师"。

顾炎武出身江东名门顾氏，祖父和父亲都是当地很有威望的学者。小时候，母亲就教导他要忠孝节义，他也一直以匡扶社稷、经世致用为己任。少年时为了反对宦官专权加入"复社"，27岁考场失意后开始专心苦读，在水利、地理、历史、哲学、天文、兵法、河漕等很多领域都有研究，学识渊博，是少有的"百科全书"式的人物。

明朝灭亡后，为了表现自己的志节，他改名顾炎武，字宁人，号亭林，多次组织和参与抗清运动。事败后，他离乡北游，足迹遍及北方大地，致力于边防和西北地理的研究，不忘兴复。

顾炎武不仅著有《日知录》《天下郡国利病书》《肇域志》等多部典籍，还写下了不少歌咏山河风物、感时伤事的诗篇，著有《顾亭林诗文集》。

精卫

清·顾炎武

万事有不平，尔何①空自苦。

长将一寸身，衔木到终古②？

我愿平东海，身沉心不改。

大海无平期，我心无绝时。

呜呼！君不见西山衔木众鸟多，鹊来燕去自成窠③。

注 释

①何：何必、为何。②终古：自古以来，表示时间十分长久，此处有永远、永恒之意。③窠（kē）：鸟兽昆虫的窝，这里指鸟巢、鸟窝。

译 文

世间万事万物总有不平之处，你又何必白白让自己辛苦奔忙。

靠着小小的身躯，永不停歇地叼衔木石？

我的愿望是填平整个东海，即便身躯沉没，初心也不会改变。

只要东海没有被填平，我填平它的决心就不会断绝。

呜呼！你没看到吗？西山上衔木叼石的鸟儿有很多，却都是为了筑造自己的窝。

历史放映厅

这首诗大约作于清顺治四年（1647），这一年，顾炎武35岁，正辗转昆山、嘉定一带，积极组织抗清运动。只是，八旗精兵势如虎狼，反清势力却各自为政，如同一盘散沙。无数仁人志士倒在抗清前线，形势对抗清势力十分不利。顾炎武看到了这一点，心中虽然焦急，却没有绝望，依旧斗志昂扬，还写下了这首斗志昂扬的励志诗——《精卫》。

赏 析

这是一首托物言志的小诗，既是在咏叹精卫，也是在以精卫自喻，表达自身舍身报国、百折不屈的气节与志向。

诗共十一句，分为三个小节，兼用问答、对比、托寄的手法，构思新颖，独树一帜。

前四句，诗人以世人心态的口吻询问精卫。中间四句，是"精卫"给出的回答。最后三句，诗人视野偏转，笔锋进一步宕开，从精卫写到了以"燕"和"鹊"为代表的其他鸟类。

※精卫：又名志鸟、誓鸟，是中国上古神话传说中的一种神鸟，传说乃炎帝之女，本名叫女娃，在东海游泳时溺水而死。她死后，魂灵不散，化成精卫鸟，常从西山叼着木石飞往东海，发誓要把东海填平。

燕鹊也会从西山叼衔木石，但为的不是填海，而是筑造自己的巢。和自私自利、胸无大志的燕鹊相比，誓死也要"平东海"的"精卫"瞬间就显得无私、高洁、伟大起来。

诗人写精卫、赞精卫，何尝不是在赞美包括他自己在内的那些像精卫一样力量微小却始终心怀光明、高洁不屈的抗清志士呢！

"天下兴亡，匹夫有责"，顾炎武自认自己就是这"匹夫"中的一员。他知道自己在以卵击石，却不愿意放弃，更对那些沽名钓誉、为了自身利益而屈节侍清的"燕鹊"充满了鄙视。诗中字里行间满溢的爱国之情、忠贞之志，委实令人动容。

朱彝尊：研经博物

朱彝尊（1629—1709），字锡鬯（chàng），号竹垞（chá），又号小长芦钓鱼师、金风亭长，浙江秀水（今嘉兴）人，浙西词派鼻祖，清朝著名的诗人、词人、收藏家。

朱彝尊出身书香之家，少年时就展露出过人的天资，但早年无意仕进，一心读书、游学，51岁才通过举荐出仕，历任翰林院检讨、日讲起居注官、南书房供奉等职，参与修纂过《明史》。他官阶虽然不高，交游却十分广阔，纳兰性德、顾贞观、查慎行、高士奇等人都和他往来密切。康熙帝对他评价很高，曾赐"研经博物"四字匾额。

朱彝尊工诗擅词，在诗词领域有极高的成就。艺术上能兼取唐宋，笔力雅健、风格清丽，开启了浙派诗风。写过《出居庸关》《山雪》《度大庾岭》等脍炙人口的诗歌。

另外，朱彝尊还是清朝有名的收藏家，不仅收藏了各类古籍8万多卷，还因为私自摘抄皇宫内的禁书被降过职，但他始终不后悔。除了藏书，他还酷爱旅游，是名副其实的旅游达人，去过山阴、华亭、南京、杭州、丽水、金华、大同和曲阜等很多地方，遍览山河，怡然悠游，直到81岁时无疾而终。有《日下旧闻》《经义考》《曝书亭集》《词综》《明诗综》等著作传世。

出居庸关

清·朱彝尊

居庸关上子规①啼，饮马流泉落日低。
雨雪自飞千嶂外，榆林只隔数峰西。

注 释

①子规：鸟名，又名杜鹃，杜宇或布谷。

译 文

居庸关的关城上，杜鹃鸟啼鸣声声；落日西斜，（我）在不断流淌的清泉边驻足饮马。

重山叠嶂之间有朔风呼啸、飞雪曼舞；榆林堡似乎近在咫尺，（与我）只隔着西面几座山峰。

跟着诗词游中国

居庸关

诗中的居庸关，是天下九塞之一，与山海关、雁门关、紫荆关齐名，是明清时期西北边塞的雄关坚城，地势险要，山形雄奇，有花海流觞、溪铺青葱，有长城蜿蜒、云台高耸，"居庸叠翠"自金朝时便名列"燕京八景"，风光旖旎。关城内的神机库、马神庙、衙署、书院、真武庙等古迹名胜也非常值得一观。

赏 析

这是一首笔力清健、雅丽中带着雄奇的咏景绝句，写的主要是诗人"出居庸关"时的所见、所闻、所感。

诗人出身江南水乡，见惯了清丽柔婉的南国景致，北地雄浑壮阔的关城、山峦、古堡、落日、风雪，在他眼中都是极新鲜、极奇特的。而这奇特的一切，全都肇始于居庸关上杜鹃的声声啼鸣。

在古诗中，杜鹃一直是饱蕴着乡愁的一种意象。在雄奇险峻的居庸关城听着杜鹃啼鸣，诗人多多少少都会有些想家。可惜，家乡却遥遥不可期。于是，日落时分，偶然在山间遇到的一池清泉，就成了他心中深情的托寄。清泉淙淙的声音就像是江南的丝竹，柔婉动人，让诗人不由得生起几分身在江南的错觉，但正在饮水的马儿的嘶鸣声又将他拉回了现实——原来，自己还在北疆。

清泉流响，日落黄昏，晚霞漫天，马嘶鸣，人独立，此情此景，高远清奇，壮丽雄阔，不知不觉间就将诗人胸中那缕淡淡的乡愁尽数荡去，只留下举目河山的豪情向往。于是，他举目北望，只见重峦叠嶂间，风啸雪舞。视线折转向西，又惊喜地发现，自己下一站准备去的"榆林"竟然近在咫尺，与居庸关只隔着"数峰"。

然而，事实上，居庸关与榆林相距足足有七百里。诗人之所以觉得近，不过是因为身在高处、举目遥望产生的一种错觉。而这错觉，恰恰将居庸关外的北国塞外苍茫、辽远、雄阔的景致描摹得淋漓尽致。

查慎行：烟波一钓徒

查慎行（1650—1727），原名嗣琏，遭到黜革后改名慎行，字悔余，号他山，浙江海宁人，清代闻名遐迩的诗人、文学家。查慎行天资绝佳，10 岁时便名扬乡里。但他的科举之路一直不太顺利，辗转流离多年，直到 54 岁时才考中进士，以翰林院编修的身份成为康熙帝身边的近臣，曾数次追随康熙帝出游，以"烟波一钓徒"自喻。其间，他写过许多精工细画、细腻婉丽的山水诗篇，诗中多用白描手法，颇具一格。64 岁时，查慎行因病致仕，辞官回乡，专心著书立说。雍正四年（1726），他因弟弟查嗣庭讪谤案被牵连入狱，第二年被放归，不久后病逝家中，时年 78 岁。有《敬业堂诗集》传世。

舟夜书所见

清·查慎行

月黑见渔灯，孤光一点萤。
微微风簇①浪，散作满河星。

注释

①簇：簇拥、聚集。

译 文

黑夜沉沉，看不到月亮，只有渔船上一点孤零零的灯火，像萤光一样闪亮。

微风吹起层层水浪，渔火微光在水面上散开，水面上就像是散落了点点繁星。

赏 析

这是一首五言咏景绝句，主要写的是诗人夜宿舟上时看到的景致。

那一晚，"月黑"，风却不高，只有微风，诗人乘坐的小船就泊在河上，夜色沉沉，没有星星，也没有月亮，正因为如此，那骤然亮起的渔灯才格外引人注目。什么样的渔灯呢？孤零零的，只有一盏，光芒微弱暗淡，就像是萤火虫的光，而且只有"一点"。此处，"孤光"和"一点萤"相对相承，将舟上渔火描绘得既形象又鲜明。

然而，孤灯萤火、清河冷夜纵横交织在一起，时间长了，总难免让人感到伤感。况且，只那一点点的灯光，看久了，也便感到无趣。不过，还没等诗人的情绪由清寂转向不耐，河面的风景就又生了变化——起风了！

风不大，"微微"的，却也卷起了一层又一层的细浪。河面上倒映的灯影也随着水波的漾动瞬间活了起来，由"一点"变成了十点、百点、千点、万点，就仿佛无数星星散落河中。这场景无疑是极惊艳、极动人的。全诗到此，戛然而止，舟夜所见的种种也在最美好的瞬间被彻底定格。至于之后诗人看到了什么、做了什么，是怀着惊喜恬然入梦，还是伴着河星直到天明，千般万种，全凭读者自己想象。

纳兰性德：
最是深情留不住

纵观整个清朝，恐怕再没有哪个人能像纳兰性德一样举世倾慕、赫赫名扬。他是翩翩佳公子，出身显赫，才华横溢，"大清第一词人"的美誉对他来说，不过是人生最平平无奇的点缀。

高门显贵，少年英才

纳兰性德（1655—1685），本名纳兰成德，字容若，号楞伽山人，出生于京师（今北京）。纳兰性德的父亲明珠是权倾朝野的重臣，备受康熙皇帝赏识。母亲爱新觉罗氏是英亲王阿济格之女，皇室宗亲。

作为家中的嫡长子，纳兰性德算得上是顶级的权贵子弟了，但他的身上却没有任何纨绔习性，反而性情随和、聪明颖悟、勤奋好学，少年时就能下笔成文，而且文武兼修，博通经史，在书法、绘画，尤其是诗词方面，都有很深的造诣。

17岁拜入内阁学士徐乾学门下后，他的学问日益精进，人生也好像"开了挂"，18岁中举，20岁连试连捷，考中进士，虽然因为感染风寒、重病不起错过了殿试，依旧才名远播，风头一时无两。

🌿 佳偶天成，红袖添香

康熙十三年（1674），在"名门之后""少年才子"的双重光环加持下，正春风得意的纳兰性德迎来了人生第一个高光时刻——成亲。那一年，他 20 岁。妻子是两广总督卢兴祖的女儿卢氏。起初，纳兰性德对这桩婚姻是不抱期待的，盲婚哑嫁，连面都没见过，谁知道娶的到底是什么样的人呢。

但成亲后，温婉贤淑、性情端和、颇有才情的卢氏迅速成了纳兰性德心中的白月光。他们一起牵着手在杏花微雨中漫步；一起"戏将莲荫抛池中"——希望能够种出一株并蒂莲花；一起看日出、看日落、看落花、赏春红，赌书泼茶、弄棋画眉，日子过得浪漫又安然。

纳兰外出，卢氏默默缝衣做帕、摘花煮茶，等待他归来；纳兰读书，卢氏站在一旁添香研磨、挑灯摇扇；卢氏观花，纳兰细心陪伴、吟诗应和；卢氏伤感，纳兰轻言细语、和声安慰。两人相敬相爱、相慕相知，仿佛一对神仙眷侣，不知道引来了多少人的羡慕和嫉妒。

🌿 随侍圣驾，南巡北狩

时光容易把人抛，红了樱桃，绿了芭蕉。转眼，两年多的时间就过去了。

在卢氏的陪伴下，原本就十分耀眼的纳兰性德越发的光芒万丈。不仅在殿试中取得了

二甲第七名的好成绩，还主持编纂了儒家经典丛书《通志堂经解》，声名远传天下。这一年，他只有 22 岁。

康熙帝十分赏识纳兰性德，先是任命他为御前三等侍卫，很快又提拔他为一等侍卫，官阶为正三品。

因为备受器重，康熙帝每次出游巡幸都会带着他。因此，纳兰去过很多地方，见识过"一抹晚烟荒戍垒"的塞外风情，也看过"香散翠帘多在水"的绮丽江南。"山一程，水一程"的漫漫行旅增广了他的视野，开阔了他的心胸，却也让他与爱妻两地分隔、聚少离多。

🌊 悼亡声声，情深不寿

那时候，无论是纳兰性德还是卢氏，都觉得人生漫漫，来日方长，却没想到，命运莫测，世事无常。

康熙十六年（1677），暮春时节，桃花依稀，乍暖还寒，卢氏为纳兰性德生下了一个胖乎乎的儿子。但是，纳兰性德却怎么也高兴不起来。因为卢氏病了，病得很重，没过多久就香消玉殒。

他曾经盼着与她"一生一代一双人"，终究还是求而不得。

爱妻逝后，纳兰性德陷入了无尽的哀恸中，似乎整个世界所有的色彩都已经随着妻子远去，留给他的就只有"绿窗红泪"、苦雨凄风。

"沉思往事立残阳"成了他的生活日常，看着家中熟悉又陌生的一切，纳兰性德总会情不自禁地想起和妻子在一起的美好时光。他不知道"一往情深深几许"，只看到了"深山夕照深秋雨"。

什么事业前途，什么功名仕路，什么荣华富贵，他都不在乎了。如果可以，他愿意用自己的所有换回妻子的生命。可惜，这个世界上从来都没有如果。

◐ 英年早逝，青史唱叹

　　失去了卢氏，就仿佛失去了生命中最明媚
的那束光，纳兰性德的意志变得越来越消
沉。为了缅怀爱妻，他写了一篇又一篇
悼亡词，似乎唯有如此，才能稍稍纾
解一下内心难以言喻的巨大悲伤。

　　有人斥责他太消沉，有人埋怨他太痴
情，有人觉得他为了"一个女人"
就如此颓废实在是不值得，然而，
"如鱼饮水，冷暖自知"，内心到
底有多荒凉，只有他自己知道。
此后经年，直到 1685 年因病逝世，
纳兰性德一直沉浸在写词和追忆中，还将自己的
词作整编成集，取名《饮水词》。

　　去世那一年，纳兰性德只有 31 岁。去世那
一天，是农历五月三十，妻子卢氏的忌日。这对
夫妻，不能同年同月同日生，却很巧合地做到了
同月同日死。

　　纳兰性德下葬那一天，无数文人学子自发
来为他送行，只悼词就作了百余篇。他留下的《饮水词》"家家争唱"、
户户推崇。他的名字也随着这些词垂于青史，让无数人唱叹缅怀。

长相思①

清·纳兰性德

山一程，水一程。身向榆关②那畔行。夜深千帐灯。

风一更，雪一更。聒③碎乡心梦不成，故园无此声。

注 释

①长相思：词牌名。②榆（yú）关：山海关，在今河北秦皇岛。
③聒（guō）：形容声音嘈杂，这里指风雪声。

译 文

跋山涉水，走过一程又一程，将士们马不停蹄地向着山海关外进发。

跟着诗词游中国

山海关

　　词中的榆关，就是我们耳熟能详的山海关，位于河北秦皇岛，是明长城最重要的隘口之一，素有"天下第一关"之称。关城北倚燕山，南连渤海，因此得名山海关。来到山海关，既能登临长城，长抒远啸，饱览山河风光；又能漫步关城，看看颇具明清风格的钟鼓楼、望洋楼、兵部分司署、石牌坊；兴致来了，还能去长城博物馆转转，既有诗情画意，又有人间烟火。

夜深时分，露营驻扎，无数个帐篷亮起点点灯火。

帐外，寒风呼啸、大雪纷飞，嘈杂混乱的声音让思乡的人们难以入梦。故园之中，绝不会有这样的嘈杂之声。

历史放映厅

康熙二十一年（1682），为了庆祝三藩之乱的平定，康熙帝决定北上盛京（今沈阳），拜谒祖灵、祭祀长白山。身为一等御前侍卫的纳兰性德也随驾北上，这首词就是他中途夜宿、风雪思家时有感而作。

赏析

这是一首情韵俱佳、别具一格的小令。

上阕写景，主要描述行军和宿营的情景；下阕即景抒情，表现了浓浓的乡思。

词中的"山""水""风""雪""帐篷""灯火"都是极常见的意象，词人在写的时候也没进行任何额外的修饰，只是白描。但这些意象串联起来，却恰恰勾勒出了一幅苍凉又动人的边塞思乡画卷：夜幕深深，狂风卷着雪花，吹起帐帘的一角，词人站在帐篷门口，遥望着连绵军营中星星点点的灯火，神情恍惚又惆怅。

他在想什么呢？想家！想"故园"！这种想念是深沉的，也是浓烈的。如果这想念不深沉，他就不会觉得"山一程，水一程"，山水迢迢，艰难而漫长；如果这想念不浓烈，他就不会觉得北方常见的风雪"一更又一更"，酷烈而聒噪！""程""一更"的反复，其实本就是词人"身"向榆关、"心"念故园的最真实写照。

北方的山水是雄阔的，塞外的风雪也别有几分情致，可满心乡思的词人看不到这些。夜深时分，孤身一人，异乡异地，风雪呼啸，带给他的唯一感受就是煎熬。原本想要"梦回故园"，却被风雪打扰，辗转反侧，怎么都睡不着。词人心中难免会怨愤、会埋怨，所以，他才会嫌风雪聒噪，所以，他才会像赌气的小孩子一样，信誓旦旦地说"故园无此声"！而同样被风雪搅扰的人实在是太多了，不然，已经"夜深"，又怎么可能有"千帐灯"同时摇曳闪烁？很显然，大家都在思乡啊！由此，词人虽然未着一句思乡之语，那浓得化不开的乡思却已跃然纸上。

浣溪沙

清·纳兰性德

身向云山那畔行，北风吹断马嘶声。深秋远塞若为①情！
一抹晚烟荒戍垒②，半竿斜日旧关城③。古今幽恨几时平！

注 释

①若为：怎样的。②戍垒：边防驻军的营垒。③关城：关塞上的城堡。

译 文

一路向着北方边疆行进，呼啸的北风吹散了马儿的嘶鸣声。深秋时节，身在遥远的边塞，我该怀抱着怎样的感情？

荒凉的营垒外，一抹云烟袅袅；落日西斜，映照着旧日的关城。古往今来，无数幽情遗恨，什么时候才能平息。

赏 析

言由心生，景随情起，同样的风物景致，在不同的人眼中，各有各的不同。

唐代诗人王维奉命出使塞上时，雄心勃勃，所以他看到的是"大漠孤烟直、长河落日圆"的壮美与开阔。纳兰则不同。写这首词时，纳兰28岁，虽然风华正茂，却已经厌倦了官场，"身在高楼广厦"，心却向往着"山泽鱼虫"，所以，奉命出使北塞打虎山的时候，他心里是抗拒的。

偏偏，他出使时，正是北方的深秋，"云山那畔"，北风凛冽，呼啸的风声甚至遮盖了马的嘶鸣声；萧萧秋色，万物凋疏，身在"远

塞"，一时之间，纳兰性德也不知道是该愁、该悲，该幽怨还是该怅恨，于是，胸中化不开的郁结与迷茫，最后都化作了一声"深秋远塞若为情"的探问。

这一问，既是问自己，也是问别人。这一问，不知不觉间，就勾起了他无尽的"幽恨"。

只不过，纳兰没有直接述说这种"幽恨"，反而融情于景，将所有的"幽恨"都熔炼成了一幅边塞风景画卷：落日斜照着关城斑驳的墙壁，袅袅云烟映着荒营旧垒。瞧吧，落日、荒垒、旧城、晚烟，多凄凉、多落寞啊！这种凄凉，总不免让人联想到过去的无数血泪与峥嵘，联想到时光的无情，于是幽中生幽，恨上加恨，情绪也变得越发悲凉凄楚。"几时平"，说的其实不是"几时"，而是"无时"，古往今来，无数幽恨，无数遗憾，根本就不可能被抚平。

郑燮： 人与墨竹一样清

郑燮（1693—1766），字克柔，号板桥，人称"板桥先生"，江苏兴化人。是清代著名的文学家、书画家，"扬州八怪"之一。

郑板桥出身江南耕读之家，家境贫寒，只能以卖画来维持生计。他是清朝历史上唯一一个考了三朝的名人，康熙年间中秀才，雍正年间中举人，到乾隆年间才中进士。中进士那年，他44岁。

在30多岁就能当爷爷奶奶的古代，44岁的进士毫无前途，也不被人看重，所以，郑板桥在京中整整候补了7年，才得到任命文书，成为范县县令，后来又调任潍县县令。在任期间，郑板桥劝课农桑、与民休息，很受百姓爱戴。

郑板桥曾经饱尝饥苦，小儿子也不幸在灾荒之年因为饥饿夭折。丧子之痛让他悲愤不已，也使他更加同情劳动人民。在潍县当知县时，遇到灾荒年头，他为民请命，力争赈济。所请被驳回后，他毅然辞官回家，从此一肩明月，两袖清风。晚年的郑板桥一直寓居扬州，靠写字作画糊口谋生，直到74岁逝世。

郑板桥以"诗书画三绝"为人称颂。他的诗多以白描取胜，抒情写意，酣畅淋漓；书法隶、楷、行三体相参，兼容并蓄；其画风格劲峭，自成一家。郑板桥笔下的墨竹，瘦硬坚劲，潇潇飒飒，具有一种孤傲刚正的风骨，这也正是他高洁人格的真实写照。

121

竹石

清·郑燮

咬定青山不放松，立根原在破岩中。
千磨万击还坚劲，任尔①东西南北风。

注 释

①尔：你。

译 文

咬住青山丝毫也不放松，把根牢牢地扎在岩石的裂隙中。

经历无数的打击和磨难依旧坚韧有力，任凭你东西南北四面狂风吹。

赏 析

郑燮既是诗人，也是画家，最擅长画兰花与竹子。这首七言绝句就是他为自己的《竹石图》写的一首题画诗。以通俗简白、拟人化的语言，对生长在"青山"中的岩竹进行了热情的讴歌与描绘。

这竹，在"破岩"之中深深扎根，栉风沐雨，经历了无数的磨难，却依旧"咬定青山"，无论是酷暑严冬，还是来自东西南北的各种风，

※竹："花中四君子"之一，与梅、兰、菊并称，既象征着凌云的壮志，也寓意着清高、幽雅、劲节的风骨和品质。自古至今，赞颂竹的诗文不知凡几，如唐代诗人郑谷《竹》诗的"宜烟宜雨又宜风"，宋代文豪苏东坡的"宁可食无肉，不可居无竹"，等等。

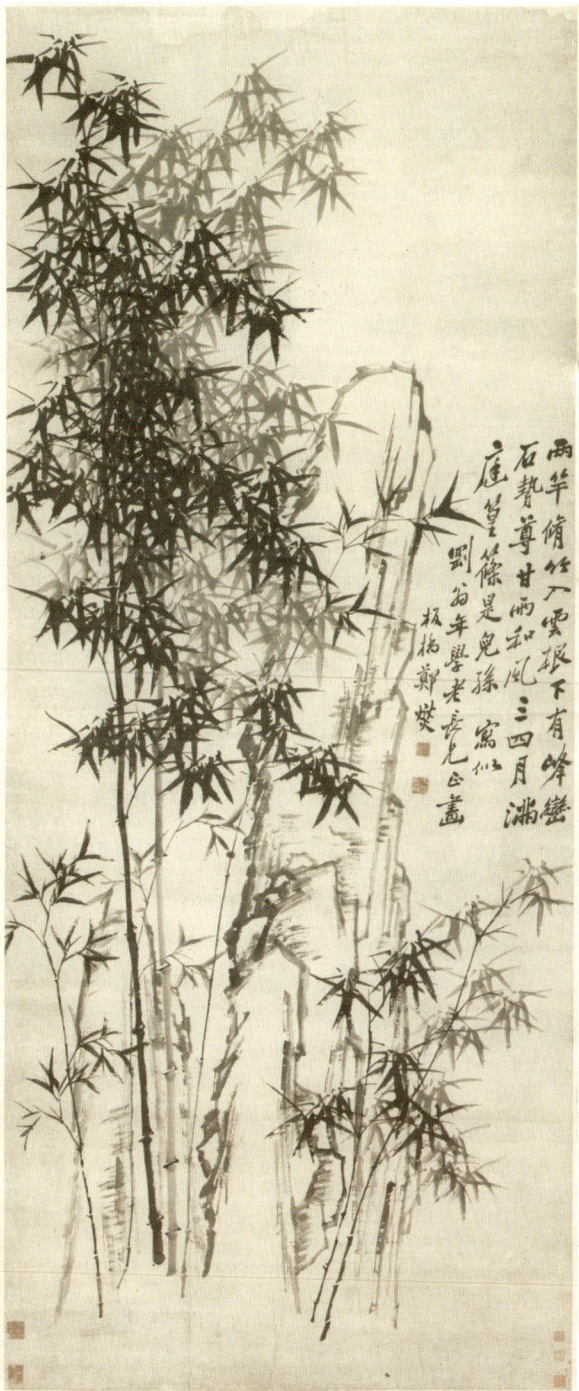

两竿修竹入云眼，下有峰峦石势尊甘雨和风三四月，满庭篁筱是儿孙。刘翁年学老长兄正画，板桥郑燮

都无法让它动摇。竹的顽强"坚韧"和诗人对竹的推崇倾慕，由此可见一斑。

而诗人咏竹、赞竹，实则也是在自喻和喻人，是通过竹来表现对志行高洁的贤士的敬意，同时也表现自己不畏艰难摧折，不惧打压排挤的铮铮铁骨。

江晴

清·郑燮

雾裹山①疑失，雷鸣雨未休。
夕阳开一半，吐出望江楼。

注 释

①山：指焦山，在江苏镇江东北，屹立在长江之中。

译 文

山峰被浓雾笼罩包裹，好像已经遗失了；雷声轰鸣，连绵的雨势仍未停歇。

夕阳的辉光拨开一半的云雾，望江楼从其中喷吐而出。

赏析

与其说《江晴》是一首诗，倒不如说它是一幅流动变幻的江景画卷，有声有色，有晴有雨，读诗如阅画，格外鲜活动人。

诗的题目是江晴，但开头两句，诗人既没有写江，也没有写晴，反而写了被浓雾笼罩的山峰和连绵不断的雷雨。雾气蒙蒙、雷声隐隐、雨色茫茫，原本峻拔挺秀的山一下子就不见了，这情景，多多少少都让人觉得沉郁和伤感。

于是，雨后初晴，阳光洒下时，无论是谁，都会忍不住心胸一宽、豁然开朗。即便这阳光已经是夕阳，此时此刻，在观景的人眼中也变得格外璀璨、明媚。更何况，随着阳光洒下，云开雾散，天地晴明，原本已经隐没的望江楼也像是"苍龙吐珠"一般被"吐"了出来。

随着"望江楼"的惊艳登场，前面所有的疑惑也一一解开。哦，原来，被浓雾笼罩的山是江上的山，茫茫的雨也是江上的雨，半藏半露的夕阳映照的也是粼粼的江面，整首诗也由此前后连贯、浑然一体。回过头来再细读，江上的晴雨转换、雨前雨后的风物幻变，也越发显得生机勃勃、别致动人。

袁枚：性灵诗人的快意人生

袁枚（1716—1798），字子才，号简斋，又号仓山居士，晚年自号随园老人，浙江钱塘（今杭州）人，清代著名诗人，"性灵派三大家"之一，江南文坛的扛鼎人物。

袁枚天资聪颖，少年时代就颇有才名，24岁考中进士后，先是在翰林院做了一段时间的庶吉士，又辗转溧水、江宁、沭阳等地做了几年县令，可惜处处不顺，做得很不开心。于是，他在40岁那年辞官归隐随园，平时吟吟诗、作作画，兴致来了，还写书、编食谱。他撰写的《随园食谱》和《随园诗话》在当时非常有名，卖书卖菜，每年都能带给他三四千两白银的收入。

袁枚写诗，崇尚"性灵"，主张要书写自己的真情实感，不矫揉造作。为了将性灵派发扬光大，弘扬诗文创作新理念，袁枚在随园兴办学堂，广收弟子。他还破格收女弟子。其中江苏女子席佩兰在袁枚的教育下成了清代著名女诗人。

所见

清·袁枚

牧童骑黄牛，歌声振林樾①。
意欲②捕鸣蝉，忽然闭口立。

注释

①林樾（yuè）：路旁繁茂成荫的树林。②意欲：想要。

译文

牧童骑着黄牛，嘹亮的歌声在繁茂的林间回响。

他想要捕捉树上鸣叫的蝉，立即闭上嘴，默默无声地站到树旁。

赏析

这是一首童趣盎然的五言小诗。诗人就像是剪辑视频一样，从最普通的生活中剪出了两幅趣味盎然的小影：骑牛高歌和闭口捕蝉。

诗的一二句，写的是牧童骑着黄牛慢悠悠地在林间穿行，一边走一边高歌的情景。为什么说是高歌呢？因为歌声已经"振林樾"。此处，这个"振"字用得极好，不仅写出了歌声的嘹亮，也含蓄地表现出了牧童无忧无虑、欢喜振奋的心情。因为心中没有烦恼，陶醉在林间美景，所以才能放声高歌啊！

透过这两句，我们似乎已经能看到一个天真率直、无忧无虑的孩童活泼欢快的身影。

繁茂的树林中，有花，有树，也有许多昆虫和动物，这不，刚走了没多久，牧童就被树上正在鸣叫的蝉给吸引了。

蝉，又叫知了，是夏天很常见的一种鸣虫，我们很多人小时候都抓过，它是大自然送给孩子最好的玩具。

小牧童想抓蝉吗？想啊！可是，蝉又不傻，听到动静也会飞走。为了不惊动蝉，牧童立即停止了唱歌，闭着嘴，小心翼翼地站在树下，寻找时机。末句"忽然闭口立"，虽然是白描，但一"闭"一"立"两个连续的动作，却将牧童的活泼机智、纯真可爱描绘得淋漓尽致。

苔

清·袁枚

白日^①不到处，青春^②恰自来。
苔花如米小，也学牡丹开。

注 释

①白日：指太阳。②青春：此处形容苔藓浓绿茂盛的模样。

译 文

太阳照不到的地方，苔藓也能长得浓绿繁茂，仿佛这绿意正好不约自来。

苔藓的花虽然只有米粒般大小，也要效仿国色天香的牡丹灼灼盛开。

历史放映厅

乾隆二十九年（1764），袁枚的恩师章佳·尹继善七十大寿，乾隆皇帝亲自赐下宴席，还下旨擢拔他为文华殿大学士，入阁拜相。当时，袁枚已经辞官归隐了十多年，听说这件事后，内心感慨不已，于是写下这首《苔》，明志的同时也向恩师表示祝贺。

赏 析

这是一首简约明快、充满了理趣的咏物小诗。诗人表面上是在写苔，实际上却是以苔藓来自喻，表现自己的节操与志趣。

全诗一共出现了三种意象：白日、苔和牡丹，都有象征意义。白日，象征朝廷。苔，象征不出仕的布衣文人，也就是诗人自己。牡丹，象征朝中高官，即尹继善。

人们都说"万物生长靠太阳"，古代的读书人大多抱着"学得文武艺，货卖帝王家"的理想，就像尹继善，他一直都活在"阳光"下，享受朝廷的恩泽，位极人臣、入阁拜相，就仿佛那国色天香的花王牡丹，灼灼盛放，光芒耀眼，是真正的"人生赢家"。

只不过，活在阳光下、入阁拜相固然让人艳羡，但不出仕、不为官，同样也能活出自己的精彩，如同"苔"一样。苔藓终年生活在潮湿阴暗的地方，不被阳光照耀，却依旧生机勃勃、绿意盎然。苔花没有花香，花色也不艳丽、只有米粒般大小，卑微如尘土，不为人知，也不被赏识，但依旧想像牡丹那样璀璨地绽放。而袁枚自己恰恰和"苔"一样，他放弃了功名利禄，却在文坛和诗坛大放异彩，不是高官，却是名士，没有荣华富贵，却散发着自己的光芒，活出了自己的价值，不弱于任何人。

龚自珍：九州生气恃风雷

龚自珍（1792—1841），字璱（sè）人，号定盦（ān），浙江仁和（今杭州）人，清代思想家、文学家，近代思想界的先驱者。

龚自珍出身簪缨世家，祖父龚禔身、外祖父段玉裁、父亲龚丽正都是当时十分有名的学者。龚自珍从小耳濡目染，也展现出了耀眼的才华，15岁就写了人生第一本诗集。但他在科举方面却并不顺利，27岁才中举人，29岁入仕，历任内阁中书、国史馆校对、礼部主事等职。

龚自珍生性耿介，不仅经常作诗揭露朝廷的腐朽和黑暗，还时不时地上书直陈朝政的利弊，呼吁改革，所以很不受权贵待见。龚自珍自己也觉得在这样的朝廷做官没什么意思。于是，他于道光十九年（1839）辞官归乡，其间创作了青史留名的《己亥杂诗》。诗中激昂热烈的文字、忧国忧民的情怀、改革图强的志向，感染了一代又一代人。柳亚子先生也因此盛赞龚自珍是"三百年来第一流"。龚自珍的诗想象丰富，语言瑰丽，既有天然率真的风致，也有磅礴浩荡的气势，对后世的黄遵宪、谭嗣同等人都产生了较大的影响。

回乡后，龚自珍在云阳书院当了一名讲师，但不久后，便决意辞去教职，去上海参加反抗外国侵略的斗争，然而还没有成行，就罹患急病，猝死家中，时年50岁。

己亥杂诗（其五）

清·龚自珍

浩荡离愁白日斜，吟鞭①东指即天涯。
落红②不是无情物，化作春泥更护花。

注 释

①吟鞭：诗人的马鞭。吟，指吟诗。②落红：即落花。后两句诗言外之意是说，自己虽然辞官，但仍会关心国家的前途和命运。

译 文

浩浩荡荡的离愁翻涌，落日已经西斜；马鞭向东一指，离了京城，前面就是海角天涯。

落花不是无情的事物，因为凋零后会化作春日的泥土，庇护和培育新的花枝。

历史放映厅

清道光十九年（1839），这一年是己亥年。龚自珍因为越级上奏、支持林则徐禁烟运动而触怒了上官和朝中权贵，被迫辞官南归。他先是一个人回了杭州老家，又北上迎接还在京城的家眷。往返期间，他一共写了315首七绝诗。这些诗都没有题目，龚自珍把它们整编成册后，命名为《己亥杂诗》。这是其中的第五首。

这是一首脍炙人口的小诗，主要写的是诗人初离京时的所见所感，比兴寄意，十分巧妙。

诗人愿意辞官吗？愿意离开京城吗？显然是不愿意的！所以，在离开时，他的愁绪才是"浩荡"的，像是滚滚的洪涛，又深又广。离开时又赶上"白日斜"的黄昏。那情景，无疑是极凄凉的！

有生活经验的人应该都知道，只有天气十分阴郁的时候，阳光才会是惨淡的白色，而不是红色。如果说暖红的夕阳还能让人生出"夕阳无限好，只是近黄昏"的感慨，那白日就真的只能让人感觉到凄凉了。

为什么会这样？因为诗人知道，自己这次离开，仕途就彻底断绝了，胸中所有的抱负、理想都再也

无法实现。然而，官已经辞了，该走还是得走。骑着马，扬起马鞭，踯躅向东，似乎刚一离开京城，就已经远在天涯。这当然是诗人的错觉，他没有在"天涯"，只不过是平生出一种"天涯流离"的漂泊感罢了。

诗到此处，感情基调还是悲凉的，但三四两句，诗人的笔锋猛然提振，变得昂扬向上起来。诗人离京时正是暮春，曾经满树盛放的繁花纷纷凋落。诗人看着这一切，不由得百感交集。他觉得自己的境遇和"落红"实在是太像了，所以，忍不住以"落红"的口吻抒发自己的心声。

只不过，别人写"落红"，不是在哀叹，就是在感伤，诗人却没有。他的器量和格局远超常人，所以，他联想到的是"花化春泥，春泥护花"。

事实上，"护花"不仅是"落红"的独白，也是诗人的内心独白，他虽然远离了朝廷，却依旧为国家和人民的命运担忧，所以，愿意牺牲自己、化作"春泥"来孕育希望。这种心胸的包容、奉献的无私，怎能不让人动容？

己亥杂诗（其一百二十五）

清·龚自珍

九州生气①恃②风雷，万马齐喑③究可哀。
我劝天公重抖擞④，不拘一格降人材。

注释

①生气：活力，生命力。这里指朝气蓬勃的样子。②恃（shì）：依靠。③万马齐喑（yīn）：所有的马都沉寂无声。比喻人们沉默不语，不敢发表意见。喑，沉默。④抖擞：振作。

译文

只有依靠疾风迅雷般的巨大力量，才能让九州大地重新变得生机勃勃；万马失声，所有人都沉默不语，终究是一种悲哀。

我奉劝天公重新振作精神，不拘一格降下各种各样的人才。

历史放映厅

清道光十九年（1839），48岁的龚自珍辞去官职、南归故里，路过江苏镇江时，正好碰到当地人在举办一场祭祀玉皇、风神、雷神的盛大法事。主持法事的道士听说过龚自珍的才名，盛情邀请他帮忙写一篇祭神文。龚自珍欣然应允。恰好，当天夜里，风狂雨骤、雷声轰鸣，龚自珍看着窗外的风雷，百感交集，于是写下了这首气势磅礴的七绝小诗。

※九州：又名中土、神州，从战国时期起就是中国的代称。《尚书·禹贡》中记载，上古先贤大禹治水成功后，将天下划分为冀州、兖州、青州、徐州、扬州、荆州、豫州、梁州、雍州九州。九州之名由此而来。

赏 析

这是一首气势磅礴、振聋发聩的小诗。

诗的首句就以极雄阔的语言，描述了一幅九州大地风雷激荡的画面。"风雷"在这里，不仅是对"风雨声声，雷声隆隆"的现实意象的具体摹写，也是变革力量的一种象征。

风与雷，在很多人眼中其实都不是什么太美好的意象，它们是热烈的，却也是狂暴的，总让人又敬又畏。诗人却一反常态地呼唤风雷、推崇风雷。为什么呢？因为"九州"重新焕发"生机"全都要倚仗风雷。因为现在九州大地"万马齐喑"，朝廷腐朽，守旧派把持朝政，不允许改革，朝廷内外已经腐败糜烂，就像是一潭死水。诗人希望借助风雷的力量去打破这份死寂，去改变这"究可哀"的现状。

只是，现状真的能改变吗？诗人不知道。不过，他心中仍旧是存着希望的，他愿意去尽一切努力，他的斗志从未被磨灭。所以，三四两句，他才会去"劝"。

"我劝天公重抖擞，不拘一格降人材。"他希望"天公"能够重新振作精神，打破成规与束缚，为人间九州降下人才。

诗人在这里说是劝天公，实际上却是在巧妙地移花接木，用"天公"来指代当朝统治者，也就是皇帝；用"风雷"来暗指变革的力量。他真正的意思是想劝皇帝改革图强，不拘一格重用人才，打破成规的束缚。

诗人盼着国家能够走出泥沼，变得富强繁荣，为此，他一生都在奔走呼号。他昂扬的斗志、忧国忧民的情怀也感染了一代又一代中国人。

《百骏图》

作者：郎世宁

创作年代：清代

郎世宁（1688—1766），意大利画家，清康熙年间来到中国，随即进入皇宫成为宫廷画家。他驻留中国50多年，历经康熙、雍正、乾隆三朝，创作了《百骏图》《乾隆大阅图》《花鸟图》等大量传世名画。

这幅长卷《百骏图》描绘了100匹骏马，或站或蹲，

或躺卧，或嬉戏，姿态各异，动感十足。郎世宁创造性地运用西方绘画技法，使得百骏图这个中国传统题材有了油画般明艳的色彩，骏马也极富立体感。美国大都会博物馆有一幅《百骏图》的黑白纸稿。专家经研究推测，这应该是郎世宁创作过程中绘制的草稿。而我们看到的这幅作品，是得到雍正帝认可后，正式绘制在绢上的成品。

高鼎：一诗封神

高鼎，字象一，又字拙吾，浙江仁和（今杭州）人，清代诗人。因为史料的缺失和清朝末年动荡不安的境况，关于高鼎的生平，我们现在知道的很少。只知道他是清朝末年人，1851—1861 年前后曾经活跃，做过官，鸦片战争时主张过抗战，并因此受到了"议和派"的打压和排挤。

上了年纪后，有些心灰意懒的高鼎告老归去，在江西上饶附近寻了一处僻静偏远的农村，过起了"琴棋书画诗酒花，绿柳垂杨野人家"的悠闲生活。那首让他一诗封神的《村居》就创作于这段时间。

村居

清·高鼎

草长莺飞二月天，拂堤杨柳醉春烟①。
儿童散学②归来早，忙趁东风放纸鸢③。

注 释

①春烟：春日里草木、水泽中蒸腾起的雾气。②散学：放学。③纸鸢（yuān）：一种形状像老鹰的风筝。此处泛指风筝。

译文

农历二月仲春，青草慢慢生长，黄莺翩翩飞舞；垂柳细嫩的枝条轻轻拂动着堤岸，似乎已经在春日的雾霭和烟岚中迷醉。

孩童们早早就放了学，趁着东风吹拂，赶紧拿了风筝出去放。

赏析

这是一首清新自然、趣味盎然的五绝小诗，主要描写的是仲春时节住在乡村时的所见所闻。

诗一二句是静态描写，写的是一派盎然的春景：青草渐绿，黄莺欢快地在空中飞翔，河畔垂柳成行，柔软的枝条随风拂动；氤氲的烟气袅袅蒸腾，多明媚、多清丽啊！怪不得就连那原本不知道什么是喜、什么是悲的柳也"醉"在其中。此处，"醉"字用得极妙，既不着痕迹地将柳拟人化，赋予它神态与情感；也含蓄地点明了乡野春景的美好。

春光明媚，春草蓬勃，风和日丽，这样的好天气，不出门玩玩，实在是有些辜负春光。于是生性贪玩、懵懂天真的孩童也早早地回了家，快快乐乐地出去放风筝了。"散""归""趁""放"四个动词的连缀，将孩童的活泼、天真、兴致勃勃描绘得淋漓尽致。

纵观全诗，有人有景，有情有趣，有动有静，动静相谐，情趣相映，虽然没有一字赞叹，却将早春迷人的风物刻画得入木三分。大家手笔，果然非同一般。

谭嗣同：去留肝胆两昆仑

谭嗣同（1865—1898），字复生，号壮飞，湖南浏阳人，清末维新派政治家、思想家、诗人，"戊戌六君子"之一。

谭嗣同出身名门，父亲谭继洵是晚清重臣、封疆大吏。但他生性叛逆，十分讨厌儒学和八股文章，上学的时候曾在书本上悄悄写下过"岂有此理"的字样。

谭嗣同11岁就随父亲到甘肃赴任，前后"往来度陇"几十次。少年时代的谭嗣同不仅富有才气，还喜欢剑术，有一身好武艺。

他有理想，有一腔爱国热忱，希望报效国家。但此时的清王朝日益腐朽没落，帝国主义瓜分中国的浪潮愈演愈烈。成年后，谭嗣同努力倡导新学，主张变法，在湖南创立了时务学堂、南学会等新派组织，还在南台书院教授掌故、史学、舆地（即地理）等新式课程，希望能改变国家腐朽没落的现状。

光绪二十四年（1898），谭嗣同与康有为、梁启超等人一起参与了轰轰烈烈的百日维新运动。失败后，他不愿意仓皇逃走，反而要以自己的血唤醒国人的反抗意识，最后英勇就义，年仅33岁。

潼关①

清·谭嗣同

终古②高云簇③此城，秋风吹散马蹄声。
河流大野犹嫌束④，山入潼关⑤不解平。

注 释

①潼关：在今陕西潼关北，关城临黄河，依秦岭，当山西、陕西、河南三省要冲，历来为军事重地。②终古：久远。③簇：簇拥。④束：拘束。⑤山入潼关：指秦岭山脉进入潼关（以西）。

译 文

高天之上，久久不散的浓云簇拥着这座千古雄城；瑟瑟的秋风吹散了哒哒的马蹄声。

黄河在广袤的原野上奔流仍嫌弃被束缚；秦岭群山进入潼关后就再也不知道什么是平阔。

历史放映厅

这首诗大约写于清光绪八年（1882），彼时，谭嗣同18岁，他的父亲谭继洵正在甘肃任职。

※十大名关：中国古代地势险要、兵家必争的关隘有很多，其中举足轻重的有十个，分别是潼关、嘉峪关、友谊关、雁门关、山海关、紫荆关、武胜关、居庸关、剑门关和娘子关。其中，潼关与山海关并列为"天下第一关"。

这首诗就是他前往甘肃探望父亲时，途经潼关，被潼关雄阔壮美的风景吸引，即兴所作。风华正茂的诗人登上千古雄关，抚今追昔，想起这里曾经历无数风云变幻，不禁发出历史的浩叹。

赏　析

潼关是中国古代最负盛名的要塞，雄峙西北，风雨千年。这首气势磅礴的七绝就是谭嗣同登临潼关古城时挥毫而作。诗前两句，分别从视觉和听觉的角度，描绘潼关的雄阔和壮美。瞧，那高天之上的浓云正簇拥潼关古城；听，瑟瑟的秋风吹过，哒哒的马蹄声似乎已消散在风中。诗人虽然明着写潼关的地形高峻，却用"白云簇城"的景致将这高峻描绘得淋漓尽致。

马蹄声真的只是马蹄声吗？不是，那是古往今来，无数金戈铁马岁月的象征！

一座雄关，半部中国历史。诗人登上潼关关城，极目远眺，看着关外汪洋恣肆的黄河和连绵起伏的群山，胸中的豪情就再也抑制不住。

而实际上，这"犹嫌束"的河，"不解平"的山，从某种意义上来说就是诗人本身的精神写照。他一直想冲破藩篱、革新变法，就像黄河；他勇往直前、不惧艰难险阻，不正如那不愿匍匐在平地，拔地而起的高山吗？

狱中题壁

清·谭嗣同

望门投止①思张俭，忍死须臾待杜根。

我自横刀向天笑，去留肝胆两昆仑②。

注 释

①望门投止：《后汉书·张俭传》中记载：东汉末年，高平人张俭因为上书弹劾为非作歹的宦官侯览，被侯览诬陷"结党营私"，不得不亡命天涯。逃亡途中，很多人不惧怕被牵连，在张俭上门投宿时善意地接纳他、收留他。②两昆仑：原指昆仑山中的两座奇峰。此处代指即将就义的自己和忍死留在世间的友人。

译 文

逃亡途中，看到有人家，就上去投宿，希望我的朋友们能像张俭那样得到善心人的庇护；也希望我的战友们能暂时像杜根那样忍辱负重、装死

※忍死：《后汉书·杜根传》中记载：东汉安帝时期，邓太后专权摄政，宠幸宦官。定陵人杜根觉得这样不对，上书要求太后还政于皇帝。太后勃然大怒，让人把杜根装进袋子里摔死。行刑的人仰慕杜根的品性和为人，不愿意他横死，所以，摔的时候根本就没用力，还扛着袋子，想办法将杜根偷偷带出宫去放掉。太后不放心，派人来查看。杜根装死三天，才逃过一劫，后来隐姓埋名成了一个酒保。

遁逃，以等待合适的复起时机。

至于我，我自然要仰天大笑、横刀就义！（不要为我悲伤，）无论是死去的还是留下的都光明磊落，像昆仑山中并立的两座奇峰一样永远肝胆相照。

历史放映厅

清光绪二十四年（1898）6 月，鉴于国内外危机的日渐加重，光绪帝颁布"明定国是诏"，任用康有为、梁启超等改革派志士开始维新变法，以救亡图存。谭嗣同也奉诏入京，参与变法。可惜，变法只持续了短短不到百天就失败了。同年 9 月，慈禧太后发动政变，将光绪帝囚禁于中南海瀛台。康有为闻讯后逃亡日本。谭嗣同却决心留下来营救光绪皇帝。失败后，在浏阳会馆被捕。9 月 21 日，在北京菜市口刑场，谭嗣同与杨深秀、刘光第等人一起英勇就义。这首诗就是他被捕后用煤屑写在死牢的墙壁上的。

赏析

维新变法失败后，谭嗣同是可以和康有为一样逃走的，但是他没有。他说："各国变法，无不以流血而成，今日中国未闻有因变法而流血者，此国之所以不昌也。有之，请自嗣同始。"他甘愿用自己状盛的生命去唤醒千千万万还处于沉睡与麻木中的中国人！正是因为怀抱着这种以身殉国的志向，他才能淡然地写下"我自横刀向天笑，去留肝胆两昆仑"的豪言。

对死亡，他看得很淡，也看得很开。所以，哪怕是在狱中，他担忧的也从来都不是自己，而是那些志同道合、依旧逃亡的朋友。本诗的

昆仑

诗中的昆仑，即昆仑山脉，全长约2500千米，包括可可西里山、巴颜喀拉山、公格尔山等诸多雄奇险峻的山峰。昆仑是传说中的"万山之祖"，道教祖庭，中华文化的发源地，中国古代很多传说人物，如元始天尊、瑶池王母、姜子牙、女娲等都与昆仑息息相关。昆仑山野牛沟中的45幅岩画，是凝固在石头上的史诗，具有极高的艺术和史学价值。

马蹄踏水乱明霞　金元明清

前两句，诗人分别化用了张俭"望门投止"和杜根"忍死偷生"的典故，在抨击清廷腐朽黑暗的同时，也表达了诗人对友人们的关切和对未来变法的期许。在他看来，无论是自己的殉国，还是康有为、梁启超的暂时出逃，都是为了国家未来的光明，是值得的。他不怨，也不悔！

入狱不到一个月，谭嗣同就被押往北京宣武门外的菜市口斩首。行刑前，他高呼："有心杀贼，无力回天。死得其所，快哉快哉！"那慷慨豪雄的形象也成了"我自横刀向天笑"最美也最壮烈的注脚。

秋瑾： 鉴湖女侠

秋瑾（1875—1907），字璇（xuán）卿，号竞雄，别号鉴湖女侠，浙江山阴（今绍兴）人，<mark>近代诗人、民主革命的先驱者、中国女权和女学思想的倡导人</mark>，为妇女解放运动做出过巨大的贡献。秋瑾出身江南名门，从小就在家里的私塾跟着哥哥弟弟们一起读书，喜欢文学和历史，在诗词方面也有不错的造诣，还学过骑马和击剑。

18岁那年，秋瑾奉父命，嫁给了双峰县的王廷钧，但是对这桩婚姻，她始终心存抗拒。1904年，也就是婚后的第9年，秋瑾做了一件惊天动地的大事——自费前往日本留学。在日本期间，她接触到了革命思想和女权思想，还结识了鲁迅、宋教仁、陶成章等一批仁人志士，并于1905年加入了同盟会。

为了宣扬革命，推动妇女解放，秋瑾在日本主办了《白话》月刊，1906年回国后还创办了《中国女报》，主持筹建了中国公学，加入了光复会，积极为反帝反封建的革命运动奔走呼号。1907年，徐锡麟组织的安庆起义失败后，秋瑾也因为叛徒的出卖而被捕，7月15日在绍兴轩亭口慷慨就义，年仅32岁。

秋瑾就义后，家人不敢为她收尸，还是好友吕碧城、吴芝瑛托人设法将尸体偷出掩埋。

作为中国近代史中女权运动的旗帜、革命的先行人，秋瑾逝后，位列"辛亥三杰"之一，始终被人们追忆和缅怀。

满江红①

清·秋瑾

　　小住京华，早又是中秋佳节。为篱下黄花开遍，秋容如拭②。四面歌残终破楚③，八年风味④徒思浙⑤。苦将侬⑥强派作蛾眉⑦，殊⑧未屑⑨！

　　身不得，男儿列⑩；心却比，男儿烈。算平生肝胆，因人常热。俗子胸襟谁识我？英雄末路当磨折。莽红尘⑪何处觅知音？青衫湿⑫！

注 释

①满江红：词牌名。②秋容如拭：秋天的景色仿佛擦拭过一般明净。拭，擦。③四面歌残终破楚：《史记·项羽本纪》载：公元前202年楚汉交兵时，楚军被围在垓下（今安徽灵璧东南），项羽夜闻四面汉军都唱楚歌，以为楚地尽失，丧失信心，引兵突围至乌江（今安徽和县东北），自刎而死。后用"四面楚歌"比喻四面受敌、孤立无援的困境。④八年风味：秋瑾1896年在湖南结婚，至写这首词时，恰为八年。⑤思浙：思念浙江故乡。⑥侬：我。⑦蛾眉：指女子细长而略弯的眉毛。这里借指女子。⑧殊：很，甚。⑨未屑：不屑，轻视。意思是不甘心做女子。⑩列：属类，范围。⑪莽红尘：莽莽人世。⑫青衫湿：指因悲叹无知音而落泪。语出白居易诗《琵琶行》："江州司马青衫湿。"

译 文

　　在京城小住了一些时日，中秋节转眼就又到了。篱笆下的菊花已经灼灼盛放，秋日的天空如擦拭过一般明净。垓下之战，汉军唱着楚歌终于攻破了楚军；结婚八年，风味几般，我仍徒然地思念着浙地的故乡。（上苍）苦苦地强让我做了女子，其实我真的很不屑！

虽然我不是男儿身，但内心却比男儿还要刚烈。我平生待人真诚，常常为别人、为家国心潮起伏。以凡夫俗子的胸襟和见识，哪一个能真正了解我？英雄穷途末路的时候，就应该接受挫折与磨难。莽莽尘世，什么地方才能寻觅到知音？江州司马的青衫已经被泪水濡湿！

※潇湘三女杰：湖湘自古多英雄。在近代史上留下浓墨重彩一笔的"潇湘三女杰"——秋瑾、唐群英、葛健豪——全部与湖湘有着密不可分的关系。她们年轻时曾经一起抚琴饮酒、对月谈诗，后来相继走上了民主革命的道路。

历史放映厅

清光绪二十九年（1903），秋瑾和丈夫王廷钧一起寓居北京。秋瑾接受了新思想、新文化的洗礼，看到了清朝的腐败、帝国主义强盗的嚣张，追求独立和解放的念头越来越浓烈，而王廷钧却不愿意做出任何改变。夫妻之间矛盾越来越严重，秋瑾心中既不平又不甘，于是写下了这首清新刚健、真切感人的词作。

赏 析

词上阕，围绕"思"与"苦"，即景抒情，抒发了词人内心的乡思、不甘和愁闷。"小住"，说明词人来京城的时间其实并不长，只是恰

逢中秋，难免就勾起了几
分思乡的愁绪。京城的秋日，风光
其实是极美的：天空明净如洗，篱笆疏疏落
落，菊花璀然盛放，只是，在伤心的人眼中，
再美的风景也是黯淡的。想当年，汉王刘邦就是利用楚军的思乡之心，
让将士们在楚营外高唱楚地民歌，瓦解了他们的斗志，最后战胜了霸王
项羽。而词人呢，嫁到王家八年，也被封建礼教束缚了八年，"饱食终日，
碌碌无为"，想做什么都做不了，于是就又想念起在家乡时无忧无虑、
骑马击剑的快活时光，心中不由得生出几分无奈与怨愤：为什么要勉强
我做个女子？我不愿意啊！

　　下阕，词人笔锋顺下，直陈自己的志向与抱负。虽然我不是男儿，
内心却比男儿还要刚烈。我也想为国为民抛洒肝胆，不愿意像寻常女子
那样被困在后宅，成天围着柴米油盐、丈夫孩子打转。

　　只不过，这种有些超前的新思想，在那个年代无疑是离经叛道，
不被"俗子"理解与包容的。正因为夫妻失和、矛盾重重，词人内心才
越发觉得苦闷，越发觉得"莽莽红尘"，竟然没有一处地方能寻觅到知音。
当年的项羽英雄盖世，最终也败在了垓下，当时他是什么样的心情呢？
词人想着，不由得感同身受，潸然泪下。项羽，是英雄，是推翻旧时
代的先驱，词人在上下两阕都用了关于他的典故，实际上反帝反封建、
希望以革命来救国救民的心思已经隐现，只不过并不是太清晰，还需要
继续探索与追寻。

　　纵观全词，词风豪迈，虽然也有幽怨愁苦之言，整体却是积极向
上的，字里行间都流露着浓浓的报国之心和革命忧患情怀。尤其是那句
"身不得，男儿列；心却比，男儿烈"言浅意雄，读来让人动容。

对酒

清·秋瑾

不惜①千金买宝刀，貂裘换酒也堪豪。
一腔热血勤②珍重，洒去犹能化碧涛③。

注　释

①惜：吝惜、舍不得。②勤：多，常常。③碧涛：碧血凝成的波涛。

译　文

　　为了购买宝刀，即便是千两黄金也毫不吝惜；用貂裘来换取酒水，也称得上是豪迈。

　　（我）一腔热血，（你）劝我多多珍重；（我）就算殉难了，洒下的热血也能化成奔涌的革命浪潮。

历史放映厅

　　清光绪三十一年（1905），在日本留学的秋瑾因事短暂回到国内，到上海时，专门去拜访了好友吴芝瑛，还将在日本购买的一把宝刀拿给她看。两人叙旧之后，举酒畅饮，酒酣耳热之际，秋瑾慨然起身，拔刀起舞。吴芝瑛深受感染，让女儿用风琴给秋瑾伴奏。事后，

　　※碧涛：《庄子·外物篇》中记载，苌弘是周朝的大夫，忠君爱国，因为遭奸佞陷害，在蜀地自杀身亡。他死后，人们用石匣将他的血收藏起来，三年后，血化成碧玉。后来，人们便用"碧血"来形容烈士的鲜血。

她还多次嘱咐秋瑾要珍重。秋瑾点头答应。宴席散后，秋瑾离开吴家，不久之后就写了这首七绝。

赏析

中国历史上，从来都不乏巾帼英雄，妇好、花木兰、秦良玉、唐赛儿……比比皆是，然而，活得最壮烈、最精彩、最震撼的，却还是秋瑾。

秋瑾是个个性极独立的女子，不爱红装爱武装，不喜欢女红针线，反而喜欢骑马、击剑、赋诗畅饮，渴望能像男子一样匡扶家国、建功立业。这样的豪情与壮志，别说是女子，就是当时的许多男子都是没有的！

那时候，清朝日薄西山，八国联军侵华，中国岌岌可危，无数仁人志士渴望着救亡图存。以康有为为代表的改革派选择了温和的改革，以秋瑾、陶成章、孙中山等为代表的革命派却选择了彻底推翻旧统治，反帝反封建。为了这一理想，他们不惜抛头颅、洒热血。

诗的三四两句，既是秋瑾对吴芝瑛"多多珍重"嘱托的回应，也是她自身意志和理想的一种托寄。在这里，她借用了"鲜血化碧"的典故，展现了自己随时准备为革命事业奉献和牺牲的决心。那股不惜舍身报国的气概恰恰与前句中的"豪"形成最完美的呼应。一个醉酒豪歌、拔刀起舞、飒爽慷慨的女侠形象也随之跃然眼前。

马蹄踏水乱明霞　金元明清

诗情画意

情

画

意

看中国